www.penguin-verlag.de

CHRISTIAN V. DITFURTH

Tag des Triumphs

Der zweite Fall für Karl Raben

Kriminalroman

 PENGUIN VERLAG

Weitere Informationen über dieses Buch:
www.cditfurth.de

Penguin Random House Verlagsgruppe FSC® N001967

2. Auflage 2024
Copyright © 2023 by C. Bertelsmann Verlag
in der Penguin Random House Verlagsgruppe GmbH,
Neumarkter Straße 28, 81673 München
Redaktion: Claudia Alt
Umschlaggestaltung: bürosüd
Umschlagabbildung: Sueddeutsche Zeitung Photo / Alamy Stock Foto
Satz: Uhl + Massopust, Aalen
Druck und Bindung: GGP Media GmbH, Pößneck
Printed in Germany
ISBN 978-3-328-11215-0

www.penguin-verlag.de

Für Chantal

Wie leicht lassen sich schwache Seelen
von der Gewalt verführen!
Wie süß ist den Feigen die Faust!

Rudolf Olden

I. Aufbruch ins Nichts

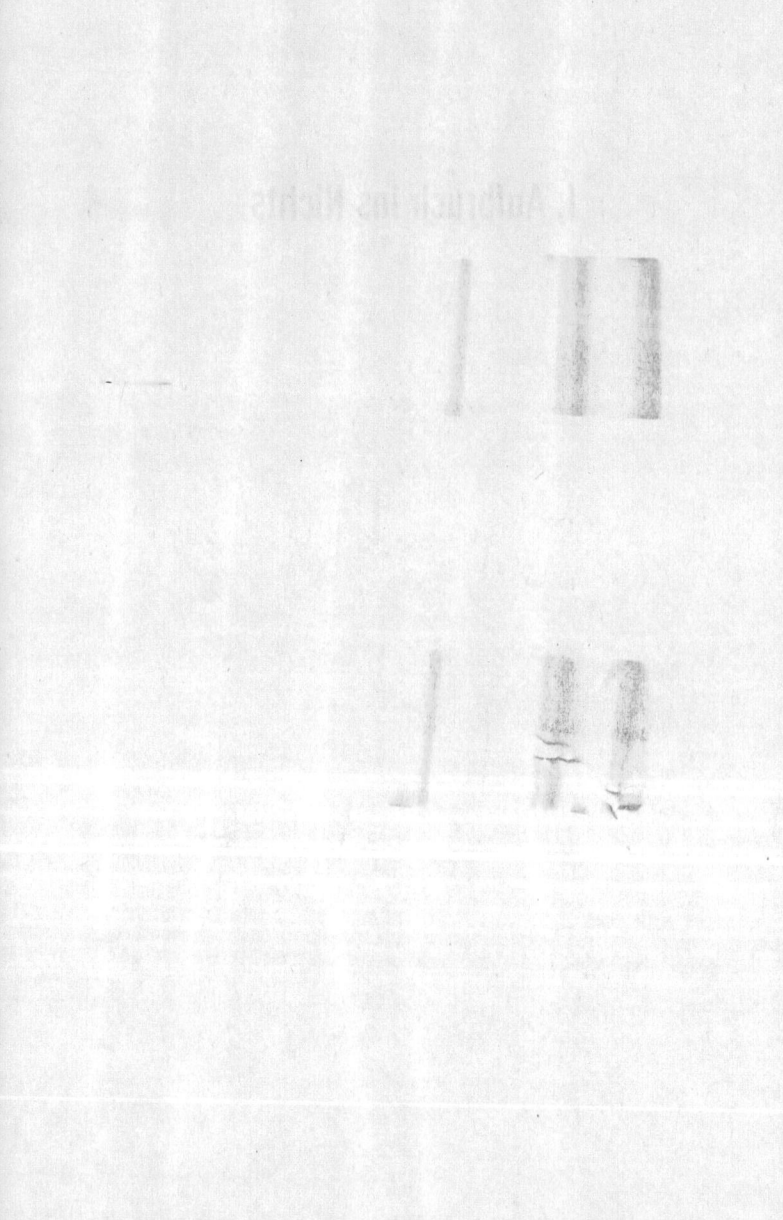

I. Aufbruch ins Nichts

1.

Kriminalkommissar Lichtigkeit stand im Regen. Eine Dusche im abendkühlen Berlin. Wasser dampfte auf dem Asphalt. Im Augenwinkel sah er Helmut Körber und seine Leute vom Erkennungsdienst umherwuseln. Sie suchten Spuren, aber Lichtigkeit fürchtete, es würde keine geben. Alle weggewaschen. Er nickte und löste einen Wasserfall von der Hutkrempe aus. Der Kommissar sah die Lichter des Bahnhofs Zentralviehhof an der Eldenaer Straße. Es funzelte auch im Laubenland. Petroleumleuchten, Kerzen. Der Führer hatte vier Jahre verlangt, um Deutschland zu retten. Mehr als eines hatte er schon verbraucht. Und in Deutschland rumpelte, zischte, hämmerte und schliff es wieder. Panzer und Kanonen, erschaffen von Schlossern, Mechanikern, Stahlarbeitern. Männer mit Helm und geschwärztem Gesicht, die in Schächten verschwanden und mit ein wenig Glück wieder nach oben gezogen wurden. Aber noch gab es Millionen von Arbeitslosen. Leute, die sich elektrisches Licht nicht leisten konnten. Doch seitdem Hitler die Röhm-Putschisten, diese Bande von Schweinen, abgeknallt hatte, ging es aufwärts. Jedenfalls in Goebbels' Propaganda, der Wochenschau und den Zeitungen.

Lichtigkeit betrachtete die Leiche. Neben ihr kniete Doktor Schoene. Eine Frau mit dem Gesicht einer griechischen Göttin. Den Anblick störte allein der Kehlenschnitt, aus dem das Herz Blut gepumpt hatte, das über die Schulter im Schotter des Bahndamms versickert war. Körber suchte die Handtasche, er hatte im Mantel nichts gefunden. »*Fall Aphrodite* sollten wir auf den Aktendeckel schreiben«, sagte Schoene. »Welch ein Verlust.«

Lichtigkeit blickte auf die Uhr. Es war fast neun Uhr am Abend. Es regnete und regnete.

Welch ein Verlust.

»Ich fürchte, die Handtasche ist verschwunden. Wir haben auch sonst nichts gefunden. Scheißregen. Es gibt nur die Leiche, den Schnitt und das Blut, das so gut wie weggewaschen ist«, sagte Körber, nachdem er sich neben Lichtigkeit gestellt und unter dem Schutz der Hand eine Zigarette angezündet hatte.

»Ich habe gehört, Sie haben einen neuen Assistenten«, sagte Körber.

»Ja, schon eine Weile. Er soll Raben ersetzen. Den Bock hat mir der Alte aufs Auge gedrückt. Ist bestimmt so was wie der Neffe des Reichsverwesers.«

Körber lachte. »Den gibt's nicht. Wollten Sie etwa über unseren Führer lästern?«

»Niemals«, sagte Lichtigkeit. »Uns erwartet eine herrliche Zukunft.«

2.

Raben wartete vor Heydrichs Schreibtisch. »Ich gratuliere zur Beförderung, Gruppenführer.«

Heydrich nickte und zeigte auf den Stuhl. Raben setzte sich.

»Sie haben sich tadellos verhalten.« Heydrich nickte. »Tadellos.« Er schob eine imaginäre Haarsträhne zurück an ihren Platz. »Ich hatte nicht geglaubt, dass Sie schon so weit sind.«

»Ich verstehe nicht …« Natürlich verstand Raben, dass Heydrich ihn nun für einen Nazi hielt, vielleicht nicht des Geistes, aber doch der Tat. Der Geist würde der Tat folgen. Sonst hielt man es nicht aus.

Heydrich winkte ab. »Das müssen Sie nicht verstehen.« Er lehnte sich zurück, straffte seinen Körper. »Röhm stand kurz vor dem Putsch.« Zwischen Zeigefinger und Daumen passte kaum ein Blatt. »So dicht.« Wieder nickte er. »Wir haben den Krawallbrüdern von der SA den Kopf abgeschlagen. Der Führer ist uns dankbar. Er weiß nun, auf wen er setzen kann.«

»Jawohl, Gruppenführer.« In Rabens Hirn turnten Bilder von Bombenexplosionen, Flugzeugen und Panzern.

»Wie geht es unserem Freund Kippenberger?«

»Ich weiß es nicht. Entweder ist er Weltmeister im Versteckspiel, oder er besäuft sich in Moskau mit Wodka.« Vor Kurzem noch hatte Raben sich mit dem Militärchef der verbotenen KPD in einer Bahnhofskneipe getroffen. Sein Darm kniff. Jetzt bloß kein Schweiß auf der Stirn. Oder wenigstens einen Grund dafür. »Mich beschäftigt mein Versagen in diesem Fall … auch nachts.«

Heydrich lachte sein Siegerlachen. Die Welt war bereit, erobert zu werden. Alles hatte sich gefügt. Heydrichs Daumen deutete nach hinten, wo an der Wand Himmlers Porträt hing. »Unser Reichsführer hat dem preußischen Ministerpräsidenten die Geheime Staatspolizei abgeluchst. Göring tröstet sich nun mit all den Flugzeugen, die der Führer ihm zu bauen befahl.« Wieder das Siegerlachen. »Sie nehmen sich zu viel vor, Raben. Und nachts sollten Sie besser was anderes tun … Wie geht's Frau und Sohn?«

»Gut, danke der Nachfrage, Gruppenführer.«

»Auch Sie sollen belohnt werden. Ich ernenne Sie im Auftrag des Reichsführers SS zum Obersturmführer.« Raben sprang auf und knallte die Hacken zusammen.

»Setzen Sie sich.« Heydrich lachte. »Auch der Ministerpräsident hat Sie gelobt. Er kennt Ihren Lebenslauf und hat mir gratuliert … zu meiner Geduld mit Ihnen.«

3.

»Ich könnte kotzen«, sagte Raben, als er am Tisch saß. Zusammen mit Lena und ihrer Mutter Elisabeth und Karl dem Kleinen, ihrem Sohn.

Lena warf ihm einen Blick zu, schickte Falten über die Nase und ein Kopfschütteln hinterher.

»Schmeckt es euch?«, fragte Elisabeth. Bloß kein Streit am Abendtisch. »Schellfisch in Gemüsetunke, mal was anderes … Hab ich aus dem Buch *Koche mit Wein*.« Sie zeigte auf den Küchenschrank. Sie wollte Karl und Lena ablenken. Immer wieder befeuerte die Angst den Streit. Bleiben, mitmachen, die Befehle der Nazis unterlaufen? Oder nach Rotterdam flüchten, wo Verwandtschaft lebte? Lena arbeitete wieder in der Kriminalredaktion, zusammen mit ihrem Chef Hermann Wagner, der ein Bein im Krieg verloren hatte. Noch hielt sich Propagandaminister Goebbels zurück. Aber es wurden Klagen laut: dass der Nationalsozialismus das Verbrechen ausrotten wolle, und da müsse man die Berichterstattung zurückfahren. Sonst glaubten die Volksgenossen noch, Hitler habe den Mund zu voll genommen.

Nach dem Essen verschwanden Karl der Kleine und seine Großmutter im Kinderzimmer.

Lena und Raben blieben am Tisch sitzen.

»Irgendwann wird Heydrich seinen Ariernachweis für Mutter und mich zurückziehen. Wenn er sich über dich ärgert oder wegen sonst was. Diese Leute sind Berufslügner.«

Raben nickte. Ihn ermüdeten diese Gespräche. Für die Nazis waren Lena und Elisabeth Jüdinnen und Karl der Kleine Halbjude, da er eine jüdische Mutter hatte. Er verstand Lenas Panikanfälle, aber sie verstärkten seine Angst, die den Brustkorb verkrampfte.

»Dann wandern wir aus«, sagte er. Es klang wie: Ich habe es satt. »Lieber hungern in Holland, als hier was zu riskieren.«

»Ich weiß doch«, sagte sie. Sie legte ihre Hand auf seine. »Ich weiß nur nicht, wie lange die dich an der langen Leine laufen lassen. Nachts höre ich das Klopfen an der Tür.«

»Das Klingeln«, sagte Raben.

Ihr Blick traf ihn, dann starrte sie zum Fenster hinaus. »Deine … Zusammenarbeit mit diesem Kippenberger macht mir Angst.«

»Ich arbeite nicht mit dem zusammen, ich liefere ihn nur nicht den Folterknechten im Gestapo-Keller aus. Wie oft soll ich dir das noch erklären?«

Sie erhob sich und begann den Tisch abzuräumen. »Danke, dass du uns schützt. Wenn dir was passiert, packen sie uns«, flüsterte sie.

4.

Lichtigkeit und sein Assistent Andreas Bock durchstöberten die Zentralkartei. Der Kriminaldirektor Gennat hatte sie erschaffen, sie füllte mit ihren Registern und Regalen einen Raum und war einzigartig in der Welt. Lichtigkeit suchte bei den Mordarten: Schusswaffen, Erdrosseln, Erstechen, Ertränken und was die Verbrecherfantasie sonst gebar. Bock in der Opferkartei, das Leichenfoto neben sich.

»Was treibt eine solche Frau in so einer Gegend?«, murmelte er. »Schönheit und teure Klamotten passen nicht zum Zentralviehhof.«

»Auch nicht zu Lauben«, sagte Lichtigkeit, während er Karteikarten bestarrte. »Vielleicht war sie eine Edelnutte?«

»Mit einem Freier in *der* Gegend?«, fragte Bock.

»Wir verbreiten ein Foto, den Messerschnitt am Hals retuschiert. Als Suchanzeige, und wenn wir nichts vom Mord sagen, wird sogar Goebbels freudig lächeln.«

»Und wenn sie eine Jüdin ist?«, fragte Bock.

»Das sieht man ihr nicht an«, erwiderte Lichtigkeit. »Fast blonde Haare, Gesicht und Körper, nein, Herr Kriminalassistent.« Er grinste. Immerhin hatte Bock sich schnell eingelebt bei der Kripo und sich die Tonart dort schon einverleibt. Er war kein Ersatz für Raben, aber ein guter Mann.

»Sie bewerben sich um eine Stellung als Rassenexperte?«, fragte Bock.

»Wenn Sie noch so eine intelligente Frage stellen ... aber so weit sind wir noch nicht«, sagte Lichtigkeit. »Das kommt schon noch.«

Gennat steckte eine Gabel Schokoladentorte in den Mund. Er arbeitete tapfer an der Abrundung seines Leibs, der ihm den Ehrennamen *Buddha* eingetragen hatte. Die Steiner, seine Sekretärin, steckte ihren Kopf durch die Türöffnung. »Die Herren Lichtigkeit und Bock.«

Gennat winkte sie rein, schluckte den letzten Bissen hinunter. »Setzen Sie sich ... Steinerchen, bitte Kaffee für uns. Ich lese in den Gesichtern der Kollegen, dass sie eine Auffrischung nötig haben.«

»Kann man so sagen«, erwiderte Lichtigkeit und setzte sich.

Bock nahm den anderen Stuhl, zog sich aus dem präparierten Totenkopf eine Zigarette und steckte sie an.

»Wir haben nichts, wir finden nichts in der Kartei. Wir sollten das Porträt des Opfers veröffentlichen.«

»Und die Befragungen?« Gennat wischte sich den Mund ab.

Steiner erschien mit einem Tablett, darauf Kaffeetassen, Milchkännchen und Zuckerdose. Sie setzte es auf die Tischkante und schob es in die Mitte. Es verdrängte Gennats Teller und einen Aktenstapel.

»Nichts. Die Kollegen haben an allen Türen geklopft, in einem Umkreis von zwei Kilometern. Niemand war draußen ... das Wetter.«

»Warum war das Opfer draußen? Hatte die Frau einen Regenschirm oder Hut?«

Lichtigkeit und Bock blickten sich an. »Wir haben nichts gefunden, auch die Handtasche ist weg, wenn sie eine hatte. Die Leiche trug einen Sommermantel, die gesamte Kleidung war durchtränkt. Es hat nach dem Mord weiter geschüttet.«

»Wurde sie vergewaltigt?«

Lichtigkeit überlegte, hatte die Leiche vor Augen. »Doktor Schoene wird es uns bald verraten.«

»Ihre Meinung?«

»Sie war normal ... bekleidet. Da war nichts weggezogen.«

»Sie wollen sagen, sie hatte ihren Schlüpfer noch an.«

»Bitte fragen Sie den Doktor. Meines Erachtens ja, aber ich habe ihr nicht unter ...«

Die Steiner öffnete die Tür, legte eine Akte auf den Tisch. »Vom Doktor Schoene.« Und verschwand.

Gennat blätterte in der Akte. »Das war ein Sexualmord. Blaue Flecken an den Schultern, innen an den Oberschenkeln, Risse in der Vagina, Spermareste auf einem Oberschenkel. In der Vagina ist kein Sperma aufzufinden. Entweder Kondom oder die Säure des Scheidenschleims hat die Samentierchen schon vernichtet. Aber Doktor Schoene hat keinen Zweifel an einer Vergewaltigung. Sie haben in der Kartei danach gesucht?«

»Selbstverständlich, Herr Kriminaldirektor«, sagte Lichtigkeit. »Das gehört zur Routine.«

Gennat lächelte ihn an. »Nun sei'n Se mal nicht gleich beleidigt. Wenn Sie wüssten, was ich schon übersehen habe ...«

Lichtigkeit blickte Gennat an. *Der* was vergessen, übersehen? Vorher kam der Kaiser zurück vom Holzhacken.

»Nun gucken Se nicht so«, sagte Gennat. »Der Täter hat die Frau in einem Haus, einer Wohnung vergewaltigt, sie wieder angezogen und gefesselt, sie am Bahndamm abgelegt und getötet. Sauberer Schnitt. Der macht das nicht zum ersten Mal. Vielleicht ist er Schlachter im Zentralviehhof? Dafür spräche auch der Ablageplatz. Da kennt er sich aus.«

»Wir haben nicht die geringste Spur. Wir setzen die Dame in die Zeitung, dann haben wir einen Rattenschwanz von Verehrern oder Nekrophilen, die was wittern«, sagte Lichtigkeit.

5.

»Da schauen Sie mal an«, sagte Hermann Wagner. »Kommt gerade von der Roten Burg.«

Lena betrachtete das Foto. »Fast überirdisch schön, könnte man glatt neidisch werden.«

Wagner las die Anlage. »Die wollen, dass wir das als Fahndungsfoto rausgeben ...«

»Dabei ist die Frau längst tot«, sagte Lena. »Sehen Sie die Retuschespuren am Hals? Die haben es eilig.«

»Wo sehen Sie Retuschespuren?«

»Die hat eine Falte am Hals, vollkommen gleichmäßig rundherum, soweit ich sehe.«

»Ein Fältchen«, erwiderte Wagner. »Gute Augen, Sie haben recht. Die wollten die Spur eines Messers oder einer Garotte verbergen.«

»Den Einschnitt einer Garotte müsste man auch unterm Ohr sehen. Da ist aber nichts. Sauberer Kehlenschnitt, tippe ich«, sagte Lena.

»Nehmen Sie bei Ihrem Mann kriminaltechnischen Unterricht?«, fragte Wagner und lachte.

»Wenn ich das tu, wird's noch schlimmer mit mir.«

»Gehen Sie ins Bildarchiv. Wenn der Zufall es will ...«, sagte Wagner.

»Sie wollen mich bloß loswerden.«

»Genau! Los, Frau Kollegin!«

Lena lachte und traf im Archiv einen Kollegen, dessen Gesicht eine Wangennarbe verunstaltete.

»Alle glotzen hin«, sagte er schlecht gelaunt.

»Entschuldigung!«

»Das überlassen Sie mal dem Kaiser oder Ludendorff. War ein Franzmann, Scharfschütze. Einmal die Rübe aus dem Graben gesteckt ...«

»Tut mir leid.«

»Nu hör'n Se auf!«

»Fällt Ihnen dazu was ein?« Sie legte das Fahndungsfoto auf den kleinen Tisch vor dem Mann.

»Ach, du lieber Himmel, während meiner Schicht hat die keiner hier reingeräumt. So ein Gesicht vergisst man nicht.«

»Umso besser. Vergessen Sie meines und suchen Sie ihres.«

»Worunter? Schönheit, Schauspielerin …«

»Sie wurde vergewaltigt und mit einem Messer getötet, Kehle säuberlich durchsäbelt.«

»So eine Scheiße.«

»Sie sagen es.«

Nach gut zwei Stunden klingelte das Telefon. »Hier das Archivmonster …«

»Sie dürfen auch Ihren Namen benutzen.«

»Kellner, Josef.«

»Und wenn's noch ein schöner ist. Haben Sie was?«

»Nichts hab ich. Aber ich werde eine Kopie des Fotos für Sie anfertigen. Fürs *Tageblatt*.«

So viel zum Zusammenhang von Schönheit und Hilfsbereitschaft, dachte Lena. Bei einer Wasserleiche hätte er das nicht vorgeschlagen. »Vielen Dank.«

6.

»Ich möchte, dass Sie Ihre Suche ausdehnen«, sagte Heydrich. »Nicht mehr nur unseren Kommunistenfreund Kippenberger, der wohl abgehauen ist. Wenden Sie sich an den Kameraden Müller, der beschäftigt sich mit der Kommune. Die zappelt noch. Verteilt Flugblätter, versaut Hauswände mit Parolen, verbreitet Broschüren.«

Raben stand vor dem Schreibtisch und fing eine Druckschrift auf, die Heydrich ihm zuwarf. Auf dem Titel *Der moderne Gärtner*. Die Skizze eines Gärtners mit Spaten. Er schlug das Heftchen auf. *Stürzt Hitler! Stoppt die Aufrüstung! Schützt die Sowjetunion!* Auf knapp zwanzig Seiten wurden Beweise der Naziverbrechen aufgezählt. *Sie haben den General Schleicher im Ruhestand ermordet, dazu seine Frau. Sie haben Gregor Strasser ermordet, einen Nazi der ersten Stunde, und viele andere. Die Nazibestie beißt sich in den eigenen Schwanz. Bald verschlingt sie jeden, der dem selbst ernannten Führer nicht zujubelt.*

»Ein bisschen pathetisch«, sagte Raben.

»Dieser Mist wird im Ausland gedruckt und dann ins Reich geschmuggelt«, sagte Heydrich.

»Woher kommt das?«

»Wir haben es bei einem Genossen beschlagnahmt, nahe dem Stettiner Bahnhof. Es ähnelt Pamphleten, die wir an der tschechischen Grenze abgefangen haben. Wollen Sie nach Prag?«

»Gern, aber die von der Kommune kennen mich inzwischen. Die werden mir gerade verraten, wo sie das Zeug drucken.«

Heydrich nickte. »Hab ich mir schon gedacht.« Seine Finger trommelten auf dem Tisch. »Immerhin haben Sie Kippenberger laufen lassen.«

»Gruppenführer, ich bitte …«

»Ist ja gut. Aber wenn Sie das so drehen, dass Sie den gar nicht verhaften wollten, wird aus Ihnen ein Held der Kommune.«

Wenn du wüsstest, dachte Raben. Er lachte. »Darauf muss man erst mal kommen.« Er hatte sich im Griff, aber in seinem Hirn drehten sich die Zellen im Karussell, bis ihnen übel wurde.

»Gut«, sagte Heydrich. »Wenn das mit der Kommune nichts wird.« Er lächelte. »In Prag treibt sich auch Otto Strasser herum und zündelt, wo er kann. Er will seinen Bruder Gregor rächen und ist nicht wählerisch bei seinen Bündnispartnern. Er sammelt alles ein, was herrenlos herumläuft wie Straßenköter. Kommunistische

Sekten eingeschlossen. Der *wahre* Nationalsozialismus soll es sein, Sozialismus in Großbuchstaben. Gregor war ein gefährlicher Feind, den wir beim Röhm-Putsch endlich erledigt haben. Jetzt bleibt uns die Strasser-Wanze ... wenn Sie das Ungeziefer zerquetschen, wird Ihnen der Führer dankbar sein.« Heydrichs Daumen zerrieb Luft auf dem Schreibtisch. »Die haben einen Kurzwellenradiosender, eine Druckerei, die offenbar Tag und Nacht Dreck produziert. Lassen Sie sich vom Kameraden Müller ein Sortiment dieser *Literatur* zeigen. Man weiß nicht, ob man lachen oder kotzen soll.«

»Und wenn ich Strasser finde?«

»Dann richten Sie ihm herzliche Grüße vom Führer aus. Und, wie die Kommune so gern singt: *Du hast das Wort, rede, Genosse Mauser.*«

»Ich hoffe, Sie haben eine elegantere Waffe für mich.«

»Sie besuchen in Prag zuerst die deutsche Botschaft. Da können Sie auch Pfeil und Bogen kriegen.« Heydrich lachte. »Allein kommen Sie nicht an Strasser ran. Der wird bewacht wie die Kronjuwelen in London.«

»Vielleicht kommt man am besten allein rein?«, fragte Raben. »Weil er ja glaubt, dass ein Einzelner sich nicht trauen würde.«

Heydrich musterte ihn. »Sie sind schon ein komischer Vogel. Mit dieser Wortverdreherei hätten Sie bei der Kommune groß rauskommen können. Die nennen das Dialektik. Was heute stimmt, ist morgen falsch, und umgekehrt. Sie nehmen Eckes mit. Sie kennen den Sturmbannführer?«

Wenn man den Teufel ruft, kommt er. Er war in der Hinsicht zuverlässiger als der liebe Gott. Jedenfalls klopfte es, die Tür öffnete sich, und herein trat Walter Eckes. Raben nahm Haltung an.

»Lassen Sie das«, sagte Heydrich. »Wir setzen uns an den Besuchertisch.«

Die Sekretärin, die Heydrich allein wegen ihrer Tippkünste eingestellt hatte, erschien mit einem Tablett. Eckes' Augen durchbohrten ihre Bluse und folgten ihren Bewegungen, bis sie ins Vorzimmer entschwebt war.

»Eckes wird Sie nach Prag begleiten; obwohl Sie einige Rangstufen unter ihm stehen, leiten Sie die Suche nach Strasser. Wenn aber etwas Außerordentliches Ihre Mission gefährdet, übernimmt er das Kommando. Verstanden?«

»Jawohl, Gruppenführer.«

»Strasser hat übrigens gerade ein wüstes Buch über den Röhm-Putsch fabriziert, Schaum, blanker Schaum. Der ist empört, dass wir seinen Bruder ausgeschaltet haben. Kann ich verstehen, und in seinem Buch zeigt er, dass wir recht hatten. Eine Verschwörung. Der Führer riecht den Verrat kilometerweit«, sagte Eckes. Er blickte Raben an. »Sie haben sich in stürmischer Zeit ausgezeichnet, Obersturmführer. Es soll Kameraden gegeben haben, die Ihnen das nie zugetraut hätten. Der Gruppenführer wusste es besser.«

»Wenn Sie Strasser erledigen, gibt's Orden, Beförderung und die große Sause. Sie Spürhund, Sie«, sagte Heydrich und blickte Raben freundlich an.

»Strasser kennt die illegalen Druckereien«, sagte Eckes. »Wenn wir ihn ausquetschen, erschlagen wir vielleicht ein paar Fliegen mit einem Hieb. Wir könnten wenigstens den Parteigenossen in der Botschaft Tipps geben.«

»Übernehmen Sie sich nicht, Eckes«, sagte Heydrich.

»Jawohl, nicht übernehmen, Gruppenführer!«, sagte Eckes, der aufgesprungen war, um die Hacken zusammenzuschlagen.

»Raus!«

»Raus. Jawohl, Gruppenführer«, meldete Eckes in straffer Haltung.

Heydrich grinste. »Sie bleiben da, Raben.« Er erhob sich, blickte zum Fenster hinaus. »Wollen Sie uns verlassen?«

»Wie bitte?«

»Gennat hat uns darum gebeten, Sie zurück zur Kripo zu versetzen. Gennat kann man schwer was abschlagen. Außer seinem Kopf, wenn er …«

»Worum geht es, wenn ich fragen darf?«

Heydrich schob ihm das *Berliner Tageblatt* über den Tisch. »Lesen Sie den Artikel Ihrer Frau, betrachten Sie das Fahndungsfoto. Die Dame wird als vermisst gesucht, dabei ist das ein Leichenfoto. Da Goebbels die Verbrecher in die Verzweiflung gequatscht hat, ist die Kriminalität fast schon ausgerottet.« Er äffte Goebbels nach, seine Hand wackelte wild mit erhobenem Zeigefinger. »Ist nicht ganz falsch, jedenfalls geben Verbrecher keine Pressekonferenzen mehr.« Was hatten etwa die Sass-Brüder geprotzt mit ihrem zusammengeklauten Reichtum. »Die dänischen Kollegen haben sie verhaftet. Wenn sie ihre Strafe abgesessen haben, werden sie ausgeliefert. Dann werden sie die nationalsozialistische Justiz kennenlernen. Und Ihre Kollegen am Alex werden drauf anstoßen!«

Lena hatte eine Andeutung gemacht, kurz bevor er einschlief.

»Aphrodite im Regen. Alle Spuren weggespült?«, fragte Heydrich.

Raben nickte.

»Gennat sagt, das wäre ein Fall für Sie. Keine Spuren, nur das Foto und ein Kehlenschnitt. Sauber wie vom Schlachter. Der Zentralviehhof liegt nah.«

»Das interessiert mich. Sehr«, sagte Raben.

»Gut, Sie räumen in Prag auf, dann gehen Sie für eine Weile zurück zur Kripo.«

»Und Kippenberger?«

»Mit dem beschäftigt sich Müller. Wenn Kippenberger überhaupt noch im Reich ist.«

»Ich würde Frau Kippenberger gern noch mal besuchen. Sie hat den Keller hier besichtigt und seitdem mehr Angst als Stalinliebe. Wenn ich ihr sage, dass Müller sie vorlädt, dann vertraut sie sich vielleicht mir an. Ich bin der Gute.«

»Nein, überlassen Sie das Müller. Wenn Sie dem ins Handwerk pfuschen, erleben Sie, was man einen Höllenritt nennt.«

7.

Goebbels drohte den Juden. Er hob die Stimme. Sie sollten das Reich verlassen, solange es noch ging. Raben hatte Thea Kippenberger gebeten, das Radio einzuschalten. Die Stimme des Propagandaministers ging ihm auf die Nerven. Dieses Hochfahrende, Überhebliche, diese Drohungen. Er flüsterte ihr ins Ohr. »Heydrich hat den Fall Kippenberger an Müller übertragen. Sie müssen fliehen. Erinnern Sie sich an den Keller in der Prinz-Albrecht-Straße 8?«

»Den werde ich nie vergessen.« Raben ebenso wenig. Die Halbtoten in den Zellen, mit gebrochenen Gliedern, ohne Fingernägel, mit blutig zerschlagenen Gesichtern. Den Mann, der an einer Stange hing und an dessen Hoden Elektrodrähte geklebt waren. Immer wenn die Bequemlichkeit ihn umschlich und lockte, doch mitzumachen, um die Angstattacken in der Nacht zu verjagen. Immer wenn die Bequemlichkeit ihn zur Feigheit drängte, rief er sich die Bilder in Erinnerung, und der Zweifel verschwand. Wenn er anständig bleiben wollte, musste er den Heydrichs und Müllers Steine in den Weg legen. Bis sie ihn erwischten und umbrachten.

»Wenn Sie und Ihr geschiedener Mann nicht verschwinden, landen Sie dort. Müller lässt Sie verhaften und quält Sie, bis Sie ihm alles verraten.«

Sie schwieg lange. Dann zog sie ihn in den Flur und umarmte ihn. »Ich hoffe, er folgt Ihrem Rat. Das hängt aber auch von der Parteiführung in Moskau ab. Ich habe nichts zu sagen.«

»Es muss für Sie ja nicht Moskau sein. Holland, Belgien, Frankreich, die Tschechoslowakei, Österreich. Es gibt Schiffe, die von dort nach Russland fahren.«

Sie blickte ihn lange an, nahm sein Gesicht in ihre Hände. »Sie werden mich … uns nie verstehen. Aber Sie sind ein guter Mensch. Davon gibt es nicht mehr viele. Ich danke Ihnen.« Sie küsste ihn zart auf den Mund. »Kommen Sie nie wieder. Versprochen?«

»Wenn Sie noch heute Nacht verschwinden. Mindestens in eine Wohnung, welche die Gestapo nicht kennt.«

Er ging die Straße hinunter. Die Sonne schien heiß, Hitzeschwaden schwebten auf dem Asphalt. Autos dröhnten, Lastwagen brummten, Busse rumpelten, Radfahrer schnauften, Motorräder knatterten. Das Leben tanzte auf seinem Grab.

Raben winkte eine Kraftdroschke heran und ließ sich zum Mossehaus bringen. Er wartete in der Eingangshalle. Als Lena endlich erschien, nahm er sie an der Hand und führte sie hinaus. Sie ließen sich im Menschenstrom treiben, bis sie eine Sitzbank fanden.

»Was gibt's, Kalle?«

»Sie schicken mich nach Prag. Zusammen mit Eckes, du kennst ihn.«

»Den Schleimscheißer.«

»Genau den. Das Ohr seines Meisters. Der Typ ist gefährlich. Wir sollen Otto Strasser umbringen. Und wenn uns noch dieser oder jener auffällt … Meinen Chefs gehen die Druckereien und Strassers Radiosender auf die Nerven und die Hunderte von Heftchen, die ins Reich geschmuggelt werden«, sagte Raben.

»Haben die also immer noch Schiss. Die haben doch fast jeden umgebracht, der sie nicht innigst liebte. Der Rest sitzt in Konzentrationslagern. Das Modell Dachau, überall gern kopiert«, erwiderte Lena.

»Diktatoren haben alle Machtmittel und immer Angst. Sie wissen, dass ihre Feinde nicht mit ihnen verhandeln, sondern sie am liebsten abknallen würden. Und wenn es Verräter ganz oben gibt? Sagen wir, Göring kriegt 'nen Anfall und erledigt den Führer, um ihn zu beerben. Natürlich findet er jemanden, dem er den Mord anhängen kann«, sagte Raben.

»Angst vor Otto Strasser, lächerlich. Er hat gerade ein Buch über den Röhm-Putsch geschrieben, um seinen Bruder Gregor zu rächen. Das Buch hat mir der Parteigenosse Zufall ins Büro geworfen. Es besteht aus Wutschaum. Strasser weiß nicht viel. Seine Verbindungen in die NSDAP dürften gekappt sein. Gregors Anhänger sind abgetaucht, fürchten um ihr Leben. Jeder hat verstanden, dass Hitler keine Grenzen kennt. Und du willst den kleinen Bruder umbringen?«

»Nein, ich werde ihn warnen.«

»Ich glaube, der kriegt jeden Tag, den der Führer vergehen lässt, zwanzig Warnungen. Es hat bestimmt schon Versuche gegeben, ihn zu beseitigen. In der Tschechoslowakei gibt es genug sudetendeutsche Nazis, die so schnell wie möglich heim ins Reich wollen.«

Sie schwiegen eine Weile.

»Um Himmels willen! ... Was willst du mit Eckes anstellen ...?«, fragte Lena.

»Weiß ich nicht. Solange der mir an den Hacken klebt, darf ich Strasser nicht finden. Vom Fall Kippenberger haben sie mich abgezogen. Wenn ich aus Prag zurückkomme und Eckes mich nicht umgebracht hat, darf ich mich laut Heydrich bei der Kripo nützlich machen. Der Fall Aphrodite, wie er bei uns heißt. Die würden sich wundern, wenn ich keine Verhaftungen ... dann geht's ... ich weiß nicht wohin. Sie schmeißen mich raus als Versager, oder sie stecken mich in den Keller als Verräter. Verräter lieben sie besonders, glaub's mir.«

»O Gott, Kalle!« Sie drückte seine Hand. »Jetzt sei mal nicht so unglücksrabig.«

»Und Ehrig oder der M18-Mann sind Lichtjahre entfernt.«

»Vielleicht beendest du deinen Rachefeldzug?«

»Du weißt, dass das nicht geht. Die sind zu siebt in den *Goldenen Anker* eingedrungen und haben den KPD-Funktionär Kurt Esser zu Klump geschossen. Fehrkamp habe ich gekriegt, es fehlen sechs, darunter Ehrig und dieser Typ, der zu Hitlers Begleitkommando gehört und diesen Helm vom Typ M18 trägt ... wenigstens damals. Du erinnerst dich an Franz Puth, den Wirt des *Goldenen Ankers* in der Sellerstraße?«

»Hältst du mich für vertrottelt?«

»Was sonst?«

Sie stieß ihm den Ellbogen in die Rippen.

»Au!«

»Solche Jammerlappen arbeiten für das Reich! So wird das nichts mit der Weltherrschaft.«

»Ob du wegen Ehrig und dem Typ, der bei der HJ-Veranstaltung in Potsdam den M18-Helm trug, noch mal euer Archiv durchforsten könntest? Ich erwarte ein vollständiges Dossier von beiden, Adressen, dazu die bestmögliche Todesart und -zeit.«

»Sehr lustig! Es reicht, wenn einer sich die Rübe abschlagen lässt.«

»Ich finde, das mit Fehrkamp hab ich hingekriegt. Sogar Göring soll mich gepriesen haben.«

»Na und? Morgen bringt der dich um.«

»Wenn einen die Nummer zwo, Hitlers Erbe, erwähnt, befördert dich das auf die vorletzte Stufe vorm Eingang ins braune Paradies, wo schöne Blondinen mit Thorak-Figur frohlocken. Des Führers Bildhauer hatte gewiss auch göttliche Aufträge, zumal der Allmächtige sich längst das Hakenkreuz-Bonbon angesteckt hat und mit Hitler bei einer Gemüsesuppe die Vorsehung erörtert.«

»Du hast vielleicht eine perverse Fantasie.«

»Was ist an Engeln pervers?«

»Alles, jedenfalls wenn du das träumst.«

»Meine Hauptsorge sind aber nicht die Engel, sondern der Teufel, diesmal in Gestalt von Eckes. Das ist fast so, als würde mich Heydrich begleiten. Eckes lässt sich nicht so leicht in die Irre führen. Außerdem hat er noch ein Hühnchen mit mir zu rupfen. Ich hab ihn zu oft abgehängt, als er mich beschatten sollte. Heydrich hat das nicht amüsiert.«

»Hast du keinen Vorwand? Plötzliche Erkrankung ...«

»Das glauben die mir nicht. Ich kann mir schwer vorstellen, dass Heydrich nicht schon einen Verdacht gegen mich hegt. Der ist schlau. Wenn ich Otto Strasser ermorde, ist für eine Weile alles gut.«

»Aber du willst das doch nicht.«

8.

Das Präsidium am Alex wurde überschüttet mit Briefen und Anrufen. Alle hatten die Frau gesehen. Fragten Lichtigkeit oder Bock nach, wo, unter welchen Umständen, wann, dann wurden die Wichtigtuer spröde.

»Es ist jedes Mal so, aber bei Aphrodite brechen die alle Rekorde. Wir übergeben die Telefoniererei Madame Steinkopf alias Köpfchen und fahren noch mal zum Tatort. Vielleicht überfällt uns dort die Weisheit. Also, ich spreche nicht von Ihnen.«

Bock grinste. »Danke, Chef. Wer ist dann *uns*?«

»Pluralis Majestatis.«

»Was bitte?«

»Sag ich doch«, erwiderte Lichtigkeit.

Die Frühherbstsonne heizte die Stadt. Es war schnell trocken geworden, eine Brise trieb Staubkörner vor sich her. Der Regen hatte die Blutflecken weggewaschen.

»Blutgruppe B«, sagte Bock. »Und keine weitere. Der Täter hat sich nicht verletzt oder sich rechtzeitig die Wunde verbunden.«

»Ich glaube, sie kannte ihren Mörder, was es dem umso leichter machte. Er kam von hinten, hielt sie fest und schnitt von links nach rechts. Unser Täter ist mit hoher Wahrscheinlichkeit Rechtshänder und männlich. Das zeigt die Vergewaltigung.«

»Und wenn die Frau auf hartem Sex bestand?«

»Ja, wenn der Kaiser wieder da wär.«

»Könnte doch sein«, quengelte Bock.

»Der Täter hat sie irgendwo erstochen, sie dann gut verpackt und hergebracht. Gewiss nicht mit einem Fahrrad ...«

»Lastenrad?«, fragte Bock.

»Stimmt, das wäre möglich. Trotzdem vermute ich ein Automobil oder einen Lastwagen. Lastenrad scheint mir riskant. Sie packen einen Körper in den Korb oder Anhänger ... Ich würde mich das nicht trauen. Stellen Sie sich vor, jemand sieht den, und der Täter muss verduften. Da legt sich im nächsten Straßenloch ein Arm frei, ein Bein.«

»Sie würden ja auch kein Verbrechen begehen.«

»Schleimen Sie nicht rum, sonst begehe ich mein erstes Kapitalverbrechen.«

Bock grinste: »Entschuldigung.« Er verstand Lichtigkeit in letzter Zeit immer schlechter. Der Kommissar war auf Distanz gegangen. Kaum eine Schote mehr. Und wenn eine, dann bitter. Gennat hatte sich nicht geändert, aber Lichtigkeit wurde sarkastisch, zynisch. Weil Raben zur Gestapo versetzt worden war? Mit dem war er dicke gewesen, wie sie bei der Kripo erzählten. Und der hatte es gleich zum Kommissar gebracht, worauf andere Jahrzehnte warten mussten und dann doch als Kriminalassistenten in den Ruhestand gingen. Aber seit die Nazis an der Macht waren, purzelten Kollegen die Karrieretreppe hoch, dass es fast schon halsbrecherisch war. Preußen gab Geld aus, als würde das Land es selbst drucken.

Nur Bock hatten sie übersehen, obwohl Lichtigkeit ihm versprochen hatte, der Nächste zu sein, der befördert würde. Aber das hatte er Wendig auch schon zugesagt.

Bock stocherte mit einem Zweig in den Steinen des Bahndamms. »Da!«, rief er.

Lichtigkeit bückte sich neben ihm. »Da glitzert was.«

Vorsichtig räumte Bock Steine zur Seite, bis Lichtigkeit sie herauszog, die Damenkette. Gold mit Steinen. Der Verschluss war offen.

»Vielleicht hat uns der Täter auf diese Weise erklärt, dass Geld ihm egal ist«, sagte Lichtigkeit.

Bock tippte sich an die Stirn. »Er hat die Kette fein säuberlich geöffnet und weggeworfen. Ein Raubmord ist das nicht.«

»Oder er hat sie genommen und fallen lassen, weil er sich gestört fühlte. Sie ist nachts zwischen die Steine gerutscht, und er hatte keine Zeit, sie zu suchen.«

»Und er ist nicht wiedergekommen, weil er Angst vor uns hatte«, sagte Bock.

»Oder die Kette hat nichts mit unserem Fall zu tun und gehört aufs Zentralfundbureau. Erkundigen Sie sich da, ob jemand so eine Kette vermisst.«

9.

Kurz nach acht erschien Eckes im Wartesaal des Anhalter Bahnhofs, als wollte er unterstreichen, dass er es nicht nötig habe, pünktlich zu sein. Bei aller Wertschätzung Heydrichs, aber Raben die Leitung des Unternehmens zu übergeben fand er erniedrigend. Doch so war der Gruppenführer. Er hatte die Macht, er spielte mit ihr. Und aus irgendeinem Grund betrachtete er Raben als Wundervogel im eigenen Zoo.

»Heydrich hat dir die Leitung übertragen, um dich in Sicherheit zu wiegen«, hatte Lena gesagt. »Sogar wenn es nicht so sein sollte, pass auf dich auf, lass dich nicht einlullen.«

Eckes trug einen mausgrauen Anzug, einen schwarzen Hut und einen roten Schlips, dazu einen Lederkoffer. Er setzte sich neben Raben.

»Guten Morgen«, sagte der.

»Morgen«, erwiderte Eckes, als würde er Rabens Todestag nennen. »Pompös hier.« Blickte hoch zu den Kronleuchtern, unter denen Sitze und Bänke ausgerichtet waren wie in einem Speisesaal. Er sah sich um. »Der Kaiser hatte oben einen eigenen Wartesaal. Hoffentlich überlassen sie den dem Führer.« Eckes lachte. »Oder Himmler.«

Sie saßen fast in der Mitte des Saals, an anderen Tischen unterhielten sich Leute. Einige lasen Zeitungen, einer das *Berliner Tageblatt*. »Ich hol mir eine Zeitung«, sagte Raben. »Soll ich Ihnen eine mitbringen?«

Eckes zog lächelnd den *Völkischen Beobachter* aus der Aktentasche.

Raben kaufte am Zeitungsstand das *Tageblatt*, blätterte vor der Auslage darin und fand einen Artikel von Lena. *Wer kennt diese Frau?* Den Artikel säumte ein Foto, die Frau sah atemberaubend aus. Er bezahlte und ging zurück zu seinem Stuhl am Tisch. Eckes linste. »Ah, Ihre Frau arbeitet ja bei denen. Sie hat Heydrich schwer beeindruckt. Der Gruppenführer ist ja kein Kostverächter.«

Raben hörte die Drohung. Schlug die Zeitung auf und schob Eckes Lenas Artikel zu. Der bestarrte das Foto. »In der Tat ... noch im Tod.« Als er den Artikel gelesen hatte: »Ja, ich versteh aber nicht, was die Frau am Zentralviehhof suchte.«

»Den Tod?«, fragte Raben, um sich dumm zu stellen. Lena hatte den Artikel mit keinem Wort erwähnt. Überhaupt erzählten sie sich weniger als früher von der Arbeit. Ob sie sich so schämte wie er?

»Sehen Sie nicht die Retuschemarke überm Hals? Sieht ein Blinder. So ein Schlamper von Fotograf. Bestimmt ein Jude. Hat sich einen runtergeholt und ...«

Im Zug erinnerte Raben sich seiner letzten Zugfahrt, die ihn nach Wien führen sollte, aber in München unterbrochen wurde, nachdem ein Mörder auf ihn losgegangen war. Diesmal aber fuhr er nicht in der Holzklasse, sondern auf einem gepolsterten Sitz. Eckes saß ihm gegenüber am Fenster. An der Gangseite saß eine junge Frau. Sie holte Stricknadeln und Garn aus einer Einkaufstasche. Es begann zu klappern, bald im Takt des Zugs.

»Wer bringt so jemanden um?«, fragte Eckes mehr sich selbst.

Die Frau blickte ihn erschreckt an. Raben zeigte ihr das Foto in der Zeitung.

»Um Himmels willen!« Legte die Hand vor den Mund. »Aber die ... Dame wird doch nur gesucht.«

»Die ist in Wahrheit tot, wir sind Polizisten und kennen uns mit so was aus«, sagte Eckes.

Die Frau nickte, strickte ein paar Maschen, hielt ein und schüttelte den Kopf. »Sie werden den Mörder doch bestimmt fassen?«

»Ja, seit der Führer für Ordnung sorgt, ist es mit dem Verbrechen bald vorbei«, sagte Eckes. »Die Politiker in der Systemzeit wollten nicht verstehen, dass Kriminalität eine biologische Frage ist. Sie ist bestimmten Menschen angeboren, besonders den Juden. Wenn wir die Verbrecher wegsperren, gibt's nur noch Streiche von Lausejungen.« Er lachte. »Waren wir alle mal.«

Die Frau lächelte. »Ich verstehe davon nichts und vertraue ganz dem Führer und seiner Polizei.«

»Sie haben vollkommen recht, meine Dame«, sagte Eckes, »nicht wahr, Herr Kriminalkommissar?«

»Natürlich«, sagte Raben.

»Da bin ich doch beruhigt und wünsche Ihnen viel Erfolg.«

10.

Dann stand die Leiche in der Tür. Lichtigkeit holte sich gerade einen Kaffee bei Köpfchen, als die sterblichen Überreste aus der Gerichtsmedizin eintraten, nachdem sie geklopft hatten.

»Bin ich hier bei der Mordkommission?«

Lichtigkeit fiel die Tasse aus der Hand. Köpfchen schlug die Hand vor den Mund, und doch entfuhr ihr ein Entsetzensschrei.

Bock eilte herbei und verfiel der Starre wie Lots Frau auf der Flucht aus Sodom. Nur war das Polizeipräsidium, die Rote Burg am Alex, erst seit Kurzem ein Hort der Sünde, weshalb Bock sich dabei ertappte, wie er den Daumen in den Mund steckte und herauszog, rot anlief und tatsächlich zwei Worte herausbrachte. »Guten Morgen.«

Lichtigkeit bückte sich nach den Tassenscherben, als Köpfchen endlich die Sprache wiederfand, die sie nie vorher verloren hatte.

Unfreundliche Kollegen sagten ihr nach, dass man bei ihrer Beerdigung das Mundwerk extra totschlagen müsse.

»Ich komme wegen des Fotos in der Zeitung«, sagte die Leiche.

11.

Raben las einen Fallada-Roman, den Lena ihm mitgegeben hatte. *Ein Mann will nach oben.* Lena hatte ihn gepriesen in ihrer Rezension. Mit Buchbesprechungen hatte sie sich etwas verdient, bis Heydrich ihr und ihrer Mutter Elisabeth einen Ariernachweis besorgt hatte, der so falsch war wie Hitlers Friedensliebe, die zu äußern er nicht müde wurde. Eckes vertiefte sich in den *VB*, die Frau in der Ecke klapperte mit dem Zug um die Wette. Dann hatte sie den Gleichklang offenbar satt und arbeitete sich einen Klappervorsprung heraus. Die Querung der tschechischen Grenze ging flott, nachdem an der deutschen die Unterwürfigkeit der Grenzbeamten deren Dienstpflicht erblassen ließ. Die tschechoslowakischen Beamten warfen nur einen Blick auf die Reisepässe und grüßten freundlich. Der Zug ruckelte und fuhr los.

»Sie fahren bis Prag?«, fragte Eckes die Dame.

»Ja, Herr Kriminalkommissar. Arbeiten Sie für die Gestapo? Es geht mich ja nichts an, aber vielleicht tun Sie nicht so geheim, wie der Name Ihrer Behörde behauptet?«

Eckes lachte. »Die Gestapo sorgt für die Sicherheit unserer Bürger. Auch für Ihre. Die Polizei der Systemzeit war gehemmt durch unzählige Vorschriften. Dieser sogenannte Rechtsstaat schützte Gauner und Mörder. Wie viele Volksschädlinge machten Berlin unsicher, aber wenn man sie vor Gericht stellte, wurden sie freigesprochen. Wir stecken sie in Schutzhaft, in Konzentrationslager. Es gehen Gerüchte über die KL um, aber ich kann Ihnen versichern, wer dort entlassen wird, kommt auf keine krummen Ideen mehr. Wir erziehen die Verbrecher, trennen die Leute, die sich haben gehen lassen, von denen, die ihren Lebensunterhalt durch Raub, Einbruch und Mord verdienen. Bald können Sie in finstersten Gegenden wie am Schlesischen Bahnhof bummeln, ohne auch nur schräg angeblickt zu werden.«

»Das ist ja großartig«, sagte die Frau. »Ob ich mir Ihr Dienstgebäude mal anschauen darf ... am Alexanderplatz?«

»Nein, nicht mehr, wir arbeiten in der Prinz-Albrecht-Straße 8, der ehemaligen Kunstgewerbeschule.«

»Ach, dort«, sagte sie. »Ob Sie mir vielleicht Ihre Visitenkarte geben könnten?«

»Aber gern doch.« Das Hakenkreuz wechselte den Besitzer.

Raben legte das Buch auf den Nebensitz und hielt sich das *Berliner Tageblatt* vor die Augen. Er ahnte, was jetzt kam.

»Vielleicht darf ich eine Fotoaufnahme von Ihnen machen.« Sie zog eine Leica aus der Handtasche. »Ich fotografiere für mein Leben gern. Vor allem Menschen.«

»Aber gern doch.« Eckes wendete seinen Hintern, als wollte er auf seinem Sitz einparken, zog den Bauch ein, beugte sich zur Dame vor und setzte ein Lächeln auf.

»Wunderbar, was sind Sie fotogen!« Es klickte, sie spannte den Verschluss und zog den Film weiter vor. Noch ein Klick.

»Ihr Kollege, vielleicht ...«

»Ich möchte bitte nicht geknipst werden«, sagte Raben.

»Schade.«

»Sobald jemand eine Kamera auf mich richtet, versteife ich und ziehe Grimmassen. Mir ist es peinlich.«

»Dabei sind Sie ein so gut aussehender junger Mann.«

12.

»Die Frau auf dem Lichtbild in der Zeitung ist meine Schwester. Wir sind Zwillinge. Das erklärt vielleicht manches.«

Lichtigkeit schnaufte durch. »Setzen Sie sich … bitte. Kaffee?«

»Gern.«

Lichtigkeit betrachtete seinen Gast. Die Ähnlichkeit war unglaublich. Noch unglaublicher erschien ihm, dass die Frau ruhig war. Keine Sorge, keine Fragen. Stattdessen legte sie ihren Mantel über die Stuhllehne, strich den Rock glatt und setzte sich.

»Sie wissen, dass Ihre Schwester ermordet wurde?«

»Das sieht man dem Fahndungsfoto an. Das Gesicht ist tot. Das fällt einem auf, wenn man sich gut kennt. Und Ihr Retuscheur hat, Entschuldigung, bestimmt schon bessere Arbeit abgeliefert.«

»Sie leben in Berlin?«

»Ich wohne in Berlin, lebe aber überall.«

»Adresse?«

»Drakestraße 69, Lichterfelde. Ich habe die Schüsse noch im Ohr, schrecklich. In der ehemaligen Kadettenstraße, Sie erinnern sich, wo viele Männer der SA und andere erschossen wurden, als Röhm geputscht hat. Dieser Abschaum.« Sie zog eine Zigarettenspitze aus ihrer Handtasche, steckte eine Zigarette ins Mundstück und blickte sich um. Bock gab ihr Feuer.

Lichtigkeit begann zu kochen. Dieses Geschwätz. *Ich wohne in Berlin, lebe aber überall.* Herrje.

»Ich bin die Ehefrau des Generals von Bose, Edeltraut«, sagte sie.

Auch das noch, fluchte Lichtigkeit innerlich.

»Wie heißt Ihre Schwester?«

»Karoline Böhme, das ist ihr Mädchenname. In ihrem Gewerbe heiratet man besser nicht.«

»Was für ein Gewerbe?«, fragte Lichtigkeit.

»Na, was wohl?« Sie reckte das Kinn dem Kommissar entgegen.

»Sagen wir Edelprostituierte. Nutte für feine Herren. Sie war reich, Schönheit zahlt sich aus.«

»Wo hat sie gewohnt?«

»Im Grunewald, Dachsberg 12, feine Ecke.«

Es war eine alte Villa mit vier Mietparteien. Die Besitzerin des vom Efeu umschlungenen Hauses öffnete nach dem ersten Klingeln.

Sie kriegte wohl was ab, wenn sie die Freier die Treppe hinaufführte.

Sie hatte weiße Haare, einen Dutt und trug eine Brille. Und schlug die Hand vor den Mund, als sie die Schwester des Opfers sah. »Sie?«

»Sie heißen?«, fragte Lichtigkeit, zeigte die Polizeimarke.

»Hermine Erdling.«

Bock schrieb's auf.

»Sie sind Besitzerin dieses Hauses?«

»Ja, Herr Kommissar.«

»Ich könnte Sie wegen Kuppelei verhaften.« Er ließ es wirken.

»Aber …«, sagte sie.

Lichtigkeit tat so, als hätte er es nicht gehört. »Sie beherbergen eine Frau Karoline Böhme.« Keine Frage, eine Feststellung.

Erdling nickte. »Ich hab's in der Zeitung … Sie wohnt im zweiten Stock.«

»Haben Sie einen Schlüssel zur Wohnung?«, fragte Lichtigkeit.

»Ja, natürlich.«

»Dann führen Sie uns hoch.«

Erdling zog sich mehr am Geländer hoch, als zu steigen. Oben schnaufte sie wie ein Brauereigaul.

Böhme, eingraviert auf einer Silberplatte.

Erdling öffnete die Wohnungstür und betrat den Flur. Parfümgeruch, süßlich, schwer. Im Flur eine Garderobe, an der ein Mantel und zwei Jacken hingen. An der Wand ein Telefon. Das Wohnzimmer war bescheiden. Sitzecke, Berlin-Stiche. Ein kleines Bücherregal mit Liebesschmonzetten.

Das Schlafzimmer dagegen war eine Pracht, jedenfalls für Freier. Bilder von mehr oder weniger entkleideten Schönheiten. Die Tapete rosafarben, die Decke verspiegelt. Eine Bar an der Wand und ein Grammofon. Übertrumpft wurde alles durch ein riesiges Bett mit rosafarbener Wäsche, das auf einem rosafarbenen Plüschteppich stand.

Die Bose stand in der Tür und glotzte, dass ihr die Augen aus den Höhlen fielen. Doch der Sehnerv verhinderte, dass sie als Bällchen auf dem Teppich kullerten, um sich dort zu verfranzen. Sie schloss die Lider, wie Kinder sich die Hände vor die Augen hielten und unsichtbar zu sein glaubten. Aber als sie ihre Augen öffnete, war alles noch schlimmer. Sie begriff, was das Schlafzimmer erzählte.

Sie ging ins Wohnzimmer und setzte sich auf einen der beiden Sessel.

Lichtigkeit nahm den anderen Sessel. »Sie waren noch nie hier?«

»Nein, nie. Wenn meine Mutter das erfahren hätte, um Gottes willen. Da bin ich nachträglich fast froh, dass sie verstorben ist.« Sie weinte, zog ein Tuch aus der Handtasche und tupfte sich die Tränen weg.

»Wann haben Sie Ihre Schwester das letzte Mal gesehen?«

Sie legte ihre Arme auf die Lehnen. »Vielleicht vor einem Jahr, eher länger.«

»Ihr Kontakt war offenbar nicht sehr eng«, sagte Lichtigkeit.

»Man behauptet ja, dass Zwillinge sich besonders gut verstünden, aber …« Sie putzte sich die Nase, griff in die Handtasche, um den Schaden wegzupudern. »Wir hatten was zu besprechen wegen unserer Erbschaft. Meine Mutter …«

»Mein Beileid«, sagte Lichtigkeit.

»Meines auch«, sagte Bock.

»Danke. Aber so ist der Lauf des Lebens.«

»Haben Sie sich einigen können?«, fragte Lichtigkeit.

»Ist jetzt nicht mehr nötig.«

»Kennen Sie das Testament Ihrer Schwester?«

»Ich bezweifle, dass sie eines hat.«

»Warum?«

»Sie kennen doch die Leute, die in den Tag hineinleben, als gäbe es kein Morgen.«

Lichtigkeit nickte. »Natürlich«, sagte er, um was zu sagen. »Wir nehmen in solchen Fällen die Fingerabdrücke aller Beteiligten. Ich bin sicher, Sie haben nichts dagegen, mit uns zurück aufs Präsidium zu kommen.«

Als wäre es ein Signal gewesen, erschien Körber vom Erkennungsdienst.

»Sie werden in dieser Wohnung ein paar Dutzend unterschiedliche Fingerabdrücke finden. Die Eigentümerin hatte viele ... Freunde.«

Körber grinste.

»Ich darf Sie einen Augenblick mit meinem Assistenten allein lassen? Wenn Ihnen noch etwas einfällt, wird er es notieren.« Er erhob sich und führte Körber in die Küche. Er blickte sich um und sagte: »Vergleichen Sie die Fingerabdrücke der Dame mit denen, die Sie hier finden. Das hat Vorrang.«

»Sie glauben ...?«

»Ich glaube nichts, ich will es wissen.«

13.

Er hatte ein seltsames Gefühl im Bauch, als er die Toilette aufsuchte. Bei seiner letzten Fahrt Richtung Wien war er überfallen worden. Von einem Mann, der sich im Abteil noch freundlich gezeigt hatte angesichts einer geifernden Nazisse. Raben verdankte sein Leben einer Reaktion, die eines Tischtennisspielers würdig war. Diesmal geschah nichts.

Eckes plauderte mit der Frau. Offenbar hatte sie sich ihm vorgestellt.

»Aber Fräulein Klein, Sie dürfen nicht glauben, was in ausländischen Zeitungen steht. Die sind neidisch auf Deutschland. Kann man ja verstehen.«

»Aber es wird doch nicht alles gelogen sein«, erwiderte sie. »Also, in Wien hört man Sachen ...«

»Ich will gar nicht abstreiten, dass es wie bei jeder Revolution ... Dinge gibt ... Aber die Deutschen unterstützen den Führer, fast neunzig Prozent bei der Volksabstimmung im August.«

»Volksabstimmungen in Diktaturen gehen immer so aus, wie der Diktator es will«, erwiderte sie.

Eckes starrte sie an. »Sie wollen doch nicht etwa ...«

»Doch, doch«, sagte sie. »Hier, in der Tschechoslowakei, dürfen wir alles sagen, was wir wollen. Hier gibt es keine Gestapo, keine Folter, keine KZs.« Sie blickte Raben an.

»Vermutlich haben Sie recht«, sagte der.

Eckes Kopf ruckte, aber er schwieg. Er würde Raben bei Heydrich verpetzen.

Es fiel kein Wort mehr, außer bei der Fahrkartenkontrolle. Dann rollte der Zug in den Wilson-Bahnhof ein, der Name ein Dankeschön an den ehemaligen US-Präsidenten, dem die Tschechoslowakische Republik ihre Existenz verdankte. In der Haupthalle standen sie und staunten über die verspielte Pracht des habsburgischen Erbes. Rabens Augen suchten die Frau aus dem Zug. Sie schien verschwunden zu sein, dann aber entdeckte er sie am Haupteingang, begleitet von einem älteren Mann, der sich nach ihnen umdrehte. Sein Blick traf den von Raben. Gleich guckte der Mann weg und sagte der Frau etwas ins Ohr.

»Sie hätten sich nicht fotografieren lassen dürfen«, sagte Raben.

»Das müssen gerade Sie sagen, der mir in den Rücken gefallen ist.«

»Sie irren sich. Ich habe nur bestätigt, was jeder weiß. In der Tschechoslowakei gibt es keine Folter und kein KZ.«

»Aber die Übergriffe auf die Sudetendeutschen, die Missachtung von Minderheitenrechten.«

»Das ist natürlich übel«, sagte Raben. Er redete sich heraus, diese Diskussion führte ohne Umweg in Teufels Küche.

Die Kraftdroschken warteten, sie bestiegen einen blitzblanken Škoda Superb. Der Chauffeur war so fein wie sein Auto. Er riss die hinteren Türen auf, polierte mit dem Ärmel einen Fingerabdruck weg, den Raben hinterlassen hatte. »Das ist das neueste Modell, gerade herausgekommen.«

In der Tat roch der Wagen nach Leder und Reinigungsmittel. Der Fahrer brachte sie zum Hotel *Ametyst*, links der Moldau, am Rand der Innenstadt. Sie nahmen zwei Zimmer im Flur gegenüber, im zweiten Stock.

Beim Abendessen sagte Raben: »Sturmbannführer, Sie sind verbrannt, die Polizei hat Ihr Foto, der Geheimdienst sowieso. Wenn wir zusammen Strasser ausschalten, verdanke ich Ihnen Festnahme und Verurteilung. Also geh ich morgen früh allein los.«

14.

Edeltraut Bose ließ sich wortlos die Fingerabdrücke abnehmen und folgte Körber in Lichtigkeits Büro. »Sie sollen zum Chef kommen … mit der Dame«, sagte Köpfchen.

Gennat empfing sie ohne Kuchen und bat die Steiner um Kaffee. Mit den Armen drückte er seinen Körper auf dem Sofa hoch und ächzte leise. »Sie sind also Frau von Bose, ich freue mich, Sie kennenzulernen. Mein Beileid. Setzen Sie sich bitte.« Gab ihr die Hand und plumpste zurück aufs Sofa.

»Danke, Herr Kommissar.«

»Kriminaldirektor«, sagte Lichtigkeit.

Aber Gennat winkte ab. »Ich bin Herr Gennat. Ich leite die Mordinspektion. Nichts Bedeutendes, zumal im Vergleich mit Ihrem Mann.«

Sie saß und nickte.

»Das muss ein schwerer Schlag für Sie sein. Sie halten sich fabelhaft.«

»Danke, Herr ... Gennat. Ich hoffe, wir können diese ... Sache aus der Öffentlichkeit heraushalten, schon um meinem Mann das Getratsche zu ersparen. Jetzt, wo das Militär dank des Führers wieder seine angestammte Rolle im Staat spielt.«

»Wir tun unser Bestes. Haben Sie Herrn Wagner oder Frau Raben in der Nähe des Tatorts erblickt? Oder sonst jemanden von der Zunft?«, fragte er Lichtigkeit.

Der Kommissar schüttelte den Kopf.

»Für meine Mitarbeiter lege ich meine Hand ins Feuer«, sagte Gennat.

»Da bin ich erleichtert. Ich kann jetzt gehen?«

»Selbstverständlich. Danke für Ihre Hilfe.«

Sie nahm ihren Mantel und verließ das Büro.

Gennat hob die Brauen.

15.

Eckes tauchte nicht zum Frühstück auf. Raben frühstückte gemütlich und überlegte, wie er Strasser am besten überraschen konnte. Am Empfang fragte er, wo er die *Deutsche Revolution* kaufen konnte, eine Zeitung von Strassers Schwarzer Front. Der Empfangschef musterte ihn. »Sie wissen, dass die Gestapo Anschläge auf Herrn Doktor Strasser verübt hat?«, sagte er mit österreichischem Einschlag. Groß und breit blickte er Raben an, als wollte er ihn als Vorspeise verschlingen.

»Ich will nur die Zeitschrift kaufen. Ich komme aus Berlin, dort geht das nicht. Verstehen Sie?«

»Ich versuch's. Gehen Sie am Eingang rechts, zum Bahnhof, dort finden Sie Zeitungsverkäufer aller Sorten. In Prag gibt's das noch.«

»Hoffentlich für immer«, sagte Raben.

Der Mann nickte. In seinen Augen las Raben Fragezeichen.

Er fand schnell den Zeitungsverkäufer und bezahlte ein Exemplar. Rollte es und steckte es in die Hosentasche. Auf der Hoteltreppe torkelte ihm Eckes entgegen. »Ich geh frühstücken«, stammelte der und hielt sich mit beiden Händen am Geländer fest.

Im Hotelzimmer las Raben das Organ der Schwarzen Front, fand auf der ersten Seite zwei Postadressen, eine in Kopenhagen, eine in Prag. *Prag I, Schließfach 544.* Er schrieb eilig einen Brief an *Dr. Otto Strasser.* Er möge rasch postlagernd antworten und den Brief nach der Lektüre verbrennen. Das nächste Postamt lag in der Kaprová-Straße. Drin lebte der Kaiser Franz Joseph noch wie draußen auch, in jeder Säule, Engelsstatue, Fassade, in jedem Kringel über Eingangstüren und jedem Fensterrahmen mit ihren abgestuften Rändern. Säulen, Steinboden mit eingravierten Szenen der Habsburgerzeit. Nur das Bild des Kaisers fehlte. Drei Schalter waren geöffnet, und die Beamten nahmen sich Zeit für ein Schwätzchen mit einem Kunden oder untereinander. Als Raben endlich dran war, legte er einen Brief auf den Tresen. »Ist für Schließfach 544.«

Der Beamte mit Kinnbart lächelte ihn an. »Dann können Sie die Sendung gleich hierlassen.« Es gab im Ersten Bezirk Prags fünf Postämter. Wenn es ein anderes wäre, hätte der Postbeamte ihn dorthin geschickt. »Ich werde den Brief freimachen für Sie. Vierzig Heller.«

Raben zählte die Münzen ab. »Wissen Sie, wie oft das Postfach geleert wird?«

Der Beamte musterte Raben. »Warum wollen Sie das wissen?«

»Es ist eilig.«

»Machen Sie sich keine Sorgen«, sagte der Postbeamte. Klebte die Marke drauf und stempelte sie.

Raben fand den Raum mit den Schließfächern leicht. Es gab sogar eine Holzbank, wo er sich neben ein altes Paar setzte. »Ich hoffe, es macht Ihnen nichts aus.«

»Nein, nein«, sagte sie. Schlohweiße Haare, erstaunlich kurz geschnitten, silberne Ohrringe mit jeweils einer Perle. Er hatte eine Glatze und dampfte in seiner Kleidung.

»Sie kommen aus dem Reich?«, fragte sie.

»Ja, Sie auch?«

»Aus Hamburg. Wir sind geflohen, als die SA uns bedrängte. Wir haben unseren Bekleidungsladen am Jungfernstieg einem arischen Freund verkauft, bevor …«

Der Alte stieß ihr mit dem Ellbogen gegen den Unterarm.

»Ich bin Sozialdemokrat und der Verhaftung in letzter Minute entkommen. Viele meiner Genossen sitzen in Konzentrationslagern, die jetzt die SS von der SA übernommen hat. Aber KZ bleibt KZ«, sagte Raben.

»Ja«, sagte der Alte leise. »Hier haben wir zwar Hunger, aber es gibt Leute, die sich um die Emigranten kümmern. Wir wollen nach Frankreich, wir haben Angst vor den Deutschen hier.«

»Ach, du mit deinen Sudetendeutschen«, sagte sie. »Hier überleben wir, und wir müssen keine Angst haben.«

»Noch«, sagte er. »Und wenn es dann zu spät ist, haben wir kein Geld, um nach Frankreich zu fliehen … oder nach Amerika.«

Raben hatte hundertfünfzig Reichsmark als Reisekostenvorschuss erhalten. Er musste nach der Reise mit Belegen abrechnen.

Er zog sein Portemonnaie und gab der Frau hundert Reichsmark. »Das reicht für den Zug.«

Die Frau öffnete den Mund, schloss ihn, sagte: »Um Himmels willen, das dürfen wir nicht annehmen.«

»Nehmen Sie den Zug, noch diese Woche. Verschwinden Sie aus der Tschechoslowakei, fahren Sie in den Westen. Noch geht es.«

»Ist es schon so schlimm?«

»Ich weiß es nicht, rechne aber mit allem.«

»Und Sie? Sie müssen auch weg.«

»Natürlich. Dafür reicht die Kasse noch. Ich warte auf Genossen.« Er hatte das Schließfach 544 vor Augen.

»Wir warten noch auf die Post … von unserem Sohn. Wir fangen den Postbeamten gleich hier ab.«

»Das hab ich auch vor.« Nur dass sich die beiden Alten kein

Schließfach leisten konnten, was ihm zu spät aufgefallen war. Er hatte nicht aufgepasst. *Schließfach* war nicht gleich *postlagernd*. Ein Schließfach musste man bezahlen, man musste gültige Papiere mit Anschrift vorlegen. Man musste einen Antrag stellen, der wurde geprüft und gegebenenfalls bewilligt. Er war auf die Harmlosigkeit der beiden hereingefallen. Für wen arbeiteten sie? Für die Prager Regierung? Für Heydrichs Sicherheitsdienst, den alle nur SD nannten? All das erschien ihm absurd. Warum saßen die hier herum? Auf wen warteten sie?

»Welches Schließfach haben Sie?«

»544.«

Raben erschrak. War es Zufall? Hatte der Hotelier Strassers Gruppe gewarnt? Gehörte er dazu? Oder hatte der SD ihn angeheuert?

»Und Sie?«

»Das ist lustig, 545.«

»In der Tat«, sagte der Alte, schien es aber nicht für lustig zu halten.

»Hören wir mit dem Versteckspiel auf. Sie gehören zur Strasser-Gruppe, und ich bin Kommissar der Gestapo.« Alles auf eine Karte. Die Anspannung zerriss ihn.

Die Frau blickte ihn erschrocken an.

»Ich habe Doktor Strasser einen Brief ins Schließfach legen lassen und warte jetzt auf den, der ihn abholt und zu Strasser bringt. Um ihn zu verfolgen …«

»Und unseren Strasser zu ermorden. Das haben schon andere versucht«, sagte die Frau.

»Ich will ihm helfen. Ich kannte seinen Bruder Gregor gut«, log Raben. »Ich gehörte zu seinen Leuten, bis die SS ihn ermordet hat.«

Die beiden Alten blickten sich an.

»Bringen Sie den Brief Herrn Doktor Strasser. Wir treffen uns morgen hier wieder, zur gleichen Zeit. Einverstanden? Sie können mich dann auch nach Waffen durchsuchen und meinetwegen fesseln. Denken Sie sich was aus dem Repertoire schlechter Theaterstücke aus.«

Sie blickten sich wieder an. Die Frau nickte. Sie zog einen kleinen Schlüssel hervor, öffnete das Schließfach 544 und nahm den Brief heraus. Mehr lag nicht im Fach. Sie gingen, ohne sich umzudrehen. Raben wartete. Las in der *Deutschen Revolution*, dass ehrliche National-*Sozialisten* dem *Führer* bald den Garaus machen würden. Nicht um Gregor Strasser zu rächen, sondern um den deutschen Sozialismus zu vollenden.

»Wenn das der Führer wüsste!«, sagte Raben zu einem Schließfach.

16.

»Einen einzigen hat sie hinterlassen. Einen einzigen Fingerabdruck. Am Spülkasten, oben, wo die Kette angebracht ist. Sonst haben wir Wischspuren gefunden und Dutzende weitere Fingerabdrücke. Weniger, als wir dachten. Die Dame liebte die Sauberkeit. Umso erstaunlicher, dass der Toilettengriff vor ihrer Reinigungswut verschont blieb.« Körber blickte Gennat und Lichtigkeit an. Der Kriminaldirektor saß auf seinem Sofa, Lichtigkeit auf einem Stuhl daneben.

»Hm«, sagte Gennat.

»Dann müssen wir die Dame noch einmal befragen. Ich nehme Bock mit«, sagte Lichtigkeit.

Sie schaukelten in einem Ford T durch den Nachmittagsverkehr. »Herr Kommissar, Sie kennen den Spruch von Henry Ford über sein Auto, also über dessen Farben?« Ohne eine Antwort abzuwarten, sagte Bock: »Meine Kunden können jede Farbe haben, Hauptsache, sie ist schwarz.«

»Ich hab von dem zuletzt gelesen, dass er ein Anhänger unseres Führers ist«, knurrte Lichtigkeit. Er erreichte seinen Zweck, Bock hielt die Klappe.

»Hier haben die Kameraden die SA-Bonzen erschossen.« Lichtigkeit zeigte zur ehemaligen Kadettenanstalt, in der die SS-Leibstandarte Adolf Hitler hauste.

Bock schwieg weiter. Lichtigkeit fragte sich, wann sie ihn holen wollten. Wenn schon die Führung von Hitlers Parteiarmee rasiert wurde. Da kam es auf einen kleinen Kommissar nicht an. Ein Hauch des Verdachts genügte. Er dachte an Raben, der ein gefährliches Spiel spielte und vor nichts Angst zu haben schien. Was natürlich Quatsch war. Jeder Mensch hatte Angst. Bock, Raben, Lichtigkeit und sogar Sepp Dietrich, der derbe Chef der Leibstandarte. Der immer so tat, als wäre ihm nichts lieber, als für den Führer zu sterben.

Vor dem Haus stand ein Horch-Achtzylinder, dessen Motor vornehm blubberte. Ein Dienstmädchen öffnete ihnen. »Bitte warten Sie, ich sage Frau General Bescheid.« Sie hatten kaum Zeit, die Porträts von Offizieren zu betrachten, welche die Wand eng an eng bedeckten.

Zunächst aber erschien der General von Bose, und dies in Uniform, übersät mit Orden und Ehrenzeichen. Er nickte den Polizisten knapp zu. »Sie halten meine Frau also für eine Verbrecherin.«

»Herr General, nicht doch«, sagte Lichtigkeit. »Sie ist eine Zeugin. Die einzige, die wir haben.«

»Ich hatte jetzt mit dem Spruch von Pflicht und so weiter gerechnet«, entfuhr es ihm schmallippig. »Dann tun Sie die mal.« Und verließ das Haus.

Frau von Bose trug Sommerrock und Bluse. »Haben Sie eine Frage vergessen?«

»Ja«, sagte Lichtigkeit.

»Kann jedem passieren. Kommen Sie doch mit ins Wohnzimmer.« An das kleine Dienstmädchen neben der breiten Treppe: »Bringen Sie uns Tee und Kaffee.« Mit Blick auf Lichtigkeit: »Einen kleinen Cognac vielleicht?«

»Danke, nein«, sagte er. »Aber eine Tasse Kaffee weise ich nicht zurück.«

»Und Sie, Herr Bock?«

»Wie der Herr Kommissar«, sagte der Assistent.

»Nehmen Sie doch Platz!« Mittendrin in Griechisch-Römisch. Statuetten, Statuetten. Lichtigkeit glaubte einen Marmor-Cäsar mit Lorbeerkranz zu erkennen. An der Wand noch ein paar Generale. Lichtigkeit hätte sich nicht gewundert, wenn eine Legion ins Wohnzimmer einmarschiert wäre. Aber statt Varus war es nur das kleine Dienstmädchen mit einem Tablett. Nachdem sie alles abgestellt hatte, verschwand sie lautlos.

»Vielen Dank!«, sagte Lichtigkeit. Er nahm sich einen Schokoladenkeks und trank einen Schluck von seinem Kaffee. »Sie haben uns gesagt ...« Er griff in seine Aktentasche, zog eine Pappmappe hervor, öffnete sie, blätterte, blätterte, blätterte, hob den Zeigefinger. Blickte sie an mit Grabesmiene.

Sie zupfte sich am Ohr, zog an einer Strähne, zog an einer anderen und betrachtete verärgert ihre Hand.

»... dass Sie nie in der Wohnung Ihrer Schwester waren«, sagte Lichtigkeit endlich. »Wir haben ...«

»Stimmt, Sie haben recht. Ich war einmal bei ihr. Aber es ist mir peinlich, davon zu erzählen ...« Sie legte die Hand vor die Augen, dann auf die Knie. »Es ist ein Schandfleck, die eigene Schwester ist Prostituierte. Und sie ähnelt mir zum Verwechseln. Können Sie sich vorstellen, wie ich dastehe, wenn mich in einem Café ein Mann anspricht, der ihr Freier war?« Sie lief rot an.

»Ist es denn geschehen?«

Sie schüttelte den Kopf. »Noch nicht. Aber irgendwann wäre es passiert. Deshalb habe ich sie besucht und angefleht, damit aufzuhören. Sie sei eine Last für die Familie, nicht zuletzt für die Familienehre meines Mannes. Alter preußischer Adel, und dann so was. Ich habe ihr Geld angeboten. Ich hätte ihr auch eine Reise bezahlt ... nach Amerika ... oder ...«

Schade, dass Raben nicht hier ist, dachte Lichtigkeit. So unverschämt er manchmal war, sie hätten die Dame geschmort wie einen Kaninchenbraten in Rotwein.

Sie wischte sich eine Träne weg. »Das müssen Sie doch verstehen. Sie haben mir versprochen, dass nichts an die Öffentlichkeit dringt.«

»Der Kriminaldirektor Gennat hat Ihnen versprochen, dass wir uns darum bemühen. Aber Sie haben uns die Unwahrheit gesagt. Das ändert ...«

17.

Eckes saß mit verquollenen Augen und rotem Gesicht im Frühstücksraum. In der Ecke misshandelte ein Bursche mit wilder Mähne ein Klavier.

»Ich hoffe, Sie haben gut geschlafen.«

»Nein, hab ich nicht«, sagte Eckes. »Ich hab's verschissen. Heydrich wird mich zu Hackfleisch verarbeiten.«

»Doch nur, wenn er es erfährt«, sagte Raben und bestellte beim Kellner Kaffee und Eier mit Schinken.

»Sie müssen das doch melden. Ich bin ein Totalausfall. Die haben mein Bild, kennen meinen Namen und was weiß ich noch. Ich habe denen alles geliefert, die Frau hat mich mit dem einfachsten Trick der Welt reingelegt.«

Raben lachte. »Sogar wenn es so ist, glauben Sie, dass das im Reich irgendwen kratzt? Wenn Sie sich anständig benehmen, habe ich nichts zu melden. Heydrich will, dass wir Erfolg haben. Und dafür werde ich sorgen. Sie sagen am Empfang, dass Sie ein Auto mieten wollen. Vielleicht ist es gut, wenn Polizei und Geheimdienst Ihnen auf den Fersen sind, während ich unseren Freund besuche.« Er blickte sich um. »Sie könnten sich auch schon um einen Weg über die grüne Grenze ins Reich kümmern.«

»Wie das?«

»Sie haben hier doch Kameraden vom SD. Oder etwa nicht?«

Raben begann gerade, die Postfächer rückwärtszuzählen, als der alte Mann hereindampfte. »Kommen Sie, schnell«, sagte er.

»Nachdem Sie mich fast zwei Stunden haben warten lassen …«

»Beeilen Sie sich!«

Raben folgte ihm zu einem Auto.

»Einsteigen!«, sagte der Alte. »Hinten.«

Ein alter englischer Wagen, klein, aber viertürig. Zwei Männer saßen vorn, einer hinten.

Raben öffnete die Tür und setzte sich. Der Fahrer trat aufs Gas. »Wir fahren jetzt eine Runde und schauen, ob uns einer folgt«, sagte der Beifahrer. »Wir werden Ihnen eine Augenbinde anlegen. Ich hoffe, Sie haben nichts dagegen.«

»Und wenn …?«

»Genau«, sagte der Mann.

Der Typ auf der Rückbank stank nach Kautabak, der Fahrer rauchte. Der Kautabak legte ihm die Binde um. Raben sah nichts mehr, roch das Gestank-Universum aber umso stärker. Ihm wurde übel, auch weil der Fahrer kein Auto steuerte, sondern ein Karussell. Nach einer mittleren Ewigkeit sagte der Beifahrer: »Alles sauber.«

Erst jetzt fiel Raben der rheinische Tonfall auf. »Sie kommen aus Düsseldorf.«

»Halt die Klappe«, sagte der Mann neben ihm.

»Und Sie aus dem Norden. Hamburg, tippe ich.«

Ein Stoß traf seine Rippen.

Raben schnaufte.

Der Fahrer kurvte nicht mehr, sondern fuhr halbwegs geradeaus. Kopfsteinpflaster rumpelte. Dann hopste das Auto durch ein Löchermeer. Ein Feldweg. Dann Asphalt, bis der Wagen abbog und stehen blieb. Die Türen öffneten sich. Einer packte Raben an der Schulter, eine Hand wie ein Schraubstock. Er führte ihn über Kopfsteinpflaster, dessen Erbauer besoffen gewesen sein mussten. Mal sackte ein Fuß in ein Loch, mal stolperte er nur nicht, weil der Schraubstock ihn hielt. Sie blieben stehen. Raben hörte es klappern, dann wurde eine Tür geöffnet. Der Schraubstock schob ihn hinein. Endlich nahm ihm jemand die Augenbinde ab. Er blinzelte in einem hell erleuchteten Eingangsflur. Seine drei Entführer hatten sich vermehrt, vier weitere Bewaffnete drängten sich im Flur. Raben wurde durch das Spalier der Männer geschoben. Der Flur führte in ein Wohnzimmer, wo ihn ein breitschultriger Vierkantkopf mit zerdellter Nase empfing und gründlich durchsuchte. Raben wischte sich die Augen. Im Zimmer standen Möbel aus rohem Holz, an der Wand ein Bauernbett. Auf einem Tisch stapelten sich Flugblätter, Zeitungen und Aktenmappen. Dazu ein Porträt von Gregor Strasser mit Trauerflor. Der Raum war groß und schmucklos. Hinten links und rechts zwei Türen, die rechte öffnete sich. Herein trat ein Mann mit ovalem Gesicht, Stirnglatze und hängender Nasenspitze. Er ähnelte seinem Bruder, nur war Gregor massiger und größer gewesen.

»Nehmen Sie Platz, Herr Kriminalkommissar und Obersturmführer. Eins können die Nazis ja, Titel verdoppeln.«

Raben lachte. »Nennen Sie mich Raben.«

»Was bereitet mir die Ehre, Herr Raben?« Er sprach leise, mit süddeutschem Einschlag.

»Heydrich«, sagte Raben. »Ich soll Sie ermorden.«

»Das finde ich nicht sehr nett«, sagte Strasser. Lachen an der Tür und im Flur, wo sich drei Männer mit Pistolen in der Hand aufgebaut hatten.

Raben grinste. »Ich bin gekommen, um Sie zu warnen. Da ich durch eigene Dummheit gescheitert bin, werden die Leute schicken, die mehr Talent zum Morden haben.«

Strasser musterte ihn eine Weile. Er setzte sich hinter den Schreibtisch und nahm vom Stapel eine Akte. »Sie haben sich beim Röhm-Putsch ausgezeichnet, steht hier. Sehen Sie das anders?«

Der blufft nicht, der hat immer noch Verbindungen im Reich, dachte Raben. »Ich habe einen Mann zur Exekution gebracht, der einen kommunistischen Redakteur erschossen hatte.«

»Ich weiß. Sie hatten den schon mal verhaftet und aus Österreich nach Berlin verschleppt. Aber Adolf liebt seine Mörder, und deshalb hat er Fehrkamp und die anderen Totschläger begnadigt und zu Helden der Bewegung ausgerufen.«

»Stimmt, Herr Doktor Strasser. Meine Aufgabe bestand darin, den Mann festzunehmen und zur Kaserne der Leibstandarte Adolf Hitler zu bringen. Das war mein einziger Beitrag zu der Schweinerei.«

Strasser erhob sich und stellte sich ans Fenster. Woher sollte die Erleuchtung sonst kommen? Er überlegte lange. »Wollen Sie mir Informationen aus dem Reich schicken? Sie sitzen in der Gestapo und hören dies und das ...«

»Würde ich gern, kann ich aber nicht. Ich kann Ihnen unter vier Augen einiges berichten, aber das war es dann. Ich habe einen anderen Auftrag ...«

»Von Heydrich?«

»Nein, von mir. Es waren sieben Mörder, die den Redakteur erschossen haben. Ich suche die sechs anderen.«

Strasser lächelte. »Sie tanzen in der Hölle mit dem Teufel.«

Raben nickte. »Ist ziemlich heiß dort.«

»Warum machen Sie das?«

»Ich bin Polizist.«

Strasser lachte auf. »Polizist!« Seine Männer fielen mit ein. »Dann sind Sie aber Deutschlands letzter Bulle.«

»Sehe ich so ähnlich«, erwiderte Raben. »Ich bin gekommen, um Sie zu warnen. Hitler und Himmler halten Sie für Ihren gefährlichsten Feind, zusammen mit der Kommune. Sie werden Ihnen Mörder auf den Hals hetzen, bis einer erfolgreich ist. Verschwinden Sie nach England, Amerika.«

»Das würde Heydrich so passen«, sagte Strasser. »Wir bleiben hier, bis Hitler die Tschechoslowakei angreift. Was er früher oder später tun wird. Der SD hetzt die Sudetendeutschen schon auf. Unser Aktionskomitee der Deutschen ist die wahre Regierung Deutschlands. Wir bleiben so lange als möglich ein Stachel in Hitlers Fleisch.«

»Ihr Radiosender verärgert die Nazis besonders«, sagte Raben.

»Natürlich, das ist sein Zweck.«

»Ich hoffe, Sie haben ihn gut getarnt. Sie müssten jeden Tag die Position wechseln.«

»Wir sind in der Tschechoslowakei, Herr Obersturmführer. Die Polizei ist nicht unser Feind, sondern beschützt uns. Auch den Kameraden, der den Sender betreibt und ein formidabler Rundfunktechniker ist.«

»Sie unterschätzen den SD, Herr Doktor Strasser.«

»Nein, aber ich halte ihn nicht für allmächtig.«

»Sie sind sicher, dass unter Ihren Leuten keine SD-Spitzel sind?«

»Meine Menschenkenntnis schließt das aus.«

Raben spürte Wut in sich aufkochen. Welche Selbstüberschätzung. Hatte es sich doch bis Berlin herumgesprochen und war mit Schadenfreude angereichert worden, dass Otto Strassers Überheblichkeit und Anmaßung Erschütterungen in seinem Umkreis hervorriefen. Der Mann war überfordert als Hitlers Gegenspieler.

»Ich möchte allein mit Ihnen sprechen«, sagte Raben.

Strasser blickte ihn erstaunt an. Wiegte den Schädel, nickte. »Fesselt ihm die Hände und Füße. Dann wartet ihr, bis ich euch rufe.«

Als die Tür von außen geschlossen worden war, setzte sich Strasser Raben gegenüber. »Was wollen Sie mir mitteilen? Dass Gestapo und SD mich umbringen wollen? Haben sie schon versucht. Das sind Geisteszwerge mit Waffen. Sie haben ihre Leute hier, sie finden Schergen unter den Sudetendeutschen mit dem Messer zwischen den Zähnen. Also, haben Sie was Neues?«

»Informationen über den Röhm-Putsch. Ich weiß, wer Ihren Bruder ermordet hat und wie. Ich weiß, wie der General Streicher und seine Frau ermordet wurden. Ich weiß, dass die SS alle Dokumente im Zusammenhang mit der Mordaktion vernichtet hat. Stellen Sie sich das mal vor. Die Nazis geben mit dieser Entscheidung zu, dass sie Verbrechen begangen haben. Sie rufen das Tausendjährige Reich aus und vernichten Akten, die sie unter einer anderen Regierung auf die Anklagebank bringen würden. Sie verstehen?«

»Halten Sie mich für blöd?«

»Nein, aber mich haben diese Wahrheiten so erschüttert, dass ich sie zuerst nicht glauben konnte«, log Raben.

»Ja, Sie ...« Strasser erhob sich und ging ein paar Schritte um den Tisch herum wie ein dressierter Bär. »Ich habe schon das Manuskript eines Buchs fertig. Sie kommen zu spät.«

»Aber was ich Ihnen zu erzählen habe, wird die Wucht Ihrer Anklage verdoppeln.«

Strasser blieb stehen, kratzte sich am Mundwinkel. »Na, dann versuchen wir es.«

»Sie müssen mir die Fesseln abnehmen.«

Strasser setzte sich ihm gegenüber auf einen Bauernstuhl. »Guter Plan. Damit Sie mir den Hals umdrehen und abhauen.«

»Ich verstehe Ihr Misstrauen, aber das ist meine Bedingung. Sie können einen Ihrer Leute in einer Ecke platzieren. Am besten einen, der kein Deutsch versteht. Wäre das nicht ein Kompromiss?«

18.

»Haben Sie die Handtasche des Opfers gefunden?«, fragte Gennat. »Oder wenigstens so etwas wie einen Kalender? Ein Adressverzeichnis? Was in der Kartei über die Mordumstände?«

»Tote Schönheiten wie unsere Aphrodite sind rar«, sagte Lichtigkeit. »Ihr Mörder ist wahrscheinlich Ersttäter. Kalender und Adressenliste sind wohl mit der Handtasche verschwunden. So eine Frau trägt immer und überall eine kostbare Handtasche. Aber der Mörder hat die Halskette übersehen, die wir im Schotter gefunden haben.«

Gennat schloss die Augen. »Hm, vielleicht ist er ein Oberschlauer und sah die Kette nicht als Wertgegenstand an, sondern als Beweisstück, das ihn den Kopf kosten könnte.«

»Dann können wir die Kette gleich in der Asservatenkammer deponieren«, sagte Lichtigkeit. »Kein Beweis, keine Spur, nichts.«

»Hm ... Mist«, sagte Gennat.

»Der Mörder hatte es vielleicht auf Bargeld abgesehen und mit dem ... Metier der Dame nichts zu tun. Die läuft in einer üblen Gegend umher wie die geborene Beute.«

»Woher wissen Sie, dass die Böhme sich in dieser Umgebung aufhielt? Die Leiche wurde dort gefunden. Unsere Räuber morden nicht. Sie entreißen die Handtasche, den Schmuck, den Mantel und hauen ab. Mir bleibt es ein Rätsel, was sie dort wollte, wenn sie denn dort ermordet wurde. Wie auf dem Präsentierteller ...« Gennat schüttelte den Kopf. »Sie wollte jemanden treffen oder kam von einem Treffen. Vielleicht hat ihr Freier sie aus Wut dort ausgesetzt.«

»Das wär mal eine Erklärung, für die wir die Wundertüten von Hans Dominik nicht brauchen«, erwiderte Lichtigkeit. »Aber wir haben keinen Zeugen, der das bestätigen könnte.«

»Vielleicht hat der Mörder eine Kraftdroschke benutzt?«

»Hätte ich auch drauf kommen können. Ich schick Bock los.«

»Und ein paar Schupos mit Aphrodites Bild.« Schlagartig versank Gennat in sich selbst. War ja genug Platz für Geist und Seele.

Lichtigkeit ärgerte sich so über seine Nachlässigkeit, dass er sich mit Aphrodites Foto bewaffnete und selbst losfuhr, um Taxigaragen abzuklappern. Wo sich Werkmeister sorgten, ihre Wänste nicht aus der Hose ploppen zu lassen, und mies bezahlte Knechte hetzten. Droschken auftanken, Droschken putzen und polieren, Reifen wechseln und sich die Hinterlassenschaften der verehrten Kundschaft unter den Nagel reißen. Sie haben Ihr Portemonnaie verloren? Das tut mir leid, aber nicht in meinem Taxi. Solche Glückstreffer waren selten, aber galt das nicht für das Glück in all seinen Formen?

Nach dreieinhalb Stunden hatte Lichtigkeit genug. Die Taxifahrer beglupschten das Foto. »Die hätte sich mal bei mir reinsetzen sollen. Ist das die aus der Zeitung, hat die 'ne Schwester? Mann, meiner streckt sich schon ohne eigenes Zutun.«

Er endete in einer Kneipe, an deren Namen er sich später nicht erinnerte.

19.

Strasser nahm einen Papierstapel aus dem Regal. »Meine Abrechnung mit Hitlers Mordaktion, die er lächerlicherweise als Röhm-Putsch verkauft. Der Reichstag, in dem nur noch braune Scheiße sitzt, hat dem Führer gedankt für die Rettung des Vaterlands. Und niemand ist aufgestanden und hat protestiert. Deutschland wird von einer Gangsterbande beherrscht, jeder hat es gesehen. Und das deutsche Volk? Es wird sich zur Schlachtbank führen lassen. Sollten Sie dann noch leben, denken Sie an meine Worte.«

Er hat recht, aber warum kommt er mir immer mehr wie ein Aufschneider vor?, fragte sich Raben.

»Meine Schwarze Front hat schon eine Koalition geschmiedet, um Deutschland zu retten«, sagte Strasser und ballte die Fäuste.

Ja, was nun? Vor ein paar Sekunden noch war Deutschland verloren, und jetzt will er es retten.

»*Die deutsche Bartholomäusnacht* – was halten Sie von diesem Titel? Im Buch enthülle ich, was die Nazis verschweigen über den angeblichen Putsch. Ich halte Hitler den Spiegel vor. Das Buch wird das Volk erschüttern, glauben Sie's mir.«

»Der Titel ist gut«, sagte Raben. »Haben Sie einen Scharfschützen unter Ihren Leuten?«

20.

Lena schob die Beinprothese an den Tischrand. Ihr Chef in der Kriminalredaktion des *Tageblatts* grinste. Hermann Wagner ertrug die Forschheit der jungen Kollegin, die angestellt werden konnte, nachdem Reinhard Heydrich ihr höchstpersönlich einen falschen Ariernachweis geliefert hatte. Heydrich hatte einen Narren gefressen an Lenas Mann, sogar ihre Mutter wurde Muster-Arierin. Raben hatte das Signal verstanden: Solange du tust, was ich will, sind deine Frau und deine Schwiegermutter keine Jüdinnen mehr. Und vergiss nicht, dass dein Sohn Halbjude ist. Wagner hatte ein Bein im Krieg gelassen und nie ein Wort darüber verloren. Was sollte er auch jammern? Ihm ging es besser als den Hunderttausenden von Kriegskrüppeln, die ihr Elend auf den Trottoirs zur Schau stellen mussten. Ihre braunen Kameraden, viele wie sie dem Sumpf des Kriegs entstiegen, hatten daran nicht viel geändert.

»Hat Ihr Mann was mit diesem Fall … zu tun?«, fragte Wagner.

»Dieser Schönheit am Zentralviehhof?«

»Nein, der ist zurzeit im Ausland. Mehr darf ich Ihnen nicht sagen. Ich will es auch nicht wissen. Vielleicht besuchen Sie die Herren Gennat und Lichtigkeit in der Roten Burg? Ich komm mit.«

»Wir haben nichts für Sie«, sagte Lichtigkeit. Fasste sich an den Kopf, wo die grauen Zellen Völkerball spielten.

»Hat sich jemand auf das Foto gemeldet?«

»Jemand?«

Lena zuckte zusammen.

»Millionen von Männern, denen der Trieb den Verstand weggeblasen hat. So was haben wir noch nicht erlebt. Sie suchen Berlin ab, dabei liegt die Dame in der Morgue.« Nein, die lag nicht einfach so in der Leichenhalle, die verschwendete ihren Glanz dort. Das war kein Kadaver, sondern eine gefallene Göttin. »So ein Quatsch«, sagte Lichtigkeit.

»Was …?«

»War ein Selbstgespräch. Führe ich gern. Da kann man sicher sein, keine blöden Antworten zu kriegen.«

»Mal ernst, Sie haben nichts, gar nichts?«

»Wir haben ihre Schwester gefunden …«, rutschte ihm heraus. Er konnte sich doch nicht blamieren vor der jungen Frau und ihrem Chef. »Behalten Sie es für sich.«

»Wenn Sie mir den Namen der Schwester verraten.«

»Von mir erfahren Sie nichts. Das ist eine … ganz … delikate Sache. Wir haben gerade das Schlachtfest wegen Röhm hinter uns, nee, nicht noch mal.«

»Um Himmels willen«, sagte Lena. »Wollen Sie die Sache einschlafen lassen?« Sie legte ihren Kopf schräg und linste Lichtigkeit an, als Bock ins Büro platzte.

»Ich hab …« Er hielt sich die Hand vor den Mund und bestarrte Lena und Wagner.

»Das ist Frau Raben. Herr Wagner, ob Sie uns bitte allein lassen können. Sonst muss ich Sie wegen Behinderung einer Ermittlung verhaften lassen. Bock, wo sind die Handschellen.«

Lena lachte auf. »Bin schon weg. Die Mauscheleien zwischen den Bullen und der Journaille in der Systemzeit sind ja vorbei.«

Als sie zurück in der Redaktion waren, überlegten sie. Wagner blickte zum Fenster hinaus, als interessierte er sich plötzlich für Vogelkunde. »Da ist wieder eine Sauerei im Gange. Wenn Verbrecher regieren …« Er blickte Lena an. »Vielleicht müssen wir was tun.«

»Was denn? Ich habe keine Ahnung, was da geschieht.«

»Wann kommt Ihr Mann nach Berlin zurück?«

21.

»Sie können sich nützlich machen«, sagte Raben. Er blickte Eckes an, der in der Nacht wieder getankt hatte. Das erzählte jedenfalls das blasse Gesicht, aus dem rote Augen stumpften. Raben hatte gewartet, bis Eckes im Frühstücksraum aufgetaucht war und ihn angeglotzt hatte wie ein Gespenst.

Eckes trank einen Schluck Kaffee und fluchte. »Viel zu heiß …« Schlürfte noch etwas. »Was gibt's?«

»Ich habe Strasser gefunden …«

»Gibt es eigentlich jemanden, den Sie nicht finden?«

»Und ich weiß, wie wir ihn erledigen.«

»Wie?« Ein Fünkchen Leben kehrte in Eckes' Gesicht zurück. Sein Hirn erzählte ihm die Geschichte, dass sie Strasser umlegten und vom Führer mit Orden behängt wurden. Himmler würde sie befördern, weil die Naziführer Strasser genauso überschätzten wie der sich selbst.

»Besuchen Sie mich in einer … halben Stunde in meinem Zimmer. Frühstücken Sie, werden Sie nüchtern, sonst versauen Sie uns das Unternehmen.«

»Ja, natürlich. Ich werde was essen und viel Kaffee trinken.« Mit der Miene eines Pennälers, der vom Lehrer getadelt worden war.

Raben legte sich aufs Bett in seinem Zimmer. Sah im Fenster einen Schwarm Krähen im Wettlauf mit Wolken, die der Wind umhertrieb. Die graue Masse arbeitete an ihrem Plan. Sie zweifelte, ob Strasser alles richtig verstanden hatte. Vielleicht wurde er zum Opfer der Großsprecherei Strassers, des angeblich einzigen ernsthaften Gegners des Führers.

Er starrte an die Decke. Sein Hirn zwängte sich durch die Tücken seines Plans. Eng, verdammt eng. Er hasste es, von anderen abhängig zu sein. Wenn es schiefging, war Raben verloren. Er hatte geglaubt, er könnte sich an diese Aussicht gewöhnen.

22.

Lichtigkeit saß mit brummendem Schädel bei Gennat, der ihm einen mitleidigen Blick zuwarf. »Steinerchen, bringen Sie dem Kollegen doch bitte einen richtigen Kaffee, so stark, dass der Löffel drin steht.«

»Der Mann als solcher ist ein triebgesteuertes Monster«, sagte Lichtigkeit. »Uns beide ausgenommen.«

Gennat lächelte. »Sie waren mit dem Foto unterwegs?«

Lichtigkeit nickte. »Die armen Kollegen, die es noch sind.«

»Vielleicht hat sie kein Taxi genommen, sondern einen eigenen Wagen. Vielleicht hatte sie einen Chauffeur. Vielleicht hat der seine Chance gefunden. Und nun ist er weg«, sagte Gennat.

»Warum haben Sie mir diese Idee nicht schon vorgestern in den Schädel gepflanzt?«

»Sie sind doch Kriminalkommissar. Sie werden fürs Nachdenken bezahlt. Ich geb aber zu, die Idee hat sich erst in der letzten Nacht gemeldet.« Er deutete auf die Tür. »Bitten Sie doch Steinerchen, uns auch noch Kuchen und Bock zu besorgen.«

Bock erschien als Erster. »Herr Kriminaldirektor?«

»Setzen Sie sich.«

Steinerchen erschien mit drei Stücken Sachertorte, das größte stellte sie vor Gennat ab. Die beiden anderen setzte sie auf Kuchendiät. »Ihr Kaffee ist besonders stark«, sagte sie zu Lichtigkeit. »Nicht, dass ich noch den Doktor rufen muss.« Dann schloss sie die Tür des Vorzimmers.

Gennat schob sich ein Stück Torte in den Mund und kaute. Er fragte Bock: »Hatte Aphrodite einen Kraftwagen?«

»Ja«, sagte Bock. »Einen Mercedes.«

»Nicht schlecht«, sagte Gennat. »Hatte sie einen Chauffeur?«

Bock legte eine Akte auf den Tisch. »Ja, darin steht es. Hab das beim Verkehr geholt.«

»Da haben die Kollegen von der Verkehrspolizei mal was ordentlich abgelegt, nicht wahr?«

Bock nickte, und Gennat schob sich eine weitere Gabel mit Kuchen in den Mund. »Der Chauffeur ist verschwunden«, sagte Gennat. Ein Schluck Kaffee.

»Woher wissen Sie das, Chef?«

»Sonst hätte er sich längst als Zeuge gemeldet.«

»Stimmt«, sagte Lichtigkeit. »Wenn er nicht der Täter ist.«

»Und wie heißt der Mann?«, fragte Gennat.

»Werner Ehrig.«

23.

Es klopfte, Eckes schlich sich ins Zimmer wie ein Apache auf dem Kriegspfad. Raben deutete auf den Stuhl. Eckes sah nicht mehr völlig fertig aus und blickte Raben an. Der hockte im Schneidersitz auf dem Bett. Er erzählte, wie er Strasser gefunden haben wollte. Getürktes Schreiben ans Schließfach und den Abholer verfolgt, bis der ihn zu einem Haus geführt hatte. Ein Fahrzeug der Polizei hatte auf der gegenüberliegenden Straßenseite geparkt. Als die Tür von Strassers Haus geöffnet wurde, wollte Raben lauter Bewaffnete gesehen haben. So ganz falsch war das nicht. »Wir können ihn nicht zu Hause ausheben, aber ich weiß, dass er in zwei Stunden« – er blickte auf seine Uhr – »und sechsundvierzig Minuten die Palackého-Brücke überquert ...«

»Woher wissen Sie das nun schon wieder?«

»Das stand in dem zweiten Brief, den der Mann auf der Post abgeholt hatte. Im Reich wär das unmöglich, aber ich hab dem Postbeamten hundert Reichsmark geschenkt. Das war die Sache doch wert, oder?«

»Aber klar«, sagte Eckes. »Sie sind ein ausgekochter Hund. Und was will Strasser auf dieser Brücke?«

»Nichts, aber am anderen Ufer der Moldau gibt es ein Kloster, und in dem will er einen seiner Spitzel aus dem Reich treffen.«

»Zwei Fliegen mit einer Klappe ...«

»Nichts da. Werden Sie nicht übermütig. Natürlich verstecken sich ein paar von Strassers Leuten im Kloster. Auf der Brücke aber ist er wohl allein, vielleicht gibt's auch Leibwächter.«

»Und woher wissen Sie das?«

»Ein Massenauflauf würde doch nur die Aufmerksamkeit auf ihn lenken.«

»Ich verstehe«, sagte Eckes. Er blickte Raben an, als wäre der das achte Weltwunder. »Ich hab ja schon einiges über Sie gehört. Dachte oft, das wären Übertreibungen. Wie gut, dass Sie nicht für Strasser arbeiten.«

»Wär mir zu gefährlich«, sagte Raben und schickte ein Grinsen hinterher. »Fahren Sie zur Botschaft. Suchen Sie sich auf der Straße eine Droschke, und steigen Sie nicht gleich vorm Botschaftseingang aus. Kapiert?«

Eckes nickte.

»Wir brauchen Luger-Pistolen und jeweils zwei gefüllte Magazine. Wenn Sie Zeit finden, ritzen Sie die Kugeln vorn an.«

»Bin schon unterwegs.«

24.

Bock klopfte an der Wohnungstür im Haus Wollankstr. 36, Ehrigs letzte Adresse. Die Tür öffnete sich, eine Frau blickte die Polizisten an. In der Wohnung kreischten Kinder. Sie wandte sich um und brüllte: »Ruhe, sonst setzt es was!« Kein Ton mehr.

»Gut erzogene Kinder«, sagte Lichtigkeit.

»Gehorsam, ist es nicht das, was unser Führer lehrt?« Ihr Parteiabzeichen leuchtete vor Stolz.

Lichtigkeit zeigte seine Polizeimarke.

»Bitte kommen Sie rein.« Sie wackelte vorweg. »Und jetzt wird aufgeräumt. Sofort!«, schnauzte sie.

Sie räumte einen Panzer und ein paar Soldaten vom Sessel und zwei Puppen vom Sofa. »Bitte nehmen Sie Platz. Darf ich Ihnen was anbieten?«

»Danke«, sagte Lichtigkeit. »Wir sind nur auf einen Sprung vorbeigekommen. Wir würden gern mit Ihrem Mann sprechen.«

Sie blickte die Beamten an. »Was hat er ausgefressen?«

»Wahrscheinlich nichts. Das wissen Sie wohl besser als wir«, sagte Lichtigkeit lächelnd.

Ihr Gesicht wurde betonhart. »Der Scheißkerl ist zu seiner Nutte gezogen. Wir leben seit letztem Monat getrennt. Und glauben Sie, er rückt was für die Blagen raus?«

»Das glaub ich nicht«, erwiderte Lichtigkeit. »Aber wenn Sie vors Gericht ziehen ... und die Volksfürsorge ...«

»Warum gehen Sie nicht hin und schütteln ihn durch und geben mir das, was aus seinen Taschen fällt.«

»Wenn Sie mir die Adresse sagen, gehen wir gleich hin.«

»Jetzt trinken Sie erst mal einen Kaffee.«

Lichtigkeit wollte sich schon bedanken und abziehen, doch da kam ihm eine Idee. »Ja, gerne.«

Bock blickte ihn fragend an.

Die Dame des Hauses ging in die Küche. Lichtigkeit erhob sich und pirschte durchs Wohnzimmer. Er sah Bücher, brauner Schund. In einer Kommode herrschte die Anarchie. Und doch fand er ein Schulheft, auf dem *Ehrig* stand. Lichtigkeit steckte es ein. Man wusste nie, wozu man Schriftproben brauchen konnte.

Bock beobachtete das Verbrechen und legte die Stirn in Falten.

Es war eine dieser Straßen im Wedding, die sich wie Schluchten zwischen Ziegelsteinburgen zogen. Mietshäuser, in denen Menschen zusammengepfercht wurden wie Vieh, um tagsüber ihre Arbeitskraft zu nutzen und sie nachts für die nächste Schicht zwischenzulagern. Die Frauen gebaren die Nachfolger, die drankamen, wenn die Alten ausgequetscht waren und nur noch zum Sterben gut. Wo früher rote Fahnen aus den Fenstern grüßten, hatte sich in deren Mitte das Hakenkreuz gesetzt, und die Plakate erzählten nichts mehr von Thälmanns Wut, sondern zeigten den Führer, wie er in die arische Zukunft blickte, der Vorsehung gemäß.

Sonst war alles beim Alten. Die Treppe, welche die beiden Polizisten hochstiegen, stank immer noch nach Kacke und Pisse, daran änderte auch der Führer nichts. Im vierten Stock verriet ein Holzschild, dass hier *H. Andert* hauste. Sie klopften und hörten gleich Schritte. Eine Walküre, allerdings mit schwarzen Haaren, öffnete und lächelte sie an. Ihr Mund verbreitete sich, als sie die Polizeimarke erblickte. »Unsere Ordnungshüter, früher haben Sie sich ja nicht hierhergetraut.«

»Wohnt bei Ihnen Werner Ehrig?«

»Immer noch die alte Geschichte?«

»Sie meinen die Heldentat im *Goldenen Anker*?«

»Ja, die meine ich.«

»Nein. Wir brauchen seine Zeugenaussage«, sagte Lichtigkeit. »Für einen Mord. Aber das würde ich gern mit ihm selbst besprechen.«

»Na, denn mal herein in den Palast«, sagte Andert. »Setzen Sie sich irgendwohin, und ich weck meinen Helden der Bewegung.«

Sie saßen in der Wohnküche an einem kleinen Tisch. Es roch nach einem Desinfektionsmittel, mit dem man zweifellos die Menschheit hätte ausrotten können. An der Wand ein Bild, das den Führer zeigte, wie er Ehrig die Hand drückte. Aus den Mördern Kurt Essers waren Helden geworden. Die Tür öffnete sich, Ehrig erschien in verknitterter SA-Uniform. »Was wollen Sie?«, raunzte er.

»Heil Hitler!«, sagte Lichtigkeit.

»Heil! Also, was gibt's?«

»Sie waren Chauffeur von Frau Karoline Böhme, wohnhaft Dachsberg 12, Grunewald. Stimmt das?«

»Gelegentlich«, sagte Ehrig.

»Wo ist der Wagen?«

»In der Garage, am Ende vom Dachsberg hat sie eine gemietet.«

»Wann haben Sie Frau Böhme zum letzten Mal gesehen?«

»Was sollen die Fragen?«

»Wir sind die Polizei, wir fragen. Dafür werden wir bezahlt. Was das Bezahlen angeht – haben Sie bei Frau Böhme genug bekommen, um hier herumzulungern?«

»Das geht Sie einen Scheiß an.«

»Wir werden Sie mit aufs Präsidium nehmen müssen.«

»Sie reden mit einem SA-Hauptsturmführer.«

»Was er von der SA hält, hat der Führer doch gezeigt. Soll ich Sie daran erinnern, wie er Ihre Truppe zur Sau gemacht hat? Ihre zweite Revolution können Sie auf dem Scheißhaus feiern.«

»Ja, wir haben den Sieg errungen, und dann hat man uns zum Teufel geschickt. Und trotzdem bleiben wir dem Führer treu. Und von Leuten der Systempolizei brauche ich mich nirgendwohin mitnehmen lassen. Hauen Sie ab.«

Lichtigkeit zog seine Pistole. »Hände auf den Rücken.«

Ehrig blickte ihn ungläubig an. Er stopfte das Hemd in die Hose und zog sich die Hakenkreuzbinde über den Arm. Seine Walküre half hinten aus. Schließlich drehte sich Ehrig um und legte die Hände auf den Rücken. »Sie werden es bereuen, Herr Kommissar.«

»Sie glauben nicht, wie oft ich das schon gehört habe. Vor allem von Leuten, deren Kopf sich dann selbstständig machte.«

»Sie sind ein Idiot«, sagte Ehrig.

»Wie lange wollen Sie ihn behalten?«, fragte die Walküre.

»Mal sehen. Wir holen zuerst Frau Böhmes Auto, dann geht's aufs Präsidium.« An die Walküre gewandt: »Sie sollten sich schon mal nach einem neuen … Untermieter umgucken.«

»Hatte ich ohnehin schon vor.«

25.

Die Kugeln hatte Eckes angeritzt. Trafen sie auf ein Weichziel, einen menschlichen Körper etwa, zerlegte sich das Geschoss darin und zerriss Organe, Gewebe und Adern. Fast wie ein Flintenlaufgeschoss, das erst im Körper platzte.

»Sobald Strasser erscheint, gehen wir Richtung Brücke und schießen die Magazine leer. Laden die beiden anderen und rennen auf der Brücke zurück ...«, sagte Eckes.

»Aber das ist ganz schön gefährlich.«

»Die Leute werden nach dem Anschlag gelähmt sein, ein paar Minuten. Und für die, die es nicht sind ...« Eckes tippte auf die Luger.

Diese Pistolen hatten eine Durchschlagskraft, um die sich aberwitzige Geschichten spannen. Doch galten sie auch als zickig. Die Mechanik machte sie anfällig für Ladefehler durch Schmutz und Staub, was nur eine sorgfältige Pflege verhindern konnte.

Raben blickte auf seine Uhr. »Sie haben sich ganz schön Zeit gelassen. Hatte schon das Gefühl, dass die Angst mit Ihnen durchgeht.«

»Erklären Sie mal deutschen Diplomaten, dass wir Artillerie brauchen. Die waren völlig entgeistert und haben mich zum Militärattaché geschickt. Der war nicht da, aber sein Stellvertreter ist ein scharfer Hund und hat nicht rumgemuckt. Wir dürfen nach dem Anschlag aber nicht in die Botschaft fliehen. Da vermuten die Tschechen uns zuerst. Es wäre ein Ansehensverlust für das neue Deutschland ...«

»Schon klar«, erwiderte Raben.

»Was machen wir mit den Koffern?«

»Wir geben sie am Bahnhof ab. Und da werden sie bleiben, bis sie verschimmeln oder wir die Tschechei besetzt haben.«

Eckes warf Raben einen erstaunten Blick zu. Was der wieder wusste. Aber gut ...

Kaum hatten sie sich auf die Lauer gelegt, sagte Raben nervös: »Dahinten. Er kommt … und ist allein, wie meine Quelle gesagt hat.« Er zeigte zum anderen Ende der Brücke. Strasser war kaum zu erkennen. Aber doch, da lief ein Mann mit Hut, Mantel und Schal. Er war jetzt klar zu sehen, obwohl einige Leute die Brücke querten. Raben schwitzte.

»Los, wir gehen ihm entgegen und schießen, wenn wir ihm gegenüberstehen.« Raben verließ die Deckung, Eckes folgte ihm, schritt neben ihm die Brücke hinunter. Und Strasser erblickte zum letzten Mal die Pracht einer Architektur, aus deren kleinstem Winkel noch der Kaiser Franz Joseph grüßte.

Sie schritten zügig aus. Die Moldau bescherte ihnen eine kalte Brise. Raben zog die Pistole und hielt sie unterm Jackett. Eckes hatte seine schon in der Hand.

Ein Schuss knallte, dann ein zweiter. Der Schall raste über die Brücke und wurde am Ufer von einer Fassade zurückgeworfen, als grüßte der Kaiser.

26.

Lichtigkeit ließ am Eingang Bock und einen Schupo Ehrig schon mal in einen Vernehmungsraum führen. Er suchte Körber vom Erkennungsdienst auf. Klopfte und betrat dessen Büro. »Im Hof steht ein schneeweißer Mercedes. Ob Sie so nett sind, den bis auf die letzte Schraube auseinanderzunehmen? Vorher aber brauche ich alle Fingerabdrücke, die Sie finden. Wir suchen nach denen von einem Ehrig, sind für Beifänge aber dankbar.«

»Ich soll Ihren Fall lösen, wie immer.«

»Es geht um Aphrodite.«

Körber hob die Brauen. »Sagen Sie mal, Ehrig? Ist das der, den unser oberschlauer Kollege gesucht hat, bis dieser … KPD-Redakteur kein Opfer mehr war?«

»Genau der«, sagte Lichtigkeit. »Aber diesmal könnte es sein, dass wir ihn behalten dürfen. Er hat Aphrodite auf dem Gewissen, glaube ich.«

»Sie wollen einen Helden der Bewegung rankriegen?«

»Manches Heldentum unterliegt dem Verfall, seit der Führer bei der SA aufgeräumt hat.«

»Da soll einer mitkommen ...«

»Sie sagen es. Die Fingerabdrücke von Ehrig finden Sie in der Kartei zum Vergleich. Und jetzt hopp, hopp, die Pferdchen!«

Auf dem Weg zum Vernehmungszimmer fing Köpfchen ihn ab. »Sie sollen sofort den General von Bose anrufen, sagt sein Vorzimmer.«

»Vorher muss ich mit dem Führer sprechen«, sagte Lichtigkeit und eilte weiter, während Köpfchens Lachen ihn verfolgte.

»So, Herr Ehrig« – Lichtigkeit blätterte in einer Akte – »Sie haben ja einiges auf dem Kerbholz. Der Fall Esser, Sie wissen ja ...«

»Der Führer hat mich dafür belohnt!«, brüllte er. »Ich werde mich persönlich an ihn wenden.«

»Unpersönlich wäre auch schwierig. Stellen Sie sich das mal vor, Ihre Persönlichkeit löst sich auf, und wer kann sich schon unpersönlich an jemanden wenden? Und dann noch an den Führer!«

Ehrig glotzte ihn an und verstand gar nichts mehr. »Ich möchte einen Anwalt. Rufen Sie den Parteigenossen Freisler, sofort. Das ist mein Recht.«

»Also, das Recht auf einen Anwalt ist längst abgeschafft, auch mithilfe des ehemaligen Rechtsanwalts Freisler. Der praktiziert nicht mehr, ist Staatssekretär geworden.«

Ehrig glotzte wieder. »Aber«, sagte er, »wer hilft mir dann?«

»Hilf dir selbst, dann hilft dir Gott«, sagte Lichtigkeit. »Mit Anwalt is' nix. Sie können ein Geständnis ablegen, und die Sache ist erledigt.«

Der Schupo neben der Tür grinste.

»Sie wollen mir den Mord anhängen.«

»Das überlass ich dem Staatsanwalt. Das ist ein ganz Scharfer, aber bei Geständnissen, die so richtig aus dem Herzen kommen, da wird er zum Samariter. Wen der schon alles vorm Beil gerettet hat. Der ist Pg., Sie sind Pg., Sie gestehen, und der Staatsanwalt wird von Mitleidstränen überschwemmt ob Ihres Martyriums für die Sache. Sie haben die Frau Böhme doch gar nicht umbringen wollen. Sie hat Ihnen schöne Augen gemacht, das Kleidchen mal fliegen lassen, so was hält doch kein Mann aus.«

»Ich habe sie nicht ermordet!«, brüllte Ehrig.

27.

Plötzlich lag Eckes auf dem Bürgersteig. Er schrie, fasste sich an die Schulter und erhob sich fluchend. Blickte sich nach allen Seiten um. »Wo kam der her?«

»Weiß ich nicht. Ist auch egal. Das ist eine Falle. Der hat Scharfschützen postiert. Wir hauen ab. Wo ist der Wagen?«

Ein zweiter Schuss prallte vom Asphalt ab und streifte Rabens Bein. »Wo?«, schnauzte er.

»Hinter dem Kloster«, ächzte Eckes.

Sie rannten los. Hinter ihnen erregte Stimmen, Leute riefen: »Policie! Policie!« Raben hörte Getrampel, blickte sich um. Zwei Männer. Er richtete seine Pistole auf sie, die blieben stehen. Hinterm Kloster parkte der Wagen, eingequetscht zwischen zwei anderen. Ein DKW F 8–700, rot, mit schwarzen Kotflügeln und weißem Verdeck. Ein bunter Vogel, perfekt für Verfolger.

»Schlüssel!«, schnauzte Raben.

Eckes warf ihn, aber über Raben hinweg. Raben sah ihn auf dem Fußweg, griff ihn, öffnete die Fahrertür und von innen die Beifahrertür. Eckes jaulte vor Schmerzen, als er sich setzte. Raben stieß zurück und prallte auf den Wagen hinter sich. Dann legte er den ersten Gang ein, gab Gas und knallte auf den Wagen vor ihm. Vor Schreck hörte das Jaulen auf. Endlich kam er aus der Lücke heraus. Strasser, du Arschloch, du wolltest mich auffliegen lassen, dachte er. Das war kein Zufall, dass der Wagen eingeklemmt stand wie in einem Schraubstock. Er raste los, erst mal irgendwohin. Raben blickte in den Rückspiegel. Niemand folgte ihm. Er mäßigte das Tempo.

»Ich brauche einen Arzt«, jammerte Eckes.

»Ich kann Sie gern vor einem Hospital rausschmeißen, nur würde mir unser Chef die Hosenbeine lang ziehen.«

Wieder ein Blick in den Spiegel. »Verdammt!«, sagte er. »Jetzt haben sie uns am Wickel.«

28.

»Sie haben den Ehrig verhaftet. Also jenen Herrn, der …«, sagte Lena.

»Ja, ja, ich weiß«, sagte Lichtigkeit. Es war Nacht, und seine Frau war wie jeden Abend damit beschäftigt, den Führer anzubeten. Sie las *Mein Kampf*, beide Bände als *Volksausgabe*, tatsächlich. Da fand er es nützlich, in der Roten Burg Akten zu lesen.

»Woher wissen Sie das?«, fragte Lichtigkeit. »Ach, lassen Sie's, Sie haben die schwarze Kasse Ihres Chefs geplündert.«

Lena grinste. »Das ist einer von den Esser-Mördern, falls man ihn noch so nennen darf, den Helden.«

»Diesmal kommt er nicht so einfach davon.«

»Ich bin ganz Ohr«, sagte sie.

»Vergeblich.«

»Bei uns auf der Redaktion rufen dauernd Leute an, welche die Dame gekannt haben wollen.«

»Und die Sie natürlich umgehend an die Polizei verweisen.«

»Selbstverständlich.«

»Ich glaub's Ihnen sogar.«

»Und wenn Sie mir jetzt noch sagen, warum Ehrig Karoline Böhme ermordet hat ...«

»Sie sind die Erste, die's erfährt.«

»Sie sind sicher, dass Ehrig es war?«

»Wenn ich eines weiß: Als Ermittler darf man sich nie sicher sein, bevor die Beweislast einen erstickt. Für einen Prozess reicht es noch nicht. Wo steckt eigentlich Ihr Mann? ... Ich wundere mich, dass Sie nicht nach Hause eilen ...«

»Ich darf nicht wissen, wo mein Mann ist.«

Lichtigkeit lächelte. »Deswegen heißt es ja auch *Geheime* Staatspolizei.«

Sie nickte. »Ich staune, dass unser Reichspropagandaminister den Abdruck des Fotos von Aphrodite erlaubt hat. Im neuen Reich gibt es doch keine Verbrechen mehr.«

»Nicht so schnell, das Verbrechen ist zäh, aber wir werden es besiegen, natürlich.«

»Natürlich«, erwiderte Lena.

»Außerdem suchen wir sie als Zeugin oder vermisst oder als was Sie wollen.«

»Oberschlau«, sagte sie.

»Sind wir, Frau Raben. Mit Ihrem Herrn Gatten wären wir noch schlauer.«

Sie nickte. »Holen Sie ihn zurück zur Kripo.«

»Ich bin machtlos, trage nicht mal das Bonbon.«

»Aber Sie haben doch Einfluss, auch ohne Parteiabzeichen. Wenn Sie Ihre Kollegen Gennat und Nebe anspitzen?«

»Ich werde es durch meine Hirnwindungen zirkulieren lassen. Wär schon schön, der Rabe käm zurückgeflogen.«

»Sie werden den Aphrodite-Fall nicht ohne ihn lösen.«

»Übertreiben Sie mal nicht. Wir haben schon Fälle vor seinem Erscheinen auf dieser Erde gelöst.«

»Ja, ja, natürlich ... Entschuldigung ... ich wollte Sie nicht beleidigen. Ich meine doch nur, dass der Ehrig-Fall auf ihn zugeschnitten ist. Er würde gern auch unter Ihnen arbeiten wie früher, Sie sind ihm im Dienstalter weit voraus. Aber Ehrig kennt er, und er hat einen Rochus auf den Mann. Karl würde arbeiten wie ein Verrückter, um den dranzukriegen.«

29.

Raben riss das Steuer nach rechts. Der DKW legte sich auf die Seite wie eine Jolle bei Starkwind, sprang mit dem Hinterrad auf den Bürgersteig. Im Augenwinkel sah Raben, wie Passanten ihn anstarrten. Manche schrien, eine Frau klatschte sich die Hand so fest vor den Mund, dass man sich wünschte, ihr Zahnarzt zu sein. Raben grinste bei dem Gedanken. Eckes warf es hin und her, dann bei einer Vollbremsung nach vorn, er schrie vor Schmerz.

»Halten Sie das Maul!«, brüllte Raben ihn an. » Hätt' ich gewusst, dass Sie so ein Held sind ...«

Er blickte in den Rückspiegel. Ihre Verfolger hatten angehalten und kümmerten sich um eine Frau, die vor ihnen auf der Straße lag. Aber Raben hatte keinen Aufprall gehört. Die war in Ohnmacht gefallen.

»Wo fahren Sie hin?«, jammerte Eckes.

»Woher soll ich das wissen? Kramen Sie in Ihrem Hirn, ob Ihnen jemand nahe der Grenze einfällt, bei dem wir untertauchen können. Aber flott, sonst übernachten wir im Bau.«

Er raste weiter, mal links, mal rechts. Im Rückspiegel war ein Taxi, dem Raben die Vorfahrt genommen hatte. Er bog in eine Seitenstraße, verdammt eng. Trat die Bremse und fuhr wie auf einer Beerdigung. Er kroch aus der Gasse, blickte nach rechts, links, geradeaus und fuhr weiter. Irgendwie schaffte er es aus Prag heraus. Wenig

Verkehr. Er bremste am Straßenrand im Schatten einer Buche. »So, das ist keine KdF-Ferienreise, und selbst wenn's eine wäre, fehlte mir die Kraft, die aus der Freude entspringen soll.«

»Ja, unser Führer denkt an das Volk, das nun zum ersten Mal Ferienreisen machen kann.«

»Der Führerglaube versetzt zwar Berge, aber Ihre Wunde wird er kaum verbinden«, sagte Raben. Stieg aus und öffnete den Kofferraum. Er fand einen Blechkasten, garniert mit einem roten Kreuz, öffnete ihn. Pflaster, Verbände, sogar ein Fläschchen Alkohol. »Der Mietwagenfritze glaubt auch an die Vorsehung.« Er zeigte Eckes den Blechkasten. Der grinste schief.

»Jacke und Hemd ausziehen. Aber flott.« Er blickte sich um. Vielleicht wäre es besser, ein Versteck zu suchen. Nein, er wollte die Nerverei beenden.

Als Eckes den Oberkörper frei gemacht hatte, sah er die Wunde, aus der immer noch Blut sickerte. Sie war fast rund. »Beugen Sie sich nach vorn!«

Eckes tat es mit schmerzverzerrtem Gesicht.

Ein sauberes Austrittsloch. Wie es schien, hatte die Kugel keinen größeren Schaden angerichtet. Schön, dass es Scharfschützen gab, die ihre Versprechen hielten. Er kippte die Hälfte des Alkohols auf die Wunde. Eckes schrie auf. »Wollen Sie mich umbringen?«

»Wär mir ein Vergnügen. Aber jetzt muss ich Ihnen erst mal das Leben retten.«

30.

»Na, Ehrig, gut geschlafen?«, fragte Lichtigkeit. Er hatte in der Kartei gesucht. Mehr auf Zufallsfunde gehofft. Welchen Messermörder hatten sie übersehen? Oder war es ein Mörder, der es auf Frauen abgesehen hatte und sie tötete mit dem, was ihm in die Finger geriet?

Allerdings hatte der Doktor Schoene gesagt, dass der Schnitt mit einem scharfen Messer ausgeführt worden sei. Der Mörder hatte nicht zum ersten Mal ein Messer benutzt. Den Kopf an den Haaren zurückgerissen und gleich die Kehle durchgeschnitten. Und das vermutlich in der Nähe des Viehhofs. Er suchte nach Schlachtern, die mit einem Messer gemordet hatten. Fand einen, dessen Schnitt dem ähnelte, der Aphrodite in den Hades geschickt hatte.

Er schob Ehrig seine Packung Zigaretten über den Tisch. Reichte ein Streichholz.

»Beschissen geschlafen. Das wollen Sie doch, Sie Heuchler. Ihnen bereitet es Spaß, einen echten Nationalsozialisten zu quälen.«

»So echt, dass es zum Mord an einem Kommunisten reichte«, sagte Lichtigkeit gelassen.

»Ich melde Ihr Verhalten ganz nach oben.«

»Tun Sie das. Der Führer liebt seine SA.« Die flache Hand fuhr über die Kehle.

Ehrig blickte ihn wütend an.

»Wir fassen zusammen: Sie waren der Chauffeur von Frau Böhme. Sie haben Sie zu Freiern gefahren. Richtig?«

Ehrig nickte, Misstrauen in den Augen.

Lichtigkeit lächelte, legte einen Schreibblock auf den Tisch und einen Bleistift mit Anspitzer. »Sie gehen zurück in Ihre Zelle und schreiben alle Namen und Adressen auf, wo Sie die Dame hingebracht haben.«

»Und danach lassen Sie mich gehen?«

»Dank der von der Regierung erlassenen Gesetze und Verordnungen darf ich Sie hier so lange festhalten, wie ich will. Dafür haben Sie doch gekämpft, oder?«

31

Sie lief langsam, damit Wagner nicht zurückblieb. Sie hatte ein schlechtes Gewissen wegen seines Holzbeins, obwohl sie nichts dafürkonnte. Seltsam. Wagner humpelte, dann blieb er stehen. Der Viehhof lag vor ihnen im Morgendunst. Gegenüber dem Fleischgroßmarkt. Lena roch Blut und den Gestank der Riesenrührtöpfe, welche die Reste zu Wurstmasse kochten, hörte Tiere röhren und quieken, sah, wie der Betäubungshammer im Takt auf die Köpfe schlug und Kehlen durchschnitten wurden, wie das Blut in Wannen auslief. Sie hatte Döblins *Berlin Alexanderplatz* gelesen. Da stand es so, als wäre man dabei. Das Ergebnis der Qual landete als Bulette oder Schnitzel auf den Tellern der Arbeiter, das Rinderfilet wartete sonntags auf den Tischen der Reichen.

»Da vorn?«, fragte Wagner.

Sie betrachtete die Tatortskizze, die sie bei Lichtigkeit abgekritzelt hatte. »Ja, ein paar Meter noch.« Immer lauter wurde das Schreien und Blöken, immer ekliger der Gestank. Als sie am Bahndamm standen, sagte sie: »Hier ungefähr. Das Opfer soll stark geblutet haben.«

Wagner setzte sich auf den Schotter, ruckelte mit dem Gesäß, bis er es erträglicher fand, als zu stehen.

»Und es gibt sonst keine Spuren?«

»Das weiß nur die Polizei. Mir hat der Kommissar Lichtigkeit nichts erzählt. Aber die brauchen ja Beweise gegen Ehrig, den sie nicht aus Spaß eingesperrt haben werden.«

»So was weiß man heutzutage nicht mehr so genau«, sagte Wagner. »Ich glaube, sie wurde hier umgebracht, weil der Mörder uns auf die falsche Fährte schicken wollte. Wir blicken da hin« – zeigte zum Schlachthof –, »kennen den Schnitt, und sofort geht unsere Fantasie auf die Reise. Blut, Messer, Schlachthof.« Er blickte sie an. »Nicht mal Reifenspuren?«

»Es hat aus Eimern geschüttet in dieser Nacht.«

»Dieser Ehrig, welches Motiv könnte er haben?«, fragte Wagner.

»Ein sexuelles. Aphrodite ließ so viele Männer ran, und er durfte nicht, musste sie aber zu den Freiern kutschieren. Und warten, wobei er sich vorstellte, wie sie es trieben. Warum nicht er, ein Mal nur. Das konnte für sie doch nichts Besonderes sein. Aber sie hat sich verweigert, und dann ist Ehrig die Hutschnur geplatzt. Er hatte sie geradezu angefleht, aber sie lachte ihn aus. Mit solchen Würmern verkehrte sie nicht, jedenfalls nicht im Bett.«

»Sie sollten Romane schreiben«, sagte Wagner.

»Hören Sie auf. Ich bin auf Leichen, Blut und Revolver geeicht, meinetwegen auch Messer.«

Wagner reichte ihr die Hand. Mit der anderen stützte er sich, während sie zog.

»Dann eben Kriminalromane«, sagte Wagner, als er endlich stand.

»Es gibt genug Verbrechen, da muss ich mir keine ausdenken. Und der Reichspropagandaminister wird irgendwann Kriminalromane verbieten, wenn sie nicht in der Systemzeit spielen.«

Ein Trupp Hitlerjugend marschierte auf sie zu. Mützen, Uniformen, Bänder und Dolche, der Fähnleinführer mit rot-weißer Kordel neben dem Zug mit zackigen Kommandos.

»Ich seh schon den kleinen Karl ...«

»Warten Sie's ab«, sagte Wagner und legte seine Hand auf ihre Schulter, als müsste sie ihn stützen, wo er doch sie stützte.

»Klar, was soll ich sonst tun? Erst ab Mitte des Tausendjährigen Reichs werden Kinder gleich in HJ- oder BDM-Uniform geboren. Wenn der Nazismus beginnt, seine braunen Erbanlagen Müttern und Vätern einzupflanzen.«

»Ich mag Ihren Optimismus. Fünfhundert Jahre schaffen wir beide nicht. Nicht mal Hitler.« Er deutete zum Schlachthof. »Wenn es Ehrig nicht sein sollte, könnte der Mörder dort arbeiten.«

Lena schüttelte den Kopf. »Will uns der Mörder vielleicht einreden. Er hat seinen Tatort klug gewählt. Ist dieser Ehrig so schlau?

Mein Mann hält ihn für einen typischen SA-Mörder, bei dem der Knüppel schneller schlägt, als das Hirn denkt.«

»Wird wohl so sein. Dann hat der Mörder sein Opfer hierhergefahren und es am Bahndamm getötet. Denn eine Nutte für die besseren Kreise hätte hier sonst nichts zu suchen. Zumal in solcher Kleidung. Keine Frau, die nicht in der Gegend wohnt, läuft hier freiwillig umher.«

»Es sei denn, ein Fahrer fährt sie unter einem Vorwand an diese Stelle. Vielleicht war sie gefesselt?«

»Lichtigkeit hat nichts gesagt. Ich hab ihn allerdings nicht danach gefragt. Dumm.«

Wagner winkte ab. »Wenn Sie wüssten, was mir schon alles durch die Lappen gegangen ist.«

»Trösten Sie mich nicht, putzen Sie mich runter.«

»In heutiger Zeit überlässt man das anderen.«

Sie lachte bitter. »Wenn es Ehrig war, lassen die den laufen.«

»Seit der Fall öffentlich ist, glaube ich das nicht. Und um die Stimmung gegen die SA zu stützen, quasi als Rechtfertigung der Mordaktion beim Röhm-Putsch«, sagte er. »Hitler hat ein paar Hundert Leute umgebracht. Glauben Sie, die Menschen vergessen so schnell? Die werden Ehrig die Rübe abhacken, ohne und mit Beweisen. Demnächst meldet sich dieser Viktor Lutze zu Wort, der neue Chef der SA, und wird den Mord als grausiges Verbrechen verurteilen. Und wenn der Mörder ein SA-Mann sei, dann solle er mit aller Härte bestraft werden. Das Dritte Reich duldet keine Verbrechen.«

»Außer den eigenen«, erwiderte Lena.

»Davon abgesehen halte ich es für wahrscheinlich, dass Ehrig es war. Er hatte die Gelegenheit, mehrere Motive – vergessen Sie die Erniedrigung nicht. Sie schläft mit allen, nur nicht mit ihm, obwohl er immer Zeit für sie hatte. Demütigung ist ein starkes Mordmotiv. Ehrig brauchte schon ein Alibi, das jeden Zweifel überlebt.«

32.

Endlich hatte Raben Eckes verbunden. »Den Rest des Alkohols trinken Sie nicht, den brauch ich für den Verbandswechsel. Klar?«

Eckes nickte stöhnend. »Danke ... Wer hat uns diese Falle gestellt? Es war eine Falle, oder?«

»Ich nehme an, Strasser wollte uns loswerden. Aber wie bei allem, was er macht, ist er ein Dilettant.«

Sie fuhren weiter Richtung Grenze. Raben überlegte, wie sie aus der Tschechoslowakei herauskämen. Er musste Eckes zurückbringen, sonst würden gleich Gerüchte aufkommen. Außerdem hob es sein Ansehen bei Heydrich. Auftrag zwar nicht erfüllt, aber lebend heimgekehrt. Und ohne Polizeiverhör.

Er fand einen Waldweg. Es wurde kühl und dunkel, auch er war erschöpft. »Wir müssen Pause machen. Schlafen und nachdenken.«

»Was haben Sie falsch gemacht?«, fragte Eckes.

Raben überlegte, ob er dem Versager eine runterhauen sollte. »Ich habe Ihnen das Leben gerettet ... und Ihren Dienstrang bei der SS, Heydrichs Gunst ... warten Sie, vielleicht fällt mir noch was ein.«

Eckes blickte ihn erwartungsvoll an, aber es kam nichts mehr. Er begriff, dass Raben ihn ans Messer liefern könnte. Schon vor der Grenze war er auf den billigsten Trick reingefallen, danach war sein Porträt in der Tasche jedes Prager Polizisten. Eckes hatte sich selbst aus dem Unternehmen herausgeschossen. Wenn Heydrich es erfuhr, war der Teufel los. Aber vermutlich hatte Heydrich das Foto schon auf dem Schreibtisch und fragte sich, was er mit dem Idioten anstellen sollte, der sich hatte ablichten lassen. »Und warum finde ich kein Bild von Raben? Der ist nicht reingefallen, aber Sie. Und wegen dieses Bildes haben die Strassers den Spieß umgedreht. Raben hat Strasser gefunden. Das ist schon eine beachtliche Leistung. Aber Sie mit Ihrer beschissenen Eitelkeit ...«

Ich muss mir was einfallen lassen, und Raben hat nicht nur einen bei mir gut, wenn er mich nicht dranhängt. Das gefiel Eckes nicht.

Als Eckes aufwachte, schmerzte die Schulter noch heftiger. Dann entdeckte er, dass Raben nicht neben ihm saß. Der schlief auch nicht auf der Rückbank. Eckes zog sich mit der Hand aus dem Wagen. Er fror. Suchte. Vielleicht hatte Raben einen Romantikanfall gekriegt und schlief auf Moos und Laub. Aber die Wandervogel-Macke hatte den Typ auch nicht ereilt.

Schritte, es knackte. Eckes zog die Luger 08.

»Guten Morgen!«, rief Raben, als käme er aus der Sommerfrische. In den Händen hatte er Zeitungen und eine Papiertüte, darin Lebensmittel und eine Landkarte. Er hielt Eckes eine Zeitung vor die Nase. Eine riesige Schlagzeile auf Deutsch im *Prager Tagblatt*.

Anschlag auf Radiosender in Prag!

Darunter, kleiner:

Bei einem Anschlag auf den Geheimsender der Schwarzen Front um Dr. Otto Strasser kam der Leiter des Senders, Rudolf Formis, bei einer Schießerei ums Leben. In der Polizei mutmaßt man, dass SD-Agenten aus Deutschland die Urheber des Verbrechens sein könnten.

»Na, danke schön«, sagte Eckes. »Jetzt machen die Tschechen die Grenzübergänge zu, jedenfalls für uns. Und wir sind natürlich die ersten Verdächtigen.«

»Sie«, sagte Raben. »Mich kennen die nicht. Bestimmt gibt Ihnen jemand im Hotel Auskunft über mich, aber ein Foto haben die nicht, höchstens eine Zeichnung.«

»Ja, danke schön, nett, dass Sie darauf zurückkommen. Und wie geht's jetzt heim ins Reich?«

»Strengen Sie Ihr Hirn an. Ich hab uns nicht in die Scheiße geritten. Nun sind Sie dran, uns herauszureiten.«

33.

»Wie geht's voran?«, fragte Gennat und zeigte auf den Stuhl. Er breitete sich auf seinem Sofa aus, dessen Überlebenschance jeden Tag sank.

Lichtigkeit setzte sich. »Wir stecken fest. Wir können Ehrig nichts beweisen. Keine Zeugen, keine Spur. Die Durchsuchung der Wohnung seiner … Dame hat nichts erbracht. Ich bin überzeugt, dass er es war, und hätte nicht wenig Lust, ihn schärfer ranzunehmen.«

»Die Lust kenne ich. Sie dürfen ihr nicht nachgeben, auch wenn Ihnen heute keiner mehr was vorwerfen würde. Außer Ihrem Gewissen. Wenn Sie das rein halten, können Sie das hier überleben«, sagte Gennat.

Er musste nicht beschreiben, was »das hier« war. Es war der Wahnsinn, der draußen herrschte, aber nicht in Gennats Büro. Der Kriminaldirektor übersah, was die Nazis trieben. Er schickte niemanden in Schutz- oder Vorbeugehaft, schon gar nicht ins KZ. Und keiner seiner Untergebenen würde es wagen, gegen die unausgesprochene Weisung ihres Chefs aufzumucken.

»Haben Sie unseren Vogel erreicht?«, fragte Lichtigkeit.

»Nein, der Kriminalkommissar Raben ist nicht auffindbar. Unsere Freunde von SD und Gestapo sind vielleicht in den Überfall auf den Sender in Prag verwickelt. Kann ja kaum ein Zufall sein, dass unser Raben verschwunden ist.« Gennat sprach leise, traurig. »Hoffentlich lässt er sich von unseren Freunden in der Kunstgewerbeschule nicht in etwas hineinziehen, das er später bereuen müsste.«

»Ja, Chef. Aber Raben wird uns erzählen, was er ausgefressen hat, wenn er es hat.«

»Sie sind außer mir der Letzte, der an das Gute im Menschen glaubt.«

Lichtigkeit hatte seinen Chef nie so niedergeschlagen erlebt.

»Vielleicht fühlen Sie bei Nebe vor. Der war doch von Anfang an braun im Kopf. Eine große Karriere erwartet ihn. Wenn einer schon so früh des Führers Genialität erkannt hat. Der ist jetzt Landeskriminalpolizeidirektor, Chef einer eigenen Behörde, dem alle Polizei in Preußen untersteht. Es wird nicht lange dauern, und er ist Kripochef im Reich. Und ich habe ihn gefördert. Ich hätte es ahnen müssen. Mir war die Politik egal, diese Ränkespiele, die ich mir gerade zurückwünsche. Wir dürfen nicht auch noch den Raben an die verlieren. Verstehen Sie das?«

»Klar, Chef. Danke, dass Sie mir vertrauen. Es ist mir eine Ehre.«

»Glauben Sie nicht, ich hätte Ihr … Gewackel nicht mitgekriegt. Ja, ja, die Nazis versprechen viel. Die Beförderungssperre ist weg, wir haben freie Bahn. Das verlockt einen – jeden.«

34.

»Wir schleichen uns über die grüne Grenze. Vielleicht gibt's einen Weg, den ich schaffe«, sagte Eckes.

»Vielleicht fliegt gleich ein freundlicher Drache vorbei, der uns drüben auf einer Gänseblümchenwiese absetzt.«

»Aber …«

»Halten Sie den Mund, ich denke gerade für zwei.«

Eckes schnippte seinen Zigarettenstummel auf den Weg.

»Wir warten ein paar Tage ab. Mal sehen, was passiert. Vielleicht erwischt die Polizei die Kameraden, die Strassers Radiochef umgebracht haben. Dann könnten wir das Land vielleicht legal verlassen. Auf jeden Fall können die den Alarm nicht ewig aufrechterhalten.«

»Und was machen wir bis dahin?«

»Wir üben Wiener Walzer. Was soll ich Ihnen sagen? Wenn die Wunde keine Zicken macht, kriechen wir durch die Büsche nach Bayern. Vorher nehme ich jeden Tag den Bus nach Neustraschitz und halte uns auf dem Laufenden.«

»Bis uns jemand findet«, sagte Eckes.

Damit hatte er leider recht. Sie standen in einem Waldstück auf einem Forstweg, auf dem Automobile verboten waren, wie ein Schild kundtat.

»Der Wald ist riesig. Wir fahren tiefer hinein und suchen uns ein Versteck abseits des Wegs. Und Sie schnippen keine Kippen mehr auf den Boden. Nehmen Sie den Aschenbecher, und wenn er voll ist …«

»Beerdige ich die Stummel würdevoll.«

»Schön, dass Sie es verstanden haben. Warum nicht gleich so? Sammeln Sie die Kippen hier auf, dann verkriechen wir uns.«

Eckes blickte ihn empört an, verzog die Miene, als hätte er eine Schmerzattacke. Wenn er das seiner Erika erzählte, die ihn doch für einen Helden hielt. Aber er musste ja nicht alles beichten.

Er bewaffnete sich mit einer Papiertüte und stöhnte jedes Mal, wenn er sich bücken musste.

Raben überhörte es und befasste sich mit der Landkarte. Sie mussten nach Westen. Zwischen Karlsbad und Marienbad lag ein riesiger Wald. Sie würden ein Stück Landstraße fahren, und dann?

35.

Nebe war fünf Zentimeter gewachsen, sein Büro war doppelt so groß wie vorher. Er erhob sich von seinem Schreibtischstuhl und eilte Lichtigkeit entgegen. »Wir haben schon lange keinen Abend mehr zusammengesessen. Es war doch immer so gemütlich. Was meinst du?«

»Unbedingt, aber vorher habe ich was Dienstliches.« Sie nahmen in der Sitzecke Platz. »Piekfein«, sagte Lichtigkeit.

Nebe lächelte stolz. »Leistung lohnt sich wieder.«

»Natürlich«, sagte Lichtigkeit und grinste.

Nebes Augen flatterten kurz.

Der hat sogar jetzt noch Angst, dachte Lichtigkeit. Je höher er stieg, desto tiefer fiele er. Nebe gehörte zu den Leuten, die Gefahr rochen, wenn es noch keine gab. Seine Finger trommelten lautlos auf der Tischplatte. An der Wand, hinter dem Schreibtisch, hing ein Hitler-Bild.

»Vielleicht solltest du den Führer an die Wand gegenüber hängen, dann hättest du ihn immer im Blick. Und er dich.«

Nebe hob die Brauen. »Ja, das könnte ich natürlich. Was war dein Anliegen?«

»Wir brauchen den Raben zurück, und wenn es auch nur für kurze Zeit wäre.«

»Der ist bei der Gestapo, nicht bei mir.«

»Aber du kennst doch Kameraden dort, Müller, Heydrich.«

»Geht es um Aphrodite?«

Lichtigkeit nickte.

»Darf ich sagen, dass ihr feststeckt?«

»Das ist noch untertrieben.«

»Aber du hast doch diesen Ehrig. Wenn der Reichsführer dem Führer einflüstert, dass er diesen Fall als Bestätigung für den Schlag gegen Röhm und die anderen Schweine benutzen könnte. Auch um die Bevölkerung zu beruhigen. Die erinnert sich noch, wie diese SA-Revolution war. Schlägereien, Folter, Plünderungen, Vandalismus, Vergewaltigungen. Der Führer weiß jetzt, dass ihn seine SA-Kameraden verraten haben.«

Dumm war er nicht, auf jeden Fall gerissen, dachte Lichtigkeit. »Könntest du mir einen Termin bei Heydrich verschaffen, ohne dass es in der Gerüchteküche dampft?«

»Ich glaube, wir haben uns mal getroffen. War's in Charlottenburg, im Polizei-Institut?« Der Gruppenführer saß in Zivil auf seinem Schreibtischstuhl und lächelte Lichtigkeit an.

»Stimmt, Gruppenführer. Sie haben dort einen herausragenden Vortrag über die erblichen Grundlagen des Verbrechens gehalten. Sehr aufschlussreich.«

»Sie müssen mir nicht schmeicheln«, sagte Heydrich im Gönnerton. »Was kann ich für Sie tun? Nebe hat Andeutungen gemacht ...«

»Sie haben vom Fall Aphrodite gehört?«

»Selbstverständlich. Seitdem werde ich von der Reichswehr belagert, nichts an die Öffentlichkeit zu geben, obwohl es Ihr Fall ist.«

»Die Schwester des Opfers ist mit General von Bose verheiratet.«

»Ich weiß«, sagte Heydrich.

»Wir verdächtigen den Chauffeur des Opfers, haben aber noch nicht den schlagenden Beweis gegen ihn. Der Mann heißt Ehrig, ist SA-Hauptsturmführer und war zweifelsfrei bei der Liquidierung des *Rote Fahne*-Redakteurs Kurt Esser dabei. Der Führer hat ihn nach der Revolution öffentlich belobigt.«

Heydrich nickte. »Ich weiß. Helden der Bewegung, leider in der SA, dieser Saubande. Worauf wollen Sie hinaus?«

»Mein Chef, der Kriminaldirektor Gennat, und Landeskriminalpolizeidirektor Nebe sind wie ich dafür, Raben zur Kripo zurückzuversetzen, vielleicht befristet. Raben hat einen Rochus auf Ehrig. Er fühlt sich ver...«

»...arscht«, sagte Heydrich. »Das ist mir klar. Ist eine dubiose Sache. Ich dachte, dass er sich beruhigt hat, seit der Reichsführer persönlich das Exekutionskommando befehligte, das diesen Fehrkamp erschoss. Ich weiß immer noch nicht, wie der auf die Liste kam. Aber die Akten sind vernichtet, und Göring würde mir antworten: Weiß ich nicht mehr, hab ich alles vergessen, ich will nichts mehr davon hören. Und der Führer weiß auch nichts mehr.«

»Gewiss, und das ist gut so. Aber Raben ist ein Riesentalent. Er steckt nicht drin im Aphrodite-Fall, er hätte einen Blick von außen.

Ich glaube, für unsere Beziehung zur Reichswehr wäre es kein Fehler, wenn wir dem Ehrig einen sauberen Prozess machen könnten.«

»Seit dem Tod des Reichspräsidenten herrscht ein anderer Zug, überall. Spüren Sie es nicht? Vor allem beim Militär. Ich verrate Ihnen ein kleines Geheimnis: Im März hauen wir den Versaillern auf die Schnauze. Wir führen die Wehrpflicht ein, und aus der Reichswehr wird die Wehrmacht. Die wird auf den Führer vereidigt, der ja seit Hindenburgs Ableben Kanzler und Reichspräsident ist.«

Jetzt verstand Lichtigkeit, warum der SD-Chef so gute Laune hatte. Sie hatten nun nicht mehr nur den größten Zipfel der Macht in Händen. Seit dem Tod des Reichspräsidenten konnte niemand Hitler mehr beeinflussen. Und Hindenburg konnte seine Kamarilla nicht mehr schützen. Der Vizekanzler Papen, einst Hindenburgs Einflüsterer und Schutzbefohlener, dürfte jede Nacht seit 1934 von seinem Gefährten und Redenschreiber träumen, den die SS beim Röhm-Putsch ermordet hatte, weil er Papen eine Rede geschrieben hatte, die dem Führer nicht passte. Und nun der Schlag nach außen. Das Signal. Wir rüsten auf. Der Führer beschwor den Frieden öfter als der Papst, aber im Gegensatz zu diesem lullte er die Feindmächte des letzten Kriegs ein. Noch brauchte er Zeit. Panzer und Flugzeuge rollten und flogen nicht von allein.

»Wenn die Alliierten diesen Coup schlucken, schlucken sie alles. Wir scheißen auf Versailles und teilen es den feinen Herren in London und Paris durch die Tat mit. Wir machen es einfach, und die können uns mal. Wir säen die Saat der Angst. Sie sollen uns mehr fürchten als den Bolschewismus.«

Lichtigkeit war es flau im Magen. Die wollten einen Krieg. Während er Heydrich schwärmen hörte, sah Lichtigkeit Explosionen, Leichenberge und Massenelend.

»Ist das nicht großartig?«, fragte Heydrich.

II. Auf der Flucht

36.

Nachdem sie sich drei Tage im Wald gelangweilt hatten, glaubte Raben, sie könnten ihr Glück versuchen. Die Grenzer waren gewiss überzeugt, dass sich die deutschen Agenten abgesetzt hatten. Es war nicht weit von Prag zur Grenze. Sie hatten den Radiotechniker umgebracht, aber wer kannte den schon? Strasser war nichts passiert. Seine Leibwächter hatten zwei Auftragskiller verjagt. Strasser würde einen anderen Sender aufbauen und seine Parolen wieder ins Reich schicken. Es war nicht viel passiert, und mit dem Reich wollte sich die Prager Regierung nicht anlegen. Sie hatten schon genug Ärger mit den Sudetendeutschen, die den Lügen Hitlers eher glaubten als der eigenen Regierung.

In der Zeitung wurden die Vorfälle in Prag bald auf kleiner Flamme gekocht. Eckes' Wunde verheilte, die Jammerei ließ nach. Und dann begann es zu regnen. Am Anfang schützten die Bäume, aber dann verwandelte sich ihr Lagerplatz in eine Pfütze.

Sie sammelten ihren Müll und vergruben ihn weitab. Dann gelang es ihnen, den DKW mit der Kurbel anzuwerfen. Er tuckerte laut und jaulte auf, als Raben Gas gab. Sie holperten über den Forstweg.

»Sie wollen über die Grenze fahren?«, fragte Eckes.

»Mal sehen«, erwiderte Raben. »Wollen Sie zum Bergsteiger werden, in Ihrem traurigen Zustand?«

»Die knallen uns ab an der Grenze«, sagte Eckes.

»Machen Sie sich nicht in die Hose. Schlafen Sie. Ich bring uns heim. Mehr müssen Sie nicht wissen.«

Eckes wachte auf. Es war hell und Raben verschwunden. Der Wagen stand am Straßenrand einer Kleinstadt. Raben kam aus einem

Gebäude mit einem Tor, dessen einer Flügel offen stand. Er trug einen Berg von Lumpen und Stoffresten mit beiden Händen.

»Steigen Sie aus, klappen Sie den Sitz nach vorn. Sie können schon mal reingehen und noch mehr holen.«

Ihre Wege kreuzten sich. »Noch nicht einladen.«

Raben kehrte mit einer Art Tischplatte zurück. »Die kriegen wir auch noch rein.« Er stellte sie hinter die Vordersitze. »Gucken Sie nicht, holen Sie Lumpen.«

Schließlich war der DKW hinter den Vordersitzen mit Lumpen gefüllt. Raben hatte mit ihnen die Tischplatte festgeklemmt und weiter Lumpen hineingestopft, bis auch mit Gewalt nichts mehr reinpasste.

»Was soll der Scheiß?«

»Ich eröffne eine Lumpensammlung, wenn wir drüben sind. Lumpen gibt's da genug.«

Eckes schüttelte den Kopf und setzte sich ins Auto. »Ich fürchte, Sie sind verrückt geworden.«

»Fürchten Sie, was Sie wollen. Wir fahren noch ein Stück Richtung Grenze, dann schlafen Sie, und ich geh mich amüsieren.«

Eckes blickte ihn an, sagte aber kein Wort. Warte nur, mein Bester, der Gruppenführer reißt dir den Kopf ab und den Arsch auf. Diese Aussicht hob seine Stimmung für ein paar Minuten. Ach, wird das schön. Er überlegte, wie er Raben alles in die Schuhe schieben konnte. Wie er heldenhaft gekämpft hatte, sogar mit einer Schussverletzung. Und der Raben, na, der hatte sich verkrochen und geflennt wie ein Mädchen. Doch dann fiel ihm ein, dass Raben ihn erst nach Berlin bringen musste, wenigstens nach München, bevor er ihn in die Pfanne hauen konnte. Aber Vorfreude ist die schönste Freude. Er lächelte und schlief ein, während die Lumpensammlung übers Kopfsteinpflaster hüpfte.

37

»Ich bin Hausbesitzer und Concièrge, falls Ihnen das was sagt.«

»Ich glaube, das Wort *Hausbesitzer* habe ich schon mal gehört«, sagte Lena lächelnd und streckte die Hände aus, als wollte sie Aphrodites Vermieterin umarmen.

Hermine Erdling lächelte zaghaft. »Die Polizei hat alles auf den Kopf gestellt, Sie finden nichts mehr.«

»Wir sind vom *Berliner Tageblatt*«, sagte Wagner, der sich auf einen Stock stützte, weil er glaubte, das könne bei der Vermieterin Mitleid auslösen. »Von der Kriminalredaktion.«

»Oh!«, sagte sie. »Können Sie sich ausweisen?«

Wagner gab ihr seine Visitenkarte. »Sie können gern bei der Chefredaktion anrufen, falls Sie ein Telefon haben.«

Sie betrachtete die Karte vorn – beschriftet – und hinten – leer. Gab sie zurück. »Na, dann kommen Sie herein. Wagner, Wagner … Ich glaube, von Ihnen habe ich mal was gelesen.«

»Ich arbeite schon lange dort. Aber so einen Fall hatte ich noch nicht. Und die Polizei scheint sich sicher, dass sie den Täter gefasst hat.«

»Ehrig«, sagte Lena.

»Genau den«, sagte Wagner. »Der hat ja früher schon was ausgefressen. Wissen Sie, ich habe nichts gegen unsere SA, seit der Führer dort für Ordnung gesorgt hat. Aber gemeiner Mord, das geht zu weit. Also wirklich.«

Sie führte sie in eine Wohnküche, in der es nach Bohnen und Fett roch.

»Sind alle Wohnungen gleich geschnitten?«

»Ja, außer einer unterm Dach, fünfter Stock. Da wohnt ein Student, die Eltern sind begütert.«

»Haben alle Mieter Kellerräume?«

»Außer der Böhme, die hatte ein Kabuff auf dem Dachboden. Sie hatte immer Angst, dass der Keller feucht werden könnte. Dabei ist der trocken wie die Sahara.«

Sie saßen am Küchentisch, die Erdling drehte die Kaffeemühle, das Wasser auf dem Gasherd zischte. Sie leerte das Schubfach der Mühle in eine Kanne und verschloss diese mit einem Deckel. Den Rest des Wassers schwenkte sie und kippte ihn in die leere Kanne. »So bleibt der Kaffee länger warm.«

Die Ungeduld zerriss Lena. »Haben die Polizisten auch das Kabuff durchsucht?«

»Ich glaub nicht. Sie haben nicht gefragt, ich habe nichts gesagt. Zwei von den Kriminalern kannte ich noch aus der Systemzeit. Manieren werden die auch nicht mehr lernen.«

»Die haben Sie eines Verstoßes gegen das Kuppeleigesetz beschuldigt, damals?«

»Nicht nur einmal.«

»Die sollten lieber Diebe und Mörder fangen, statt ehrliche Leute mit so einem Unsinn zu behelligen«, sagte Lena voller Überzeugung. »Der Führer wird mit diesem Unfug bestimmt aufräumen, nur kann er ja nicht alles auf einmal erledigen.«

»Genauso ist es«, sagte die Erdling.

»Könnten wir vielleicht auf den Dachboden steigen?«, fragte Lena.

»Ihr Kaffee wird kalt.«

»Bestimmt nicht. Ich gehe schnell allein, wenn Sie mir den Schlüssel geben könnten.«

»Na gut, die jungen Dinger heutzutage. Immer alles sofort, gleich und gestern.«

Sie zog die Schublade des Küchentischs auf. Nahm einen Schlüsselbund und zeigte ihr den Schlüssel. »Der ist für die Tür, oben rechts. Links wohnt der Student, stören Sie den bloß nicht. Jedes bisschen Lärm macht den verrückt.«

Wagner wollte sich erheben.

»Sie bleiben hier und bewachen meine Kaffeetasse.«

Wagner plumpste zurück auf seinen Stuhl.

»Ich hätte noch Apfelkuchen«, hörte Lena, bevor sie die Tür hinter sich schloss. Der Student hatte seinen Namen in einen Rahmen neben der Klingel geschoben. Also schloss sie die gegenüberliegende Tür auf. Eine Wäscheleine von einem zum anderen Ende, wenige Kleidungsstücke hingen daran. Sie waren knochentrocken. Ob sie Aphrodite gehört hatten?

Ein lauter Knall. Sie hatte die Tür nicht geschlossen. Ein Windstoß durchs halb geöffnete Dachfenster. Sie fühlte sich dumm, hatte noch Erdlings Mahnung im Ohr. Prompt wurde die Tür aufgerissen, und ein junger Mann mit militärischem Haarschnitt betrat den Speicher. »Wer sind Sie? Was haben Sie hier zu suchen?«

»Ich bin Redakteurin des *Berliner Tageblatts*, Frau Erdling hat mir den Schlüssel gegeben, damit ich Frau Böhmes Kabuff betrachten kann.«

»Und was wollen Sie darin finden?«, herrschte er sie an.

»Das weiß ich jetzt noch nicht, junger Mann.« Sie war vielleicht fünf Jahre älter als er. »Und wegen der Tür, tut mir leid, ich wusste nicht ...«

»Mich würde doch interessieren, ob Sie überhaupt was wissen.«

»Das finde ich uninteressant. Was wissen Sie denn über Frau Böhme?«

»Dass sie einer wenig ehrenhaften Tätigkeit nachgegangen ist.«

»Und was halten Sie von ihren Freiern?«

»Ich habe nur manchmal welche auf der Treppe gesehen. Kavaliere, so scheint es.«

»Es ist demnach unehrenhaft, Prostituierte zu sein, aber ehrenhaft, sich ihrer als Freier zu bedienen.«

Er stutzte sie an. Nickte. »Ja, wenn die Gattinnen der Herren deren Bedürfnisse nicht erfüllen, was bleibt ihnen?«

»Interessante Theorie, wenn auch schon zu Kaisers Zeiten populär.«

Der Student grinste. Er trug einen Flaum unterm Kinn, runde Brillengläser, welche die Pupillen weiteten.

»Hatten Sie Kontakt mit Frau Böhme?«

Er schüttelte den Kopf.

»Aber Sie sind ihr und einigen ihrer Besucher auf der Treppe begegnet?«

»Hab ich doch gesagt.«

»Haben Sie einen der Herren erkannt?«

Er schwieg und schüttelte den Kopf.

»Na, dann haben wir ja alles geklärt. Heil Hitler!«

Sie öffnete den Bretterverschlag, in dem nicht viel verstaut war. Auf einer Stange hingen zwei Mäntel und drei Kleider, zuzüglich zwei Büstenhaltern mit Spitze. In der Ecke stand eine Kommode, die den Dreißigjährigen Krieg überlebt haben musste. Ein Schubfach und eine große Tür. Sie zog das Schubfach heraus. Leer, bis auf zwei Reißzwecken. Im großen Fach dagegen lagen Notizbücher, ordentlich übereinandergestapelt. Nein, es gab auch drei Kalender darunter: 1931, 1932, 1933. Sie hörte ihr Herz pochen. Es waren acht Notizbücher und drei Kalender, alle in Leder gebunden und in der richtigen Reihenfolge gestapelt: unten das älteste, oben das jüngste. Lena packte die Kalender und ein Notizbuch in ihre Handtasche, die restlichen Notizbücher in ihre Manteltaschen. Sie sah aus wie ein Muli, das den Berg hinunterschlich. Nur dass der Berg eine Treppe war. Der Student hatte einen Spion in der Tür. Während sie hinunterstieg, entdeckte sie keinen weiteren in den Wohnungstüren. Sie klingelte, und Wagner ließ sie ein. Lena grinste ihn an. »Ich brauche Ihre Aktentasche.« Die stand im Flur, und Lena kippte ihre Beute hinein.

Erdling steckte ihren Kopf aus der Küchentür. »Haben Sie was gefunden?«

»Leider nicht«, sagte Lena.

»Aber ich hab die Tür knallen gehört.«

»Ich habe mich artig entschuldigt.«

»Schlecht«, sagte Wagner. »Dann müssen wir woanders herumschnüffeln.«

Erdling lachte.

Als sie vor der Haustür standen: »Da haben Sie ja eine Freundin fürs Leben erobert«, sagte Lena.

38.

Es war wenig Verkehr. Raben fuhr die Lumpensammlung zügig, aber nicht zu schnell über Landstraßen. Erstaunlicherweise hielt niemand sie auf. Das Auto war auffällig, und die Insassen waren heruntergekommen, hatten seit Tagen kein Badezimmer mehr gesehen. So wollte man sich Spione aus dem Reich nicht vorstellen. Sie hielten nur einmal, um zu tanken. Kurz vor Marienbad. Dem Tankwart drückte Raben ein gutes Trinkgeld in die Hand, und der nickte, als hätte er was verstanden. Vermutlich ein Sudete, jedenfalls sprach er deutsch. Je näher sie der Grenze kamen, desto tiefer stießen sie in den Gürtel entlang der deutsch-tschechisch-österreichischen Grenze hinein, der früher zum böhmischen Teil der Habsburger Doppelmonarchie gezählt hatte.

Raben bremste, als er den Grenzübergang erkannte.

»Und nun?«, fragte Eckes.

»Nun seien Sie still, ich muss nachdenken. Ich hätte nichts dagegen, wenn Sie einen Vorschlag machen könnten, wie wir da rüberkommen.«

»Das wissen Sie doch längst. Oder wollen Sie Lumpenhändler werden?«

»Sagte ich doch«, meinte Raben. Er stieg aus und näherte sich dem Übergang. Schranke hoch, Schranke runter. Alles gemütlich. Die Schranken bestanden offenbar aus Massivholz. Sie federten kaum nach, wenn sie sich auflegten. Sie blieben starr, wenn sie gehoben wurden. Mit dem DKW hätten sie alle Chancen, sich selbst zu köpfen. Er zählte fünf Beamte, draußen drei und im Wärterbau zwei. Hinter Scheiben. Womöglich gab's im Anbau noch mehr.

Die Leute waren ruhig und höflich. Legten die Hand ans Käppi, ließen sich die Ausweise zeigen, warfen einen Blick drauf und winkten die Autos durch. Routiniert, sachlich, freundlich. Bewaffnet waren sie mit Pistolen.

Diese Leute konnten sie überrumpeln, zumal sie verblüfft wären, wenn Gangster nicht über die grüne Grenze abhauten. Die war so lang, dass sie auf keiner Seite lückenlos zu überwachen war. Viele Flüchtlinge aus Deutschland waren so nach Prag gekommen. Und genauso schlichen sich Agenten des SD und der Abwehr hinüber. Die Grenzer rechneten mit allem, nur nicht mit einem Grenzdurchbruch in einem Kraftwagen. Sie wussten doch selbst am besten, wie man die Grenze überquerte.

Raben lehnte sich an eine Mauer. Sah den Lastwagen einer deutschen Spedition sich dem Übergang nähern. Das übliche Spiel mit dem Pass, nur dass der Lastwagen nach rechts gewunken wurde, auf einen Haltestreifen. Langsam senkte sich die Schranke. Beifahrer und Fahrer stiegen aus, gingen mit zwei Grenzern zum Heck und öffneten die Ladeklappe. Ein Grenzer leuchtete mit einer Taschenlampe hinein. Er nickte, und fast hörte Raben ihn »Gute Fahrt!« sagen. Die beiden Spediteure stiegen in die Fahrerkabine und fuhren los. Zwei Autos hatten warten müssen, wurden dann aber flott abgefertigt.

Raben überlegte. Wenigstens Eckes stand auf der Fahndungsliste. Sie mussten durchbrechen, er hatte es von Anfang an geahnt. Deshalb die Lumpen. Bereite dich auf den schlimmsten Fall vor. Sie hatten den schlimmsten Fall. Wie weit war die deutsche Grenze entfernt? Einen Kilometer vielleicht. Sie mussten mindestens die Hälfte schaffen. Er hörte schon die Schüsse.

39.

»Wie gut, dass mein Mann nicht in die Ermittlungen verstrickt ist. So eine Blamage«, sagte Lena, als sie in die Redaktion zurückgekehrt waren. Auf dem Tisch lagen neben dem Holzbein Böhmes Kalender und Notizbücher.

»Jeder nimmt sich ein Notizbuch oder einen Kalender und liest. Danach besprechen wir, ob wir was verstehen.« Er schlug einen Kalender auf. »*Dienstag, 21 Uhr 30, Wilfried von Bose*«, las Wagner laut. Er blätterte. »Die hat manchmal Klarnamen benutzt, manchmal nicht. Es taucht immer wieder ein WB auf, das wird unser General sein. Die haben sich öfter getroffen. Am Abend, um neun oder zehn Uhr. Vielleicht auch nachmittags, wenn Herr General angeblich Feinde totschießen übte. Aber da finde ich nichts. Die Liste muss ja nicht vollständig sein. Was bin ich blöd, dass ich die Erdling nicht dazu befragt habe.«

Er griff nach dem Telefon. Nach einer Weile hob sie ab und freute sich. »Wie nett, dass …«

»Haben Sie die Zwillingsschwester von Frau Böhme gesehen, eine Edeltraut von Bose?«, fragte Wagner. Er war sauer, vor allem auf sich.

»Bitte seien Sie mir nicht böse. Eigentlich nie, sie ist vielleicht aufgetaucht, wenn ich meinen Mittagsschlaf halte.«

»Und einen Offizier?«

»Nie, der würde auch nicht in Uniform hier auftauchen. Wenn er hier war, müsste es sich um einen Mann in Zivil handeln.«

Wagner legte auf. »Vermutlich hat sie recht. Eifersucht wäre doch ein schönes Motiv.«

»Hat Ihr Student eine Telefonnummer?«

»Ach Mist, da stand etwas auf dem Klingelschild …«

»Friedrich Bütler«, sagte Wagner.

»Woher …?«

»Ich habe die Erdling über ihre Mieter befragt.«

Sie nickte. »Ich muss noch viel lernen.«

»Vielleicht ein bisschen Systematik, Struktur.«

»Wenn das alles wär. Mich nimmt jeder Fall mit, ich habe zu viel Mitleid. Ich bin eher Rotkreuzschwester als Journalistin.«

»Seien Sie nicht so hart mit sich. Sie sind eine gute Journalistin auf dem Weg zu einer hervorragenden.«

»Und Sie sind ein Gesundbeter.«

Er lachte. »Wäre ich gern, wenn's funktionieren würde. Ich bin nach dem Krieg im Selbstmitleid ersoffen, bis ich kapiert habe, dass ich den Verlust meines Beins als Schicksal annehmen muss wie eine Krankheit.«

»Ist ja schön, dass Sie im Lazarett nicht beschlossen haben, Politiker zu werden. Dann hätten wir nämlich zwei merkwürdige Gestalten.«

»Bei der nächsten Bemerkung dieser Preisklasse erschlag ich Sie mit dem Holzbein und beweise, dass es Selbstmord war.«

40.

Als es dämmerte, stieg Eckes aus dem Auto und stellte sich neben Raben.

»Sind wir eigentlich als Gestapo oder als SD unterwegs?«, fragte der.

»Ist doch egal. Die Leute brauchen Behörden, deren Namen und Adressen. Unser Chef heißt Heydrich, egal ob SD oder Gestapo.«

»Bei Preußens wusste man wenigstens, wer einen einbuchtete.«

»Irgendwann wird unser Chef den ganzen Laden übernehmen, Gestapo, SD und Kripo. Wir sind dann nur noch Abteilungen von ein und demselben Laden. In den höheren Kreisen des Reichs geht es um Macht. Göring gründet die Gestapo als Landespolizei, ver-

liert sie aber an Himmler und Heydrich, die sie zu einer Reichs-
polizei machen. Dafür kriegt Göring, was er sich als Fliegerass des
Kriegs am meisten wünscht, er wird Chef der Luftwaffe. So ent-
stehen Ämter und werden Chefs ernannt, nicht nach preußischer
Logik, sondern als Ergebnis vom Armdrücken der Großen.«

»Und was sagt der Führer dazu?«, fragte Raben, erstaunt über
Eckes' Offenheit.

»Wenig. Er entscheidet nach Kräfteverhältnis und Sympathie. Oft
ist er nicht erreichbar, und seine Gefolgsleute raten, was der Führer befehlen würde, wenn er denn befehlen würde. Dann taucht er
wieder auf und segnet ab, was seine Leute sich ausgedacht haben.
Hauptsache, es bricht mit allem Dagewesenen. Je wilder die Ideen,
desto mehr Wohlwollen. Das wäre in Kürze das Herrschaftsprin-
zip. Natürlich berufen sich alle immer auf den Willen des Führers.
Manchmal ist es richtig lustig.«

Raben beobachtete den Grenzübergang. Er hätte sich ein Fern-
glas gewünscht, aber er hatte keines, und es wäre aufgefallen.

»Haben Sie eine Idee, wie wir rüberkommen?«

»Ja, aber es wäre gefährlich.« Er schilderte Eckes seinen Plan.

Der schüttelte den Kopf. »Das klappt nicht.«

»Kann sein, aber die wären so überrascht, dass sie uns die paar
Sekunden gäben, die wir brauchen. Nur ein paar Sekunden. Haben
Sie eine bessere Idee?«

Reichlich spät leuchteten die Laternen am Übergang auf. Der
Verkehr wurde dünner.

Raben deutete auf die Straße, die zum Übergang führte. »Wir
parken die Lumpensammlung da unten rechts auf dem Bürgersteig.
Da können die uns nicht sehen. Ich gehe ein Stück vors Auto und
beobachte weiter. Die halten mich schlimmstenfalls für einen merkwürdigen Spaziergänger … hoffe ich.«

»Oder für einen SD-Agenten, den sie gerade suchen.«

»Sie sind ein Defätist, Eckes. So wird das nichts mit der Herrschaft der Arier über die Untermenschen.«

Eckes lachte. »Hätte nicht gedacht, dass ausgerechnet Sie den Muster-Nationalsozialisten geben.«

»Sie haben mich noch nie verstanden. Im Gegensatz zu Ihrem Herrn und Meister. Der weiß, dass ich ihn nie hintergehen würde.«

Eckes' Gesicht färbte sich rosa. War es eine Drohung, die Raben ausgesprochen hatte? Er fragte lieber nicht. Vielleicht vergaß Raben alles, wenn sie drüben waren. Falls sie rüberkamen. Wenn nicht, hatten sie andere Sorgen. Sofern sie dann überhaupt noch Sorgen hatten.

41.

Lena rief Elisabeth an, ihre Mutter. »Es wird spät. Bringst du bitte den Kleinen ins Bett? Und du wartest nicht auf mich. Wenn was ist, ich bin in der Redaktion.«

Sie saßen stundenlang mit den Notizbüchern und Kalendern. Immerhin hatten sie schnell begriffen, dass Aphrodites Welt aus Namen und Ziffern bestand. Die Ziffern waren Uhrzeiten, die Namen bestanden manchmal aus Initialen, manchmal nicht. Hin und wieder fanden sie Adressen.

»Das wird eine elende Suche«, sagte Wagner.

»Ich kann das Zeug auch meinem Mann geben, wenn er zurückkommt.«

»Besser Lichtigkeit oder gleich Gennat«, sagte Wagner. »Wenn wir denen Beweismittel vorenthalten, machen die uns zur Minna und sagen dann Danke schön. Wenn aber die Gestapo was erfährt, Heydrich oder Müller, na vielen Dank.«

Am Morgen saßen sie in Lichtigkeits Büro. Sie tranken gerade Köpfchens Kaffee, als der Kommissar sein Büro betrat. »Vor Ihnen ist man nirgends sicher.«

»Für Sie ist heute Geburtstag und Weihnachten, pardon, Julfest«, sagte Lena.

»Was ist das?«, fragte der Kommissar und deutete auf den Haufen.

»Ein Geschenk meines Mannes.«

»Ich dachte, der wär auf Dienstreise.«

»Stimmt, aber wir sind seine treuen Boten. Er hat gesagt, das könnte Ihnen helfen.«

Lichtigkeit runzelte die Stirn, setzte sich, nahm einen Kalender in die Hand und blätterte. »Das stammt von der Böhme?«

»Ja«, sagte Lena.

»Wo haben Sie das gefunden?«

»Wo Ihr Erkennungsdienst hätte suchen sollen. Mein Mann fand es auf dem Dachboden.«

»Sie wissen, dass ich Ihnen kein Wort glaube. Sie wollen nur Ihren Mann zur Kripo befördern.«

»Klar will ich das«, erwiderte sie trocken. »Und Sie auch.«

»Köpfchen!«, rief Lichtigkeit, »besorgen Sie mir den Körber. Aber mit Schädel, damit ich ihm den abreißen kann.«

Sie steckte den Kopf durch den Türspalt. »Geht klar, ich besorg dann gleich ein paar Handtücher, um das Blut aufzuwischen.«

»Sie sind weit und breit die Einzige, die mich versteht.«

»Weiß ich längst.«

Die Tür schloss sich.

Und öffnete sich drei Minuten später nach Anklopfen. »Was gibt's, Herr Kommissar?«

»Das gibt's, Herr Kommissar. Der Kollege Raben ist gerade auf Dienstreise und hat seine Frau geschickt, mir das zu übergeben. Den Redakteur Wagner kennen Sie ja.«

Sie nickten sich zu.

»Wo kommen die Büchlein her?«

»Sie stammen von Aphrodites Dachboden.«

Körber kratzte sich an der Schläfe und schwieg. »Scheiße«, sagte er endlich. »Und der Kollege Raben ... was treibt der?«

»Das bleibt alles unter uns. Alles! Kapiert?«

»Gerne«, sagte Körber.

»Sammeln Sie das Zeugs ein und gehen Sie es durch. Wenn nötig, besorgen Sie sich Verstärkung. Gründlich, aber schnell.«

»Sind wir doch immer.«

»Nee, seid ihr nicht.«

Als Körber gegangen war, sagte Lena: »Aber wir kriegen eine Kopie der Ergebnisse.«

Lichtigkeit blickte sie eine Weile an. »Sie treiben ein gefährliches Spiel. Wenn so jemand wie der hochgeschätzte Kollege Nebe Ihnen auf die Schliche kommt … das mit Ihrem Gatten nimmt Ihnen niemand ab. Seien Sie also froh, wenn ich meine Klappe halte. Dokumente aus Ermittlungsakten sind geheim.«

»Aber wenn ich mich still und leise zu Ihnen ins Büro setze … rufen Sie mich an?«

»Sind Sie immer so? Ich beginne den Kollegen Raben zu bemitleiden.«

42.

Allmählich wurde es dunkel. Immer weniger Verkehr. Wenn überhaupt, dann meist Lastwagen. Raben beobachtete, wie die Grenzbeamten von der Nachtschicht abgelöst wurden. Die alte und die neue Mannschaft palaverten, er hörte sie lachen. Er genoss seinen Beobachtungsposten fast, Eckes stöhnte und laberte. Die Wunde war fast schon geheilt. Raben hatte unterwegs in einer Apotheke weitere Verbandsmittel und Alkohol gekauft, es sollte reichen bis Berlin.

Raben beobachtete die Grenzer. Zwei fuhren in einem Auto weg, die anderen auf Fahrrädern. Vor allem aber fuhren mehr weg, als gekommen waren. Die Nachtschicht bestand nur aus vier Beamten. Vier Beamte, die müde würden und trotz der Laternen weniger sahen als die Tagschicht.

Er ging zurück zum DKW. Kein ideales Auto für ihren Zweck. Zu langsam, zu niedrig, zu wenig Stahl vor ihnen. Eckes empfing ihn mit einem Stöhnen. »Na, Raben, haben Sie endlich einen genialen Plan?« Es fiel ihm nicht auf, dass er sich zum Deppen machte. Sollte nicht Eckes als Ranghöherer vor Ideen platzen?

»Sie bleiben auf dem Beifahrersitz und ducken sich. Heben Sie Ihren Kopf auf keinen Fall, bevor ich es Ihnen sage. Klar?«

»Und ...?«

»Wir haben keine Zeit.«

Raben schloss die Tür und wartete. Nach einer halben Stunde sah er im Rückspiegel einen mächtigen Lastwagen mit Anhänger. Als der Laster sich näherte, erkannte er ein Berliner Kennzeichen. Er warf den Motor an und dankte irgendwem im Himmel, dass der Elektrostarter funktionierte, als hätte er nie gezickt. Der Zweitaktmotor kreischte und töckerte, als wollte er alle Welt alarmieren. Raben folgte dem Lastwagen, die Scheinwerfer ausgeschaltet. Er hoffte, dass der Fahrer nicht kurz vor der Grenze hielt und in einer Pension verschwand oder in der Fahrerkabine schlief.

Raben hörte, wie der Fahrer herunterschaltete. Der Diesel dröhnte, die Bremsleuchten grellten. Raben hängte sich an den Anhänger, Abstand vielleicht dreißig Zentimeter. Die Grenzbeamten würden ihn nicht sehen. Sie kontrollierten jetzt die Papiere, Frachtpapiere eingeschlossen. Wenn sie die Fracht kontrollieren wollten, würden sie den Lastwagen nach rechts von der Fahrbahn winken, wie Raben es beobachtet hatte.

Er stieg aus und linste links am Laster vorbei. Die Schranke war oben. Er setzte sich hinters Steuer, stieß zwei Meter zurück, gab Zwischengas und knallte den ersten Gang rein. Der Wagen schlingerte, als er ihn nach links riss. Haarscharf neben dem Laster schaltete er hoch. Verflucht! Die Schranke senkte sich, Raben bückte sich hinters Armaturenbrett. Es knallte, als die Schranke das Dach des

DKW abriss. Dann knallten nur noch Schüsse. Eine Maschinenpistole ratterte, *plopp-plopp-plopp* schlugen die Kugeln in die Lumpen und dann mit letzter Kraft ins Holzbrett. Raben hob vorsichtig den Kopf, riss den Wagen zurück auf die Straße, zwang ihn auf zwei Räder und war erleichtert, dass die anderen beiden auf die Straße plumpsten, während die Stahlfedern ächzten.

Im Rückspiegel sah er ein Auto, das ihnen folgte. Aus dem Beifahrerfenster ragte ein Arm mit einer Pistole. Doch das zeigte nur Eifer und keinen Sinn. Der Wagen holte leicht auf, aber dann erschien hinter einer Biegung die deutsche Grenzstation. Zum ersten Mal im Leben empfand er Erleichterung, als er die Hakenkreuzflagge sah, die neben der Reichsflagge schlaff vom Mast hing.

Eckes hob den Kopf. »Sie haben mir den Hals gerettet. Ich habe keine Sekunde geglaubt, dass Sie es schaffen. Andere hätten mich als Ballast zurückgelassen. Sie haben einen gut bei mir. Vergessen Sie das nicht.« Der nahe Tod hatte ihm die Ehrfurcht eingetrieben. Es fehlte noch das Amen. »Einen gut ...«

43.

Immerhin spendierte Lichtigkeit einen selbst gebrauten Kaffee. Lenas Herz verwandelte sich nach dem ersten Schluck in eine hochtourige Acht- oder Sechzehnzylindermaschine, wie sie Mercedes und Auto Union auf den Rennstrecken und bei Rekordversuchen einsetzten. Der Kaffee bestand vermutlich zu zwei Dritteln aus Pulver, dem Tropfen heißes Wasser beigemischt wurden.

Lichtigkeit brauchte drei Schlucke, um ihn hinunterzuschütten.

»Haben Sie Zucker?«, fragte Lena.

»Schräg gegenüber gibt's eine Personalküche.« Ohne die Augen vom Notizbuch abzuwenden.

In der Personalküche entdeckte sie einen Tauchsieder. Sie schüttete mehr als die Hälfte des Kaffees in den Ausguss und füllte die Tasse mit heißem Wasser. Dazu drei Löffel Zucker. Immer noch stark genug, um nicht einzuschlafen.

»Vielleicht gibt es Zusammenhänge zwischen den Notizbüchern und den Kalendern«, sagte sie, als sie mit ihrer Tasse zurückgekehrt war.

»Vielleicht ja, vielleicht nein«, brummte Lichtigkeit. Schob ihr ein Notizbuch zu.

Sie öffnete es und sah ihre Hände zittern. »Ist der Kaffee«, sagte sie.

Er hatte einen Kalender vor sich. Blätterte vor und zurück. »Kürzel über Kürzel, wenig Namen, wie in den Notizbüchern.«

»In den Notizbüchern hat sie … Eigenheiten ihrer Kunden vermerkt. Vor allem beim Beischlaf oder anderen Praktiken … da kriegt eine brave deutsche Mutter … Zustände.«

Er lachte. »Ich könnte Ihnen ein Praktikum bei der Sitte verschaffen.«

Sie grinste. »Lieber nicht. Man soll doch seinen Gatten nicht verschrecken.«

»Ganz recht. In den Notizbüchern finden sich auch Adressen. Sodass sie jedem vorgaukeln konnte, sofort zu wissen, wo er wohnte oder in welches Hotel er sie bestellte. Und bevor Ehrig sie hinfuhr, schlug sie nach, was dem Herrn gefiel oder nicht. Jetzt haben wir immerhin ein paar Namen, Kürzel und Adressen.«

»Sagen Sie mal Danke schön, dass ich nichts über Ihr Versagen schreibe.«

»Danke schön.«

Sie saßen, blätterten und lasen. Wer die HK, ET, AM, FN und so weiter waren, wussten sie nicht, aber sie fanden die Abkürzungen in den Notizbüchern wieder.

FN mag keinen Schampus. Von hinten, klatscht mir auf den Po.
Uhland 92

Nachdem Lena es laut vorgelesen hatte, sagte sie: »Wir könnten die Adresse ausprobieren. So viel FN sollte es da nicht geben.«

Lichtigkeit lächelte sie an. »Sie haben uns eine Menge Arbeit beschert. Und ein kleines, winzig kleines Problem. Ich stoße hier gerade auf einen *RH, Doelle 34.*«

»Ja, und?«

»In der Doellestraße 34 wohnen Reinhard und Lina Heydrich.«

»Um Himmels willen.«

Lichtigkeit schob ihr das Notizbuch über den Tisch.

Was für ein brutales Schwein. Pervers. Aber er zahlt gut. Muss immer tun, als ob es mir gefiele. Danach bin ich einen Tag krank. Abweisen kann ich ihn nicht, wenn mir mein Leben lieb ist. Aber ich werde es ihm heimzahlen, eines Tages ...

Sie schwiegen eine Weile.

»Scheiße«, sagte Lichtigkeit schließlich. »Entschuldigung, das stinkt nach einem Mordmotiv. Vielleicht hat sie ihn erpresst.«

»Nee«, sagte Lena. »Das hätte die sich nicht getraut. Beim ersten Versuch hätte er ihr den Hals umgedreht. Das wäre dann die erste Leiche, die sich selbst das Genick gebrochen oder erwürgt hat.«

»Da haben wir eine Weltpremiere verpasst«, sagte Lichtigkeit. »Aber Sie haben recht. Stellen Sie sich vor, die hat für einen ausländischen Geheimdienst spioniert, und er bekommt einen Verdacht, weil ihm ihre Fragen verdächtig vorkommen. Welch Blamage, wenn er sich hätte täuschen lassen.«

»Über Heydrichs Sexualleben hört man ja dieses und jenes.«

»Wer hört was?«

Lena winkte ab. Sie würde Wagner nicht verraten, in dessen offenes Ohr viel von dem drang, was so geredet wurde. Sein Holzbein verschaffte Leuten ein schlechtes Gewissen und öffnete die Münder. Irgendwie musste man dem Krüppel helfen, der im letzten Krieg ein Bein fürs Vaterland geopfert hatte. Wagner war Mitleid zuwider, aber Informationen über dies und das und jenen munterten ihn auf. Sein Gedächtnis war überragend. Er speicherte, was er erfuhr, und schwieg.

»Gut, gut«, sagte Lichtigkeit. »Aber Sie wollen alles erfahren, was wir herausbekommen.«

»Natürlich, ich hätte die Notizbücher und Kalender auch behalten können.«

»Das wäre eine Straftat gewesen. Behinderung einer kriminalpolizeilichen Ermittlung ...« Er schickte ein Grinsen hinterher.

»Pff!«, sagte sie. »Ohne mich wären Sie noch bei Adam und Eva und kriegten Prügel von der Presse. Verdientermaßen!« Und dachte: Verdammt, wo ist Kalle? Es stinkt, wohin man guckt.

44.

Plötzlich wimmelte es von Uniformen, Pistolen, Gewehren und Maschinenpistolen. Vorsichtig stieg Raben aus, hob die Hände. »Wir unterstehen dem Befehl von Gruppenführer Heydrich. Ich bin Kriminalkommissar Raben von der Gestapo, und im Auto liegt verletzt der Sturmbannführer Eckes vom Sicherheitsdienst.«

Ein Fettsack hatte das Kommando. Er beäugte das zerstörte Auto, nickte Eckes zu, der darum bat, dass ihn jemand stützte.

»Haben die Grenzer Sie erwischt?«, fragte Raben.

»Nein, aber die Wunde ist aufgebrochen.« Seine Schulter war rot.

»Wir brauchen einen Arzt oder Sanitäter.«

»Wir brauchen erst mal Ihre Papiere.«

»Mann, sind Sie verrückt? Wir fahren in die Tschechei mit Dienstausweisen. Ich krieg einen Lachkrampf. Wir waren in Gruppenführer Heydrichs Auftrag dort. Den Rest können Sie sich selbst ausdenken. Rufen Sie den Gruppenführer an. Und vorher einen

Arzt oder wenigstens einen Sani. Haben Sie mich jetzt verstanden? Haben Sie die Volksschule geschafft?«

Hinter dem Fettsack begann ein Raunen und Murmeln. Schließlich erschien ein Grenzpolizist mit Rotkreuzkoffer. Er winkte zwei Mann herbei, die ihm eine Trage brachten. Zu dritt halfen sie Eckes aus dem Auto.

Raben lachte innerlich. Eckes markierte den Schwerverletzten, bereit zum Opfer für Volk und Vaterland.

»Und Sie kommen mit«, sagte der Fettsack.

Das Gebäude war schlicht eingerichtet, an Schmuck gab es nur den Führer an der Wand – das Bild mit Schärpe, wo er in die Zukunft blickte. Kleiner darunter hing Himmler. »Da hängt ja auch mein Chef«, sagte Raben.

Der Fettsack brummte etwas. Reichte Raben ein Formular, das der überflog und zurückgab. »Ich notiere hier gar nichts«, sagte er. »Sonst macht mich Gruppenführer Heydrich einen Kopf kürzer. Und das stünde mir nicht. Ich fürchte, dass auch meine Frau nicht begeistert wäre. Einen Mann ohne Kopf, wer will den schon. Oder sehen Sie das anders, Herr Oberzollsekretär?«

Der ließ das Formular auf dem Tisch liegen. Er rief das Telefonamt an. »Ja, Geheime Staatspolizei!«, brüllte er. Verdrehte die Augen. »Wenn die ČSR uns angreift, sind die schon in Berlin, bevor dort einer ans Telefon geht … nein, nein, ich meine nicht Sie.« Seine Stimme warf sich auf den Bauch. »Gruppenführer …«

Aus dem Hörer schallten Schimpfwörter von *begriffsstutzig* bis *Schande des Reichs*. Die Stimme des Oberzollsekretärs badete im Staub, bis sie nicht mehr zu hören war. Der Fettsack reichte Raben den Hörer.

»Kurz und knapp«, sagte Heydrich. »Alle gesund?«

»Mein Freund hat eine kleine Verletzung. Er ist ja ein guter Bergsteiger, aber manchmal übertreibt er es.«

»Da stimme ich Ihnen zu. Und Ihnen geht es gut?«

»Aber ja doch. Der Oberzollsekretär hat mir versprochen, ein opulentes Frühstück zu servieren. Und dann muss ich irgendwo eine Dusche finden.«

»Ich weiß schon, dass Sie sich vorbildlich verhalten haben, obwohl Sie den Onkel nicht getroffen haben.«

»Nehm ich auf meine Kappe.«

»Das tun Sie nicht. Erholen Sie sich, und dann tanzen Sie hier an. Verstanden?«

45.

Lichtigkeit saß bei Gennat. Nein, kein Kaffee, kein Kuchen. Der Kommissar blickte ängstlich zur Tür. Er gab Gennat ein Notizbuch und einen Kalender, mit eingelegten Blättern als Lesemarken. Gennat las.

»Hm!«, sagte er. »Der wohnt also in der Doellestraße. Dachte, er zöge bald in eine Villa an 'nem See. Wurde gemunkelt …« Gennat blickte Lichtigkeit an. »Das hat mir noch gefehlt. Der Mann ist des Führers Liebling, und der Reichsfuzzi hält ihn für den Größten, nach ihm natürlich. Wo ist der Raben?«

»Das weiß nicht mal seine Frau. Fast hätte ich *Witwe* gesagt.«

Gennat nickte.

»Stellen Sie sich vor, Chef, Heydrich hat Aphrodite auf dem Gewissen.«

»Was glauben Sie, das ich gerade tue?«

Gennat versank in sich, bestarrte seinen Wanst und schnaufte. »Klappern Sie zuerst die anderen Adressen ab. Ich werde beantragen, dass wir Raben bei der Kripo brauchen. Sein Kippenberger ist doch längst über alle Berge, wenn er halbwegs bei Verstand ist.«

»Seine Frau, Ex-Frau, wohnt noch in Berlin.«

»Was Sie immer so alles wissen. Stecken Sie auch schon mit denen unter einer Decke?«

»Nein, Chef, fragen Sie das den Kollegen Nebe.«

»Der will uns helfen, unseren Indianer zurück in unseren Wigwam zu holen.«

»Wer's glaubt.«

»Doch, doch«, sagte Gennat. »Der hat einen Heidenrespekt vor mir. Ohne mich wär der heute Fahrkartenkontrolleur in der Elektrischen.«

Lichtigkeit lachte.

»Irgendwas über die … sexuellen Gewohnheiten vom Ehrig steht nicht in den Büchern?«

»Kein Wort. Den gibt's gar nicht«, erwiderte Lichtigkeit.

»Vielleicht war er es wirklich. Das würde uns einiges ersparen. Noch Namen, die mir was sagen?«

»Der Herr von Bose, Mann ihrer Schwester …«

»Wie bitte? Der war mit der Schwester seiner Frau im Bett?«

»Mehrfach«, sagte Lichtigkeit.

»Das Abendland«, sagte Gennat leise. »So geht das Abendland zugrunde. Es braucht nicht mehr viel.«

Lichtigkeit hatte den Eintrag über den General von Bose mit Schadenfreude gelesen. Dieses arrogante Auftreten bei ihrem Besuch der Schwester. Der hatte ein dickes Motiv, und bei ihm würde er anfangen.

Bock steuerte den BMW durch den Abendverkehr. Dampf stieg auf von den Straßen, als kochte die Hölle. Sie parkten vor dem Haus. Lichtigkeit klingelte. Ein Dienstmädchen mit weißer Schürze öffnete.

»Sagen Sie dem Herrn General, dass wir ihn gern sprechen möchten.«

Der erschien, mit Serviette am Hals. Er zog sie herunter. »Bitte, meine Herren. Wir dinieren gerade, Sie kommen zum falschen Zeitpunkt. Das Diner mit meiner Frau ist mir … heilig.«

»Und das Diner mit Ihrer Schwägerin, war das auch …?«

Des Generals Gesicht verlor alle Farben, dann wagte nur noch das Rot einen Vorstoß.

»Wollen wir nicht besser ins Präsidium?«, fragte Lichtigkeit.

»Ich ins Präsidium, wie ein Landstreicher oder Einbrecher?«

»Wir können uns auch hier unterhalten«, sagte Lichtigkeit.

Der General wendete das Gesicht Richtung Flur. »Bringen Sie mir meinen Mantel! Ich habe eine dringende dienstliche Angelegenheit zu erledigen. Sagen Sie das auch meiner Frau!«

Das Dienstmädchen brachte den Mantel, knickste. »Jawohl, Herr General!«

In Lichtigkeits Büro waren sie allein. Er hatte Bock nach Hause geschickt. Köpfchen konnte sie nicht mit ihrem neuen Kaffeerezept vergiften, sie hatte Feierabend.

Sie saßen sich gegenüber. Auf der Fahrt hatte der General von Bose kein Wort gesagt, sondern zum Fenster hinausgeguckt in den Regen, der eine Seenlandschaft auf den Straßen hinterließ. Sie fuhren an einer Unfallstelle vorbei, wo sich ein Horch um einen Baum gewickelt hatte. Die Anwesenheit eines Leichenwagens erzählte fast alles über das Geschehen.

»Das Opfer hat Notizbücher und Kalender hinterlassen. Im Kalender stehen Adressen, Ihre zum Beispiel, und Namenskürzel, die zusammen mit der Adresse einen eindeutigen Hinweis auf Ihren Namen bieten. WB heißt Wilfried von Bose. Sie tauchen auch mit Ihrem Namen auf, die Dame nahm's nicht so genau. Insofern ist die Sache eindeutig. Ich hoffe, wir sind uns da einig.«

Der General war nicht blöd. Würde er es leugnen, machte er sich umso verdächtiger. Er nickte. »Wird schon so sein.«

»Wussten Sie, dass Karoline mehrere Freier außer Ihnen hatte?«

»Sie war eine Hure. Von mir allein konnte sie nicht leben.«

»Waren Sie eifersüchtig auf die andern?«

»Das wäre doch lächerlich, finden Sie nicht auch?«

»Nein. Hat es alles gegeben.«

»Was wollen Sie? Sie war wie ihre Schwester, konnte mir aber …
Dinge geben, die mir meine Gattin nicht gab. Das soll vorkommen.«

»Ich bin ganz Ihrer Meinung, Herr General. Aber vielleicht war
es nicht Eifersucht, sondern Erpressung. Sie hätte doch nur drohen
müssen, Ihr Verhältnis mit Ihnen der Schwester zu beichten. Wie
viel wäre Ihnen das Schweigen wert gewesen? Wie viel die Sicherheit, dass sie nichts verraten kann?«

»Was Sie sich so vorstellen. Das war eine … Familienaffäre.«

»Es sei denn, Karoline wollte Sie erpressen. Sie wusste wie Sie,
wie ehrpusselig die Reichswehr moralische Verfehlungen bestrafte.
Die Seite eins der Revolverpresse wäre Ihnen sicher gewesen. Denken Sie nur an Heydrichs unehrenhafte Entlassung aus der Reichsmarine wegen eines solchen Fehltritts. Einen Cognac?«

Der General nickte.

»Schön«, sagte Lichtigkeit. Der General war im Eiltempo vom
Ross herabgestiegen. Wo sonst Dünkel herrschte, zog dessen Karikatur ein.

Währenddessen blätterte Lichtigkeit, als wüsste er es nicht längst,
in Karolines Kalender. »Sie sind am fraglichen Tag um 22 Uhr eingetragen, danach niemand mehr.« Er blätterte weiter. »Sie waren
immer der letzte Kunde, stimmt's?«

»Kann sein.«

»Warum?«

»Um die Zeit zu genießen. Wir haben auch viel gesprochen.«

»Worüber?«

»Familiensachen. Und sie war immer unruhig wegen Edeltraut.
Dass die was mitkriegt.«

»Klar«, sagte Lichtigkeit. »Hatte Ihre Frau einen Verdacht?«

»Nein … sie hat mal eine Bemerkung gemacht über ein Parfüm,
das sie an mir gerochen hatte.«

»Was haben Sie geantwortet?«

»Dass ich mit einer Dame zusammengestoßen und sie gefallen sei, woraufhin ich ihr aufgeholfen hätte.«

»Schöne Geschichte. Hätte ich Ihnen auch geglaubt.« Lichtigkeit lächelte. So hatte Raben seine Frau kennengelernt. »Im Tarnen und Täuschen sind Sie ein Meister. Das steht fest.«

46.

»Ich habe nichts gewusst von der Explosion des Rundfunksenders. Danach drehte die Polizei durch. Sie war überall. Hoffentlich gibt's keinen Ärger wegen des Grenzdurchbruchs«, sagte Raben.

Eckes saß neben ihm wie eine Maus in der Ecke vor der Katze. Nur dass die Katze Heydrich hieß.

Der lächelte. »Das ist mir egal. Je eher die Tschechei von der Landkarte verschwindet, desto besser. Und wenn sie wegen dieser Sache unserem Außenminister auf die Nerven gehen, wen kratzt es?«

»Wenn Sie mir die Bemerkung erlauben ...«

Heydrich nickte. »Nur los.«

»Es war nicht hilfreich, dass Kameraden den Sender der Schwarzen Front zerstört und diesen Formis erledigt haben, während wir versuchten, Strasser auszuschalten.«

»Sie haben recht. Wir müssen unsere Aktionen besser koordinieren. Ich werde mit den Verantwortlichen sprechen. Aber immerhin haben Sie Strasser bewundern dürfen. Hält er sich immer noch für den zweitgrößten Führer aller Zeiten?«

»Für den größten«, sagte Raben. »Mindestens. Mein Gefühl sagt mir, dass ihn manche Leute weit überschätzen. Ihm fehlt die Ausstrahlung ...«

»Das Charisma«, sagte Heydrich. »Ich kenne ihn ja. Er war schon immer so. Ihm fehlt alles, was sein Bruder besaß. Vor allem ein nüchterner Blick auf die Wirklichkeit. Gregor war intelligent und gefährlich, Otto ist dumm und größenwahnsinnig. Aber es gibt bei uns noch ein paar Leute, die auf ihn hören, weil sie seinem Bruder folgten. Die sind nicht einverstanden, dass wir Gregor ...« Er schnipste mit den Fingern. »Bei unseren Feinden macht er sich interessant, weil er den Führer kennt. Nur über seinen Bruder, versteht sich.«

Heydrich blickte Eckes an. »Was soll ich mit Ihnen machen? Haben Sie eine Idee?«

»Auf den Mond schießen ... vielleicht?«

Heydrich nickte. »Sie mussten Ihre Visage der Dame mit dem Fotoapparat hinhalten. Deswegen ist unsere Operation gescheitert. Die hatte Sie auf dem Kieker, seit Sie mit Saus und Braus in die Tschechei einmarschiert sind. Sie hätten sich ein Pappschild um den Hals hängen sollen. *Ich bin vom SD und will Strasser umlegen.* Wie kann man nur so blöd sein. Der Raben hat Sie gerettet ...«

»Jawohl, Sie haben recht«, stammelte Eckes.

»Raus!«, schnauzte Heydrich.

Eckes und Raben erhoben sich.

»Sie bleiben hier, Raben. Aber Sie, Eckes, melden sich bei der Schupo. Sie werden den Verkehr auf dem Alex regeln ... mein Gott, das geht ja auch nicht, nachher kriege ich Ärger mit dem Reichsführer, weil ich einen Affen auf die Kreuzung gestellt habe, wonach die Unfallrate sich verzehnfacht hat. Nein, nein, schreiben Sie einen Bericht über die Operation.«

Raben setzte sich, während Eckes aus dem Riesenbüro flitzte, als wäre er vom Teufel gejagt.

47.

»Warst du das mit der Radiostation bei Prag?«, fragte Lena. Sie war ihm um den Hals gefallen, als er endlich die Wohnung betreten hatte. Und hatte ihn erst losgelassen, als er zu ersticken drohte. Dann hatte er Karl den Kleinen standesgemäß begrüßt und Elisabeth, die Schwiegermutter, die so nützlich wie ihm manchmal lästig war. Er saß mit Lena am Küchentisch, sie tranken Tee.

»Kennst du einen General Wilfried von Bose?«

Raben überlegte, schüttelte den Kopf.

»Der hat womöglich seine Schwägerin umgebracht, die Schwester seiner Frau. Die post mortem als Aphrodite durch die Gerüchtewelt wabert.«

»Der hat sie umgebracht? Wirklich? Das ist ja eine Revolverblattgeschichte, die sich gewaschen hat. Hast du das von Lichtigkeit?«

»Nein, Lichtigkeit hat das von mir.« Sie erzählte es ihm.

»Pass auf dich auf. Du spielst mit Leuten, die weniger als keine Skrupel haben und Macht, viel Macht.«

»Heydrich steht auch auf der Liste. Oder kennst du einen anderen RH in der Doellestraße 34?«

»Um Himmels willen. Lässt man dich mal ein paar Stunden allein, zettelst du gleich einen Staatsstreich an.«

»Jetzt übertreibst du aber ein bisschen.«

»Die Presse hat nichts zu tun mit der Sache. Halt dich raus. Wir leben nicht mehr in der Systemzeit, dank unseres Führers.« Er blickte sich um.

Sie zuckte die Achseln. »Wir bringen Karlchen ins Bett, danach latschen wir durch den Regen. Ich mag das.«

»Eigentlich müssten wir uns das nicht antun«, sagte sie, als sie draußen waren, wo der Regen Gnade walten ließ und sich mit traurigen Tröpfchen verabschiedete. »Wir haben genug gesagt, um Heydrich einen Grund zu liefern, uns in die Hölle zu schicken. Aber du meinst ja, die Gestapo belauscht uns nicht. Hoffentlich stimmt das noch.«

»Wir schauen nach, wenn wir zurück sind«, sagte Raben. »Als wüsste Heydrich nicht, wie über ihn gelästert wird. Er hat genug Bewunderer, um mich zu ertragen. Aber was Aphrodite betrifft …«

»Lichtigkeit hat Ehrig in Untersuchungshaft gesteckt«, sagte Lena.

»Er möge dort verrotten. Ich hoffe, dass er es war und sie ihm die Rübe abschlagen. Einer weniger auf der Liste.«

»Und wenn die ihn laufen lassen?«

»Dann wäre es mein Fall.«

»Und was ist mit Kippenberger?«

Er schwieg eine Weile. »Keine Ahnung. Ich hoffe, er hat sich abgesetzt, mitsamt Frau und Kindern. Ein mutiger Mann. Ich weiß nicht, ob ich so ein Leben im Untergrund aushielte.«

»Du führst es längst. Du lügst die jeden Tag an, und wenn Kippenberger abhaut, wird es einen neuen Fall geben, bei dem du sie an der Nase herumführst. Die Geschichte in Prag ist auch noch nicht erledigt. Der Eckes fühlt sich gedemütigt, und er mag gewiss keine Leute, die ihn bei einem Fehler erwischt haben.«

»Der wird mir ewig dankbar sein.«

»Der wird damit leben, dass du was gegen ihn in der Hand hast. So was macht die Leute nervös. Er hätte nichts gegen einen Unfall, der dem armen Kameraden widerfährt.«

»Was biste finster im Kopf«, sagte er und lachte.

Sie lachte nicht mit. »Wenn das Beil dir Ehrig abnimmt, gibt es immer noch den M18-Mann.«

Raben hatte das Foto vor Augen. Das Gesicht eingerahmt vom Kriegshelm M18 mit dem gebogenen Nacken- und Augenschutz und den beiden seitlichen Stutzen zur Aufnahme eines Stirnschutzes. Das Foto bewahrte er in einer Kommode im Schlafzimmer auf. Vielleicht sollte er ein besseres Versteck suchen.

»Und es gibt vier weitere Gestalten, über die du gar nichts weißt.«

»Ich habe noch tausend Jahre Zeit.«

Jetzt musste sie doch lachen.

48.

Es war nicht schlecht, dass Karoline tot war. In letzter Zeit hatte sie Fragen gestellt. Über die Aufrüstung vor allem. Über den Führer. Wie er, der General von Bose, zum Führer stand. Der den Friedensengel gab, während er wie verrückt Panzer und Flugzeuge bauen ließ. Wer würde die Schulden bezahlen? Karoline war zu intelligent gewesen, um mit der Masse der Gläubigen mitzublöken. Bose sprach mit diesem und jenem Kameraden. Einige konnten ihr Glück nicht fassen. Sie schwafelten von Deutschlands Größe, die der Führer wiederherstelle. Er spucke den Alliierten ins Gesicht. Andere aber fanden es überstürzt, wie die Wirtschaft überfordert würde mit der Rüstung. Es gab Mangel, nicht nur bei Metallwaren. Nicht unerträglich, aber so kündigten sich Kriege an. Der Führer hatte oft von Krieg gesprochen, weil das deutsche Volk Lebensraum brauche. Die Polen und Russen würden nicht freiwillig umziehen, damit die Arier ihr Land stehlen konnten.

Bose war General und hatte nichts gegen den Krieg, sofern man ihn gewann. Aber das war mehr als unsicher. England, Frankreich, Russland, Amerika. Die Feinde des ersten Kriegs wären auch die Feinde des zweiten. Sie gönnten den Deutschen keinen Quadratmeter Lebensraum. Sie hielten Hitler für einen Irren, dessen Hirn der Größenwahn gefressen hatte. Ihre Spezialisten hatten *Mein Kampf* gelesen und nahmen die Fantasien des Führers gewiss ernst.

Ob Karoline für jemanden spionierte, als Miniaturausgabe der Mata Hari, die während des Kriegs die Franzosen beschnüffelt hatte, bis die sie erwischten, verurteilten und erschossen? Und Edeltraut? Nein, unmöglich. Sie pries den Führer, bis die Eifersucht ihn kitzelte. Aber eine Spionin müsste dies auch tun. Es lohnte sich, ihn zu bespitzeln, arbeitete er doch unter Reichswehrminister Blomberg, und der war ganz dicke mit Hitler.

Die Haustür klackte. Edeltraut erschien im Salon. Sie war einkaufen gewesen. Die Verlockung des Ku'damms und der Friedrichstraße, des Potsdamer Platzes. Sie hatte sich getröstet, abgelenkt. Ihr Gesicht war blasser als sonst. Sie bückte sich zu ihm nieder und strich über seinen Kopf. »Du bist schon zu Hause?«

»Der Minister hat mir befohlen, mich bis zum Wochenende zu erholen.« Ob er wusste, dass Bose Angst hatte? Angst davor, dass seine Frau erfuhr, was er mit ihrer Schwester angestellt hatte. Er spürte die Erregung, als Erinnerungsfetzen sich ins Hirn schlichen. Es würde herauskommen. Er musste gestehen. Die Katastrophe begrenzen. Die Kontrolle nicht verlieren.

»Hast du Sorgen?«, fragte sie, nachdem sie sich aufs Sofa mehr gelegt als gesetzt hatte.

»Ja, große Sorgen.«

49.

»Vor drei Jahren hätten wir Heydrichs Namen und Adresse veröffentlicht. SD-Chef unter Mordverdacht. Und dann alles, was wir haben«, sagte Wagner. »Als es beim *Tageblatt* noch einen richtigen Polizeireporter gab.«

»Seien Sie sich nicht so gram«, sagte Lena, deren Finger auf Wagners Beinprothese trommelten, die er auf den Schreibtisch gelegt hatte.

»Lassen Sie das, es kitzelt.«

Sie lachte. Das Lachen verging ihr, als sie an Karl dachte, der wieder gefährlichen Spuren folgte. Er hatte nur etwas angedeutet, aber das reichte ihr schon.

Wagner blickte sie erstaunt an. »Sie dürfen mich weiterkitzeln, war nur ein Scherz.«

Sie schüttelte den Kopf, war anderswo und kehrte zurück. »Nein, nein, entschuldigen Sie bitte.«

Er winkte ab.

»Wir kommen bei dem Fall sowieso nicht weiter. Ich habe Lichtigkeit die Notizbücher und Kalender ausgehändigt. Früher hätten wir es getan, nachdem wir die Hälfte im Blatt ausgeschlachtet hätten. Was für ein Scheißberuf.«

»Wollen Sie wieder Kritiken schreiben? Die Kollegen sagen, Sie hätten eine Begabung dafür.«

»Nein, ich will in die Doellestraße …«

Wagner lachte laut los. »So gefallen Sie mir besser.«

»Wir lassen die Sache also fallen?«

»Nein, Sie gehen aufs Präsidium und versuchen, den Herren was aus den Rippen zu leiern.«

50.

»Kippenberger werde ich kaum finden. Hat er neue Spuren hinterlassen? Gibt es Denunziationen?« Er saß vor Heydrichs Schreibtisch und bewunderte dessen Stempelsammlung. Wo andere einen Stempelhalter mit einem Ring und Aussparungen für Stempelstiele hatten, besaß Heydrich eine monströse Regalkonstruktion mit Dutzenden von Stempeln über mehrere Etagen.

»Nein, neue Spuren haben wir nicht. Wir überwachen das Haus seiner Frau immer noch. Sie stehen auch auf der Besucherliste.« Heydrich hob die Brauen, sagte aber nichts. »Ich wäre froh, wenn wir diesen Personalaufwand einsparen könnten.«

»Ich könnte seine Frau noch mal aufsuchen. Ihre Nerven dürften nicht besser geworden sein.«

»Versuchen Sie's. Aber …« Er winkte ab.

»Und der Aphrodite-Fall?«

»Den bearbeiten unsere eifersüchtigen Kollegen von der Kripo. Ihr Freund Lichtigkeit ist dran. Es geht keinen Millimeter weiter, wenn die mich nicht angelogen haben.«

»Das Opfer ist die Schwester von Edeltraut von Bose, der Frau des Generals Wilfried von Bose im Reichswehrministerium.«

»Ja, das ist ungemütlich.«

»Ich fürchte, die Sache könnte politische Motive haben. Vielleicht Spionage«, sagte Raben.

Heydrich legte sein langes Gesicht schief. »Aha.«

»Vielleicht wollte sich da einer an Edeltraut ranmachen, über die Schwester.«

Heydrich hob die Brauen.

»Indem er Edeltraut erpresste. Du besorgst mir das, ich schweige darüber, dass deine Schwester eine Nutte ist. Oder die andere Variante: Karoline hatte nur Kunden aus besseren Kreisen und horchte die aus. Für einen Nachrichtendienst.«

Heydrich nickte.

»Schicken Sie mich zurück zur Kripo, und Sie wissen früher als jeder andere, wie der Hase läuft. Sonst schnappt sich der Admiral Canaris von der Abwehr den Fall, und wir schauen in die Röhre.«

Zuerst besuchte er Thea Kippenberger. Sie tranken Kaffee, mehr als eine Marmeladenschrippe hatte sie nicht anzubieten.

Es kam ihm vor, als wartete sie auf etwas. Sie blickte immer auf die Uhr.

Währenddessen wiederholten sie die Komödie: Er bedrohte sie mit dem Gestapo-Keller, und sie spielte die Ahnungslose. »Aber Herr Kommissar, das hatten wir doch schon!«

»Vielleicht ist Ihnen zwischenzeitlich was ein- oder aufgefallen. Ich fürchte, dass meine Chefs die Geduld mit Ihnen verlieren.«

»Nein, es gibt nichts Neues. Auch wenn Sie mich in diesen … Keller schicken.« Sie nickte und blickte demonstrativ auf ihre Armbanduhr.

Er bat sie in seinen Dienstwagen und parkte den auf ihren Wunsch am Tiergarten. Es war kühl geworden.

»Ich mag Schnee«, sagte sie.

»In Moskau gibt's jede Menge davon, jedenfalls im Winter.«

Sie blickte auf die Uhr. »Sie wollen mich immer noch loswerden.«

»Unbedingt. Vor allem Ihren Mann. Ist der noch im Land?«

»Das werden wir sehen.« Sie lächelte. »Sie sind gerade im richtigen Augenblick gekommen.«

Schweigend liefen sie weiter, er die Hände in den Manteltaschen. Sie einen blauen Regenschirm in der einen Hand, die Handtasche in der anderen. Sie blickte sich um, öffnete und schloss den Regenschirm, als klemmte der Verschluss. Dann lief sie weiter. Sie passierten eine mächtige Buche und waren plötzlich zu dritt. Hans Kippenberger, der sich bei ihr einhakte und ihn mit einem Nicken begrüßte.

»Sie sind wahnsinnig«, sagte Raben.

»Nicht mehr als Sie«, erwiderte Kippenberger.

Raben schüttelte den Kopf. Der Chef des Militärapparats der verbotenen KPD, Leiter ihrer Untergrundarbeit. Fahndungsziel Nummer eins der Gestapo und aller Polizeidienststellen des Reichs. Dessen Gesicht die Fahndungsplakate zierte.

»Haben Sie nicht genug Verluste?«, fragte Raben. Die KPD-Führer saßen in Konzentrationslagern oder Gestapo-Kellern, wenn sie nicht schon tot waren. Oder in Moskau.

»Verluste? Viel zu viele«, sagte Kippenberger.

»Mein Gott, nun verschwinden Sie doch!«, sagte Raben. »Meine Kollegen erwischen Sie früher oder später. Die bringen jeden zum Sprechen.«

»Thälmann hat nichts gesagt, und andere auch nicht.«

»Aber Sie haben nicht gesehen, wie die nach dem Schweigen aussahen. Fragen Sie Ihre Frau. Andere haben die Nazis einfach totgeschlagen. Und glauben Sie, dass die vor Frauen haltmachen? Wollen Sie, dass Ihre Töchter in einem arischen Waisenhaus erzogen werden? Mann, nehmen Sie Vernunft an. Sie können hier nichts mehr ausrichten. Die Gestapo kriegt euch alle.«

»Dann nehmen Sie mich doch fest, Ihre Chefs werden vor Freude tanzen wie Indianer nach der Büffeljagd.«

»Reden Sie keinen Unsinn!«, blaffte Raben. »Kapieren Sie endlich, dass Sie diesen Kampf verloren haben. Es wird genug für Sie zu tun geben, wenn Hitlers Reich untergeht. Bis dahin sollten Sie Urlaub machen und den roten Katechismus auswendig lernen.«

Kippenberger lachte bitter. »Und Sie bringen uns über die Grenze?«

51.

»Es geht um deine Schwester«, sagte der General. »Ich hatte mit ihr … eine intime Beziehung.« Er wartete nicht auf die Trefferwirkung. »Und nun habe ich die Kriminalpolizei am Hals und demnächst die Gestapo.«

»Du bist mit meiner Schwester …?«

»Ja«, antwortete er leise.

Es klingelte an der Tür. Sie ging, um zu öffnen. Das Dienstmädchen war auf den Markt gegangen.

»Raben, Kriminalkommissar, Geheime Staatspolizei. Darf ich eintreten?«

»Bitte sehr.« Sie führte ihn ins Wohnzimmer, das in diesen Kreisen eher *Salon* hieß.

Raben stutzte, als er plötzlich vor dem General stand. Den hatte er bei Kriegsspielen oder Rüstungsplanungen gewähnt. »Tut mir leid, Sie zu stören.«

»Nehmen Sie Platz – meine Frau darf Ihnen etwas servieren?«

»Vielen Dank, nein.« Er setzte sich auf einen Sessel, Bose gegenüber.

»Was führt Sie hierher?«

»Der Mord an Ihrer Schwägerin.«

»Gibt es Neues?«

»Vielleicht sollten wir das unter vier Augen besprechen. Es geht um Staatsgeheimnisse.«

»Ach, deshalb kümmert sich jetzt die Gestapo um den Fall. Sollten wir nicht besser den Admiral Canaris einbeziehen? Schließlich ist der zuständig für die Spionageabwehr.«

»Das werden wir machen, wenn es nötig ist. Wir wollen nicht zu viele Leute einweihen. Sonst geht die Geschichte schneller rum, als wir gucken können.«

»Da haben Sie recht. Ich hoffe, Sie können den Fall schnell aufklären.« Er blickte seiner Frau nach und hoffte, sie würde nicht an der Tür lauschen. Bose hätte nie gedacht, dass er sich über einen Gestapo-Besuch freuen könnte.

»Sie haben mit Karoline geschlafen.«

»Ja, und?«

»Wir fürchten, dass die für einen ausländischen Nachrichtendienst gearbeitet hat.«

Der General legte die Hand auf den Mund. Schnaufte wie ein Ackergaul vorm Pflug. »Wie kommen Sie darauf?«

»Das kann ich Ihnen nicht sagen. Haben Sie ihr mehr erzählt, als Sie durften?«

Der General saß da wie ein Haufen Elend. »Um Himmels willen, Sie war meine Schwägerin.«

»Umso besser für den Feind.«

»Sie hat mit ihren … Kunden … verkehrt, um … uns auszuspionieren?«

Raben nickte.

»Kann mich jemand erpressen damit?«

»Vielleicht ihr Chauffeur, aber der sitzt in Untersuchungshaft.«

»Wie heißt der Mann?«

»Werner Ehrig, aber das haben Sie nicht von mir.«

»Mein Ehrenwort, danke, Herr Raben.«

Vielleicht würde Bose über den Reichswehrminister und Hitler-Narren Blomberg etwas einfädeln. Wäre es nicht praktisch, Ehrig so nebenbei über die Klinge springen zu lassen? Ein Zeuge weniger, und der Führer konnte sich so bei Blomberg bedanken, weil der die Reichswehr auf Linie hielt.

»Ihre Frau ist unterrichtet?«

Der General nickte.

»Das ist gut – und schlecht für Erpresser. Ist jemand an Sie herangetreten?«

Der General schüttelte den Kopf.

»Sollte es jemand versuchen, dann brauchen wir Namen und Adresse. Rufen Sie sofort unter einem Vorwand im Büro von Gruppenführer Heydrich an, dann erwischen wir ihn. Oder bitten Sie Ihre Frau darum.«

»Selbstverständlich, Herr Kommissar.« Er las die Visitenkarte und legte sie vorsichtig auf den Tisch. »Selbstverständlich. Danke für Ihre Diskretion.«

52.

Lena brauchte keinen Wegweiser in der Roten Burg am Alex. Sie warf dem Pförtner nur hin: »Zum Kommissar Lichtigkeit«, und eilte Richtung Aufzug. Der Pförtner lächelte ihr zu. Kaum hatte Köpfchen sie ins Vorzimmer gelassen, sagte sie: »Er hat Besuch.« Und grinste. »Ich frag mal.«

Sie steckte den Kopf in den Türspalt: »Die Frau Raben ...«

»Ein Unglücksvogel kommt selten allein«, hörte sie Lichtigkeit sagen. Die Steinkopf ließ sie ins Büro.

»Solltest du nicht brav in der Prinz-Albrecht-Straße sitzen und Staatsfeinde quälen?«

»Bin hierherversetzt, bis der Fall Aphrodite gelöst ist«, antwortete Raben.

»Die Kripo kommt also nicht ohne diesen Herrn aus«, sagte sie grinsend.

»Ist leider so«, erwiderte Lichtigkeit und grinste zurück. »Ihr Herr Gatte soll einen Blick aus der Distanz werfen ... Jetzt nehmen Sie schon Platz.«

»Nirgendwo ist man vor ihm sicher, diesem Gestapo-Schnüffler.«

»Karl, Ihre Frau hat recht.«

»Sie hat immer recht. Und wenn nicht, dann erst recht.«

»Klingt nach einer Musterehe«, sagte Lichtigkeit. »Sie dürfen bleiben. Schließlich haben Sie uns die wichtigste Spur geliefert.«

»Ich bin gerührt, Herr Kommissar«, sagte Lena.

Steinkopf öffnete und trug drei Tassen Kaffee samt Zucker und Milch auf einem Tablett. Stellte es auf den Tisch. »Vielleicht besuchen Sie nachher den Alten. Der muss das wissen. Sonst gibt's Ärger.«

»Köpfchen, Sie haben wieder gelauscht«, sagte Lichtigkeit.

»Wenn Sie so rumschreien ...« Und verschwand.

Lichtigkeit lachte. »Muss ich ihr nichts mehr erklären.«

»Liegt die Leiche noch in der Rechtsmedizin?«, fragte Raben. Lichtigkeit nickte.

»Ich will sie sehen«, sagte Raben.

»Ich auch«, sagte Lena.

»Aber Sie dürfen dort keine Fotos machen, klar?«

»Klar«, sagte Lena.

In der Leichenhalle roch es nach Desinfektionsmitteln, Feuchtigkeit, und das Hirn fügte Leichengestank dazu. Raben konnte sich nicht an diese Geruchsmischung gewöhnen. Lena wurde blass, sagte aber kein Wort. Einem Mann, der im Flur unterwegs war, rief Lichtigkeit nach: »Wo ist der Doktor Schoene?«

»Den schönen Doktor finden Sie hier.« Deutete auf eine Tür und schlurfte weiter.

Lichtigkeit ging voraus. Lena drückte Karls Hand.

Der Doktor empfing sie in Vollmontur. Wirklich sichtbar waren nur die Augen, die sich hinter einer Brille versteckten, wie man sie eher bei Motorradfahrern erwartete. Er schob die Brille auf den Kopf. »Was vergessen?«, fragte Schoene nach der Begrüßung.

»Vielleicht«, sagte Lichtigkeit. »Mein Kollege hat die schönste Leiche Berlins noch nicht bewundert. Seine Frau übersehen Sie bitte. Ein Mucks über sie, und Sie werden im *Tageblatt* lesen, dass man Sie besser zum Schlachthof schicken sollte. In welcher Rolle, weiß ich noch nicht.«

»Jetzt zitter ich aber«, sagte Schoene. »Dann mal näher getreten, verehrtes Publikum. Hier können Sie sehen, wie Schönheit schwindet.«

In der Tat, dem Körper fehlte die Spannung. Er war in sich zusammengefallen, die Gelenke ragten hervor. Die Haut war dunkelblau bis schwarz befleckt. Die Wangen hohl.

Lena schluckte. »Entschuldigung!«, sagte sie.

Raben umrundete den Körper. Zog Gummihandschuhe an. »Wir drehen Sie auf die Seite.« Schoene half. Lena verschwand.

Nachdem sie die Leiche auch von der anderen Seite betrachtet hatten, sagte Raben: »Wir drehen sie noch mal.«

»Da waren wir schon«, sagte Schoene.

»Wir haben nicht genau hingeguckt, jedenfalls ich nicht.«

Schoene warf ihm einen Seitenblick zu. »Ist das ein neuer Sport?«

»Wenn Sie es wollen.«

Raben hob die rechte Schulter der Leiche und deutete auf ein Muster, wie Rillen. Er legte seine Hand darauf, sie bedeckte die Marken. »Was ist das?«

»Das kommt von den Schottersteinen des Bahndamms.«

Raben legte die Schulter ab. Drehte eine Runde in der Morgue. Kam zurück, zog die Handschuhe aus und legte sie auf einen Tisch. »Diese Marken haben die Größe und die Struktur einer Hand, einer rechten Hand, Sie haben's gesehen.«

»Keine Hand hinterlässt solche Spuren. Wären es Würgemale, gut. Aber Sie haben recht, da es einmal ausgesprochen ist, erinnert das Muster an eine Hand«, sagte der Doktor bedächtig.

»Es ist keine Hand, sondern eine Handprothese aus Stahl, Metall auf jeden Fall. Kennen Sie sich da aus?«

Lichtigkeit blickte von einem zum anderen.

Schoene schwieg. Seine Augen wanderten von der Leiche zu Raben und zurück. »Um Gottes willen«, sagte Schoene. »Ich muss meinen Bericht umschreiben.«

»Sie haben meine Frage nicht beantwortet.«

»Natürlich haben wir hier Leichen mit Prothesen. Der Krieg versorgt uns immer noch. Sie haben recht, eine Handprothese könnte solche Abdrücke hinterlassen, wenn sie fest und lange …«

»Vielleicht lag sie auf jemandes Prothese, während sie zum Tatort gefahren wurde?«, fragte Lichtigkeit.

»Oder jemand hielt sie fest, um sie zu ermorden. Normal umklammert man jemanden mit einer Hand von hinten und schneidet mit der anderen. Der Schnitt wurde höchstwahrscheinlich von einem Rechtshänder angebracht. Das passt aber nicht zur Prothesenmarke. Normalerweise umgreift ein Rechtshänder das Opfer mit der Linken unterhalb des Halses. Dann würde die Prothese eine Markierung auf der rechten Schultervorderseite des Opfers hinterlassen. Es ist schwierig, jemandem den Hals sauber durchzuschneiden, wenn man ihn vorn umklammert. Vielleicht waren es zwei. Einer hielt sie fest, der andere hat geschnitten.« Er blickte sich um. »Haben Sie eine andere Erklärung?«

»Ein Linkshänder, der sein Opfer mit der Rechten festhält. Oder ein Prothesenträger, der Rechtshänder war und sich umstellen musste.«

Der Doktor nickte. »Möglich, gute Idee. Aber ich würde mich nicht darauf versteifen und nur noch Prothesenträger verdächtigen. Es kann für diese Abdrücke andere Erklärungen geben.«

53.

»Habt ihr im Zeitungsarchiv was über Sexualmörder, Serientäter …?«

Lena blickte ihn strafend an.

Doch Karl der Kleine hatte nichts mitgekriegt. Dass es Mörder gab, verstand er nicht. Was sollte das auch sein?

Aber Elisabeth war fahl geworden. »Um Gottes willen«, sagte sie. »Dann war es gar nicht dieser SA-Mann?«

»Eher nicht«, sagte Raben. »Aber wer es war, weiß ich nicht. Wir müssen die Kunden abklappern. Das haben die Kollegen sich nicht getraut. Zu viel Prominenz, darunter mein Chef.«

Lena tippte sich an die Schläfe. »Du willst doch nicht etwa bei dem anklopfen.«

»Hätte nicht übel Lust.«

Sie blickte sich wieder hektisch um.

»Ich habe doch alles untersucht – wenn, dann nur die Telefonleitung im Hauptpostamt«, sagte Raben scharf. »Du lässt dich von Gespenstern terrorisieren. Die brauchen wir nicht auch noch.«

»Deine Nerven hätte ich auch gern.«

»Ich habe vor vielen Dingen Angst, nur nicht vor Gespenstern. Wir alle haben Angst, weil uns die Fantasie mehr plagt als die Gestapo. Weil uns die Schrecken heimsuchen, die wir uns vorstellen. Das ist die festeste Stütze des Terrorstaats. Manchen armen Schluckern kann man fast eine Erleichterung ansehen, weil endlich eingetreten ist, was sie als Albtraum geplagt hatte. Sie wissen noch nicht, dass die Albträume ein Witz sind gegenüber dem, was sie erwartet. Ihr werdet nicht verhaftet. Das ist das Einzige, wovor ihr Angst haben müsstest. Wenn ihr draußen keine Hitler-Witze erzählt oder die Faust zum Rot-Front-Gruß ballt ...«

Lena lachte trocken. »Adolf Hitler geht zum Wahrsager. Wann werde ich sterben? Der Wahrsager erwidert: ›Führer, du wirst an einem jüdischen Feiertag sterben.‹ Hitler: ›An welchem denn?‹ Wahrsager: ›Jeder Tag, an dem du stirbst, wird ein jüdischer Feiertag sein!‹«

54.

»Da haben Sie ja was angerichtet«, sagte Gennat. »Welch Blamage für uns, die Prothese, dazu Spionage. Und wir haben nichts bemerkt. Der Doktor Schoene ist zum Zwerg mutiert.«

»Man hat von außen einen besseren Blick auf die Dinge, gerade auf die verwickelten.«

»Das ist nett von Ihnen. Heydrich hat Sie tatsächlich uns überlassen?«

Raben nickte. »Der will behaupten können, dass ich nicht für ihn arbeite. Der Radiosender bei Prag ... Er hätte mich natürlich für eine Weile in einem KL zwischenlagern können, aber bei Ihnen fand ich es gemütlicher.«

»Danke für den netten Vergleich«, knurrte Gennat. »Und kaum sind Sie hier, werfen Sie unsere Ermittlungen über den Haufen.«

Raben nippte an seinem Kaffee. »Entgegen den Zweifeln des schönen Doktors glaube ich, dass es sich um einen Prothesenabdruck handelt. Der Mörder war entweder Rechtshänder, er hat von links nach rechts geschnitten ...«

»Das wissen wir längst«, sagte Gennat trüb. »Oder er war Linkshänder, hat das Opfer mit der Prothese an seinem rechten Arm festgehalten und auch von links nach rechts geschnitten, um seine

Spur zu verwischen. Das wäre umständlich für ihn gewesen, würde aber die Abdrücke erklären. Oder die entstanden beim Transport des Opfers.«

Raben nickte. »Oder es waren zwei. Der Prothesenmann hatte einen Helfer. Was sagen die Spuren am Bahndamm?«

»Die stammen von der Schutzpolizei. Da haben es einige immer noch nicht begriffen und den Tatort zertrampelt, bevor sie ihn gesichert haben. *Aber, Herr Kriminaldirektor, wir mussten prüfen, ob das Opfer tot war. – Und das mit vier Mann? – Nein, wir waren fünf.* Es war nass und der Boden matschig. Außer dem Schotter.«

»Ehrig trägt keine Handprothese«, sagte Raben.

Es klopfte, Lichtigkeit trat ein. »Ah, Sie schon wieder. Brauchen Sie bewaffnete Hilfe, Herr Kriminaldirektor?«

»Noch nicht«, murmelte der. »Aber lästig ist der Vogel schon.«

Raben grinste, Lichtigkeit grinste mit.

»Er hat Ihre Ermittlungen versenkt«, sagte Gennat. »In Kurzfassung: Es waren vielleicht zwei, einer hatte eine Handprothese. Oder einer …«

»Ich weiß«, sagte Lichtigkeit. »Dann quetschen wir den Ehrig noch mal aus. Sie sind dran, Herr Kollege Raben.«

Ehrig saß im Vernehmungszimmer, die Hände auf dem Rücken gefesselt.

»Nehmen Sie dem Mann die Handschellen ab.« Der Schupo tat es und stellte sich neben die Tür, die Hand auf dem Pistolenhalfter.

Ehrig glotzte Raben an. In seinen Augen lagen die Fragen: Was machst du hier? Du bist doch bei der Gestapo. Ja, ja, Ehrig hatte die Laufbahn seines Feindes verfolgt. Das war einfach, der Tratsch war schneller als die Elektrische. Wenn die Gestapo den Fall übernahm, dann wurde es eng. Er schluckte.

»Sie haben uns angelogen«, sagte Raben.

Ehrig schwieg.

»Sie glauben nicht, wie schön Sie singen werden, wenn ich Sie in den Keller der Prinz-Albrecht-Straße schicke. Da würde unser Richard Tauber verstummen.«

Ehrig blickte ihn ängstlich an. »Sie haben Fehrkamp auf dem Gewissen.«

»Soll ich dem Reichsführer SS mitteilen, dass er sich geirrt hat? Er hat diesen Volksschädling auf Befehl des Führers erschießen lassen. Überlegen Sie es sich noch einmal. Sie sind schon halb im Keller.«

»Ich habe verstanden«, murmelte Ehrig.

»Was war also mit Aphrodite?«

»Mit wem, bitte?«

»Ich dachte, Sie lesen Zeitung. Es geht um die Dame, die Sie zu ihren Freiern kutschiert haben. Wie kam die ausgerechnet auf Sie als Fahrer?«

»Sie sprach von einer Empfehlung eines der Herren. *Wenn Sie von einem bewaffneten SA-Mann gefahren werden, droht von der Seite erst mal keine Gefahr.* Das hat der Kunde gesagt.«

»Und Sie waren bewaffnet.«

»Selbstverständlich.«

Raben überlegte, ob so einer wie Ehrig die Frau nicht einfach erschossen und die Waffe in der Spree versenkt hätte. Um die Leiche dann am Bahndamm abzulegen. Allerdings hatte die Böhme am Bahndamm noch viel Blut hinterlassen. In ihrem Auto hatten Helmut Körber und seine Kriminaltechniker nichts gefunden. Keine Schmauch- oder Blutspuren.

»Wo haben Sie die Frau ermordet?«

Ehrigs Mund öffnete, schloss sich. »Ich habe der Frau nichts getan. Sie zu fahren war meine Arbeitsstelle. Gut bezahlt, mit viel Freizeit. Und Auto fahre ich auch gern. Sie war immer freundlich zu mir. Ich hätte sie gegen jeden verteidigt, der ihr was antun wollte. Das müssen Sie mir glauben, Herr Kommissar.«

»Und der andere Mann, der mit der Handprothese?«

»Wer, bitte?«

»Wir haben entdeckt, dass die Frau womöglich von zwei Tätern ermordet wurde, der eine trug eine Handprothese.«

»Da ist er nicht der Einzige.«

Raben überlegte. Ehrig hatte recht. Gemäß dem Spruch *Cui bono?* war die Prothesenindustrie am Krieg schuld. Jedenfalls hatte kaum jemand mehr vom vierjährigen Abschlachten profitiert. Gut, Krupp ...

»Wie heißt er?«

»Ich war nicht dabei.«

»Er muss viel Kraft gehabt haben.«

»Ich war nicht dabei«, sagte Ehrig.

»Sie wollten doch auch mal ran. So eine schöne Frau, da kam es auf einen Freier mehr nicht an. Zumal wenn es um ihren Chauffeur ging, der sie Nacht für Nacht zu Kunden fuhr und vor der Haustür wartete, um beim kleinsten Zwischenfall einzuschreiten.«

»Reden Sie nicht so einen Quatsch«, sagte Ehrig pampig. »Wie oft muss ich das noch hören?«

»Keine hundert Mal mehr, ich versprech's ... Sie haben keinen Mann mit Handprothese gesehen?«

»Nein, hab ich doch gesagt.«

»Und jetzt wollen Sie mir auch noch erzählen, dass Sie niemanden mit Handprothese kennen.«

»Nein. Ich kenne viele Leute mit Prothesen oder solche, die sich diesen Luxus nicht leisten können, nachdem sie sich fürs Vaterland haben zu Krüppeln schießen lassen.«

Raben schob ihm einen Schreibblock und einen Bleistift zu. »Alle mit Handprothese, und welche Hand es erwischt hat. Jetzt.« Und war sich gleich sicher, dass im Fall des Falles ein Name fehlen würde. Der konnte jeden Mist aufschreiben, und sie würden es nicht merken.

»Ich kenne nur drei ...«

»Rechte Hand.«

Ehrig überlegte kurz. »Dann nur zwei.«

»Also sind es drei«, sagte Raben. »Den einen wollen Sie uns unterschlagen. Sie stehen auf der Treppe zum Gestapo-Keller ...«

»Ich sage doch die Wahrheit. Soll ich ...?«

»Schreiben Sie die beiden Namen auf und dann zurück in die Zelle«, sagte Raben.

Ehrig schrieb schnell.

Raben steckte den Zettel ein, um ihn zu vergessen.

Lichtigkeit warf ihm einen Seitenblick zu. Als Ehrig abgeführt worden war: »Sie sind ... verhärtet. Ich bin kein Dichter, dem die Wörter aus dem Maul purzeln. Aber *verhärtet*, das ist das richtige Wort.«

»Ja, so wird es sein.«

»Sind Sie ein Hundertfünfzigprozentiger geworden, Karl?«

»Nein, aber Ehrig gehört zu den Esser-Mördern, und ich hätte nichts gegen die Todesstrafe für ihn, egal wofür.«

Lichtigkeit lächelte. Öffnete die Tür seines Büros.

»Oho, hoher Besuch, der Kriminalrat persönlich.«

»Demnächst werden Sie den Kollegen als *Führer* ansprechen«, sagte Lichtigkeit.

»Herr Kriminalpolizeiführer, das wäre mal ein Titel, da würde selbst der Dicke erblassen.«

»Lästern Sie etwa über unseren Ministerpräsidenten?«, fragte Raben mit einem Zwinkern.

»Darf man so was in Gegenwart eines SS-Offiziers sagen?«, fragte Lichtigkeit.

»In meiner schon«, sagte Raben. »Wir Nationalsozialisten lieben außer unserem Führer nichts mehr als die Wahrheit ...«

»Und den Weltfrieden«, sagte Köpfchen.

»Sie haben es erfasst.«

»Was mich derzeit mehr interessiert als der Weltfrieden, ist die Frage, ob Ehrig überhaupt am Mord beteiligt war«, sagte Lichtigkeit. »Wir können ihm nichts nachweisen. Seine Fingerabdrücke sind überall im Kraftwagen, aber nicht auf der Kleidung des Opfers, nicht auf einem Knopf, nirgendwo. Nach Lage der Dinge müssten wir ihn laufen lassen.«

»Früher wäre hier ein frecher Anwalt aufgetaucht und hätte den Mann rausgehauen«, sagte Köpfchen durch den Türspalt. »Aber glücklicherweise werden Verdächtige nicht mehr in Watte gepackt.« Der Sarkasmus triefte aus jeder Silbe.

»Ohne Sie würde ich nichts mehr verstehen.«

»Haben Sie schon vorher nicht, Chef, wenn ich das sagen darf.«

»Dürfen Sie nicht. Knallen Sie die Tür zu.«

Es klang wie ein Bombeneinschlag.

»Die wird auch immer frecher«, sagte Lichtigkeit.

»Sie überspielt ihre Angst, fürchte ich. Haben wir nicht alle Angst? Dass uns was passiert, wie etwa beim Röhm-Putsch. Da wurden überzeugte Nationalsozialisten hingerichtet, die ihr Leben dem Führer geopfert hätten. Er hat es ihnen nicht gedankt. Vielleicht fällt ihm ein, dass die Berliner Polizei zu lasch wäre, der Polizeipräsident Levetzow ein Verräter, Nebe ein russischer Spion.«

»Sie übertreiben, Karl. In Sowjetrussland mag es so sein.«

»Der Reichsführer bewundert die russische Geheimpolizei.«

»Ich glaube, wir beschäftigen uns besser mit unserem Fall«, sagte Lichtigkeit.

Raben nickte. »Wir wissen viel zu wenig. Entschuldigen Sie bitte die Frage: Die Kartei haben Sie nach allen denkbaren Schlagworten durchforstet?«

Lichtigkeit nickte.

»Vielleicht ist das kein Einzelfall, sondern die Arme wurde Opfer eines Serientäters. Haben Sie das überprüft?«

Lichtigkeit blickte ihn an. Und schüttelte den Kopf.

55.

Das Holzbein konnte auch Taxi fahren und war so gnädig, sich von Wagner und Lena begleiten zu lassen. Auf der Fahrt sagte Lena: »Mein Herr Gatte hat eine Bitte an uns, deren Erfüllung er wie gewohnt nicht honorieren wird.«

»Reden Sie mit mir oder mit meinem Holzbein? Letzteres ist für unangemessene Bitten zuständig.« Wagner lächelte sie an.

»Mit Ihrem Holzbein natürlich. Mein Gatte hält es für möglich, dass Aphrodite einem Serienmörder zum Opfer gefallen ist.«

Wagner pfiff. »Wie kommt er darauf?«

»Weiß ich nicht. Vielleicht stochert er nur rum.«

»Ich dachte, es wäre dieser Nazi.«

»Es waren vielleicht zwei, sagt Karl. Und einer trug eine Handprothese aus Stahl, vermutlich.«

»Oho, Ihr Mann fegt die Rote Burg durch.«

»Das fürchte ich auch. Das wird die Zahl seiner Freunde ins Unermessliche steigern.«

»Welch schönes Wort im Zeitalter der Superlative.«

»Das ist ja wie bei Attila und den Hunnen«, sagte Lichtigkeit, als sie dessen Büro betraten.

»Karl will, dass ich unser Zeitungsarchiv nach Sexualmorden durchsuche«, sagte Lena.

»Und ich durchstöbere morgen früh des Kriminaldirektors Wunderkartei«, sagte Lichtigkeit. »Sexualmorde in Berlin, im Land und im Reich.«

»Macht mein Mann gerade.«

»Dann werde ich ihm helfen.«

Lichtigkeit eilte zur Kartei. Raben hatte ein paar Karten auf die blitzblanke Platte des Monstermöbels in der Raummitte gelegt.

»Karl, warum sagen Sie nicht gleich, dass ich Ihnen helfen soll? Da müssen Sie nicht erst Ihre Frau schicken.«

»Sie haben bestimmt Besseres zu tun, als meinen verrückten Ideen zu folgen.«

»So ein Quatsch«, sagte Lichtigkeit. »Das ist unser wichtigster Fall. Wenn ich an die möglichen Weiterungen denke, wird mir schlecht.«

»Könnte sein, dass Leute den General loswerden wollen. Dass die ihm eine Falle gestellt haben«, erwiderte Raben. »Vielleicht ist es eine Spionageaffäre oder wird so inszeniert. Der Bose hat in Russland gearbeitet, als die Reichswehr und die Rote Armee noch verliebt ineinander waren. Der Herr General stammt allerdings aus vermögendem Haus ...«

»Habe ich auch gedacht«, sagte Lichtigkeit. »Junker, ostelbische Gutsbesitzer. Aber der Vater unseres Generals hat so ziemlich alles verzockt. Kam alle Vierteljahr nach Berlin, um die Verluste zurück-zuholen. Wozu hatte ihm die Regierung schließlich die Osthilfe in den Arsch geblasen? Natürlich war er überzeugt, irgendwann mal eine Glückssträhne zu haben. Hatte er aber nicht. Er hat sich besoffen, die Pistole in den Mund gesteckt und abgedrückt.«

»Aber Hindenburg haben sie das Gut Neudeck geschenkt, das seine Schwägerin in Grund und Boden gewirtschaftet hatte. Als ausgerechnet der General Ludendorff fragte, ob da jemand die Schenkungssteuer bezahlt habe, hatten Papen & Co. Hindenburg noch mehr im Schwitzkasten. Dann ernannte der endlich unseren Führer zum Reichskanzler ...«

»Und der alte Herr war alle Sorgen los.«

»Hat die Abwehr sich darum gekümmert?«, fragte Raben.

»I wo«, erwiderte Lichtigkeit, »die kneifen doch die Arschbacken zusammen, wenn sie den Namen Hindenburg nur hören. Das wäre ein Fall für den SD und die Gestapo.«

Raben lachte. »Fragen Sie mal Heydrich. Untersuchungen gegen den Reichspräsidenten, auch wenn der nun tot ist, niemals. Erst der

Röhm-Putsch im Juni, dann stirbt Hindenburg im August, und der Führer ernennt sich selbst zum Reichspräsidenten und Reichskanzler. Die Soldaten werden auf ihn vereidigt. Und jetzt ermitteln wir gegen die Leiche des Ersatzkaisers. Wir müssten Oskar, Hindenburg junior, in die Mangel nehmen.«

»Vergessen Sie's. Des Führers Dankbarkeit ergießt sich über die ganze Familie. Oskar mag er besonders, flüstert man. Der hat seinen Vater damals gedrängt, Hitler zum Reichskanzler zu ernennen und anschließend jeden Mist zu unterschreiben, Reichstagsbrandverordnung und Ermächtigungsgesetz eingeschlossen.«

»Ich schlag vor, wir ermitteln einfach weiter und sehen, wohin uns das führt.«

»Karl, Sie haben wirklich Sehnsucht nach Dachau. Soll hübsch sein dort. Also, die Umgebung.«

»Habe ich auch gelesen. Des Reichsführers Muster-KZ«, sagte Raben. »Gucken Sie sich mal die Karteikarten an.« Er hatte während des Gesprächs kurz aufgeblickt. Dann hatten seine Augen wieder die Karteikarten in ihren Schubladen durchleuchtet.

Lichtigkeit nahm sich die Karten von der Platte und ordnete sie zu einem Stapel. Er las eine nach der anderen. Strich sich durch die Haare. »Wird einem mal klar, wie viele Frauen umgebracht werden. Meistens von ihren Ehemännern oder sogenannten Freunden.«

»Ich habe Ihnen die Karten von Prostituierten vorbereitet, die von Männern ermordet wurden, wobei besagte Herren fast in jedem Fall die Zuhälter waren. Es gibt zwei Ausnahmen. Ich habe bisher keine reiche Prostituierte gefunden. Und keine, die keinen Zuhälter hatte. Zuhälter sind Aasgeier, aber sie haben die Pflicht, ihre Mädchen zu beschützen. Es gibt genug Freier, die auf irgendwelche Perversionen aus sind …«

»Gott sei Dank, dass es Zuhälter gibt«, sagte Lichtigkeit.

»Nein, aber das ist wie im Feudalismus, wo sich der Bauer den Schutz seines Herrn durch Arbeit verdienen musste«, sagte Raben.

Lichtigkeit lachte. »Sie sind ein Schlaumeier, Karl. Aber wo Sie recht haben …«

»Ehrig war Chauffeur, und sie war seine Chefin. Nutten mit Chauffeur habe ich sonst nicht gefunden. Bisher. Wenn es einen Zusammenhang zwischen anderen Fällen und unserem gibt, ist mir noch nichts untergekommen.«

»Wie kommen Sie überhaupt auf die Schnapsidee, ein Nutten-mörder treibe sein Unwesen in Berlin …?«

»In Preußen, im Reich«, ergänzte Raben. »Erstens müssen wir diese Möglichkeit erst mal ausschließen, und zweitens würde es den Ermittlungen helfen, wenn es so wäre.«

»Ja, ja, aber warum bin ich überzeugt, dass es da mehr gibt in Ihrem Hirn?«

»Denken Sie noch mal an unseren Fall. Das war sorgfältig vorbe-reitet. Kaum eine Spur. Die Leiche am Schlachthof abgelegt, nach-dem ihr vielleicht ein Schlachter oder Metzger mit oder ohne Pro-these einen Kehlenschnitt verpasst hatte, wie man es bei Schlachtvieh macht. Das meiste Blut hat sie woanders gelassen. Vielleicht in einer Badewanne, wo man es gleich wegspülen konnte.«

»Aber es war Blut auf den Schottersteinen«, sagte Lichtigkeit.

»Sechs oder sieben Liter? Höchstens einer. Weil es den Tätern, wenn's mehr als einer war, nicht möglich war, die Leiche an einem Seil hochzuziehen und ausbluten zu lassen, wie es im Schlachthof üblich ist.«

»Und wie haben die sie dann zum Ablageort befördert, ohne sich und anderes zu beschmutzen?«

»In einer Wanne oder einer dieser Wäsche- oder Kocheimer, da gibt's welche, die sind groß genug.«

Lichtigkeit las die Karteikarten noch einmal. »In allen Fällen ein Messer, aber in dreien ohne Halsschnitt. In allen Fällen keine Spu-ren.«

»Warum keine Spuren?«, fragte Raben und ließ eine weitere Karte über die Platte gleiten. »Gucken Sie sich die Fotos der Leichen an, wie sie am Tatort gemacht wurden. Wir brauchen die Akten dazu, wo es noch mehr Bilder und Tatortbeschreibungen gibt.«

»Ich komm nicht mit«, sagte Lichtigkeit.

»Merken Sie nicht, dass alle diese Fotos etwas gemeinsam haben?«

»Es sind Frauen ...«

»Sehr witzig. Es sind *nasse* Frauen. Während der Tatzeiten hat es geregnet.«

Bock sauste herbei, hielt sich am Türrahmen fest, um zu bremsen. »Herr Raben, Ihre Frau hat angerufen, vom *Tageblatt*. Sie will mit Ihnen und dem Kommissar Lichtigkeit bei *Aschinger* zu Abend speisen. Fürstlich, hat sie gesagt.«

56.

Der General steckte sich ein Zigarillo an und begann sein Büro zu vernebeln wie jeden Morgen. Seine Sekretärin brachte den Kaffee. Wie jeden Morgen. Er bemerkte es kaum. Wie immer. Aber eines war anders. Er hatte Angst. Dass sein Abenteuer mit seiner Schwägerin nicht geheim bliebe. Dass Karoline Notizen angefertigt hatte, vielleicht für die russische Spionage. Er war eineinhalb Jahre in Kasan, Lipezk und Saratow gewesen, um Panzer, Artillerie und Flugzeuge zu testen, die zu bauen ihnen der Versailler Vertrag untersagt hatte. Dass sie bei den Sowjets unterkriechen mussten, war nützlich, aber eine Erniedrigung gewesen. Es hatte ihn jeden Tag an die Demütigung der Niederlage erinnert. Aber jetzt war alles anders. Der Führer machte, was er wollte. Er pfiff auf den Vertrag, der schon vor der Machtübernahme nicht mal das Papier wert gewesen war, auf dem Deutschlands Schuld am Krieg festgestellt wurde. Und der ihm nur noch ein Hunderttausend-Mann-Heer zugestanden hatte, dazu fünfzehntausend Marinesoldaten, aber keine Panzer, keine Artillerie, keine U-Boote, keine Schlachtschiffe.

Das Telefon klingelte. »Sie sollen zu Minister Blomberg kommen, Herr General«, sagte seine Sekretärin.

Bose trank seinen Kaffee aus und nahm den Aufzug nach oben.

»Da sind Sie ja«, sagte der Minister, als hätte er ihn in Russland vermutet. »Nehmen Sie Platz. Ich hoffe, Sie haben sich Zigarillos mitgebracht, die hab ich leider nicht ... muss ich mal dran denken.«

Bose setzte sich zum Minister in die Sitzecke. Auf dem Tisch eine Grünpflanze mit fetten Blättern.

»Geschenk meiner Frau. Ein bisschen mehr Leben in meinem Büro. Sagen Sie, ich hörte, dass Ihre Schwägerin ermordet wurde. Schrecklich. Mein Beileid.«

»Das ist ein ... bedauerlicher Fall. Aber angesichts ihres Lebensstils nicht verwunderlich.«

»Sie wussten davon?«

»Wenig, aber in den letzten Tagen hat mich die Polizei aufgeklärt.«

»Das muss ja ... schlimm für Sie gewesen sein.«

»Eine Schande.« Er mühte sich, die Erregung zu unterdrücken. Er musste davon wegkommen. Es war lächerlich.

»Ja, wirklich.« Der Minister erhob sich und holte eine Flasche Cognac mit zwei Gläsern. Er goss ein, setzte sich. »Auf die Wehrmacht!«, sagte er.

»Auf die ... Wehrmacht!«, sagte Bose. »Aber ...«

»Lieber von Bose, Sie erfahren es als einer der Ersten. Der Führer hasst diesen Namen *Reichswehr*. Es ist ein Name der Niederlage, eines Kastrats. Bald wird er uns eine Wehrmacht schenken, die diesen Namen verdient und uns zusteht. Mit einer gewaltigen Luftwaffe, mit Panzern und Kanonen, mit U-Booten und Schlachtschiffen. Wiedereinführung der Wehrpflicht. Und das in Rekordzeit. Ein Ruck wird durch unser Volk gehen, und die Feinde werden sich die Hosen vollkacken.«

Bose lachte. Er hatte schon dies und jenes gehört. Und dass die Rüstung hochfuhr, wusste jeder. Und kaum jemand dürfte glauben, die solle allein Arbeitsplätze schaffen. Wer Panzer baut, will sie fahren sehen.

»Der Führer hat der Militärführung mitgeteilt, dass die Wehrmacht schnellstmöglich aufgebaut wird«, sagte Blomberg.

»Rechnet er mit Angriffen des Feindes?«

»Dazu sind die zu feige. Unsere Forderungen sind gerecht. Das sagen uns ja auch die Engländer. Niemand will eine Neuauflage von Vierzehn-Achtzehn.«

»Außer wir gewinnen«, sagte Bose.

»Wenn die Heimat fest hinter uns steht, kann uns niemand schlagen. Und das Volk steht hinter seinem Führer, er ist der beliebteste Herrscher aller Zeiten.«

»Warten wir, was die Zukunft bringt.«

»Die nach ihm kommen, müssen bewahren, was er gewonnen hat. Sollte doch möglich sein«, sagte der Reichswehrminister und deutete auf die Cognac-Flasche. »Leute wie Himmler und Heydrich, Offiziere wie Reichenau. Um nur einige zu nennen.«

Bose war schon froh, dass der Minister Göring nicht mit aufgezählt hatte. Den zum Luftwaffenchef zu ernennen war vielleicht aus Parteigründen nötig gewesen, aber ein Fehler. Und dazu Udet, den Säufer. Ein Morphinist und ein Säufer, eine perfekte Mischung für den Untergang. Aber Bose schwieg.

»Es geht in Riesenschritten voran. Sie werden es erleben, nein, mitgestalten. Ich unterstelle Sie Guderian, unserm besten Taktiker des Panzerkriegs. Ihn kennen Sie ja aus Kasan. Voraussetzung dafür ist allerdings, dass Sie aus dieser Angelegenheit unbescholten herauskommen. Wir haben nichts dagegen, wenn sich Offiziere mit, sagen wir, Damen vergnügen. Wir haben aber etwa dagegen, wenn sie es mit der Schwester der eigenen Frau ... treiben. Ich hoffe, die Sache klärt sich bald.«

57.

Sie trafen sich bei *Aschinger* und fanden drinnen einen Platz. Die Fenster waren beschlagen, Regentropfen rutschten hinunter wie Tränen. Was für ein Sommer.

Als Letzte erschien Lena. Sie war niedergeschlagen. »Das ist ein Mist«, sagte sie. »Ich glaube, Fälle mit Edelnutten gibt's nicht. Jedenfalls nicht im Archiv des *Tageblatts*.«

»Bei uns auch nicht«, sagte Lichtigkeit.

Eintopf mit Bier. Im Eintopf schwamm ein Würstchen um sein Leben. Raben köpfte seines zuerst. Vielleicht war es aber auch nicht der Kopf, sondern der Hintern. Wie beim Menschen, wo man oft auch den Kopf an anderer Stelle vermutete.

»Ich hab einen Fehler gemacht«, sagte Raben.

»Du?« Lena blickte ihn entgeistert an.

»Ist er zu Hause auch unfehlbar?«, fragte Lichtigkeit.

»Mindestens«, erwiderte Lena. »Wenn Sie wüssten.«

»Wir müssen nach Frauenmorden suchen, nicht nach Prostituierten. Man sieht es keiner Frauenleiche an, ob sie Nutte war. Das schließt man aus Tatorten, Tätervernehmungen, aus der Kleidung, Schmuck und so weiter. Stellen Sie sich vor, dem Täter geht es nicht um Nutten, sondern um Frauen, die gut angezogen sind. Er vergewaltigt und beraubt sie, wenn möglich. Er kann sich vielleicht nicht mal vorstellen, dass so eine Frau Prostituierte ist.«

»Ach, du lieber Himmel!«, sagte Lichtigkeit. »Darauf hätten wir gleich kommen können. Morgen geht's der Kartei noch mal an den Kragen.«

»Blitzmerker«, sagte Lena und trank das Bier in einem Zug aus. »Noch eins!«

58.

Arthur Nebe stand stramm, während Heydrich ihn musterte. »Ich wollte Ihnen noch zur Beförderung gratulieren. Leiter des Landeskriminalpolizeiamts, das kann zwar keiner aussprechen, aber es klingt wichtig. Und es ist wichtig. Der richtige Mann auf dem richtigen Posten.« Als ob er es vergessen hätte, winkte er Nebe auf den Besucherstuhl.

»Wir müssen unsere Kräfte konzentrieren. Wir brauchen für die Kripo reichsweite Kompetenzen wie für die Stapo. Fabrizieren Sie schon mal einen Entwurf für ein Reichskriminalpolizeiamt. Sie sehen, ich kann ihn aussprechen, den Bandwurm. Aber vorher befassen Sie sich mit Aphrodite. Unser Freund Raben hat den Fall übernommen und folgt interessanten Spuren. Ich hätte nichts dagegen, ein General würde dabei über die Klinge springen. Das würde die Reichswehr demütiger machen. Sie beobachten, schreiten aber nur ein, wenn Raben in die falsche Richtung ermittelt. Er hat schon bemerkt, dass die Dame sich auch in die Doellestraße 34 fahren ließ. Dort gibt es nichts zu ermitteln, die Böhme hat mir dort Bericht erstattet. Sie war eine unserer besten Agenten. Leider dürfen wir Ihren Tod nicht angemessen würdigen. Agenten sterben einsam, und niemand hält eine Rede über ihr Heldentum.«

Nebe nickte. Es überraschte ihn gar nicht. Und er traute Raben zu, dass er bei Heydrich klingelte und ihn befragen wollte.

»Vielleicht sollte ich es Raben als Befehl von Ihnen mitteilen.«

»Dann glaubt der, ich wäre Freier der Dame gewesen.« Musste er nicht wissen. »Ach, machen Sie, was Sie wollen.« Heydrich lächelte. »Sagen Sie Raben, die Dame habe für den SD gearbeitet und dies möge bitte in Vergessenheit geraten.«

59.

Die Leitung des LKPA, wie sich das Landeskriminalpolizeiamt abkürzte, war mehr, als Arthur Nebe sich hätte vorstellen können. Er, der im ersten Anlauf durch die Kommissarprüfung gefallen war, war nun Chef aller preußischen Kriminaldirektoren, Kriminalräte, Kommissare. Nur der Nationalsozialismus bot seinen Anhängern solche Aufstiegschancen. Es konnte einem schwindlig werden.

»Meinen Glückwunsch, Herr Kriminalrat«, sagte Raben.

»Setzen Sie sich doch, Herr Kollege. Ich beglückwünsche Sie auch, und zwar für Ihr zupackendes Vorgehen im sogenannten Aphrodite-Fall. Ich möchte, dass Sie mich auf dem Laufenden halten.«

»Selbstverständlich, Herr Kriminalrat.« Heydrich wurde nervös und schickte seinen Adlatus vor. Der Gruppenführer witterte Gefahr.

»Wie ist der Ermittlungsstand?«, fragte Nebe.

»Wir suchen die Personen auf, deren Namen, Initialen oder Klarnamen und Adressen wir in Notizbüchern und Kalendern des Opfers gefunden haben. Mag sein, dass einer ihrer Freier sie umgebracht hat.«

»Aber nicht der Herr in der Doellestraße 34«, sagte Nebe lächelnd.

»Nein, natürlich nicht.«

»Ich informiere Sie inoffiziell, dass die Dame für den SD gearbeitet hat und dem Gruppenführer berichtete. Sie war sein Auge in den sogenannten besseren Kreisen. Unter ihren Freiern finden sich Offiziere und hochgestellte Regierungsbeamte. Sie war auch sein Ohr. Sie war nicht die einzige Prostituierte, die ihren Körper dem SD lieh. Sie war eine Heldin, und der Gruppenführer wünscht nicht weniger als ich, dass der Täter gefasst wird. Aber Frau Böhmes Arbeit für den SD bleibt geheim. Sie verstehen?«

60.

Eckes stand stramm.

»Sie waren ja eine Ewigkeit weg. Wieder dienstfähig?«, fragte Heydrich.

»Jawohl, Gruppenführer.«

»Na, mit dem Arm in der Binde können Sie doch nicht mal anständig grüßen.«

»Mit links geht es.« Demonstrativ reckte er den Arm.

Heydrich lächelte. »Ich möchte, dass Sie dem Kollegen Raben wieder helfen. Er hat da einen schwierigen Fall, der auch unsere Kompetenz berührt. Was wir aber nicht eingestehen dürfen. Ist ein bisschen kompliziert zu verstehen für einen Mann, der sich auf geheimer Mission von einer Schönheit des tschechischen Abwehrdienstes ablichten lässt. Sie können sich rehabilitieren. Und dem Raben auf die Finger gucken.«

»Worauf soll ich achten?«

»Sie werden selbst drauf kommen. Oder auch nicht.«

Eckes starrte ihn an.

»Sie melden mir täglich. Wegtreten.«

61.

»Mein Gatte ist im Bendlerblock«, sagte die Dame, die sich von einem Dienstmädchen hatte holen lassen und den Hundert-Meter-Weltrekord auf keinen Fall brechen wollte. »Wer sind Sie noch mal?«

»Kriminalkommissar Raben.«

»Und Sie sind sich sicher, dass Sie mit meinem Mann sprechen wollen?«

»Sonst stünde ich nicht hier.«

»Werden Sie nicht unverschämt.« Sie knallte die Tür zu.

Raben wusste, dass sie gleich den Herrn Generalmajor anrief. Da ist ein Polizist, Kommissar, der will dich sprechen. Und Reichenau würde sie beruhigen. Was sollte ihm schon geschehen, da doch alle wussten, dass er schon vor der Machtergreifung das Ohr des Führers hatte? Und jetzt direkt unter Blomberg die Reichswehr in die Deutsche Wehrmacht umbaute, die zum Schrecken der Welt würde. Was wollte ihm ein Kommissar?

Der wurde ihm dann auch angekündigt, als die Pforte im Vorzimmer klingelte und dieses seine Nase ins Büro steckte. »Führen Sie ihn hoch. Ersparen Sie ihm Ihre Freundlichkeit.« Das Vorzimmer marschierte die Treppen hinunter wie das Brandenburgische Füsilier-Regiment 35. »Guten Tag. Folgen Sie mir bitte.« Das Regiment machte *Kehrt um!* und stürmte die Treppe hoch.

Reichenau las stehend in einer Akte, das Monokel eingeklemmt.

Das Vorzimmer stellte Raben an der Tür ab und schloss sie. Er wartete, bis der Generalmajor ihn wahrzunehmen beliebte. Wenn du auf dem Schlachtfeld so schlecht aufpasst, verlieren wir auch den nächsten Krieg, Herr General, dachte Raben und schmunzelte in sich hinein.

»Lassen Sie mich an Ihrer Freude teilhaben«, sagte Reichenau und ließ das Einglas in die Hand fallen.

»Leben wir nicht in erfreulichen Zeiten?«, erwiderte Raben. »Sie kannten eine Karoline Böhme?« Er hängte nur der Höflichkeit halber ein Fragezeichen an. Er las in des Generals Gesicht: Artillerietreffer in einigem Abstand. Erdbrocken beschmutzten des Generals Uniform, der sie unwirsch wegstrich.

Reichenau deutete auf den obligatorischen Stuhl vor dem Schreibtisch, Opferstätte so vieler Obristen, Majore und Hauptmänner.

»Jedenfalls stehen Ihr Name und Ihre Adresse in den Notizen der Dame, die einem Beruf nachging, den Sie womöglich besser beschreiben können als ich.«

Artillerietreffer direkt vor dem General, die volle Ladung Dreck aus dem Krater.

Reichenaus Gesicht färbte sich rot. »Sie wagen …!« Das Brüllen erstickte, als das Hirn die Stimmbänder einholte. »Meine Frau …?«

»Weiß nichts. Warum soll ich sie mit Dingen belästigen, die nur Sie und mich etwas angehen. Mir ist Ihr Privatleben egal, aber leider wurde Frau Böhme ermordet.«

Er nickte.

»Sie haben es in der Zeitung gelesen. Aphrodite und so weiter. Dort wird auch gebeten, dass Zeugen und Bekannte der Dame sich im Polizeipräsidium melden sollen.«

»Ich bin kein Zeuge.«

»Aber ein Bekannter.«

»Das kann man so nicht bezeichnen.«

»Aber Sie kannten sie doch.«

»Ja.«

Raben sah Reichenaus Hirnmoleküle wild in allen Richtungen umherrasen, bis sie sich auf eine Schwarmformation geeinigt hatten.

»Gut«, sagte Reichenau. »Ich habe ihre Dienste zwei- oder dreimal beansprucht … das macht mich aber nicht zum Mörder.«

»Gewiss«, sagte Raben. »Ich suche jeden Herrn auf … Aber Sie können mir, also der Kripo, helfen. Wollte sie etwas von Ihnen wissen?«

Reichenau versank in sich. Das Telefon auf seinem Schreibtisch klingelte. »Nicht jetzt, ich rufe zurück.« Er blickte Raben an. Warum, verdammt, hatte Karoline ihre Freier notiert?

Raben dachte ebenfalls an die Notizen. Über Reichenau stand da:

1. *Einen blasen;*
2. *Missionarsstellung;*
3. *Schweinkram ins Ohr flüstern bei 2.;*
4. *Danach redet er viel.*

Reichenau rümpfte die Nase. »Natürlich bin ich stolz auf unsere Reichswehr. Ich habe mit ihr bestimmt über die Wehrpflicht und die Aufrüstung geredet. Keine meiner besseren Ideen, gebe ich zu. Man trinkt reichlich Schampus, vielleicht ein Glas Cognac oder zwei ...« Er überlegte. »Sie war intelligent. Sie kannte sich aus, las Zeitung und Bücher. Sie liebte Uniformen, um es zurückhaltend zu sagen. Sie war neugierig, wollte alles wissen über meine Arbeit. Aber ein Geheimnis hat sie nicht erfahren.«

»Auch wenn Sie keines enthüllt haben, erfuhr sie womöglich genug, zumal sie weitere Offiziere zu sich einlud oder aufsuchte. Sogar wenn keiner dieser Kunden Verrat begangen hat, konnte sie es sich im Kopf zusammenfügen. Oder der Nachrichtendienst, für den sie arbeitete.«

Reichenau hing in seinem Schreibtischstuhl, schwitzte und nickte.

»Da haben Sie vermutlich recht. Ich hätte die Dame vielleicht Admiral Canaris empfehlen sollen, um sie umzudrehen. Hätte ich gewusst, dass sie spioniert.«

»Das wäre natürlich schlau gewesen. Die Dame scheint auch als Agentin begabt gewesen zu sein. Wenn Sie denn eine war.«

Reichenau schwieg und nickte. »Jetzt kann ich meine Karriere an den Nagel hängen. Selbst schuld.«

»Nein, all das bleibt unter uns. Wenn das umgeht, weiß es nachher jeder, und ich kann meine Ermittlungen einstellen.«

»Und Ihrem Chef verraten Sie auch nichts?«

»Nein. Wie gesagt, ich will die Gerüchteküche nicht anheizen. Wenn ich den Täter gefasst habe, werde ich alles vernichten, was nicht direkt mit dem Fall zu tun hat.«

»Da bin ich Ihnen aber sehr dankbar.« Er zog aus dem Schreibtisch seine Visitenkarte und drehte sie um. Er schrieb etwas auf die Rückseite. »Hier auch meine private Telefonnummer. Wenn meine Frau drangeht, geben Sie sich bitte als Mitarbeiter des Reichswehrministeriums aus, vielleicht als Leutnant Krämer. Den gibt es wirklich. Er ist mein Adjutant, und niemand würde sich wundern, wenn er bei mir zu Hause anruft. Meine Frau kennt seinen Namen, nicht aber seine Stimme.«

»Dennoch wäre es klug, diesen Leutnant einzuweihen.«

»Selbstverständlich.«

62.

»Wir jagen den oder die Mörder eines SD-Spitzels. Also, Ehrig war es nicht. Vielleicht hat er sie bespitzelt, so wie im Tausendjährigen Reich jeder jeden bespitzelt«, sagte Lena.

Elisabeth badete gerade den kleinen Karl. Der quiekte fröhlich. Es passte nicht zur Stimmung seiner Eltern. »Du wolltest den Ehrig ranhängen, jetzt erweist sich die Nutte als SD-Lauscherin. Und ermordet hat sie wohl einer ihrer Kunden, vielleicht der große Meister selbst. Dem traue ich alles zu.«

»Heydrich ist zu intelligent, um sich Blößen zu geben. Er ist schon mal gefeuert worden wegen Weibergeschichten … Entschuldigung.«

Sie grinste. »Schon recht, mein Göttergatte. Solange du keine hast.«

Er lachte. »Wenn ich es Ehrig anhänge, kann ich den von der Liste streichen. Ein Vorteil, gewiss. Aber wenn dann wieder eine Frauenleiche an einem Bahndamm gefunden wird …« Er knallte die Hand an die Stirn. »Der Ablageort, verdammt.«

Er rief Lichtigkeit an. Der gähnte, aber egal: »Haben wir in der Kartei nach Ablageorten gesucht?«

»Sie offenbar nicht. Ich auch nicht, aber so nebenbei glaube ich, dass die konkreten Orte egal sind. Unter freiem Himmel, wenn es regnete, wie Sie gesagt haben.«

»Sodass der Regen die Spuren wegwaschen konnte.«

Raben hörte nur ein Rauschen im Hörer. Dann sagte Lichtigkeit:

»Ich hab das für eine – Entschuldigung – Spinnerei gehalten, aber Sie haben vermutlich recht. Der Täter mordet nur, wenn es stark regnet, um Reifen- und Schuhabdrücke unmöglich zu machen.«

»Ja«, sagte Raben. »Der arbeitet nach dem Wetterbericht.«

63.

Der Reichsführer SS Heinrich Himmler, das Oberlehrergesicht mit runden Brillengläsern und Stutzbart geschmückt, blickte Heydrich streng an. Er mochte seinen Gruppenführer. Der würde ihm einmal nachfolgen, wenn es so weit war. Heydrich war intelligent, schnell im Kopf, und er tat ohne Klage, was er tun musste. Vor allem war er treu. Vieles im Dritten Reich würde schlechter laufen ohne die Gestapo. Heydrich hatte fast im Alleingang die Roten und Juden in Angst und Schrecken versetzt, dazu die liberalen oder religiösen Memmen. Die meisten waren abgehauen. Was blieb, bekam seinen stählernen Griff zu spüren. Heydrich hatte sich inzwischen einen Ruf erarbeitet, der die Leute einschüchterte, bis hinein in die Regierung. Angst war mächtig, und Heydrich verkörperte sie wie kein anderer.

Sie standen sich am Fenster von Heydrichs Büro gegenüber. Himmler beehrte die Gestapo mit einem Besuch.

»Müssen wir uns Sorgen machen wegen der Böhme?«, fragte Himmler. »Sie glauben nicht, wie viele Ausreden viele Herren finden, um so nebenbei nach dem Fall zu fragen.«

Heydrich lächelte. »Immerhin hat ein Haufen hochgestellter Herren Angst. Und Grund, uns zuvorkommend zu behandeln. Das war nicht immer so. Wir erarbeiten uns Respekt.«

»Das stimmt, Reinhard«, sagte Himmler. »Was immer geschieht, wir gehen als Gewinner hervor.«

»Deshalb habe ich den Raben an die Kripo abgestellt. Ermittelt die Gestapo, riechen sofort alle, dass es was mit Politik und Geheimdiensten zu tun hat. Raben aber wird längst wissen, dass die Dame mein Spitzel war. Und er wird die Gestapo raushalten. Dafür lass ich ihm ein paar Eskapaden durchgehen. Unterm Strich ist er wertvoll für uns. Wenn er den Mörder nicht findet, lassen wir Ehrig den Kopf abschlagen. Die Presse wird berichten, das kriegt der Minister Goebbels hin. Und die Bürger werden beruhigt sein, dass es wieder einen Mörder weniger gibt.«

»Wenn andere Stellen Schwierigkeiten machen, Sie haben freie Hand. Aber passen Sie auf den Raben auf. Ich hab ein merkwürdiges Gefühl. Der Name verheißt nichts Gutes. Wenn er aus dem Ruder läuft, schalten Sie ihn aus. Sie verstehen, Reinhard?«

64.

Der Sturmbannführer Eckes hatte mies geschlafen, weil einer nicht gleichzeitig sein Schicksal verfluchen und schlafen kann. Er schaltete den Wecker aus, bevor der ihm den Krieg erklärte. Erika ließ er schlafen. Eckes zwang eine Butterstulle und eine Tasse Kaffee hinunter, dann nahm er die Elektrische zum Bahnhof Alexanderplatz. Natürlich musste er einer alten Dame seinen Sitz überlassen, weil das Bonbon am Revers es ihm befahl. Er hätte sich in Ausgehuniform werfen sollen, und sie hätten alle gezittert, eingeschlossen die Oma, die dem Reich ohnehin nichts mehr nutzte. *Unwertes Leben* war in der SS und bei der Gestapo aufgetaucht, ein Begriff, der die moderne Medizin mit der Soziologie des Volkes vereinte. Es gab Menschen, die der Gesellschaft auf der Tasche lagen, aber keine Gegenleistung boten. Parasitäre Existenzen, hatte Heydrich gesagt. Und die Frage nachgeschoben: Was macht man mit Parasiten? Man rottet sie aus, bevor sie einen ruinieren. Wir brauchen unsere Ärzte nicht für Fälle ohne Hoffnung, sondern um den Gesunden Hoffnung zu geben, wenn sie krank oder verletzt sind. Er schaute sich die Leute im Waggon an. Ein junger Mann, der blöde vor sich hin glotzte und sabberte. Ein Einäugiger mit Wasserkopf und Krückstock auf dem Sitz neben der Tür.

Köpfchen führte ihn zur Kartei. »Hier sind die Herren.«

Die schauten auf.

»Guten Tag, Sturmbannführer. Sie wollen doch nicht etwa helfen?«

»Heil Hitler!«, sagte Lichtigkeit missmutig. Dieser Scheißkerl von der Gestapo – oder war's der SD? – hatte ihm gerade noch gefehlt.

»Heil Hitler«, murmelte Eckes und ließ die rechte Hand hochwippen. Der Schmerz zuckte in sein Gesicht. »Der Gruppenführer schickt mich. Ich soll Ihnen helfen, ganz nach Ihrem Ermessen.« Ein Sturmbannführer hilft nicht, er befiehlt, dachte Eckes. Aber seit Prag war er froh, dass er helfen durfte. Er wusste, wem er es verdankte.

»Sie suchen wieder das Abenteuer«, sagte Raben. »Das werden Sie in unserer Kartei nicht finden. Hier gibt es, wenn überhaupt, vergangene Abenteuer, die übel geendet haben.«

»Sie suchen was. Ich könnte helfen.«

»Dafür müssten wir Ihnen erst einmal die Ermittlungen erklären. Das kostet uns das, was wir nicht haben: Zeit. Grüßen Sie bitte den Gruppenführer. Sagen Sie, wir folgen einer neuen Spur.«

»Vielversprechenden neuen Spuren«, sagte Lichtigkeit.

Als Eckes nach einem Schnauben abgezogen war, grinste Lichtigkeit. »Sie sind ja richtig undankbar.«

»Der sollte uns bespitzeln. Sogar wenn nicht, er ist für solche Ermittlungen nicht geboren.«

Lichtigkeit lachte. »Lassen Sie uns mal sortieren, bevor wir den Überblick verlieren. Weibliche Leichen, draußen abgelegt, wenn es regnete. Die Treffer auf den linken, die Nieten auf den rechten Stapel.« Es waren fünf Treffer.

Sie holten die dazugehörigen Akten und legten Sie auf den Tisch von Lichtigkeits Büro. Jeder überflog jede Akte. Es dauerte trotzdem drei Stunden. Sie baten Doktor Schoene von der Rechtsmedizin dazu. Der kam nach einer halben Stunde und führte eine offenbar neue Pfeife vor.

»Achtung, Gasangriff!«, sagte Raben.

»Dann kann der Herr Raben ja mal vom Fronterlebnis schwärmen«, sagte Lichtigkeit.

»Fragen Sie die Leichen in den Massengräbern, was die vom Erlebnis halten«, erwiderte Raben.

»Nun seien Sie nicht so streng mit uns«, sagte Schoene. »Also, was gibt's?«

»Fünf junge Frauen, im Freien abgelegt wie Abfall, ermordet bei Regen. Hals durchgeschnitten oder stranguliert, beides von hinten. Und ziemlich blond«, sagte Raben.

»Wer ist denn auf diese Idee …?« Schoene winkte ab. »Ich weiß schon.« Er nahm sich die erste Akte.

»Wollen Sie auch einen Kaffee?«, fragte Lichtigkeit.

»Ja, gern. Rufen Sie bitte meine Frau an, es würde spät.« Kritzelte eine Nummer auf einen Zettel und gab ihn Raben.

Draußen auf dem Flur fragte Raben: »Haben Sie's gesehen?«

»Was?«

»Das Bonbon. Das Parteiabzeichen. Der Schoene ist mindestens Märzgefallener, denn seit dem Masseneintritt aller Opportunisten haben die Nazis eine Aufnahmesperre verhängt.«

»Ich weiß«, erwiderte Lichtigkeit.

»Der hat sich nicht getraut, das Bonbon zu tragen, jedenfalls nicht im Dienst. Oder haben Sie den vorher …«

»Nein, Karl. Viele sind da auch nur eingetreten, um ihre Arbeit zu behalten.«

»Natürlich, Georg. Ich mach dem keinen Vorwurf. Ich arbeite für die Gestapo …«

Im Büro rief Raben Frau Schoene an und entschuldigte ihren Mann.

»Wie heißt denn diesmal die Ermittlung?«, erwiderte sie und legte auf. Raben grinste. »Wahrscheinlich ist sie eifersüchtig auf Schoenes Leichen. Diesmal hat er den Vogel abgeschossen. Sie hat bestimmt das Foto von Karoline Böhme gesehen.«

Lichtigkeit lachte. »Ich wusste gar nicht, dass Sie eine solch bedenkliche Fantasie haben.«

»Es ist noch schlimmer«, sagte Raben.

Mit drei Kaffeebechern kehrten sie in den Karteiraum zurück. Sie stellten die Becher auf den Riesenkarteikasten. Sie waren nicht die ersten, wovon unzählige runde Flecken zeugten.

Schoene las. »Die Akten reichen von 1929 bis heute, also sechs Jahre. Und fast in jedem Jahr ein Opfer, Höhepunkt 1930 mit drei Fällen, ab 1932 wahrscheinlich ein Jahr Pause. Vergewaltigt, Strangulation oder Kehlkopfschnitt. Immer abwechselnd. Als glaubte der Täter, uns so täuschen zu können.« Er blickte Raben an. »Da haben Sie ja wieder eine wilde Sache aufgetan. Ihren Verdächtigen müssen Sie wohl laufen lassen.«

»Den behalten wir noch ein bisschen. Vielleicht hat er den Täter gesehen«, sagte Lichtigkeit.

»Wir müssen jetzt die Angehörigen der Opfer besuchen«, sagte Raben. »Wir haben es mit einem Serienmörder zu tun, und diese Tatsache verlangt ein paar Fragen.« Er blickte auf seine Uhr, die Lena ihm zu Weihnachten geschenkt hatte. »Georg, wir sehen uns Montag früh in Ihrem Büro, einverstanden?« An Schoene gewandt: »Haben diese Opfer Einkerbungen von einer Prothese?«

Schoene schüttelte den Kopf. »Diese Prothesengeschichte hilft uns eher nicht weiter.«

Auf dem Heimweg rief Raben in einer Telefonzelle Heydrichs Privatnummer an. »Tut mir leid, dass ich Sie so spät störe. Aber ...«

»Berichten Sie!«

65.

»Ich fürchte, Ehrig ist raus«, sagte Raben, während Oma den kleinen Karl ins Bett brachte, was zu einer Zeremonie ausartete, die es locker mit Krönungen von Monarchen aufnehmen konnte. Elisabeth wollte den *jungen Leuten* Zeit geben, miteinander zu reden. Außerdem glaubte sie, dass die durch ihre Anwesenheit gehemmt wurden. Lieder zu Ehren des Führers sangen die *jungen Leute* jedenfalls nicht. Aber sie begannen manchmal zu tuscheln, sobald Elisabeth die Türklinke drückte. Sie machten auch Spaziergänge, von denen sie spät zurückkehrten.

»Sechs Opfer bisher, blonde Frauen, eher jung. Im Regen. Immer im Sommer. Dann habt ihr wenigstens Zeit für die Ermittlungen«, sagte Lena.

»Der Mörder wird sein Verhalten vielleicht ändern, wenn er erfährt, dass wir ihm auf der Spur sind. Vielleicht taucht er ab, geht ins Ausland. Vielleicht genießt er den Ruhm und serviert uns die nächste Leiche. Es gibt Verbrecher, die halten sich für so schlau, dass sie glauben, sie könnten ein Spiel mit uns aufziehen und immer berühmter werden. Wie zum Beispiel die Sass-Brüder.«

»Heutzutage gibt niemand mehr Pressekonferenzen außer Goebbels oder einem seiner Lakaien aus dem Propagandaministerium. Ich muss glücklicherweise nicht hin.«

»Hat Wagners Holzbein eine Idee?«

»Nee, das ist verstummt.«

»Ich muss den Ehrig kriegen, egal unter welchem Vorwand. Ich kann ihn nicht einfach umlegen. Das ist mir zu gefährlich. Den Fehrkamp hab ich Himmler überlassen, aber mir wird ja keiner den Gefallen tun, einen Putsch anzuzetteln. Mit Todeslisten und so weiter.«

Sie lachte. »Und der M18-Mann? Du darfst die nicht töten, ohne vorher die Namen der anderen Mörder herauszufinden.«

»Im Augenblick sieht es eher so aus, als würden die alle als Helden der Bewegung überleben.«

»Red keinen Unsinn. Du riskierst ja gern mal was. Manchmal zu viel. Denk an dein Abenteuer in der Tschechei. Du hattest Glück, Eckes wäre fast draufgegangen.«

»Die Gefahr war gering. Diese Geschichte ist nichts als eine Lüge. Ich habe dem Prager Geheimdienst unsere Ankunft mitgeteilt, auch den Zweck unserer Reise. Die Idee mit der hübschen Fotografin habe ich denen auch untergejubelt, damit ich Eckes in Prag nicht an den Hacken habe. Und den Schuss auf ihn habe ich bestellt, damit es glaubwürdig aussieht. Außerdem wusste Strasser von Anfang an Bescheid. Den Zirkus habe ich inszeniert, damit die Sache auch für Strassers Leute glaubwürdig war. Ich konnte ja nicht einfach bei Strasser einmarschieren. Hallo, ich bin der Raben von der Gestapo.«

Sie hörte sich das stehend an, blickte sich immer wieder um. »Du bist verrückt, Kalle.«

»Nein, für mich war es eine Lustreise in eine schöne Stadt. Wir machen dort mal Urlaub, lohnt sich wirklich.«

»Und du bist sicher, dass die Tschechen dichthalten?«

»Ich habe Grund, das zu hoffen. Schließlich wollen sie den Führer nicht provozieren. Und die Geheimdienstleute dort machten einen guten Eindruck. Jedenfalls kannten sie den Unterschied zwischen Diktatur und Demokratie.«

Sie schüttelte den Kopf. »Und Eckes?«

»Der hat keine Ahnung und wird mir lebenslang dankbar sein.«

»Und was kommt jetzt als Selbstmordaktion?«

»Ich muss den Kippenberger samt Familie nach Frankreich lotsen.«

»Wie bitte?«

»Wenn die Gestapo den kriegt, kannst du mich in der Todeszelle besuchen. Seine Frau, er oder beide halten der Folter nicht stand.«

»Du schuldest denen doch nichts.«

»Ich schulde mir was. Und dir.«

Sie schüttelte den Kopf.

»Anstand.«

»Hast du einen heroischen Anfall?«

»Nein, Müller beschäftigt sich jetzt mit Kippenberger. Und er wird ihn finden. Müller ist der brutalste vom Heydrich-Klüngel. Der darf den nicht in die Finger kriegen. Sonst ... siehe oben.«

»Und das sagst du mir jetzt?«

»Warum soll ich dich ängstigen? Das ändert doch nichts. Willst du einen Bilderbuch-Gestapofritzen als Mann?«

66.

Lichtigkeit hatte die Akten mit nach Hause genommen. Wo er sie abfotografierte. Man wusste ja nie. Er würde Lena Raben bitten, die Filme zu entwickeln, die konnte das. Und dann würde er sie verstecken.

Als er alle geknipst hatte, vertiefte er sich noch einmal in jede Mappe. Raben hatte einen Riecher, der noch den besten Spürhund zum Heulen bringen würde. Und er tanzte auf wenigstens zwei Hochzeiten gleichzeitig, bei der Gestapo, bei der Kripo.

Seine Frau ließ den Staubsauger fauchen wie einen Drachen im Gruselfilm. Zweifellos mit Absicht hatte sie sich jetzt den Boden der Küche als Saugopfer ausgesucht. Lichtigkeit nahm den Aktenpacken. »Musst du noch ins Schlafzimmer?«

»Ja, die Bettwäsche ...«

»Wohnzimmer?«

»Das kommt gleich dran. Du sollst Mord und Dreck im Präsidium lassen.«

Für ihre Verhältnisse war das eine lange Rede.

»Ich geh ins Wohnzimmer, und wenn du dorthin willst, kehre ich in die Küche zurück.«

»Die muss ich noch durchwischen.«

Lichtigkeit packte die Akten in die Tasche und kehrte mit einem Taxi ins Büro zurück. »Seien Sie nicht so fleißig, Herr Kommissar. Auch Sie müssen mal schlafen«, sagte der Nachtpförtner.

»Danke, aber das Verbrechen schläft auch nicht.«

»Da ham Se mal wieder recht, Herr Kommissar.«

In seinem Büro öffnete er das Fenster und stellte sich in die Luft, die hineinströmte. Schnaufte ein paarmal durch. Schloss die Fenster. Ab Montag würde er mit Raben die Adressen der Opfer aufsuchen. Fürs Wochenende war der nicht zu haben gewesen. Natürlich, er hatte ein Familienleben. Lichtigkeit beneidete ihn um Lena, so intelligent, so schön und so witzig.

Er ließ es bei Raben klingeln. Die Großmutter nahm ab. »Nein, tut mir leid, der Herr Raben ist nicht zu sprechen.«

»Und Frau Raben?«

»Einen Augenblick bitte.«

»Georg, was treiben Sie zu so später Stunde? Sie sollten längst schlafen.«

»Ihr Mann schläft ja auch nicht.«

»Das verstehen Sie nicht. Ich verrate Ihnen ein Geheimnis, aber nicht weitersagen. Ehrenwort?«

»Germanisches Ehrenwort.«

»Mein Mann ist Vampir, er meidet das Licht und sucht sich seine Opfer nachts. Spart immerhin Haushaltsgeld.«

»Ah, jetzt verstehe ich so einiges.« Er lachte. »Aber Sie kennen sich im Dunkeln auch ganz gut aus.«

»Wie kommen Sie darauf?«

»Dunkelkammer.«

»So läuft also der Hase.«

67.

Raben ging zum Kavalleriebullen. Der saß im Untergeschoss, in einem kleinen Büro und führte Aufsicht über die Dienstkraftwagen. Er hieß Langmichel und war beides, lang und eher nicht genial. Der Häuptling aller Automobile rührte in seinem Kaffee und bereitete ein Stück Butterkuchen auf seine Vernichtung vor. »Der Herr Kommissar Raben, welch Ehre. Ich dachte, Sie wären wieder bei der Kripo.«

Raben baute auf die Gerüchteküche, die ihm sagenhafte Fähigkeiten und arischen Heldenmut bescheinigte. Außerdem sei er Heydrichs Liebling. »Ja und nein. Sie wissen, wie das ist.«

Natürlich wusste er es nicht, nickte aber. »Darf ich Ihnen das Stück anbieten? Hat meine Frau gebacken.«

»Unterführer, ich käm doch nie auf die Idee, Ihnen diesen Kuchen wegzuessen. Die Liebe Ihrer Frau steckt darin, und die gilt ausnahmslos Ihnen. Vor allem heute, am Sonntag.«

»Wenn Sie es sagen, Herr Kommissar.«

»Ich brauch ein großes Auto, Horch oder Mercedes. Haben die schon die schönen SS-Runen?«

»Der Mercedes hat sie.«

Der Chauffeur nahm den Schlüssel vom Hakenbrett hinter ihm. Legte ihn auf den Schreibtisch. Dann die Papiere und ein Heft. »Bitte tragen Sie Fahrtziel, Fahrtdauer, Tankaufenthalte ein.«

»Kann ich schlecht. Geheimauftrag.«

»Sie dürfen aber auch zu jeder Tages- und Nachtstunde arbeiten.«

»Wir tun das für das Vaterland und unseren Reichsführer.«

»Natürlich, tragen Sie irgendwas ein.«

Der Mercedes war schwarz und groß. Er hatte ein Verdeck, geschlossen. Und die SS-Runen zierten das Kennzeichen. Es war ein Gerumpel auf der Erknerstraße.

Am Abzweig nach Herzfelde stand ein Mann mit Mantel, Hut und Blindenbrille, deren Aufgabe es gemeinhin war, tote Augen zu verdecken. Raben überholte den Mann um einen Meter. Parkte vor ihm, sprang aus dem Auto und blickte sich um. Nichts und niemand. Er öffnete den Kofferraum.

»Immerhin haben Sie an eine Decke gedacht«, sagte Kippenberger. »In Herzfelde warten meine Frau und die Kinder. Ist eine Scheune, die können gefahrenfrei einsteigen. Hätte auch nicht gedacht, dass die SS uns rettet. Wenn das der Führer wüsste.«

»Halten Sie die Klappe und machen Sie es sich bequem.«

Herzfelde, wie Kippenberger gesagt hatte. Die Kinder saßen hinten, Thea auf dem Beifahrersitz. Eine musterhafte Gestapo-Familie, die Ehefrau zurückhaltend, aber sauber und schick gekleidet. Und mit Bonbon als Brosche. Die Mädchen in blau-weißen Kleidchen.

Sie durchquerten Berlin. Die Fahrt zog sich hin, obwohl Raben die kürzeste Strecke gewählt hatte. Es war die Angst, welche die Uhr bremste. Raben spielte mit seinem Leben. Kippenberger hatte erklärt, dass sie an der niederländischen Grenze keine Sorgen vor den Holländern haben mussten. Das regle die Partei. Spätestens um achtzehn Uhr müssten sie aber dort sein. Die folgende Schicht sei deutschenfeindlich, was man ihr schwer übel nehmen könne.

Raben gab Gas. Kein Polizist würde ihn aufhalten. Warum konnte er die Kippenbergers nicht vor der deutschen Grenze absetzen? Einen Augenblick spielte er mit dem Gedanken. Sein Kopf saß locker auf dem Hals. Wenn sie ihn ertappten, würden Heydrich und Müller ihn zu Hackfleisch verarbeiten. Ihr Hass auf ihn wäre grenzenlos. Wer lässt sich schon gern vorführen? Ein Gestapo-Offizier geleitet höchstpersönlich Deutschlands gefährlichsten Kommunisten in die Emigration. So was gibt's doch nicht. Die ausländische Presse würde im Chor lachen und sich auf die Schenkel klopfen, bis es schmerzte. Der Führer und der Reichsführer wären lächerlich gemacht. Ihre Gestapo, das Instrument des Schreckens, hätte dem Verbrecher falsche Ausweise geliefert, in die Raben nur noch die

Bilder kleben musste. Stempel drauf und fertig. Originalausweise des Deutschen Reichs. Raben spürte die Angst, die ihn verfolgte. Aber er war gerade der geheime Held der SS, Heydrichs Günstling. Wenn dieser Meisterbulle eine schräge Idee hatte, dann bremsen wir den nicht. Wer wollte schon Ärger mit Heydrich? Wer würde ein Wort darüber verlieren? So kalkulierte Raben, und er setzte darauf, dass die Wirklichkeit sich verhielt, wie er es sich wünschte. Das war größenwahnsinnig, aber er hatte keine Wahl.

Vor Osnabrück hielten sie, um zu tanken. Danach stellte er den Wagen auf einen Parkplatz, durch Fichten vor Blicken geschützt. Thea ging mit den Kindern zum Rasthaus. Raben öffnete den Kofferraum. »Bald sind wir an der Grenze.«

»Gebe Gott, dass die nicht in den Kofferraum schauen wollen«, sagte Kippenberger.

»Ich dachte, den gibt's nicht.«

Kippenberger hustete mehr, als dass er lachte.

»Solange Sie hinter den Bäumen bleiben, können Sie ein paar Schritte tun. Pinkeln Sie in die Ecke.«

Kippenberger tat es, aber Raben spürte die Angst des Kommunisten. Wenn die Flucht gelang, würde Müller durchdrehen. Er gehörte zum Klüngel, den Heydrich aus München mitgebracht hatte. Humorlos, dumpf, aber ihrem Chef ergeben, vor allem effizient. Bluthunde der Gestapo. Und ausgerechnet Müller hätte versagt.

Kippenberger stieg wieder in den Kofferraum. Raben holte Thea und die Kinder aus der Gaststube. Die Töchter hatten keine Ahnung, wer im Kofferraum lag.

Bald waren Sie an der Grenze und vermutlich so gut wie tot.

68.

Lichtigkeit fragte sich nicht lange, was Raben am Sonntag trieb. Dessen Frau jedenfalls war allein und entwickelte die Filme. »Das Scharfstellen müssen Sie aber noch üben«, sagte sie.

»Hab ich's also vermasselt.«

»Ich krieg die Filme lesbar. Geheimtipp Unschärfemaskierung.«

»Danke, ich versteh kein Wort.«

»Man legt eine unscharfe Kopie des Negativs über das Original und vergrößert beide. Das betont die Kanten, verstärkt also die Kontraste.«

»Ich verstehe zwar nichts, aber es hört sich magisch an.«

»Unbedingt«, sagte sie und löste den Vergrößerer aus.

Tatsächlich waren die Kopien lesbar. Er packte sie mitsamt den Negativen in seine Aktentasche.

Sie tranken Tee und aßen Nusskuchen.

»Sie haben Angst«, sagte er. »Ich kenne das von den Verhören.«

»Ah, wenn's nur das wäre«, erwiderte sie.

»Sie haben sich einen Mann ausgesucht, der die Gefahr liebt.«

Sie nickte. »Aber er macht wenigstens was.«

»Wir machen alle was«, sagte Lichtigkeit. »Sie riskieren doch auch eine Menge.«

Sie schwieg. Ja, sie riskierte ihr Leben und das ihrer Familie. Heydrich hatte sie in der Hand. Er hatte ihnen Ariernachweise gegeben. Sie besaßen Reisepässe. Sie konnten die Mörderbande jederzeit verlassen. Aber sie taten es nicht. Wenn Lichtigkeit wüsste, dachte Lena. Der war nicht im Widerstand, versuchte sich rauszuhalten und schwieg. Schweigen war schon mutig. Aber was Kalle sich leistete, war kein Widerstand, sondern Selbstmord.

Warum hauten sie nicht einfach ab?

Kalle, wo steckst du? Er war am frühen Morgen gegangen und hatte ihr den Finger auf den Mund gelegt. Die Ungewissheit quälte sie.

Das Telefon klingelte. Heydrich war dran. »Entschuldigen Sie bitte die Störung am Sonntag. Ob ich Ihren Mann sprechen könnte?«

Sie fühlte, wie das Leben ihren Körper verließ. Starrte Lichtigkeit an. »Ich weiß nicht, wo mein Mann ist. Er folgt sicher einer Spur im Fall Aphrodite. Vielleicht könnten Sie Ihren Einfluss auf ihn nutzen und ihm befehlen, sich nicht zu Tode zu arbeiten? Entschuldigung ...« Frechheit siegt. Oder?

Heydrich lachte. »Meine Frau weiß manchmal auch nicht, was ich gerade tue. Wir SS-Männer verlangen unseren Frauen viel ab. Nicht jede Frau würde es ertragen. Eigentlich wollte ich Sie und Ihren Mann zum Abendessen einladen. Vielleicht am kommenden Sonntag? Wäre Ihnen das recht?«

»Sie glauben gar nicht, welchen Gefallen Sie meinem Mann und mir tun.«

»Umso besser.«

»Grüßen Sie den Kommissar Lichtigkeit von mir.«

69.

Als er den Grenzübergang sah, parkte er am Straßenrand.

»Was ist Ihr Plan?«, fragte Thea.

Er beobachtete die Grenzer. Bewaffnet mit Gewehren und Pistolen. Sie hielten jedes Auto an. Manche wurden nach rechts auf einen Standstreifen gewinkt und durchsucht. Schäferhunde an der Leine.

Nach einer Weile sagte er: »Hier ist zu viel los. Im Süden gibt es einen kleineren Übergang.«

Sie blickte ihn blass an. »Sie wissen auch nicht, wie wir rüberkommen?«

»Nein, wenn Sie einen alten Freund in der Gegend kennen würden ...«

»Niemand, der nicht tot wäre oder im KZ.«

»Die holländischen Grenzer erwarten uns hier.« Sie blickte auf die Uhr. »Noch eine halbe Stunde, höchstens.«

»Das nützt uns nichts, wenn die deutschen Grenzer uns verhaften.«

»Wir fahren in einem Auto mit SS-Nummernschild«, sagte sie.

»Was ist denn los?«, fragte die Kleinste von der Rückbank.

»Nichts, wir denken nur nach.«

»Ich will heim.«

»Ich auch«, sagte die Schwester.

»Seid still! Sofort!«

»Kein SS-Offizier macht im Dienstwagen mit Sig-Runen Urlaub im Ausland, außer in Italien vielleicht.«

»Aber das haben Sie doch vorher gewusst!«

»Natürlich. Aber in diesem Auto sind wir fast gefahrlos durch Deutschland gekommen, vor allem durch Berlin.« Er verfluchte sich. Alles überstürzt, und die verdammte Angst … »Ich besorg uns ein Auto, aber nicht hier. Wir fahren zurück nach Osnabrück. Dort gibt es bestimmt Autoverleiher.«

70.

Der Schlag traf sie im Magen. Sie schnappte nach Luft, zwang sich. »Ja, gerne, Kommissar Lichtigkeit sucht meinen Mann auch. Er hätte sich besser fest mit ihm verabredet.«

»Wir arbeiten alle zu viel. Aber wer täte es nicht gern für den Führer, der auch keine Ruhe kennt aus Sorge um sein Volk?«

»Sie haben recht, Gruppenführer. Ich wünsche Ihnen einen schönen Sonntag. Vor allem sollten Sie jede Gelegenheit zur Erholung nutzen. Grüßen Sie bitte Ihre Frau unbekannterweise von mir.«

»Gerne. Auf Wiederhören.« Heydrich legte auf.

Sie setzte sich auf das Sofa, beugte sich nach vorn, hielt die Hand vor den Mund, als wollte sie sich erbrechen. Sie schwitzte und zitterte. Lichtigkeit setzte sich neben sie und nahm ihre Hand. »Sie haben sich ausgezeichnet geschlagen.«

»Das war der schlimmste Anruf meines Lebens. Woher weiß der, dass Sie hier sind?«

»Ich glaube, ich habe es Nebe erzählt. Das würde es erklären. Der schiebt mal wieder Wochenendschicht. Karrieresüchtig. Aber das wissen Sie ja.« Er trat ans Fenster und blickte hinaus. Dort stand sein Dienstwagen, davor parkte ein Opel, in dem niemand saß. Er musterte die Fenster der Häuser gegenüber. Nichts. »Sie werden nicht überwacht. Heydrich mag Draufgänger, sogar wenn die mal Mist bauen.«

»Ich fürchte, als Mist kann man das nicht verharmlosen. Er riskiert zu viel. Und jedes Mal, wenn es gut gegangen ist, riskiert er noch mehr. Manchmal fürchte ich, er hält sich für unverwundbar. Ich fürchte auch, dass er mir einiges verheimlicht, damit ich nicht noch mehr Angst bekomme.«

Lichtigkeit hob die Brauen. »Ich kenne keinen mutigeren Mann, ich kenne auch keinen besseren Polizisten, von Gennat abgesehen. Er hat sich einen halben Tag mit dem Aphrodite-Fall beschäftigt, und schon haben wir neue Spuren. Und dann haben Sie die Notizbücher und Kalender Karoline Böhmes gefunden. Ein Durchbruch. Das weiß ich jetzt schon.«

»Mist, dass ich darüber nichts schreiben darf.«

»Dafür helfen Sie der Polizei. Ohne die Familie Raben würden wir wahrscheinlich die Belegschaft des Schlachthofs befragen. Allein schon, dass mir das erspart wurde …«

Sie lachte. »Ganz im Ernst, Sie wissen wirklich nicht, wo Karl sich rumtreibt?«

»Nein. Es ist gut, dass er nicht herumschwätzt. Heutzutage kann man niemandem … kaum einem trauen. Wer ist sicher, dass er unter der Folter schwiege?«

Sie nickte.

»Und was Heydrichs Anruf angeht. Wie ich so höre, gibt er sich gern allwissend. Sie haben Angst, und das ist seine Macht. Wenn Sie das so elegant hinkriegen wie gerade eben, brauchen Sie ihn nicht zu fürchten.«

»Sie haben gut reden. Kalle hat mir Andeutungen gemacht über den Gestapo-Keller. Na, vielen Dank.«

»Wenn Sie da landen, ist es sowieso zu spät. Aber vorher sollten Sie Ihre Angst überwinden. Die spüren das. Die betrachten es als Geständnis. Und dann setzen die Sie unter Druck.«

Sie blickte Lichtigkeit an. Was wusste er? War er gefährlich? War seine Freundlichkeit nur eine Masche, um Karl und ihr eine Falle zu stellen? Wenn er sie überführte, würde Heydrich ihn mit Lob und Geld überschütten, und bei der Kripo würde er befördert. Kriminalrat, welcher Kommissar wollte das nicht werden? Eine andere Stimme schalt sie als gemein. Lichtigkeit half ihr, und schon verdächtigte sie ihn. So tief waren sie gefallen. Wie weit ging es noch hinunter?

Die Tür des Kinderzimmers platzte auf. Karl der Kleine mit Trompetenstimme, die Großmutter hinterher. Natürlich hatte sie keine Chance. Kalle setzte sich auf Lenas Schoß. »Spielplatz!«, befahl er.

Lena nickte ihrer Mutter zu.

Die warf einen Blick auf Lichtigkeit, zuckte die Achseln, zog den Kleinen an.

»Wenn ich mir vorstelle, er landet bei einer Nazi-Musterfamilie …«, sagte Elisabeth leise.

»Haben Sie keine Angst, aber seien Sie vorsichtig«, sagte Lichtigkeit. »Ich weiß nicht, was Karl und Lena treiben, und ich will es nicht wissen. Vorsicht! Vorsicht! Vorsicht!«

Sie legte ihre Hand auf seine. »Sie sind ein guter Freund geworden.«

»Ich musste viel begreifen. Ich habe die Nazis für die Erlösung der Polizei gehalten. All die blödsinnigen Vorschriften, Verbrecher, die einem frech ins Gesicht lachten, Richter, die sie gleich laufen ließen. Aber ich habe den Preis nicht gekannt. Im Gegensatz zu Ihrem Schwiegersohn.«

Er erhob sich, ging in den Flur und zog den Mantel an. »Passen Sie auf sich auf.«

71.

Er konnte sich schon mal eine Ausrede einfallen lassen, warum er auch am Montag nicht im Büro auftauchen würde. Immerhin war es ihnen gelungen, einen Leihkraftwagen und ein Hotel aufzutreiben. Bei beiden Gelegenheiten zückte Raben seinen Kripo-Ausweis.

»Jawohl, Herr Kommissar!« – »Selbstverständlich, Herr Kommissar!«

An der Rezeption legte er seine Dienstmarke auf den Tresen. »Ich und meine Gäste werden nicht im Gästebuch auftauchen. Ich werde bar im Voraus bezahlen. Geheime Reichssache.« Er zog sein Portemonnaie.

Während er den Pagen beschäftigte, marschierte Kippenberger mit tief ins Gesicht gezogener Mütze und zwei Koffern zur ersten Etage. Raben hörte ihn auf der Treppe schnaufen. Dann erschien Thea mit den Töchtern, er gab ihr den Schlüssel. Sie mussten noch eine Etage höher.

Natürlich würde es sich herumflüstern. Geheime Reichssache. Das ist ein Ding. In Osnabrück! Er hoffte, das Geraune erreichte die Polizei erst, wenn sie abgereist waren.

»Wir fahren morgen früh gegen neun Uhr wieder ab. Dann wird es ja schon ein Frühstück geben.«

»Ja, das kostet aber zwei Mark fünfzig pro Person.«

Raben zählte die Summe ab und legte sie in Münzen auf den Tisch. Er legte fünf Mark für den Pagen dazu.

»Vielen Dank, das wäre aber …«

Bevor der Junge unter Tränen auf die Knie fiel, drehte Raben sich um in Richtung Treppe. Er blieb stehen. »Haben Sie Nachtdienst?«

»Nein, mein Kollege kommt gleich.«

»Ganz allein in der Nacht?«

»Es sind alle Türen verschlossen.«

Raben musterte schnell das Schlüsselbrett und nickte. »Dann kann ja nichts passieren.«

»In Osnabrück sowieso nicht, wir sind ja nicht Berlin.«

Das eine Geflüster würde das andere überholen. Mann, fünf Mark als Trinkgeld. Wann hat man das schon mal gesehen? Ja, im *Adlon* in Berlin. Aber doch nicht im Hotel *Walhalla*, das seit 1690 so hieß, als wollte es vorzeitig die braune Herrschaft ankündigen.

Er klopfte bei Kippenberger und wurde eingelassen.

»Wir brechen morgen früh um fünf Uhr auf. Es gibt einen Nachtportier, der aber schlafen dürfte. Wenn nicht, kümmere ich mich um den. Sie tun nichts, außer mir zu folgen. Sorgen Sie dafür, dass die Kinder ruhig sind. Nicht, dass sich hier noch ein Sturmbannführer beschwert oder die Polizei ruft. Verstanden?«

Kippenberger nickte. »Vielen …«

»Ich schlafe im Zimmer gegenüber. Wenn Sie oder ich auffliegen, dann kennen wir den anderen nicht.«

»Das ist selbstverständlich.«

Sie hatten Glück, der Portier schlief. Raben nahm den Schlüssel für den Hauptausgang vom Brett. Nachdem alle und alles verpackt waren, hängte er ihn wieder an seinen Haken. Vom Nachtportier war nichts zu sehen.

Sie fuhren los. Sie hatten keinen Blick für die Fachwerkfassade des Hotels. Auf den Bürgersteigen waren die Leute auf dem Weg zur Arbeit. Gaslaternen funzelten Nebellicht auf sie.

Raben aber überlegte, wie er seinen Ausflug tarnen könnte.

72

Lichtigkeit und Nebe machten ihre Kneipentour im *hohen Norden* Berlins, wo die Armut auf großem Fuß lebte, auch im Dritten Reich. In den Kneipen waren Hitler-Bilder rar. »Hier sind wir noch nicht durchgedrungen«, sagte Nebe. »Die Arbeitslosigkeit ist hoch, die Leute sind fast gezwungen, sich ihren Lebensunterhalt auf krummen Wegen zu sichern.« Sie saßen an einem Ecktisch in einer nach Bier und Zigaretten stinkenden Kneipe mit dem Fabelnamen *Zum Einhorn*. Es drängten sich immer mehr Leute hinein, fast nur Männer. Manche warfen finstere Blicke in ihre Richtung. Kundschaft.

»Ich dachte, die Kriminalität wär erbbedingt.«

»Ist sie auch«, erwiderte Nebe trocken. »Das wird sich zeigen, wenn alle anständigen Leute Arbeit haben. Was dann übrig bleibt, könnten wir direkt in KL einweisen. Und Ruhe wäre.«

»Endlich einer, der das Patentrezept hat«, sagte Lichtigkeit grinsend.

»Ich mein das ernst, Georg.«

»Ich weiß, Arthur. Und wir beide wissen, dass es eine Grauzone gibt, und die wird es immer geben. Leute, die sich leichter verlocken lassen, was zu klauen, als andere. Zum Beispiel.«

»Wenn die begreifen, dass es für das geringste Vergehen harte Strafen setzt, dann ist das mit der Verlockung nicht mehr ganz so einfach.«

»Dann hätte es im Mittelalter kein Verbrechen geben dürfen.«

»Die Leute waren ungebildet, bis auf eine Bürgerschicht und den Adel.«

»Die haben auch Verbrechen begangen. Gemordet, vergewaltigt, geraubt.«

»Ach, Georg, wir leben in einer Zeit, wo diese Fragen endgültig beantwortet werden. Wir werden es sehen. Lass dich überraschen.«

»Vorher überrascht uns was anderes …«

»Was denn?«

»Ein Krieg.«

»Du meinst, die anderen neiden uns unseren Aufstieg?«

»Nein, unsere Regierung hat noch ein paar Rechnungen offen.«

»Schwarzmaler.« Nebe lachte. »Der Führer ist doch nicht so blöd, sich einen Zwei-Fronten-Krieg aufzwingen zu lassen. Du wirst es sehen, er wird sich holen, was uns gehört, und kein Panzer wird rollen, außer bei der Siegesparade.«

»Lassen wir das«, sagte Lichtigkeit, der sich mal wieder fragte, warum er sich das antat.

»Was treibt denn dein Freund Raben derzeit? Wie ich hörte, ist er heute nicht zum Dienst erschienen.«

»Der jagt Aphrodites Mörder. Der Kollege ist ein Phänomen. Kaum hat er sich Leichen und Akten angeschaut, hat er eine Theorie. Er sucht in der Kartei und in Fallordnern. Und was findet er: Opfer, die ähnlich umgekommen sind, und das immer bei Regen.«

»Dann habt ihr ja noch Zeit bei der Fahndung.«

»Raben behauptet, dass der Aphrodite-Fall den Täter verleiten wird, einen Gang höher zu schalten. Nachdem er es so oft versucht hat, hat er nun das richtige Opfer erwischt, weil es ihn prominent macht.«

Nebe trank sein Bier leer und winkte nach Nachschub. Zwei Finger, zwei Bier.

Lichtigkeit schloss auf und leerte sein Glas in einem großen Schluck.

»Könnte doch sein, dass sich der Mörder als Serientäter tarnt … ungewöhnlich, aber schlau, weil uns das auf falsche Fährten setzen wird. Wenn wir die alten Fälle ausgraben, sind wir beschäftigt, obwohl es nichts nützt. Und am Ende tritt er uns in den Arsch und bringt noch eine um. Gleiche Mordmethode, ähnlicher Ablageplatz. Dann wäre er wirklich so was wie ein Serientäter. Und wir stünden im Nebel«, sagte Nebe.

»Puh, vielen Dank. Ich glaube, du warst es, Arthur.«

»Ich gestehe alles.«

Sie lachten.

»Schön, dass die Polente auch was zu lachen hat!«, sagte ein Mann vom Nebentisch und prostete ihm zu.

Lichtigkeit nickte. »Schon wieder draußen?«

»Beim nächsten Mal solltet ihr richtig nach Beweisen suchen.« Sein Kinnbart war biernass.

»Beim nächsten Mal kommst du ins KZ. Berufsverbrecher. Du solltest dir eine andere Arbeit suchen.«

Der Mann nickte. »Danke für die Warnung. Aber ich komm nicht aus meiner Haut. Darf mich nur nicht erwischen lassen.«

»Mit den Beweisen nehmen wir's auch nicht mehr genau. Wenn wir glauben, du warst es, dann warst du es.«

»Finde ich mies. Sieht so aus, als würde die Bullerei kriminell.«

»Reißen Sie sich zusammen!«, schnauzte Nebe.

Lichtigkeit trat ihm unter dem Tisch auf den Fuß.

Nebe nickte. Streitereien mit Verbrechern, bloß nicht. Nachher gibt's 'ne Schlägerei, und die Bullen mittenmang. Der Polizeipräsident würde toben. Streifendienst …

»Dein Raben hat sich vielleicht abgesetzt«, sagte Nebe. Flatterte mit den Armen.

»Nein«, sagte Lichtigkeit. »Seine Frau und der Sohn sind noch da. Ich war heute Nachmittag bei ihnen.«

»So eine Art Witwentröster?«

»Was du dir so zusammenreimst. Sie weiß auch nicht, wo er steckt.«

»Ab morgen früh arbeitet ihr die Akten ab, die Akten zu den sechs Mordfällen. Aphrodite plus fünf.«

»Nasse Fische in jeder Hinsicht«, sagte Lichtigkeit. Verdammt, Raben, wo steckst du? Nicht mal seine Frau hat er angerufen.

73.

»Sie fahren gar nicht zur Grenze«, sagte Kippenberger. Sie hatten nach ein paar Kilometern entschieden, ihn erst kurz vorm Grenzübergang in den Kofferraum umsteigen zu lassen. Die Kinder waren baff, als ihr Vater plötzlich auftauchte. Dann jubelten sie. Thea und Raben ließen sie machen. Raben konzentrierte sich auf die Straße und überlegte, wie er die Grenzer überlisten könnte. Ein Telegramm von Nebe könnte es richten, aber Nebe würde ihn auflaufen lassen. Eckes würde sich nicht trauen, ein Telegramm in Heydrichs Namen zu verschicken. Herbert Hagen hatte er ewig nicht mehr gesehen, einer von Heydrichs Männern für die Schmutzarbeit. Den Kavalleriebullen konnte er vergessen. Mist.

»Warum warst du im Kofferraum, Papi?«, fragte die Ältere.

»Weil mich dort die Polizei nicht sieht. Wenn die erfahren, wo ich bin, verschleppen die mich in ein KZ.«

»Was ist das, ein KZ?«

»Dort hält Hitler Menschen wie mich gefangen, lässt sie hart arbeiten, verprügelt sie manchmal, bis sie sterben. Ihr wollt nicht, dass die das mit mir machen.«

»Nein!«, erschallte es im Gleichklang.

»Also sagt ihr an der Grenze oder wenn uns einer anhält, auf keinen Fall unseren Nachnamen Kippenberger. Auf keinen Fall. Dann käme ich ins KZ, und eure Mutter auch. Und ihr würdet behandelt, als wärt ihr Waisen.«

»Was sind Waisen?«, fragte die Jüngere.

Thea saß zwischen den beiden und erklärte es.

Danach war es lange still.

Gut drei Stunden später parkten sie in Sichtweite des Grenzübergangs. Kippenberger lag längst wieder im Kofferraum. Bedeckt von aufgeklappten Koffern.

»Was wollen Sie tun?«, fragte Thea.

»Wir fahren einfach durch. Stellen Sie sich vor, wir seien ein Paar, aber noch nicht verheiratet, und Sie brächten Kinder mit in die Ehe.«

Thea lachte, aber ihre Angst lachte mit.

»Wir sind verlobt und machen Flitterwochen schon vor der Hochzeit.« Sie verabredeten einen Hochzeitstermin und ein Standesamt samt Kirche. »Prägen Sie sich das ein. Und: Sie sind Mutter und Mitglied der NS-Frauenschaft, eine glühende Anhängerin unseres Führers.«

»Zu Befehl …«

Er fuhr los. Er verschwand in seiner Rolle wie die Heroen von Goebbels' Kinofilmen, der finstere Gründgens oder der heitere Rühmann.

74.

Heinrich Müller saß schweigend vor Heydrichs Schreibtisch. Sie überlegten.

»Das wäre ein Ding, wenn der abgetaucht wäre. Im Dienstwagen, den dieser Idiot von Kavalleriebulle ihm einfach so übergeben hat, obwohl der Raben derzeit gar nicht mehr für die Gestapo arbeitet. Jedenfalls nicht offiziell. Nur weil er im Amt eine Berühmtheit ist«, sagte Müller endlich.

»Stellen Sie sich vor, der fährt im SS-Dienstwagen bei den Franzosen vor. Bonjour, ich kann euch alles über die Gestapo erzählen. Dafür krieg ich Asyl und einen Koffer voller Francs.«

»Würde er seine Familie zurücklassen?«, fragte Müller.

»Nein«, sagte Heydrich. Er würde die Ariernachweise für Lena Raben und ihre Mutter als Fälschungen entlarven, und schon deshalb kämen sie ins KZ. »Mir ist die Sache nicht geheuer. Er hat sich Feinde gemacht, vor allem bei der SA. Es hat sich dort herumgesprochen, dass er Fehrkamp verhaftet hat, damit der hingerichtet werden konnte. Er hat einen Befehl von Göring ausgeführt, ich erkenne keinen Fehler. Und selbst wenn es einen geben sollte, wir haben keine Akten mehr. Wir sollten uns nicht mehr damit befassen.«

Dann schwieg Heydrich.

Müller blickte ihn von unten an. »Das mögen ein paar Kameraden bei der SA anders sehen. Alles geht zurück auf den Schmierfink Kurt Esser, diesen bolschewistischen Geiferer. Was bin ich froh, dass wir dieses Pack weggesperrt haben. Die Führer wie Pieck und Ulbricht stopfen sich in Moskau die Wampe voll mit Kaviar, und ihre Anhänger lassen sie freudig krepieren und vermodern.«

Heydrich nickte. Seine Informationen verrieten ihm aber, dass sich Stalins Geheimpolizei längst mit den eigenen Genossen beschäftigte. Sein Musikfreund, Admiral Canaris von der Abwehr, hatte ihm bestätigt, dass es aus sei mit dem Paradies der Werktätigen. Dass sich Stalins Misstrauen gegen die eigenen Genossen richtete. Dass nach der Ermordung des Leningrader Parteisekretärs Kirow Säuberungen begannen. Überall sah Stalin Spione und Faschisten. Vielleicht übertrieben Canaris' Quellen aber auch, um sich wichtigzumachen. Der Admiral war eher zurückhaltend, wenn er die Dinge in der anderen Welt bewertete, denn Sowjetrussland war eine andere Welt, und viele Ereignisse dort waren unverständlich.

»Was, wenn Raben für Moskau spitzelt?«, fragte Müller.

Heydrich hob die Brauen. Das hatte er sich auch gefragt. »Wenn, dann verstünden wir, warum Raben alles und jedes findet außer Kippenberger. Und als er ihn endlich gefunden hatte, ließ er ihn laufen.«

Müller nickte. »Ich bin davon überzeugt, dass wir Kippenberger wegen Raben nicht erwischt haben.« Ein vorsichtiger Blick zu Heydrich, von noch weiter unten.

Heydrich blickte ihn streng an. Dann wäre es sein Fehler, dann hätte Raben ihn überlistet. Ob er die Ariernachweise für Frau und Schwiegermutter aufs Spiel zu setzen wagte? Heydrich überlegte hin und her. Nein, so verrückt war keiner. Aber wenn es einer wäre, dann Raben.

»Und diese Geschichte in Prag?«, fragte Heydrich. »Da lässt sich Eckes, der Idiot, im Zug knipsen, Raben aber nicht. Als hätte er gewusst, was geschehen würde. Und in der Folge musste Eckes, der Idiot, sich im Hotel langweilen, während Raben mit Strasser plauderte. Das sieht alles dermaßen abgekartet aus.«

»Wir sollten ihn befragen, also richtig befragen«, sagte Müller. Ach, wie gern würde er Heydrichs hochnäsigen Günstling in die Mangel nehmen.

»Sie wissen doch selbst am besten, dass Folter nicht viel hilft. Sofern es um die Wahrheit geht. Die Leute überschütten uns mit falschen, halb falschen und sonst was für Auskünften, die uns beschäftigen sollen. Bisher hat Raben kein Verbrechen begangen, jedenfalls ist mir keines bekannt. Mit Ihrem Keller hat es noch ein bisschen Zeit. Vielleicht sollten wir es mit der Frau versuchen. Aber er wird ihr nichts verraten haben, dazu ist er zu schlau.« Er schloss die Augen. Blickte Müller an, stellte sich vor, er hätte in Gestapo und SD nur solche Leute. Nein, er wollte die Intelligenz des Landes, die jungen Leute mit dem SD verschmelzen. Da musste er mit Paradiesvögeln wie Raben rechnen. Doch plagte ihn die Vorstellung, die Schlange an seiner Brust aufgezogen zu haben. Er, Heydrich, würde zum Gespött.

Der Gruppenführer griff zum Telefonhörer, wählte, ohne die Nummer nachschlagen zu müssen. Nach einer kurzen Begrüßung fragte er: »Ist Ihr Mann aufgetaucht?«

75.

»Wie kann man in diesem Land jemanden finden, ohne die Polizei zu bemühen und ohne sein Bild in die Zeitung zu setzen?«, fragte Lena.

Wagner schüttelte den Kopf. »In diesem Land verschwinden so viele Menschen … Entschuldigung. Ihr Mann ist im Dienstwagen unterwegs. Er wird wieder eine Überraschung servieren. Er ist klug und – pardon! – gerissen. So viel habe ich begriffen. Ich verstehe Ihre Sorge, aber sie ist unnötig.«

»Wenn nicht mal Heydrich weiß, wo er steckt.« Er hatte sie am Telefon erschreckt, es wirkte nach. »Und Lichtigkeit genauso wenig.«

»Macht Ihr Gatte das nicht immer so? Und was den Kommissar Lichtigkeit angeht, den will er nicht reinziehen in sein Abenteuer.«

»Der ist mir auch rätselhaft. Am Anfang schien er Nazi zu sein, jetzt ist er auf Distanz gegangen.«

»Geben Sie ihm eine Chance. Wenn wir jeden gleich verdächtigen, weil er mal Hoffnungen in Hitler setzte.«

»Ja, man wird paranoid. Das ist vielleicht das Übelste für unsereins, der noch nicht im KZ sitzt. Ich weiß nicht, wie lange das braune Drama noch aufgeführt wird. Aber nach der Götterdämmerung sind wir alle verrückt.«

»Sie sind eine Schwarzseherin.«

»Ich bin Realistin. Und die Wirklichkeit ist schwarz wie die Nacht. Oder braun wie ein Plumpsklo.«

Das Holzbein lachte, während Wagners Hand auf seine Stirn klatschte. »Miesmacher sind im Tausendjährigen Reich nicht erwünscht.«

Sie blickten sich an, dann lachten die drei los.

76

Raben atmete durch, sah alle Gefahren auf einmal und gab Gas. Der Wagen rollte langsam los. Thea drehte sich zu den Kindern um: »Ihr sagt nichts. Wenn die fragen, wir machen eine Urlaubsreise mit unserem neuen Papi. Das ist dieser Herr am Lenkrad.«

Die Mädchen nickten. Die Kleine biss sich auf den Daumen.

»Sonst kein Wort. Kein einziges. Verstanden?«

Die Mädchen nickten wieder.

»Versprochen?«

Nicken. »Ja, Mami«, sagte die Ältere. »Wir sind doch nicht blöd.«

»Wir haben jetzt Ferienlaune«, sagte Raben. »Die Kinder dürfen zwar nichts sagen, aber singen. Kennt ihr fröhliche Lieder?«

Klar.

Er reihte sich in die Warteschlange ein. Beobachtete die Grenzer. Die winkten einen Lastwagen rechts raus. Den Audi vor ihnen fertigten sie flott ab.

»Die Ausweise bitte.«

Als der Grenzer Rabens Dienstausweis sah, legte er die Hand an den Mützenschirm. »Gute Fahrt, Herr Kommissar.«

Sie fuhren durch die Schranke und waren bald am niederländischen Grenzposten. Die Grenzer kontrollierten lässig und oberflächlich. Ein Paar mit Kindern wollte in den Niederlanden Urlaub machen. Das brachte Geld ins Land. Und vielleicht schnupperte der Gast den Duft der Freiheit, um ihn nie wieder zu vergessen.

Was hatten Ängste ihn gequält, die Brust zusammengeschnürt, ihn den Schlaf gekostet. Aber nun waren sie nach Holland durchgerutscht, fast als gäbe es keine Grenze.

»Gute Fahrt noch!«, sagte ein Grenzer und winkte den Kindern zu. Die glücklicherweise nicht das *Horst-Wessel-Lied* sangen oder Judenblut vom Messer spritzen ließen. Was wussten die Kinder schon vom Tod?

Er fuhr die Kippenbergers bis zum Hauptbahnhof von Enschede. Sie verabschiedeten sich schnell. »Nach der Revolution brauchen wir Leute wie Sie«, sagte Kippenberger.

»Wenn wir überleben, habe ich andere Sorgen, fürchte ich«, sagte Raben.

Thea fiel ihm um den Hals und küsste ihn auf beide Wangen. »Ohne Sie wären wir tot. Ich wünsche Ihnen alles Glück der Welt und hoffe, Sie haben keine Schwierigkeiten wegen uns.«

Ja, das wusste Raben noch nicht.

Er blieb in Holland und fuhr in Richtung Norden. In Groningen überquerte er die Grenze. Die Niederländer schauten flüchtig in den Kofferraum und winkten Raben durch. Er atmete auf. Irgendwer schützte ihn. Die Deutschen machten auf zackig, bis er ihnen den Dienstausweis zeigte.

Klar. Manche Deutsche bereisten die Niederlande, um ihre Fotos und Berichte anschließend der Wehrmacht zu schicken. Spione ohne Auftrag. Natürlich wollte der Führer keinen Krieg, aber wenn es mal gegen Frankreich ging, den Erbfeind …

Er erreichte Osnabrück, tauschte beim Verleiher die Wagen und zahlte ein paar Kilometer nach.

»Das war aber eine kurze Tour«, sagte der Fettsack mit Zigarrenstummel im Mundwinkel.

Raben setzte sich in den Dienst-Mercedes und gab Gas. Es war schon Nacht, er war erschöpft, erleichtert, aufgeregt und voller Angst. Er suchte Argumente, die ihm helfen könnten, aus dem Schlamassel herauszukommen. Er fand keine. Ein Gedanke näherte sich. Er kannte ihn und wehrte ihn ab. Aber die Idee war stark. Sie drang ins Hirn und besetzte es wie eine feindliche Armee. Er sah einen Lastwagen weit vorn auf der Gegenfahrbahn. Hinter ihm war niemand. Raben blickte in den Rückspiegel – da war nichts –, hielt und schaltete die Scheinwerfer aus. Er sah endlich einen Kraftwagen hinter dem Lastwagen, der bald überholen würde. Raben gab Gas. Als der andere nach links zog, drückte er das Gaspedal auf den Boden und schaltete die Scheinwerfer ein. Er erinnerte sich an einen mächtigen Schlag. Dann war alles schwarz.

77.

Spätnachts klingelte das Telefon. Lena sprang aus dem Bett, lief in den Flur und riss den Hörer ans Ohr. »Ja?«

»Polizeipräsidium, Kriminalrat Nebe.«

»Ja, Herr Nebe?«

»Ihr Mann hatte einen Autounfall, kurz vor Hamburg. Er liegt dort im St.-Georg-Krankenhaus.«

»Wie geht es ihm?«

»Ich weiß es leider nicht. Wenn Sie wollen, fahren wir Sie nach Hamburg.«

»Ja, bitte, sofort.«

Auf der Fahrt weinte sie. Was ging ihr nicht alles durch den Kopf. Mordanschlag, Überanstrengung. Was trieb Karl nur in Hamburg? Hatte er eine Geliebte? Quatsch, nein. Irgendein Fall, vielleicht der Aphrodite-Mörder? Könnte doch sein, dass der nicht in Berlin wohnte. Vielleicht ein Sonderauftrag Heydrichs? Aber warum hatte der dann angerufen? Um zu kontrollieren, ob Kalle wirklich nicht zu Hause ist? Blödsinn. Nein, Heydrich hatte nicht gewusst, wo Karl steckte. Was ist ihm passiert? Ein Unfall konnte Menschen zerstören. Lähmung, Schwachsinn, Amputation, dienstunfähig … vielleicht war er längst tot.

Sie sammelte alle ihre Kraft, hörte auf zu weinen und fragte von der Rückbank: »Zu welchem Krankenhaus fahren wir?«

»St. Georg«, sagte der Fahrer in seiner Lederjacke. »Liegt nahe am Bahnhof. Mitten in der Stadt.«

»Ach ja, ich hatte es vergessen. Danke.«

Der Fahrer schwieg wieder, als müsste er der Partei für jede Silbe zehn Pfennig spenden. Aber vielleicht war er taktvoll, obwohl sein Granitgesicht nicht danach aussah. Nur die Augen blickten immer wieder in den Rückspiegel. Sie wäre lieber mit der Bahn gefahren. Es wäre schneller gewesen. Mit dem Fliegenden Hamburger, weil der Schienenzeppelin nicht mehr fuhr, obwohl er alle Geschwindigkeitsrekorde gebrochen hatte. Der Silberpfeil der Reichsbahn. Wie die Rennwagen von Auto Union und Mercedes hießen, welche die internationale Konkurrenz abhängten, um die Überlegenheit der deutschen Industrie zu beweisen. Der Führer hatte keinen Führerschein, liebte aber schnelle Autos und nutzte deren Prestige.

Der Wagen hielt vor dem Krankenhaus. Lena schnappte ihre Reisetasche und stolperte fast über die Bürgersteigkante. Sie rannte zum Empfang. »Ich suche Karl Raben, Kriminalkommissar Raben.«

»Chirurgie, erster Stock. Melden Sie sich im Schwesternzimmer«, brummte ein alter Mann, der hinterm Tresen saß, vor sich das *Hamburger Tageblatt*.

Als sie endlich in Karls Zimmer saß, brach der Morgen an. Er wachte auf und sah Lena. »Hallo, Liebste«, sagte er lächelnd. Er trug einen Kopfverband, ein Bein war vergipst und hing in einer Schlinge. Ein Arm war ebenfalls vergipst.

»Dich kann man jetzt ja vollschreiben.«

»Wag es nicht!«

Sie beugte sich über ihn und küsste ihn auf den Mund, während eine Träne ihren Weg über die Wange zum Mundwinkel suchte. Er wischte sie weg.

»Du hättest keine Chance gegen mich. Endlich!«, sagte Lena.

Die Tür knallte auf, die Visite. Der Chef wie ein General, neben ihm der Oberarzt, der für Raben zuständig war. Dann sonstiges Personal.

»Einzelzimmer, so, so«, sagte der Chefarzt.

Der Oberarzt flüsterte ihm ins Ohr. Der Chef erstarrte. Dann: »Wie geht es uns?«

»Also, mir geht es gut, sieht man von deftigen Schmerzen, einigen Beulen und Brüchen ab. Aber Doktor Blei hat mich prächtig verschönert …« Er blickte Lena an: »Hast du deine Leica dabei?«

Lena zückte sie. »Bitte lächeln!« Knipste den Professor und seine Vasallen, dann Karl.

»Wenn Sie Wünsche haben, klingeln Sie bitte«, sagte der Professor. Doktor Blei lächelte ihm freundlich zu. »Ich schau nach der Visite vorbei.« Er lächelte auch Lena an.

Als die Tür sich geschlossen hatte, sagte Raben: »Mein Gott, haben die Schiss! In der Systemzeit hätten die dich rausgeschmissen. Keine Besuchszeit. Die hätten sich fast in Reih' und Glied aufgestellt wie Rekruten.«

»Na, jedenfalls werden die sich anstrengen, dich loszuwerden«, sagte sie.

»Vielleicht hat Heydrich angerufen. Oder Levetzow. Oder beide.«

»Bestimmt der Führer«, sagte sie trocken.

Er klingelte. Eine Krankenschwester kam angeflogen. »Herr Raben, was fehlt Ihnen?« Mit einem zauberhaften Lächeln.

»Ein zweites Bett, für meine Frau. Ich möchte, dass sie bei mir bleibt.«

»Ich frag Dr. Blei, der hat bestimmt nichts dagegen.«

Als sie rausgeflattert war, sagte Raben: »Bevor du fragst, ich hab den Unfall provoziert. Dass es allerdings so heftig wurde, verdanke ich dem Idioten, der überholt hat, wo er nichts sehen konnte. Der ist tot, das tut mir natürlich leid. Aber meine Trauer wird gemindert durch das unverhoffte Glück, dass es sich um den Gestapo-Chef von Münster handelt.«

»Was bist du verhärtet, Kalle.«

»Ja, vielleicht liegt's daran, dass wir im Paradies leben. Siehst du nicht die Engel mit ihren Flügeln, der Körper fast unverhüllt, was mein Auge erfreut.«

»Die Klappe hat den Unfall jedenfalls überlebt.«

»Mein Gott, was soll ich sagen? Natürlich ist das Scheiße. Mindestens genauso beschissen ist es, dass ich mir ein paar Erklärungen einfallen lassen muss. Sonst gehen Heydrich und Kumpane auf mich los.«

Es klopfte, ein langes Gesicht blickte hinein. »Darf ich?«

»Hagen, kommen Sie rein.«

»Melde mich als Leiter der SD-Zentralabteilung für Museum und Presse.« Er schloss die Tür hinter sich, der Blumenstrauß in seiner Hand war ein Fremdkörper. Lena nahm ihn und verließ das Zimmer.

»Ich dachte, Sie gibt's nicht mehr«, sagte Raben.

»Mich werden die nicht so schnell los. Ich habe den Umzug von München nach Berlin geleitet, perfekt, wie unser Meister sagt. Dafür verkümmere ich jetzt im Museum.«

»Na ja, Presse ...«

»Journalisten sind ein eigenartiges Völkchen. Von manchen verstehe ich kein Wort, andere geifern, dass es mir peinlich ist.«

»Gut beobachtet«, sagte Lena, eine Vase mit den Blumen in der Hand. Sie landete auf dem Fensterbrett.

Hagen nickte freundlich, als wäre es ihm nicht egal, wo das Unkraut am Ende vergammelte.

»Ich bin Redakteurin beim *Tageblatt*. Falls Sie das interessiert.«

»Ich weiß. Ich verfolge Ihre Geschichten mit Freude. Der über den Aphrodite-Fall, dass der überhaupt erscheinen konnte ...«

»Manchmal habe ich Glück«, sagte Lena.

»Wenn Sie sich ein Extrahonorar verdienen wollen ...«

»Soll ich meinen Mann bespitzeln?«

Hagen lachte dröhnend. »Bin ich gar nicht drauf gekommen, sollte es unserem Gruppenführer vorschlagen. Geniale Idee. Schließlich weiß bei uns kaum einer, was Ihr Mann so treibt.«

»Unfälle bauen«, sagte Lena. »Wenn er gerade kein Auto unterm Hintern hat, löst er Fälle, die andere nicht lösen. Vielleicht war der Unfall gar keiner ... Sie verstehen?«

»Interessante Idee. Allerdings fällt es mir schwer, diese Hypothese – so heißt es doch? – mit dem Gestapo-Chef in Einklang zu bringen, der im anderen Auto saß.«

»Meine Kollegen werden untersuchen, ob der ein Freier Aphrodites war und Angst hatte, verdächtigt zu werden«, sagte Raben.

Hagen blickte ihn ernst an. »Auf so was kommen nur Sie.«

»Wenn Sie die Liste der Verdächtigen kennen würden, hörten Sie auf zu staunen.«

»Wer steht noch drauf?«

»Dienstgeheimnis.«

»Klar. Der Gruppenführer schickt mich, um sich nach Ihrem Befinden zu erkunden.«

»Sehen Sie selbst. Was man nicht sieht, ist durch Beulen, Schrammen und so weiter verschönert. Meine Frau wird mich nach Hause fahren. Wir Kriminalisten arbeiten ja nicht mit den Fäusten, sondern mit dem Gehirn.«

Hagen lachte.

Eine Krankenschwester kam mit einem Stuhl. Hagen schob ihn nebens Bett. »Außerdem will der Gruppenführer wissen, was Sie in dieser Gegend mit einem Stapo-Kraftwagen gesucht haben.«

»Kippenberger. Seine Frau hat was angedeutet, dass der sich über die holländische Grenze absetzen wollte.«

»Nun sind sie alle verschwunden. Hans, Thea und die Töchter. Die Kollegen haben die Wohnung auf den Kopf gestellt. Und die Großeltern wissen von nichts. Rotes Pack eben.«

»So eine Scheiße. Ich hatte offenbar recht mit meiner Vermutung«, sagte Raben. »Müller wird mir wegen Kompetenzüberschreitung eine reinwürgen. Na danke! Wer versteht schon, dass der Fall Kippenberger für mich eine Frage der Ehre war. Ich hatte ihn schon, und er hat mich ausgetrickst wie einen Anfänger.«

»Nehmen Sie sich das nicht zu Herzen. Wie sagte der Gruppenführer? Auf den Gestapo-Chef von Münster kann ich verzichten, auf den Raben nicht.«

»Das hat er wirklich gesagt?«, fragte Lena. »Vielleicht erklärt das, dass wir bei Heydrichs eingeladen sind … waren. Können Sie uns nicht nach Hause bringen? Sie sind doch im Kraftwagen hergekommen …«

»Wenn Sie das mit dem Chefarzt geritzt kriegen.«

»Vielleicht kriegen Sie das mit dem Chefarzt geritzt?«, fragte Lena.

»Ich hab das vorhin nur angedeutet, und die Antwort war ein Artilleriebombardement feinster Güte.«

»Mist«, sagte Lena.

»Die wollen ausschließen, dass sich innere Verletzungen zeigen, bevor sie den Krüppel entlassen. Na, Raben, ich lag vor Verdun, und Sie hatten Ihr Fronterlebnis auf der Landstraße. Die Kommune und die Sozen in Münster werden ihre Wiederauferstehung feiern. Dieser Gestapo-Kollege war ein ganz scharfer Hund. Hatte sogar ein Disziplinarverfahren an der Backe wegen Mordes. Er hat einen Pfarrer totgeschlagen, und das in Münster, wo die vor Frömmigkeit die Kacke anbeten, die der Bischof ablässt.«

Als Hagen endlich verschwunden war, atmete Raben auf. Heydrich würde ihn erst mal in Ruhe lassen. Und vor Müller hatte er jetzt keine Angst mehr. Da gab's einen Rüffel vom Chef, damit Müller die Klappe hielt, und das war alles. Heydrich liebte, was er für verwegen hielt. Dass sich da einer einen Dienstwagen beschaffte und losfuhr, war vielleicht kein Geniestreich, aber die Tat zählte. Der Nationalsozialismus hatte nichts übrig für Geschwätz, aber für die Tat.

»Warum hast du diesen Müller provoziert?«, fragte Lena.

»Damit der sich aufregt, falls ich auf einer Landstraße nahe der holländischen Grenze einen Gestapo-Bullen wegpuste. Das war allerdings Glück im Unglück. In dem Geschrei geht unter, was ich hier eigentlich wollte.«

»Hat schon bei diesem Hagen nicht geklappt.«

»Doch, der hat sich mit dem Quatsch abspeisen lassen.«

78.

Heydrich ärgerte sich. Müller beschwerte sich über Raben, der aber bei der Kripo war und in einem Hamburger Krankenhaus lag. Natürlich hatte Raben mal wieder auf die Vorschriften gepfiffen, aber wie Hagen berichtete, hatte Raben geglaubt, dass Kippenberger abhauen wollte.

»Und warum hat er das nicht mir gemeldet, damit wir die Grenze hätten zumachen können?«

Hagen zuckte die Achseln. »Ich glaube, er wollte sich nicht lächerlich machen. Von wegen nächtlicher Eingebung. Er wollte Ihnen die Blamage ersparen. Die Kameraden hätten doch gelacht.«

Heydrich blickte Hagen an. »Trotzdem merkwürdig. In letzter Zeit veranstaltet der Kamerad Raben einige merkwürdige Dinge. Ich sage nur Strasser.«

»Das hat Eckes vermasselt, Gruppenführer. Raben wollte den nur nicht allzu sehr in den Senkel stellen. Finde ich kameradschaftlich. Und Raben war schon bis zu Strasser vorgedrungen und kurz davor, ihn auszuschalten.«

Heydrich nickte. Ja, ja. Das war alles glatt wie Schmierseife. Perfekte Erklärungen, frei von jeder Lücke. Genau das machte ihn misstrauisch. Auch Nebe hatte sich für Raben eingesetzt. Der solle schnell gesund werden. Schließlich gab es da noch den Aphrodite-Fall. Und die Adresse Doellestraße 34, dachte Heydrich. Seine Frau durfte nicht erfahren, warum er sie so gern zur Wochenenderholung ins Grüne geschickt hatte. Sie hatte Beziehungen, sie war *Alter Kämpfer*. Das waren Kameraden, die nicht erst nach dem Sieg in die Partei geströmt waren und deshalb *Märzgefallene* genannt wurden. Wenn Raben darauf käme, würde er ihn ausschalten müssen.

Und wenn Raben es schon wusste? Da gab es doch diese Notizbücher und Kalender der Böhme. Nebe hatte nichts gemeldet. Aber der liebte seine kleinen Geheimnisse, aus denen sich Vorteile zie-

hen lassen könnten. Dieser Fall Aphrodite wurde immer bedroh-
licher. Der Führer war seit der Röhm-Geschichte nicht mehr bereit, alles zu übersehen, was seine Gefolgschaft trieb. Goebbels hatte
sich jüngst einen Anraunzer eingehandelt wegen einer Schauspielerin. Goebbels! Des Führers Terrier. Aber der Reichsführer hätte
bei allem Ärger Verständnis für Heydrich. Himmler schloss ja auch
nicht die Augen, wenn er eine hübsche Frau sah.

Ohne Raben hätten sie Böhmes Chauffeur Ehrig einen Kopf
kürzer gemacht, und die Sache wäre ausgestanden gewesen. Aber
der hätte vielleicht im letzten Augenblick Enthüllungen angeboten: hohe Herren des Dritten Reichs und ihre Amüsements. Das
hätte den Führer interessiert. Was man nicht alles tat, um seinen
Kopf zu retten.

79.

»Ein Kommissar Lichtigkeit aus Berlin am Telefon«, sagte die
Schwester. »Ist am Empfang. Geht es?«

»Klar.« Raben packte die Krücke und humpelte los.

»Keinen Unfall, einer reicht!«, rief ihm Lena nach.

»Georg, danke, dass Sie sich melden.«

»Ist selbstverständlich.«

Inzwischen stand er allein am Tresen. Er spürte die Angst der
anderen. »Wo steht die Ermittlung?«

»Ohne Sie befragen wir nur die kleinen Kaliber. Sie müssen uns
vor den anderen Herrn – Sie wissen schon – schützen. Ihre Frau hat
angedeutet, dass Sie zum Dinner eingeladen sind.«

»Ja, ich habe schon darüber nachgedacht, wie ich das nutzen
könnte. Schließlich wird er mich nicht eingeladen haben, um über
die guten alten Zeiten zu plauschen. Hat Nebe was erfahren?«

»Nein, wir tun so, als gäbe es diese Beweisstücke nicht.«

»Bis es doch rauskommt«, sagte Raben.

»Dienstgeheimnis. Und Ihre Frau hat versprochen, dass sie nichts veröffentlicht, bis wir den Fall gelöst haben.«

»Das funktioniert heutzutage nicht mehr, Georg. Unsere Herren befehlen, was wie und wann veröffentlicht wird. Und welche Beweise vernichtet werden sollen. Wie das geht, haben wir doch erfahren.«

»Ja. Wir brauchen Glück. Vor allem brauchen wir Sie hier«, sagte Lichtigkeit. »Wir räumen in der Unterwelt auf, aber sobald der Name eines Gottes am Himmel erscheint, packt uns alle die Lähmung. In Ihren Kopf möchte ich nicht gucken. Ich würde sterben vor Angst ... Entschuldigung, das hätte ich nicht sagen sollen.«

Raben lachte. »Ich guck da manchmal auch rein, und mir geht's genauso. Aber verraten Sie nichts meiner Frau.« Schon begann der Brustkorb sich in ein Betonkorsett zu verwandeln, das sich zusammenzog. »Georg, alles andere später. Vielen Dank, ich muss mich hinlegen.«

»Was ist mit Ihnen?«

Aber Raben hatte schon aufgelegt.

III. Opfer

III. Opfer

80.

Lina Heydrich trug ein so schlichtes wie elegantes Kleid. Auch ihr Schmuck war zurückhaltend, als wollte sie den Gästen ihren gesellschaftlichen Rang verbergen. Sie hatte die Tür geöffnet und Raben und Lena eingelassen. Schon im Flur roch es nach Braten.

»Wie geht es Ihnen, Herr Raben?«

»Zu viel Gips«, sagte er.

»Umso schöner, dass Sie gekommen sind.«

»Ich gestehe, ich habe ihm abgeraten. Er hat immer noch Schmerzen«, sagte Lena.

»Da sehen Sie, aus welchem Holz unsere Männer geschnitzt sind.«

»Aus Stahl geschmiedet«, sagte Lena.

Lina Heydrich lachte. »Den merk ich mir. Darf ich Ihnen einen Aperitif anbieten?«

Lena wählte einen Eierlikör, Raben eine Zitronenlimonade.

»Reinhard kommt gleich. Der Reichsführer hat angerufen. Da geht es immer um etwas Wichtiges. Obwohl ich ihn gern foppe mit der Frage, ob er mit Himmler verheiratet ist oder mit mir. Bigamie ist ja strafbar. Und er tut dann immer so, als müsste er überlegen. Es ist schon gut, wenn der Ehemann einen Chef hat, der auch ein Freund ist.«

»Ich finde das großartig«, sagte Lena. »Der Reichsführer ist für seine Männer ja wie ein Vater.«

»Sie haben es erfasst. Wir besuchen uns öfter. Himmler ist ein so intelligenter Gesprächspartner, und er kann komisch sein. Was haben wir schon gelacht.«

Eine Tür klackte. Groß, blond, mit strahlenden Augen kam er

auf sie zu. »Herr Raben, ich freue mich. Und Frau Raben, Sie sehen wunderbar aus.«

Die Marine hat ihm immerhin Manieren beigebracht, dachte Raben. Welch Unterschied zum Verhalten bei der Gestapo.

»Danke, Gruppenführer«, sagte Lena.

»Ach, lassen wir die Titel und sonstiges Brimborium weg«, sagte er mit hoher Stimme. »Ich bin Herr Heydrich.« Er lächelte und zog die Mundwinkel zurück wie eine Katze im Angesicht der Maus.

»Nehmen wir doch Platz, während unser Mädchen serviert.«

Lina Heydrich verschwand kurz, der Duft wurde stärker. Sie setzten sich an eine Tafel mit weißer Spitzentischdecke, die übersät war mit Besteck, Porzellan, Gläsern.

»Wunderschön«, sagte Lena.

Heydrich lächelte und deutete auf die Stühle. Raben saß Heydrich gegenüber, Lena dessen Frau.

Das Dienstmädchen trug ein Tablett mit Gläsern und stellte die Aperitifs auf den Tisch. Man prostete sich zu. Raben und Heydrich tranken Zitronenlimonade. Lina Heydrich ebenfalls einen Eierlikör.

»Ich habe die Kinder ins Bett gebracht«, sagte Lina Heydrich. »Sie werden sie beim nächsten Mal kennenlernen.«

»Ich freue mich schon drauf«, sagte Lena und erntete ein Lächeln der Gastgeberin.

»Sagen Sie, was hat Ihnen die Eingebung verschafft, dass Kippenberger über Hamburg fliehen wollte?«, fragte Heydrich.

»Seine Frau hat sich verplappert. Am Tag vor meiner verunglückten Reise hatte ich sie noch einmal befragt. Ihr auch gedroht. Ihr klargemacht, dass sie bald verhaftet würde, weil sie einem Feind des Reichs half. Sie war ja nur auf freiem Fuß, weil wir hofften, dass ihr Ex-Mann irgendwann dort auftauchen würde. Der Kamerad Müller arbeitet gründlich, und die Kommune hat kaum noch Verstecke, aus denen wir die Ratten herausziehen können. Ich dachte mir, am Wochenende würde mich der Herr Levetzow doch erledigen lassen, was ich liegen gelassen habe bei der Stapo. Nun hat's länger gedauert und nichts gebracht außer einem Totalschaden.«

»Glücklicherweise nur das Auto«, sagte Lena.

»Ich hoffe, daran wird das Reich nicht zugrunde gehen«, sagte Heydrich. »Sie sind schon ein komischer Vogel.«

»Nomen est omen«, sagte Raben.

»Und was ist jetzt mit Kippenberger?«, fragte Lina Heydrich.

»Der ist wohl geflohen ins Paradies der Arbeiter und Bauern«, sagte ihr Gatte. »Ob ihn dort das Glück erwartet, bezweifle ich. Ich habe gerade mit dem Reichsführer gesprochen. Wir sind einer Meinung, dass sich in Russland eine große Säuberung anbahnt. Die schlagen um sich wegen des Mords am Leningrader Parteisekretär und Stalin-Freund Kirow. Das fände ich gut. Lass die Bolschewiken sich selbst an die Gurgel gehen. Er spart uns viel Drecksarbeit.«

Heydrich trank aus, und seine Frau ging in die Küche. Sie kehrte mit dem Dienstmädchen zurück. Das trug zwei Suppenteller, eilte zurück in die Küche und servierte zwei weitere Teller.

»Danke, Martha«, sagte Lina Heydrich. »Eine Bouillon, nach meinen Anweisungen selbst gekocht.«

Was für ein wirrer Satz, dachte Raben und lächelte Lena zu. Sie lächelte zurück.

»Wann gedenken Sie uns wieder mit Ihrer Mitarbeit zu beehren?«, fragte Heydrich.

»Darauf habe ich keinen Einfluss …«

Heydrich lachte. »Aus keinem Einfluss haben Sie aber viel gemacht.«

Raben lächelte. »Das müssen bitte Sie und der Herr Polizeipräsident Levetzow entscheiden.«

»Ich bin ja umzingelt von Admiralen. Canaris bei der Abwehr und ein Admiral als Polizeipräsident. Wir sollten dem besser ein Boot bauen, ein Ruder wird er doch halten können.«

»Du warst doch auch Marineoffizier«, sagte Lina Heydrich.

Heydrichs Brauen hoben sich. »Ja, ja.«

»Die Bouillon ist köstlich«, sagte Lena.

»Oh, vielen Dank, meine Liebe.«

»Auf Sie wartet eine spannende Aufgabe. Kennen Sie den Kameraden Eichmann, Adolf Eichmann vom SD?«

»Leider nicht, Gruppenführer.«

»Werden Sie jetzt bloß nicht förmlich. Ist verboten. Wir bauen ein Judenreferat beim SD auf, und dabei wird Eichmann eine wichtige Rolle spielen. Er ist aus Österreich geflohen, unsereins wird dort verfolgt. Bin mal gespannt, wie lange der Führer sich das gefallen lässt. Wir brauchen beim SD die intelligentesten, wagemutigsten, ideenreichsten jungen Leute. Also Kameraden, die noch nicht durch eine lange Beamtenlaufbahn Fett in Körper und Hirn angesetzt haben.«

»Danke … Herr Heydrich.« Fast hätte Raben sich erlöst gefühlt. Heydrich schien der Reinfall bei der Kippenberger-Verfolgung nicht zu interessieren. Aber nun sollte er Juden … ja was? Zählen? Einsperren? Enteignen? Er erinnerte sich an die alte Schneiderin, die sich bei ihnen versteckt hatte, als die Nazis am 1. April '33 beim Judenboykott durchgedreht waren. »Was wäre meine Aufgabe?«

»Sie sollen uns helfen, Druck auf die Juden zu machen, damit sie auswandern und uns das zusammengestohlene Gut zurücklassen. Wir haben die Reichsfluchtsteuer verschärft. Wer das Reich verlassen will, muss zahlen. Nach dem Judenboykott sind Zehntausende ausgewandert. Vielleicht sollten wir mal wieder etwas inszenieren. Nur diesmal mit Köpfchen.« Heydrich lachte.

Martha servierte die Teller ab und erschien mit einem Braten, dazu Kartoffeln und Lauch.

»Rindsbraten, geschmort«, sagte Lina Heydrich, »nach einem Rezept meiner Mutter.«

»Wunderbar«, erwiderte Lena.

»Darf ich den Aphrodite-Fall lösen, bevor ich zum SD gehe?«

»Erst werden Sie gesund, und wenn dann Aphrodites Mörder

noch nicht gefangen ist, kümmern Sie sich darum. Sie kriegen ja jeden außer Kippenberger … Entschuldigung, das hätte ich nicht sagen sollen. Das wurmt Sie mächtig, nicht wahr?«

»Und ob, Herr Heydrich, aber es ist wahr. Der Kippenberger ist mir wohl entkommen.«

»Ich habe das Gefühl, dass uns Stalin die Arbeit abnehmen wird.«

»Danke, Herr Heydrich«, sagte Lena. »Der Fall schmerzt meinen Mann mehr als die Verletzungen durch den Unfall.«

»Das glaube ich. Und das nach dem Reinfall in Prag. Ich habe Eckes nach Österreich geschickt, um die Parteigenossen dort auf Trab zu bringen. So was kann er. Aber die Prag-Sache hat ihn überfordert. Ich rechne es Ihnen hoch an, dass Sie die Verluste in Grenzen gehalten haben. Immerhin haben Sie die Prager Polizei beschäftigt, während Kameraden sich dem Sender … widmeten.«

Lena blickte erstaunt. »Die Geschichte kenne ich gar nicht.«

»Das ist gut«, sagte Heydrich und nickte Raben zu.

Aber der war im Geist woanders. Mein Gott, was wollen die von mir? Der SD war der Geheimdienst der SS und der Partei. Himmler und Heydrich hatten ihn als Spitzeldienst der Partei gegründet, aber inzwischen konkurrierte er mit der Abwehr. Wie es überhaupt viel zu viele Dienste und Behörden gab, welche ähnliche, wenn nicht gleiche Aufgaben hatten. Es gab ein Finanzministerium mit all seinen Behörden, es gab ein Wirtschaftsministerium, aber darüber oder daneben schwebte Göring als Chef des Vier-Jahres-Plans oder Hjalmar Schacht, der ein Phantom-Institut gegründet hatte, das zwar nichts darstellte, aber Wechsel ohne Ende in den Geldkreislauf schob, um die Aufrüstung zu bezahlen. Jeder mischte sich ein, wie es ihm gerade passte.

»Herr Raben, haben Sie etwa schon Pläne für Ihr neues Aufgabengebiet?«, fragte Lina Heydrich.

»Nein, nein.« Raben schüttelte den Kopf. »Aber ich bin überwältigt von der neuen Aufgabe, von der Verantwortung … und, wenn ich das sagen darf, vom Vertrauen, das mir Ihr Gatte schenkt.«

»Sie haben es schon verstanden. Die Judenfrage muss gelöst werden, soll das Reich nicht untergehen. Die oder wir. Gucken Sie sich an, was die Judenherrschaft aus Russland gemacht hat«, sagte Heydrich. »Und im Reich. Aber ihren einen Arm, die KPD, haben wir schon abgeschlagen. Und nun kommen die restlichen Juden dran. Auf dem kommenden Parteitag wird der Führer etwas Großes ankündigen. Haben Sie eigentlich Leni Riefenstahls Film über den letzten Parteitag gesehen?«

»Noch nicht, Herr Heydrich.«

»Mein Mann arbeitet viel zu viel«, sagte Lena.

»Natürlich«, sagte Heydrich.

»Ich hol es nach, es kam immer was dazwischen«, sagte Raben.

»Es gibt vor September bestimmt Sonderaufführungen«, sagte Lina Heydrich. »Schauen Sie sich den Film an, bevor mein Mann Sie nach Nürnberg delegiert. Der Parteitag von 1935 wird sich in der Inszenierung vom vorherigen nicht groß unterscheiden.«

»Was wäre meine Aufgabe dort?«

»ZbV«, sagte Heydrich. Blickte Lena an: »Entschuldigung, unsereins wirft gedankenlos mit Abkürzungen um sich. Zur besonderen Verwendung …«

»Also rumsitzen und warten, bis Sie mir etwas zu tun befehlen.« Heydrich lachte.

»Der Braten ist ausgezeichnet«, sagte Lena. »Bitte halten Sie mich nicht für raffgierig, wenn ich Sie um das Rezept bitte …«

»Aber nein doch, meine Liebe.«

»Vielleicht setzen wir Männer uns ins Wohnzimmer und besprechen, was Männer eben so reden.«

»Ja, ja, ihr Geheimniskrämer«, sagte Lina Heydrich. »Soll Martha Ihnen einen Cognac bringen? Eine Zigarre vielleicht auch?«

»Nur Cognac bitte.«

»Wie mein Mann. Sein sportlicher Ehrgeiz verbietet ihm das Rauchen, und trinken, na ja, tröpfchenweise.«

Im Wohnzimmer setzte Raben sich auf das Sofa, Heydrich ihm schräg gegenüber auf einen Sessel. Das Dienstmädchen erschien und holte aus dem Schrank eine Flasche und zwei Gläser. Sie füllte die Gläser, stellte sie vor die Männer und verschwand.

»Unser SD«, sagte Heydrich, während er überm Glas schnupperte, »wird die Elite des Reichs vereinigen. Wissenschaftler, eingeschlossen Kriminalisten, aber auch Theologen, Spezialisten für das Judentum und die Moslems. Experten für Kommunismus, Logistiker wie Eichmann … der wird Ihnen gefallen. Kein Maulheld, sondern ideenreich und zupackend. Ich glaube, Sie werden in ihm einen Freund finden. Darauf …!«

Hob sein Glas und stieß mit Raben an.

»Ich bin da optimistisch«, sagte Raben.

»Meint Hagen auch. Er hatte übrigens die Idee, Sie mit Eichmann zusammenzuspannen. Sie werden ihm eine Stütze sein. Er muss sich noch an unsere Gebräuche gewöhnen, obwohl er gar nicht so schlampig Deutsch spricht wie die meisten Österreicher. Wir brauchen mehr Leute wie Sie, Hagen und Eichmann. Nicht diese Juristen, Korinthenkacker. Wenn Sie den Führer über Juristen sprechen hören, er hasst sie geradezu. Die haben bald nur noch den Führerwillen zu protokollieren und abzuzeichnen … Noch einen?«

Raben hob die Hand. »Vielen Dank, nein.«

»Das gefällt mir. Dieses Zeug« – er deutete auf die Flasche – »ist manchmal wichtig, es schmiert Ketten, wenn Sie mich verstehen.«

Raben verstand, was Heydrich in Wirklichkeit meinte. Bei den Erschießungen der SA-Kameraden in der Kaserne der Leibstandarte Adolf Hitler hatten die SS-Männer Alkohol gebraucht. Ein bisschen davor, viel danach.

»Ich meinte, ein guter Schnaps, ein, zwei Bier stärken die Beziehungen untereinander. In der SS ist es so, in der Wehrmacht nicht anders.«

»Ich verstehe, danke.« Sich zu bedanken war fast immer gut, auch wenn es keinen Grund gab.

Heydrich musterte Raben. »Sie sind ein ganz Schlauer, und das ist gut. Wenn ich an die Pläne des Führers denke, Lebensraum im Osten. Wir brauchen die besten Leute, um unsere Aufgaben zu erledigen.«

»An welche Aufgaben denken Sie, Gruppenführer?«

»Ich sagte doch, lassen Sie den Gruppenführer weg.«

»Entschuldigung …«

Heydrich hörte gar nicht hin. Er blickte zum Fenster hinaus, wo es regnete.

»Wenn ich die Aufgaben schon kennen würde, blieben sie mein Geheimnis. Man kann ein Land nicht nutzen, bevor man es gesäubert hat. Aber bevor man dazu kommt, muss man es erobern. Lebensraum schenkt uns keiner. Den müssen wir erkämpfen.«

»Selbstverständlich … Herr Heydrich.«

»Ich glaube, Sie haben schon alles verstanden«, sagte der. »Deswegen brauchen wir Sie. Beeilen Sie sich mit dem Aphrodite-Fall.«

Zu Hause saßen sie auf ein Glas Wein am Küchentisch, nachdem ein Chauffeur Heydrichs sie gefahren hatte. Sie schwiegen lange. Lena sagte endlich: »Um Himmels willen, und solche Leute sind an der Macht. Seine Frau ist ein Monster. Du hättest Sie reden hören sollen. Führer hin, judenrein her. Was hat Heydrich erzählt?«

»Er hat mich getestet. Offenbar habe ich bestanden. Ich bin geeignet, mich um die wichtigste Aufgabe zu kümmern: Deutschland judenfrei zu machen. Ich soll einem Kameraden Eichmann beim SD unterstellt werden, glaube ich. Ein Österreicher, offenbar hält Heydrich ihn für einen Fachmann in Judenfragen. Später soll ich helfen, Lebensraum im Osten zu schaffen.«

»Blubo, die meinen es ernst. Unglaublich.«

»Blut und Boden, leider. Hitlers Spinnereien in seinem Buch sind das Programm, Buchstabe für Buchstabe.«

81

Raben ließ sich von einem Fahrer zum Präsidium bringen. Unterm Gips schwitzte er, es juckte.

»Mein Gott, waren Sie vor Verdun?«, fragte Gennat. »Gehen Sie nach Hause oder besser zu einem Arzt. Sie sind blass wie ein Leichentuch und können sich kaum bewegen.«

»Herr Kriminaldirektor, ich möchte am Aphrodite-Fall weiterarbeiten, der Kommissar Lichtigkeit möchte das auch. Wir lösen den Fall, versprochen.«

Gennat blickte ihn an, als wäre Raben die Sphinx, das Fabelwesen aus der griechischen Mythologie, wiederauferstanden auf Erden.

»Aha, der Herr Lichtigkeit will das auch. Auf eigene Verantwortung ... was für einen Unsinn man so redet. Natürlich können Sie mir die Verantwortung nicht abnehmen ... Machen Sie mal. Ach, wenn Sie rausgehen, fragen Sie die Steiner, wo meine Torte bleibt.«

»Sie ist nicht in ihrem Büro.«

»Das klingt gut«, sagte Gennat. Blickte Raben an, schüttelte den Kopf. »Dann ziehen Sie mal los.«

Lichtigkeit lachte übers ganze Gesicht, als er Raben sah. »Mit Ihnen kann man das Verbrechen ausmerzen. Die Gauner kriegen einen Herzinfarkt, wenn die Sie sehen. Ein Kneipenbummel im hohen Norden, und die Verbrechensrate sinkt um fünfzig Prozent. An einem Abend.«

»Danke, dass Sie mich noch für nützlich halten. Wie ist der Stand der Ermittlungen?«

»Null Komma null. Wir haben die Kleinen abgearbeitet, die Prominenz bearbeiten wir jetzt zusammen. Der Alte will das so, und der hat bekanntlich immer recht.«

»Fangen wir gleich ganz oben an. Haben Sie Heydrich überprüft?«

»Nein. Wenn wir von einem Serientäter ausgehen, müssten wir überprüfen, ob er zu den fraglichen Zeiten in Berlin war. Die Serie begann 1929.«

Raben dachte, dass es ihn von Ängsten befreien würde, wenn Heydrich der Täter wäre. Aber dafür hätte er sich neue eingehandelt. Himmler würde durchdrehen. Von einem Putsch wäre die Rede, wieder. Was beim letzten herauskam, wusste er. Morgens ein Held, abends erschossen.

»Sie haben recht, wir haben es noch einmal überprüft. Immer bei Regen. Und was hinzukommt, meistens im Juni oder Juli. Nicht bei allen haben wir Abdrücke der Handprothese gefunden, aber das ist Zufall. Wenn ein Opfer beim Zupacken des Täters einen Mantel trug, mögen sich die Abdrücke nicht gebildet oder rasch verflüchtigt haben.« Lichtigkeit blickte auf von seinem Notizblock.

»Was haben wir über die Opfer?«

Lichtigkeit lächelte. »Sie glauben wohl, wir hätten Däumchen gedreht, während Sie auf Vergnügungsreise weilten.«

»Davon gehe ich aus.«

»Dann will ich Sie widerlegen. Fall Nummer eins ist Sophia Thaler, geboren am 3. März 1908, ermordet am 21. Juni 1929, frisch vermählt, Hausfrau. Ich war beim Gatten … Hals durchgeschnitten, wie bei der Böhme.« Er blickte Raben traurig an. »Gut, der zweite Fall, Angelika Brauer, Waise, Vater im Krieg gefallen, Mutter an der Spanischen Grippe gestorben. Geboren am 6. August 1901, ermordet am 23. Juni 1930, stranguliert mit einem Stahlseil, Doktor Schoene hat zwei Stahlfasern gefunden. Sie hat in einer Schneiderei gearbeitet. Laut Auskunft des Chefs und der Kolleginnen eine ruhige Frau, hat nie gefehlt, fleißig und hat immer *die schwierigen Sachen* gekriegt, wie eine Kollegin sagte. Der Chef habe befürchtet, dass sie sich selbstständig macht. Privatleben offenbar nicht vorhanden. Keine Männergeschichten, soweit bekannt. Wir haben die Vermieterin befragt. Sie konnte nichts Schlechtes über Frau Brauer sagen. Still und zurückgezogen.«

»Und beide keine Nutten«, sagte Raben.

Lichtigkeit nickte. »Genauso wenig wie Gertraud Weber. Offenbar glücklich verheiratet, sofern das möglich sein sollte.«

Raben grinste.

Er erntete einen bösen Blick des Kollegen.

»Frau Weber war Sekretärin eines Abteilungsleiters bei der AEG in Oberschöneweide. Sie hatte zwei Töchter. Geboren am 29. Oktober 1910, ist sie das jüngste Opfer. Ermordet durch Halsschnitt am 2. Juli 1930. Bei ihr hat der Rechtsmediziner, Doktor Brenner, ein Kollege von Schoene, den Abdruck einer Handprothese festgehalten, aber ohne sich sicher zu sein. Über ihren Lebenswandel ist nichts überliefert, was bedeutet, dass es nichts gab. Den Fall hatte damals ein gewisser Kommissar Lichtigkeit übernommen. Offensichtlich ein Versager, was in der Systemzeit kein Wunder war.«

»Man hätte den Kollegen in den Innendienst versetzen sollen«, sagte Raben. »Pförtner vielleicht, oder Buddhas Kuchenservierer.«

»Dieser missratene Kollege hätte dem Alten den Kaffee über die Hose gekippt und an der Pforte Eintrittskarten für eine Besichtigung der Roten Burg verkauft«, sagte Lichtigkeit. »Es gibt zu viele Blindgänger bei der Kripo. Vor allem weltanschaulich nicht gefestigt.« Er wiegte den Kopf und lächelte. »Wann Messer, wann Drahtseil? Warum?«

»Vielleicht ein intelligenter Perverser. Messer, wo Blut keine verwertbaren Spuren hinterließ. Die Garotte richtet ja keine Blutbäder an. In Wahrheit habe ich keine Ahnung.«

»Wär wenigstens eine Erklärung, die nicht abwegig ist«, sagte Lichtigkeit. »Nummer vier ist Wilhelma Goerges, geboren am 22. Juni 1899, ermordet durch Halsschnitt am 3. August 1930. Arbeitslos, verheiratet mit einem Blechschmied. Er arbeitet in einem kleinen Karosseriebetrieb, Sonderanfertigungen und so weiter. Sie war in einem Lebensmittelladen beschäftigt, bis die Krise die Pleite brachte. Er ist ein ... finsterer Typ, maulfaul. Aber das spielt wohl keine Rolle. Sie haben drei Kinder, ein viertes ist kurz nach der Geburt gestorben.«

Emma Zug war die Fünfte, Erbin des Modehauses Lühr am Ku'damm. Geboren am 14. Februar 1903, stranguliert am 30. Juni 1932. Ledig, aber befreundet mit einem Rechtsanwalt. »Der verteidigte so ziemlich alles, was Blut an den Händen hatte. Die Staatsanwälte hassten ihn geradezu, seit Kurzem arbeitet er nur noch als Notar.«

»Was soll er sonst auch machen?«, fragte Raben. »Offenbar hat unser Täter nach dem 30. Juni '32 ein gutes Jahr Urlaub gemacht«, sagte Raben. »Gut, Serienmörder ist ein anstrengender Beruf. Vielleicht gibt es ein Opfer im Ausland. Haben Sie der Internationalen Kriminalpolizeilichen Kommission eine Täterbeschreibung geschickt?«

»Klar, aber die IKPK braucht Zeit.«

»Wo waren die Ablageorte?«, fragte Raben.

»Das habe ich mir für den Schluss aufgehoben. Der Scheißkerl hat alle Opfer auf Bahndämmen abgelegt, genauer gesagt auf dem Schotter. Noch genauer, nachdem er sie vergewaltigt hatte.«

»Die Leichen?«, fragte Raben.

»Die Leichen.«

82.

»Haben wir eine Tante Jeannette in Paris?«, fragte Lena, eine Ansichtskarte in der Hand.

»Idiotin«, sagte Raben.

Lena zuckte zurück.

»Ich meine unsere Freundin Thea.«

Auf der Vorderseite der Eiffelturm, auf der Rückseite Ansichtskartengeplapper auf Französisch. In der letzten Zeile: *Merci!!!*

»Ich wusste gar nicht, dass du auch Französisch kannst«, sagte sie schnippisch.

»Du unterschätzt mich. Na ja, jedenfalls haben die Kippenbergers es geschafft. Erst mal.«

»Was gibt's vom Aphrodite-Fall?«

Karl der Kleine stürzte in die Küche. »Mama!« Mehr gab's nicht zu sagen, um auf dem Schoß zu landen.

Elisabeth setzte sich an den Tisch. »Der Kleine rennt schon wie ein arischer Halbgott.«

Raben grinste. »Du lernst schnell.«

»Man muss ja nicht dümmer werden, wenn man altert.«

Nach dem Abendessen brachte Elisabeth den Knaben ins Bett.

»Aphrodite, da waren wir«, sagte Lena.

»Serienmörder, und die Böhme ist Nummer sechs. Womöglich gibt es weitere Opfer. Wir suchen im Reich und haben eine Anfrage bei der Kripokommission in Wien …«

»Dem Schlamperladen«, sagte Lena.

»Ja, aber vielleicht weckt sie dieser Fall auf. Ist schon spektakulär.«

»Und wir warten auf die Weisung des Klumpfußes, ob wir überhaupt was bringen dürfen. Die Nazis wollen das Verbrechen ausrotten, und da schaden Berichte über solche Fälle nur. Was habt ihr jetzt vor? Hab ich dir schon gesagt, dass du verrückt bist, als Gipskrüppel auf Mörderjagd zu gehen?«

»Geschätzt tausend Mal.«

»Und du hast es immer noch nicht begriffen. Du brauchst keine perfekte Gattin wie mich, sondern eine Gouvernante.«

»Hab ich doch schon«, sagte er.

»Pass gut auf. Willst du Schläge?«

»Jetzt auch noch mit Gewalt drohen. Das Gespräch mit Madame Heydrich ist dir nicht bekommen.«

»Das stimmt. Das ist eine als Frau verkleidete Viper. Der Führer ist Gott für sie. Sie will Kinder kriegen wie ein Karnickel, schließlich braucht der Führer Soldaten. Das ist die Kurzfassung unserer Eierlikör-Konversation.«

Raben nickte. »Ich hoffe, Aphrodite hält mich lange auf und dem Gruppenführer fällt was anderes ein.«

»Und was ist mit Ehrig?«

»Keine Ahnung. Der sitzt noch in Untersuchungshaft. Am liebsten wär mir, sie würden ihn wegen der Aphrodite-Morde hinrichten. Und dann finden wir Beweise für ein Fehlurteil und ermitteln weiter.«

»Du träumst. Die werden ihn vielleicht verurteilen, aber nur, weil sie die Sache abschließen wollen.«

»Möglich. Aber Georg und ich ermitteln weiter, als wäre nichts. Der hat auch einen Rochus auf die Mörderbande.«

»Du verstehst dich gut mit ihm«, sagte sie.

»Ja, der brauchte erst Anschauungsunterricht, inzwischen hält er Hitler für einen Verrückten. Was eine Untertreibung ist, aber ich widerspreche ihm nicht. Er hat dies und jenes gehört über Folter und Konzentrationslager, und ich hab ihm ein bisschen von der Gestapo erzählt.«

»Das hilft immer, außer die Leute scheißen sich in die Hosen, wenn sie nicht sofort den Arm hochreißen. Hitler soll das richtiggehend üben. Stell dir den vor dem Spiegel vor. Arm hoch, Arm runter. Arm hoch, Arm runter.« Sie lachte. »Irgendjemand müsste den abknallen.«

83.

»Praktisch, dass wir beide nun in der Prinz-Albrecht-Straße sitzen«, sagte Himmler. »Hier konzentrieren wir die Sicherheitsorgane des Staates und der Partei. Weshalb ich Sie rufen ließ, Reinhard: Dieser Aphrodite-Fall muss schnellstens gelöst werden.« Himmler lehnte sich an die Fensterbank. »Goebbels unterdrückt zwar die weitere Berichterstattung, aber dieser Artikel im *Tageblatt* hat eine enorme Wirkung. Aphrodite, mein Gott!«

Heydrich lächelte. »Unser Freund Raben ermittelt …«

»Ich dachte, der hatte einen Autounfall.«

»Hatte er auch. Er ermittelt mit Krücke und Arm im Gips.«

»Beachtlich«, sagte Himmler. »Ehrgeizig, Reinhard.«

»Ja, ich weiß nur noch nicht, worauf sein Ehrgeiz zielt.«

»Was heißt das? Er arbeitet doch für uns, oder?«

»Ja. Aber ich spüre doch eine Art … Zurückhaltung.«

»Hören Sie auf Ihre innere Stimme.«

»Ich versetze ihn nach dem Aphrodite-Fall zum SD. Da habe ich einen Blick darauf, ob Raben treu ist oder doch ein Verräter der raffinierten Art. Ich habe zum Beispiel noch Zweifel, was den Fall Kippenberger angeht.«

»Da hat der Kamerad Müller versagt, oder?«, sagte Himmler.

»Ganz richtig, Reichsführer. Ich habe ihm eine Standpauke gehalten. Aber jeder macht mal einen Fehler. Doch wie kommt es, dass Raben an einem Wochenende bei der Stapo erscheint, sich einen Dienstwagen kapert wie ein Pirat und das Automobil bei Hamburg zu Klump fährt? Vom Kameraden aus Münster wollen wir nicht sprechen, das ist Pech.«

»Er sagt, Thea Kippenberger habe sich verraten und er habe sofort reagieren müssen. Klingt vernünftig, aber sonst gibt es nur Rätsel. Vielleicht ist er … überspannt seit der Sache in Prag …«

»Wo er glänzend reagiert hat«, sagte Himmler.

»Natürlich, Reichsführer. Aber es bleiben Fragen. Ich werde mir den Vogel noch einmal genau anschauen, wenn er beim SD arbeitet. Der Kamerad Eichmann scheint auch eine gute Menschenkenntnis zu haben. Wir haben Geduld. Ein Sowjetspion wird er schon nicht sein.«

Himmler lächelte. »Nein, das eher nicht. Aber was?«

84

Ehrig saß auf dem Stuhl in seiner Zelle und war stocksauer. Der Pflichtverteidiger hatte ihn vorsichtig auf Plötzensee vorbereitet, dieser Dreckskerl. Er hatte in der Revolution seinen Kopf hingehalten, und jetzt sollte der ihm abgeschlagen werden, obwohl er diese Böhme nicht mal angerührt hatte. Sie war unendlich schön und unendlich arrogant gewesen. Er war für sie ein nützlicher Idiot gewesen, der immerhin ein Auto bewegen und bremsen konnte. Dazu kannte er sich in Berlin aus.

Er hätte es nicht mal gewagt, ein persönliches Wort an sie zu richten. Nein, Ehrig wartete auf sie in warmen und kalten Nächten, in trockenen und nassen. Stellte sich vor, wie sie es gerade trieb mit den feinen Herren. Oft war sie in Hotels, obwohl das nicht ohne Gefahr war. Ihre Schönheit blieb in der Erinnerung hängen, und manche Herren fand man in der Zeitung. Wie diesen General von Bose. Er hatte überlegt, ob er den und andere erpressen sollte, aber eine innere Stimme hatte ihn gewarnt: Leg dich nicht mit den Mächtigen an. Die würden ihn vernichten.

Raben saß im Vernehmungsraum des Untersuchungsgefängnisses Moabit. Die Tür öffnete sich, ein Justizbeamter führte Ehrig herein, setzte ihn auf eine Bank, Raben gegenüber.

»Lösen Sie die Handschellen«, sagte Raben.

Der Justizbeamte blickte ihn verwundert an, schüttelte den Kopf und löste die Handschellen.

»Und jetzt lassen Sie mich bitte mit dem Herrn allein.«

Der Beamte verließ den Raum.

»Ich kann Sie hier rausbringen«, sagte Raben.

Ehrig blickte ihn an, die Stirn faltete sich. »Sie?« In der Frage lag alles, was sie beide wussten.

»Wenn Sie mir die Namen Ihrer Mittäter beim Mord an Kurt

Esser nennen. Einer gehört zum Begleitkommando des Führers, oder gehörte, ich weiß es nicht. Ich habe ein Foto, das zeigt ihn mit einem Helm vom Typ M1918.«

»Sind Sie wahnsinnig?«

Raben erwiderte nichts. Die Frage war allein, wie verzweifelt oder dumm Ehrig war. Wenn nicht beides.

»Sie haben Fehrkamp umgebracht«, sagte Ehrig.

»Falsch. Sein Name stand auf einer Exekutionsliste von höchster Stelle. Ich habe keine Ahnung, wie Fehrkamp zu dieser Ehre kam.« Er blickte sich um. Aber die Balken bogen sich nicht, auch Zeus schleuderte keinen Blitz auf ihn.

Ehrig sah ihn lange an. Schüttelte den Kopf. »Ich weiß doch, dass Sie ihn verhaftet haben, Kommissar.«

»Das war ein Befehl. Zwei SS-Kameraden haben mich begleitet. Und Fehrkamp hat seine Frau erschossen, als wollte er die Richtigkeit seiner Verurteilung durch den Führer bestätigen.«

»Hab ich gehört. Verdammtes Pech.« Friedlich, sachlich. Es arbeitete in seinem Hirn. »Und sobald ich raus bin, gibt's wieder so einen Zufall wie bei Gustav.«

»Das verstehe ich nicht.«

»Gustav hat mir gesagt, dass Sie uns alle umlegen wollen.«

»Ich weiß nicht, was sich Fehrkamp aus den Fingern gesaugt hat. Ich habe niemanden von denen getötet, die dabei waren. Der Führer hat alle amnestiert, und damit ist die Sache für die Kripo erledigt.«

»Aber jetzt hängen Sie mir diesen Fall Aphro…«

»Aphrodite, das war bei den alten Griechen die Göttin der Schönheit und der Liebe. Oder des Fickens, wenn Sie das besser verstehen. Und ich hänge Ihnen nichts an, im Gegenteil. Meine Ermittlungen haben Sie entlastet.«

»Wie bitte? Warum sperren die mich dann noch ein?«

»Weil ich vergessen habe, der Staatsanwaltschaft mitzuteilen, dass Sie nicht der Täter sind. Sie sitzen hier so lange, wie ich es will. Und wenn ich es will, haben Sie die Böhme vergewaltigt und ermordet. Es hat sich einiges geändert, seit Sie und Ihre Kameraden unseren Führer an die Macht geprügelt haben. Kurzer Prozess. Sie wollten es so, also beklagen Sie sich nicht.«

Ehrig glotzte ihn an. »Ich sollte Ihnen in die Fresse hauen ...!«, brüllte er. »Da kommen Sie als Gipskrüppel hierher und wollen mich verarschen!«

»Sie sollten Ihren Grips benutzen, um sich aus dieser Zwickmühle zu befreien. Das Gebrüll ...«

Die Tür flog auf, der Justizbeamte, den Knüppel in der Hand.

»Danke, alles gut«, sagte Raben.

»Sie stellen die Schreierei ein, sonst kommen Sie in die Strafzelle, verstanden?«

»Ist ja gut«, sagte Ehrig.

Als der Beamte die Tür von außen geschlossen hatte, sagte Raben: »Ich kann auch in zwei oder drei Wochen wieder vorbeigucken. Ich hoffe, der Staatsanwalt hat so lange Geduld. Das geht ja ruckzuck heutzutage.«

»Haben Sie was an der Birne?«

»Meines Wissens nicht. Glauben Sie, irgendeiner da draußen interessiert sich für einen SA-Mann, den die SS übersehen hat? Sie und Ihresgleichen dürfen mit der Sammelbüchse fürs Winterhilfswerk rumlaufen und Eintopfessen organisieren. Der Führer hat seine braunen Kameraden reingelegt. Der Staatsanwalt hat Sie schon im Visier. Ich kenne die Beweise. Wenn ich es nicht besser wüsste, hielte ich sie für betonhart.«

Ehrig wischte sich die Augen trocken.

»Denken Sie darüber nach, ich komme morgen wieder. Ich nehme an, Sie wollen am Leben bleiben. Morgen erwarte ich eine Namensliste, dazu die Adressen. Ich werde niemandem verraten, dass Sie die Mörder von Kurt Esser verpfiffen haben. Und Sie sollten ebenfalls die Klappe halten. Könnte ja sein, dass es einem Kameraden hier drin oder draußen nicht gefällt.«

85.

»Was machen Sie denn hier?«

Sturmbannführer Eckes blickte ihn verlegen an. »Heil Hitler, Herr Kommissar.« Er nickte Lichtigkeit zu: »Heil …«

»Guten Tag«, sagte Lichtigkeit trocken.

»Darf ich den Herrn Raben unter vier Augen sprechen?«

»Das müssen Sie Herrn Raben fragen.«

Der erhob sich, nahm seine Krücke und humpelte hinaus in den Flur. Sie stellten sich an eines der Fenster der Roten Burg. Im Gang war Betrieb. Ein junger Mann schob eine Aktenkarre, zwei Männer mit abgenutzter Kleidung flüsterten sich in die Ohren. Eckes blickte sich um. »Sie waren doch beim Gruppenführer zum Essen eingeladen.«

»Ja«, sagte Raben. »Es war großartig, meine Frau schwärmt heute noch davon.«

»Haben Sie etwas über …?«

»Worüber, Sturmbannführer?« Er sollte es schon sagen.

»Prag, mein Verhalten.«

»Das hat keine Rolle gespielt. Der Gruppenführer lebt in der Zukunft. Er hat Pläne, das sag ich Ihnen.«

»Und schließen die Pläne mich ein?«

»Das weiß ich nicht. Ihr Name ist nicht gefallen«, sagte Raben. Eine Lüge, und sie klang, als könnte Eckes noch genannt werden. Heute, morgen, übermorgen.

Eckes schnaufte. »Dann ist es ja gut.«

»Die beschäftigt eher mein Ausflug nach Hamburg in einem Dienstwagen, der mir nicht zustand, weil ich derzeit nicht bei der Stapo arbeite.«

»Da bin ich aber erleichtert.« Eckes berührte Rabens Gipsarm.

»Wird schon schiefgehen.«

»Vielleicht melden Sie sich nachher beim Gruppenführer und

sagen die Wahrheit über das, was in Prag geschehen ist. Sie brauchen ja nicht dauernd besoffen gewesen zu sein. Und die Geschichte mit der Fotografin findet er inzwischen vielleicht lustig.«

»Nein, nein«, sagte Eckes. »Der fährt aus der Haut und schickt mich als Wärter nach Dachau.«

»Wie Sie meinen«, sagte Raben und grinste innerlich. »Von mir erfährt er nichts. Sie kennen meinen Bericht …«

»Vielen Dank, Kamerad.«

»Sind Sie immer noch Adjutant beim Gruppenführer?«

»Ich glaub schon, aber er behandelt mich wie ein Stück Dreck. Kein freundliches Wort …«

»Das legt sich. Es hätte schlimmer ausgehen können.«

Als er ging, drehte sich Eckes noch einmal um. Aber Raben war schon zurück im Büro.

»Was wollte der denn?«

»Ein Sturmbannführer, der sich an meiner Schulter ausweint.«

»Sie haben's weit gebracht«, sagte Lichtigkeit.

»Wie man's nimmt. Ich könnte in den Tränen auch ersaufen.«

Lichtigkeit grinste. »So, den General von Bose haben wir schon genervt, die Personen minderer Prominenz haben Alibis, die wenigstens den Böhme-Mord ausschließen. Und für unsere Mordserie kämen sie auch nicht infrage. Ich hoffe, wir treten uns später nicht selbst in denselben, weil es doch keine Serie war.«

»Es war eine«, sagte Raben. »In den Zeitungsberichten steht zu wenig, um an Nachahmungstäter zu glauben. Wobei, mit Überraschungen ist zu rechnen. Haben Sie das Alibi des Generals geprüft?«

»O ja, er hat keins. Er hängt im Fall Böhme sowieso mit drin. Für die anderen Tatzeitpunkte war seine Aussage lau. Und er wurde ausfallend. Von wegen Kriegsminister, Regierung, der Führer und der liebe Gott. Steht der Führer eigentlich über dem lieben Gott?«

»Gleich zu gleich«, sagte Raben.

»Was machen wir? Wir garen den General, bis er durch ist?«

»Wir gucken uns die anderen Herren an. Den Herrn Reichenau hatte ich schon in der Mangel.«

»Sie mit Ihrer Gipsverpackung?«

»Das war vor meiner Heldentat. Wir laden unsere Serientäter höflich ein.« Am liebsten hätte er Lichtigkeit gesteckt, dass Karoline Böhme vermutlich für Heydrich gearbeitet hatte. Aber warum sollte sie deswegen nicht Opfer eines Serientäters werden? Die Sache wurde immer undurchsichtiger. »Georg, darf ich Sie bitten, mir die Liste der kleinen Fische zu geben, welche die Dienste der Böhme gekauft haben?«

Lichtigkeit zog eine Akte aus dem Stapel auf seinem Schreibtisch und schob sie Raben zu. »Gleich obenauf.«

Raben öffnete die Mappe. Er überflog die Liste. Sechs Namen. »Nicht viele Kunden«, murmelte er. Er blätterte eine Weile. »Die arbeiten fast alle für Regierungs- oder Parteidienststellen.«

»Was? Ich hab's übersehen, mein Fehler.«

Raben blickte Lichtigkeit in die müden Augen. Er hatte kaum Gesichtsfarbe. »So schlimm?«

Lichtigkeit nickte.

»Warum beantragen Sie keinen Urlaub? Ich war so ... versessen auf diesen Fall, dass ich gar nicht gemerkt habe, wie ... abgearbeitet Sie sind. Entschuldigung.«

»Ihr Durchhaltevermögen ist bewundernswert. Aber eines Tages kommt der Zusammenbruch. Und sagen Sie mir doch, wo ich Urlaub machen soll? Und mit wem?«

»Täuschen Sie eine Dienstreise vor gegenüber Ihrer Frau. Oder lassen Sie sich scheiden ... Entschuldigung, das hätte ich nicht sagen dürfen ...«

»Sie haben ja recht, Karl. Ich bin ein Schlaffsack, feige durch und durch. Das fällt mir immer dann auf, wenn ich von Ihren ... Abenteuern höre, wobei mir neunzig Prozent vermutlich nicht bekannt sind.«

»Sie sind überhaupt nicht feige. Ich habe es verfolgt, wie sich

Ihre Haltung zum lieben Gott verändert hat. Während die meisten anderen ihre Arme schneller reckten, als sie ihre Hände aus den Hosentaschen kriegten, ist Ihre Begeisterung binnen Tagen abgekühlt.«

»Spätestens seit dem Röhm-Putsch könnte ich nur noch kotzen«, sagte Lichtigkeit.

»Man muss menschlich bleiben«, sagte Raben. »Sofern das in diesen Zeiten möglich ist. Oder man haut ab. Aber was soll unsereins machen im Ausland?«

Sie schwiegen lange.

Dann sagte Raben: »Die Böhme war wohl Spionin und hat sich die meisten Kunden demnach ausgesucht.«

Lichtigkeit nickte. »Das fürchte ich auch. Ich ahne, für wen.«

Raben nickte. »Aber sie wurde nicht deswegen umgebracht. Unser Täter hat vielleicht nicht einmal gewusst, wen er umgebracht hat.«

Lichtigkeit nickte. »Es sei denn, einem Kunden ist es aufgefallen, nachdem er was Wichtiges ausgeplaudert hatte. Oder sie hat nicht alle notiert.«

»Vielleicht war es ein neuer Kunde?«, fragte Raben.

»Wir sitzen ganz schön in der Patsche«, sagte Lichtigkeit. »Vielleicht schafft Buddha es, Goebbels noch einen Aufruf in Presse und Rundfunk aus den Rippen zu schneiden.«

»Und wenn es der Klumpfuß selbst war?«

Lichtigkeit lachte. »Das wäre göttlich.«

»Nein, dann hat es den Fall nie gegeben. Der Führer lässt seinen Reichslügenbold nicht fallen.«

Das Telefon klingelte. Lichtigkeit nahm den Hörer. »Wir wollten nicht gestört werden.«

»Ich weiß«, sagte Köpfchen. »Aber es ist der Gefängnisdirektor von Moabit für unseren Herrn Kriminalrat.«

Lichtigkeits Zeigefinger winkte Raben herbei. Der nahm den Hörer. »Guten Tag, Herr Kommissar. Ich muss Ihnen die Mitteilung machen, dass der Häftling Werner Ehrig heute in aller Frühe von zwei Gestapo-Leuten abgeholt wurde. Führerbefehl. Sie hatten eine Verabredung mit ihm, und ich wollte Ihnen den Weg ersparen.«

»Wohin ist Ehrig gebracht worden?«

»Ich weiß es nicht.«

»Vielen Dank für die Mitteilung, auch wenn sie mich nicht erfreut.«

»Mich auch nicht, Herr Kommissar.« *Klack.*

Raben legte den Hörer auf. Bestarrte die Schreibtischplatte, als wüsste die was. Aber die Schreibtischplatte schwieg.

86.

»Der Schriftleiter hat auf der Redaktionskonferenz erklärt, dass wir laut Goebbels die ungeheuren Chancen, die sich uns dank des Führers bieten, schildern sollen. Unser Volk gehe glorreichen Zeiten entgegen«, sagte Wagner.

»Sieht man ab von Juden, Zigeunern, Kommunisten, Sozialdemokraten und Priestern, zumindest jenen, die sich dem Führer nicht unterworfen haben.«

»Und Journalisten, die sich lieber verhaften lassen, als die braune Scheiße ...« Wagner winkte ab. »Was nutzt es?«

Lena hatte beim Frühstück Andeutungen mit Raben ausgetauscht. Elisabeth hörte nicht hin, und dem kleinen Karl konnte der Führer im Mondschein begegnen.

Auf dem Weg zur Redaktion hatte sie einen Anfall von Depression. Sie sah die Welt durch einen Schleier, bis sie nur noch aus Hakenkreuzen bestand. Die Flaggen, riesig und brennend rot mit dem Gruß des Teufels in der Mitte. Die Armbinden, die ihre Träger aus der Volksgemeinschaft herausragen ließen wie Unkraut.

Sie hatte sich an eine Hauswand gelehnt und war gleich von drei HJ-Bengels mit einer Sammelbüchse überfallen worden. Sie fand ein paar Pfennige, die sie für solche Zwecke in der Manteltasche trug, und steckte sie in den Schlitz.

»Heil Hitler!«, riefen die Jungen und streckten den Arm. Sie nickte, sah sie schon nicht mehr. Eine Elektrische rumpelte vorbei, vollgestopft mit Hakenkreuzen. Hätte die Partei keinen Aufnahmestopp verkündet, würden die Hakenkreuz-Bonbons einen erblinden lassen. Jedenfalls sie, weil sie allergisch gegen Dumpfheit war. Die Wahrheit lag auf der Straße, und diese Ochsen trampelten drüber und schissen drauf. In solchen Augenblicken zog es sie weg, so weit weg wie möglich. Aber wohin? Nach Österreich, wo man immerhin Deutsch sprach im Gegensatz zu Holland? In Wien würden bald Verhältnisse herrschen wie in Berlin, die Ständediktatur erlaubte keinen Widerspruch. Das freie Wort war gestorben. Die Schweiz wollte Hitler nicht verärgern. Möglich, dass sie Flüchtlinge an die Gestapo auslieferte, wenn die Nazis ihr auf den Pelz rückten. Und vielleicht sollten die Eidgenossen demnächst zum großgermanischen Reich gehören? In der Tschechoslowakei faselten Führer der Sudetendeutschen von einem Deutschtum, das sich vereinigen möge. *Heim ins Reich!*

»Sie können wohl nicht grüßen!«, brüllte eine Stimme sie an.

Ein Trupp SA marschierte vorbei, die Hakenkreuzfahne voran, dazu das *Horst-Wessel-Lied*. Lena reckte den rechten Arm.

»Na, geht doch!«, brüllte die Stimme.

Zum letzten Mal
Wird Sturmalarm geblasen!
Zum Kampfe steh'n
Wir alle schon bereit!
Schon flattern Hitlerfahnen über allen Straßen
Die Knechtschaft dauert
Nur noch kurze Zeit!

Die Melodie vermischte sich mit dem Marschtritt der Kolonne. An ihrer Seite marschierte ein Fettsack mit Kordel, Orden und Stiefeln. Die Menschen auf den Bürgersteigen erstarrten, rissen den rechten Arm hoch, um die Fahne zu grüßen. Lena sah Angst in Gesichtern, andere lächelten hingerissen, sangen mit. Dann war es vorbei. Und die Straße lebte, als wäre nichts geschehen.

»Erzählen Sie es meinem Holzbein«, sagte Wagner. »Das wird leider nicht gegrüßt und ist darob beleidigt.«

Lena riss den Arm hoch. »Heil Holzbein!«

»Sie lernen dazu«, sagte er. »Nun setzen Sie sich doch endlich. Ihnen ist eine Gruppe von Hirnlosen begegnet …«

»Das ist es nicht. Es war das Verhalten der Leute. Kaum tauchten die Braunen auf, erstarrten sie. Viele waren begeistert, obwohl einem jeden Tag ein Haufen SA begegnet, und oft nicht nur einer. Ich fand es gespenstisch, das Vorspiel auf dem Weg zur Hölle.«

»Sie haben wieder was Falsches gelesen letzte Nacht. Lesen Sie Kästner oder Vicki Baum.«

»Sie haben recht, ich lese gerade Remarque noch einmal, meine winzige Opposition. Erinnern Sie sich noch, wie Goebbels wegen des Films durchdrehte und Mäuse ins Kino schickte, um Panik zu verbreiten?«

»Geprügelt wurde auch«, sagte Wagner. »Aber das war doch in der Systemzeit!« Er schickte ein Grinsen hinterher.

»Wir sind hier überflüssig. Über die wirklichen Verbrechen dürfen wir nicht schreiben, dann müssten wir ja auf unsere Regierung losgehen.«

»Sie sind heute in Bestform, wirklich. Kaum zu ertragen mit Ihrem Gemecker über Deutschlands Erlöser. Warum gehen Sie nicht ins Archiv und helfen Ihrem Mann, den Mörder der Böhme zu finden?«

»Das bringt wenig bis nichts. Es ist ein Serien…« Sie schloss den Mund mit der Hand.

»Machen Sie sich keine Sorgen. In der schlimmen Systemzeit hätte ich längst einen Artikel geschrieben mit dem Titel *Spionin oder Opfer eines Serientäters?*«

»Woher …?«

»Sie glauben wohl, Sie hätten den Journalismus erfunden. Ich habe Erfahrung und ein Hirn. Sie haben ein Hirn, aber keine Erfahrung.«

Sie blickte ihm in die Augen. Wie kam Wagner auf den Spionageverdacht? Vielleicht Lichtigkeit, der insgeheim die Hilfe der Presse suchte? Vielleicht sogar Gennat? Egal. »Bitte schreiben Sie nichts. Jeder würde glauben, dass mein Mann dahintersteckt.«

»Sie haben sich auf hübsche Verhältnisse eingestellt. Wenn man das etwa einem Engländer erzählen würde, dem würden die Augen aus dem Kopf fallen. Nichts verstehen würde er. *There is no logic.*«

»Ich geh jetzt ins Archiv, bevor Sie mir noch Negermusik vorspielen.«

Sie nahm ihre Aktentasche mit, darin Fotokopien der Akten, die sie angefertigt hatte.

»Guten Morgen, Herr Kellner.«

»Ich freue mich, mal wieder ein nettes Gesicht zu sehen.«

Seine Wangennarbe erschreckte sie noch immer. Die Haut spannte sich rot unterm Ohr, als könnte man ihm von außen auf den Kiefer blicken.

Kellner tat so, als bemerkte er nichts von seiner Wirkung.

Lena hätte sich fast entschuldigt, aber dann sagte sie sich, dass dies ihn noch mehr kränken müsste als blöde Blicke. Sie hatte aus den Aktenfotos die Opfernamen auf einem Zettel notiert, dazu die Namen der Freier von Karoline Böhme, die sie mithilfe der Adressen entschlüsselt hatten. Laut Polizeiakten durchweg Bürger ohne Fehl und Tadel. Sie schob den Zettel über den Tresen. »Haben wir was über die?«

»Lange Liste«, sagte er. »Kann es bis morgen früh warten? Dann drück ich es der Nachtschicht aufs Auge. Eine Neue, Studentin. Lassen Sie sich überraschen. Sie platzt vor Arbeitswut und ist bis morgen Vormittag hier. Auf eigenen Wunsch. Vielleicht liest sie nachts Horrorgeschichten aus der Systemzeit. Davon haben wir einiges zu bieten. Hoffentlich säubert der Doktor Goebbels bald auch die Archive von allen perversen Verlockungen.«

Zurück bei Wagner, setzte sie sich an ihren Schreibtisch und las die Aktenblätter.

»Haben Sie wieder geklaut?«, fragte Wagner.

»Klar«, erwiderte sie. »Unsere Herren zwingen uns, ihre Gesetze zu brechen, um Verbrechen aufzuklären.«

»Zeigen Sie mal.«

Sie gab Wagner ihre Fotos.

Der las, blätterte, las. »Das kann Ärger geben. Und es bestätigt meine Vermutung, die Dame ging gern mit Hofschranzen ins Bett. Spionage wie zu Richelieus Zeiten. Für wen?«

Lena überlegte, dann zeigte ihr Daumen nach oben. »Also, nicht unser Chefredakteur ...«

Wagner nickte. »Lassen Sie die Finger davon. Sofort!«

87.

Der Erste auf der Freierliste war ein Regierungsdirektor im Innenministerium, Dr. Walter Kempf.

»Ihre Kollegen haben mich doch schon befragt, sogar zweimal. Sie stören mich bei der Arbeit, und Sie vermiesen mir meinen Ruf«, sagte er, als die Sekretärin Lichtigkeit und Raben in sein Büro führte.

»Sollen wir Sie heute Abend zu Hause aufsuchen?«, fragte Raben.

Der Beamte ließ seine Augen über Gips und Krücke wandern.

»Wollen Sie, dass wir Sie ins Präsidium vorladen?«, fragte Lichtigkeit.

Kempf schloss die Augen. Öffnete sie und deutete auf die beiden Stühle vor seinem Schreibtisch. Nun hatte der Führer alle drei im Blick, wenn er denn hinschaute. Des Führers Augen aber blickten in die Zukunft des Reichs.

»Bringen wir es hinter uns.«

Raben lächelte freundlich. Der Mann war schon weniger selbstsicher. Aber zweimal. Warum zweimal? Wer war noch hier gewesen?

»Wir müssen Sie besuchen, weil es neue Ermittlungsergebnisse gibt.«

»Die können mich nicht betreffen«, sagte Kempf.

Das Telefon klingelte. »Ich möchte nicht gestört werden.« Er knallte den Hörer auf die Gabel.

»Es könnte sein, dass Frau Böhme eine Agentin war. Es ginge dann also um Spionage. Wenn es sich bewahrheitet, werden die Kollegen der Gestapo Sie vernehmen. Man macht einen kleinen Fehler, und schon sitzt man in der Patsche. Landesverrat, vielleicht auch Hochverrat …«, sagte Raben.

Kempf öffnete den Mund und schloss ihn nicht wieder. Er hatte einen guten Zahnarzt. Dann entfuhr ihm: »So eine Scheiße!« Er blickte Raben an, dann Lichtigkeit.

Die Tür zum Vorzimmer öffnete sich einen Spalt.

»Raus!«, brüllte Kempf. Wurde aschfahl. »Entschuldigen Sie bitte.«

Die Tür schloss sich leise.

»Sie werden verstehen, dass wir Sie befragen müssen über Ihre Gespräche mit Frau Böhme. Uns interessiert auch die … sagen wir, Atmosphäre, die Stimmung bei Ihren Treffen«, sagte Lichtigkeit. Er blickte in die Akte, die er inzwischen aus der Tasche geholt und auf seine Knie gelegt hatte.

»Wollen Sie sich aufgeilen?«

»Nein, Herr Doktor Kempf. Ich verbitte mir diese Wortwahl. Wie gesagt, wir können Sie auch aufs Präsidium vorladen«, erwiderte Lichtigkeit.

Kempf versank ein paar Augenblicke in sich. Wütend betrachtete er seine Knie. Das Gesicht lief rot an, er begann zu schwitzen. »So eine Scheiße«, murmelte er. »Was für eine Scheiße!« Er schüttelte den Kopf. »Ihre Kollegen haben mich doch schon befragt. Zuletzt sogar die Geheime Staatspolizei. Die haben mich gewarnt, über die Sache zu reden. Soll ich jetzt die Aussage verweigern, wie dieser Kommissar Müller es verlangt hat?«

Was bedeutete das, verdammt? »Wir wollen wissen, worüber Sie mit Frau Böhme gesprochen haben«, sagte Raben. »Ob Ihre Begegnungen, sagen wir, fröhlich waren, ob viel Alkohol getrunken wurde, wo die Treffen stattfanden. Wie oft Sie sie getroffen haben.«

»Habe ich schon gesagt« – er zeigte auf die Akte –, »ich bin zu ihr gefahren. Vielleicht ein-, zweimal.«

»Die Wirtin hat Sie die Treppe hochgeführt in die Wohnung von Frau Böhme?«, fragte Raben.

»Ja.«

»Wären Sie bereit, in einem Kuppelei-Prozess gegen die Wirtin auszusagen?« Raben genoss seine Verachtung, die ihn überfallen hatte. Diesen Mann hatte das Parteibuch auf seinen Sessel geschossen. Wenn im Innenministerium nur solche Holzköpfe arbeiteten, dann war noch Hoffnung. In der Akte war eine langjährige Mitgliedschaft in SA und Partei vermerkt.

»Was soll das? Geht es darum oder um Spionage?«, fragte Kempf.

»Was haben Sie der Frau Böhme erzählt über die Regierungsgeschäfte?«

»Gar nichts!«

Lichtigkeit grinste. »Bei solchen Bettgeschichten neigen Männer dazu, sich wichtigzumachen.«

Raben legte nach. »Herr Dr. Kempf, wenn Sie mauern, wird sich am Ende der Polizeipräsident an Ihren Minister wenden. Oder

Gruppenführer Heydrich. Wenn Sie lieber mit denen sprechen, wir wollen nicht im Weg stehen.«

Wieder mussten die Knie den Zorn des Regierungsdirektors erdulden. Aber sie entzündeten sich nicht am stechenden Blick des Doktor Kempf. »Ich habe ihr etwas über die Reichsreform erzählt, die der Minister plant und an deren Ausarbeitung ich beteiligt bin.«

»Ich fürchte, die Kollegen von der Stapo würden das zumindest als Verletzung von Dienstgeheimnissen bewerten. Vor Gericht …«

»Hören Sie auf mit dem Unsinn. Ich bin Alter Kämpfer, habe den Führer schon persönlich getroffen.«

»Glückwunsch«, sagte Raben. »Umso enttäuschter wäre er. Er rackert sich ab für unser Volk, und Leute wie Sie zerquatschen es bei Huren.«

Zurück im Präsidium, tranken sie Kaffee. Steinköpfchen lehnte am Türrahmen. »Der Herr Kriminalrat sieht aber finster aus.«

»Der Witz nutzt sich ab. Wann hören Sie damit auf?«, fragte Raben.

»Wenn Sie Kriminalrat sind. Das geht ja schnell in unserem neuen Staat. Dem Tüchtigen gehört die Welt.«

Lichtigkeit winkte sie hinaus.

Sie antwortete mit einem langen »Pfff« und schloss die Tür. Aus Rache begann sie zu tippen, dass es sich nach der Westfront anhörte.

»Kempf war es nicht. Immer vorausgesetzt, die Böhme ist dem Serientäter zum Opfer gefallen.«

Raben nickte, trank einen Schluck Kaffee. Warum hatte die Gestapo Kempf vernommen, ohne ihn zu unterrichten?

»Wir sollten den Fall der Stapo übergeben«, knurrte Lichtigkeit.

»Lieber nicht«, erwiderte Raben. »Die nimmt dann alles. Ich würde den Fall gern selbst lösen. Sie doch auch, Georg.«

»Ja, aber solche Typen wie der Kempf, nur Gestank im Kopf, kein bisschen Intelligenz, wenn das Wort überhaupt passt. Dem wird irgendein national gesinnter Professor den Titel nachgeworfen haben. Und wir schlagen uns mit heißer Luft rum.«

»Er hat gelogen«, sagte Raben. »Er war nicht ein- oder zweimal bei Madame Böhme, sondern laut Kalender mindestens fünfzehnmal. Wir wissen leider nicht, wie ordentlich sie ihren Kalender geführt hat. Was mir gerade einfällt: Warum steht sogar bei Heydrich die Adresse in den Notizen?«

»Genauso wie bei den anderen. Heydrich war ein Kunde, und vielleicht …«

»Vielleicht wollte sie ihre Kunden erpressen, wenn die Schönheit verwelkt war?«

Lichtigkeit blickte Raben verblüfft an. »Vielleicht sind wir auf dem falschen Dampfer. Wenn sie ab 1933 jemanden erpressen wollte, müsste sie um ihr Leben fürchten. Gerade bei Heydrich. Der würde nicht lange fackeln. Noch eine Tote im Landwehrkanal.«

»Die hatte ihren Kundenstamm schon vor 1933 aufgebaut, und die Machtergreifung hatte sie kalt erwischt. Wie so manchen anderen auch. Sie war gezwungen weiterzumachen. Aber das Geschäft ging gut, immerhin. Bis sie an den Falschen geriet. Wer ist der Letzte im Kalender?«

»Mist. Die einfachsten Dinge gehen einem durch die Lappen. Ich sollte den Kommissarlehrgang wiederholen«, sagte Lichtigkeit.

»Vergessen Sie's. Es sei denn, Sie wollen Ihre Weltanschauung festigen.«

»Wir arbeiten uns ab sofort von hinten nach vorne durch den Kalender«, sagte Lichtigkeit.

»Und wer steht da?«, fragte Raben.

Lichtigkeit blätterte. »SD LAH SS, Finkensteinallee.«

»Das wird ja immer toller«, sagte Raben. »Josef alias Sepp Dietrich. Wenn ich mich nicht irre, ist das der Chef der Leibstandarte SS Adolf Hitler.«

88

»Was soll ich tun?«, fragte Lena.

Wagner betrachtete sein Holzbein. Vielleicht war über Nacht Leben eingezogen? »Sie langweilen sich? Haben Sie schon das Archiv durchwühlt wie ein Maulwurf?«

»Maulwürfe sind blind, falls Sie das nicht wussten.«

»So ein Mist auch«, sagte Wagner.

»Davon abgesehen, habe ich die Ergebnisse längst. Ich habe der Kollegin der Nachtschicht den Schlaf geraubt.«

»Grausam«, sagte Wagner.

»Ach, das wussten Sie noch nicht? Mein Mann ist kaum zu Hause, da muss ich mir andere Opfer suchen. Wenn Sie so weiterfragen, verstecke ich Ihr Holzbein.«

»Das hüpft zurück.«

»Schade.«

»Irgendwann lösen unsere Chefs unsere Kriminalredaktion auf, weil der Führer das Verbrechen besiegt hat«, sagte Wagner. »Das täte mir für Sie leid.«

»Und für Sie?«

»Ich bin abgesichert, falls nicht wieder die Inflation über uns herfällt. Es sieht fast so aus, Mangel und Geldentwertung gleichzeitig. Kaufen Sie Gold, wenn Sie Geld übrig haben. Wenn Sie aber Straftaten von Juden oder auch nur Gerüchte darüber veröffentlichen wollen ... Bei nächster Gelegenheit dürfen Sie mit Goebbels tanzen, Klumpfuß hin, Klumpfuß her.«

Sie lachte bitter. »Vorher esse ich trocken Brot. Sollen die mich doch rausschmeißen.«

»Das werden die nicht. Jemand, der einen direkten Draht zur Familie Heydrich hat, kann hier lebenslang stricken. Nur nicht als Kriminalreporterin. Die werden was für Sie finden im Mossehaus. Rezepte, was halten Sie von Rezepten?«

»Was Sie schon wieder wissen. Heydrich hatte meinen Mann eingeladen, weil der geheime Heldentaten vollbracht hat, von denen nicht mal ich was weiß. Ich war das Mitbringsel für die Gattin.«

»Ich hoffe, es war nett.«

»Entzückend, und erst das Essen!«

Wagner lachte. »Gehen Sie nach Hause. Wenn Sie Lust haben, können Sie wieder Buchkritiken schreiben. Hier oder zu Hause. Hinweis von ganz oben. Fallada gefällt Ihnen und den Nazis, und Sie haben ja schon eines seiner Werke gewürdigt.«

»Da kann man mal sehen, wie dumm die Nazis sind. Oder überschlau wie Goebbels, was am Ende aufs Gleiche hinausläuft.«

Wagner schüttelte den Kopf und grinste. »Passen Sie gut auf sich auf.«

Lena lief durch Berlin, in dem es mitten im Sommer so kalt pfiff, wie die Zeiten waren. Dann nahm sie einen Bus zum Alex, überlegte, ob sie ihren Mann überraschen sollte, verwarf es und schlenderte nach Hause, während ihr Hirn auf vollen Touren lief. Als sie dem Haus näher kam, sah sie vor der Tür etwas liegen. Sie stockte, erstarrte, blickte hin und weg, blickte hin. Es war ein Schweinekopf.

Sie stieg über ihn, las die acht Klingelschilder, drückte den Knopf des Blockwarts. Sie hörte sein Schlurfen. Er trug Handwerkerkleidung, starrte auf den Schweinekopf und sagte: »Heil Hitler! Wer hat hier wem den Schweinekopf vor die Tür gelegt? So was geschieht manchmal Juden, um sie zu erschrecken. Ausreiseförderung, Sie verstehen?«

»Ja, ja, davon habe ich gehört. Aber niemand mit einem Rest von Verstand legt so … was vor dem Eingang eines Mietshauses ab. Wohnen hier überhaupt Juden?« Ihr Herzschlag raste. »O Gott, ist das eklig. Ich rufe meinen Mann an, der arbeitet normalerweise bei der Gestapo, ist derzeit aber zur Kripo abgestellt.«

Doppeltreffer mit größtem Kaliber.

Der Blockwart schniefte und wischte sich mit dem Handrücken die Nase ab.

»Sie in Ihrer verantwortlichen Position müssten doch wissen, ob Juden im Haus wohnen.«

»Die Roths, ja, ja, aber die sind weggezogen, ins Ausland zu ihresgleichen.« Er hustete.

»Na, dann leben wir ja in einem arischen Haus, wie der Führer es wünscht.«

»Sind Sie schon der Frauenschaft beigetreten?«, fragte der Blockwart, während der Schweinekopf gelassen zuhörte.

»Ich will immer, aber dann … Ich bin Redakteurin des *Tageblatts*. Ich bin immer auf Dienstbereitschaft und weiß nicht, wo mir der Kopf steht …«

»Aber in der Frauenschaft gibt es bestimmt jemanden, der Ihnen zeigt, wie man die Arbeit für Volk und Führer mit seinen anderen Pflichten …«

»Ich überleg's mir, ehrlich. Ich wäre längst schon in die Partei eingetreten, aber die nimmt derzeit ja niemanden mehr auf. Schade.«

»Da haben Sie recht. Aber die Partei will keine Kriegsgewinnler, wenn Sie mich verstehen.«

Inzwischen merkte Lenas Nase, dass der Schweinekopf nicht mehr frisch war. »Vielleicht sollte ich meinen Mann anrufen. Der schickt Schupos, um den Kopf wegzuräumen.«

»Nicht nötig, Frau Raben. Wozu ist man Blockwart? Ich frage mich, welcher Idiot das angezettelt hat. Vielleicht glaubt er, dass sich in diesem Haus Juden verstecken. Aber wo? Vielleicht beim Lehrer, linke Tür unterm Dach?« Er kratzte sich hinterm Ohr. »Gut, in zehn Minuten ist die Sauerei entfernt. Aber ich werde der Sache auf den Grund gehen.«

In der Wohnung tapste ihr Karl der Kleine entgegen. Sie fing ihn auf, streichelte und küsste ihn. In der Kinderzimmertür stand Elisabeth und lächelte.

»Hast du den Schweinekopf gesehen, vor der Haustür?«

»Was bitte?«

»Irgendjemand hat ihn vor die Haustür gelegt, am helllichten Tag, sofern man heute von Licht sprechen kann. Herr Hansen will ihn beseitigen. Er glaubt nun, dass sich im Haus ein Jude verbirgt, oben beim Lehrer Schröder.«

»Wenn da nicht jemand uns meint«, sagte Lenas Mutter. Das Lächeln fiel aus ihrem Gesicht. »Karl muss das klären, bevor die Gestapo das Haus auf den Kopf stellt.«

Lena setzte den kleinen Karl auf den Kinderstuhl. »Hoffentlich kommt er bald. Meist fällt ihm etwas ein. Bisher ...«

89.

Es war einfach gewesen, einen Termin bei Sepp Dietrich zu bekommen. Gleich, in der Kaserne in Lichterfelde. Ein SS-Offizier begleitete sie von der Einfahrt zum Kaserneneingang. »Warten Sie, Sie werden abgeholt.«

Gleich schritt ein schlanker Mann die Treppe hinunter. Er blickte Raben an, reichte ihm die Hand: »Wir kennen uns, Röhm-Putsch, Sie erinnern sich an den Gefangenen, den Sie uns gebracht haben?«

»Natürlich. Heil Hitler, Sturmbannführer.«

Er reichte auch Lichtigkeit die Hand und verzichtete auf Armverrenkungen. Führte sie die Treppe hoch. Er zeigte auf Stühle im Flur. »Nehmen Sie bitte einen Augenblick Platz, der Obergruppenführer hat gleich Zeit für Sie.«

»Die Duzfreunde des Führers kann man an einer Hand abzählen. Und mit Röhm ist einer abhandengekommen. Dietrich gehört dazu«, flüsterte Lichtigkeit. »Hoffentlich ist er nicht der Mörder. Dann landen nämlich wir im KZ ...«

»Kommen Sie bitte«, sagte eine Frauenstimme. »Ich bringe Sie zum Obergruppenführer.«

Dietrich hatte sein kantiges Gesicht zum Lächeln gezwungen. »Wenn Sie vielleicht auf dem Sofa Platz nehmen.«

Er setzte sich ihnen gegenüber auf einen Sessel. »Sie sind also der Obersturmführer Raben. Heydrich hat Sie mal erwähnt.« Dietrich nickte. »Und der Kriminalkommissar Lichtigkeit. Was führt Sie zu mir?« Sein Gesicht sagte: Ich habe alles im Griff, ich kenne euch und bin Adis Freund.

»Obergruppenführer«, sagte Raben. »Sie haben bestimmt vom Fall Böhme gehört.«

Dietrich lächelte. »Ich war's nicht. So eine schöne Frau.«

Raben lächelte zurück. »Kannten Sie Frau Böhme persönlich?«

Dietrich blickte ihn streng an. »Diese Fragen gefallen mir nicht. Sie sollten vielleicht gehen, bevor ich zornig werde.«

»Sie waren ihr Freier. Sie haben Frau Böhme wenigstens neunmal besucht.«

Dietrichs Gesicht überkam die Zornesröte. Er sagte kein Wort, sondern murmelte nur vor sich hin. »Hat das die dumme Witwe ... die Vermieterin ausgeplaudert?«

»Nein, das steht in Kalendern und Notizbüchern von Frau Böhme. Sie sind dort mit Ihrer Dienstadresse eingetragen. Es gibt dort auch Aufzeichnungen Ihrer Wünsche und wie sich die Treffen ... gestalteten.«

An die Stelle von Rot trat Blässe und Schweiß auf die Stirn. Dietrich wischte ihn mit seinem Taschentuch weg. »Die drehen die Heizung immer zu weit auf. Dabei brauchen wir jedes Stück Kohle für die Hochöfen.«

»Das finde ich auch, Obergruppenführer. Sollen wir an einem anderen Tag wiederkommen?«

Die Idee durchfurchte die Graumasse in Dietrichs Hirn. Er schwankte, aber ein Dietrich schreckt nicht zurück, der Haudegen des Führers. »Wenn Sie schon mal da sind. Also, die Sache mit der

Böhme bleibt unter uns. Sonst sehe ich schwarz für Ihre Zukunft, Obersturmführer. Mit so einem Kleinkram will ich nicht belästigt werden. Ich beschütze den Führer ...«

»Wir sind Ihnen dankbar, dass Sie den Führer bewachen, wo doch überall Reste der Kommune und andere Verrückte nur darauf warten, ihn zu beseitigen.«

Dietrich nickte.

»Aber ich bin hier nicht als Obersturmführer, sondern als Kriminalkommissar der Berliner Polizei. In diesem Mordfall müssen wir allen Spuren folgen, wie üblich.«

»Haben Sie Ermittlungen gegen den Führer aufgenommen, wegen der Röhm-Sache?«

»Natürlich nicht. Es war ein Akt der staatlichen Notwehr und wurde per Gesetz geregelt.«

»Sie sind doch ein Haarspalter«, sagte Dietrich und lachte. »Gut, also in Kürze: Ich habe die Dienste der Dame genossen, wie oft, wissen Sie. Ich habe sie aber nicht ermordet. Halten Sie mich für blöd?«

»Auf keinen Fall. Aber wir müssen Regeln folgen. Sie waren der Letzte, der in ihrem Kalender stand.«

»Ja, na und? Dann haben Sie ja Ihren Mörder. Der Freier, der nach mir drankam.«

Sie liefen ein paar Meter auf der Finckensteinallee.

»Man könnte auch mit einer Pistole eine Bö erschießen«, sagte Raben. »Dieses Arschloch, und wir kommen nicht an ihn ran.«

Zurück im Präsidium, kaute Raben auf seiner Wut. Bis Köpfchen ihr Gesicht durch den Türspalt steckte. »Ihre Frau hat angerufen. Ich glaube, es ist dringend.«

90

Als Raben heimkehrte, war der Schweinekopf weggeschafft. Er legte Mantel und Aktentasche im Flur ab und gab Lena einen Kuss. Nachdem sie ihm berichtet hatte, klingelte er an der Wohnungstür gegenüber. *Hansen* auf einem Blechschild. Darüber ein kleines Hakenkreuz. Der Wahn kennt keine Grenzen, dachte Raben, als die Tür sich öffnete. »Heil Hitler, Herr Hansen!«

»Heil Hitler, Herr Kommissar! Wollen Sie nicht reinkommen? Ein Bier vielleicht?«

»Gern«, sagte Raben und ließ sich in eine nazistische Devotionalensammlung führen, die andere für ein Wohnzimmer halten mochten. Fotos, die Hansen mit Berühmtheiten wie dem Grafen Helldorff zeigten, einem SA-Schläger, der Polizeipräsident von Potsdam war. Dazu Porträts von Hitler, Himmler, Goebbels, das war klar. Sie setzten sich, nachdem Hansen zwei Bierflaschen gebracht und aufgeschnalzt hatte.

»Wohin haben Sie den Schweinekopf gebracht?«, fragte Raben.

»Zum Schlachthof, die haben da eine Müllkippe.«

»Das ist ein Beweismittel. Sie hätten es nicht entfernen dürfen. Warum haben Sie nicht die Polizei gerufen?«

»Ihre Frau war so angeekelt …«

»Das wiegt eine Dienstpflichtverletzung nicht auf, Herr Blockleiter.«

»Entschuldigen Sie, Herr Kommissar …«

»So einen Schweinekopf legen SA-Hitzköpfe gern vor Häuser, in denen Juden wohnen. Wohnen bei uns Juden? Das wäre mir neu.« Raben fürchtete nur eins: dass dieser Idiot die Gestapo ins Haus holte, um sämtliche Wohnungen zu filzen. Sie würden vielleicht nicht einmal bei ihm zögern. Der Druck auf die Juden wuchs immer weiter. Sie sollten sich ausplündern lassen und dann das Land verlassen.

»Ich hab was über diesen Schröder gehört, den Lehrer. Er soll mit einer Jüdin verheiratet sein und lässt sich kaum mehr blicken …«

»Ist er Jude?«

»Nein, aber seine Frau. Die habe ich schon lange nicht mehr gesehen.«

»Nach dem Abendessen suche ich ihn auf und kläre das. Sie erfahren alles, falls es etwas zu erfahren gibt.«

»Es ist doch ein riesiger Vorzug, dass wir die Polizei im Haus haben. Der kürzeste Weg …«

»Von Schröder abgesehen, wenn Ihnen etwas auffällt, melden Sie es mir. Ich bin nur für eine Ermittlung im Polizeipräsidium, sonst arbeite ich für die Gestapo und habe einen kurzen Draht zu Gruppenführer Heydrich.«

Hansen glotzte ihn an. »Welch Ehre, ich wusste gar …«

Beim Essen sprachen sie über das Wetter. Die Sonne schien wie in jedem Sommer, und doch war es dunkel in Deutschland, und alle, die den Führer nicht anbeteten, fühlten die Bedrückung.

Während Elisabeth den Kleinen ins Bett brachte, erzählte er Lena vom Gespräch mit dem Blockwart. »Der wird sich bei jeder Sache zuerst an mich wenden. Für den vertrete ich den Führer!«

»Heil Raben!«, sagte sie.

Raben klingelte bei Schröder ohne Hakenkreuz auf dem Blechschild. Ein hochgewachsener Mann, Bartstoppeln, eine Brille auf die Nasenspitze geschoben.

»Darf ich einen Augenblick eintreten?«, fragte Raben.

»Warum?«

Raben zeigte seine Hundemarke. Sah das Erschrecken in des Lehrers Gesicht.

»Sie sollten keine Angst haben, nicht vor mir. Sie haben den Schweinekopf vor der Haustür gesehen?«

»Nein … um Himmels willen!« Angst, Angst, Angst. »Nehmen

Sie Platz.« Im Wohnzimmer ein Radio, ein Grammofon, der Druck eines Landschaftsbilds, dessen Original von Caspar David Friedrich stammen dürfte.

»Ich frage mich, ob Sie gemeint sein könnten. Oder jemand, der sich in Ihrer Wohnung aufhält, vielleicht versteckt?«

Schröders Augen weiteten sich, der Blick raste durch den Raum, kehrte immer wieder zu Raben zurück.

»Darf ich mich umsehen?«

Schröder antwortete nicht. Raben erhob sich und ging ins Schlafzimmer. Öffnete den Schrank: nichts. Blickte unters Bett. »Kommen Sie bitte raus«, sagte er leise.

Eine zarte Frauengestalt wurde sichtbar, zuerst der Kopf mit schwarzen Haaren und Augen. So stellten sich Nazis eine Jüdin vor. Sie erhob sich und sah ihn an, fast erleichtert. Die Angst war verschwunden, die ewige Unsicherheit, die keiner aushielt.

»Dann führen Sie mich eben ab«, sagte sie trotzig. »Wenn Sie mir Ihre Pistole geben, schieß ich mir gern ein Loch in den Kopf.«

»Warum sollte ich Sie verhaften?«

»Weil nach mir gesucht wird.«

Sie gingen ins Wohnzimmer, wo sie sich neben Schröder setzte. Hand in Hand.

»Warum werden Sie gesucht?«

»Wissen Sie nicht, dass Juden stehlen und betrügen? An meiner Arbeitsstelle sind achthundertfünfzig Reichsmark aus der Kasse verschwunden, und natürlich war ich es.«

»Wer war es wirklich?«

»Na, der Buchhalter, ein verdienter Parteigenosse, der gern auch in SA-Uniform im Büro auftaucht. Er hat sich ein Klavier ins Privathaus gestellt.«

Raben hörte ihre Wut. »Herr Schröder, Sie sind verheiratet mit ihr?«

Er nickte. »Eine Mischehe, wie die Nazis sagen. Wird bestimmt bald auch verboten. Ich wollte sie schützen, ich als Arier.« Mehr

Verachtung wurde nie in ein Wort gelegt. »So, jetzt können Sie machen, was Sie wollen.«

»Ich staune, dass die Ihre Wohnung noch nicht durchsucht haben. Ihre Frau muss schleunigst verschwinden, samt Koffer und Kleidern. Nach dieser Schweinekopf-Geschichte wird unser Blockwart noch mehr spitzeln.«

»Wie soll ich das machen? Neben all den anderen Schwierigkeiten hätten wir nicht das Geld.«

»Frau Schröder, Sie ziehen für eine Weile zu uns«, sagte Raben. Sie blickten ihn an und schwiegen.

»Herr Schröder, Sie dürfen Ihre Frau nicht besuchen, ihr nicht mal zuwinken, falls Sie sie zufällig im Fenster sehen. Und Ihre Frau darf unsere Wohnung nicht verlassen, nicht mal zum Fenster hinausschauen, bis ich eine Lösung gefunden habe.«

»Ich verlasse das Haus nicht. Ich bin Erdkundelehrer und aus dem Dienst entlassen, weil ich als staatspolitisch unzuverlässig gelte. Ich bin nicht nur mit einer Jüdin verheiratet, sondern war auch Sozialdemokrat.«

»Haben Sie Rücklagen?«

»Für eine Weile reicht es.«

»Was für eine Lösung?«, fragte sie. »Wir sitzen in der Falle. Dass ich untergetaucht bin, ist für Ihre Kollegen von der Gestapo ein Geständnis.«

»Sie müssen das Land verlassen. Mindestens Sie …«

»Wir trennen uns nicht«, sagte sie.

91.

»Wir können nicht alle retten«, sagte Lena.

»Wen haben wir schon gerettet?«

»Ich denke da an deinen Freund Hans.«

Ja, Kippenberger hatte er gerettet. Er müsste aber jeden Tag einen Menschen retten. »Sollen wir die Schröders der Gestapo überlassen?«

»Natürlich nicht«, sagte Lena. »Aber wenn die wegen des Schweinekopfs alle Wohnungen im Haus durchsuchen?«

»Lebt dein alter Volksschullehrer noch? Wie hieß er noch mal?«

»Doktor Rietzler«, sagte sie.

»Ruf ihn gleich an«, sagte er.

Als sie von der Telefonzelle zurückkehrte, nickte sie. »Er holt sie mit dem Auto ab. Gleich nachher.«

»Kannst du ihr Kleidung geben? Am besten Mantel, Hut und Regenschirm.«

»Klar.«

Als sie allein am Küchentisch saßen, aus dem Kinderzimmer Gekreische ertönte und es draußen längst finster war, sagte Lena: »Und wenn der Schweinekopf wegen mir draußen lag? Es wissen doch einige Leute, dass ich Jüdin war. Das spricht sich rum. Bei der Gestapo weiß Heydrich es, hält der dicht? Prahlt der mit den Vorzügen seiner Macht? *Ich verwandle eine Jüdin schnurstracks in eine Arierin, nur durch meine Unterschrift.*«

»Möglich«, sagte Raben, »aber unwahrscheinlich. Himmler würde das nicht gern hören. Göring auch nicht. Bestimmt haben viele Leute erfahren, dass des Lehrers Frau Jüdin ist, obwohl sie vielleicht längst in eine christliche Kirche übergetreten ist. Einmal Jude, immer Jude. Ein Elternteil jüdisch: Halbjude. Judentum ist für Nazis keine Religions-, sondern eine Rassenfrage. Sie haben den Quatsch nicht erfunden, treiben ihn aber auf die Spitze. Es ist das Üble, das sich am liebsten herumtratscht. Die Gestapo wird von Denunziationen überschwemmt. Und die Kirchen haben ihre Bücher nicht verbrannt. Da muss die Gestapo nur ins Kirchenbuch gucken und sich die Leute schnappen, die darin nicht oder als konvertierte Juden geführt werden. Ohne Kirchenbücher würden sie wenig Juden finden. Gottes Wille …«

»Sei nicht so bitter.«

»Ich kann nicht Augen und Ohren davor verschließen.«

Sie stellte sich hinter ihn und nahm seinen Kopf zwischen ihre Hände. »Ich bin stolz auf dich.«

»Danke, dass du meine einsamen Entscheidungen erträgst.«

»In diesem Fall gibt es keine Wahl. Gott sei Dank ist unsere Schneiderin nach Holland ausgereist. Gerade heute bekam ich eine Ansichtskarte aus Rotterdam. Unterschrieben hat sie als *Eure Emmy* ...«

»Schon die eine Karte ist ein Fehler.«

»Hab sie gleich zerrissen und im Klo runtergespült. Aber sie war trotzdem ein Lichtblick.«

»Hoffentlich sitzt kein Gestapo-Spitzel in der Kanalisation.«

»Könntest du mal vorschlagen. Nicht nur Mülleimer durchsuchen ...«, sagte Lena.

Raben lachte. »Die machen mich zum Abwassertaucher.«

Seit er den Schweinekopf gesehen hatte, wuchs eine Idee, die sich endlich zu erkennen gab. »Und wenn das Ehrig und seine Kumpane waren, um mich unter Druck zu setzen? Der wurde von der Gestapo aus der U-Haft geholt. Die wissen, dass ich Fehrkamp verhaftet und zu seiner Hinrichtung gebracht habe. Ehrig weiß auch, dass ich ihm ans Leder will. Vielleicht sind sie zum Gegenangriff übergegangen.« Gleich bereute er, es gesagt zu haben.

»Das hätte mir gerade noch gefehlt.«

»Na ja, ist eine blöde Idee.«

»Überhaupt nicht. Wenn die begriffen haben, dass du sie alle stellen willst, Ehrig, den M18-Mann und die anderen, wäre es geradezu klug, dich auszuschalten. Dann könnten sie endlich ruhig schlafen.«

Raben nickte. »Ich habe mich dank Kippenberger, Heydrich und des Aphrodite-Falls verzettelt. Ich weiß nicht mehr, wo sich mein Hirn rumtreibt. Und dann noch die Schröder-Geschichte. Und es wird weitere Schröder-Geschichten geben.«

»Und Kippenberger-Geschichten.«

Er blickte sie an. »Ich kann nicht anders. Es gibt andere, die sie auch nicht mehr ertragen, diese Gangsterbande an der Macht. Die Anständigen arbeiten wie wir im Geheimen, wir werden sie nie sehen, außer im Gestapo-Keller. Sie und wir sind Würmer, die niemand beachtet. Die anderen protzen mit den Bonbons, ihren Orden und Ehrenzeichen.«

»Du trägst bei feierlichen Anlässen auch deine SS-Uniform, Obersturmführer. Trotzdem gehörst du zu den Guten. Man sieht es den Leuten nicht an. Was du treibst, ist doppelt riskant. Stell dir vor, die Gestapo foltert Frau Schröder ...«

92.

»Sie sollen hier nicht rauchen, Eckes«, schnauzte Heydrich.

»Zu Befehl, Gruppenführer.« Eckes marschierte ins Vorzimmer und kehrte ohne Zigarette zurück. »Es kann nicht jeder so ein Sport-Ass sein wie Sie, Gruppenführer.« In der Tat hätte Heydrich bei Weltmeisterschaften antreten können, mindestens im Fechten und Reiten. Im Tennis hätte er gegen Gottfried von Cramm Chancen gehabt. Im Fünf- oder Zehnkampf hätte er es in die Medaillenränge geschafft, im Schwimmen machte ihm niemand was vor. Und er war ein guter Flieger. Er war das Modell eines Ariers und wusste es.

»Reden Sie sich nicht raus, Eckes. Es ist eigentlich staatsfeindlich, zu rauchen.«

»Ich werde dran sterben, wenn ich alt und nutzlos bin, das entlastet den Staat. Insofern müsste jeder rauchen, ausgenommen natürlich der Führer, der Reichsführer und Sie.«

Heydrich lachte.

Eckes hätte fast abgehoben vor Freude. Es war schon fast wieder wie früher. Die Prager Geschichte hätte ihm gefährlich werden können. Aber Raben hatte ihn gedeckt.

Heydrich streckte seinen langen Körper.

»Erkundigen Sie sich, wo dieser Ehrig steckt … Gucken Sie mich nicht so an wie ein Esel. Das ist der SA-Kamerad, der verdächtigt wurde, dieses Fräulein Böhme umgebracht zu haben. Kameraden der Gestapo haben ihn auf meinen Befehl aus der U-Haft geholt.«

»Ich frag Obersturmführer Raben«, sagte Eckes.

»Sie sind doch ein Idiot, gerade der darf ihn nicht in die Finger kriegen. Sie prüfen, ob die Kameraden Ehrig gut versteckt haben. Verstanden, Sturmbannführer?«

»Was soll ich mit dem anstellen, Gruppenführer?«

»Vielleicht brauchen wir ihn noch. Wenn die Kripo keinen Täter findet. Dieser Pressebericht hat Aufsehen erregt.«

»Wen wundert's … so eine Schönheit. Da wäre ich auch …«

»Verschonen Sie mich mit Ihren Perversionen. So einen Zwerg-germanen wie Sie hätte die bestimmt nicht rangelassen.«

»Zwerggermane, zu Befehl, Gruppenführer.«

»Hauen Sie ab und schicken Sie mir Müller.«

Der betrat nach fünf Minuten Heydrichs Büro, als hätte er einen Blitz geritten. »Heil Hitler! Gruppenführer!« Setzte sich auf einen Stuhl vor Heydrichs Schreibtisch.

»Heil!«, sagte Heydrich. »Ich habe einen Auftrag für Sie. Geheim, versteht sich. Sie müssen mir diesen Werner Ehrig sicherstellen, den SA-Mann, der die Böhme kutschierte. Verstanden?«

»Jawohl!«

»Ich habe Eckes gerade losgeschickt, um die Lage zu prüfen. Wenn alles gut ist, will ich, dass Sie diesem Ehrig einen sicheren Ort suchen, wo er dem Zugriff der Polizei entzogen ist. Mit allerbester Behandlung, das ist ein Kamerad, den wir schützen, verstanden?«

»Schutzhaft?«

»Eben nicht. Schützen, also das Gegenteil.«

»Verstanden, Gruppenführer!«

»Kein Kratzer, nicht mal ein böses Wort, und bestes Essen und Trinken. Wehe, dem passiert was!«

»Jawohl, Gruppenführer.«

»Und fragen Sie den, wer noch dabei war bei dieser Sache mit dem kommunistischen Schmierfink, der den Führer umbringen wollte ... wie hieß der noch mal?«

»Esser, Kurt. Kein Verlust.«

»Ganz recht.«

93.

»Müller sucht dich«, sagte Paul.

»Heinrich Müller von der Gestapo?«, fragte Ehrig.

»Ja.«

»Was will er?«

»Er will dich beschützen.«

»Hier bin ich sicher. Warum soll ich schon wieder zurückkommen?«

»Die Wege von Reinhard Heydrich sind unergründlich. Glaubst du etwa, die kriegen dich hier nicht? Sie müssen dir nur ein Verbrechen anhängen und deine Auslieferung verlangen. Wenn Sie's geschickt anstellen, liefert die Schweiz dich aus. Wärst nicht der Erste. Und dann würde Müller dich zu Hackfleisch verarbeiten.«

Paul war offiziell Botschaftsmitarbeiter. In Wahrheit war er ein Agent des Sicherheitsdienstes der SS, also Heydrichs. Und Paul war gut beraten, Heydrichs Befehle zu befolgen. Seine Frau wohnte mit den Zwillingen in Potsdam. Die Wohnung war schön, am Rand der Stadt, im Grünen. Die Schule war gut. Seine Gattin fühlte sich wohl und vertrieb sich ihre Zeit in der Frauenschaft. Das machte ihr Spaß, und es setzte Auszeichnungen. *Wie viele Freundinnen ich gefunden habe!*

»Und wenn die Schweiz dich nicht ausliefert, bist du tot, bevor du dich einmal umguckst.«

»Du willst mich umbringen, du Knochengestell?«

»Heydrich will dich vielleicht umbringen. Wenn ich den Befehl kriege …«

Ehrig blickte Paul an. Der hatte ihn in einer Berner Pension nahe dem Bahnhof untergebracht, als wollte er ihm so zeigen, dass sein Aufenthalt begrenzt war. Ehrig hatte Angst, dass Heydrich ihn loswerden wollte. Vielleicht wollte der ihm den Mord anhängen, um den Mörder zu schützen. Er hatte geholfen, die Schlangengrube zu graben. Jetzt saß er drin.

»Fahr zurück nach Berlin. Wie haben dich hier untergebracht, damit die Kripo dich nicht gleich findet. Jetzt ist die Aufregung vorbei, und Müller will dich im Blick behalten. Du hast keine Wahl. Es wird nichts so heiß gegessen, wie es gekocht wird.«

Bei Heydrich ist es umgekehrt, dachte Ehrig und nickte. »Wie ich dich kenne, hast du mir schon einen Zug ausgesucht.«

94.

Sie hatten sich zum Mittagessen in einem Restaurant am Alexanderplatz verabredet. Er las in der Speisekarte, als sie hereinkam. Sie faltete den Regenschirm zusammen und stellte ihn in den Halter an der Garderobe, wo sie ihren Mantel aufhängte.

»Rietzler hat mich in der Redaktion angerufen, wegen Schröders Frau. Alles in Ordnung«, sagte Lena.

»Offenbar hat im Haus niemand was bemerkt. Ich weiß nicht, wie lange ich den Druck aushalte. Es wird alles zu viel. Jeder will was, vor allem das, was ich nicht will, aber tun muss. Aphrodites Mörder sucht sich schon sein nächstes Opfer …« Raben nippte an seinem Bierglas.

»Hat der's eilig?«

»Jetzt ist er zum ersten Mal berühmt. Und wer verzichtet gern auf Ruhm?«

»Das nennt man also Kriminalpsychologie.«

»Ja, die Lehre vom Verbrecher, wie man am Polizei-Institut lernen kann.«

»Wie schön, dass es sich nicht um die Psychiatrie des Weibes handelt.«

»Willst du ein Verbrechen begehen?«, fragte er.

»Ich begehe tagtäglich Verbrechen, fast so schlimm wie Mord.«

Er nickte.

Der Kellner eilte herbei. »Tut mir leid, die Speisekarte ist geschrumpft«, sagte er. »So tragen wir zum Ruhm Deutschlands bei.«

»Dafür verhungern wir natürlich gern«, sagte Lena. Sie bestellten beide Bratwurst mit Kartoffeln und sie ein Glas Bier. »Es sei denn, das braucht der Leiter des Vier-Jahres-Plans.«

Der Kellner lachte sich ein paar Falten mehr ins Gesicht.

Als er weg war, sagte sie: »Gebt mir vier Jahre Zeit, und ihr werdet Bier trinken und Bratwurst essen. Was anderes gibt's nicht mehr.«

»Nun kritisier aber nicht den Führer. Wir sind umringt von einer Welt von Feinden. Die Ehre der Nation erwartet Gleichberechtigung mit allen Staaten des Alls.«

»Ist ja gut. Das Reich fordert Gleichberechtigung, bis es alle anderen überrollen kann.«

Raben lachte, obwohl ihm nicht danach zumute war. »Was man den Nazis nicht absprechen kann: Sie haben den Boden bereitet für eine neue Sorte von Witzen. Mir fallen dauernd Dinge ein, über die ich lachen könnte, wenn die Lage nicht so beschissen wäre.«

»Du hast dich vielleicht übernommen. Allein kannst du die Welt nicht retten.«

»Mir reichten schon ein paar Leute. Vor allem aber muss ich Ehrig kriegen. Und ich brauch die Namen und Adressen der anderen Mörder.«

»Vielleicht solltest du dich darauf konzentrieren, so viele Leute aus Deutschland rauszuschmuggeln, wie es nur geht. Das wäre schon mehr als gefährlich.«

Er nickte. »Ich tu, was ich kann, ohne uns der Gestapo auszuliefern. Aber da kommt Heydrich und will irgendwas. Ich sollte ihm telefonisch melden, ich weiß nicht mehr, was. Dass Kippenberger verschwunden ist, weiß er. Dann der Aphrodite-Fall, wir haben noch nicht einmal einen Verdacht. Auf der Liste steht auch Heydrich, er war einer ihrer Freier.«

»Wie bitte? Warum erfahr ich das jetzt erst?«

»Weil du den Chef der Mörderbande sonst böse angestarrt hättest bei unserem schönen Essen. Außerdem ist das ein Dienstgeheimnis, behalt's für dich.«

»Wie viele Geheimnisse gibt's denn sonst noch?«

»Sei froh, dass du nicht alles erfährst.«

Sie blies Luft durch ihre geschlossenen Lippen. »Und der Schweinekopf?«

»Der Fall liegt bei der Revierkripo. Offiziell darf ich mich nicht damit befassen. Ich glaube, das richtet sich gegen mich.«

»Nein, wenn, dann gegen meine Mutter und mich.«

»Das ist möglich. Aber was, wenn Ehrig und seine Mördergenossen zurückschlagen? Wenn Sie merken, was ich vorhabe?«

»Woher?«

»Ehrig weiß, dass ich Fehrkamp verhaftet habe beim Röhm-Putsch. Und er hat sich vielleicht gedacht: Da hat der Raben seine Chance genutzt. Derselbe Raben, der Fehrkamp wochenlang auf den Fersen war, während er offiziell Kippenberger gejagt hat.«

»Du überschätzt die.«

»Einer der größten Fehler, die man machen kann: seinen Feind unterschätzen.«

»Was willst du tun?«

»Zuschlagen, sobald Ehrig auftaucht. Herauskriegen, wo er sich verkrochen hat, und ihn erledigen.«

»Du sprichst schon wie ein Berufsmörder«, sagte sie.

»Ich bin ja auch einer. Aber der Einzige in diesem Land, der es nicht abstreitet oder sich auf die Vorsehung beruft.«

Der Kellner servierte Lenas Bier. »Wohl bekomm's.«

Als er weg war, sagte sie: »Hier wäre ein HH angemessen gewesen.«

Er lachte, aber nur kurz. Wie einer, der gemerkt hatte, dass ein Witz erzählt wurde, den er nicht witzig fand. In Wahrheit fand er nichts mehr witzig. »Mir tut's in der Brust weh, immer wieder ...«

»Das sind die Ängste, die dir sagen, dass du dir zu viele Gefahren zumutest. Uns übrigens auch.«

»Frag dich, warum ich so wenig erzähle.«

»Ist ja gut. Frau Schröder ist in Sicherheit, immerhin. Zwei, drei Wochen, hat Rietzler gesagt. Dann brauchen wir ein anderes Versteck, oder die müssen ins Ausland.«

»Ich weiß, dass ich sie rausbringen muss. Ich sollte ein Büro für Flüchtlingstransport aufmachen.«

»Hör auf.«

»Bitte sehr, die Bratwürste. Lassen Sie es sich schmecken.«

»Danke«, sagte Raben. »Offenbar wollen wir unsere Feinde nicht mit Würsten bewerfen.«

Sie trat ihm auf den Fuß, der Kellner lachte und klopfte Raben auf die Schulter, bevor er zum Tresen zurückging.

»Du bist verrückt!«

»Ich habe nur eine Bemerkung gemacht, die beweist, dass ich mit der Aufrüstung mehr als einverstanden bin. Wer keine Würste braucht, hat bessere Waffen in petto.«

»Beim Wortverdrehen schlägst du den Doktor.«

»Niemals!«, sagte er.

»Was ist jetzt mit Ehrig?«

»Es gibt ein Gerücht, das mein Freund Hagen mir erzählt hat, als ich ihn zufällig in der Eingangshalle des Präsidiums traf.«

»Was hat der in der Roten Burg zu suchen?«

»Mich vermutlich, wenn ich auch noch nicht weiß, was das soll. Jedenfalls hat er mir ins Ohr geflüstert, dass Ehrig sich in die Schweiz abgesetzt hat, Heydrich ihn aber zurückrief. Was er mit dem anfangen will, weiß ich nicht. Vielleicht will er ihn in Müllers Keller-sanatorium überstellen. Ich wüsste nur nicht, warum. Womöglich wollen sie ihn mir als Beute vorführen, um mir später seinen Tod unterzujubeln.«

»Heydrich?«

»Keine Ahnung. Die Bratwurst hätten sie gern auf irgendwen werfen können.« Er kippte einen Schluck Bier nach. »Das hilft gegen die Angst«, sagte er. »Ich sollte Alkoholiker werden.«

»Fallada lesen, dann weißt du, wie sich das anfühlt. Ich darf wieder Rezensionen schreiben, soweit du dich für meine Arbeit noch interessierst.« Es klang schärfer als gewollt.

»Das ist gut. Oder?«

»Weiß ich nicht. Ich würde Wagner ungern allein lassen. Seit es kein Verbrechen mehr gibt, fühlt er sich überflüssig.«

Raben grinste. »Wenn Goebbels erklärt, es gebe kein Verbrechen mehr, dann gibt es keines mehr. Dabei gibt es mehr Verbrechen als in dieser Systemzeit. Solange es Armut gibt, wird geklaut. Solange die Reichen mit ihrem Reichtum protzen, gibt es Einbrüche. Und demnächst werden die Gangster den Goldfasanen noch den Ordensschmuck stehlen. Mit meiner Unterstützung, wenn es sein muss.«

»In einem hast du recht. Ich ekle mich auch vor diesen aufgeblasenen Fettsäcken mit Tonnen von Lametta auf der Brust. Gauleitern und sonstigen Funktionären. Eitel und dumm. Aber sonst, finde ich, bist du ziemlich heruntergekommen.«

»Kein Einspruch. Immerhin bin ich ein Mörder und diene einem Massenmörder. Dagegen ist der Aphrodite-Fall gar nichts.«

95

Raben war ähnlich gestimmt wie Lichtigkeit. »Himmler hat Levetzow, unseren genialen Polizeipräsidenten, angerufen. Hat mir der
Alte erzählt. Der Reichsführer will den Aphrodite-Fall vom Tisch
haben. Es gingen Gerüchte um, allmählich zweifelten Leute an der
Arbeit der Polizei, die Gestapo eingeschlossen«, sagte Raben.

»Dann sollen die den Fall der Gestapo übergeben, und Heydrich
kann gegen Heydrich ermitteln. Levetzow weiß nichts von unseren Ermittlungen. Gennat kennt die Kalender und Notizbücher,
schweigt aber wie Buddha. Hat der eigentlich geschwiegen oder
Reden gehalten?«, fragte Lichtigkeit.

Warum musste jedes Gespräch abschweifen? Alles ging schief,
und er entkam mit knapper Not dem Tod, der auf Verräter wartete.
Wenn die Kippenberger-Sache herauskam, wenn seine Tricks in
Prag bekannt würden, wenn Heydrich erfuhr, dass er alles schleifen
ließ, sobald Ehrig auftauchte, wenn Heydrich wüsste, dass Lena und
er Juden halfen, dann würde der kleine Karl bei einer nationalsozia-
listischen Musterfamilie aufwachsen und nicht mal erfahren, wo die
Asche seiner Eltern weggeworfen worden war.

»Wir müssen einen auf der Liste finden, der kein Alibi hat«, sagte
Raben. »Was heißt, wir laden die ganze Bande aufs Präsidium. Es
ist mir zu blöd, denen nachzulaufen, weil darunter wichtige Persön-
lichkeiten sind, wie unser Admiral erklärt hat.«

Am nächsten Morgen, pünktlich um acht Uhr, meldete Köpfchen
den Oberstleutnant Gert Halden.

Lichtigkeit saß hinter seinem Schreibtisch, Raben davor, als der
mit Tressen verzierte Offizier seine Stiefel ins Büro stellte. Ohne
Gruß schoss die Frage aus seinem Mund: »Was soll der Unsinn?
Ich habe Besseres zu tun, als Ihnen bei der Jagd nach Taschendie-
ben zu helfen.«

»Sie sind bei der Mordinspektion … steht draußen auf dem Schild neben der Tür«, sagte Lichtigkeit.

»Ich will Ihren Chef sprechen, aber sofort.«

»Den Polizeipräsidenten oder gleich Herrn Göring?«, fragte Raben.

»Wenn ich Ihr Verhalten meinem Chef Admiral Canaris melde, dann gibt's aber was.«

»Setzen Sie sich neben meinen Kollegen«, sagte Lichtigkeit, während Raben einen Stuhl holte. »Wir müssen ja nicht in den Vernehmungsraum gehen, nicht wahr?«

Einen Augenblick sah Halden aus wie eine Bulldogge kurz vorm Todesbiss. Dann beruhigte sich sein Gesicht, und er setzte sich. »Gut, bringen wir's hinter uns.«

»Sie arbeiten bei der Abwehr?«, fragte Raben.

»Das wissen Sie doch schon. Ja.«

»Da sollte ein Verkehr mit Prostituierten eigentlich unmöglich sein.«

»Wollen Sie mir einen Moralvortrag halten?«

»Nein, aber Sie hatten Verkehr mit Frau Karoline Böhme, und zwar mindestens achtmal«, sagte Lichtigkeit.

Halden bestarrte seine Hände, als erwartete er, dass ihnen Magie entfloss. »Ja, gut, und?«

»Die Dame hat vermutlich spioniert«, sagte Raben.

»Wie bitte?«

»Ja, sie hat Sie wohl ausgeforscht«, sagte Lichtigkeit. »Wenn Sie auf der Toilette waren, hat sie Ihre Aktentasche durchsucht und Dokumente fotografiert.«

Alle Farben flohen aus seinem Gesicht. Die Bulldogge verwandelte sich in einen Dackel.

»Und ich würde gern wissen, was Sie ihr alles erzählt haben. Im Bett wird ja gern geplaudert, und Männer neigen gerade dort zur Wichtigtuerei, um der Dame zu imponieren«, sagte Raben.

»Haben Sie Fotografien?«, fragte Halden.

»Nein, die hat sie wohl ihrem Auftraggeber übergeben.«

»Wer ist das?«

»Das wissen wir noch nicht«, sagte Lichtigkeit.

»Also war sie ein SD-Spitzel.«

»Wie kommen Sie darauf?«, fragte Raben.

»Der SD durchsetzt alles und jedes mit seinen Agenten. Ministerien, Universitäten …«

»Viele Volksgenossen fühlen sich aufgerufen, den Staat zu schützen«, sagte Lichtigkeit. »Da braucht es den SD gar nicht.«

Raben nickte. Lichtigkeits Bemerkung verunsicherte Halden. Von überallher flogen die Denunziationen zu Gestapo und Polizei. Nachbar denunzierte Nachbar, Arbeitskollege denunzierte Arbeitskollege. Lauscher gab es in der Elektrischen, in Bussen und Zügen. Dass einer einen Witz über Hitler, Goebbels oder Göring gerissen habe. Dass jener eine jüdische Freundin habe. Dass eine andere Kommunisten verstecke. Es gab so viel zu verraten im neuen Reich. Und nie wurde Verrat so hoch geschätzt wie in diesem.

»Sie sind Offizier der Abwehr. Wir müssen diese Sache dem Admiral Canaris melden«, sagte Raben.

»Um Gottes willen!«, brach es aus Halden heraus.

»Man kann nicht alles haben«, sagte Lichtigkeit.

»Und wenn ich Ihnen alles sage, wirklich alles?«

»Dann fangen Sie mal an«, sagte Raben. »Aber dafür gehen wir ins Vernehmungszimmer.«

»Natürlich«, sagte Halden. »Natürlich.«

Sie saßen sich in dem kahlen Raum gegenüber.

»Hört sonst jemand mit?«, fragte Halden.

»Nein, ist nicht nötig«, erwiderte Raben. Er zog einen Block hervor und einen Bleistift. »Am besten fände ich, Sie schrieben *alles* auf. Ohne Auslassung. Wir würden sie entdecken. Wenn nicht heute, dann später. Wenn Sie fertig sind, sagen Sie es unserem Kollegen.«

Ein Uniformierter hatte sich neben den Ausgang gestellt.

»Haben Sie eine Waffe dabei?«, fragte Raben und blickte auf die Pistolentasche am Gürtel.

»Die ist nicht geladen.«

»Vielleicht händigen Sie mir die Waffe trotzdem aus. Die Vorschriften, Sie verstehen ...«

Halden öffnete bedächtig die Tasche, zog eine Luger 08 heraus, schob den Lauf in den Mund und schoss.

96.

Er hatte keine Wahl. Werner Ehrig kehrte nach Berlin zurück. Danach versteckte er sich auf einem Gutshof im Brandenburgischen. Dort kannte er Leute, die von Anfang an mitgemacht hatten. Sie waren Rebellen gewesen gegen eine Republik, die sie schikanierte mit Schulden, Steuern und Zöllen. Erst Hitler und sein Reichsbauernführer Walther Darré stritten für die Bauern. Darré hatte sogar Bücher geschrieben, vor 1933 schon. Eines hieß *Neuadel aus Blut und Boden*.

Endlich spürte Ehrig, dass er sich nicht länger jagen ließ. Es war doch kein Zufall, dass dieser Raben plötzlich auftauchte wegen dieser Nutte Böhme. Er wollte ihn umbringen, so wie er den Gustav hatte umbringen lassen. Wer sonst hatte den kleinen SA-Funktionär auf die Exekutionsliste geschrieben? Göring? Heydrich? Da hätten sie gleich die Pimpfe vom Deutschen Jungvolk erschießen können. Unter den Kameraden hatte niemand verstanden, wie Fehrkamp am Röhm-Putsch hätte beteiligt sein können. Trotzdem hatte Raben ihn zur Kaserne gebracht. Das hatten Mieter im Haus gesehen. Die guckten nicht weg, wenn es ein Gerumpel im Treppenhaus gab. Und der Schuss, der die arme Otilie traf, Gustavs Frau? Da zieht man kurz den Kopf ein und linst dann doch wieder.

Sie waren noch sechs Kämpfer, die den kommunistischen

Schmierfink erledigt hatten. Sie würden doch mit dem Kerl fertigwerden. Es war schwierig gewesen, sie zu finden. Einige hatten es weit gebracht. Fred Wetterau war sogar im Propagandaministerium untergekommen. Dabei hatte er nie ein Buch gelesen. Egal, die Veteranen der Revolution hatten es sich verdient. In Ministerien gab es Schreibtische und Titel zu verteilen.

Der Gutsherr, preußischer Landadel, überließ ihnen eine Scheune. Stroh und Heu kitzelten die Nasen. Immerhin, die Küche servierte Schweinebraten und Bier.

Der Herr ließ sich nicht sehen. Er wollte nichts gewusst haben. Ein Gutsherr war überall. Die Arbeit auf den Feldern beaufsichtigen, einen Weidezaun reparieren lassen. Und die Mia war trächtig, sah nach einer Frühgeburt aus, bei der Kuh und Kalb eingehen konnten.

Willi Vetter erschien als Erster, in einem Opel Laubfrosch. Konnte er sich leisten als Kämmerer der Lübecker Stadtverwaltung. »Wusste gar nicht, dass du weiter als bis drei zählen kannst«, sagte Ehrig und umarmte den Kameraden.

»Ein Deutscher kann alles. Dazu brauchte es keinen Einstein und sonst keinen Juden. Wo sind die anderen?«

Die kamen mit dem Pferdewagen, bewaffnet mit Bierflaschen und bester Laune. Sie wussten nicht, worum es Ehrig ging. Aber einem Kameraden half man immer. Seit der Röhm-Sauerei war Ruhe eingekehrt. Und wenn die gute alte SA doch mal losschlug, setzte es Hiebe. Saufgelage waren in Ordnung, aber danach auf die Straßen ziehen und Juden verprügeln, das war plötzlich verboten. Außer die Partei befahl es.

Da kam schon der Wagen, gezogen von zwei Kaltblütern, die schwer schnauften. Johann Kahle saß neben dem Kutscher, die anderen auf Seitenbänken dahinter. Egon Schenk schmiss ein Streichholz in den Matsch.

»Hier haste es aber gemütlich«, sagte Kahle, während er absprang. Der Schlamm spritzte zur Seite.

Ehrig lachte. Sie waren alle da, die besten Kameraden der Welt.

»Worum geht's, du Judenhasser?«, fragte Adolf Deuter, wie immer die Russenkappe auf dem Kopf, mit Ohrenschützern aus Kaninchenfell.

Sie tranken erst einmal eine Runde. Ein Dienstmädchen brachte Stullen, Bier und Kaffee.

»Worum geht's, Werner?«, fragte Kahle.

»Um diesen Raben«, sagte Ehrig. »Der hat unseren Kameraden Gustav auf dem Gewissen, obwohl er keines hat.«

»Sicher?«, fragte Willi.

Ehrig erklärte, was er wusste.

»Der hat die Exekutionsliste gefälscht?«, fragte Fred.

»Vermutlich. Wie sonst würdest du es erklären, dass er Gustav abführen und erschießen ließ?«

Nicken.

»Und nun?«, fragte Willi.

Sie starrten auf Ehrig.

»Wir müssen Gustav rächen und uns schützen. Das ist das Mindeste ...«

»Wir bringen den Bullen um?«, fragte Egon.

»Was denn sonst?«, sagte Ehrig.

97.

Sie waren zu Levetzow befohlen worden. Levetzow, den Winde der braunen Revolution von der Kriegsmarine auf den Präsidentensessel geblasen hatten. Er bot Raben und Lichtigkeit keinen Platz an, ließ sie stehen wie Matrosen, die den Smutje beklaut hatten. Gut, dass die Neunschwänzige in den Ruhestand geschickt worden war. Raben sah sich schon an einen Mast gefesselt, hinter ihm der Maat mit der Peitsche.

Der Polizeipräsident ließ sie lange stehen, widmete ihnen keinen Blick. Arbeitete an einem Schriftstück. Korrigierte irgendwas und legte das Blatt auf einen Stapel.

»Wie konnte das passieren?«, fragte er mit unterdrücktem Zorn und blickte sie an.

»Wir wollten eine Vernehmungspause machen und haben den Oberstleutnant gebeten, uns seine Waffe auszuhändigen. Ich wollte das Magazin herausziehen und ihm die Luger zurückgeben. Aber er hat sich die Waffe in den Mund gesteckt und abgedrückt«, sagte Raben.

»Und der Umzug ins Vernehmungszimmer …?«

»Das Büro von Kommissar Lichtigkeit ist zu klein«, sagte Raben. »Wir wussten nicht, wo der Oberstleutnant halbwegs bequem sitzen konnte. Hätte er vor Kommissar Lichtigkeits Schreibtisch gesessen, hätte ich ihn vom Sofa aus, von hinten also, befragen müssen. Wir haben das dem Oberstleutnant auch gesagt.«

»Die Vernehmung war … höflich und respektvoll? Immerhin war er Offizier der Abwehr, unseres Schutzes gegen feindliche Agenten.«

»Jederzeit«, sagte Raben.

»Warum wollten Sie eine Pause machen?«

»Der Oberstleutnant Halden machte einen … bedrückten Eindruck«, sagte Lichtigkeit. »Er sollte in aller Ruhe aufschreiben, was er wusste, wenn er was wusste.«

»Bedrückt ist man nur, wenn jemand Druck auf einen ausübt«, erwiderte Levetzow. Offenbar hatte er seinen Zorn geschluckt. Verriet sein Gesicht.

»Oder etwas«, sagte Raben.

Levetzow nickte. »Ich habe mit Admiral Canaris gesprochen, seinem Chef. Der Admiral ist schwer betrübt. Einer seiner besten Leute.«

»Das verstehe ich gut«, sagte Raben. »Aber wir haben dem Oberstleutnant nichts angetan, verglichen mit anderen Vernehmungen war es ein freundliches Gespräch.«

»Das soll ich Ihnen glauben?«

»Darum bitte ich«, erwiderte Raben.

Lichtigkeit nickte. »So war es. Es muss einen anderen Grund geben, dass der Mann sich erschossen hat.«

Raben hätte fast wieder gewürgt. Er sah immer noch Blut und Hirn an die Decke spritzen. Lichtigkeit und er hatten in der Toilette Flecken von ihrer Kleidung waschen müssen. Den Geruch wurde er trotzdem nicht los. Der Vernehmungsraum war beschmutzt, wohin man auch schaute. Als Tatort hatten sie ihn gleich absperren und versiegeln lassen. Die Leiche lag auf dem Boden. Nichts verändern, nichts anrühren, so verlangten es die Vorschriften.

»Können Sie sich vorstellen, was ihn bedrückt hat?«

»Sollte es nichts Dienstliches oder Privates sein, hat er sich verhalten wie ein Täter, der auf seine Reputation wert legt. Bei Offizieren ...«

»Ich weiß, ich weiß«, sagte Levetzow, der nun müde schien. »Sie glauben also, dass er die Böhme umgebracht hat.«

»Das würde den Selbstmord erklären«, sagte Lichtigkeit. »Aber ein Beweis ist es nicht. Immerhin gehörte er zu den Freiern der Dame, die vermutlich als Spionin für irgendjemanden gearbeitet hat. Wir erzählen das dem Oberleutnant. Da fällt dem ein, was er der Böhme im Bett geflüstert hat ...«

»Und dreht durch. Wenn er der Mörder ist oder etwas verraten hat oder beides, dann hat er genug Gründe, sich zu erschießen«, sagte Raben. »Ich habe starke Zweifel, dass er der Mörder war. Er hat für die meisten anderen Tatzeiten Alibis. Reisen, Teilnahme an Übungen. Ich habe vorhin telefoniert, er hat an den Übungen teilgenommen. Er war dienstlich in Österreich.«

Lichtigkeit blickte ihn erstaunt an. Nickte.

»Dann stimmt Ihre Serientäter-These nicht«, sagte Levetzow.

»Die stimmt, Herr Präsident. Nur wer für alle sechs Morde in Berlin verantwortlich ist, kommt bei der Böhme infrage. Außerdem gibt es in der Umgebung Berlins weitere Fälle, die unseren ähneln.«

»Mein Gott!«, sagte Levetzow. »Wie gut, dass wir endlich das Landeskriminalpolizeiamt gegründet haben. Natürlich müssen Nebe und Kollegen sich erst sortieren. Aber suchen Sie ihn auf, jetzt gleich.«

»Ich hoffe, wir sind nicht auf dem falschen Weg«, sagte Lichtigkeit, während sie zu Nebe spazierten. Sie fanden ihn in seinem Büro. Alles sah aus wie nie genutzt. Der Kamerad war penibel. Er saß in seinem Drehsessel und lächelte.

»Das ist ja richtig knorke hier, Arthur«, sagte Lichtigkeit.

»Vielen Dank, Georg. Wir führen unsere Kriminalpolizei jetzt auf ein höheres Niveau, bald im ganzen Reich.«

»Dann wirst du also bald Reichskriminaldirektor!«, sagte Lichtigkeit. »Unser aller Chef.«

»Unser aller Chef ist der Reichsführer«, sagte Nebe, der aber immer noch SA-Offizier war. »Nehmen Sie doch Platz!«

»Auch meinen Glückwunsch, Herr Direktor«, sagte Raben.

»Danke. Euch beide hätte ich gern bei uns. Das Landeskriminalamt sitzt ja auch im Präsidium, es ist ein kurzer Weg.«

»Das ist verlockend. Aber zuerst müssen wir den Böhme-Fall aufklären.«

»Genau, man tut seine Pflicht. Aber danach sprechen wir uns, einverstanden?«

»Klar, Arthur.«

»Was führt euch her? Bestimmt nicht nur die Glückwünsche.«

»Der Fall Aphrodite«, sagte Lichtigkeit. »Wir haben bisher sechs Opfer allein in Berlin gefunden, und alles deutet auf einen Serientäter hin.«

»Ich kenn den Fall gut. Der Gruppenführer hat mich unterrichtet. Er hasst die Idee, dass da draußen ein neuer Adolf Seefeld umgeht. Nur dass der nicht Jungs umbringt, sondern Frauen. Ich lasse mich regelmäßig von Kommissar Togotzes und deinem Kriminalassistenten Wendig unterrichten, die ich beide in die Sonderkommission Seefeld versetzt habe.«

»Wie gesagt, es könnte im Berliner Umfeld weitere Opfer unseres Serientäters geben. Könntest du deine Kollegen bitten, die verdächtigen Fälle zu erfassen und uns die Akten zu schicken?«

»Die Opfer sind zwischen zwanzig und dreißig, gut aussehend, gut gekleidet, womöglich in der Nähe von Bahngleisen abgelegt, aber offenbar nicht dort ermordet«, sagte Raben.

»Ich weiß, ich weiß«, sagte Nebe lächelnd. »Ich kenne die Akte halbwegs und finde Ihren Ermittlungsansatz vielversprechend. Natürlich müssen wir für andere Fährten offen sein. Wie immer im Leben. Aber das wissen Sie ja. Ich melde mich, sobald wir was haben. Vielleicht ist unser Mörder auch so gern unterwegs wie Seefeld.«

»Ich glaub ja nicht, dass der uns einen Rat geben wollte«, sagte Raben, als sie wieder in Lichtigkeits Büro saßen. »Aber er hat mich auf eine Idee gebracht. Jemand, der immer unterwegs ist. Vielleicht ist unser Mörder so etwas wie ein Handelsvertreter, der im Sommer die Winterkollektion seiner Firma anbietet und auf seiner Reise auch nach Berlin kommt.«

»Sie meinen, Mode?«

»Zum Beispiel. Kleidung, Schuhe, Blumensamen ... fällt Ihnen noch was ein?«

»Unter Mode kann man viel verstehen«, sagte Lichtigkeit. »Oberbekleidung, also Röcke und Kleider, oder Unterwäsche. Warum nur für Frauen?«

»Weil sich die Herren für Klamotten nicht interessieren«, sagte Köpfchen. Sie stand in der Tür und grinste.

»Da ist was dran. Stellen wir uns also ...«

»Parfüm, Kölnischwasser, Gesundheitsartikel, Küchenutensilien wie zum Beispiel Reiben oder Handmixer«, sagte Köpfchen.

»Mir wird schwindlig«, sagte Raben.

»Wenn das schon genügt, um Sie aus dem Gleichgewicht zu bringen, Herr Kriminalrat.«

»Ich finde *Sie* umwerfend«, sagte Raben. »Haben Sie sonst keine Arbeit? Wenn wir über Damenwäsche sprechen, ruf ich Sie.«

»Ziemlich anzüglich, Herr Kriminalpolizeirat.« Sie lachte und verschwand.

»Mode ist saisonbedingt«, sagte Raben. »Der Vertreter reist immer die gleiche Tour. Im Sommer ist er in der Hauptstadt und bleibt länger, weil er hier die meisten Kunden hat und weitere gewinnen will ... Vielleicht ...«, sagte Raben, »vielleicht hat er auch am Stadtrand Kunden.«

Lichtigkeit nickte. »Wo steigen Handelsvertreter in Berlin ab? Billig, aber nicht zu billig. Platz für die Waren. Gibt's typische Hotels?«

Das Telefon klingelte. »Ein Admiral will Sie sprechen.«

»Wir waren doch gerade da«, sagte Lichtigkeit.

»Nein, der hier heißt Canaris und wartet unten in der Halle.«

98.

»Die nennen das Hetzjagd«, sagte Egon Schenk. »Könnt euch ja beim Gutsherrn erkundigen, was das ist. Die hetzen das Wild mit Pferden und Hunden, bis das Tier nicht mehr kann, und dann wird es abgeknallt.«

»Ich hab schon angefangen und Raben einen Schweinekopf vor die Haustür gelegt. Hat er was zu kauen«, sagte Ehrig.

»Aber das sind doch keine Juden«, erwiderte Deuter. »Jedenfalls nicht, dass ich wüsste.«

»Ich hab herumgewühlt. Vor allem in alten Zeitungen aus der Systemzeit in der Gauleitung. Und wen finde ich da? Elisabeth Riedle, Rabens Schwiegermutter, auf einem Gruppenfoto, Mitglieder der jüdischen Gemeinde in Potsdam. Und noch einmal, da wird sie als Elisabeth Riedle mit ihrer Tochter Lena vorgestellt. Ein wunderschönes Doppelporträt.« Er zog aus seiner Tasche eine herausgerissene Zeitungsseite und gab sie in die Runde.

»Sehr hübsch, die Kleine«, sagte Wetterau.

»Ja, verdammt«, sagte Schenk. »Aber egal. Wie kommt es, dass ihr Mann SS-Offizier ist? Die dürfen doch keine Jüdinnen heiraten. Nicht mal ficken.«

»Das ist das große Rätsel«, sagte Ehrig.

»Ich habe einen Kumpel, der hat beim SA-Kameraden Helldorff angeklopft, der ist ja schließlich Polizeipräsident von Potsdam. Der mauert oder weiß nichts«, sagte Ehrig. »Wir werden das jedenfalls verbreiten. Der Judenfreund von der SS, klingt doch schon mal gut. Und so einen Verdacht wird man nicht mehr los.«

»Warum nicht einfach abknallen bei sich zu Hause, und die Judenhure gleich mit?«, fragte Vetter.

»Nimm uns doch nicht den Spaß«, sagte Ehrig. »Wir kochen ihn gar, bis ihn die SS umbringt. Und wenn nicht die schwarzen Arschlöcher, dann wir.«

99.

Sie erhoben sich beide, als der Admiral in Uniform ins Büro trat.

»Guten Tag, Herr Admiral«, sagte Lichtigkeit.

Canaris nickte. Große Augen, weißes Haar, exakt gescheitelt, bartlos und eher kein Riese.

Raben deutete auf den Stuhl vor Lichtigkeits Schreibtisch.

Canaris setzte sich. »Oberstleutnant Halden war einer meiner Besten. Sie wissen vielleicht nicht, was das in einem Nachrichtendienst heißt«, lispelte Canaris. Er blickte Lichtigkeit an, dann Raben, der sich an die Tür lehnte.

»Ein Hirn, das begreift und schnell schaltet«, sagte Raben. »So in etwa.«

Canaris blickte ihn an. »Von Ihnen hat mir Gruppenführer Heydrich erzählt. Sie sollten besser in meine Dienste treten. Wir brauchen solche Leute wie Sie. Kadavergehorsam hilft nicht unter Spionen. Wir sind eine gute Truppe.«

»Vielen Dank, Herr Admiral. Ich bin Polizist und möchte es bleiben.« Er begriff sofort, dass Heydrich sich gegen ihn wendete, wenn er sich versetzen ließe.

»Hab ich mir gedacht«, sagte Canaris. »Kommen wir zur Sache. Sie haben den Oberstleutnant verhört, ihn angewiesen, Ihnen seine Dienstwaffe zu übergeben …«

»Um sie ihm zurückzugeben, nachdem ich das Magazin gesichert hätte. Wir haben ihm die Waffe lange gelassen, vorschriftswidrig, aber uns erschien er als ruhiger Offizier, der sich nichts vorzuwerfen hatte.«

»Und warum hat er sich dann erschossen?«

»Vermutlich, weil er einer Prostituierten zu viel erzählt hat.«

»Aber er wusste doch, dass die … Dame tot war.«

»Er fürchtete die Schande, er war wohl verheiratet. Aber das konnten wir ihn nicht mehr fragen«, erwiderte Raben.

Canaris nickte. »Er war es. Überlassen Sie es mir, die Witwe zu trösten. Ich kannte die beiden gut.«

»Es tut uns leid, Herr Admiral«, sagte Lichtigkeit.

»Sie haben nichts falsch gemacht. Morgen Abend musiziert meine Frau mit dem Gruppenführer, soll ich ihn grüßen?« Er blickte Raben an.

»Ich bitte darum«, sagte er.

»Vielleicht wird Herr Heydrich Sie einmal zu einem Abend einladen. Er ist ein begnadeter Violinist. Wenn er noch mehr Zeit hätte …«

Sie starrten dem kleinen Mann nach. Er hatte ihnen die Hand gegeben, war aufgestanden und gegangen.

»Wenn man sich überlegt, was der Mann alles durchgemacht hat. Ein Wunder, dass er noch lebt«, sagte Lichtigkeit.

»Ich traue ihm nicht«, sagte Raben.

100.

Am Wochenende schlief er aus und genoss es, dass Lena ihn deswegen verspottete. Karl der Kleine kannte keine Gnade. Raben musste im Bett mit ihm toben. Elisabeth servierte mit fröhlichem Gesicht ein Frühstück mit Bohnenkaffee und schnappte sich Karlchen, obwohl der anfing zu zetern. Am Nachmittag gingen sie in den Zoo. Der Kleine kriegte den Mund gar nicht mehr zu vor Staunen. Und er bekam ohne Quengeln eine Limonade, mit deren Hälfte er seine Kleidung verklebte. Für Sonntag wollten sie in den Grunewald. An diesem Wochenende gab es nur ein paar weiße Wolken am Himmel. Aber es regnete nicht. Also würde der Wettermörder nicht zuschlagen.

Sie kamen spät nach Hause vom Zoo. Elisabeth brachte Karl den Kleinen in die Wohnung. Lena öffnete den Briefkasten und erstarrte.

Die Judenbrut muss raus.

Raben entdeckte auf dem Flur ein weiteres Blatt mit der gleichen Aufschrift. *Die Judenbrut muss raus*, sonst nichts.

»Die meinen uns«, sagte Lena.

»Oder die Schröders. Da ist ein Spinner unterwegs.« Er mühte sich, es ruhig zu sagen.

Die Türklingel war lauter als sonst. Sie schmerzte in Rabens Ohr. Er öffnete die Tür, der Blockwart hielt ihm das Blatt entgegen. »Lag in jedem Briefkasten. In Ihrem auch?«

»Ja, leider.«

»Es haben sich hier also doch Juden verkrochen. Ich hab schon alles durchsucht, vom Keller bis zum Dachboden. Nichts!« Er legte seine Empörung in das Wort.

»Sie glauben einem Stück Papier, das irgendjemand eingeworfen hat, ohne seinen Namen zu nennen?«

»Könnte doch stimmen. Sie als Kriminalkommissar …«

»Und Obersturmführer der SS.«

Hansens Klappe blieb offen.

»Ich gehe morgen früh zur Gestapo und erstatte eine Anzeige.«

»Vielen Dank, Obersturmführer.« Der rechte Arm schnellte hoch. »Heil Hitler!«

»Heil«, erwiderte Raben ruhig. »Sie können sich gar nicht vorstellen, wie viele Denunziationen bei der Gestapo und im Polizeipräsidium landen. Die meisten sind falsch. Da will jemand seinen Nachbarn loswerden oder Druck machen auf einen Wettbewerber, um ihm den Laden zum Spottpreis wegzunehmen. Oder es handelt sich um Bosheit. Dem Kollegen eins auswischen. Wir sollten keine Arier verdächtigen, wenn wir das auserwählte Volk loswerden wollen. Kapiert? Das können nur Juden sein, die uns da auf den Holzweg schicken.«

»Sie meinen …«

»Perfekte Zersetzung. Ich habe die Bewohner dieses Hauses bei der Gestapo überprüfen lassen. Alle reinrassig. Sie auch.«

»Das ist freundlich von Ihnen.«

»Für eine gute Nachbarschaft tut man doch alles. Und Sie brauchen nicht mehr nach Juden zu suchen. Auf jeden Fall nicht mehr im Haus.«

»Danke, Herr Kommissar.«

»So, und jetzt essen Sie und wir zu Abend. Auf Wiedersehen, Herr Hansen.«

»Ich danke Ihnen, Obersturmführer. Wären doch nur alle Berliner Bürger so vorbildlich wie Sie und Ihre Familie.«

Nach dem Essen machten Lena und Karl einen Spaziergang. Es begann zu nieseln.

»Den Blockwart hast du rumgekriegt. Aber wer hat diese Sauerei angezettelt?«

»Ich habe nicht die geringste Ahnung«, sagte Raben. Er verschwieg seine Ideen. Irgendjemand aus früherer Zeit erinnerte sich an Elisabeth als Mitglied der jüdischen Gemeinde in Potsdam. Sie hatte doch Leute gekannt. Und Lena war vielleicht in ihrer Jugend bei einer jüdischen Organisation gewesen. Ihre Lehrer dürften es wissen.

»Da kennt uns vielleicht einer von früher«, sagte sie. »Der Weg von Potsdam nach Berlin ist nicht weit. Und hier hat er mich zufällig gesehen und ist mir bis zum Haus gefolgt.«

Ein Mercedes überholte einen Radfahrer so dicht, dass der auf den Bürgersteig fiel. Das Auto hielt an. Ein Frau in Pelzjacke, stark geschminkt und mit Schmuck behängt wie ein Weihnachtsbaum. Sie half dem Radfahrer auf. »Es tut mir ja so leid!« Drückte ihm einen Geldschein in die Hand. »Soll ich Sie ins Krankenhaus fahren?«

»Nein, nein danke.«

Jetzt waren Raben und Lena nah am Unfallort. Er zeigte seine Dienstmarke.

»Bitte zeigen Sie mich nicht an«, sagte sie.

»Natürlich nicht«, erwiderte der Radfahrer.

»Aber ich fände es gut, die Dame brächte Sie ins Krankenhaus«, sagte Raben.

»Vielen Dank, Herr …« Sie blickte ihm in die Augen.

»Kriminalkommissar.«

»Ich bringe den Herrn ins Krankenhaus. Mit dem Fahrrad war wohl schon vor dem Unfall nicht mehr viel los. Ich habe ihm Geld gegeben, um sich ein neues zu kaufen.«

»Auf Wiedersehen und Ihnen gute Besserung.«

»Man ist zufällig irgendwo und kann etwas zum Guten wenden«, sagte Lena. »Und sich mit den eigenen Vorurteilen beschäftigen. Nie hätte ich gedacht, dass sie ihn in ihren Luxusschlitten einlädt.«

Sie gingen im Regen, dessen Tropfen im Schein der Lampen leuchteten. Das Straßenpflaster glänzte. Ein paar Autos nur. Ein Motorradfahrer schlingerte über die Straße.

»Vielleicht will Heydrich uns loswerden. Oder er erinnert uns an unseren Pakt mit dem Teufel«, sagte sie.

»Finde ich zu weit hergeholt. Wenn Heydrich mir droht, dann macht er das per Vorladung in seinem Büro, Standpauke eingeschlossen. Er kann mir aber nichts vorwerfen.«

»Außer dass du Kippenberger samt Familie aus dem Reich geschleust hast.«

»Wie kommst du darauf?« Er grinste.

»Hast du mir erzählt.«

»Niemals! Den hat Moskau ausgeschleust«, log Raben. »Der KPD-Militärapparat lebt noch. Das Ausschleusen gehört zu seinen Aufgaben. Offensichtlich ist Kippenberger zunächst in Paris gelandet. Das beweist die Ansichtskarte aus Paris vielleicht.«

»Die beweist gar nichts. Soll ich meine Freundin Frieda bitten, dir in meinem Namen eine Ansichtskarte aus Rom zu schicken?«

»Stimmt«, sagte er. »Wie werden wir den Hassblattschreiber los?«

»Du bist der Bulle.«

»Fällt dir nichts Besseres ein? In deinem Kopf bist du keine Nazisse, aber in deinen Genen schlummert Böses.«

101.

Am Morgen spürte er schon in der Empfangshalle des Präsidiums, dass etwas geschehen war. »Unser Mörder hat wieder zugeschlagen«, sagte Steinkopf. »Sie hatten recht, er genießt seine Prominenz. Morgen erscheint das Opferfoto in den Berliner Zeitungen, und es gibt eine Rundfunkfahndung. Der Herr Lichtigkeit ist schon am Tatort. Das Bahngleis der U5, nahe dem Bahnhof Friedrichsfelde.«

»Besorgen Sie mir einen Wagen.«

»Der wartet schon am Hintereingang.«

Raben raste nach Friedrichsfelde. Er fand den Tatort sofort. Es war eine Provokation, die Leiche hier abzulegen. Vom Bahnsteig aus war der Ort gut sichtbar. Er sah das Mordauto, Steiner saß am Klapptisch an der Schreibmaschine und tippte. »Der Chef erwartet Sie schon.«

Tatsächlich hatte Gennat seine Pfunde hergeschleppt. Er stand neben der Leiche und sprach mit Schoene. Lichtigkeit pfiff Bock an wie einen Schüler. Der war offenbar umhergetrampelt und hatte Spuren zerstört.

Raben eilte zur Leiche, sah das Gesicht, die blonden Haare, den Schmuck, den der Täter ihr gelassen hatte. Er schnappte nach Luft und fühlte, wie er wankte.

»Was ist, Karl?«, fragte Lichtigkeit.

Der deutete auf die Leiche, versuchte etwas zu sagen, blies aber nur Luft aus. Die Angst umklammerte seinen Brustkorb. Er setzte sich auf den Schotter, um nicht umzufallen. Er zeigte auf die Leiche. »Ich hab sie gestern gesehen. Sie hat einen Radfahrer umgestoßen mit ihrem Mercedes und den Mann sofort ins Krankenhaus gebracht, nachdem sie ihm Geld für ein neues Fahrrad gegeben hatte.«

Lichtigkeit blickte ihn an und schüttelte den Kopf. »Das gibt's doch nicht.«

»Der Mercedes hatte das Kennzeichen I-CZ 321«, sagte Raben. »Ich hätte begreifen müssen, dass sie ein mögliches Opfer war. Verflucht.«

»Herr Raben, Sie leiden unter Paranoia oder was Ähnlichem«, sagte Gennat. »Niemand, absolut niemand hätte bei einer solchen Szene an den Serientäter gedacht. Es ist ein Wunder, dass Sie auf das Autokennzeichen geachtet haben. Das hilft uns enorm.«

»Unser Täter hat wieder zugeschlagen … Todesursache?«

»Ein scharfes Messer. Sie wurde aber nicht hier getötet, genauso wenig wie die anderen Opfer«, sagte Gennat. »Der Täter hat die Handtasche mitgenommen, um die Identifizierung zu erschweren.

Er will uns zwingen, das Bild in der Presse zu bringen. Ein neuer Triumph für ihn. Aber den haben Sie ihm erst mal vermasselt. Können Sie den Radfahrer beschreiben?«

»Im Präsidium …«

Lichtigkeit zog ihn hoch.

»Wir brauchen einen Zeichner …«, sagte Raben.

»Wie? Warum?«, fragte Lichtigkeit.

»Ich habe den Mann so genau im Kopf, dass ich ihn malen könnte, könnte ich malen. Aber in der Redaktion des *Tageblatts* muss es Leute geben, welche die Karikaturen zeichnen. Verstehen Sie?«

Gennat blickte ihn lange an und nickte. »Das gab's noch nie. Aber das ist eine verdammt gute Idee.«

Lichtigkeit hatte telefoniert. Er blickte auf seinen Notizblock. »Das Opfer heißt Carola Creutzfeld, Gattin von Helmut Creutzfeld, Staatssekretär im Außenministerium.«

Raben betrachtete sie. Welch Schönheit auf dem Schotter.

»Sie besorgen sich einen Zeichner, dann probieren wir das aus«, sagte Gennat zu Raben. »Und wir beide suchen den Gatten auf.« Er winkte Lichtigkeit mitzukommen.

Raben bat einen Polizisten in einem Streifenwagen, ihn zum *Tageblatt* zu fahren. Mit Vollgas und der Quart des Martinshorns.

Lena stutzte. Dann sagte sie: »Eine gute Idee. Warum ist noch keiner darauf gekommen?« Sie überlegte. »Unser bester Zeichner, meiner Meinung nach, heißt Herbert Wasser. Er arbeitet zu Hause. Ich ruf ihn an. Er wird sich bei dir melden.«

Bald klingelte das Telefon in Lichtigkeits Büro.

»Wasser.«

»Guten Tag, Herr Wasser. Danke für den Rückruf. Sie haben von dem Frauenmörder gehört?«, fragte Raben.

»Natürlich.«

»Ich habe ihn gesehen – oder jemanden, der es sein könnte. Darf ich Sie besuchen, damit wir versuchen können, eine Zeichnung des Mannes anzufertigen?«

»Kommen Sie gern vorbei. Cuvrystraße 16a.«

»Bin schon unterwegs.«

Wasser war klein und dick. Der Vollbart verdeckte den Hals. Er hatte kleine, lebhafte Augen.

»Kommen Sie herein, Herr Kommissar.«

»Nennen Sie mich Raben, die Mehrzahl des Unglücksvogels.«

Wasser lachte leise, was eher nach Hundehecheln klang. »Kommen Sie, quetschen Sie sich rein in meinen Schlosssaal.« Das Zimmer war winzig und vollgestopft mit einem Zeichentisch, wie man sie bei Architekten sah. Auf einem Dreibein ein Papierhalter, in einer Schale darunter Stifte. »Ihre Frau sagte, Sie hätten das Bild eines Verdächtigen im Kopf.«

»So ist es.«

Wasser stellte sich vor die Staffelei, riss ein bekritzeltes Papier vom großen Block. »Ach so, wollen Sie Kaffee?«

»Danke, nein.«

»Dann legen wir los.«

Mit Bleistift und Radiergummi fingen sie bei den Haaren an. »Dunkel, eher schwarz ... es war Nacht.«

Wasser zeichnete, ohne fest aufzudrücken. Dennoch sah das Blatt bald wirr aus. »Sie gehen jetzt in die Küche und setzen uns einen richtigen Kaffee auf. Das sollten Sie können. Kaffee, Filter und 'ne Kanne finden Sie neben dem Waschbecken. Auf dem Herd wartet ein Wasserkessel auf Sie.«

»Wird gemacht, Meister«, sagte Raben lachend.

Als er mit dem Kaffee zurückkam, hatte Wasser das Porträt mit kräftigem Aufdruck gezeichnet.

Raben blickte es eine Weile an. Es überraschte ihn, wie gut es geklappt hatte. »Das ist er. Ein Meisterwerk, trotz meiner Einflüsterungen.«

Bevor er in die Küche gegangen war, hatte er einen Blick ins Wohnzimmer gewagt. Klassische Literatur, Kunst an der Wand. Kein Hitler, überhaupt nichts Nationalsozialistisches.

»Bitten Sie meine Frau, sich die Zeichnung anzugucken. Sie hat den Mann auch gesehen und besitzt ein scharfes Auge.«

»Ja, das Fräulein Riedle ... Raben, Entschuldigung, hätte besser in einer anderen Zeit gelebt.«

»Das gilt auch für mich«, sagte Raben. »Aber man muss versuchen, anständig zu bleiben.«

Wasser warf ihm einen schrägen Blick zu. »Nun, Sie sind Fräulein Riedles Ehemann ...« Er blickte Raben an und gab ihm die Hand. »Das haben wir vorhin vergessen ... schon nenn ich sie wieder beim falschen Namen. Schieben wir's aufs Alter.«

102.

Der Mann saß zusammengekrümmt auf dem Sofa, nachdem Gennat und Lichtigkeit ihm vom Tod seiner Frau berichtet hatten. Er bestätigte das Autokennzeichen des Mercedes seiner Frau.

Er blickte Gennat aus tränenroten Augen an. »Entschuldigung, ich habe Ihnen gar nichts angeboten.«

»Danke, wir möchten nichts.«

»Dahinten steht eine Flasche Whisky. Gläser finden Sie im Regal über der Bar. Sie bedienen sich, wenn Sie Ihre Meinung ändern.«

Lichtigkeit goss ein Glas Whisky ein und stellte es auf den Tisch vor Creutzfeld, den Staatssekretär, der seine Frau verloren hatte, vielleicht weil sie zu freundlich gewesen war.

Es klingelte. Creutzfeld ließ Raben ein. Der legte Wassers Zeichnung auf den Tisch.

»Diese Skizze« – Creutzfelds Zeigefinger deutete auf die Täterzeichnung – »zeigt den Mörder?«

»Möglich. Vielleicht hat Ihre Frau den Mann nach Hause gefahren, und das Verbrechen geschah danach.« Raben sagte nicht, dass der Himmel in der Nacht einen Sommerregen auf Berlin hatte prasseln lassen und dass der Fundort nahe dem Bahnhof Friedrichsfelde lag. Auf dem Schotter der Gleise. Carola Creutzfeld war Opfer Nummer sieben, und Raben hatte den Täter gesehen, vielleicht.

»Den kenn ich nicht«, sagte Creutzfeld. »Nein, nie gesehen.«

»Wir schicken nachher den Erkennungsdienst, der wird Ihnen Fingerabdrücke abnehmen. Wenn wir den Wagen finden, können wir Ihre ausschließen. In der Hoffnung, dass der Mann Abdrücke hinterlassen hat«, sagte Lichtigkeit.

»Natürlich, Herr Kommissar.«

103.

Heydrich blätterte durch die Aktenkopie, die Eckes ihm eilig auf den Schreibtisch gelegt hatte. »Schon wieder eine schöne Frau. Was, Eckes?«

»Schöne Frau, zu Befehl.«

»Ich überleg gerade, ob ich Sie in ein KL einweisen lasse. Als Offizier unserer Totenkopf-Verbände oder als Häftling.« Er schickte ein Grinsen hinterher.

»KL, jawohl! Ganz, wie Sie wünschen.«

»Ich glaube, das würde Ihnen Ihre Frechheiten austreiben.«

»Natürlich, Gruppenführer.«

»Wirklich hübsch. Wie kommt der Staatssekretär Creutzfeld zu so einer ...?«

»Der Kommissar Raben wird ihn fragen, wenn Sie es wünschen.«

»Unfug«, sagte Heydrich. »Nur, wenn das so weitergeht, verlieren die Volksgenossen das Vertrauen in unsere Polizei. Die Menschen unterscheiden da nicht: ob Kripo oder Gestapo oder Schupo. Für die ist das alles Polizei. Sie gucken so skeptisch, sagen Sie's!«

»Am meisten Angst haben sie vor der Stapo, die Kripo und die Ordnungspolizei sind für unsere Volksgenossen immer noch dein Freund und Helfer.«

Heydrich musterte Eckes, wie er da vor ihm stand. »Sie mögen recht haben, aber wenn die Kripo einen Fall versaut, dann schadet das dem Ruf aller Sicherheitsorgane.«

»Zu Befehl, Gruppenführer!«

»Raus!«, schnauzte Heydrich.

Eckes verabschiedete sich zackig und marschierte hinaus. Der Gruppenführer hatte ihm vergeben. »Danke, Raben«, murmelte er, nachdem er die Tür geschlossen hatte.

104.

Staatssekretär Creutzfeld war ins Präsidium gekommen, zwei Tage nach dem Mord. Lichtigkeit hatte Raben berichtet, dass der Mann fast zusammengebrochen wäre, als sie ihm die Todesnachricht überbracht hatten.

Nun saßen Sie zu dritt in einem Vernehmungszimmer, nachdem sie sich versichert hatten, dass der Mann keine Waffe bei sich trug. Er war blass, mit rot geweinten Augen, Bonbon am Revers. »Fragen Sie mich, ich sage Ihnen alles.«

Lichtigkeit und Raben wechselten einen Blick.

»Was ist *alles*?«, fragte Raben.

»Alles, was ich weiß.«

»Gut, wann und wo haben Sie Ihre spätere Frau kennengelernt?«

»Im Zug zwischen Berlin und Hamburg. Wir hatten ein Abteil zweiter Klasse für uns.«

»Wann?«

»Am 23. November 1933. Ich habe sie in Hamburg zum Essen eingeladen, nachdem wir uns … angeregt unterhalten hatten.«

»Worüber?«

»Über unsere Revolution und das Glück, den Führer zu haben.«

»Ja, das können wir gut verstehen«, sagte Lichtigkeit.

»Wie der Führer das Elend beseitigt und uns wieder Hoffnung gibt.«

»Hat Ihre Frau von Begegnungen mit Männern berichtet?«

»Wie meinen Sie das?«

»So, wie ich es frage. Beim Einkauf, in einem Café …«

»Nein«, sagte er.

Raben schob ihm die Zeichnung zu. »Haben Sie nachgedacht, vielleicht kennen Sie den Mann doch?«

Creutzfeld nahm das Blatt in die Hand, legte es zurück auf den Schreibtisch. »Nein, kenne ich nicht. Wirklich nicht.«

»Unsere Kollegen sind mit dieser Zeichnung unterwegs, um nachzufragen.«

»Hoffentlich hilft es.« Der Staatssekretär blickte ihn traurig an. Langes Schweigen.

»War das dieser Serientäter?«, fragte Creutzfeld.

»Ja, vermutlich«, sagte Raben.

»Dann wurde ihr der Hals durchgeschnitten, oder sie wurde stranguliert. Ist doch so?«

»Messer«, sagte Raben.

»Schmerzt das?«

»Ich glaube nicht. Man ist überrascht und verliert sofort das Bewusstsein. Strangulieren … da kriegt man alles mit, bis man das Bewusstsein verliert. Sie musste nicht kämpfen.«

Creutzfeld nickte. »Wenn Sie den Mörder haben, sagen Sie es mir bitte.«

Danach saßen Raben und Lichtigkeit noch zusammen in dessen Büro.

»Wird Zeit, dass Sie wieder zur Gestapo abhauen. Hier kriegt man ja keine Luft.«

Raben öffnete das Fenster. Die Geruchsmischung aus Kohlerauch, Zweitakterqualm, Pferdeäpfeln und anderem drang ins Büro. Dazu der Lärm der Straße. Hupende Autos, klingelnde Elektrische und der Bahnhof mit seiner Geruchskulisse. Wenn man still war, hörte man das Schnauben der Loks, wenn sie losfuhren, und das Quietschen der Bremsen.

»Endlich frische Luft«, sagte Lichtigkeit und zündete sich eine Eckstein an.

»Georg, lassen Sie nicht Ihre schlechte Laune an mir aus.«

Ein Blick, dann erwiderte Lichtigkeit: »Entschuldigung, Kollege. Aber mich treibt dieser Fall noch zur Raserei.«

»Wir gehen jetzt ins Wochenende. Wollen Sie mit zu mir kommen? Meine Schwiegermutter kocht am Freitagabend immer was Leckeres.«

Er sah Lichtigkeits dankbaren Blick. »Das geht doch …«

»Ich ruf zu Hause an.«

Elisabeth hatte einen Rehbraten aufgetrieben, unglaublich. Mit Kartoffelknödeln, die Karl der Kleine in sich hineinstopfte, bis er platzte. Was mit einem Weinanfall wegen Bauchweh endete. Elisabeth brachte ihn ins Bett und las so lange vor, bis der Bauch doch nicht platzte.

»Ihre Schwiegermutter ist entzückend«, sagte Lichtigkeit. »Karl, Sie sind ein Glückspilz.«

»Haben wir noch den Cognac, den irgendjemand hier angeschleppt hat?«, fragte Raben Lena.

»Rehrücken, Wein und Cognac, das darf man keinem erzählen, wenn man nicht für einen Lügner gehalten werden will«, sagte Lichtigkeit.

Lena schenkte ihnen und sich ein.

»Ich bin zwar jünger, aber Sie sind ein Feigling. Wollen wir uns nicht duzen?«, fragte Raben.

Lichtigkeit lachte los. Gelöst, fröhlich. »Gut, so lass ich mich gern beschimpfen. Trinken wir drauf, Karl und Lena.«

Sie lachte ebenfalls.

Lichtigkeit und Raben blickten sich an.

»Sollen wir den Notarzt rufen?«

»Idioten«, sagte sie mit Tränen in den Augen. »Es ist so schwer, Freunde zu finden, da wird man doch lachen dürfen.« Sie wischte sich die Tränen weg. »Kaum einer traut sich noch, den Mund aufzumachen. Umso schöner, wenn man jemanden findet, mit dem man reden kann und der einen nicht verpfeift.«

»Findet sich unser Creutzfeld in der Kartei?«, fragte Raben.

»Nee«, erwiderte Lichtigkeit. »Bock hat gesucht und null Komma nichts gefunden. Kein Auszug aus dem Strafregister, nichts im Register der daktyloskopischen Hauptsammlung. Darin zu kramen ist nicht unbedingt Karls Stärke. Er findet immer einen Dummen, der es für ihn macht.«

»Nun übertreib nicht«, sagte Raben.

»Ich kann mir das gut vorstellen«, sagte Lena. »Er kriegt schon den Größenwahn, obwohl er noch ein kleiner Bulle ist.«

»Du hast eine Woche Alkoholverbot. Weibermund tut Unsinn kund, ab einem Glas Cognac.«

»Dann steig ich auf Wein um.«

»Hast du das gehört, Georg? Morgen flüchte ich so früh wie möglich ins Präsidium, um mich vor den Provokationen meiner Frau zu retten.«

»Wen laden wir vor? Heydrich?«

Lena hielt sich die Hand vor den Mund und lachte los. »Ihr Helden! Ihr Helden!«

105.

Weil sie es nun eilig hatten, suchten sie den nächsten auf der Liste auf. Am Ku'damm – wo sonst – saß der Berliner Repräsentant der IG Farben, ausgeschrieben *Interessengemeinschaft Farbenindustrie AG*. Seine Aufgabe bestand darin, die Politik im Sinn der Chemieindustrie zu beeinflussen, und er hatte großen Erfolg, spätestens seit Hitler Reichskanzler war. Die Nazis gaben das Geld mit beiden Händen aus, zeichneten Wechsel, die keinen Wert mehr hatten, sollte Hitler scheitern. Es roch nach Krieg, schon weil irgendwer die Rüstungsschulden begleichen musste.

In der riesigen Empfangshalle mit einem dicken Teppichboden, der allen Schall schluckte, saßen hinter einem Tresen zwei Frauen im Einheitskostüm. Gedeckte Farben, einfache Frisuren, dezent geschminkt. Die eine Empfangsdame war damit beschäftigt, einem Mann einen Weg zu beschreiben. Der klemmte seinen Hut unter den Arm und nickte fortwährend. Die andere Dame blickte die neuen Besucher freundlich an.

»Guten Tag«, sagte Raben. »Wir möchten gern zu Dr. Abraham Kolakowski.«

»Haben Sie einen Termin?«

»Selbstverständlich.« Raben legte sein Blech auf den Tisch. »Kripo Berlin.«

»Oh, ich rufe den Herrn Direktor an.«

Sie nahm den Hörer, hatte gleich die Chefsekretärin dran, legte auf und fragte. »In einer Stunde, frühestens.«

»Danke«, sagte Lichtigkeit. »Dann gehen wir jetzt einen Kaffee trinken.«

»Nehmen Sie doch Platz hier unten. Ich bringe Ihnen gerne Kaffee und Kekse, wenn es Ihnen recht ist.« Sie schickte ein Lächeln hinterher.

Sie setzten sich in Sessel am Fenster, zwischen ihnen ein Tisch.

»Ich überlege, wie ich Heydrich dazu bringen könnte, mir zu verraten, ob die Böhme ein SD-Spitzel war. Er ist der Obergeheimniskrämer. Wär ich auch als Chef eines Geheimdienstes. Nebe trau ich nicht über den Weg. Der mit seiner inoffiziellen Information«, sagte Raben.

»Ist sie ein SD-Spitzel gewesen, dann war sie wichtig, wenn man sich ihre Kunden anschaut. Heydrich konnte mit ihrer Hilfe Informationen aus dem Innern der Regierung sammeln und aus den Chefetagen der Politik. Wir haben nicht nachgebohrt, wenn es darum ging, wie die Herren die Dame kennengelernt haben. Wie dumm. Wir haben uns beeindrucken lassen von den Freiern«, sagte Raben. »Manchmal habe ich den Eindruck, ich mach nur Fehler.«

»Weil dich in Wahrheit nur der Ehrig interessiert«, sagte Lichtigkeit lakonisch.

Raben lächelte.

Die Empfangsdame kam endlich und sagte, Kolakowskis Assistent hole sie gleich ab.

In der Tat sprang ein junger Mann die Treppe hinunter, als wäre es eine Wehrübung.

Topffrisur, grauer Anzug, runde Brillengläser. Wie ein Soldat, der sich als Zivilist verkleidet hatte. Zu jung für den Weltkrieg, alt genug für den nächsten. »Herr Direktor Kolakowski erwartet Sie.«

Er eilte voraus, sie hinterher. Es gab zwar einen Lift, aber auf dem Schlachtfeld gab es auch keinen. Raben bezweifelte, dass der Assistent diese Übung mit jedem Besucher machte.

Lichtigkeit schnaufte und schwitzte, als sie den dritten Stock erreicht hatten. Der Assistent führte sie zur vorletzten Tür im Flur und öffnete sie.

»Haben Sie alles vorbereitet?«, fragte der Assistent.

»Ja, natürlich, Herr Spielmann«, sagte eine hagere Sekretärin mit überdimensionierten Brillengläsern.

Der Direktor verwies sie auf die übliche Sitzecke in seinem Riesenbüro. An der Wand überm Schreibtisch glotzte der Führer

Himmler an, der an der gegenüberliegenden Wand hing. Eine Urkunde des *Freundeskreises Reichsführer SS* hing unter Himmler. Kolakowski setzte sich als Letzter, er war groß und haarlos. Dass so was als Arier durchgeht, huschte es durch Rabens Hirn. Kolakowski nahm die Brille ab und knetete den Nasenansatz.

Als Raben den Mund öffnen wollte, erschien in der Tür die dünne Sekretärin mit einem Tablett, arrangierte Tee, Kaffee, Wasser und Schokostückchen auf dem Tisch. Sie verschwand lautlos, als wäre sie nicht da gewesen.

»Meine Herren«, sagte Kolakowski, »bedienen Sie sich. Ich habe nicht viel Zeit für Sie.«

Während Lichtigkeit ihnen Kaffee einschenkte, fragte Raben: »Sie hatten Verkehr mit einer Karoline Böhme.«

»Ich wusste, dass Sie kommen und mich fragen würden. Ich hatte Verkehr mit ihr, einschließlich Geschlechtsverkehr. Ich habe dafür anständig bezahlt.«

»Wie und wo haben Sie die Dame kennengelernt?«

»Auf einem Empfang im Büro des Reichsführers.«

Raben schwieg einen Augenblick.

»Wer hat sie Ihnen vorgestellt?«, fragte Lichtigkeit.

»Gruppenführer Heydrich.«

»Einfach so … ›Herr Doktor Kolakowski, darf ich Ihnen Frau Böhme vorstellen, eine besondere Freundin‹?«

»Ja, so hat er es gesagt und dabei gelächelt und mir zugezwinkert, wie unter Komplizen. Es war wohl als Geschenk gedacht, obwohl ich die Dienste der Dame selbst bezahlt habe.«

»Sie vermuten demnach, dass sie für Gruppenführer Heydrich gearbeitet hat?«, fragte Raben.

»Ohne Zweifel«, sagte Kolakowski. »Wenn man eins und eins zusammenzählen kann, kommt am Ende Heydrich raus.«

Raben blickte ihn an. »Hat sie versucht, Sie auszufragen?«

»Und ob. Es ging vor allem ums Personal der IG. Wer die übelsten Gestalten seien. Ob es Sabotage gegeben habe. Ob eine kommunistische Zelle agitiere. Ich musste sie enttäuschen. Die IG Farben steht zum Führer, spendet für Partei und SS, und sollte es bei uns einer anders sehen ... die Nummer der Gestapo liegt auf meinem Schreibtisch.«

»Sehr gut«, sagte Raben.

»Wichtig für uns ist der Hinweis, dass Sie sich nach Personal erkundigt hat. Sie suchte Staatsfeinde ...«, sagte Lichtigkeit.

»Sie suchte alles«, sagte Kolakowski. »Ich glaube, der Gruppenführer will die deutsche Wirtschaft ausforschen. Fehler finden, Faulheit bekämpfen. Er denkt schon an den Krieg, und die Chemie wird ihren Beitrag leisten, damit der Führer seine Ziele erreichen kann.«

»Gaskrieg?«, fragte Raben.

»Wir müssen darauf vorbereitet sein, falls der Feind damit anfängt. Das hat mir der Reichsführer SS versichert.«

»Aber der Krieg sei unvermeidlich, sagen Sie?«

»Ja, Herr Kommissar Raben. Irgendwer muss unsere Aufrüstung bezahlen. Wir können nicht ewig von nur durch Vaterlandsliebe gedeckten Wechseln leben. Diese Metallurgische Forschungsgesellschaft, die nichts erforscht und nichts produziert, stellt für die Regierung Wechsel aus, Mefo-Wechsel genannt, und dies in Milliardenhöhe, um die Rüstung zu bezahlen. Irgendwann wird jeder Wechsel fällig. Will dann das Reich nicht den Bankrott erklären und zusammenbrechen, muss es erobern, im günstigsten Fall die Goldreserven anderer Staaten. Jedenfalls alles, was zu Geld zu machen ist. So einfach ist das.«

»Sie hoffen auf den Krieg?«, fragte Lichtigkeit.

»Nein, ich kalkuliere seine Wahrscheinlichkeit. Und die liegt bei hundert Prozent. Noch einen Kaffee?«

106.

Otto Hansen, Nationalsozialist seit einer mittleren Ewigkeit, jetzt zuständig für ein paar bessere Mietshäuser in Pankow, die einem Bauunternehmer gehörten, der sich seit dem Ruhestand nur noch mit der Verehrung des Führers befasste. Hansen blickte morgens aus dem Fenster, wenn es Zeit war für den Briefträger. Fast hätte er ihn diesmal verpasst. Er flitzte in den Flur und öffnete die Briefkästen, las die Absendernamen und -adressen. Er verrichtete seinen Spitzeldienst gründlich. Bei Raben fand er einen dicken Briefumschlag. Der machte ihn neugierig, auch weil er keinen Absender hatte. Er ging in die Küche, erhitzte Wasser, hielt den Umschlag über den Wasserdampf, öffnete ihn am Tisch mit einer Pinzette. Er konnte das, der Brief würde aussehen wie neu. Es war ein weiterer Umschlag darin. Er zog ihn langsam heraus und öffnete auch ihn über Wasserdampf. Doppelte Verpackung, das steigerte sein Misstrauen. Dann knallte es dumpf. Mit einem Schrei fiel Hansen zu Boden. Er sah nichts. Er spürte Blut im Gesicht. Dann spürte er nichts mehr.

107.

Elisabeth hörte die Explosion und diesen Schrei, der in ihr Hirn drang wie ein Säbelhieb. Sie sah ihre Hände zittern. Setzte Karlchen in sein Gitter und rannte zur Tür. Qualm stand im Flur. Es war still, und sie ahnte, was es bedeutete. Sie rüttelte an Hansens Tür, die war verschlossen. Sie kehrte in die Wohnung zurück und rief im Polizeirevier an. Niemand hob ab. Dann im Präsidium. Ihr Schwiegersohn war unterwegs, die Dame am Telefon versprach, sofort eine Streife zu schicken. Die brauchte nur wenige Minuten.

»Es hat einen Riesenknall beim Volksgenossen Hansen gegeben. Sie können bestimmt die Tür öffnen ...«

Der Kräftigere der beiden trug eine Hitler-Rotzbremse und trat die Tür ein. Sie zogen die Waffen und gingen hinein. Der Dünne kam sofort wieder raus, riss die Haustür auf und übergab sich im Vorgarten.

Elisabeth trat hinter ihn. »Kann ich Ihnen helfen?«

»Ja, werden Sie nie Polizistin.«

»Schön, dass Sie Ihren Humor nicht erbrochen haben.«

»Das ist kein Humor.«

Von Weitem schon hörten sie die Sirene des Krankenwagens, der in einem Affentempo aus der Kurve schlitterte und dann mit quietschenden Bremsen anhielt.

»Das wird den Hansen nicht wiederauferstehen lassen«, sagte der Polizist. Er wischte sich den Mund ab mit dem Klopapier, das Elisabeth ihm gegeben hatte.

Der Wachtmeister mit der Rotzbremse war fahl, als er Hansens Wohnung verließ. »So eine Scheiße.«

Plötzlich erschienen Raben und Lichtigkeit. Sie betraten die Wohnung und betrachteten die Leiche ohne Gesicht.

»Warum bringt jemand einen Blockwart um, und das auf diese Weise?«, fragte Lichtigkeit.

Raben sah die Nasenspitze in der Ecke liegen. Sein Hirn untersuchte die Erklärungen im Höchsttempo. »Die Bombe war nicht für ihn, die war für mich«, sagte er. »Wahrscheinlichkeit fünfundneunzig Prozent. Wenn irgendwer Ärger mit Hansen hatte, hätte der ihn nicht mit einer Briefbombe umgebracht. Wer kommt an diesen Sprengstoff heran?«

»Arbeiter in einer Munitionsfabrik, die haben täglich mit hochexplosivem Material zu tun. Sie wissen auch, dass das Zeug leicht entzündlich ist.«

Raben nickte. Er hatte schon einen Verdacht, schwieg aber. Einer von Essers Mördern kannte sich aus.

Doktor Schoene erschien. Er stapfte ins Haus.

»Seine Laune war auch schon mal besser«, sagte Lichtigkeit.

Elisabeth kam aus der Wohnung. »Guten Tag, Herr Lichtigkeit. Bin ich froh, dass Sie und mein Schwiegersohn hier sind. Haben Sie schon … etwas herausgefunden?«

»Nein«, sagte Lichtigkeit.

»Vielleicht war der Brief gar nicht an Herrn Hansen gerichtet. Der öffnet gern mal die Briefkästen …«

»Ein Blockwart soll für Sicherheit und Ordnung sorgen. Damit keine Hetzer oder andere Feinde des Reichs unsere Volksgenossen stören«, sagte die Rotzbremse.

Lichtigkeit nickte. »Er hat wohl einen Brief genauer untersuchen wollen. Auf dem Herd steht noch der Topf mit Wasser …«

»Ich verstehe«, sagte Elisabeth.

Raben bewunderte sie ob ihrer Selbstbeherrschung. Sie war die vollendete Volksgenossin.

Dann entstieg Lena einem Taxi. »Danke für den Anruf, Mutti.«

Der Lehrer Schröder erschien auch. »Was ist geschehen?«

»Unglaublich«, sagte er, nachdem Elisabeth es ihm erklärt hatte. Er wurde blass.

Mittlerweile waren Doktor Schoene und Helmut Körber eingetroffen. Auf der Straße parkte ein Leichenwagen.

Raben versuchte sich vorzustellen, wie es gewesen wäre, hätte es ihn erwischt. Er blickte Lena an. Oder wenn es sie erwischt hätte.

»Das war der Typ mit dem Schweinekopf«, sagte Lena. »Er hört erst auf, wenn du tot bist. Schnapp den Kerl, bevor es uns erwischt. Such diesen Ehrig. War er es?«

»Mir fällt niemand ein, der mich lieber ins Jenseits befördern würde. Er ahnt, was ihm blüht, wenn es ihm nicht gelingt.«

108

»Erst ein Schweinekopf, dann die Bombe. Ich glaube auch, dass jemand Sie meint. Gott sei Dank hat es nur den neugierigen Blockwart erwischt, gefallen in Ausübung seiner vaterländischen Pflicht.« Fast schien es, dass Heydrich grinste. »Hatte er Frau und Kinder?«

»Nicht, dass ich wüsste«, sagte Raben auf dem Stuhl vor dem Schreibtisch des SS-Gruppenführers.

»Dann ist ja kein großer Schaden entstanden. Das richtet sich gegen Sie?«

»Ich fürchte es. Das kommt aus dem SA-Sumpf. Aus irgendeinem Grund haben da welche einen Rochus auf mich.«

»Na, Sie haben den Fehrkamp verhaftet, der dann hingerichtet wurde. Und dieser Ehrig, gehörte der nicht zu Fehrkamps Kumpeln?«

»Ja«, sagte Raben.

Heydrich lächelte. »Stimmt, steht in den Kripo-Akten.«

»Selbstverständlich.«

»Dann sollten wir Ehrig befragen.«

»Das hätte ich längst getan, aber der ist verschwunden«, erwiderte Raben.

»Ihnen ist einer entkommen? Kaum zu glauben.«

»Wenn er im Ausland ist, komme ich nicht an ihn ran.«

»Das sagen Sie! Ich werde den Lutze fragen, das Bürschchen, das nun den braunen Sturmtruppen voranreitet. Vielleicht kriegt der heraus, wo sein Kamerad steckt.«

Wenn Raben es nicht längst wüsste, hätte er jetzt erfahren, wie tief das Ansehen der SA seit dem Röhm-Putsch gesunken war. Wer hätte Röhm ein Bürschchen genannt?

»Wie steht's beim Fall Böhme?«, fragte Heydrich.

»Wir grenzen die Zahl der Täter ein. Wer ein Alibi für die Mordnacht hat …«

»Und am Ende verhaften Sie mich.«

»So ist es gedacht, Gruppenführer.«

Der wieherte wie ein Pferd. »Der war gut, Obersturmführer.«

»Freut mich, dass der Witz Ihnen gefällt.«

»Den erzähl ich nachher dem Reichsführer. Der mag solchen schwarzen Humor auch. Schließlich hat die SS den schwarzen Humor erfunden, sieht man schon an der Uniform.«

Raben lachte. »Wir sind nicht weitergekommen. Wir befragen die Kundschaft der Dame. Alles wichtige Herren.«

Heydrich nickte.

»Ich glaube inzwischen, die hat für den SD gearbeitet, wenn ich mir die Bemerkung erlauben darf.«

»Seit wann wissen Sie's?«

»Ich vermutete es, seit ich die Freierliste gesehen habe. Sie waren eingetragen, weil die Böhme Ihnen so unauffällig berichten konnte.« Raben lächelte.

Heydrich nickte. »Sie wissen natürlich, dass man so oder so berichten kann.«

»Ich nehme an, es war *so*, Gruppenführer.«

Heydrich lachte wieder. »Sie sind der schlaueste Hund, der hier rumkläfft. Außer mir natürlich. Werden Sie mir nicht zu schlau.«

Raben verstand es so, als hätte Heydrich gesagt: Machen Sie so weiter, dann enden Sie im Sarg.

»Aber behalten Sie's für sich. Für die Kripo ist das ein Lustmord, ein Serientäter geht um«, sagte Heydrich.

»Wir dürfen die Möglichkeit nicht übersehen, dass im Fall Böhme einer dem Serientäter was abgeguckt hat und nur die Agentin ermorden wollte. Vielleicht weil er ihr zu viel erzählt hat. Wir dürfen genauso wenig ausschließen, dass es ein schlichter Lustmord war, ohne politischen Hintergrund.« Er lächelte Heydrich an: »Dann wären Sie wirklich aus dem Schneider.«

Der hob die Brauen und ließ sie fallen. Und begann zu lachen.

Es klopfte, Eckes stürmte herein wie einst der Preußen-Prinz auf die Düppeler Schanzen.

»Mann! Warten Sie, bis ich Ihnen erlaube, diesen heiligen Raum zu betreten, Sie Schlamper.«

»Jawohl, Schlamper!« Knallte die Hacken zusammen, hob den Arm.

»Heil Hitler, Sturmbannführer!«

»Ich bitte, die Schlamperei zu entschuldigen.«

»Ein Soldat entschuldigt sich nicht«, schnarrte Heydrich.

»Jawohl, nicht entschuldigen.«

»Setzen Sie sich neben den Obersturmführer Raben, und halten Sie die Klappe, bis Sie gefragt werden.«

»Jawohl, Klappe halten!« Er setzte sich auf den Stuhl neben Raben, reichte dem die Hand.

»Da haben wir ja die beiden Helden aus Prag zusammen. Den Fotostar und den SS-Offizier, der die Arbeit machte und dem Schlamper den Arsch retten musste. Haben Sie daraus was gelernt?«

»Jawohl, Gruppenführer, sich nicht mehr fotografieren lassen.«

»Wie sagte der Reichsführer unlängst: Raus mit den Einsteins, wir haben unzählige arische Genies. Er muss Sie gemeint haben.«

»Jawohl, Gruppenführer, nein … ich soll mich ja nicht entschuldigen.«

Heydrich lachte, Eckes fiel zögernd ein.

Plötzlich wurde Heydrich kantig. Als hätte er nie gelacht. »Weiß unser SD etwas über den Mordfall Böhme? Haben wir die Akten der Kripo?«

»Ja. Nein, der SD weiß nicht mehr als die Kripo.«

»Sie sind wohl völlig verrückt geworden. Der SD weiß immer mehr als die Kripo.«

»Jawohl, mehr als die Kripo, Gruppenführer.«

»Ich versetze Sie nur deshalb nicht zur Straßenbahn, weil ich ein Massaker unter unseren Volksgenossen fürchte.«

»Jawohl, Gruppenführer.«

Heydrich wandte sich an Raben. »Brauchen Sie Verstärkung?

Als Botenjunge ist der Sturmbannführer brauchbar. Er kann sogar Kraftdroschken fahren.«

»Eigentlich gern, aber das müssten Sie bitte mit dem Admiral besprechen, dem Herrn Polizeipräsidenten von Levetzow.«

»Wenn ich den anrufe, wird er seekrank. Fragen Sie den Kriminaldirektor Gennat, was er davon hält. Ich finde, die Sicherheitsdienste müssen zusammenarbeiten. Und ich bin bereit, auch noch meinen besten Mann abzutreten. Zeitweise.«

Eckes sprang auf. »Jawohl, Gruppenführer!«

»Das ist eine Lüge, Sie Idiot.«

Eckes setzte sich langsam. »Entschuldigung …«

»Raus!«, brüllte Heydrich.

»Zu Befehl, raus!« Die Hacken knallten, der rechte Arm wäre fast an die Decke geflogen. Zack, zack, weg war er.

Heydrich grinste. »Er hat sich in Prag wirklich blöd angestellt.«

»Er hat sich von einer schönen Frau knipsen lassen. Hätte mir auch passieren können …«

»Das glaube ich Ihnen nicht. So, Ihr Blockwart wurde ermordet. Nachdem ein Schweinekopf vor der Haustür lag. Ich gestehe, dass mich das verwirrt. Solche Methoden waren in der Kampfzeit üblich, wenn auch nicht minder eklig. Aber heutzutage?« Er blickte Raben fragend an.

»Es gibt Wirrköpfe, Fanatiker, Leute, die merkwürdigen Obsessionen folgen. Immerhin verfügte der Mörder über handwerkliches Geschick. Aber welcher Volksgenosse tötet einen Blockwart? Mag sein, dass Hansen die Bombe aus einem Briefkasten geholt hat, um die Sendung zu prüfen. Er war sehr wachsam.«

»An wen kann der Brief sonst gerichtet sein?«

»An Herrn Schröder, der mit einer Jüdin verheiratet ist oder war. Sie ist verschwunden, nachdem ich ihr mitgeteilt habe, dass wir Juden im Haus nicht dulden.«

»Sie hätten sie in ein KL einliefern lassen sollen. Aber gut, unwichtig.«

»Vielleicht findet der Erkennungsdienst Papierfetzen, auf denen wir etwas entziffern können. Der Brief könnte auch an mich gerichtet gewesen sein. SA-Männer, die Fehrkamp rächen wollen.«

»Mucken die schon wieder auf?«, fragte Heydrich. »Was treibt dieser Ehrig? Der wäre ja ein Kandidat.«

»Der hat sich in Luft aufgelöst.«

»Finden Sie ihn. Immerhin hängt er im Aphrodite-Fall drin. Da brauchen Sie nicht mal heimlichzutun.« Heydrich lachte lautlos übers ganze Gesicht. Was hieß: Ich weiß, was du treibst. Und wenn ich dich loswerden will oder muss, wüsste ich schon, wie. »Ach, bevor ich es vergesse, ich soll Sie von meiner Frau grüßen, und Ihre Gattin ebenso.«

109.

Der *VB* und *Der Angriff* lagen auf dem Tisch. Beide teilten empört mit, dass der Alte Kämpfer und vorbildliche NS-Blockleiter Hansen einem heimtückischen Bombenanschlag zum Opfer gefallen war. Der Polizeipräsident ließ sich mit den Worten zitieren, dass die Polizei diese Volksfeinde aus ihren Löchern holen werde. »Keine Gnade für die Mörder.«

»Warum musste dieser Blockwart gerade in diesem Augenblick schnüffeln?«, fragte Ehrig.

»Jetzt ham Se uns am Sack«, sagte Kahle.

»Nun reg dich nicht auf. Gibt's in jedem Krieg, solche Sachen. Wir sind im Krieg, oder?«, fragte Vetter. »Wir haben den Kameraden ja nicht mit Absicht in die Luft gesprengt.«

»Beim nächsten Mal gibt's einen sauberen Schuss, und Raben ist erledigt. Hätten wir gleich machen sollen«, sagte Deuter und zog an den Ohrschützern seiner Mütze.

»Wir halten uns jetzt erst mal bedeckt«, sagte Ehrig.

»Nein, jetzt rechnen sie genau damit, dass wir uns wegducken. Tun wir aber nicht. Ich jedenfalls nicht.« Schenk zog eine Zange aus dem Rucksack, langer Hebel, große Kraft. »Der fährt gern mit dem Dienstwagen umher. Wir folgen ihm, und bei nächster Gelegenheit kappe ich die Bremsseile.«

»Von einer Bullenkarre?«

»Na klar. Wer macht mit? Ich brauch einen Fahrer. Die Karre klauen wir, dann sind die Bullen erst mal beschäftigt. Handschuhe, keine Fingerabdrücke.«

»Ich bin dabei«, sagte Deuter.

»Ich auch«, sagte Kahle.

Sie machten sich S-Bahn-fein, Kahle fuhr sie nach Erkner. Er hielt ein paar Hundert Meter vor dem Bahnhof. »Na, dann auf zum fröhlichen Jagen.«

110.

Heydrich hatte eine Weile überlegt, dann ließ er Herbert Hagen kommen.

»Sturmbannführer, Sie erinnern sich gewiss unseres Kameraden Raben.«

»Aber ja doch«, sagte Hagen.

»Ich fürchte, er verstrickt sich gerade in Machenschaften eines SA-Klüngels, den wir damals übersehen haben. Da wir keinen zweiten Röhm-Putsch inszenieren können, möchte ich, dass Sie auf den Vogel aufpassen, ohne dass er es merkt.«

»Gern, nur hat er bisher jeden abgehängt, der ihm mit guten oder schlechten Absichten auf den Fersen war.«

»Ja, deshalb habe ich Sie ausgesucht.«

»Eine große Ehre, Gruppenführer.« Und eine Gelegenheit, es beim Chef zu vermasseln.

111

Körber vom Erkennungsdienst klopfte hektisch an Lichtigkeits Bürotür und öffnete.

»Aber, Herr ...«

Doch da war Körber schon durchs Vorzimmer gerast wie Caracciola im Silberpfeil. Erstaunlicherweise zerschellte er nicht an der Wand. Er hatte eine Tüte in der Hand, darin ein angekokelter Schnipsel.

»Tag, Herr Raben, Sie suche ich.« Er legte die Tüte auf den Tisch. »Man staunt immer wieder, was bei einer Explosion übrig bleiben kann«, sagte er. »Das Stück wurde weggesprengt, bevor es verbrennen konnte.« Er zog das Papierstück heraus.

Karl R

Stand da. Sie bestarrten die Inschrift. »Hansen hat in deinem Briefkasten geschnüffelt, im Briefkasten eines Kriminalpolizisten, und hat es teuer bezahlt. Wer will dich umbringen, Karl?«, fragte Lichtigkeit.

Aber Raben schwieg.

»Karl, ich könnte mit Buddha reden. Der gibt dir Urlaub, und du verschwindest mit deiner Familie nach Italien. Wir sagen den Kameraden dort Bescheid, dass sie auf dich aufpassen sollen.«

»Nein, ich könnte keine Nacht schlafen«, sagte Raben. »Wir setzen alles dran, die Kerle zu erwischen. Außerdem sind wir im Fall Böhme noch keinen Zentimeter weitergekommen.«

Lichtigkeit schnaufte durch. »Wir lassen deine Wohnung bewachen. Die Fensterläden bleiben zu.«

112.

Lichtigkeit brachte ihn nach Hause. Ging in den Hausflur und winkte Raben hinein. In der Wohnung stand Lena. Sie spürte es. »Wir sind in Gefahr«, sagte Raben und berichtete.

»Um Gottes willen ...«, sagte sie.

»Der hilft in diesem Fall leider nicht«, sagte Lichtigkeit. »Ihr werdet ab sofort überwacht, vor dem Haus und dahinter. Du öffnest euren Briefkasten nicht, überlass das den Kollegen, klar?«

Elisabeth hatte sich dazugestellt und sah so aus, als hätte sie etwas geahnt. Erst allmählich begriff sie, dass sie nicht enttarnt war, aber dennoch bedroht.

Als sie allein in der Küche saßen und sich an Teetassen festhielten, sagte Lina: »Irgendwann geht das schief.«

»Was?«

»Deine Suche nach Ehrig.«

»Dabei vernachlässige ich die gerade.«

»Dann kannst du auch gleich aufhören.«

»Soll ich mich mit einer Sprechtüte auf den Alex stellen?« Seine Hände formten eine. »Leute, sagt dem Werner Ehrig, er kann aus seinem Loch kriechen! Ich lass ihn in Ruhe!«

»Red keinen Quark. Ich weiß nicht, wie wir den Wahnsinn tausend Jahre aushalten sollen.«

»Immerhin sterben wir früher.«

»Hoffentlich im Bett.«

»Ich werde mich gleich morgen um unseren Freund kümmern. Ich weiß zwar nicht, wer Hansen auf dem Gewissen hat, aber da der Brief offensichtlich an mich adressiert war, gehört Ehrig zum Kreis der Verdächtigen. Außerdem ist er Zeuge, mindestens, im Aphrodite-Fall.«

»Meistens leere ich den Briefkasten«, sagte Lena.

Dieser Gedanke hatte ihn von Beginn an gequält. »Aber jetzt haben wir Polizeischutz.«

»In der Wohnung. Muss ich jetzt jeden Tag zittern, wenn du unterwegs bist?«

»Nicht mehr als sonst ... blöder Scherz, Entschuldigung.«

113.

»Scheiße, verdammte Scheiße!«, fluchte Ehrig. »Nichts klappt. Die Bremsseile konnten wir nicht kappen, weil ein Bulle herumlungerte. Und dann, noch schlimmer ... Wenn unser Junker das mitkriegt, schmeißt er uns raus. Und die Bullen suchen uns, die Gestapo bestimmt auch.«

»Mann, war das ein toller Plan«, maulte Wetterau. »Einen Blockwart, einen Kameraden in die Luft zu sprengen, das kostet uns den Kopf.«

»Heulsuse, wenn es jemanden den Kopf kostet, dann mich. Ich hab den Brief eingeworfen«, sagte Ehrig.

»Und wenn der Hermann uns verpfeift, weil er eins und eins zusammenzählen kann? Er hat dir die Briefträgeruniform geliehen.«

»Dem hab ich schon Mitteilung gemacht«, sagte Ehrig. »Der fällt uns nicht in den Rücken.«

»Hast du den auch umgebracht?«, fragte Kahle, den M18-Helm auf dem Schoß. Die einen halten sich an Teetassen fest, die anderen an einem Helm aus dem Krieg.

»Nein, das ist ein Kamerad, wie er im Buche steht«, erwiderte Ehrig. »Jetzt fangen wir noch an, die eigenen Leute niederzumachen.«

Vetter blickte Ehrig böse an. »Damit hast du angefangen, als du den Hansen umgebracht hast.«

»Ich hab nicht den killen wollen, sondern den Raben. Die Briefbombe war ein Fehler. Hätte jeder hier dran denken können, dass Briefe nicht unbedingt vom Empfänger geöffnet werden. Wenn's die Judenhure erwischt hätte, wär's auch kein Schaden gewesen. Dass

Heydrich das durchgehen lässt. Röhm hätte kurzen Prozess mit der Dame gemacht.«

»Hat er aber nicht«, sagte Kahle. »Und was jetzt? Wir können uns noch tagelang anmaulen … Wir warten ein bisschen, jetzt sind die Bullen zu aufgeregt. Dann hoffen wir auf die Kameraden Luger und 98k. Wenn man das Ziel klar vor Augen hat, gibt's keine Toten außer dem, den man töten will«, sagte Schenk und spuckte ein Streichholz auf den Boden.

»Ich habe übrigens eine Vorladung aufs Präsidium«, sagte Ehrig. »Ist in meiner Wohnung eingetrudelt. Meine Alte hat es mir gesagt.«

»Du warst in der Wollankstraße?«, fragte Wetterau. »Biste irre?«

»Ich hab angerufen, vom Lehrter.« Er überlegte. »Wenn ich nicht hingehe, fahnden die nach mir. Ich hab der Berta gesagt, dass ich Urlaub mache, irgendwo im Ausland. Aber das hält nicht ewig. Zumal ich keinen Reisepass habe.«

»Schlaumeier«, sagte Kahle.

114.

»Leutnant Krämer, Frau Generalin. Ihr Mann bat um einen Rückruf.«

»Schön, dass ich Sie mal höre. Mein Gatte spricht viel über Sie. Nur Gutes, nur Gutes, versteht sich.«

»Darüber freue ich mich sehr«, sagte Raben.

»Reichenau!«, schnauzte es aus dem Hörer.

»Raben.«

»Schön, dass Sie anrufen … Ich hole Sie in der Bendlerstraße ab. Warten Sie vor dem Haupteingang in« – er blickte auf seine Armbanduhr – »dreißig Minuten.«

»Zu Befehl, Herr General!«

Raben grinste. Es war doch immer gut, an einem Zipfel der

Macht ziehen zu können. Das Militär hatte Hochkonjunktur, umso besser für ihn.

Reichenau fuhr selbst. Er kutschierte Raben zu einem Haus in der Oranienstraße. Im Hinterhof, dritter Stock, öffnete Reichenau die Tür einer Wohnung, die Raben wegen ihres Luxus bestaunte. Außerdem hatte der General Geschmack. Bauhausstil hätte man bei einem Nazi am wenigsten vermutet. Kein markiger Bauer hinterm Pflug schmückte die Wand, kein Soldat zelebrierte seinen Heldentod bei Langemarck, dem auf der Landkarte das C fehlte. C für zackig im Heeresbericht 1914. »Nehmen Sie Platz, Herr Kriminalkommissar. Darf ich Ihnen etwas anbieten?«

»Ein Bier vielleicht?«

»Hole ich aus dem Kühlschrank.« Reichenau verschwand und kehrte mit Flasche und Glas zurück. Er setzte sich und zündete sich eine Zigarette an. »Sie auch eine?«

»Nein danke. Ich habe nur eine Frage: Was wollte Frau Böhme von Ihnen wissen? Beim letzten Mal waren Sie doch zurückhaltend, was ich verstehe. Aber die Ermittlungen stocken. Sogar der Führer soll erzürnt sein.«

»Das legt sich wieder, ich weiß das aus eigener Erfahrung.«

»Das erleichtert mich, danke.«

»Ich habe zu danken, Sie haben Ihr Versprechen gehalten. Bisher …«

»Versteht sich von selbst.«

»Wissen Sie inzwischen, für wen Frau Böhme spitzelte?«, fragte Reichenau.

»Vielleicht für den SD, vielleicht für das Amt Abwehr, vielleicht für die Briten, vielleicht für die Franzosen.«

»Beschränken wir uns auf die ersten beiden«, sagte Reichenau lächelnd.

»Wir bekommen es womöglich heraus, wenn wir noch einmal Herrn Ehrig befragen, den Chauffeur der Böhme. Der ist abgetaucht.«

»Was nicht für ihn spricht.«

»Keineswegs. Es läuft eine verdeckte Fahndung. Reichsminister Goebbels sieht es nicht gern, wenn wir öffentlich nach SA-Männern und Parteigenossen suchen.«

»Natürlich. Aber Sie haben bestimmt schon eine Idee.«

»Ja, Sie ziehen ihn zum Militärdienst ein.«

Reichenau blickte Raben verblüfft an, dann grinste er. »Hat der seinen Wehrdienst schon absolviert?«

»Kaum, das fängt ja jetzt erst an. Die Reichswehr hat solche Gestalten nicht aufgenommen. Da gab es so viele bessere Soldaten als die Schlagetots der SA.«

Reichenau nickte, das floss ihm runter wie Öl.

Raben trank sein Bier.

»Ist das alles?«, fragte der General.

»Das ist alles. Wenn es klappt, bitte ich um Mitteilung. Kurzer Anruf im Präsidium mit der Bitte um Rückruf … Geben Sie sich als Müller aus, was halten Sie davon? Ist nicht schlechter als Krämer.«

»Außer dass es den wirklich gibt.«

Raben dachte, dass es den Müller auch gab, in der Prinz-Albrecht-Straße, wo er mit dumpfer Sachlichkeit Menschen folterte und tötete.

115.

»Da kommt er endlich«, sagte Lichtigkeit. »Du kennst ihn ja schon flüchtig. Darf ich Sie endlich richtig vorstellen, Kriminalkommissar Raben, Kriminalassistent Andreas Bock, der vor ein paar Wochen aus Hamburg hierher versetzt wurde. Der Kollege Bock ist uns zugeteilt für den Aphrodite-Fall und hat mir schon sehr geholfen, zuletzt im Archiv. Er vertritt Wendig, der ist bei der Sonderkommission Seefeld.«

»Willkommen«, sagte Raben. Ihn nervte der Neue. Er zerstörte die Vertraulichkeit zwischen ihm und Lichtigkeit. Immerhin trug Bock kein Bonbon, aber was hieß das schon?

»Gib mir doch bitte unsere Zeichnung«, sagte Raben.

Lichtigkeit legte sie auf den Tisch.

»Ist das der Täter?«, fragte Bock. »So eine Zeichnung habe ich noch nie gesehen. Wegen Kriminaldirektor Gennat und seinen modernen Methoden habe ich um meine Versetzung nach Berlin gebeten.«

»Das hat der Kollege Raben beziehungsweise seine Gattin erfunden. Aber stimmt schon, der Kriminaldirektor lässt uns machen, in so einer Umgebung gedeiht die Fantasie.«

Raben sagte: »Sie lassen sich von unserer Sekretärin Frau Steinkopf erklären, welche Druckerei die Zeichnung vervielfältigt. Lassen Sie zweihundert Drucke machen, und das sofort. Dann nehmen Sie einen Dienstwagen mit Fahrer und suchen alle Hotels auf, die auf dieser Liste stehen. Es sind Hotels, in denen Vertreter gern absteigen. Sie deponieren am Empfang einen Druck und fragen, ob dieser Mann, so oder so ähnlich, schon mal aufgetaucht ist. Wenn nicht, verdonnern Sie das Personal, sich das Bild einzuprägen, und überlassen denen das Kunstwerk. Wenn der Mann auftaucht, sollen die sofort in der Mordinspektion anrufen für mich oder Herrn Lichtigkeit. Gern auch Frau Steinkopf.«

Bock nickte eifrig wie ein Primaner, dem ein altväterlicher Lehrer das Märchen von Hermann dem Cherusker erzählte.

»Na, dann ziehen Sie mal los, Herr Kriminalassistent.«

Weg war er.

»Ehrig hat sich abgesetzt. Er war heute Morgen immer noch nicht in seiner Wohnung. Seine Frau verflucht ihn. Sie hat keinen Schimmer«, sagte Lichtigkeit.

»Wär auch ein Wunder. Vielleicht hat er die Böhme umgebracht, nachdem ihm jemand gesteckt hat, wie der Serientäter vorgeht.«

Lichtigkeit blickte ihn an. »Ja, das ist möglich. Wir haben eine Nazi-Fraktion im Präsidium, deren Anhänger sich täglich vermehren. Da wird durchgestochen, als hätte unsere Rote Burg keine Mauern mehr. Man kann diesen Typen nicht mal mehr in den Arsch treten. Die neuen Herren erwarten, dass jeder jeden bespitzelt.«

Raben nickte. »Ein Volk von Spitzeln. Manche haben Angst, wenn sie einen jüdischen Freund nicht verpfiffen haben.«

Lichtigkeit nickte.

»Ich habe Angst um Lena und den kleinen Karl. Um mich auch – manchmal.«

»Aber du wirst doch bewacht.«

»Georg, wenn ich mich auf eines nicht verlasse, dann darauf. Du weißt ja nicht mehr, ob deine Bewacher dich nicht auch am liebsten abmurksen wollen. Ich muss Ehrig haben, bevor er meine Familie oder mich hat. Meine Schwiegermutter ist tagsüber allein mit dem Kleinen. Das ist nicht meine einzige Sorge. Kennst du jemanden bei den Behörden, der einen Reisepass rausrücken würde?«

»Du willst jemanden ausschleusen?«

»Ja, Georg. Ich will diesen Jemand so bald wie möglich in einen Zug setzen. Richtung Westen.«

»Stimmt, du kannst das Ausschleusen ja nicht jedes Mal selbst übernehmen.« Lichtigkeit schüttelte den Kopf.

Woher wusste er das?

Als hätte Lichtigkeit die Frage gehört: »Ich bin nicht blöd. Dein Dienstwagenklau, der Unfall, und genau in dieser Zeit verschwindet Herr Kippenberger samt Anhang. Karl, der hat zwei Kollegen auf dem Gewissen. Der hat den Mord auf dem Bülowplatz geplant und die Genossen Mielke und Ziemer losgeschickt. Zwei ermordete Polizisten und einer lebensgefährlich verletzt.«

»Das bereut er längst«, sagte Raben, obwohl er sich dessen nicht sicher war. »Aber ich kenne den Gestapo-Keller, Georg. Den wünschst du deinem ärgsten Feind nicht. Verbrecher haben das Recht auf ein Gerichtsverfahren, die es aber nur noch als Theater fürs Publikum gibt, weil die Strafen vorher feststehen und Geständnisse durch Gewalt erzwungen werden. So geht das jedenfalls in allen Prozessen, bei denen die Politik mitspielt.«

Lichtigkeit nickte. »Du hast einen Gerechtigkeitssinn, den du dir nicht leisten kannst. Mit Familie. Wärst du einer dieser Einzelgänger, denen der Krieg alles genommen hat, fiele es mir leichter, dich zu verstehen.«

»Den Pass, ich brauch den dringend.« Er schob Lichtigkeit ein Passfoto zu.

»Klar, Karl. Es kostet ein paar Tage und vielleicht auch Geld.«

Auf dem Heimweg dachte Raben: Jetzt liegt mein Kopf schon halb unterm Beil.

116.

»Wie steht's mit unserem Mörder?«, fragte Wagner.

»Ich weiß es nicht«, sagte Lena und klopfte auf das Holzbein, das auf seinem angestammten Platz ruhte. »Ich habe ein paar andere Sorgen ... da wollte jemand meinen Mann umbringen.« Sie erzählte ihm die Bombengeschichte. »Jetzt sind wir von Schupos umzingelt, bei denen ich nicht weiß, ob die Karl auch ans Leder wollen.«

»Scheiße«, sagte Wagner.

»Aber das ist längst nicht alles ... Ich werde Sie nicht damit behelligen.«

»Sie dürften es ...«

»Ich weiß, und dafür bin ich Ihnen unendlich dankbar. Meinem Mann geht es nicht gut. Er schläft kaum noch. Er muss den Aphrodite-Fall aufklären, wobei es längst Aphrodite im Plural gibt.«

»Die Polizei kennt offenbar die Namen der Freier, lässt aber nichts raus. Was können wir also tun? Wir hängen am Tropf der Kripo ... nein, von Goebbels. Er entscheidet, ob es ein Verbrechen gibt oder nicht. Wenn wir so ausführlich wie früher berichten könnten, hätten wir bestimmt schon Hinweise ...«

»Neunundneunzig Komma neun acht Verrückte, wenn ich einen gewissen Redakteur Wagner zitieren darf«, sagte Wagner.

»Ihr Gedächtnis ist zu gut für heutige Zeiten.«

»Wir könnten der Vermieterin von der Böhme noch mal auf den Zahn fühlen«, sagte Wagner.

Sie öffnete gleich nach dem Klingeln, als hätte sie hinter der Haustür gewartet.

»Sie erinnern sich? *Berliner Tageblatt*, Kriminalredaktion.«

»Aber ja doch.« Erdlings Augen weiteten sich. Wieder ein Besuch, auf den ganz Berlin umsonst wartete. So mischten sich Stolz und Überheblichkeit in ihrem Kopf. Davon konnte sie noch Jahre ihren Freundinnen erzählen.

»Kommen Sie doch bitte in die gute Stube. Darf ich Ihnen was anbieten, obwohl es nicht zu mehr reichen wird als einem Kathreiner? Ich könnte vielleicht ein paar echte Kaffeebohnen beimischen.«

»Das ist ja großartig«, sagte Lena.

»Suchen Sie sich doch den gemütlichsten Sitzplatz aus, während ich in die Küche husche.«

Huschen?, dachte Lena. Rollen, kugeln wäre passender.

Der Geruch kündigte an, dass sie doch Bohnen gefunden hatte. Dazu gab es Apfelkuchen. Nachdem Sie den Wohnzimmertisch gedeckt hatte, betrachtete der Führer freundlich Kaffee und Kuchen.

»Er wacht über uns«, sagte Lena.

Die Erdling strahlte über ihre glänzenden Wangen. Sie rückte vor bis zur Absturzkante des Sessels. »Wie kann ich Ihnen helfen?«

»Hervorragend, der Kuchen«, sagte Wagner, »und der Kaffee schmeckt wie echter. Wie haben Sie das nur gemacht?«

»Das hat mich mein Heinrich auch immer gefragt.« Sie blickte zu einem Foto: Soldat mit Pickelhaube, Bilderrand mit Trauerflor. »Was man dem Vaterland nicht alles opfert.«

»Sie haben ganz recht«, sagte Lena. »Wir interessieren uns nach wie vor für den Fall Böhme, wie Sie sich leicht vorstellen können.«

»Da sind Sie nicht allein, ich hatte schon zweimal Besuch von der Polizei, Kripo und Gestapo … Herr Wagner, nun essen Sie doch!«

Der steckte folgsam ein Stück Kuchen in den Mund.

»Wie könnte ich Ihnen helfen?« Sie stellte sich die Schlagzeile vor: *Kriegerwitwe gibt entscheidenden Hinweis.*

»Wir würden gern das Zimmer noch einmal sehen … Oder ist es wieder vermietet?«

»Nein, das hat mir die Kriminalpolizei verboten.«

Lena grinste innerlich. Selbstverständlich hatte die Kripo auch verboten, dass jemand das Zimmer betritt. Aber Frau Erdling wollte doch so gern berühmt werden.

»Allerdings hat sich keiner der Herren mehr blicken lassen. Irgendwo habe ich noch eine Visitenkarte eines Kommissars Raben. Vielleicht rufe ich den mal an. Das kann ja nicht so bleiben mit dem Zimmer. Das haben die wohl vergessen.«

Nach reichlich Kuchen, Kaffee und Klatsch führte die Witwe die Journalisten die Treppe hoch wie die kaiserlichen Sturmtruppen. Sie sicherte nach allen Seiten, damit bloß kein Mieter sie mit der Polizei sah. Öffnete rasch die Tür. »Kommen Sie! Kommen Sie!«, zischte sie und schnaufte. Sie schloss die Tür sofort hinter sich. Wagner und Lena hatten sich Handschuhe mitgebracht und durchsuchten die Wohnung. Schnell war klar, dass Karoline Böhme entweder Schulden hatte oder fürstliche Honorare einstrich. Ihren Schmuck hatte die Polizei nicht mitgenommen. Ganz schön leichtsinnig, mein Kalle. Böhmes Kleidung füllte drei Schränke, von denen jeder eine Ausrede hatte, wenn er platzte.

»Mein Gott!«, sagte Lena.

»Der hilft ihr nicht mehr«, erwiderte Wagner.

»Auch in der Bar nur Erlesenes. Ich wusste gar nicht, dass man so was noch kaufen kann.«

»Denn die einen sind im Dunkeln / Und die anderen sind im Licht / Und man sieht nur die im Lichte / Die im Dunkeln sieht man nicht«, rezitierte Wagner.

»Sogar in der Systemzeit wurde hin und wieder Erhellendes ausgesprochen«, sagte Lena lachend.

Die Witwe blickte mal zu ihm, mal zu ihr. Sie kapierte so wenig wie eine Meise, der man eine Melodie vorsang.

Was suchen wir eigentlich?, fragte sich Lena.

In der Mitte des Wohnzimmers beanspruchte ein Flügel den größten Platz, wie ein Monster in seiner Höhle.

»Gehört der Ihnen?«, fragte Wagner.

»Ich ... weiß nicht.«

Die Raffgier kribbelte, bevor das Hirn dachte.

»Er gehörte also Frau Böhme«, sagte Lena.

»Ja, ja ...«

Lena setzte sich auf einen Stuhl und musterte den Flügel. »Konnte sie spielen?«

»Ich weiß nicht. Manchmal hatte sie Besuch, da hörte es sich gut an.«

Natürlich hatte der Erkennungsdienst den Flügel bis zum letzten Fliegenversteck durchsucht. Lena kniete sich neben ein Bein. Betastete es. Legte ihr Gesicht seitlich auf den Teppich. Tat das Gleiche an allen Beinen. Unter dem vorderen linken Bein glitzerte etwas. »Nachtigall, ick hör dir trapsen«, flüsterte sie. »Herr Wagner, wie kann man einen Flügel um ein paar Millimeter anheben? Hier ist was unter einem Bein.«

Wagners Gesicht zeigte Schmerzen, als er auf das Knie ging und sich hinlegte. »Sie haben recht.« Er zog ein Taschenmesser hervor, klappte eine kleine Klinge auf. »Wenn Sie an der kürzeren Seite den Teppich wegschneiden, aber das Bein noch Halt findet und nicht auf den Boden durchsackt ...«

»Kapiert«, sagte sie.

»Wollen Sie meinen Teppich zerschneiden?«, keifte die Erdling.

»Jeder muss Opfer bringen für den Führer«, sagte Lena. Das saß wie ein Knebel.

Lena säbelte ein Stückchen Teppich unter dem Fuß weg, dessen Hälfte aber weiter auf dem Teppich stand. »Geben Sie mir meine Handtasche«, sagte Lena.

Wagner ächzte hoch und stellte die Tasche neben seine Kollegin. Sie fand ihre Pinzette und zog das Glitzerstück hervor, als wäre es nichts. »Ein Film, Negative«, sagte sie.

Sie erhob sich und hielt den Streifen gegen das Fensterlicht. »Fünfunddreißig Millimeter, wie meine Leica. Ich werde aus den Negativen nicht schlau. Wir entwickeln das im Verlag ...«

»Gibt's eine Belohnung?«, fragte Erdling.

»Seien Sie froh, wenn wir die Gestapo nicht unterrichten, dass sich in Ihrem Haus ein Spionagenest befindet.«

»O Gott! ... Ich kann doch nichts dafür.«

»Ob das Gruppenführer Heydrich auch so sieht, wird sich herausstellen«, sagte Lena und gefiel sich nicht. »Wir nehmen den Film, und alles ist gut.«

Erdling schluckte und nickte.

»Sollte es eine Belohnung geben ... eher nicht.«

Erdling nickte noch mal. Ihre Hände zitterten. Sie war vielleicht dumm und auf jeden Fall gierig, aber Lena hätte nicht mit der Gestapo drohen sollen.

Als sie wieder im Auto saßen, hatte Lena sich in sich verkrochen. Sie war blass und schmallippig.

»Ich muss Ihnen also nichts mehr sagen.« Wagner blickte sie an, klopfte ihr auf die Schulter. »Sie wollten diesen Film unbedingt behalten. Aber wir sollten nicht werden wie *die*.«

117.

Ehrig betrat die Scheune mit einem Brief in der Hand. »Die haben mich zum Wehrdienst einberufen. Einfach so.«

Deuter, Schenk und Vetter erstarrten, Skatkarten in der Hand. Wetterau saß auf einem Stuhl in der Ecke und las. Er bestarrte Ehrig. Kahle hatte sich auf eine Pferdedecke gefläzt und kämpfte mit der Frage, ob er aufstehen sollte, um draußen eine zu rauchen. Drinnen hatte der Gutsherr es wegen Brandgefahr verboten.

»Ja, die Wehrpflicht, gerade beschlossen, und schon erwischt es einen«, sagte Deuter.

»Die wollen mich kaltstellen, jederzeit zur Verfügung der Kripo.«

»Du hättest den Blockwart nicht in die Luft sprengen sollen«, sagte Schenk. Das Streichholz bewegte sich mit. »Tauch ab, Ausland.«

»Dann bin ich Deserteur. Ein paar Jahre Bau, und dann verpfeift mich einer bei den Bullen wegen der Hansen-Sache. So eine Scheiße.«

»Was willst du damit sagen?«, schnauzte Kahle. »Dass hier einer dich verrät? Der ginge doch selbst in den Knast. Wir hängen alle drin in der Sache. Glaubst du, es hilft einem, vor Gericht den Blöden zu spielen: Nein, Herr Richter, wir wollten nur den Raben umbringen. Der ist Bulle und wohl auch beim SD. Glaubst du ernsthaft, Heydrich lässt zu, dass einer den killt?«

Ehrig ersparte sich eine Antwort, setzte sich auf einen Heuballen und nieste. Er wusste doch, wie das war. Wenn einer der werten Kameraden was anstellte, konnte er der Polizei ein Angebot machen: Ich weiß was, das ihr nicht wisst. Treue war wie eine Serpentinenstraße im Lastwagen, Verrat die Autobahn in einem Mercedes-Benz SSK. So waren die Zeiten.

118

»Fehlt noch die Unterschrift«, sagte Lichtigkeit.

Raben blickte kurz in den Pass. Links das Foto plus zwei Unterschriften, rechts die Personenbeschreibung. Er steckte ihn schnell ein.

»Danke, Georg«, sagte er.

»Unter Staatsfeinden fühle ich mich richtig wohl.«

»Ich weiß nicht, wie ich es dir vergelten kann«, sagte Raben.

»Indem du die Klappe hältst.«

Das Telefon klingelte. »Für den Kriminalrat«, sagte die Steinkopf. »Ein General!«

»Reichenau. Den Rückruf können Sie sich schenken. Zur Sache: Der Kamerad Ehrig hat sich beim Wehrkreis gemeldet und will seinen Wehrdienst ab 1. Juni 1935 antreten. Selbstredend will er für den Führer und Deutschlands Größe kämpfen. Sofern seine Leber die Musterung übersteht.«

Raben sah im Geiste den General grinsen. »Danke, Herr General.«

»Wir sind quitt.«

»Selbstverständlich, Herr General.«

Der legte auf.

»Was war denn das?«

»General Reichenau hat mir mitgeteilt, dass Werner Ehrig seinem Musterungsbescheid gefolgt ist. Ich hoffe, er ist wehrtauglich. Dann weiß ich immer, wo er ist.«

»Du verdächtigst den, den Anschlag auf den Blockwart verbrochen zu haben. Nur haben wir keinen Beweis.«

»Genau. Er meinte mich, es traf aber den Blockwart.«

»Da du weißt, wo der Herr sich befindet, kannst du dich wieder auf unseren Serientäter konzentrieren ... nachdem du den Pass abgeliefert hast. Ich hoffe, die Dame kann allein einen Zug besteigen.«

»Glaube schon. Das ist aber nicht mehr meine Sache.«

Am Abend stieg er die Treppe hoch zur Wohnung des Lehrers Schröder, den der Staat rausgeschmissen hatte, weil er mit einer Jüdin verheiratet war und die Scheidung verweigerte. Erst wollte er den Pass unter der Tür durchschieben. Aber wenn noch jemand anders drin war? Er klopfte leise. Schröder öffnete mit großen Augen und einem Schweißausbruch auf der Stirn. Raben sah die Farbe ins Gesicht zurückkehren.

»Kommen Sie rein«, sagte Schröder hastig.

Raben betrat die Wohnung. Zeitungen auf dem Fußboden, eine halb geleerte Flasche Danziger Goldwasser stand auf einem verfleckten Teppich. Schröder ging ins Wohnzimmer, warf einen Stapel Bücher vom Sessel auf den Boden, schlug sich die Hand vor den Mund. »Hoffentlich hat es keiner gehört.«

Raben setzte sich auf den Lebensraum einer Million Bazillen, die es sich im Staub gemütlich gemacht hatten. Er legte den Pass auf den Tisch und hundert Reichsmark dazu.

Schröder fasste mit zitternden Händen nach dem Reisepass. Öffnete ihn vorsichtig. »Der sieht aus wie echt.«

»Der ist echt.«

»Das Geld, das kann …«

»Sie müssen«, sagte Raben. »Ich fahre Sie in einer halben Stunde zu Herrn Rietzler. Morgen Vormittag reisen Sie mit dem Zug nach Holland. Rietzler bringt Sie und Ihre Frau zum Bahnhof.« Er blickte ihn an. »Versuchen Sie, Europa zu verlassen.«

»Es wird Krieg geben.«

»Je lauter der Frieden beschworen wird, desto näher ist der Krieg.«

Schröder nickte.

»Beeilen Sie sich. Klopfen Sie an meiner Wohnungstür. Auf keinen Fall das Telefon benutzen.«

In der Küche wartete kein Abendessen auf ihn, sondern ein Stapel von Papierabzügen der Fotos. Die Küchentür klackte.

»Wir haben alles aufgegessen. Dir bleibt noch eine Käsestulle.«

»Solange es noch Käse gibt im Deutschen Reich.«

»Mehr als genug.«

»Was ist das?«, fragte Raben und deutete auf den Papierstapel. Er blickte auf die obere Abbildung. »Konstruktionszeichnungen.« Im Kopf des Dokuments stand *Bayerische Flugzeugwerke*, darunter *Projekt Bf 109 V1*. »Ich glaub's nicht.« Die lange Motorhaube zwischen Propeller und Cockpit. »Ein Tiefdecker, sieht elegant aus. Wie ein … Raubvogel. Woher stammt das?«

»Aus der Wohnung von Karoline Böhme, unter einem Flügelbein, Klavier … Negativfilm.«

»Wer weiß davon?«

»Wagner. Ich habe den Film entwickelt. Beim zweiten Hingucken haben Wagner und ich erkannt, dass es sich wohl um Spionagematerial handelt. Du hattest recht, die Böhme hat für jemanden spioniert«, sagte Lena.

»Liegt auf der Hand«, sagte Raben. »Für wen?«

»Weiß ich nicht. Vielleicht ist es Spielmaterial. Kann doch sein, dass es dieses Flugzeug gar nicht gibt«, sagte Lena.

»Ich versteh wenig von Flugzeugen, als Kind war ich natürlich begeistert. Aber wir sehen hier einen ultraschnellen Jäger. Leute, die Krieg führen wollen, brauchen so was.«

Es klopfte an der Tür. Raben eilte hin und öffnete. Zog Schröder in den Flur.

»Deine Stulle?«, rief Lena.

»Später.«

Kaum hatte er Schröder bei Rietzler abgeliefert und alle Dankesbekundungen abgewiesen, fuhr er los. Rietzler hatte seine Erleichterung nicht verborgen. Wer Juden versteckte, endete, wo es je nach Laune der Gestapo am übelsten war. Folterkeller, Gefängnis, KZ, wo *Judenfreunde* Schwerstarbeit, Schikanen und Tod erwarteten.

Raben hielt an einer Telefonzelle und rief Lichtigkeit zu Hause an. Seine Frau nahm ab. »Für dich«, sagte sie grußlos.

»Nimm dir ein Taxi und komm zu mir. Beeil dich, die Arbeit wartet.«

Schweigen am anderen Ende. Dann: »Ich bin gleich da.«

Raben aß seine Stulle, trank ein Bier und stellte ein Glas für Georg auf den Tisch.

»Das wird eine lange Nacht«, sagte Lena.

»Mindestens. Vielleicht aber auch eine der wichtigsten Nächte unseres Lebens, Privatleben ausgenommen.«

»Wie schön, dass du es nachgeschoben hast.«

119.

»So eine Scheiße«, sagte Ehrig. »Ihr wisst, was das heißt?«

»Dass die dir die Hammelbeine lang ziehen«, sagte Vetter.

»Mann, bist du blöd!«, sagte Wetterau. »Dass der Raben den Werner erledigt wie den Justav, kapiert?« Er klopfte sich mit der Faust an die Stirn. »Wegen dem Blockwart, kapiert?«

»Reg dich ab«, sagte Vetter. »Den Raben wollten wir doch sowieso erledigen, dann ist die Sache gegessen. Machen wir's auf die einfache Art.«

»Das kann brenzlig werden«, sagte Schenk.

»Nicht brenzliger als eine Bombe in der Post. Wir passen den ab, wenn er abends nach Hause fährt. Erst beobachten wir, ob er das Automobil nimmt oder die Bahn. Wenn er zu Fuß unterwegs ist, umso besser. Wir fahren langsam neben ihn, und dann setzt es was aus dem Grabenfeger«, sagte Ehrig.

»Und wenn er mit dem Auto heimfährt?«

»Dann verfolgen wir ihn, und wenn er halten muss, fahren wir neben ihn …«, erwiderte Ehrig. »Diesmal planen wir das sorgfältig. Nichts überstürzen. Bis zum 31. Mai kann ich mich hier verkriechen. Bis dann erledigen wir den locker.«

120.

Raben bekam sofort einen Termin bei Heydrich. Er fühlte sich zerschlagen, schließlich hatte er mit Lena und Georg die Fotos betrachtet und überlegt, was das für ihren Fall bedeutet, ohne viel schlauer zu werden. Raben aber hatte zwei Ideen, die er erst mal für sich behielt. Die erste war, Heydrich aufzusuchen.

Raben legte die Vergrößerungen auf dessen Schreibtisch. »Das hat meine Frau in der Wohnung von Frau Böhme gefunden.«

»Nehmen Sie Platz.« Der Gruppenführer zog den Stapel vor sich und überflog ein Blatt nach dem anderen. »Was für ein Schweinekerl, den müssen wir kriegen. Bringen Sie das zu Canaris, Obersturmführer. Ihre Frau soll noch einen Satz Vergrößerungen anfertigen, für mich. Was hat sie in der Wohnung gewollt?«

»Journalistische Neugier«, sagte Raben.

»Die ist heutzutage nicht angeraten. Aber wenn es uns hilft …«

»Gruppenführer, ich möchte den Fall weiterbearbeiten. Das ist die erste Spur, die zum Mörder führt – vielleicht.«

»Könnte sein.« Heydrich nickte, grinste. »Ich mag den Admiral, aber nicht seine Behörde. Wenn ich den Fall dem SD übergebe, geht Canaris zum Führer. Man muss zugeben, dass die Abwehr zuständig ist.« Wieder dieses Lächeln. »Na ja, es ist ein Kriminalfall.« Er tippte auf den Stapel. »Mit so was gewinnt man Kriege. Was Besseres gibt's nicht. Die Bf 109 wird den Himmel leer fegen. Aber sagen Sie's nicht weiter.«

Raben verließ das Gebäude, ging ein paar Schritte und lehnte sich an die Wand. Er fühlte sich wie einer, unter dem sich der Boden auftat. Dann sah er Heydrich vor dem Eingang. Er empfing einen Mann, höchstpersönlich. Wer konnte das sein? Wer war so wichtig?

Es war ein Mann in Zivil. Sie flüsterten. Der Zivilist nickte, während der Gruppenführer auf ihn einredete. Dann gab ihm Heydrich die Hand, die linke Hand. Der andere verabschiedete sich unbeholfen, fast wäre er die Treppe hinuntergestolpert. Er trug braune Handschuhe. Mitten im Sommer.

»Schön, dass Sie nun auch zum Dienst erschienen sind«, sagte Nebe. Am Tisch in seinem Büro saßen bereits Lichtigkeit, Gennat, Bock und weitere Kriminalpolizisten. Auf den ersten Eindruck herrschte üble Laune. Auf den zweiten Eindruck war sie noch übler. Aber sie galt nicht ihm.

»Kann ich Sie kurz unter vier Augen sprechen, Chef?«

Nebe blickte ihn verdutzt an. Erst unpünktlich und dann frech. »Ich hoffe, es ist wichtig.«

»Mehr als das.«

Nebe erhob sich und öffnete eine Seitentür des Raums. »Kommen Sie.«

Nachdem Raben die Tür geschlossen hatte, sagte Nebe: »Ich höre.«

»Der Gruppenführer Heydrich wünscht, dass der Fall nicht an die Gestapo abgegeben wird.«

»Ich verstehe nicht. Welcher Fall? Haben Sie das veranlasst?«

Raben legte die Fotos auf den Tisch.

»Was ist das?«

»Ein Film mit Konstruktionszeichnungen eines neuen Jagdflugzeugs der Luftwaffe. Der war in der Wohnung von Frau Böhme versteckt.«

Da schwieg und schluckte der Kriminalrat erst mal. »Das hat der Erkennungsdienst übersehen?«

»Hätte ich auch übersehen. Er war in einer winzigen Aussparung unter dem Fuß des Flügels verborgen. Meisterhaft.«

»Und wer hat den Film gefunden? Sie schon wieder?«

»Nein, meine Frau. Sie arbeitet beim *Tageblatt*.«

Nebe nickte. »Ich weiß. Vielleicht sollte sie sich bei uns bewerben. Ist das eine Familienkrankheit bei Ihnen?«

»Da ich mit meiner Frau weder verwandt noch verschwägert …«

Nebe lachte. »Gut, dass Sie damit bei Heydrich waren. Wir sollten dieses Material als Beweisstück in einem Kriminalfall bewerten. Wenn die Gestapo es nicht kriegt, kriegt es auch die Abwehr nicht. Wer weiß davon außer Ihrer Frau und Heydrich?«

»Niemand«, log Raben.

»Sehr gut.« Nebe packte die Fotos in ein Schreibtischschubfach in dem sonst karg möblierten Raum. An der Wand hing der Unvermeidliche.

Raben war froh, dass Lena noch in der Nacht zum Mossehaus gefahren war, um weitere Abzüge anzufertigen.

»Was schlagen Sie vor?«, fragte der Kriminalrat.

»Ich habe längst nicht alle Freier der Böhme befragt.«

»Das haben andere getan, und dies ganz ausgezeichnet.« Nebe grinste.

»Aber mit den Konstruktionszeichnungen finden wir den wichtigsten Freier. Entweder einen Mitarbeiter der Bayerischen Flugzeugwerke oder einen Offizier der Luftwaffe. Wenn der auf der Liste der Kunden der Dame auftaucht, haben wir jedenfalls einen Spion gefunden. Vielleicht verrät er uns etwas, wenn wir ihm den Kopf auf dem Hals lassen.«

Rabens zweiter Einfall am Morgen ließ den Kriminalrat nicken. »Ich möchte nicht von Ihnen gesucht werden.«

»Ich will diese Sache allein mit dem Kameraden Lichtigkeit bearbeiten. Er müsste also auch in das Geheimnis eingeweiht werden.« Jetzt war Nebe gut gelaunt, jetzt konnte Raben es ansprechen.

»Natürlich«, sagte Nebe. »Lichtigkeit ist ein guter Kriminalist. Wenn wir nur mehr Leute wie Sie beide hätten.«

Natürlich wusste Nebe, dass er es war, der den Ruhm einsammelte, wenn der Spion gefasst war.

Er lachte wieder, klopfte Raben auf die Schulter und kehrte bestens gelaunt in die Konferenz zurück.

121.

Lichtigkeit lächelte fröhlich. »Wie du das gedreht hast, will ich nicht wissen.«

»Ich auch nicht«, sagte Raben. Er hatte die gesamte Freierliste überflogen. »Es gibt nur den.« Er tippte auf den Namen. »Außerdem hat die Böhme eher nicht für den SD gearbeitet, sonst ließe der Gruppenführer uns keine freie Hand. Er hat mich sogar beglückwünscht ... zu meiner Frau.« Er schüttelte den Kopf. »Oder die Böhme war Doppelagentin, und Heydrich wusste es nicht. Vielleicht noch nicht. Und führt mich an der Nase herum. Sobald ich anfange zu grübeln, ende ich im schwarzen Loch.«

»Wir haben es mit verschiedenen Fällen zu tun«, sagte Lichtigkeit. »Die Böhme als Spionin, die Böhme als Opfer unseres Serientäters.«

»Und ich such den Ehrig, der mich in die Luft sprengen wollte. Der einen Schweinekopf vor die Haustür gelegt hat. Der mich lieber tot sähe. Und das mit besten Aussichten, nachdem Nebe die Posten vor dem Haus halbiert hat. *Sie müssen das verstehen, die Personallage ...*«

»Immer noch?«, fragte Lichtigkeit. »Es gibt doch seit 1933 eine Bullenschwemme. Dafür hat Preußen plötzlich Geld ohne Ende. Bullen und Panzer.«

»Wir besuchen jetzt den Oberst Michael Langhans im Luftfahrtministerium. Einer von Görings Wichten.«

»Aber vorher geht's zu *Aschinger*«, sagte Lichtigkeit. Steckte sich eine an und stürmte los wie Blücher in Waterloo.

Das Luftfahrtministerium war ein Klotz. In einem dürftigen Büro saß Oberst Langhans, dessen Anwesenheit der Pförtner bestätigt hatte. Tatsächlich hatte der den Offizier nicht vorgewarnt. Langhans war erstaunt, als die beiden Polizisten klopften und das Büro betraten. »Kriminalpolizei? Was führt Sie zu mir? Nehmen Sie doch Platz.«

Raben nahm einen Stuhl und setzte sich. Lichtigkeit nutzte den Stuhl, der vor dem Schreibtisch stand. Sie hatten verabredet, den Mann zu schmoren.

»Sie haben vielleicht gelesen oder gehört, dass Frau Karoline Böhme ermordet wurde?«, fragte Lichtigkeit.

Er nickte. »Ein Serientäter.«

»Sie gehörten zu ihren ... Kunden.«

»Das stimmt. Ich bin traurig, dass ich sie verloren habe.«

»Dieses Schicksal teilen Sie mit einigen anderen Herren.«

Er nickte, die Hände vorm Bauch gefaltet.

»Sie verstehen gewiss, dass wir alle Freier vernehmen müssen, auch Sie.«

Er nickte wieder, nahm den Telefonhörer, drückte einen Knopf und sagte: »Ich möchte bis auf Widerruf nicht gestört werden.« Er legte auf. »Ich bin ganz Ohr.«

»In Frau Böhmes Terminkalender finden wir Sie sechzehnmal. Haben Sie sich in ihrer Wohnung getroffen?«

Er lächelte. »Ja, ja, diese Erdling ...«

»Haben Sie sich auch außerhalb der Wohnung getroffen?«

»Zwei-, dreimal, im *Café Reimann* am Kurfürstendamm.«

Lichtigkeit musterte ihn. »Ohne Geschlechtsverkehr?«

Langhans lachte kurz. »Was glauben Sie denn?«

»Sie haben sich also mit Frau Böhme unterhalten, Torte gegessen, Tee getrunken.«

»Kaffee, echten, teuer.«

Lichtigkeit legte die Stirn in Falten. Das tat er immer, wenn ihn etwas überraschte. »Sie haben sich unterhalten?«

»Frau Böhme war eine gebildete Frau, belesen. Sie verfolgte die Tagespolitik und interessierte sich für die jüngste Geschichte. Den Krieg, die Machtergreifung.«

Raben hatte etwas verstanden. Aber er behielt es für sich. Der Fall nahm eine Wendung, die ihn faszinierte und ängstigte. Er hatte plötzlich klar vor Augen, worum es ging. Der Schmerz in der Brust meldete sich, es zog, es riss in den Brust- und Rückenmuskeln. Nicht schon wieder, sagte sein Hirn. Nicht schon wieder.

Er legte seine Hand auf Lichtigkeits Unterarm. Der blickte ihn an, nickte.

Raben packte die Fotos aus und legte sie auf den Schreibtisch. »Lassen Sie sich alle Zeit der Welt. Nur vorab: Wenn wir Ihre Fingerabdrücke mit denen auf den Negativen vergleichen …«

Langhans blickte ihn traurig an. »Wie viel Zeit haben Sie?«

»So viel, wie Sie wollen«, sagte Raben.

122.

»Er ist gerade im Reichsluftfahrtministerium«, sagte Vetter.

»Lasst ihn nicht aus den Augen. Wenn er allein ist, legt ihn um. Aber nichts überstürzen und keine Querschläger oder sonstigen Schäden.«

»Wir haben den Hansen nicht in die Luft gesprengt«, sagte Vetter. Es klackte in der Leitung. Vetter lächelte über Ehrig, das Großmaul. Sie würden es besser machen.

Nachdem Sie mehr als zwei Stunden gewartet hatten, stöhnte Kahle. »Diese Scheißrumhockerei. Vielleicht haben sie das Gebäude durch einen Hintereingang verlassen.«

»Wir warten. Je später, desto weniger Zeugen und desto fahrlässiger der Superbulle. Vielleicht nimmt er uns die Aktion ab und arbeitet sich zu Tode.«

123.

»Es wird immer später«, maulte Lena. »Ich weiß nicht, wo der sich wieder herumtreibt. Man könnte auf komische Ideen kommen. Bestimmt hatte die Böhme eine Kollegin, genauso schön und sonst wie.«

»Hör auf«, sagte Elisabeth. »Er schützt uns. Er hat Frau Schröder gerettet. Keine Ahnung, wie er das angestellt hat. Und von manchen Dingen sollen wir nichts wissen. Dein Mann macht nichts Schlechtes, wenn er nicht kommt.«

124.

»Herr Oberst, darf ich Ihren Kalender sehen?«, fragte Lichtigkeit.

»Den führt meine Sekretärin.« Hob den Hörer, drückte auf einen Knopf. »Meinen Kalender bitte.«

Eine Frau zwischen fünfzig und sechzig, weiße Haare, nickte den Polizisten freundlich zu und legte den Kalender auf den Schreibtisch. »Kann ich vielleicht früher Schluss machen heute? Meine Tochter ...«

»Ich weiß, die Arme. Gehen Sie. Einen guten Abend trotz allem.« Sie verschwand mit einem Dankeschön.

Der Oberst reichte Lichtigkeit den Kalender. Der blätterte in der fraglichen Zeit und legte ihn bald auf den Tisch. »Am Tag des Mords hatten Sie eine späte Dienstbesprechung mit dem Reichskriegsminister von Blomberg und dem General Reichenau. Anwesend waren weitere Offiziere und Adjutanten. Die Besprechung dauerte bis um zwei Uhr morgens.« Er wandte sich an Raben. »In anderen Nächten war Oberst Langhans verreist, unter anderem nach Österreich.« Blick zu Langhans: »Einmal waren Sie sogar in Moskau in unserer Botschaft. Worum ging es?«

Der lachte, tatsächlich. »Dienstgeheimnis, da müssen Sie den Minister fragen.«

»Ist auch nicht so wichtig«, sagte Raben. Wenn seine Menschenkenntnis nicht ausgelöscht war, kam Langhans als Mörder nicht infrage, zumal der ein Alibi hatte. Er legte die Fotos auf den Schreibtisch.

Langhans blickte aufs erste und erhob sich. Stellte sich ans Fenster, blickte hinaus, schwieg. »Wie haben Sie's gefunden?«

»Durch Zufall«, sagte Raben.

Langhans drehte sich um und blickte Raben an. »Ihnen geht's gar nicht um den Mord an Karoline.«

»Doch, das ist einer der härtesten Fälle, und wir sind keinen Schritt weitergekommen. Wir befragen die Freier.«

»Bei mir waren schon zwei Kollegen. Die sind dann aber flott wieder abgezogen.«

»Erinnern Sie sich der Namen?«

»Einer hieß Müller, hatte einen bayerischen Dialekt.«

»Danke.«

Langhans blickte ihn einen Augenblick an.

»Nachdem uns die Fotos in die Hände fielen, mussten wir Sie noch einmal aufsuchen. Sie sind auf unserer Liste der Einzige, der Zugang zu Konstruktionszeichnungen hat.«

»Steht der Oberst Udet nicht drauf?«

»Nein«, sagte Raben. Er erinnerte sich einer Flugveranstaltung, auf welcher das Fliegerass des Weltkriegs Ernst Udet Kunststücke vorführte, die alle Gesetze der Schwerkraft auslöschten. »Warum?«

»Na, der befasst sich auch mit technischen Dingen … Ach, lassen wir das. Ja, ich habe diese und andere Filme unter dem Fuß des Flügels versteckt. Karoline hat sie weitergeleitet, was heißt, dass ein Agent erschien und den Flügel anhob, damit sie den Film herausziehen konnte.«

»Sie haben Geheimdokumente fotografiert und an wen weitergeleitet?«

»An einen sowjetischen Geheimdienst. Welchen, weiß ich nicht.«

Schweigen. Lichtigkeit und Raben blickten sich an.

»Haben Sie Geld bekommen?«, fragte Lichtigkeit.

Langhans schüttelte den Kopf.

»Es gibt verschiedene Möglichkeiten«, sagte Raben. »Nummer eins: Wir übergeben Sie der Abwehr, und die übergibt sie einem Militärgericht, das Sie zum Tod durch Erschießen verurteilt. Nummer zwei: Sie offenbaren alle Ihre Kontakte und lassen sich umdrehen, werden also Doppelspion, sofern Canaris das will. Drittens könnten wir Sie Heydrich zum Geschenk machen, was zwar Canaris aufregen würde, aber was kratzt das den Gruppenführer? Der übergibt Sie seinen Vernehmungsspezialisten, die Ihnen alle Schattenseiten des Schmerzes beibringen werden.«

»Es gibt eine vierte Möglichkeit«, sagte Langhans ruhig.

Raben katapultierte sich über den Schreibtisch und schlug dem Offizier die Waffe aus der Hand. Der Stuhl vor dem Schreibtisch knallte auf den Boden, der Stuhl dahinter gegen die Rückwand. Langhans' Hand schlug den Führer von der Wand. Er stürzte zu Boden, fiel auf Rabens linke Hand. In der rechten hielt er Langhans' Luger 08 und warf sie Lichtigkeit zu. Der fing sie, aber dann fiel sie doch auf den Boden. Raben lag neben dem Schreibtischstuhl, sein Arm begraben unter dem Führer. Langhans blickte starr, ertastete die Beule am Hinterkopf. »Scheiße.«

Lichtigkeit hatte alles beobachtet. Aber Raben war viel zu schnell, um einzugreifen.

»Woher haben Sie das gewusst?«, fragte Langhans mit belegter Stimme.

»Ich hab's in Ihrem Gesicht gelesen. Und viertens gab es nur eine Möglichkeit, wenn man es mit einem Offizier zu tun hat.«

Langhans nickte.

Die Sekretärin klopfte. Raben sprang auf, stellte seinen Stuhl leise hin und setzte sich. Die Tür öffnete sich vorsichtig. »Brauchen Sie Hilfe?«, fragte die Sekretärin.

»Der Führer ist gefallen.«

»Was? Um Gottes willen.« Tränen schossen ihr in die Augen.

»Das Bild, Frau Wimmer. Nur das Bild.«

Sie schluchzte auf. »O Gott, haben Sie mir einen Schrecken eingejagt.«

»Tut mir leid. Ich dachte, Sie hätten es gesehen.« Der Daumen zeigte zur Rückwand.

»Entschuldigung, der Schreck. Ich lass den Führer morgen aufhängen.«

»Das ist eine gute Idee. Gute Nacht, Frau Wimmer.«

Raben grinste. »Vielleicht wollen Sie uns erzählen, was Sie dazu getrieben hat, Moskau über unsere Aufrüstung zu informieren? Bevor andere Leute weniger höflich fragen.«

Langhans schloss die Augen, überprüfte das Wachstum seiner Beule. »Hitler will Krieg, sobald wir aufgerüstet sind. Er hat wenige Tage nach der Machtübernahme die Generale zusammengerufen und ihnen erklärt, das deutsche Volk brauche Lebensraum im Osten. Was mit den Leuten in den zu erobernden Gebieten geschehe, sei ihm gleichgültig. Bisher hatte ich Hitlers Buch für verrückt gehalten, wie seinen Autor. Aber er meint alles, wie er es aufgeschrieben hat. Und wenn er im Osten zuschlägt, ist es ihm egal, ob die Franzosen oder Engländer schlecht gelaunt sind. Er rüstet auf und kann nicht genug beteuern, dass er nur den Frieden will. Er schläfert die Feinde des letzten Kriegs ein, damit sie nicht aufrüsten. Die Völker haben den Krieg nicht vergessen und wollen keinen neuen, der Europa vernichten würde. Bis zur Saar-Abstimmung im Januar habe ich gedacht, das Volk stünde nicht hinter Hitler. Aber neunzig Prozent haben im Saargebiet für eine Rückkehr ins Reich gestimmt. Obwohl dort die Presse frei war. Alle wussten, dass es die Aufrüstung, die KZ, die Vernichtung aller Parteien, der Gewerkschaften gab. Bis auf ein paar Sozialdemokraten, Kommunisten, Juden wollten sie alle dabei sein. Seit dem Tag der Abstimmung habe ich jede Hoffnung ins Volk verloren. Welch ein Fest für die

Nazis. Menschen, die Luft zum Atmen hatten, erwürgten sich selbst. Hitler hält sich seitdem erst recht für den Größten. Er ist besessen von der Niederlage 1918 und will viel mehr, als sich nur zu rächen. Er hat von einer *Erdherrschaft* gesprochen. Stellen Sie sich diesen Wahnsinn mal vor.«

»Waren Sie dabei?«, fragte Lichtigkeit.

»Ja, als Adjutant des Generals von Reichenau, der vom Führer und seinem Krieg begeistert ist. Darum informiere ich die Sowjets. Ich habe auch Wege gesucht, die Franzosen und Engländer zu warnen. Die glaubten mir aber nicht. Die halten *Mein Kampf* für den wahnhaften Ausfluss eines Dilettanten.«

Lichtigkeit und Raben wechselten Blicke. In ihnen stand: Was sollen wir mit dem nur machen?

»Rufen Sie Admiral Canaris an«, sagte Raben.

Langhans blickte ihn an. Er nahm den Hörer und wählte, sagte, dass er sofort einen Termin brauche.

»Der Admiral bricht gerade auf«, sagte Langhans, die Hand auf der Sprechmuschel.

Raben nahm dem Oberst den Hörer aus der Hand. »Dann sagen Sie ihm, er müsse heute länger in seinem Büro bleiben.«

»Wer befiehlt das?«

»Ich. Sagen Sie dem Admiral, es geht um Leben und Tod. Verstanden?«

»Ich versuch's.« Es klackte.

»Geh allein mit ihm zu Canaris«, sagte Lichtigkeit. »Ich weiß nichts von der Sache.«

»Ich hätte gleich darauf kommen können«, sagte Raben. »Entschuldigung.«

»Pass auf dich auf.«

»Wie immer.«

Mit einem heiseren Lachen verschwand Lichtigkeit.

»Gehen wir«, sagte Raben. »Ihre Waffe behalte ich.« Sie wog schwer in der Aktentasche.

125.

»Ich werd verrückt«, sagte Schellenberg.

Der Gruppenführer hatte sich in dessen Büro begeben und Himmlers SS-Liebling und Tausendsassa die Fotos auf den Schreibtisch gelegt. »Sie haben's erfasst, Kamerad.«

Schellenberg, schmal gewachsen und intelligente Augen. Ein SS-Offizier, der weit kommen würde unter der Hand des Reichsführers. Oder mit dem Hintern vor dessen Fuß, der ihn nach vorn trieb. Aber wenn Heydrich wollte, würde sich die schützende Hand zurückziehen.

»Wer hat das entdeckt?«

»Das bleibt geheim. Wie können wir den Spitzel ausschalten?«

»Für wen spitzelt der?«

»Für Moskau.«

»Kopf ab oder umdrehen. Letzteres fände ich besser, wenn er mitmacht.«

Heydrich nickte. »Ich fürchte, er landet bei unserem Freund Canaris. Der tut, was Sie vorgeschlagen haben. Der zieht ein Spiel mit den Russen auf. So blöd, wie die sich anstellen, könnte das klappen.«

»Wir könnten ihn schnappen, sobald die Abwehr ihn nicht mehr braucht«, sagte Schellenberg.

126.

Raben staunte wieder, wie klein ein bedeutender Mann sein konnte. Der Admiral saß hinter seinem Schreibtisch und erwiderte die Begrüßung nicht. In der Ecke lagen die beiden Dackel, im Schlaf vereint.

Canaris bot ihnen keinen Stuhl an. »Machen Sie's kurz.«

Langhans wollte etwas sagen, aber Raben war schneller. »Oberst Langhans spioniert für die Russen. Denen hat er unter anderem dies ausgehändigt.« Die Fotoabzüge setzten ihre Wanderschaft über die Schreibtische fort.

Canaris nahm den Stapel, blätterte immer langsamer.

»Sie arbeiten im RLM, Oberst?«

»Jawohl, Herr Admiral.«

»Lassen Sie den Firlefanz.«

»Ja ...«

Canaris nickte. »Haben Sie noch mehr Material übergeben?«

»Ja. Das Personaltableau des Reichswehrministeriums.«

Canaris blickte ihn an. »Ich hoffe, Sie haben mich nicht vergessen.«

»Nein.«

»Noch was?« Er zündete sich eine Zigarette an.

»Konstruktionszeichnungen der Heinkel 111 und erste Entwürfe des Schnellbombers Ju 88.«

»Da wissen Sie ja mehr als ich.«

»Es wird auch einen neuen Aufklärer geben«, sagte Langhans.

»So viele Flugzeuge«, sagte Canaris. »Und dazu dieser Wundervogel.« Tippte auf die Fotos. »Der Kommissar Raben hat Sie erwischt. Nicht schlecht. Ich würde Ihnen ja ein Angebot machen, wären Sie Heydrich nicht in germanischer Treue verbunden.« Ein Lächeln.

»Die Gestapo hat mich an die Kripo abgestellt, bis der Serientäter gefasst ist.«

»Das hat er gut gemacht«, sagte Canaris, aber er wirkte abwesend. Wahrscheinlich beschäftigte sich sein Kopf mit dem Schicksal des Obersts Langhans.

Er nahm den Telefonhörer und drückte einen Knopf.

In diesem Ministerium verkehren sie knopfweise, dachte Raben.

»Schicken Sie mir den Herrn Oster her. Danke.«

Raben betrachtete die Hunde. Er hatte den Admiral auch schon gesehen, wie er sie Unter den Linden ausführte. In Zivil natürlich. Nicht nur die Dackel.

Es klopfte, die Tür öffnete sich. Ein drahtiger Mann in Wehrmachtsuniform trat ein und setzte sich auf einen Sessel an der Wand. »Guten Tag, die Herren.«

»Das ist mein engster und – sagen Sie's nicht weiter – mein bester Mitarbeiter. Ohne Oberst Oster liefe hier nichts.«

Oster zeigte keine Miene.

»Oster, der Herr Oberst Langhans von der Luftwaffe hat für die Russen spioniert. Offenbar schenkt uns der Führer ein revolutionäres Jagdflugzeug namens Bf 109 und noch einiges dazu. Diese Erkenntnisse verdanke ich Herrn Langhans. Also wollen wir uns höflich verneigen.«

»Der SD hat es bestimmt längst gewusst. Die haben überall ihre Spitzel.«

»Unter anderem den Kommissar Raben, der aber nicht spitzelt. Stimmt's?«

»Selbstverständlich. Ich weiß, was ein Dienstgeheimnis ist.«

»Weiß Heydrich von den Kopien?«

»Ja«, sagte Raben. »Der SD ist dafür nicht zuständig, sagt er.«

»Aber Sie ... in Ihrer Eigenschaft als Kriminalkommissar.«

»Bis gerade eben. Ich übergebe Ihnen den Fall. Wir ermitteln gegen einen Sexualstraftäter ...«

»Und Oberst Langhans zählte zu Aphrodites Kunden«, sagte Oster.

»Ja«, erwiderte Raben.

Langhans nickte. »Aber ich bin kein Serientäter.«

»Nein«, sagte Oster. »Das sind Sie nicht.«

Canaris hob die Brauen. »Nun haben Sie meinen Hunden den Abend verdorben, das spräche für eine Verurteilung. An die Gestapo liefern wir hier niemanden aus, nicht mal Nazis in Uniform. Es gibt drei Möglichkeiten: Erstens, Sie lassen sich erschießen; zweitens, Sie erschießen sich selbst; drittens, Sie arbeiten für uns.« Fast erschreckt blickte er Raben an. »Wir sind Ihnen zu Dank verpflichtet. Wenn Sie unsere Hilfe einmal brauchen sollten, rufen Sie mich oder Oster an.« Er reichte Raben eine Visitenkarte, schrieb eine Telefonnummer drauf. »Hier finden Sie die Durchwahl im Ministerium, zu Hause. Ich habe die Dienstnummer von Oberst Oster hinzugefügt.«

»Danke, Admiral.« Raben deutete eine Verbeugung an, gab Oster die Hand und verließ das Reichskriegsministerium.

Er ging über den Hof. Das Gebäude hatte eine Rückseite und zwei Flügel. Als er die Wache passiert hatte, stand er auf der Straße. Es nieselte, und doch blieb es warm. Er sah einen Opel Laubfrosch gegenüber, darin zwei Männer, von denen einer rauchte. Er sah das Glühen des letzten Zugs, als könnte sich einer nicht von der Zigarette trennen. Oder als wollte einer die Kippe rauswerfen, weil er was zu tun hatte.

Er ging zur Wache, zeigte die Hundemarke. »Darf ich bei Ihnen telefonieren?«

»Selbstverständlich, Herr Kommissar.«

Lichtigkeit war schon zu Hause, Bock aber noch da. Auf Nebe hatte er keine Lust und auf die anderen Kommissare schon gar nicht.

»Herr Kollege, ob Sie einen Wagen schicken könnten, um eine Personenüberprüfung vorzunehmen? Die sitzen in einem Laubfrosch genau gegenüber dem Haupteingang des Reichskriegsministeriums. Beeilen Sie sich.«

»Wird erledigt, Herr Kommissar.«

Als Raben auf die Straße trat, sah er nur noch den Auspuff des Opels. Er hatte sich nicht geirrt. Die waren hinter ihm her. Bald kam die Streife. »Er ist verschwunden.«

»Haben Sie die Kennzeichen notiert?«

»Ich habe den Wagen nur von der Seite gesehen. Es waren zwei Männer, einer rauchte. Mit Gewissheit waren sie bewaffnet.«

»Was wollten die mit den Waffen?«

»Mich ermorden. Ob Sie mich bitte nach Hause bringen und vor der Haustür warten könnten, bis ich drin bin?«

»Natürlich, Herr Kommissar. Wollen Sie keine Anzeige erstatten?«

»Die müsste ich ja bei mir erstatten.«

127.

Während Elisabeth Karl den Kleinen ins Bett brachte, saßen Lena und Karl im Wohnzimmer.

»Was gibt's? Ich seh es dir doch an, dass dich was wurmt.«

»Es gibt ein Dienstgeheimnis, ich muss die Klappe halten.«

»Welch Freude für den größten Geheimniskrämer aller Zeiten, den GRÖGAZ!«

»Ich könnte hüpfen vor Glück.«

»Immer zu.«

»Mit dem Schweinekopf und so weiter war ich gemeint.«

»Wenn schon, wir. Du gehörst nicht zu Gottes auserwähltem Volk. Ein klarer Nachteil, den ich vor der Heirat nicht bedacht hatte.«

»Die Bombe war nicht an dich, sondern an mich adressiert, und als ich heute Abend aus dem Reichskriegsministerium kam, warteten zwei Typen in einem Laubfrosch auf mich. Die sind weggehüpft, als sie ahnten, dass ich die Kollegen gerufen hatte. Ich hab nicht mal das Nummernschild. Das ist ärgerlich, weil wir so gewiss zwei weitere Kumpane von Fehrkamp und Ehrig kennengelernt hätten.«

»Sofern einer im Auto nicht Ehrig persönlich gewesen ist.«

»Klar. Ein SA-Mörder in der Hand ist besser als zwei auf dem Dach.«

»Du solltest an deinen Metaphern arbeiten.«

»Ist mir wurscht. Wer ist hier die Dichterin im Haus?«

»Dir scheint es auch wurscht zu sein, dass die dich umbringen wollen. Eine Bombe, das ist keine Kleinigkeit.«

»Aber die kann den Typen den Kopf kosten, weil sie einen Alten Kämpfer ins Jenseits gesprengt haben. Erschwerend kommt hinzu, dass sie mir galt, einem Heydrich-Spezi, wie man in München so sagt. Ich muss sie nur noch erwischen.«

»Na, wenn das alles ist.« Sie blickte ihn traurig an. »Am meisten bedrückt mich, dass ich in der Ungewissheit lebe. Ich darf nicht wissen, was du treibst.«

»Ich versuche einen Serientäter zu stellen. Heute Abend komme ich zurück von einer Vernehmung eines Offiziers im Bendlerblock, der auf der Freierliste besagter Dame steht.«

»Was ist herausgekommen?«

»Nichts. Er hat Alibis für mehrere Termine. Aber sein Verhältnis scheint das Nutten-Normalmaß überschritten zu haben. Der ist auch ausgegangen mit ihr, in ein feines Café. Die Böhme war eine besondere Frau, belesen und lebenslustig.«

»Na ja, belesen bin ich auch. Ich soll wieder Kritiken schreiben, wenn es kein Verbrechen gibt, das Goebbels für zeitungswürdig hält. Auch wenn sich das blöd anhört: Die Zeiten haben sich geändert. Abenteuer wie unsere Reise nach Wien führten heute direkt ins Zuchthaus, wenn nicht schlimmer. Wir haben es mit einer Diktatur zu tun, die sich vorher niemand vorstellen konnte. Du nicht, ich nicht. Eine Mörderbande hat sich an die Macht getrickst, von der Koalitionsregierung ist niemand übrig geblieben als Hitler und seine Schweinehunde. Die Verfassung haben sie abgeschafft. Es zählt nur noch Führers Wort, das ist unser Gesetz. Wenn der Schwachkopf eines Morgens nach einem Albtraum aufwacht und alle Linkshänder abschlachten lassen will, dann folgt unser Volk dem Führerwillen. Vergiss die Saar-Abstimmung nicht. In freien Wahlen fast hundert Prozent. Seitdem sind die Nazis nicht mehr aufzuhalten. Wenn wir unser bisschen gegen die braunen Dreck-

säcke tun, dann tun wir das gegen das Volk.« Sie zeigte zum Fenster. »Da draußen, die würden uns lieber gestern verpfeifen als
heute.«

»Da ist was dran«, sagte Karl ruhig. »Die Denunzianten sind die
Pest. Aber das hatten wir doch schon.«

»Es lohnt sich nicht, was zu machen.«

»Hat doch geklappt, was wir machen. Jeder, den wir nicht der
Gestapo überlassen, macht mich stolz.«

»Ich hoffe, das sagst du auch noch, wenn sie uns im KZ verre-
cken lassen.«

Das Telefon klingelte. Raben nahm ab. Eine Männerstimme, Oster, sagte, ohne sich vorzustellen: »Der Mann wird nicht erschossen
oder aufgehängt. Danke.« *Klack.*

»Wer war das?«

»Ich kann dir sagen, was das war. Einer überlebt, obwohl das un-
denkbar schien.«

»Mein Gott, Kalle, was treibst du nur?«

»Das Richtige.«

128.

Lichtigkeit fragte gar nicht erst, er las es in Rabens Gesicht. »Gut«,
sagte er. »So was gibt einem Hoffnung. Obwohl wir uns die nicht
leisten können.«

»Wir müssen diesen Serienmörder schnappen, bald.«

»Was bedeutet, dass wir uns alle vornehmen, die wir nicht selbst
verhört haben.«

»Ja, es sind fünf. Die Dame legte keinen Wert auf Quantität, sondern auf Qualität. Der Erste auf der Liste heißt Wolfgang Hunold
und besitzt Berlins bestes Schmuckgeschäft, wie ich mal gelesen
habe, als die Welt noch keine Scheibe war. Die Dame wollte nicht

nur spionieren, sondern auch ein Vermögen anhäufen für die Zeit, wenn die Schönheit verwelkte.«

»Dann wissen wir ja, wie die Dame so viele Brillanten bunkern konnte. Die Kollegen vom Erkennungsdienst hatten zitternde Hände angesichts der Steine und des Edelmetalls«, sagte Lichtigkeit.

Das Geschäft war geschlossen. *Wegen Eigentümerwechsel.* Sie fanden eine Telefonzelle. Lichtigkeit rief die Steinkopf an und bat sie, die Privatadresse des Juweliers herauszufinden. Der wohnte in der Eislebener Straße. Sie gingen zu Fuß hin.

Raben drückte die Klingel, der Öffner klackte. Dritter Stock ohne Aufzug, aber das Treppenhaus mit Teppich und Wandkacheln verbreitete die Aura des Wohlstands. Ein Mann stand in der Tür, klein und schmächtig, mit Kinnbart.

»Guten Tag«, sagte Raben.

»Guten Tag«, murmelte der Mann. Er war blass und hatte gerötete Augen. »Was soll ich tun?«

»Wir sind von der Kriminalpolizei«, sagte Lichtigkeit. »Es geht um den Mord an Frau Karoline Böhme.«

»Ach ja.« Als wäre er erleichtert. »Kommen Sie bitte rein ... es ist nicht aufgeräumt.«

Überall lagen Dinge auf dem Boden. Im Flur das Telefon, Mäntel, Jacken, Bilder, Glassplitter. Genauso im Wohnzimmer. Zerrissene Bücher und Zeitungen, zertretene Bilder.

»Wer war das?«, fragte Raben.

»Die SA.«

»Was wollte die?«

Der Mann blickte ihn befremdet an.

»Sie wollten Ihren Laden nicht verkaufen«, sagte Lichtigkeit.

»Das stimmt nicht. Ich hätte ihn verkauft, aber nicht zu einem Drittel seines Werts. Jetzt hat das Finanzamt ihn beschlagnahmt. Sie behaupten, ich hätte mehr als dreihunderttausend Reichsmark Steuerrückstände.«

»Was natürlich nicht stimmt«, sagte Lichtigkeit.

»Mein Buchhalter erwartete eine Steuerrückerstattung, wer kauft noch bei Juden?«

»Ich«, sagte Lichtigkeit.

»Ich auch«, sagte Raben.

Hunold räumte das Sofa frei, indem er alles auf den Boden warf. Bücher, eine Lesebrille, zerbrochene Schallplatten. Das Grammofon lag in Trümmern neben dem Sofa. Hunold schob Bücher vom einzigen Sessel und setzte sich. »Leider kann ich Ihnen nichts anbieten. Das Geschirr liegt in Scherben, den Bohnenkaffee haben die Herren mitgenommen. *Viel zu gut für einen Juden.*«

»Das tut mir leid, und meinem Kollegen auch«, sagte Lichtigkeit. »Sollen wir Ihnen beim Aufräumen helfen?«

Hunold blickte sie verblüfft an. »Nein danke. Ich verlasse das Land. Und es ist eigentlich auch egal, ob sie einen hier ausrauben oder an der Grenze.«

»Wir müssen Ihnen leider Fragen stellen«, sagte Raben.

»Worum geht's?«

»Karoline Böhme.«

»Ach, die Arme. Es tut fast gut, sich vorzustellen, dass es anderen noch schlechter geht als einem selbst. Entschuldigen Sie die Verzweiflung eines alten Mannes, der gerade seine Wurzeln verliert. Und ich habe für das Reich gekämpft, war Oberleutnant an der Westfront. Vom ersten bis zum letzten Tag, trotzdem behaupten diese ... dass wir Juden das Vaterland nicht verteidigt, sondern vom Krieg profitiert haben. Wissen Sie, was wir auf dem Schlachtfeld bei den Franzosen gefunden haben? Kanonen von Krupp.«

Raben nickte. »Warum erstaunt mich das nicht?«

»Die Lüge ist an der Macht«, sagte Hunold. »Aber lassen wir das. Ja, ich war Freier, so nennt man das wohl, dieser Dame, und ich habe keine Sekunde bereut. Sie war einzigartig.«

»Die Kollegen vom Erkennungsdienst haben viel Schmuck bei ihr gefunden.«

»Manches dürfte von mir stammen. Vielleicht hat sie mich auch benutzt, aber das stört mich nicht. Ich habe sie zufällig auf einem Empfang kennengelernt und ihr vorgeschlagen, sich im Laden umzusehen. Das hat ihr Freude bereitet, ich hab's in den Augen gesehen. Die konnten strahlen wie ein Feuerwerk. Ich musste ihr zeigen, wie man Diamanten schleift, wie man Stein in Ringe setzt, wie man diese herstellt. Und die Metalle: Gold, Weißgold, Silber. Ab und zu habe ich ihr eine Kleinigkeit geschenkt, und sie hat auch bei mir eingekauft. Selbstverständlich genoss sie Vorzugspreise.«

»Haben Sie jemals andere Freier getroffen?«

»Vielleicht, aber ich kannte keinen. Frau Böhme war sehr diskret.«

Raben nickte. »Wir verdächtigen Frau Böhme der Spionage.«

Hunolds Hände begannen zu zittern. »Ich weiß nichts davon. Um Himmels willen, halten Sie mich davon fern. Jude und Spion ist ja noch schlechter als Jude und Bolschewik.«

»Sie sind gewiss kein Spion«, sagte Lichtigkeit. »Beruhigen Sie sich. Wir wollen nur wissen, ob Sie dazu eine Erinnerung haben. Manchmal entsteht die, wenn man Bekanntes in einem neuen Licht sieht.«

»Das stimmt«, sagte Hunold. Er schüttelte den Kopf. »Wir haben selten über Politik gesprochen. Sie hat mich gefragt, ob ich Jude bin, als sie … Sie wissen, was ich meine.«

»Sie sind beschnitten«, sagte Raben.

Hunold nickte. »Aber sie hat das nicht interessiert. Sie hat mich immer wieder ermahnt, vorsichtig zu sein. Sie hat mich am Ende von ihrem Fahrer abholen lassen.«

»Einem Herrn Ehrig.«

»So heißt er wohl. Sie hat einmal seinen Namen genannt. Auch sie hielt ihn für einen finsteren Burschen. Aber das fand sie gar nicht schlecht, weil der Mann andere vielleicht abschreckte.«

»Dieser Ehrig ist SA-Mann, vielleicht hat er seinen Kameraden einen Tipp gegeben, Sie auszurauben. War der mal im Ladenlokal?«

»Natürlich.«

Raben blickte Lichtigkeit an.

»Wollte der Mörder Karoline berauben?«, fragte Hunold.

»Nein. Es handelt sich vermutlich um einen Sexualstraftäter«, sagte Raben. »Haben Sie sich mit Ehrig unterhalten?«

»Nein, er hat nicht mal gegrüßt. Nur was gebrummt. Oder so was gesagt wie: ›Wir müssen los …‹«

»Er hat so wenig arische Atemluft an Sie verschwendet wie möglich.«

Hunold lächelte. »So kann man es sagen.«

»Wir haben bei Frau Böhme Negative gefunden, die ihre Spionagetätigkeit beweisen«, sagte Raben. »Versteckt unterm Bein eines Klaviers.«

Hunold lächelte. »Ich wüsste nicht, wie sie ein so schweres Gerät hätte heben sollen. Wenn sie nur benutzt wurde für die Weitergabe? Ein Mann schiebt den Film unter den Fuß, ein anderer holt ihn ab. Sie war ja nicht immer im Zimmer. Danach … ging sie ins Bad und offerierte einen Cognac, Whiskey …«

»Wollen Sie Spion werden?«, fragte Lichtigkeit lachend. »Das ist eine gute Idee. Wir sind nicht darauf gekommen.«

»Schön, dass ich dem Führer helfen konnte, bevor er mich verjagt wie eine Ratte.«

Raben nickte. Eine Idee reifte in ihm. »Ihren Reisepass haben Sie schon?«

»Nein, erst wird man ausgeplündert.«

»Gut, warten Sie mit dem Antrag.«

Hunold blickte ihn erstaunt an.

»Ich brauche Ihren Ausweis«, sagte Raben.

Die Kennkarte fand Hunold sofort in seiner Jackett-Innentasche. Gab sie Raben. Der schrieb die Daten ab, steckte den Zettel in die Hosentasche und sagte: »Ich melde mich morgen bei Ihnen.« Wollen wir doch mal gucken, ob mich meine Menschenkenntnis trügt, dachte er.

Auf dem Rückweg zum Präsidium saß Lichtigkeit hinterm Steuer, während Raben seine Wut verarbeitete.

»Dieser Hunold hat mehr drauf, als man ihm zutraut. Könnte sein, dass er wegen der Böhme recht hat.«

»Vielleicht arbeitete sie für alle möglichen Dienste. Dann wären wir auf die SD-Geschichte reingefallen. Aber vielleicht musste sie zusätzlich für den SD spitzeln, schließlich war sie regelmäßig bei Heydrich.«

Wieder Schweigen.

»Warum hast du die Personalangaben Hunolds aufgeschrieben?«, fragte Lichtigkeit.

»Ich will die Idee nicht zerreden. Ich habe eine Idee, wie man ihm helfen könnte. Sie beruht allerdings auf vagen Vermutungen und ist nicht ohne Gefahr.«

129.

Hans Fallada war nicht verboten und hatte einige Bücher geschrieben, die Lena gefielen. »Irgendwie hat Goebbels das nicht verstanden. Wir haben immer noch Armut, und Nazismus ist nichts anderes als Kapitalismus unter übelsten Bedingungen.«

»Clausewitz würde sich im Grab umdrehen«, sagte Karl.

»Der hatte von Kapitalismus keine Ahnung, wie sollte er auch?«

»Du hast ja recht. Arme Leute gibt es nach wie vor. Wenn man Juden und Zigeuner hinzuzählt, mehr als vorher.«

»Kippenberger hat dich auf die letzte Minute noch umgedreht. Du bist also ein Handlanger des bolschewistisch-jüdischen Machtzentrums. Moskau ist deine Heimat, Stalin dein Vater.«

»Du hast mich entlarvt.«

»Was willst du vom Oberst Oster, bei dem du dich in den Kalender gedrängelt hast?«

»Du hörst meine Telefonate ab.«

»Brauch ich nicht, du bist laut genug. Also was?«

»Staatsgeheimnis«, sagte Raben.

»Dienstgeheimnis reicht dir nicht mehr?«

»In diesem Fall nein.«

»Und ich muss dir morgen keine Zahnbürste schicken in den Gestapo-Knast?«

»Nein. Eher in die U-Haft.«

»Ist ja beruhigend. Vielen Dank, du hast mir den Schlaf verdorben.«

»Tut mir leid.«

Plötzlich stand Karl der Kleine weinend in der Küche.

Sie nahm ihn auf den Schoß, strich über seine Haare. »Hast du was Böses geträumt?«

»Mhm ...«

»Was heißt das?«

»Weiß nich«, nuschelte er.

»Du siehst, der Papa ist da, ich bin da. Es ist alles gut. Ich bring dich ins Bett, ja?«

»Mhm.«

Binnen fünf Minuten war sie zurück. »Der wird mal genauso redselig wie du, mein Schwätzer.«

»Alles Gute stammt vom Papa«, sagte Raben.

Sie schlug ihm auf die Hand. »Großmaul!« Dann: »Ich habe zwei Buchkritiken geschrieben, und sie wurden gedruckt. Sei bitte stolz auf mich.«

Er erhob sich, schlug die Hacken zusammen und legte die flache Hand an die Schläfe.

»So gefällt mir das. Aber nun hast du mir Angst gemacht und sagst nichts, um mich zu beruhigen. Das beunruhigt mich am meisten.«

»Das Risiko ist gering. Dieser Oster arbeitet bei der Wehrmacht und sucht seine Freunde nicht bei der Gestapo. Es kann also nicht viel schiefgehen.«

130

»Was ist denn so eilig?«, fragte der Oberst.

Raben erzählte von Hunold. »Brauchen Sie keinen Agenten in der Schweiz? Oder in Portugal, den USA und so weiter?«

Oster lächelte. »Ich frag meinen Chef. Kommen Sie mit.«

Canaris saß hinter seinem Schreibtisch, mit geschlossenen Augen, als wäre er in etwas versunken.

»Chef«, sagte Oster. »Unser Kommissar erweist sich als anhänglich.«

Canaris blickte beide an. Nickte Raben zu.

»Wir brauchen unbedingt noch einen Agenten in der Schweiz, um die amerikanische Botschaft zu bearbeiten. Ich glaube, Kommissar Raben hat einen Kandidaten gefunden.«

»Geben Sie ihm einen Termin«, sagte Canaris leise, als hätte er drei Nächte nicht geschlafen.

»Wir müssen ihn abholen lassen«, sagte Oster, die Ruhe in Person.

»Tun Sie das«, sagte Canaris. »Sagen Sie im Vorzimmer Bescheid, die sollen Hundefutter bringen.«

»Zu Befehl, Admiral.«

»Sie können sich ja doch benehmen. Auf Wiedersehen, Herr Raben. Wir kümmern uns drum.« Und winkte die beiden raus.

»Dieser Mann hat Mut. Kann man nicht von vielen behaupten«, sagte Oster. »Und er ist anständig geblieben.« Er reichte Raben die Hand.

Zurück im Präsidium, trank er einen Kaffee mit Lichtigkeit. Der sagte nicht viel, war zerschlagen.

»Wieder Ärger zu Hause?«

Lichtigkeit sah ihn müde an. »Ich habe nur Ärger zu Hause. Nur dieses Mal war es besonders. Sie schimpft, wenn ich nachts lange unterwegs bin, weil ich mich nicht mehr um meine Familie kümmere, und wenn ich pünktlich nach Dienstschluss auftauche, bin ich faul und helfe dem Führer nicht, das Verbrechen auszurotten.«

»Oje, das klingt mies. Habe es schon mal gesagt, und es geht mich nichts an: Scheidung?«

»Daran denke ich jeden Tag. Aber ich würde wohl die Kinder verlieren. Schließlich ist sie gläubige Nationalsozialistin. Überall dabei: Frauenbund, Winterhilfswerk, NS-Wohlfahrt. Sie würde vor Gericht behaupten, dass ich gegen den Führer bin und nur sie die Kinder im Geist des Nationalsozialismus erziehen könne. Womit sie recht hat. Das könnte mich in Teufels Küche bringen. Ich würde mich nicht wundern, wenn sie mich bei der Gestapo anzeigen würde. Dabei fehlt mir der Mut, mich gegen das Pack zu wehren.«

»Aber du hast doch schon geholfen, denk an den Pass.«

»Kleinkram, das ändert doch nichts.«

»Ich mache nur Kleinkram. Das wird die Regierung nicht stürzen. Aber ich will mir danach sagen können, dass ich der Bande Ärger bereitet habe. Mehr kann man nicht machen. Man kommt an den Scheißkerl nicht ran, sonst würde ich ihn abknallen.«

Sie hatten geflüstert.

Raben nahm eine Akte vom Schreibtisch und schlug sie auf. »Direktor bei Siemens-Schuckert, der Herr.«

»Nicht schlecht. Fragen wir ihn doch, ob wir bei ihm im Werk auftauchen sollen oder ob er Lust hat, uns zu besuchen.«

»Vorladen«, sagte Raben.

Der Mann saß schon zwei Stunden später auf einem Stuhl in Lichtigkeits Büro. Köpfchen servierte Kaffee und Kekse. Lichtigkeit saß hinter dem Schreibtisch, Doktor Wernher Wendel davor, Raben lehnte an der Wand.

»Sie kannten eine Karoline Böhme?«, fragte Lichtigkeit.

Wendel nickte, was es dem Deckenlicht erlaubte, seine Vollglatze auszuleuchten. Im Gesicht zwei Schmisse, vor den Augen eine Brille mit dicken Gläsern. Der Oberlippenbart zitterte. »Ja«, sagte er endlich. »Leugnen hilft ja nicht.«

Lichtigkeit nickte. »Da haben Sie ganz recht, Herr Direktor. Die Dame hat ordentlich Buch geführt. Sie wissen schon, dass sie eine Neuauflage der Mata Hari war?«

Wendel blickte Lichtigkeit aus seinen Seehundaugen an, als wäre er betrübter, als je ein Seehund es war. »Nein, ich wusste es nicht. Aber es erklärt einiges.«

»Wir möchten nicht, dass Sie uns unsere Zeit stehlen. Vielleicht wären Sie so freundlich, uns alles über Ihre Beziehung zu Frau Böhme zu berichten.«

»Nachher steht es in der Zeitung. Meine Frau, meine Position …«

»Das hätten Sie sich früher überlegen sollen. Wir haben aber nicht die Gewohnheit, Erkenntnisse der Kriminalpolizei an die Presse zu geben. Verstanden?«, fragte Raben.

Wendel musterte ihn. Nickte, als würde er einschlafen.

»Was wollte sie von Ihnen wissen?«, fragte Lichtigkeit.

Wendel nickte wieder. »Sie wollte wissen, was mich am Tag beschäftigte. *Direktor*, das sei was Besonderes, und sie wisse nicht, was ein Direktor in einem so großen Werk in der Siemensstadt tue.«

»Da mussten Sie ihr erklären, was Sie taten. Was tun Sie?«

»Ich arbeite in der Entwicklungsabteilung.«

»Sie leiten die Entwicklungsabteilung«, sagte Raben, »wir mögen's gern genau.«

»Früher haben wir Flugzeuge entwickelt, aber das hat der Versailler Vertrag uns verboten. Dann haben wir Elektroantriebe gebaut, auch Elektro-Kraftfahrzeuge. Aber die konnten sich gegen den Verbrennermotor nicht durchsetzen. Dafür aber bei Straßen- und U-Bahnen. Was wir zurzeit entwickeln und produzieren, darf ich Ihnen im Einzelnen nicht sagen. Vielleicht so viel: Wir unterstützen den Führer mit unserer Kompetenz bei der Herstellung von elektrischen Produkten für die Wehrmacht. Den Rest wollen Sie sich bitte hinzudenken.«

»Haben Sie das auch Frau Böhme geantwortet?«

»Ja. Wortwörtlich.«

»Haben Sie Arbeit mit nach Hause genommen?«, fragte Raben.

»Natürlich.«

»Wenn Sie Frau Böhme aufsuchten, hatten Sie Ihre Aktentasche dabei?«

Er nickte.

»Es wäre also möglich, dass Frau Böhme sie jemandem außerhalb des Schlafzimmers übergeben hat?«

»Sie wollte, dass ich Mantel und Aktentasche im Flur ablege ...«
Er blickte auf den heruntergekommenen Teppich, als könnte der ihn retten.

»Haben Sie aus dem Flur Geräusche gehört, während Sie sich mit Frau Böhme vergnügten?«

»Sie ließ immer das Grammofon spielen, sie hatte eine beachtliche Plattensammlung. Und doch, ich muss es gestehen, muss einmal etwas im Flur gefallen sein. Und sie hat es auch gehört. Sie eilte hinaus. ›Vielleicht ein Einbrecher‹, sagte sie. Aber es war nichts – sagte sie jedenfalls.«

»Wenn Sie gingen, musste sie dann die Wohnungstür aufschließen?«, fragte Lichtigkeit.

Er überlegte und nickte. »Nein.«

131.

»Ehrig könnte also ein Spion sein«, sagte Lena. »Er war schließlich ihr Fahrer und wartete vor der Haustür. Der könnte auch die Aktentasche im Flur genommen und durchsucht haben. Die Dokumente schnell fotografiert, und zurück in die Aktentasche. Ihr habt doch Fotos von dem. Vielleicht zeigt ihr die mal der Vermieterin. Sie erkennt den bestimmt. Stell dir vor, der Ehrig wäre Sowjetspion oder so was ...« Sie lachte.

»Das wäre wunderbar«, erwiderte Karl.

Der Kleine schlief, und Elisabeth hatte ein Gespür, wann sie die *jungen Leute* allein lassen sollte.

»Du müsstest beweisen, dass der Ehrig im Haus war.« Sie blühte auf, weil er ihr von seiner Arbeit erzählte. Dass das nicht alles war, nahm sie hin.

»Der wird am 1. Juni eingezogen.«

»Und dann rückt ihn das Heer nicht mehr raus, weil der Führer ihnen wieder eine eigene Gerichtsbarkeit geschenkt hat. Wie zu Kaisers Zeiten.«

»Ich glaube, das kriege ich geregelt.«

»Du bist ja ein Held. Rabens Wille geschehe. Raben befiehlt, wir folgen.«

»Wenn's nur so wäre.«

»Das erfüllt den Tatbestand des Hochverrats. Rübe ab«, sagte sie.

»Kann ich dir noch eine Freude bereiten?«

»Ostern gern!«

»Ich schenk dir einen Osterhasen mit Führerbart. Wehe, du beißt rein.«

Raben fühlte, wie sich die Anspannung löste. Es war zu viel gewesen: die Gefahren, die Ängste, die Fallen, die Bedrohungen.

»Du bist immer woanders, als ich denke, nicht nur geografisch. Du willst den Ehrig drankriegen, das ist mir klar. Mir ist auch klar, dass es sinnlos wäre, dir das auszureden. Aber warum du wirklich zurück zur Kripo bist und ob du wieder zur Gestapo gehst ...«

»Das weiß ich so wenig wie du. Und darüber freue ich mich gar nicht. Heydrich schiebt mich hierhin und dorthin, und wo ich am Ende bleibe ... keine Ahnung.«

»Und dann hast du noch uns an der Backe. Wenn du Heydrichs

Gunst verlierst, sind wir alle dran. Dann bist du es, der die Arier-nachweise gefälscht hat.«

Auch das bedrückte ihn. Heydrich hatte ihn in der Hand, auf die perfideste Art, die Raben sich vorstellen konnte. Er murmelte vor sich hin: »Euer Auge soll kein Mitleid zeigen, gewährt keine Schonung! Alt und Jung, Mädchen, Kinder und Frauen sollt ihr erschlagen und umbringen.«

»Ist das Paragraf 1 der SS-Satzung, falls es so was gibt?«

»Der liebe Gott höchstpersönlich. Altes Testament, kenn ich noch aus dem Religionsunterricht. Kommt einem bekannt vor, nicht wahr?«

»Demnach hätte sich so viel nicht geändert.«

»Wenn wir es nicht besser wüssten. Die Kaiserzeit war ein Kindergeburtstag im Vergleich …«

»Wenigstens zwei Söhne des Kaisers sind jetzt stramme Nazis. Auwi und Kronprinz Wilhelm, dumm und größenwahnsinnig. Während der Kaiser in Holland Holz hackt und auf seine große Stunde wartet.«

Es klingelte an der Tür. Sie dachten beide das Gleiche. Aber sie irrten sich, es war Lichtigkeit.

»Kann ich heute Nacht bei euch schlafen?«

»Auf der Couch im Wohnzimmer«, sagte Lena, als wäre sie kein bisschen überrascht. »Setz dich erst mal zu uns in die Küche. Hunger, Durst?«

»Beides«, sagte Georg. Er setzte sich schwer auf einen Stuhl.

Elisabeth erschien, im Bademantel. »Kann ich helfen?«

»Nein«, sagte Lena. »Setz dich gern zu uns.«

»Danke, aber ich schlafe lieber. Schließlich muss ich morgen früh gegen Attila und die Hunnen kämpfen. Gute Nacht.«

»Na, ich möchte mal wissen, wie sie das vorliest«, sagte Raben.

»Wir machen einen Siegfried aus deinem Sohn«, sagte Lena.

»Passt aber auf, dass ihm kein Blatt auf die Schulter fällt.«

Lichtigkeit grinste in seinem traurigen Gesicht. So hätte er es zu Hause gern gehabt.

Lena stellte sich ans Fenster, zog den Vorhang zur Seite. »Die sind wirklich blöd. Da steht er wieder, der Laubfrosch. Ich glaube, die wollen, dass wir sie sehen.«

»Die hat Ehrig geschickt«, sagte Raben.

»Das hast du mir nicht erzählt«, sagte Lichtigkeit.

»Die Kurzfassung: Ehrig will wissen, wo ich bin, dafür hat er zwei Helden geschickt. Die warten vor der Tür. Sobald ich rausgehe, hauen die ab.«

»Und was tust du dagegen?«, fragte Lichtigkeit.

»Ich hab beim letzten Mal die Schupo geschickt. Da waren sie weg. Genauso wie meine Bewacher, die dringend woanders gebraucht werden, obwohl es in letzter Zeit nur zwei waren«, sagte Raben.

»Wenn ich Bock anrufe?«

»Gut«, sagte Raben. »Du hast deine Dienstwaffe dabei?«

»Natürlich.«

»Wir steigen hinten aus einem Fenster …«

»Dieses Haus hat einen Hinterausgang«, sagte Lena.

»Ist aber nicht so aufregend wie aus dem Fenster. Wir marschieren über den Hof hinaus und greifen uns die von hinten«, sagte Raben.

Bock war nach einem Anruf Lichtigkeits mit seinem Motorrad herangerast. Hatte es aber wie vereinbart vor der Ecke abgestellt. Er klingelte bei Raben, der zog ihn in den Flur. »Danke, dass Sie kommen konnten.« Bocks Haar war noch strubbeliger als sonst, die Brille beschlagen.

»Ist doch klar, Herr Kommissar.«

Raben lächelte. »Sie haben den Laubfrosch draußen gesehen?«

Bock nickte.

»Das sind wahrscheinlich meine Mörder.«

Bock starrte ihn an, vergrößerte seine Augen, als er die Brille aufsetzte.

»Die haben Kameraden bei der Polizei. Die haben die SA ja als Hilfspolizei eingesetzt, womöglich stammen daher die zarten Bande, die es diesem Mörderpack erlauben, seelenruhig vor dem Haus zu warten. Von wegen, die Schutzpolizei schützt einen. Genauso wenig wie die Schutzhaft. Wir haben die Wahl. Wir schicken denen eine Polizeistreife auf den Hals. Die lässt sich die Ausweise zeigen, fragt in der Zentrale und erhält die Auskunft, diese Kameraden seien schwer in Ordnung. Die Streife fährt weg, der Laubfrosch auch. Verstanden?«

»Ja, das soll es geben«, sagte Bock. »Wie kann ich helfen?«

»Indem Sie mit uns zusammen die Herren besuchen.«

»Fein«, sagte Bock. »An so was dachte ich, als ich mich bei der Polizei beworben habe.«

»Wir gehen hinten raus, machen einen großen Umweg und überraschen die.«

»Wenn die uns nicht im Spiegel sehen.«

»Ja, das ist das Risiko. Ich torkele erst allein zu denen, als wäre ich ein Trinker. Während ich mit denen spiele, kommt ihr. Die gucken nicht in den Spiegel ...«

»Die schießen sofort«, sagte Lichtigkeit.

»Nein, erst nach ein, zwei Sekunden. Und wenn ich denen gleich die Pistole vor die Nase halte, schießen die überhaupt nicht.«

»Du spinnst, Karl«, sagte Lena mit zittriger Stimme.

»Wenn ich die nicht loswerde, schaffen die's irgendwann, mich umzubringen. Ich habe keine Wahl, ich kann nicht von Georg oder Herrn Bock verlangen, dass sie vorangehen.«

»Ich könnte es machen«, sagte Bock. »Ich habe keine Verwandtschaft.«

»Nein«, sagte Raben. »Es ist schon viel verlangt, mich zu unterstützen.«

»Du spinnst, Karl. Uns kennen die nicht«, sagte Lichtigkeit.

»Es ist Nacht, da sind alle Bullen grau.« Er blickte beide an, kein Widerspruch mehr. »Los geht's!«

Lena nahm ihn in die Arme, ließ ihn los. »Pass auf, Karl! Passt alle auf.«

Sie stiegen leise die Haustreppe hinunter, kein Licht. Es wäre durch die Ritzen der Haustür hinausgedrungen. Sie tasteten sich vor, Raben an der Spitze. Raben fürchtete, dass einer der Nachbarn das Treppenhauslicht einschaltete. In der Luft lag immer noch der Brandgeruch, der aus Hansens Wohnung drang. Am Ende des Flurs ging es zwei Treppenstufen hinunter. Links die Tür in den Keller. Raben öffnete sie lautlos, nichts auf der Treppe. Die rückwärtige Haustür öffnete er mit seinem Schlüssel. Zog ihn aus dem Schloss, drückte die Klinke und öffnete die Tür nach innen. Eine Salve knallte los.

132.

»Schon wieder einer. Das sind Bullen«, sagte Vetter. »Die kommen wegen uns.«

»Scheiße. Fahr los«, sagte Kahle.

»Nein, das kann ich noch machen, wenn die aus der Haustür kommen. Dann fahr ich erst mal ohne Licht, da können die das Nummernschild nicht lesen.«

»Wir können gegen drei nicht viel ausrichten. Oder willst du eine Schießerei mitten auf der Straße anfangen?«

»Schlappschwanz. Was würdest du machen, wenn du wüsstest, dass die Haustür überwacht wird?«, fragte Vetter.

»Ist klar«, sagte Kahle. »Wenn es vorn nicht geht, dann hintenrum. Gut, dann müssen wir uns aber beeilen. Ich nehm die MP18.«

Sie fuhren die Straße hinunter, zweimal links, und parkten auf der Rückseite des Hofs. Vetter knackte die Tür des Hauses mit einem Brecheisen. Dann öffneten sie die Hintertür, die nicht abgeschlossen war. Sie rückten vor, bis sie hinter Mülltonnen Deckung fanden und die hintere Haustür erkannten. Sie legten sich auf den Boden. Kahle stützte die Maschinenpistole auf seiner linken Hand. Er hatte keine Angst. Mit einer solchen Waffe konnte man auf Bullenjagd gehen. Die waren tot, bevor sie was merkten.

»Sie kommen!«, zischte Vetter. Die Tür öffnete sich.

Kahle drückte ab. Und fühlte sich unendlich stark.

133.

Lena sprang die Treppe hinunter. »Sie sind weg!«, rief sie. Ihre Angst mischte sich mit Erleichterung. Jetzt wird er nicht getötet, jetzt nicht. Dann knallte es los.

Raben fühlte einen Schlag an der Schulter, dann riss es ihm das Bein weg. Im Fallen schoss er das Magazin leer. Es waren nur Schatten, die er kaum sah. Aber ein Schatten schrie auf. Raben lag im Flur und erwartete den tödlichen Schuss. Er blickte sich um und hörte Lichtigkeit schießen, nachdem er das Magazin gewechselt hatte. Dann verschwanden die Schatten so schnell, wie sie aufgetaucht waren.

Er sah Bock. Sein Kopf lag in einer Blutlache.

Lichtigkeit beugte sich über ihn. »So eine Scheiße. So eine verdammte Scheiße!«

Er setzte sich neben Raben. Lena stürzte herbei, Elisabeth. »Mutti, geh zurück nach oben! Der Kleine ist allein.«

Raben lag und blickte sie an. »Ich hab's überlebt.«

»Der Krankenwagen kommt gleich.«

Er blickte Lichtigkeit an. »Dir geht's gut?«

»Mir ja, aber Bock ist tot.«

»Mein Gott«, sagte Raben. »Es ist meine Schuld. Ich habe ihn reingezogen. Ich …« Schloss die Augen und sackte weg.

»Um Gottes willen! Karl! Karl!«

Lichtigkeit nahm sie an der Hand. »Das ist nur der Schock.« Er untersuchte Rabens Körper. »Steckschuss in der linken Schulter, Durchschuss in der Wade. Die kriegen den wieder hin. Kaum ist der Gips ab, schon gibt's was Neues.« Er lachte bitter.

134.

Als Raben die Augen aufschlug, sah er Lena und Georg. Er spürte den Schmerz in der Schulter und in der Wade. Aber nur so, als wäre der weit entfernt. Er hatte gehört, dass Morphium einen ekligen Geschmack erzeugte, auch wenn es gespritzt worden war.

»Habt ihr was zu trinken?«

Lena holte ihm ein Glas Wasser.

»Danke.« Plötzlich sah er Bock daliegen. Der Kopf in seinem Blut. »Bock?« Er weinte.

»Die haben wohl seine Umrisse mit deinen verwechselt. Die wollten dich töten, nicht uns. Wäre Bock nicht mitgekommen, wärst du tot. Das waren eine Bergmann MP18.1 und ein guter Schütze«, sagte Lichtigkeit.

Eine Krankenschwester betrat das Zimmer. »Diesen Saal haben Sie ganz allein für sich. Vor der Tür sitzen zwei Schupos, die passen auf Sie auf. Solchen Luxus hätte ich auch gern.«

»Dafür müssen Sie sich erst beschießen lassen«, sagte Lichtigkeit.

»Haben Sie Hunger?«, fragte sie Raben.

»Nein«, sagte er.

»Ja«, sagte Lena.

»Und wenn er nicht will?«

»Dann spielen wir Stopfgans.«

»Igitt, diese welsche Schweinerei. Ich seh mal zu, was ich in der Küche finde.«

»Wie lange muss ich hier liegen?«, fragte Raben mit geschlossenen Augen.

»Weiß ich nicht«, sagte Lena. »Wenn du verhungerst, geht's vielleicht flotter. Allerdings würde ich es vorziehen, wir verließen das Krankenhaus durch den Haupteingang.«

»Bringst du bald den kleinen Kalle mit? Und Elisabeth?«

»Ganz Familienmensch, so kenne ich dich nicht.« Ihr erschienen diese Frotzeleien lächerlich. Ihm half es nicht und ihr genauso wenig. Nur Lichtigkeit mühte sich zu grinsen.

»Mein Gott, was habe ich angerichtet!«, sagte Raben.

»Du hast Bock nicht ermordet, das waren Ehrig und seine Kumpane«, sagte Lichtigkeit.

»Ja, ja. Ich werde es denen heimzahlen. Und wenn es nur wegen unseres Kollegen ist. Steht was in der Zeitung über die Schießerei?«

»Kein Wort«, sagte Lena. »Hat Goebbels verboten. Wir sind doch nicht im Wilden Westen. Was soll das Ausland denken?« Das hatte ihr Wagner berichtet, als er von der Redaktionskonferenz zurückkehrte. *Schreiben Sie weiter Kritiken. Wirklich, es reicht, wenn Ihr Mann sich mit solchen Leuten anlegt*, hatte er gesagt und hinzugefügt, sie solle nicht weiter fragen.

»Du solltest daran denken, dass du Glück gehabt hast«, sagte Lena.

»Unter Glück verstehe ich was anderes«, erwiderte Raben fast unhörbar.

Die Krankenschwester platzte herein, mit einem Tablett. »Pfefferminztee, eine Tomatensuppe und ein Stück Schokoladenkuchen.«

»Jetzt bleibt er länger«, sagte Lichtigkeit. »Wo sonst werden einem solche Festessen serviert?«

»Wollen Sie auch eine Portion?«

»Das verbietet mir meine Bescheidenheit, nachher werd ich noch luxussüchtig.«

Die Krankenschwester drückte Lena das Tablett in die Hände. »Suppe kann man leider nicht stopfen. Versuchen Sie es mit Drohung oder Überzeugung.«

»Drohung?«

»Na, muss ich Ihnen erklären, welche Drohung solche Helden am härtesten trifft? Wenn Sie mal eine Eheberatung brauchen, wenden Sie sich vertrauensvoll an mich.«

Lena lachte, tatsächlich. Dann hob Lichtigkeit die Kopfseite des Betts an, ließ sie einrasten.

In der Ecke fand Lena ein Betttischchen. Sie stellte es auf die Bettdecke und den Suppenteller darauf. Sie setzte sich auf die Bettkante, füllte den Löffel zur Hälfte mit Suppe und führte ihn zu Rabens Mund. »Das riecht, als käme es aus dem *Adlon*.«

Raben öffnete den Mund, schluckte und verzog das Gesicht. »Das *Adlon* ist auf den Hund gekommen.«

Die Krankenschwester öffnete leise die Tür und steckte ihr Gesicht durch den Spalt. »Na, geht doch. Brav!«

Während Raben die Suppe herunterwürgte und den Kuchen fast in einem Stück verschlang, sagte er: »Das waren Ehrig und seine Leute.«

»Das war der Besitzer eines Opel Laubfrosch, von denen es in Berlin mehr als zwei gibt. Und ein zweiter Mann. Der mit der Maschinenpistole hat den Krieg mitgemacht, oder er ist in einem Schützenverein, in dem mit Grabenfegern geübt wird.«

»Unwahrscheinlich«, sagte Raben. »Nein, aber beim Heer spielen die mit solchen Waffen rum. Wir leben im Jahr '35. Der Führer hat uns von allen Auflagen des Versailler Vertrags befreit. Was ein leichtes Spiel war, da die Republik den Vertrag im Einvernehmen mit den Siegermächten längst in Rente geschickt hatte. Bleiben noch ein bisschen Blut und Boden, die der Führer heim ins Reich führen muss. Und natürlich der Lebensraum, ohne den das Volk vor sich hin vegetieren müsste wie Sardinen in der Konservendose.«

»Schlechte Metapher«, sagte Lena. »Die Sardinen sind tot, bevor sie durch Konservierung unsterblich gemacht werden.« Sie wischte Kuchenkrümel von der Bettdecke. »Leute ohne Tischmanieren …

zu Hause wird geübt.« Sie küsste ihn. »Da ich einer seriösen Tätigkeit nachgehe, muss ich jetzt arbeiten. Tschüs!«

»Zwangsernährung«, sagte Raben. »Wenn's das nicht schon gibt, hat sie es erfunden.«

»Schön, wie du schon meckern kannst. Mit dir möchte ich nicht verheiratet sein«, sagte Lichtigkeit.

»Ist auch verboten. Der Paragraf 175 des Strafgesetzbuches verbietet Männern gleichgeschlechtliche Liebe. Ab ins KZ, mit einem rosafarbenen Winkel an der Sträflingsjacke.«

Lichtigkeit runzelte die Stirn. »Verboten nur für Männer? Wusste ich nicht, bin ja nicht bei der Sitte.«

»Frauen sind den Nazis scheißegal, außer als Gebärmaschine und Triebabfuhr für Männer.«

»Musste mir nicht erklären«, sagte Lichtigkeit. »Die Sprüche kenn ich schon.«

»Wie geht's mit deiner Frau? Oder sollte ich besser nicht fragen?«

»Besser nicht. Sagen wir es positiv: Die Lage fördert meine Arbeitsmoral. So viele Überstunden habe ich noch nie geschoben, und das mit größtem Vergnügen.«

»Wir brauchen Ehrig«, sagte Raben. »Der könnte mehr über den Mord wissen als sonst jemand. Er ist kaum der Mörder, obwohl wir das nicht ausschließen dürfen. Und er ist auf keinen Fall ein Serientäter, da er für ein paar Fälle ein Alibi hatte. Das hat mir Bock gesagt ...« Er schloss die Augen. »So eine Scheiße. Ob ich mir seinen Tod jemals verzeihen kann?«

»Er führt jedenfalls dazu, dass nun alle Bullen wütend sind. Sie haben einen von uns abgeknallt ...«

Raben nickte, bevor ihm seine Schmerzen einfielen. »Ich hätte daran denken müssen, dass die uns hinterm Haus erwarten. Die sind schlauer, als ich dachte. Ehrig kann allerdings Einstein nicht ersetzen, den die Idioten verjagt haben.«

»Ehrig hat sich irgendwo im brandenburgischen Sand vergraben.

Es gibt genug Gutsbesitzer, die Mörder für wohlgesinnte Männer halten.«

»Das hilft uns jetzt auch nicht, oder willst du alle ostelbischen Junker abklappern?«, sagte Raben.

»Wir könnten die Spionagegeschichte bei Halden abladen und Ehrig zu seinem Helfer machen. Ein perfektes Spionage-Duett ...«

»Wenn's wahr wäre«, sagte Raben. »Wie heißt die nächste Nummer auf der Liste?«

»Den haben wir uns für den Höhepunkt am Schluss ausgesucht«, erwiderte Lichtigkeit. »Es handelt sich um den Baron Heinrich von Hohenlohe, Ministerialdirektor im Amt des Reichskanzlers, zuständig für Wehrpolitik und bewaffnete Verbände.«

»Wusste ich nicht«, sagte Raben. »Den hätte ich mir als Ersten ausgesucht.«

»Der kommt morgen früh ins Präsidium. Und du bleibst hier«, sagte Lichtigkeit.

»Die Böhme hatte wirklich einen erlesenen Kundenkreis«, sagte Raben. »Jeder verriet ihr ein bisschen oder auch ein bisschen mehr. Sie gab oder verkaufte die Information an ihren Auftraggeber, diente auch als Übermittlungsstelle für Geheiminformationen, wie der Film beweist, den Lena gefunden hat.«

»Der liegt bei Heydrich und Canaris«, sagte Lichtigkeit.

Raben nickte, obwohl es wehtat. »So ein Mist, den Hohenlohe lass ich mir ungern entgehen. Frag den unbedingt nach Ehrig. Frontalangriff auf den bürgerlichen Anstand, das trifft die härter als eine Pistolenkugel. Die triefen vor Ehre und Moral, und dann findet man sie im Adamskostüm in Puffs, wo sie Geheimnisse verraten, um zu prahlen oder Spionagematerial abzuliefern. Unter dem Bein eines Flügels. Ich halte aber keinen dieser feinen Herrn für einen Serientäter.«

»Bock ... hat das Alibi auch dieses Herrn geprüft. Er kommt als Serientäter nicht infrage«, sagte Lichtigkeit.

Raben schloss die Augen und sann vor sich hin. »Dieser Fall

raubt mir den letzten Nerv. Jetzt kommt noch der Mord an Bock dazu. Leichen über Leichen, Spionage, Anschläge auf uns. Ich blick nicht mehr durch.«

»Du hast hier alle Zeit, um darüber nachzudenken. Lass dich vom Mord an Bock nicht deprimieren. Die Schüsse galten dir. Bock hat dich vor dem Tod bewahrt.«

»Das ändert nichts.«

Als Lichtigkeit gegangen war, drehte sich Rabens Hirn, bis ihm schwindlig wurde. Fast hätte er sich erbrochen. Die Schwester sah ihn, erschrak und verpasste ihm eine Beruhigungsspritze, die ihn endlich schlafen ließ. In der Nacht war er mit Bock unterwegs. Sie kämpften mit Äxten gegen Riesen in Uniform. Hieben denen die Arme ab, aber die wuchsen nach, und Bock wurde der Kopf abgerissen. Ehrig war es, Ehrig in Riesengestalt. Ehrig, hinter dem plötzlich Fehrkamp auftauchte. »Du glaubst, ich bin tot.« Fehrkamp lachte. Immer lauter. Und holte mit einer Axt aus, spaltete Raben den Kopf. Doch Raben lebte weiter, um den Schmerz auszukosten. Etwas schüttelte ihn. War es Ehrig, war es Fehrkamp? Da tauchte der Mann mit dem Stahlhelm auf und richtete seine Maschinenpistole auf ihn. Hart trafen ihn die Kugeln, doch er blieb stehen. Wieder rüttelte ihn jemand. »Warum?«, murmelte er. Öffnete die Augen und sah Lena. Er starrte sie an.

»Ich hätte nie gedacht, dass man als Opfer eines Mordanschlags so einen Affentanz aufführen kann.«

»Ich …« Er schloss die Augen, suchte nach seinem Traum. Er fasste sich an den Schädel. Der war komplett. »Ich dachte …«

»Das ist löblich«, sagte Lena. Strich ihm über die Haare und küsste ihn. »Die Schwester sagte mir, sie habe den Tierarzt aus dem Zoo geholt, um dir eine Elefantendosis an Beruhigungsmitteln zu verpassen.«

»So fühlt es sich an. Der Kopf brummt.«

»Die haben bestimmt eine Kopfschmerztablette für dich.«

135

Lichtigkeit erschien am Nachmittag mit Aktentasche. »Wir müssen ein bisschen arbeiten. Die Kollegen haben so ziemlich jeden befragt, der in der Gegend der Fundorte wohnt. Ohne Ergebnis.« Er zog eine Mappe aus der Tasche. »Aber du hattest die Idee mit den Handelsvertretern. Bock hat die einschlägigen Hotels gefunden und die Gästelisten durchgesehen. Er hat eine Riesenaufstellung gemacht, mehrere Seiten Papier. Eine Rangfolge, welcher Handelsvertreter an wie vielen Mordtagen in Berlin war. An der Spitze seiner Tabelle stehen drei Herren, die an allen Mordtagen in Berlin waren. Wir müssen die beschatten. Die Hoteliers rufen im Präsidium an, sobald einer von denen auftaucht. Vermutlich müssen wir bis nächstes Jahr warten … oder wir rücken den Leuten an ihren Wohnorten auf die Pelle.«

»Letzteres, unbedingt. Ich komm mit.«

»Schade, dass Lena in der Redaktion ist. So muss ich dich als Idiot beschimpfen.«

»Du kannst mich nennen, wie du willst. Hilf mir.« Raben schob sich an die Bettkante und stöhnte vor Schmerzen.

Er rutschte auf dem Hintern, bis seine Beine den Boden berührten. Er hielt Lichtigkeit die Hand entgegen. Der nahm sie. Vorsichtig zog er sich aus dem Bett, stand und fiel um. Er unterdrückte einen Schmerzensschrei. »Zieh mich hoch.«

Lichtigkeit tat es mit Schweiß auf der Stirn. Raben war verrückt geworden. Aber er erinnerte sich, dass Raben schon einmal aus dem Hospital ausgebüxt war.

Raben saß wieder auf der Bettkante und schnaufte, als hätte er einen Langstreckenlauf hinter sich.

»In dem Zustand willst du Mörder jagen? Unser Täter ist gefährlich, vielleicht bewaffnet.«

»Bin ich auch«, sagte Raben. »Diese Vertreterspur ist auf meinem Mist gewachsen.«

»Ich gebe zu, die Birne arbeitet so halbwegs.«

»Die sollen mir Krücken geben.«

Lichtigkeit verließ das Zimmer und kehrte mit einem Arzt zurück. »Sie bleiben hier. Die Wunde kann sich jederzeit entzünden.«

»Sie haben doch Pillen dagegen. In der Zeitung las ich etwas über ein Wundermittel namens Prontosil. Das geben Sie uns mit, und ich schluck die Pille nach Ihrer Anweisung.«

»Prontosil verschreib ich nur, wenn die Einnahme überwacht wird. Mein Vorschlag: Sie bleiben eine Woche hier, schlucken Prontosil, und wenn Sie's vertragen, schmeißen wir Sie raus. Allerdings muss Ihnen jemand die Verbände wechseln, täglich.«

136.

Die Siegesstimmung versank im Heu und Stroh der Scheune. Der Baron war erschienen und hatte erzählt, dass jemand in Berlin auf Polizisten geschossen hatte. Einer sei tot, ein Kriminalassistent, und einer der beiden Kriminalkommissare liege mit Schussverletzungen im Krankenhaus.

Sie hatten den Gutsherrn angestarrt wie ein Marsmännchen.

Als er verschwunden war, sagte Ehrig: »Das gibt's doch nicht. Wie viele Leben hat dieses Arschloch? Das ist kein Mensch, sondern eine Katze. Der wird irgendwann aus dem Krankenhaus entlassen und macht weiter, wo er aufgehört hat.«

»Die Bullen sind jetzt richtig sauer«, sagte Deuter. »Das war ein durch und durch beschissenes Unternehmen. Wenn sie wegen Raben sauer wären, dann wären wir den wenigstens los. Wir müssten uns ein paar Wochen verkriechen, und gut wär's.«

»Beim nächsten Mal schicken wir dich«, erwiderte Schenk. »Die Kameraden haben ihr Leben aufs Spiel gesetzt und hätten es fast geschafft. Aber du sitzt hier rum und hast immer recht. Mann, gehst du mir auf die Nerven.«

Deuter grinste: »Lagerkoller, so fängt er an.«

»Halt's Maul, bevor ich's dir stopfe«, schnauzte Schenk.

»Mann, das ist doch alles nur beschissen. Ich fühle mich besser mit der Rübe auf dem Hals. Aber die fängt an zu wackeln«, schrie Kahle. »Das gilt für uns alle: Mitgefangen, mitgehangen. Haltet die Schnauze.«

Schweigen.

Endlich sagte Ehrig: »Raben ist gewarnt. Wir warten, und dann schlagen wir noch mal zu.«

»Ja, ja«, sagte Vetter leise. »Erst sprengen wir einen Blockwart in die Luft, einen Pg. Dann erschießen wir einen Bullen. Nur weil wir zu blöd sind. Wegen dieser Blödheit köpfen die uns alle.«

»Seid ruhig, im Krieg hat auch nicht alles beim ersten Mal geklappt. Wir denken nach. Und wir gehorchen. Der Gutsbesitzer hat uns verboten, diese alte Scheune ohne seine Genehmigung zu verlassen. Unter den Knechten und Landarbeiter gibt's bestimmt Kommunisten, die uns sofort an ihre Genossen verpfeifen würden. Und nicht nur an die. Wir ruhen uns jetzt ein, zwei Wochen aus, und dann ist es immer noch gut.«

IV. Auf der Jagd

137.

Die Sonne blendete Lichtigkeit. Er steuerte den Dienst-Benz, neben ihm saß Lena, hinten Raben. Der suchte eine Sitzhaltung, die am wenigsten schmerzte.

»Geht's?«, fragte Lena.

»Der Vater von Jung-Siegfried kennt keinen Schmerz.«

Sie lachte los. Er war ja nicht mal Karls des Kleinen Vater. Da wurde es mit der Mendelei schwierig.

Raben lachte mit, obwohl es wehtat. Jedes Straßenloch zerrte und zog. Aber der Doktor hatte Wort gehalten. Die Wunden entzündeten sich nicht, und Raben schluckte jeden Morgen und Abend sein Prontosil.

Lena hatte eine Tasche mit Verbandsmaterial eingepackt. Sogar Nebe hatte Raben seinen Wunsch nicht abschlagen wollen. Galt der doch als Heydrichs Schützling, und der Gruppenführer mochte Männer, die Vorschriften übertraten, um das Notwendige zu tun.

Gennat hatte mit dem Finger an seine Schläfe getippt. »Passen Sie auf sich auf. Manche Täter wehren sich.« Ein Kopfschütteln zum Abschied. Buddha war alt und leise geworden.

Allerdings durften die Chefs nicht erfahren, dass eine Kriminalreporterin mitfuhr.

Am Abend erreichten sie Dortmund. Lichtigkeit hatte ein mittelprächtiges Hotel gebucht. Am Empfang überzeugte er die Dame, dass Frau Raben ein Phantom war. Die Dame lächelte, als wäre sie es gewohnt, Phantome zu empfangen. Jede Unklarheit war beseitigt, als Lichtigkeit seine Hundemarke auf den Tresen legte.

Am Abend aßen sie Bratwurst mit Kartoffeln, dazu ein Bier. Der Führer betrachtete sie mit strengem Blick.

»Unser Mann wohnt um die Ecke. Hoffentlich ist es der Täter, das würde uns die Rundreise ersparen.«

»Wir hätten uns die Reise von Anfang an ersparen können, wenn wir die Kollegen hier um Amtshilfe gebeten hätten. Nebe hätte das hingekriegt. Aber du wolltest ja in der Gegend herumgondeln, obwohl dir jedes Schlagloch wehtut«, sagte Lichtigkeit.

»Wenn der Mörder ein Pg. ist oder sonst was in SA, SS und so weiter, dann ist die Gefahr zu groß, dass er einen Hinweis kriegt und verschwindet. Das gilt vor allem für München.«

»Dann wirst du zweimal nach Bayern fahren in diesem Jahr. Wir müssen zum Parteitag im September, auf Adi aufpassen.« Lichtigkeit blickte sich um, aber sie waren immer noch die einzigen Gäste außer Hitler.

»So eine Scheiße«, sagte Raben.

»Die Meckerei hilft nicht.«

Sie aßen schweigend. Lichtigkeit bestellte ein zweites Bier, Lena ein Glas Wasser. Raben grübelte vor sich hin.

Lena drückte ihm die Hand. Sie wusste, dass ihn Ehrig beschäftigte. Er wollte den Mann endlich bestrafen. Obwohl Lenas Seele sie bedrängte, ihm das auszureden, entschied das Hirn, dass es keinen Sinn hatte. Sie versuchte es zu verdrängen. Es war nicht leicht, mit einem Mann zusammenzuleben, der einen Gerechtigkeitssinn hatte, der ihn ins Grab bringen würde. Sie versuchte sich zu überzeugen, dass sie die verbleibende Zeit nutzen sollte. Aber es gelang nicht. Wie konnte man eine Zeit genießen, die einem den Schlaf raubte und an der Kraft nagte? Er hatte doch recht, aber diese Rechthaberei war Wahnsinn.

Ein Trupp SA marschierte in den Saal, teilweise schon vorgeglüht. Sie setzten sich an den Tisch nebenan, bestarrten Lena. Einer pfiff leise. Lichtigkeit zeigte kurz seine Dienstmarke. Das veranlasste die Herren, sich mit sich selbst zu beschäftigen. Aber sie waren laut und enthemmt.

»Wirt, nun mal los. Eine Runde Bier!«, brüllte einer. Er hatte eine Narbe, die sich waagerecht über die Stirn zog.

»Wir gehen«, sagte Raben. Auf ihrem Zimmer besprachen sie mit Lichtigkeit, wie sie am kommenden Tag vorgehen würden. Es blieb nicht viel Zeit zum Schlafen. Lena wechselte die Verbände. »Auto fahren heilt, das ist nun bewiesen.«

»Jawohl, Frau Sauerbruch.«

»Mit dem alten Sack lass ich mich nicht verkuppeln. Und du kämst dafür in den Knast, was der positive Aspekt der Sache wäre. Jetzt hüpf hier nicht rum, sonst verbinde ich dein Gesicht statt der Schulter … eigentlich keine schlechte Idee.«

»Kaum bin ich schwach, fällst du über mich her wie eine ausgehungerte Löwin.«

»Noch eine gute Idee. Ich finde, Männer, die Mörder jagen, ertragen auch das«, und öffnete seinen Gürtel.

Um fünf Uhr klingelte der Wecker. Aber Lena und er hatten kaum geschlafen. Anfangs wegen des Löwenhungers, danach wegen der Anspannung. Sie wuschen sich flüchtig, dann klopfte es leise an der Tür. Lena öffnete sie, Lichtigkeit trat ein. »Es sind nur ein paar Hundert Meter. Schaffst du das?«

»Klar«, sagte Raben.

»Angeber«, sagte Lena.

»Bevor ihr mir mit eurem Dauerstreit auf die Nerven geht, Abmarsch!«

»Jawohl, mein Führer«, sagte Lena.

Auf der Straße nur ein paar Autos, ein Bus, einige Leute. Männer, die zu ihren Zechen strebten. Müde Gesichter. Frühschicht.

Als sie vor dem Haus standen, blickte sie sich um. »Reich wird man als Handelsvertreter nicht.«

Neben dem Haus stand eine Garage mit geteilter Holztür, von der die Farbe abblätterte. Drei Treppenstufen führten zur Eingangstür.

Lena las vor: »Abendrot, Handelsvertreter. Da steht der Beruf schon auf der Klingel.«

Lichtigkeit guckte in eine Akte. »Das ist er.«

Lena klingelte, Raben gähnte.

Nichts.

Lena klingelte noch einmal. »Der schläft noch.«

Doch dann öffnete sich oben ein Fenster. »Ja? Was gibt's?«

»Kriminalpolizei!«, rief Lichtigkeit.

»Ja, ja.« Das Fenster schloss sich, auf der Treppe trampelte ein Elefant. Der die Tür aufriss und die drei anglotzte. »Mann, schreien Sie doch nicht rum.«

Lichtigkeit zeigte seine Dienstmarke.

»Kommen Sie rein.«

Auf der Treppe stopfte er sich das Hemd in die Hose. Er hetzte hinauf bis zum dritten Stock. Die Tür stand offen. Abendrot lief in den Flur. Als die drei drinnen waren, ging er zur Tür, blickte ins Treppenhaus, zog die Tür zu. »Kommen Sie«, sagte er.

Das Wohnzimmer war sauber, die Wände weiß, der Führer beobachtete sie. Ein Grammofon, immerhin. Auf einer Kommode Fotos, wohl die Familie.

»Das ist meine Frau.« Abendrot tippte auf ein Doppelporträt. »Vor gut zwei Jahren überfahren worden.«

»Das tut uns leid«, sagte Raben.

»Mir auch«, sagte Abendrot und fuhr sich durch die licht gewordenen Haare. »Kaffee … Kathreiner, was anderes hab ich nicht.«

»Gern«, sagte Lena. Die anderen beiden nickten.

Abendrot verschwand und kehrte nach einer Weile mit Tassen und einer Kanne zurück. Davor hatte Lena gemurmelt: »Der will nicht wissen, worum es geht. Interessant. Vielleicht weiß er es.«

Lichtigkeit blinzelte ihr zu.

»Du schweigst bitte«, flüsterte Raben. »Sonst dreht uns Nebe einen Strick daraus.«

Sie zeigte ihm die Faust und grinste.

»So!«, rief Abendrot. Er trug die Tassen eine nach der anderen aus der Küche, Zucker zuletzt. »Aber setzen Sie sich doch.« Und zeigte aufs Sofa. Lena blieb die Armlehne.

Abendrot holte einen Stuhl aus der Küche. »Bitte sehr.« Er setzte sich in den Sessel. »Was kann ich für Sie tun?«

»Wissen Sie das nicht besser als wir?«, fragte Raben. Er fühlte sich mies bei der Frage.

Abendrot blickte ihn an, schwieg. Seine Miene arbeitete und blieb bei Stirnfalten hängen. »Tja«, sagte er. Noch einmal: »Tja.«

Die anderen schauten zu.

»Tja. Ich wusste, dass es irgendwann rauskommen würde. Der Führer will so was nicht.«

»Stimmt«, sagte Lichtigkeit. »Na, erzählen Sie mal.« Ein Satz von Gennat'scher Größe.

Abendrot krümmte sich, als hätte er einen Magenkrampf. »Es tut mir so leid.« Krümmte sich weiter. Es war wie ein Schlangentanz, eine Mamba auf Brautsuche. Raben und Lena wechselten einen Blick. Sie grinste.

»Nun, Herr Abendrot. Wir werden Ihnen nicht den Kopf abreißen.«

»Danke«, flüsterte der.

138.

Heydrich fühlte sich mies. Er hatte schlecht geschlafen, Lina hatte ihn angeschaut, als wüsste sie alles. Offenbar war die Böhme eine Nutte zu viel gewesen. Für sie, für ihn nicht. Im Geschlechtsakt verkörperte sich seine Männlichkeit, dagegen waren Sport und Fliegen nichts. In jüngster Zeit plagten ihn Zweifel an der Zuverlässigkeit von Raben. Es gab nichts Handfestes gegen ihn, es gab aber dieses Gefühl. Er hatte Eckes mehrmals in die Mangel genommen, jedoch nichts herausgefunden. Er hatte mit den SD-Agenten aus Prag gesprochen und wie zufällig das Gespräch auf Raben gelenkt. Alle berichteten nur Gutes. Der Kamerad sei schlau, wendig und bemüht, seine Aufträge zu erfüllen. Eckes habe gepatzt in Prag, aber für Raben spreche auch, dass er den Kameraden nicht fallen gelassen habe. Heydrich mochte es, wenn seine Leute zusammenhielten. Klar, die deckten sich gegenseitig, das war schon bei der Marine so gewesen. Aber er hatte keinen Verdacht, dass sie ihn hintergingen. Große Sünden kamen immer heraus, kleine übersah er. Er wollte die Besten versammeln, da musste er mit Kameraden rechnen, die geschickt und intelligent waren und den eigenen Erfolg nicht vergaßen. Der Führer, Himmler und er wollten eine Gesellschaft, in welcher der arischen Jugend die Wege nach oben offenstanden. Heydrich hasste Bürokraten, Juristen vor allem. Aber ohne sie kam nicht mal das Dritte Reich aus. Das Volk wollte glauben, dass alles seine Ordnung habe, und die Juristen schrieben die Paragrafen, die den Glauben nährten. Es gab Gerichte, die so aussahen wie in der Systemzeit, mit allem Drumherum. Aber die Gesetze waren nun scharf. Sie ließen sich nicht von Kriminellen verarschen. Wer aus der Haft entlassen wurde, den erwartete oft die Gestapo vorm Knastausgang. Ab ins KZ, *Schutzhaft*.

Er hatte dem Reichsführer gebeichtet, dass er mit einer Nutte geschlafen hatte, die offenbar spionierte. Himmler hatte gelacht. »Schön, dass Sie auch mal hereinfallen, Reinhard. Überlassen Sie den Fall der Kripo und der Abwehr. Die Gestapo hält sich heraus, sonst heißt es noch, Sie hätten Spuren vernichtet oder falsche Fährten gelegt.«

Heydrich mühte sich mitzulachen. Aber die Sache wurmte ihn.

»Wer untersucht das?«, fragte Himmler.

»Raben und Lichtigkeit«, sagte Heydrich.

»Diesen Raben behalten wir im Auge, Reinhard. Er arbeitet vorzüglich. Fähigkeiten zeigen sich in Krisen, und wie er das Unternehmen in Prag abgeschlossen hat, war meisterhaft. Ziel nicht erreicht, weil Ihr Eckes sich dumm verhalten hat, also Eigensicherung. Stellen Sie sich vor, die Tschechen hätten die beiden verhaftet. Was hätte in der ausländischen Presse gestanden? Genug, um Goebbels auf den Plan zu rufen. Der wäre zum Führer gelaufen … Sie kennen das ja.«

Heydrich nickte. Diese Gespräche mit dem Reichsführer erdeten ihn, befreiten ihn von Zweifeln, das Vertrauen gab ihm Mut. Sie beide, der Reichsführer und er, sie waren ein unschlagbares Duo. Der Reichsführer war wie ein Vater, streng, wenn es sein musste, aber immer menschlich. Ja, voller Liebe zu seinen Leuten, voller Mitgefühl für die Arbeit, die sie verrichten mussten. Als wäre es ein Vergnügen, ein Konzentrationslager zu führen oder zu bewachen. Dass da mancher über die Stränge schlug, nun, das war nicht schön, aber kaum zu verhindern.

In diesen Gesprächen sah Heydrich sich in seiner Wahl bestätigt, kein Musiker zu werden, wie der Vater es für ihn vorgesehen hatte. Die Revolution war weltbewegend, und er hatte alle Freiheiten, sie zu unterstützen.

»Der Führer hat mir neulich angekündigt, dass er auf längere Sicht eine Konzentration der Sicherheitsorgane wünscht. Ich soll ihm Vorschläge unterbreiten. Ihr Name ist gefallen. Ich glaube, wir werden Sie zum Chef der Sicherheitspolizei machen. Gestapo, SD und Kripo in einer Hand, in Ihrer Hand. Wie finden Sie das?«

»Großartig. Es ist eine Ehre, Ihnen zu dienen, Reichsführer.«

Himmler nickte. »Wir haben auf unserem Weg nur den ersten Schritt getan. Der Führer denkt weit voraus. Er hat die Welt im Blick.«

»Ja«, sagte Heydrich. »Die Welt wird Angst vor uns haben. Ohne Angst kein Respekt.«

»Schreiben Sie mir Ihre Gedanken über die Zukunft unserer Sicherheitsorgane auf, Reinhard.«

139

»Scheunenkoller ist das richtige Wort«, sagte Deuter. »Ich werd verrückt hier. Dieser Scheißstaub.« Er nieste, als wollte er es bestätigen.

»Besser als Westfront ist es locker«, sagte Ehrig. Der hatte aber auch die Schnauze voll. Inzwischen freute er sich fast auf seine Einberufung. Das würde ihn befreien, obwohl er Hinterlist witterte.

Es klopfte, das Tor öffnete sich. Sonnenstrahlen fielen ein, umrahmten eine Gestalt, die das Tor gleich schloss.

»Heil Hitler, Walter«, sagte Ehrig. »Schön, jemanden zu Besuch zu haben, der noch nicht am Scheunenkoller leidet. Wie geht's den Kameraden im Sturm?«

Die anderen murmelten Grußworte oder schwiegen weiter.

Walter setzte sich zu Ehrig, der sich an einen rostigen Pflug lehnte.

»Was Neues?«

»Kann man so sagen. Raben und seine Frau sind verschwunden. Offenbar ist nur noch die alte Jüdin mit dem Balg zu Hause.«

»Wir beseitigen die, das wär doch was«, rief Schenk.

»Bist du irre?«, sagte Ehrig. »Dann haben wir die SS und die Gestapo an der Backe. Wenn wir eine Oma mit Enkel töten, haben wir alles auf den Fersen, was laufen und schießen kann. Was für eine blöde Idee.«

»Ich wollte doch nur ...«, stammelte Schenk.

»Schon recht. Noch was?«

»Im September gibt's wieder einen Reichsparteitag in Nürnberg, der sich gewaschen hat. Ich hab's flüstern gehört, dass der Führer was gegen die Juden plant. Wird auch Zeit, dass die Sache erledigt wird.«

»Da will ich hin. Endlich wieder unter Kameraden, marschieren, Aufstellung nehmen. Der letzte Parteitag war ein Fest, ein Triumph des Willens, wie die Riefenstahl es in ihrem Film gezeigt hat. Die

Flakscheinwerfer strahlten in den Himmel, Zigtausende von Männern, SA, SS, Reichswehr. Unsere Feinde haben sich in die Hosen geschissen.« Ehrig erhob sich und marschierte im Stechschritt.

Gelächter. »Das wird nix mehr!«, rief Kahle. »Ich muss sowieso nach Nürnberg. Leibstandarte, wir bewachen den Führer.«

»Hoffentlich hat die noch nicht gemerkt, dass du fremdgehst«, sagte Vetter.

»Ich hab eine Freistellung und Sonderurlaub«, sagte Kahle.

»Du musst doch gesehen haben, wie sie Gustav erschossen haben!«, rief Walter. Der wusste nicht, dass Kahle solche Fragen nicht beantwortete. Jeder, der über diese Sache sprach, konnte sich gleich die Kugel geben. O ja, Kahle hatte gesehen, wie Fehrkamp erschossen wurde. Er hatte Himmler gesehen und einen Schatten, in dem sich Raben verstecken konnte. Er hatte danach die Wutausbrüche der Chefs erlebt, als Otto Strasser und seine Schwarze Front in Prag bald Enthüllungen über die *deutsche Bartholomäusnacht* in ihrem Radio sendeten, in ihrer Zeitung veröffentlichten. Und dann erschien Strassers Buch über die Morde. Die SS hatte auch seinen Bruder Gregor ermordet, Gregor, einst Reichsorganisationsleiter, der sich schon vor der Machtübernahme aus der Politik zurückgezogen hatte.

Sie schwiegen. Der Röhm-Putsch, der keiner war, sondern Massenmord an den eigenen Leuten, er würde unvergessen bleiben. Sie hatten ihre Führer verloren und die SA an Macht. Irgendwo hatte Ehrig den Witz gehört, man solle die SA der NS-Frauenschaft unterstellen.

»Wir müssen das vergessen«, sagte Deuter. »Der Röhm war nicht sauber, eine schwule Sau, die uns lächerlich gemacht hat, gesoffen hat er und herumgefickt mit seinen Schönlingen.«

Wieder Schweigen.

»Wir könnten die Schwiegermutter samt Kind entführen und Raben so zwingen, dort aufzutauchen, wo wir ihn umlegen können ... wenn ich das sagen darf, wo ihr doch beschäftigt seid, den

Kameraden nachzutrauern. Von denen wird keiner wiederauferstehen. Die SA blickt nach vorn.« Wetterau klopfte auf die Deichsel
eines Heuwagens.

»Wir erledigen den Scheißkerl auf der Straße. Ich habe einen
Kameraden aus meinem Sturm gebeten, jeden Tag an Rabens Haus
vorbeizugehen. Der wird merken, wenn der zurück ist. Und dann
machen wir Ernst«, sagte Ehrig.

140.

Abendrot blickte Raben von unten an. Das Gesicht auf die Hände
gestützt, Tränen in den Augen.

»Sagen Sie uns doch einfach, was passiert ist. Sonst können wir
Ihnen schlecht helfen«, sagte Raben.

Lena warf ihrem Mann einen Seitenblick zu. Den Mann erwartete das Beil, da gab es nichts zu machen. Aber sie hatte geschwo-
ren, die Klappe zu halten.

Abendrot nickte. »Ja … ja.« Wieder die Sesselturnnummer.

»Wir können Sie natürlich zur Gestapo bringen und Sie ordent-
lich vernehmen«, sagte Lichtigkeit. Lena hörte den Ärger in der
Stimme. Die Polizisten hatten den Fall so gut wie gelöst, aber der
Verdächtige verrenkte sich weiter.

»Wenn ich gestehe, was geschieht mir dann?«

»Ein Gericht wird Sie bestrafen, aber das wissen Sie doch. Wenn
wir zu Ihren Gunsten aussagen, fällt die Strafe geringer aus. Überhaupt mögen Richter Angeklagte, die sich zu ihrer Straftat beken-
nen«, sagte Lichtigkeit. »Aber wir wollen Ihnen nichts vormachen.
Es gibt Fälle, in denen eine Strafminderung nicht möglich ist.«

Abendrot blickte ihn an, den Kopf fast auf den Knien. Gelenkig
war er auf jeden Fall. »Nun, ich gebe es zu.«

»Was geben Sie zu?«, fragte Lichtigkeit.

»Ich habe Brüsseler Spitzen verkauft, die mein Schwager hier um die Ecke geklöppelt hat. Die Kunden haben mir geglaubt und sich nie beschwert.«

Schweigen.

»So schlimm ist es ja auch nicht«, sagte Abendrot ängstlich.

»Nein«, sagte Lena endlich. »Sie gehen heute noch zur Polizei und stellen sich. Einverstanden?«

Abendrot nickte eifrig.

»Wir fragen nach, ob Sie's getan haben. Wenn nicht, haben Sie Ärger, richtig Ärger. Verstanden?«

»Verstanden, Frau Kriminalkommissar.«

Norbert Weller lebte im Siegfriedviertel im Braunschweiger Norden. Seine roten Haare leuchteten. Er war fein gekleidet, seine Wohnung war klein, aber klinisch sauber. »Gleich zu dritt«, sagte er zur Begrüßung. »Da muss ich ja ein großer Fisch sein.«

Kaffee, Kekse, Wohnzimmer, der Führer, Familienfotos, das Übliche. Nur dass das Sofa breit war, sodass sich Lena neben ihren Mann quetschen konnte.

»Richtiger Bohnenkaffee«, sagte er. »Ich mag unsere Polizei. Der Führer sorgt für Ordnung und rottet die Verbrecher aus. Die können sich in den KZ gegenseitig beklauen und ermorden. Niemand kommt aus seiner Haut.«

Lichtigkeit blickte ihn freundlich an. »Haben Sie eine Ahnung, warum wir bei Ihnen sind?«

»Ein Freundschaftsbesuch wird es eher nicht sein.« Er lachte, nein, er wieherte. »Hat sich jemand über mich beschwert? Kann ich mir zwar nicht denken, ich bin ein ehrlicher Mann.«

»Sie sind Handelsvertreter?«, fragte Raben.

»Ja, Herren- und Damenunterwäsche, exquisit.«

»Und auf Ihren Reisen besuchen Sie auch Berlin?«

»Selbstverständlich, dort mache ich meine besten Geschäfte.«

»Immer im Frühsommer?«

Sein Rotschopf blinkte, als er nickte. »Die beste Saison. Wenn ich es schaffe, vor September.«

»Was hindert Sie, es immer zu schaffen?«, fragte Raben.

Weller blickte ihn erstaunt an. »Ich hätte nicht gedacht, dass Sie sich so detailliert für meine Geschäfte interessieren.«

»Wir interessieren uns dafür, dass Sie an bestimmten Tagen in Berlin waren«, sagte Raben.

Weller blickte ihn an, dann Lichtigkeit und Lena. »Welche Tage?«

Lichtigkeit zog eine Mappe aus der Tasche und las die Daten vor. »Vielleicht können wir das mit Ihrem Kalender abgleichen.«

»Nicht nötig«, sagte Weller. »Ich habe ein gutes Gedächtnis. An diesen Tagen war ich in Berlin.«

»Was haben Sie nachts getrieben?«, fragte Raben.

»Getrieben habe ich gar nichts. Ich habe mit Prostituierten verkehrt. Ich bin unverheiratet, wo ist also das Problem?«

»Kennen Sie eine Karoline Böhme?«

Weller schwieg, dann: »Ich habe keine Ahnung, wie die Damen wirklich heißen. Kann also sein …« Er stutzte, kratzte sich am Kopf. »Ist das die …?«

»Ja«, sagte Lichtigkeit. »Das ist die.« Schob ein Foto über den Tisch.

Weller legte die Hand vor den Mund. Seine Augen bestarrten Lena. »Ich war es nicht. Sie sind wirklich von der Kripo, nicht von der Staatspolizei?«

»Ja«, sagte Raben.

Er konnte Weller beim Denken zusehen. Dessen Miene war in sich zusammengefallen. Der Mund sabberte. »Nein, nein …« Er schüttelte den Kopf und riss die Arme hoch. »Mit mir nicht, mit mir macht ihr das nicht.«

Er erhob sich, rannte weg.

Sie saßen erstarrt, bis Lichtigkeit aufsprang und in den Flur eilte. Durch die offene Tür sah er, wie Weller das Küchenfenster aufriss, sich umsah, »Nein!« schrie und aus dem Fenster sprang. Sie hörten den Aufprall, dann hastete Lichtigkeit die Treppe hinunter, stürmte durch den Hinterausgang auf den Hof. Wellers Kopf lag im eigenen Blut. Lichtigkeit suchte den Puls, es gab keinen mehr, und schloss die Augen des Toten, der ihn dennoch weiter anstarrte. Er stand, stand, und alles um ihn herum verschwamm. Er sah nur noch die Augen, riesengroß, gefüllt mit Angst, mit dem Schrecken dieser Zeit.

Raben und Lena standen endlich neben Lichtigkeit.

»So eine Scheiße«, sagte er. »Aber wir können nichts dafür.«

»Doch, wir verkörpern die Angst. Alle haben sie, alle, Goldfische und Haie«, sagte Raben.

»Aber das ist doch ein Geständnis«, sagte Lichtigkeit. »Wäre er sonst aus dem Fenster gesprungen?«

»Nein, Georg, das ist kein Geständnis. Der Mann hatte Angst. Viele Menschen haben Angst. Wir haben alle Rechte, die Gerichte sind Verurteilungsmaschinen, niemand will sich nachsagen lassen, zu weich zu sein. Den Führer stören ein paar Tote zu viel nicht, Heydrich ist es auch egal. Wir arbeiten für Verbrecher …«

»Halt die Klappe!«, zischte Lena.

Raben blickte sich um. Menschen hingen aus den Fenstern, glotzten, Nachbarn tuschelten.

»Karl, wir rufen die Kollegen«, sagte Lichtigkeit.

»Die können auch nichts tun«, sagte Raben.

»Mensch, wir haben den Täter gefasst. Kein Alibi und ein Geständnis, wenn auch auf die falsche Art«, sagte Lichtigkeit.

»Würdest du dich besser fühlen, wenn die ihm die Rübe abgeschlagen hätten? Weller hat sich viel erspart. Er hat selbst bestimmt, wer kann das noch?«, sagte Lena.

»Ihr versteht nichts, gar nichts.« Raben wischte sich eine Träne weg.

Lena nahm ihn in den Arm, während Lichtigkeit nach oben blickte und brüllte: »Hat hier jemand ein Telefon?«

Endlich schrie ein Mann: »Ja, ich. Dritter Stock, Zakowski.«

Lichtigkeit rannte los.

Er kam zurück. »Die Kollegen sind gleich da.«

Als ob das ein Trost wäre.

141.

Sergej Sokolnikow war Kulturattaché der Sowjetbotschaft, in Wahrheit arbeitete er für den Militärgeheimdienst der Roten Armee, die GRU. Er las den entschlüsselten Text des Telegramms.

Klaus beschützen.

Klaus war Langhans' Deckname. Der Resident hatte schon vorgestern erklärt, dass *Klaus* sich »verändert habe«. Was hieß, dass er anfing, Wortwiederholungen in seine Funkmeldungen einzufügen. Er war also gezwungen, für die deutsche Abwehr zu arbeiten. Die Chefs in Moskau wussten nun, was sie von dem Funkspiel zu halten hatten, das *Klaus* für die deutsche Abwehr angefangen hatte. Er schickte echtes Material der Deutschen und verlangte *präzise Fragen*. Die Deutschen wollten herausbekommen, was die Russen nicht wussten und wissen wollten. Sokolnikows Laune sank in den Keller. So spannend war Spionage nicht.

Er kannte es. Beide Seiten belauerten einander, weil Misstrauen ihren Verstand beherrschte. Alles schien doppelbödig, alles konnte das Gegenteil bedeuten. Umso dankbarer war er *Klaus*. Der hatte das Spiel umgedreht. Es sei denn, er hatte ausgepackt und die Deutschen verlangten von ihm, die Wortwiederholungen zu morsen. Dann waren sie nicht auf den Anfang zurückgeworfen, sondern auf die Frühgeschichte, deren Verwicklungen niemand entknäueln konnte. Schade, dass Karoline ermordet worden war. Sie war schön gewesen und, noch wichtiger, klug und schnell im Kopf. Er hätte sie zu Langhans geschickt, um die Sache aufzuklären. Oder Langhans gleich zu liquidieren.

Man begriff den Verlust von Mitarbeitern erst ganz, wenn man sie verloren hatte. Karoline ließ sich kaum ersetzen. Es würde Jahre dauern.

Wen kann ich zu Langhans schicken?, fragte er sich. Es war lebensgefährlich. Er fand niemanden und wusste doch, dass die GRU es von ihm verlangen würde. Er würde selbst gehen müssen. Er betrachtete die Fotos seiner Frau Tatjana und seiner beiden Söhne Wladimir und Josef. Spürte die Angst, sah die Gefahr auf sich zukriechen. Entweder die Faschisten töteten ihn oder die eigenen Leute, sollte er die Deutschen überleben. Das aber gelang nur einem, den der Feind umgedreht hatte. Oder?

142.

Rabens Laune hatte sich bis zum Abend nicht gebessert. Sie saßen in einer Ecke der schäbigen Gaststätte im Erdgeschoss des Hotels. Er hatte zwei Bier und einen Doppelkorn getrunken. »Solange es so was noch gibt.«

»Jetzt hör auf!«, sagte Lena. Blickte sich um, aber sie waren fast allein. Wer konnte sich einen Kneipenbesuch leisten mitten in der Woche?

Lichtigkeit nickte, legte seine Hand auf Rabens Unterarm. »Das ist bitter. Er hat sich das Gerichtsverfahren und das Todesurteil erspart. Was Besseres konnte er nicht tun. Ich bewundere seinen Mut. Hätte nicht gedacht, dass ich so etwas über einen Mörder sagen würde.«

»Was macht euch so sicher, dass er es war?«

Lena und Georg blickten ihn an.

»Wir haben nicht den geringsten Beweis«, sagte Raben. »Er hat so gut wie nichts über die Böhme gesagt. Und wenn wir glauben, dass die Böhme eine Spionin war, dann sind wir erst recht aufgeschmissen. Hatte diese Figur etwas mit Spionage zu tun? Nein, das glaube ich nicht. Der hatte Schiss, nur Schiss. Wie oft soll ich es noch sagen? Aufgrund dessen, was wir wissen, hätte ihn kein Gericht der Republik verurteilt. Das ist für mich der Maßstab. Der Mann ist nicht überführt, fertig.« Er legte einen Zehn-Mark-Schein auf den Tisch. »Ich geh ins Bett. Morgen fahren wir nach München.«

Er hatte nicht geschlafen, als Lena ins Zimmer gekommen war. Aber er hatte ihr nicht mal Gute Nacht gewünscht. Lena strich ihm über die Haare und versuchte zu schlafen.

Sie fuhren gleich nach dem Frühstück los. Lichtigkeit saß am Steuer. »In der Systemzeit hätte er sich nicht umgebracht, sondern einen Anwalt verlangt«, sagte er.

»Ich weiß«, sagte Raben. »Wir leben aber im Dritten Reich, da können wir nicht so tun, als hätten die Leute keine Angst vor uns. Unsere Chefs wollen, dass sie Angst haben, und wir benutzen das.«

»Ich finde, ihr seid mit Weller anständig umgegangen. Der hat was ausgefressen, sonst wär er nicht gesprungen«, sagte Lena.

»Wenn du dir das einreden willst … Es gibt nur eine saubere Lösung. Wir hauen ab, und das bei nächster Gelegenheit.«

»Ich dachte …«, sagte Lena und schwieg.

Lichtigkeit blickte sie fragend an.

»Ach, nichts«, sagte sie. Von wegen Raben hatte eine Krise, was Lena nicht erstaunte. Niemand hält ein Doppelleben ewig aus. Sie war erstaunt, dass die Krise erst jetzt ausbrach. Raben hatte Deutschland nie verlassen wollen, bevor er Essers Mörder gestellt hatte. Das war verrückt, und er schien es endlich zu begreifen. Lena und ihre Mutter Elisabeth hatten Verwandtschaft in Rotterdam. Sie wären längst ausgewandert, würde Karl mitkommen. Aber all die Zeit wollte er es nicht. Nun also doch. »Wenn du diesen Fall aufgeklärt hast, reden wir noch einmal«, sagte sie ruhig. »Versprochen.«

Karls Zustand erschütterte sie, sie ließ es sich nicht anmerken. So hatte sie ihn nie erlebt. Er wurde sich bewusst, dass sein Doppelleben ihn an Grenzen brachte. Keiner konnte für Kripo oder Gestapo arbeiten, ohne in Blut zu greifen. Karl war nach Fehrkamps Tod stolz gewesen, weil er alle ausgetrickst hatte. Er hatte die SS die Drecksarbeit machen lassen. Darauf konnte er stolz sein. Aber jetzt erdrückte ihn die Wirklichkeit. Karl konnte noch so gute Absichten haben, er diente Verbrechern. Sie fühlte, dass dies erst der Anfang der Misere war. Die Nazis verkehrten alle Werte in ihr Gegenteil. Tapfer war der Mörder, wenn er für die richtige Sache mordete. Ehrlich war der Redner, der am besten log. Viele konnten sich drücken, indem sie heuchelten. Aber wie sollte ein Polizist überleben, der seine Chefs belog? Der gegen sie arbeitete? Das war unvorstellbar, doch Karl hatte es sich vorgestellt. Für seine Krise brauchte es bloß einen Anlass, und den hatte Weller mit seinem Sprung aus dem Fenster geschaffen. Sie musste so schnell wie möglich mit Karl reden, oder es konnte sonst was geschehen.

Am Abend gingen beide nach einem dürftigen Abendessen auf ihr Zimmer. Sie hatten nicht viel geredet am Tisch, auch Lichtigkeit war nachdenklich gewesen.

Sie setzte sich aufs Bett, er auf den einzigen Stuhl.

»Ich schaff es nicht mehr«, sagte er nach einer Weile. »Ich habe Angst um dich, um Karl den Kleinen und deine Mutter.«

»Aber du schützt uns doch. Was ist besser als ein Ariernachweis, den Heydrich besorgt hat?«

Seine Finger trommelten auf den Armlehnen. »Wenn ich einen Fehler mache, einen einzigen, dann kannst du die Papiere in den Ofen stecken. Der hat die Arierscheiße beschafft, weil er will, dass ich sein Idiot bleibe. Was der an mir gefressen hat, weiß ich nicht. Auch das ist gefährlich.«

»Ich glaube, Heydrich erkennt Talente und will sie für sich arbeiten lassen. Ist doch klar. Erinnerst du dich nicht mehr an seine Einladung zum Essen? Was er in dir sieht ...«

»Ausgerechnet in mir. Das ist doch verrückt.«

Wieder eine Nacht ohne viel Schlaf.

»Wie seht ihr denn aus?«, fragte Lichtigkeit.

»Wie der helle Tag«, erwiderte Lena.

»Wenn der Tag so blass ist ...«

Es war kurz nach sechs Uhr, als sie losfuhren.

»Hoffentlich leidet unser Freund nicht auch an der Fallsucht. Ich stell mich dort ans Fenster.«

Über München lag eine grauschwarze Soße, aus der es jeden Augenblick schütten konnte. Karlheinz Schreiber wohnte in Schwabing, in einem Haus, dessen Fassade mal grau gewesen sein mochte. Es war schwierig geworden, Putz und Farbe zu kaufen. Görings Vier-Jahres-Plan widmete sich der Rüstung. Für Panzer und Flugzeuge verschuldete sich das Reich bis zum Gehtnichtmehr. Putz? Farbe? Die konnten nicht schießen.

Die Haustür war nicht abgeschlossen. Sie hatten Glück, Schreiber wohnte im Erdgeschoss. Raben dachte, dass der Mann sich nicht aus dem Fenster in den Tod stürzen konnte.

Schreiber öffnete nach dem ersten Klingeln. Er legte den Zeigefinger auf die Lippen. »Meine Kinder schlafen.« Die Rechte steckte in einem braunen Handschuh.

Raben wäre fast zusammengezuckt. Das war der Mann, der vor dem Gestapo-Haus gestanden und mit Heydrich getuschelt hatte. Da hatte er an beiden Händen Handschuhe getragen. Handschuhe im Sommer.

Aus der Wohnung schrie eine Frau: »Wer ist denn da, Karlheinz?«

Schreiber führte die Besucher in ein Zimmer, das mehreren Zwecken diente. Wäsche hing an einem Seil parallel zur Wand. Kataloge mufften in der Ecke. An einem Nagel hing ein Bügel mit einem Hemd, dessen Kragen offenbar woanders geplättet wurde.

Schreiber hatte nicht einmal nach dem Grund des Besuchs gefragt.

»Das ist Kommissar Raben, die Dame ist unsere Assistentin, ich bin Kommissar Lichtigkeit. Wir hoffen, Sie können uns helfen.« Er legte seine Dienstmarke auf den Tisch, was einige Staubwolken in die Flucht schlug.

»Aus Berlin«, sagte Schreiber. »Aus Berlin.« Er befreite einen Stuhl von einem Stapel Katalogen. Sein Ärmel rutschte nach oben und enthüllte eine Handprothese.

Eine Frau erschien, schwarzhaarig, unfrisiert.

»Polizei«, sagte Schreiber. »Lass uns allein.«

»Was haste ausgefressen, Karlheinz?«

»Nichts«, sagte der. »Raus!«

Sie blickte ihn böse an und verschwand.

Schreiber wies auf ein Sofa, das flüchtenden Staubwolken als Unterschlupf diente. Erneut rutschte der Ärmel über die Handprothese. Sie suchte sich den einzigen Sonnenstrahl aus, den der Tag auf die Erde schickte.

»Ich stehe lieber«, sagte Lichtigkeit. »Aber nehmen Sie gern Platz.« Lichtigkeit nahm seine Mappe in die Hand, während Raben sich an die Wand lehnte. In seinem Hirn erschien die Erleichterung.

»Sie waren am 12. Juli 1934 in Berlin. Sie waren auch zu anderen Zeitpunkten dort. Am 21. Juni 1929, am 23. Juli 1930, am 30. Juni 1932 …«

»Sie brauchen nicht weiter aufzuzählen«, sagte Schreiber, öffnete das Fenster und sprang hinaus.

»Du bleibst«, sagte Raben zu Lena und sprang hinterher. Draußen brüllte er vor Schmerz, rollte sich ab und erhob sich. Raben sah Schreiber um die Ecke spurten, und als er ihn wieder entdeckte, saß der hinter einem Lenkrad und startete einen Wanderer. Er gab Gas und raste auf Raben zu, der zur Seite hechtete und hörte, wie das Jaulen des Sechszylinders sich verlor.

Lichtigkeit hetzte zu Raben. »Spinnst du?«

»Vertreter haben offensichtlich alle die Fallsucht. Los, ins Auto!«, sagte Raben. Er setzte sich auf den Fahrersitz und startete den Kraftwagen. Es puffte ein paarmal, dann sprang der Motor an. Er gab Gas, der Benz schlingerte, fand seine Spur.

»Du bist sicher, dass du fahren kannst? Und dass er hier lang ist?«, fragte Lichtigkeit.

»Glaubst du, ich fahre ohne Grund in diese Richtung? Da vorn kommt eine Kreuzung – wohin?«

»Geradeaus«, sagte Lichtigkeit.

Raben hätte fast eine Droschke gerammt, die Vorfahrt hatte. Er trat die Bremse, bis der Wagen schleuderte. Das Auto drehte sich einmal um die eigene Achse, dann war der Weg frei.

»In Wahrheit heißt du Rosemeyer«, sagte Lichtigkeit.

»Ich bin entlarvt«, sagte Raben, als er einen Opel überholte. Die Reifen quietschten. Er erntete ein Dauerhupen. »Da vorn. Endlich haben wir mal Glück«, sagte er und gab Gas.

»Eigentlich würde ich diese Veranstaltung gern überleben, sollte dies möglich sein.«

»Keine Angst, wir Arier fürchten nicht Tod und Teufel.«

Lichtigkeit lachte. Das Lachen erstarb gleich, als Raben auf einer Kreuzung rechts abbog. Es trug den Wagen auf die Gegenfahrbahn. Raben schleuderte das Gefährt auf die richtige Spur.

»Da vorn ist er!«, rief er. Jetzt hängte er sich ans Heck, und Schreiber merkte es. Er versuchte, in eine Gasse einzubiegen. Fußgänger sprangen zur Seite. Der Wanderer knallte gegen eine Hausmauer und kam kratschend zum Stehen. Raben bremste brutal. Der Wagen hielt neben dem Wanderer. Schreiber quälte sich auf den Beifahrersitz und öffnete die Tür. Da stand Lichtigkeit schon vor ihm, die Pistole in der Hand. Er sah gleich, dass Schreiber aufgab.

Zwei Schupos kamen angerannt. Einer pfiff grell, sie hatten die Dienstpistolen in der Hand. »Waffen auf den Boden, aber ruckzuck!«, brüllte einer.

Lichtigkeit hielt ihnen die Hundemarke entgegen. »Kripo Berlin, wir nehmen diesen Mann fest wegen Mordverdachts.«

Der Streifenführer betrachtete die Marke. »Ist in Ordnung«, sagte er zu seinem Kollegen.

Raben hielt Schreiber am Arm fest, während Lichtigkeit ihn durchsuchte. Er nahm das Portemonnaie an sich und einen Schlagring. »Sie lieben Schmuck.«

Schreiber antwortete nicht. Die Uniformierten fesselten seine Hände im Rücken. »Ein Fluchtversuch, und ich schieße ohne Vorwarnung. Haben Sie das verstanden?«, fragte Raben.

Schreiber nickte mit zitternder Unterlippe, die Augen auf die Pflastersteine gerichtet.

»Können Sie bitte den Wagen sicherstellen? Niemand durchsucht ihn, niemand nähert sich ihm, nachdem Sie ihn abgestellt haben«, sagte Raben. »Im Innen- und im Kofferraum hat niemand was verloren. Rufen Sie den Erkennungsdienst im Berliner Polizeipräsidium an, damit die Kameraden den Wagen abholen können. Lassen Sie sich mit Kriminalkommissar Körber verbinden, und grüßen Sie von Kommissar Raben, wie der Vogel.«

»Jawohl, Herr Kommissar.« Der Schutzpolizist schrieb auf seinem Block.

»Wir brauchen ein Vernehmungszimmer«, sagte Lichtigkeit.

»Selbstverständlich.«

Als sie endlich im Vernehmungsraum saßen, hatte sich Schreiber etwas erholt vom Schreck. Er lümmelte sich auf seinem Stuhl und grinste. Ein Schupo löste die Handschellen und postierte sich neben der Tür. Schreiber kratzte sich mit der Stahlhand an der Backe. »Ich weiß gar nicht, was Sie von mir wollen. Ich bin ein guter Staatsbürger, vertraue dem Führer ...«

»Halten Sie den Mund«, sagte Lichtigkeit.

Schon war alles Selbstbewusstsein verflogen. Trübsinnig blickte Schreiber Lichtigkeit an.

Raben fluchte im Geist, sie hatten in der Hektik ihre Aktentaschen in Schreibers Wohnung gelassen.

Es klopfte an der Tür. Ein Beamter steckte sein Gesicht herein.
»Ihre Assistentin hat zwei Aktentaschen angeliefert.«

»Bringen Sie sie herein.«

»Wen, die Taschen oder die Assistentin?«

»Die Aktentaschen«, sagte Raben. Danke, Lena.

Jetzt konnte er die Aktenmappe auf den Tisch legen. Er nahm
die Tatortfotos heraus, sortierte sie und schob die Aufnahmen der
Frauenleichen über den Tisch. »Nehmen Sie sich Zeit und betrachten Sie jedes Foto genau.«

»Ich bin unschuldig«, sagte Schreiber.

»Sie sollen sich die Fotos anschauen«, sagte Raben scharf.

Schreibers Gesicht verlor die letzte Röte.

Raben beobachtete ihn. Sah, wie Schreiber das erste Foto mit
zwei Fingern vor sich zog. Die Hand begann zu zittern.

»Das ist Karoline Böhme. Sie war schön und lebenslustig. Sie
haben sie vergewaltigt und getötet. Dann haben Sie ihre Leiche auf
dem Gleisschotter nahe dem Schlachthof abgelegt. Wo haben Sie
sie umgebracht? Wie ist es Ihnen gelungen, den Blutfluss während
des Transports anzuhalten?«

»Ich wollte …«, sagte Schreiber.

»Was wollten Sie?«

»Nichts, ich kenne diese Frau nicht.«

»Betrachten Sie die anderen Bilder. Es handelt sich um Frauen,
die viel zu jung waren, um zu sterben.«

Schreiber zog ein anderes Bild aus dem Stapel, blickte es aber
nicht an. Er drückte die Hände auf den Tisch, um das Zittern zu
beenden. Aber sie zitterten weiter.

»Betrachten Sie das Foto!«, schnauzte Raben. »Das ist Gertraud
Weber, das jüngste Ihrer Opfer. Eine hervorragende Sekretärin.
Sie liebte ihr Leben, bis Sie es beendet haben. Das gleiche Muster,
Mord, Vergewaltigung oder andersherum, Ablage auf dem Gleis-

bett. Warum haben Sie die Leichen auf dem Schotter abgelegt? Was verbindet Sie mit Eisenbahnen oder S-Bahnen? Was mit dem Schlachthof?«

Schreiber blickte ihn glasig an.

Lichtigkeit und Raben wechselten einen Blick.

»Ich überlasse Ihnen die Fotos«, sagte Raben. »Sie können sie in Ihrer Zelle betrachten. Wehe, Sie beschädigen eines der Bilder.«

Zurück im Hotel, bestellten sie Kaffee und Marmorkuchen. Lena stieß dazu.

»Danke ...«, sagte Raben.

»Ich bin die perfekte Kriminalassistentin.«

»So schnell schießen die Preußen nicht«, sagte Lichtigkeit.

»Pah!« Sie blickte die beiden an. »Ist er es?«

»Ja«, sagte Raben. »Wir haben kaum einen Zweifel. Aber er hat nicht gestanden.«

»Sondern steht am Abgrund. Es wären ihm fast Hinweise rausgerutscht ... Wir lassen ihn jetzt mit den Bildern der toten Frauen allein in der Zelle. Das wird eine schlimme Nacht für ihn. Er ist aufgeregt, kein Wunder«, sagte Lichtigkeit.

»Und ihr könnt erleichtert sein. Ich auch, weil Kalle vielleicht zwei Minuten zufrieden sein wird.«

»Da irrst du dich. Die werden dem die Rübe abschlagen. Ein Toter mehr. Und wir helfen denen.«

»Der wäre auch vor den Nazis geköpft worden.«

»Wie schön muss es in Schweden sein, da gibt es das seit '21 nicht mehr. Und trotzdem bricht der Laden nicht zusammen«, sagte Lena.

»Wir haben keine Wahl. Wenn wir Schreiber nicht aus dem Verkehr ziehen, mordet er weiter. Da sehe ich lieber ihn tot als Unschuldige«, sagte Lichtigkeit.

Raben war abwesend und folgte Fetzen einer Idee, die ihm dann doch entwischte. Ihn überfiel ein Unwohlsein, dessen Grund er nicht begriff. Er hätte triumphieren sollen, aber er fand nichts, worüber er sich hätte freuen können. Er hörte die beiden reden, aber verstand nichts. In seiner Brust klemmte es, der Druck erhöhte sich, bis der Krampf kam. Er spürte den Schweiß auf der Stirn. Er hatte Angst, nichts anderes mehr.

»Was ist los, Kalle?« Lena blickte ihn an. »Ich bring dich ins Bett. Du bist überarbeitet, hoffentlich wirst du nicht krank.«

Er schüttelte den Kopf.

»Los!«, sagte sie.

Als er endlich im Bett lag, sagte er: »Das verdanke ich dem Führer.«

143.

Sokolnikow steckte seine Walther PPK hinten in eine Gürteltasche. Draußen war es dunkel. Die Laterne vor der Tür funzelte, Autoscheinwerfer blitzten auf und verschwanden. Er wusste, wo Langhans wohnte: draußen in Zehlendorf, im Haus seiner Eltern, die es ihm hinterlassen hatten. Seine Frau hatte ein Kind, einen Jungen von acht Jahren.

Er erkannte das Haus und fuhr weiter. Weitab, an einer Kreuzung, bog er rechts ein und parkte. Er stieg aus, steckte sich eine Zigarette an und ging zurück. Nicht zu schnell, nicht zu langsam. Er konnte keine Zeugen gebrauchen. Er schnippte die Kippe weg, bevor er die Haustür erreichte. Sokolnikow hatte Glück, Langhans öffnete die Tür.

»Was, Sie?«

»Wo können wir in Ruhe sprechen?«

»Kommen Sie mit.« Er führte den Russen über eine Eingangshalle zu einer Treppe. Im ersten Stock brachte er ihn in ein Zimmer, in dem ein Bett, ein winziger Sekretär und ein Stuhl standen. »Bitte warten Sie einen Augenblick. Meine Frau soll sich keine Sorgen machen.«

Sokolnikow nickte.

Langhans war schnell zurück. »Was zum Teufel erlauben Sie sich?«

»Tut mir leid«, sagte Sokolnikow, »es ist ein Notfall. Ich muss wissen, ob Sie noch für uns arbeiten.«

»Was soll die Frage? Ich habe immer für Sie gearbeitet. Im Augenblick verlässt mich allerdings die Lust, es fortzusetzen.«

»Seien Sie nicht albern. Sie haben Wortwiederholungen gemorst, mehr, als wir für den Notfall besprochen hatten. Ich wundere mich, dass es der Abwehr noch nicht aufgefallen ist. Ziemlich plump. Oder Absicht.«

»Sie Idiot«, sagte Langhans. »Die glauben, sie hätten mich umgedreht. Wegen des Mords an der Böhme tauchte die Polizei auf. Ich konnte mich der Verhaftung nur entziehen, indem ich versprach, für die Abwehr zu arbeiten.«

»Haben Sie die Genossin Böhme umgebracht?«

»Spinnen Sie?«

»Sie haben mit ihr geschlafen.«

»Natürlich, eine bessere Tarnung gibt es kaum. Sie war die perfekte Vermittlungsstelle. Man brauchte keinen Grund, sie zu besuchen, weil sie eine Nutte war. Das glaubt einem jeder.«

»Ich weiß, ich weiß«, sagte Sokolnikow. »Der Direktor glaubt, dass Sie die Böhme liquidiert haben, weil sie Ihnen auf die Schliche gekommen ist.«

»Sind die verrückt? War der Direktor nicht all die Jahre zufrieden mit mir? Der hat mich verwöhnt mit Prämien und Geschenken. Einen besseren Agenten können die nicht haben. Ich arbeite jetzt für Oberst Oster in der Abwehr. Oster untersteht direkt Admiral Canaris. Ich sitze mittendrin im Herzen der deutschen Spionage. Mehr können wir uns nicht wünschen. Nun gut, persönlicher Adjutant des Führers wäre noch besser …«

»Erzählen Sie mir was Neues. Aber warum die Wortwiederholungen?«

»Ich bin nervös. Die Sache kann mich den Kopf kosten. Aber Sie würden heldenhaft jeder Gefahr begegnen, ohne zu zucken, nicht nur an der Morsetaste. Als Diplomat kann Ihnen sowieso niemand was, da lässt sich gut Heldenmut einfordern.«

Sokolnikow blickte sich um. Zog die Walther PPK. »Auf die Knie.«

Langhans schüttelte den Kopf und blickte auf seine Uhr. »In zwei Minuten ruft meine Frau die Gestapo.«

Sokolnikow nahm die Waffe in die linke Hand, die rechte Faust traf Langhans' Kinn. Der fiel um wie ein Stein. Sokolnikow kniete sich auf Langhans' Brust, umfasste den Hals und drückte, bis das Herz aufhörte zu schlagen. Er erhob sich und stieg die Treppe hinab. Bevor er die Haustür schloss, hörte er eine Frau rufen: »Michael, bist du fertig? Wir essen!«

144.

Die Münchner Kripo wollte Punkte bei Nebe machen, dem Chef des preußischen Landeskriminalpolizeiamts. Nebe achtete auf den Fleiß seiner Untergebenen und ihre weltanschauliche Disziplin. Immerhin hatten die Münchner Kriminalisten mitgewirkt bei der Verhaftung eines Serienmörders. Da fuhr es sich leicht, zumal die Belohnung auf sie wartete. In ihrem Auto saß Lena auf der Rückbank. Vorweg fuhren Lichtigkeit am Steuer und Kalle auf der Rückbank neben Schreiber.

Der hatte in der Nacht seine Zelle vollgekotzt und als lebender Leichnam den Vernehmungsraum betreten. Einer der Beamten, die ihn hereinführten, legte den Fotostapel auf den Tisch.

»Nehmen Sie ihm die Handschellen ab«, sagte Raben.

Schließlich stand ein Polizist neben der Tür. Am Tisch saßen Lichtigkeit, Raben und ihnen gegenüber Schreiber.

»Nun, Herr Schreiber, haben Sie sich's überlegt? Bisher haben Sie kein Alibi für die Tatzeitpunkte genannt. Ist Ihnen was eingefallen?«

Schreiber schüttelte den Kopf.

Raben sah diesen leichenähnlichen Schädel unterm Beil in Plötzensee. Der Druck in der Brust kehrte zurück.

»Ich war's«, sagte Schreiber. »Ich mach reinen Tisch. Ich habe kein Alibi, ich hab sie alle umgebracht. Mehr sogar, ich habe vor den Taten, die Ihnen bekannt sind, zwei Prostituierte hier umgebracht.« Er weinte.

»Sie meinen, hier in München?«, fragte Lichtigkeit.

Schreiber nickte und schluchzte, während ihm Tränen über die Wangen liefen. »Machen Sie mit mir, was Sie wollen.«

»Sie müssen uns hier und dann in Berlin zu den Tatorten führen. Sind Sie einverstanden?«

Lichtigkeits ruhige Stimme wirkte. Schreiber nickte. »Natürlich«, flüsterte er.

Und Raben dachte: Schade, dass es nicht Ehrig ist.

Die Prostituierten hatten bei sich zu Hause gearbeitet. Zielsicher führte Schreiber sie zu einer Arbeitersiedlung in Giesing. Die beiden Prostituierten hatten in Nachbarhäusern gelebt, die eine im zweiten Stock, die andere unterm Dach.

»Was wissen Sie über die Taten hier?«, fragte Raben den Oberwachtmeister Huber, der Schreiber an den Handschellen führte.

»Zwei ungelöste Fälle. Bis jetzt«, sagte Huber.

Der Wachtmeister Mayer nickte. »Wir sind Ihnen dankbar. Aber es wird auch welche geben, die es Ihnen neiden.« Er lächelte.

Sie standen vor der Wohnungstür. Schreiber fiel mehr an die Wand, als dass er sich anlehnte. Sie hielten den Vertreter eng zwischen sich. Nicht, dass er aus dem Fenster sprang oder in die Küche stürzte, um ein Messer zu finden.

Raben klingelte. Eine alte Frau öffnete. »Ja?«

»Kripo«, sagte Raben. »Dürfen wir uns Ihre Wohnung angucken?«

»Ist das der Mörder?«

»Das ist ein Zeuge«, erwiderte Raben.

»Na, gehn Se mal.«

Schreiber stand im Wohnzimmer und sagte: »Das war ihr Schlaf-zimmer ...«

Auch am zweiten Tatort bestätigte er, dass er der Mörder war.

Sie hatten ihm Fingerabdrücke abgenommen. Nachdem sie zurück bei der Münchner Kripo waren, hatte der Erkennungs-dienst Schreibers Fingerabdrücke zugeordnet. »Daktyloskopisch gibt es keinen Zweifel, dass Schreiber in beiden Wohnungen war. Außerdem haben wir seine Abdrücke auf dem Griff des Messers ge-funden, das er als Tatwaffe benutzte. Ich habe den Kollegen Körber bereits angerufen und eine Übersendung unseres Materials ange-kündigt. Ich werde es Ihnen mitgeben.«

»Wir danken Ihnen für die perfekte Zusammenarbeit«, sagte Lichtigkeit. »Wir werden Kriminalrat Nebe berichten.«

»Vielen Dank, Kamerad«, erwiderte der Kommissar, an dessen Revers das Bonbon blinkte.

Auf Führers Autobahn kamen sie flott voran, auch die Landstraßen schienen sich der Bedeutung ihrer Mission bewusst zu sein. In Ber-lin landete Schreiber in einer U-Haft-Zelle in Moabit, Einzelhaft, Dauerüberwachung wegen Suizidgefahr.

Kaum saßen Raben und Lichtigkeit in dessen Büro, erschien Nebe.

»Bleiben Sie sitzen. Sie müssen erschöpft sein, ich weiß, wie so eine Ermittlung an den Nerven zehrt. Sie sind die Helden der Stunde. Sie, Kommissar Raben, möchte der Gruppenführer heute noch sehen. Der Ministerpräsident Göring hat mir aufgetragen, Sie zu beglückwünschen. Herr Gennat ist stolz auf seine Mitarbeiter. Morgen wird die Presse Ihren Erfolg würdigen. Minister Goebbels besteht darauf. Sie erwarten Interviews, sogar im Radio.«

»Herr Kriminalrat, ich möchte dies gern dem Kollegen Lichtigkeit überlassen. Erstens hat er den Löwenanteil am Erfolg« – Lichtigkeit hob die Brauen –, »und zweitens mag es der Gruppenführer nicht, wenn Unterstellte sich in die Öffentlichkeit drängen. Nicht umsonst heißt es Geheime Staatspolizei. Darf ich mich abmelden?«

»Natürlich, Herr Raben. Sie sind zu bescheiden. Den Gruppenführer Heydrich will ich nicht warten lassen. Grüßen Sie ihn von mir. Nehmen Sie meinen Wagen mit Chauffeur.«

Zuerst ließ sich Raben aber nach Hause fahren. Lena umarmte ihn. »Ich fahre gleich zu Wagner. Was dürfen wir berichten?«

»Ihr solltet Nebe anrufen … oder Georg, besser Gennat. Du kannst gern sagen, dass ich dich ermuntert hätte. Im Augenblick bin ich göttlicher Herkunft …«

»Du unterliegst nicht unseren irdischen Maßstäben.«

»Besser kann man es nicht sagen. Du lebst mit einem Gott zusammen, Unterwürfigkeit ist das Gebot der Stunde.«

»Bevor du zu fliegen anfängst, fahr ich zum Mossehaus.« Sie küssten sich.

Raben konzentrierte sich auf sein Gespräch mit Heydrich, während er einen Kaffee trank.

Als er bei der Gestapo eintraf, spürte er die Unruhe. Etwas lag in der Luft. Leute kamen rein, Leute verließen den Bau – wie immer. Aber es war nicht wie immer.

Canaris ließ sich vorfahren. Er erschien mit Oster im Schlepptau, beide in Uniform. Fehlten nur die Dackel.

Raben grüßte den Pförtner. Und marschierte in Herbert Hagens Büro ein. »Heil, Sturmbannführer.«

»Tach«, erwiderte der. »Sie Held! Was will die Gestapo von mir?« Er grinste breit und deutete auf den Stuhl vor seinem Schreibtisch.

»Was ist los?«, fragte Raben.

»Einer der wichtigsten Abwehr-Agenten ist ermordet worden. In seinem Haus. Niemand hat den Mörder gesehen, es gibt keine Spur.

Angeblich kennen Sie den Herrn, einen Russenspion, den Oster umgedreht haben soll ...«

Raben nickte. »Er zählte zu den Verdächtigen im Fall Böhme.«

»Tatsächlich?«

Raben nickte.

»Aber er war's nicht?«

»Nein. Wir haben den Täter überführt und aus München hergebracht. Er sitzt schon in U-Haft und hat gestanden, sogar zwei weitere Morde.«

»Glückwunsch! Jetzt versteh ich, warum unser Gruppenführer gut gelaunt ist trotz der Pleite mit dem Russenspion. Wenn Sie so weitermachen, werden Sie noch Kriminalrat.«

V. Triumph der Tat

145.

»Reichenau«, sagte die Stimme im Telefon.

»Heil Hitler, Herr General!«, sagte Raben.

»Ich hatte Ihnen versprochen, Sie zu unterrichten, sobald Herr Ehrig die Kaserne betritt.«

»Ich danke Ihnen, Herr General. Wo liegt die Kaserne?«

»In Potsdam, die Rote Kaserne, die kennen Sie bestimmt.«

Raben sah Reichenau lächeln, sogar am Telefon. Irgendwas zwischen Sarkasmus und Ironie, durchsetzt vom Hass auf die SA. Die Generale hatten geholfen, die SA-Führung abzuräumen, und auch danach verachteten sie die Nazi-Proleten.

»Danke, Herr General.«

»Heil Hitler!« Es knackte, als Reichenau auflegte.

Raben lehnte sich im Stuhl zurück. Er erinnerte sich seines letzten Gesprächs mit Heydrich. Eckes saß wieder am Besuchertisch, Raben auf dem Stuhl vorm Schreibtisch mit Blick auf die beeindruckende Stempelsammlung.

»Da haben Sie ja wieder einen Riesenerfolg erzielt«, sagte Heydrich, »und der Gestapo Ehre gemacht.«

Ja, dachte Raben, ja, ich hab dich vom Verdacht befreit, gehörte doch Heydrich zu Böhmes Freiern. »Danke, Gruppenführer.«

»Und was soll ich jetzt mit Ihnen machen?«

»Ich weiß es nicht. Ich fühle mich erschöpft. Vielleicht genehmigen Sie mir eine Woche Urlaub?«

»Ich merk schon, dass Sie es nicht abwarten können, zu unserer Staatspolizei zurückzukehren.«

Raben hatte keine Wahl, war er doch befristet zur Kripo versetzt worden.

»Ich hätte da einen Fall für Sie. Und eine Sache, die Sie als Belohnung verstehen sollten.« Ein Lächeln in Heydrichs Gesicht.

Na, das kann ja toll werden, dachte Raben.

»Im September ist wieder Reichsparteitag in Nürnberg. Sie nehmen sich einen Dienstwagen und einen Sonderausweis, auf dem steht, dass Sie Feinde des Reichs ermitteln sollen und jede Stapo-Stelle Ihnen Unterstützung zu leisten hat. Wir buchen für Sie ein Zimmer in einem guten Hotel. Das alles ist ein Vorwand, damit Sie Urlaub machen können, aber bitte mit offenen Augen. Achten Sie besonders auf die SA. Ich trau den Brüdern nicht. Da gibt's den einen und anderen, die Röhm nachweinen. Kapiert?«

»Ja, Gruppenführer.«

»Sturmbannführer Eckes übernimmt die Planung. Er wird auch in Nürnberg sein. Falls Sie Hilfe brauchen, wenden Sie sich an ihn. Er weiß, wie er mich erreichen kann. Haben Sie mich verstanden, Eckes?«

»Jawohl, Gruppenführer.« Er war hochgezuckt und knallte die Hacken zusammen.

»Was soll ich mit dem machen?«, fragte Heydrich und lächelte. »Obersturmführer, sind Sie einverstanden?«

Seit wann fragte der, ob einer mit einem Befehl einverstanden ist? »Jawohl, Gruppenführer.«

»Gut, kommen wir zum zweiten Punkt. Sie kennen Langhans ...«

»Ist er das Attentatsopfer, von dem ich gehört habe?«

»Ja. Sie haben vielleicht auch gehört, dass wir nicht die geringste Spur haben. Sie kennen Langhans, Sie haben ihn der Abwehr übergeben. Das war eine gute Idee. Jetzt möchte ich, dass Sie seinen Tod aufklären und den Mörder bestrafen. Sie haben dazu alle Freiheiten. Auch in diesem Fall wenden Sie sich bei Schwierigkeiten an Sturmbannführer Eckes. Ich hoffe aber, dass es keine Probleme gibt.«

»Ich rate, dass der Sowjetgeheimdienst NKWD dahintersteckt«, sagte Raben.

»Oder die GRU, der Militärgeheimdienst. Die sind ja für, sagen wir, robuste Aktionen bekannt. Mir ist es egal, aus welchem Schweinestall der Kerl kommt«, erwiderte Heydrich.

»Sie möchten nicht, dass es wie Mord aussieht, nehme ich an.«

»Genau das.«

Abends saßen sie ihm Wohnzimmer. Lena war glücklich. »Wagner hat bei Nebe angerufen, wir dürfen über den Aphrodite-Fall berichten. Morgen erscheint mein erster Artikel darüber. Georg wird sich freuen. Nebe war einverstanden, deinen Namen rauszulassen. Ich habe mit Georg telefoniert. Er wird erdrückt von Gratulationen, aber er vergisst nie, dich zu erwähnen. Seiner Ansicht nach hast du den Hauptanteil am Ermittlungserfolg.«

Raben freute sich mit ihr, war aber unfähig, es zu zeigen.

»Was ist?«

»Heydrich hat mir einen Auftrag gegeben, den ich nicht ausführen kann. Den wirklich nicht.«

»Willst du darüber sprechen?«

»Nein.« Er nickte, seine Augen zeigten zur Wohnungstür. »Ich muss mir die Beine vertreten.«

»Es ist kalt, und es regnet.«

»Ist mir egal.«

Sie drehten eine Runde. Als wäre der Himmel besänftigt, nieselte es nur noch, und der Wind flaute ab.

Raben erzählte ihr, worum es sich handelte.

»Du sollst einen Sowjetspion umbringen? Den du nicht mal kennst?«

»Heydrich nimmt den Fall persönlich. Ich fürchte, er glaubt, dass die Sache was mit der Böhme zu tun hat. Er fühlt sich überlistet, das nagt am Selbstbewusstsein. Kann sein, dass der Reichsführer ihn schief angeguckt hat.«

»Und du badest das aus«, sagte Lena. »Du hast unlösbare Fälle gelöst, der Druck steigt. Was er niemandem zutraut, landet bei dir. Eine besondere Art der Anerkennung. Was willst du tun? Und Urlaub genehmigt er, um ihn dann gleich wieder einzukassieren?«

»Ja. Und sonst die Prag-Methode, aber wie? Keine Ahnung. Ich muss darauf hoffen, dass mir im richtigen Augenblick das Richtige einfällt. Aber ich weiß nicht mal, wer der Mörder ist. Vermutlich sitzt er in der russischen Botschaft. Vielleicht war es auch ein Komintern-Killer, der längst wieder auf Papa Stalins Schoß sitzt.«

»Was willst du tun?«

»Ich geh in die Sowjetbotschaft und lasse den Genossen Stalin grüßen.«

»Du spinnst, Kalle.«

»Nur Verrückte überleben in diesen Zeiten.«

146.

Sokolnikow hatte seinen Aufwand übertrieben, als er dem Direktor Bericht erstattete. Ein Lob gab es trotzdem nicht. Natürlich, Genossen. Aufträge werden ausgeführt, »unmöglich« gibt es nicht. Wer versagt, hat mit dem Feind konspiriert. Mit Argusaugen überwachte die GRU-Zentrale ihre Agenten. Die Auslandsspionage des NKWD war noch misstrauischer. Ein eisiger Wind wehte in Moskau, sogar im Sommer froren sie einem ein, die Knochen, das Hirn. Die Angst ging um. Wann stehen die Häscher vor meiner Tür? Jede Rückberufung in die Hauptstadt war wie eine Einladung zum Genickschuss.

Jakow Sacharowitsch Suriz steckte seinen Kopf in die Tür. »Haben Sie Nachricht aus Moskau?« Er trat ein und setzte sich, kratzte sich am Kinnbart. Die meisten anderen Chefs riefen ihre Untergebenen zu sich. Der Botschafter zeigte seine Ungeduld, oder besser Angst, indem er auftauchte.

»Ja«, sagte Sokolnikow. »Der Direktor scheint zufrieden zu sein.«

Suriz lächelte. »Sie sollten schleunigst nach Hause fliehen.«

»Ich habe keine Spur hinterlassen. Es würde nur auffallen, wenn ich jetzt nach Moskau flöge.«

Der Botschafter nickte. »Passen Sie auf sich auf. Wir haben es nicht mehr mit sozialdemokratischen Schlafmützen zu tun, sondern mit Heydrichs Gestapo. Die kennt keine Grenzen. Wenn die einen Spitzel bei uns sitzen haben …«

»Unwahrscheinlich«, sagte Sokolnikow.

»Nichts ist unwahrscheinlich in diesen Zeiten. Vergessen Sie das nicht.« Suriz erhob sich, lächelte und ging.

Es gab nichts zu lächeln. Nichts.

147.

»Passen Sie auf unseren Vogel auf. Nachher sitzt er im Keller der Lubjanka, und wir wissen es nicht«, sagte Heydrich. Er war nachdenklich.

»Raben kann auf sich selbst aufpassen«, sagte Eckes. »Aber ich werde ihm helfen.«

»Gut, Sturmbannführer. Wie würden Sie die Aufgabe lösen?«

»Darüber müsste ich eine Weile nachdenken, Gruppenführer.«

»Dann tun Sie das. Melden Sie sich, falls Ihnen etwas einfällt.«

148.

Oster blickte auf. »Sie kommen wegen Langhans?«

»Ja«, sagte Raben.

»Der ist tot. Ich weiß nicht mal, wer ihn ermordet hat.«

»Ein sowjetischer Geheimdienst.«

»Da wissen Sie mehr als ich.«

»Da wir es nicht waren ...«

Oster lachte auf. »Jetzt haben Sie mich reingelegt. Was führt Sie her?«

»Ein Geheimnis.«

»Das ist hier kein ungewöhnliches Ansinnen.«

»Wer arbeitet in der Sowjetbotschaft für einen Geheimdienst?«

Oster hob die Brauen. Nahm den Telefonhörer. »Sind die Dackel zurück?«

Raben konnte die Antwort nicht verstehen.

»Gut, melden Sie uns an.«

Die Dackel begrüßten sie mit Schwanzwedeln in ihrem Körbchen. Oster streichelte beiden über den Kopf. »Chef, dieser Herr braucht ein Geheimnis.«

»Guten Tag, Herr Kommissar«, sagte Canaris. »Ein Geheimnis brauchen Sie? Das kommt nicht alle Tage vor. Schließlich ist es unsere Aufgabe, Geheimnisse zu wahren.« Er erhob sich und reichte Raben die Hand. »Schickt Sie unser Freund Heydrich?«

»Der Gruppenführer hätte sich dann wohl selbst gemeldet.«

Canaris nickte, setzte sich. »Na dann, berichten Sie.« Der Admiral zeigte auf den obligatorischen Stuhl.

»Herr Admiral, ich suche den Mörder von Langhans. Ich habe ihn hierhergebracht, jetzt ist er tot.«

»Sie suchen den aus freien Stücken? Weiß mein Freund Heydrich davon?«

»Zweimal ja«, sagte Raben.

Canaris musterte ihn und glaubte ihm kein Wort.

Raben verstand. »Ich brauche ein Geheimnis, am besten ein militärisches.«

»Sie glauben also, dass es die GRU war.«

»Ich vermute es. Ich habe nach ähnlichen Fällen gesucht, das brachte mich auf die Idee. Wie sehen Sie das?«

»Wie Sie, Kommissar. Sie wollen den Mörder mit einem Geheimnis locken?«

Raben nickte.

»Gefährlich.« Er blickte Raben in die Augen. »Sie wandeln damit am Rand eines Vulkans, und der Rand ist verflucht schmal. Wissen Sie, wie heiß Lava wird?«

Raben nickte.

»Noch heißer. Sie brennt Ihnen Löcher in die Bux. Bei den Russen gibt es zwar viele Scheißkerle, aber das sind ausgekochte Scheißkerle, die keine Skrupel haben. Derzeit haben sie Angst, nach Moskau zurückgerufen zu werden. Das NKWD zieht die Zügel an. Stalins Paranoia verstärkt sich, sagt unsere Botschaft. Auch deutsche Kommunisten trifft das Misstrauen, überhaupt jeden, der Westkontakte hatte.«

Raben dachte an Kippenberger und Thea. Sie waren nach Paris geflohen, aber wenn sie nach Russland reisten?

»Hans, haben wir noch Spielmaterial zur Bf 109, etwas, das unsere Freunde womöglich schon kennen?«

Oster verließ das Büro.

»Ich will ehrlich sein, Herr Kommissar. Ich weiß nicht, woran ich mit Ihnen bin. Mein Freund Heydrich erzählt mir bei unseren Musikabenden mal dies, mal das. Ich werde nicht schlau daraus, aber er schätzt Sie, das ist sicher.«

Raben staunte. »Ich habe keine Ahnung, Herr Admiral. In jüngster Zeit hatte ich Glück, und mein Chef zieht daraus offensichtlich Folgerungen, die ich für … etwas übertrieben halte. Aber natürlich freut es mich, wenn der Gruppenführer meine Arbeit schätzt.«

Canaris schmunzelte.

Oster kehrte zurück. »Ich habe hier auch eine Personalliste der Botschaft. Meistens sind es die Attachés, bei der GRU die Militärattachés. Es können aber auch andere sein.«

Er legte die Liste auf den Tisch, ein kaum lesbarer Durchschlag. »Die können Sie mitnehmen.«

Oster trug noch eine Mappe in der Hand. »Der Prototyp der Bf 109 wurde weiterentwickelt. Flügel größer, neuer Motor und sonst noch Kleinkram. Da die den Originalplan schon haben, sind die Dokumente nicht unwichtig, helfen den Russen aber nicht wirklich. Deren Industrie ist ohnehin technisch auf einem jämmerlichen Niveau. Masse statt Klasse.«

Canaris nickte. »Das ist erstrangiges Spielmaterial. Was ist Ihr Plan? Oder Heydrichs Plan?«

»Mein Plan, ich habe freie Hand.«

Canaris blickte ihn an. »Ich weiß, dass Ihr Chef ein Ausgefuchster ist, aber er überrascht mich immer wieder. Grüßen Sie ihn von mir und sagen Sie ihm, er soll morgen Abend seine Geige nicht vergessen. Meine Frau wäre ihm böse, die schlimmste Bestrafung, die man sich denken kann.« Er schickte ein Lächeln hinterher.

149.

Es war Nacht, doch Sokolnikow saß immer noch am Schreibtisch in der Botschaft, einem Haus, dessen Fassade sich fugenlos in die klassizistische Nachbarschaft einfügte. Er blickte hinaus. Unter den Linden, Berlins Promenierstraße. Die Gaslaternen spendeten Licht. Es war fast menschenleer. Der Wind war kühl, es regnete, die Leute blieben lieber zu Hause. Umso mehr fiel der Mann auf, der vom Mittelstreifen zur Botschaft ging. Hut und Mantel, Handschuhe, Aktentasche. Der Mann warf etwas in den Briefkasten und eilte weg. Schon war er außer Sicht.

Sokolnikow rief an der Pforte an. »Leeren Sie den Briefkasten und bringen Sie mir die Post.«

Drei Minuten später lag der Brief auf seinem Schreibtisch. Ein großer brauner Umschlag, dick und ohne Absender.

stand drauf, sonst nichts.

Sokolnikow zog Handschuhe an, ging in die kleine Teeküche mit dem Samowar und öffnete den Umschlag über Wasserdampf. Die Lasche ließ sich leicht hochziehen. Er nahm eine Akte heraus. Auf dem Deckel stand

Bf 109/Vers. 2

Diese Akte wäre ohnehin bei ihm gelandet. Sokolnikow blätterte und staunte. Wieder dieses Flugzeug, wieder Dokumente. Die Bf 109 war Deutschlands wichtigstes Rüstungsprojekt, sie sollte besser werden als jedes andere Jagdflugzeug. Und er, Sokolnikow, hatte die aktuellen Pläne in Händen. Er trug die Beute in sein Büro und begann zu lesen. Nach einer guten Stunde war er optimistisch, dass die Zeichnungen echt waren. Aber wer hatte sie aus den Bayerischen Flugzeugwerken des Ingenieurs Messerschmitt gestohlen? Die GRU kannte Messerschmitt, wenn auch nicht gut. Er galt als genialer Flugzeugkonstrukteur, und Sokolnikow war sich sicher, dass die sowjetische Industrie nichts Vergleichbares anbieten konnte. Wer hatte den Umschlag eingeworfen? Der Mann war groß und schlank gewesen, mehr hatte er nicht erkannt.

Sokolnikow ging ans Fenster, als hoffte er, dass der Mann zurückkehrte. Hin und wieder warfen Genossen der zersprengten KPD Briefe und Karten in den Briefkasten. Werktätige in der Rüstungsindustrie, Nachfahren der Arbeiterkorrespondenten-Bewegung der Weimarer Republik. Sie wollten die Sowjetunion stärken, indem sie technische Geheimnisse der deutschen Industrie erkundeten. Der Feind nannte es Spionage, doch es war eine andere Art des Klassenkampfes. Sokolnikow nahm einen Block aus der Schublade und begann zu schreiben. Dann verbesserte er die Nachricht. So kurz wie möglich, ohne Fehler.

Als er zufrieden war, ging Sokolnikow in den Funkraum und fand den zweiten Funker auf seinem Stuhl, den Kopf auf den Tisch gelegt, die Unterarme dienten als Kopfkissen.

»Genosse!«, schnauzte Sokolnikow.

Der Funker schoss hoch. »Genosse Major ...«

Sokolnikow legte den Zettel auf den Tisch. »An die Zentrale, jetzt! Wenn die Antwort kommt, sofort zu mir. Wenn Sie noch einmal einschlafen, schicke ich Sie nach Moskau. Haben Sie das verstanden?«

»Jawohl, Genosse Major!«

Er würde den Mann melden. Sie lebten im Klassenkrieg, und der Leutnant wagte es zu schlafen. In Moskau würde er vor ein Tribunal gestellt und erschossen.

Sokolnikow stellte sich wieder ans Fenster. Er hoffte, dass der Zuträger sich erneut sehen lassen würde, was der aber nicht tat. Es wäre dumm gewesen. Sokolnikow schnappte sich noch einmal die Dokumente. Er blätterte, bis ein Zettel herausfiel. Mist, er hätte ihn fast übersehen. Welch Blamage wäre es gewesen. Auf dem Zettel stand

Mehr, Genossen? Postlagernd Mitte an Herrn Kurt Schmitt,
Meisenweg 16, Berlin.

Er würde den Genossen des NKWD nicht informieren. Schließlich ging es um Geheimmaterial für die GRU. Niemand konnte es ihm vorwerfen, und der Direktor war gewiss einverstanden.

150.

An der Ecke standen plötzlich zwei Männer vor ihm. Einer leuchtete Raben ins Gesicht. Schnell knipste er die Taschenlampe aus. »Obersturmführer, entschuldigen Sie. Ich hatte Sie nicht erkannt.«

Die beiden Männer trugen Ledermäntel, als wollten sie die Gestapo karikieren.

»Ist schon gut«, sagte Raben. »Wenn Sie Rückfragen haben, stellen Sie die dem Gruppenführer. Niemandem sonst. Verstanden?«

»Jawohl, Obersturmführer!« Sie blickten ihn an, als wäre er das achte Weltwunder. Hagen hatte ihm erzählt, dass Raben im Amt einen sensationellen Ruf genoss. Wo gab's das, dass ein Obersturmführer vom Chef zum Abendessen nach Hause eingeladen wurde? Bei Heydrich! Es sprach sich auch herum, dass Raben oft verschwand und irgendwann wieder auftauchte. Das Abenteuer mit dem Dienstwagen! Tagelang rätselten sie, was es damit auf sich hatte. Was band Heydrich an diesen Kommissar? Neugier und Neid verschmolzen zu einer merkwürdigen Stimmung gegenüber dem Gestapo-Parvenü.

Und jetzt hatte der was in den Briefkasten der Sowjetbotschaft geworfen. Was hieß das? War Raben ein Sowjetspion? Der würde sich mit seinem Führungsoffizier irgendwo anders treffen. Vielleicht bewunderte der Obersturmführer das Paradies der Werktätigen? »Wir schicken dem Gruppenführer eine kurze Notiz. Sonst denkt er, wir würden nicht aufpassen.«

151.

»Ich soll zum Parteitag«, sagte Lena. »Eine Auszeichnung, behaupten die. Dabei suchen die Pg. Deppen, welche die Bude voll machen.«

»Ich sag Bescheid, dass die uns ein Doppelzimmer reservieren«, erwiderte Raben.

»Ach nee. Wann gedachtest du mir das zu sagen?«

»Heute vielleicht. Ich hab Stress.«

Wieder ein nächtlicher Spaziergang, diesmal spät. Als sie wieder

vor der Haustür standen, blieb sie stehen und umarmte ihren Mann.
»Wenn du Hilfe brauchst …«

»Sag mir das noch einmal, wenn wir in Nürnberg sind.«

»Du hast wieder was vor? Hätte ich wissen müssen.« Sie verzog das Gesicht. »Ehrig?«

»Oder den Mann mit dem M18-Helm. Wen ich zuerst erwische.«

»Könntest du vielleicht aufhören damit? Es versetzt mich in Panik. Ich finde es gefährlich genug …«

»Ich muss«, sagte Raben.

»Du bist verrückt. Wir gehen alle unter.«

»Fahrt bitte nach Rotterdam. Ich versuch nachzukommen.«

Sie blickte ihn groß an. »Ich schicke Elisabeth mit dem Kleinen auf Urlaub. Nordsee ohne Hakenkreuz, ungemein erholend. Und wenn sich deine … Sache erledigt hat, holen wir sie zurück.«

»Noch hast du die Wahl. Mir wäre es lieber …«

»Hör auf, ich bin nicht Klein-Lieschen, das salutiert, wenn der Herr Gatte zur Befehlsausgabe erscheint.«

Am Morgen saß er im Büro, obwohl er nichts zu tun hatte.

Es klopfte. »Na, Kamerad?«, sagte Hagen.

Jetzt war sich Raben sicher, dass der SD-Offizier ihn überwachen sollte. Auch Hagen erledigte besondere Aufgabe für Heydrich.

»Kommen Sie rein«, sagte Raben.

Der setzte sich auf den Stuhl an der Wand. »Sie langweilen sich. Sie könnten in dieser Zeit einen Frontalangriff für ein größeres Büro beginnen.«

»Ich bin so selten hier …«

»Stimmt«, sagte Hagen. »Unser Meister nimmt Sie voll ran.«

»Ich würde es nicht so sagen.«

»Gut, gut«, sagte Hagen. »Aber in Prag sind Sie auf die Nase gefallen, geben Sie's zu.«

»Wer behauptet das? Ach, egal. Das ist Blödsinn.«

»Ach nee? Wenn Sie meinen.«

»Waren Sie auch in Prag?« Abgeschossen wie eine Kugel.

Hagens Gesicht verfärbte sich, kaum sichtbar, aber Raben erkannte es. Er hatte richtig geraten, Hagen hatte den Ingenieur Formis auf dem Gewissen. Er hatte Otto Strassers Radio in die Luft gejagt, die Stimme der Schwarzen Front.

»Ich reise gern«, sagte Hagen und lachte, doch sein Gesicht lachte nicht.

»Keine Sorge«, sagte Raben.

»Sie sollten Strasser beseitigen, stimmt's?«

Dieser Scheißprovokateur. Er will mich reinlegen, dachte Raben. »Nein«, sagte er.

»Ach, geben Sie's doch zu!« Wieder dieses Lachen. Es schepperte.

»Darf ich Sie bitten, mich arbeiten zu lassen.«

Hagen hob die Brauen. »Das muss ich Ihnen noch sagen: Sie sind ein Streber.« Er erhob sich. In der Tür drehte er sich zögernd um. »Nichts für ungut, Kamerad.«

152.

Auf der Post drängte es sich. Wo war der Beobachter aus der Botschaft? Raben blickte sich nicht um, sollte der ihn doch sehen.

Er steuerte eine Tür neben dem Schalter an, öffnete sie und stand in einem Flur. Ein Beamter in der Uniform der Reichspost kam aus einer Tür. »Haben Sie eine Verabredung?«

»Ja, eine postlagernde Sendung.«

»Dann gehen Sie bitte zum Schalter.«

Raben zeigte seine Dienstmarke, nannte Namen und Adresse.

»Gut, bitte warten Sie hier.« Der Beamte verschwand in der letzten Tür rechts im Gang.

Nach einer Weile kehrte er mit einem Brief zurück und gab ihn Raben. Richtige Adresse, kein Absender.

»Danke. Lassen Sie mich bitte allein«, sagte Raben.

Der Beamte verschwand.

Raben öffnete das Kuvert und fand ein Blatt mit der Aufschrift

Ja.

Auf dem Weg nach Hause machte er eine Schütteltour. Sprang in die U-Bahn, sprang heraus in vorletzter Sekunde. Dann stieg er doch ein, zwängte sich zwischen den Türen durch, fuhr ein Stück in die falsche Richtung, stieg aus und lehnte sich an eine Säule. Zu viele Menschen, um einen herauszufiltern, den er nicht einmal kannte. Nachdem er den Potsdamer Platz erreicht hatte, rief er sich ein Taxi. Während der Fahrt blickte er mehr nach hinten als nach vorne. Der Fahrer der Kraftdroschke mit Kappe und Lederweste schwieg. Sie passierten das Mietshaus, einen Kilometer danach ließ er den Chauffeur rechts abbiegen. Nach der nächsten Ecke stieg er aus. Er zeigte dem Fahrer die Gestapo-Marke. »Wie heißen Sie?«

»Norbert Kramer.« Er klappte das Revers der Lederjacke um und zeigte sein Bonbon.

»Gut«, sagte Raben. »Diese Fahrt hat nicht stattgefunden.«

»Jawohl. Selbstverständlich unterstütze ich die Arbeit der Gestapo.« Raben bezahlte, das Taxi fuhr los. Die Rücklichter verschwanden in der Dunkelheit.

Raben lehnte sich eine Viertelstunde an einen Gartenzaun. Dann war er sicher, dass ihm niemand folgte. Er schlenderte durch die Seitenstraßen, mied die Hauptstraße und war endlich zu Hause. Bevor er die Haustür öffnete, blickte er sich um. Ein Motorradfahrer knatterte vorbei.

Auf dem Küchentisch lag das *Tageblatt* mit der Überschrift: *Frauenmörder gefasst!* Das Fettgedruckte pries Lichtigkeit. Weiter unten ein Foto von ihm, das Lena mit ihrer Leica aufgenommen hatte.

Lena erschien und umarmte ihn. »Toll, was? Dich habe ich rausgelassen. Ich lüge nicht für den Führer, sondern für meinen Helden. Ich habe ein dickes Lob von der Chefredaktion und zweihundert Mark als Prämie bekommen, Wagner ist glücklich über den Erfolg unserer Miniredaktion.« Sie sprach schnell und strahlte.

Raben drückte sie und dachte: Wenn es doch nur so bliebe.

Sie leerten eine Flasche Badener Weißwein, Lena war beschwipst.

»Ich muss heute Nacht noch mal los«, sagte Raben.

»Warum?«, fragte Lena.

»Das heißt *Geheime* Staatspolizei.«

»Ah, du musst wieder jemanden foltern oder ins KZ einliefern. Warum kümmert ihr euch nicht um die *Erzeugungsschlacht gegen die Fettlücke*?«

»Tret in die Frauenschaft ein, dann stehst du an der Spitze der Bewegung.«

»Da müsst ich ja Göring ankeifen, weil dem mit seiner Rüstungsproduktion Butter, Margarine und Speiseöl wurscht sind. Lass die Volksgenossen darben, um Panzer zu bauen. Vom Anglotzen der Panzer bei Paraden wird niemand satt.«

»Uns geht's noch gut«, sagte er. »Viele andere haben viel weniger. Bald ist es so weit wie in der Republik. Danke, mein Führer.«

Sie lachte auf.

Auf Schleichwegen erreichte er Unter den Linden, die Sowjetbotschaft. Er blickte sich um, und als Raben niemanden sah, ging er ruhig zum Briefkasten und warf seine Nachricht ein.

153.

Sokolnikow stand am Fenster und sah den Mann. Von oben erkannte er wieder nur Hut und Mantel. Dann war der Mann verschwunden. Sokolnikow schickte ihm keine Leute nach, der Bursche war geschickt, sobald er Verfolger vermutete, war das Unternehmen beendet. Moskau würde Sokolnikow den Hals umdrehen, wüsste es davon. Die GRU hatte ihm geantwortet, dass es sich um gutes Material handelte. Sie verlangte mehr. Klar, solche Konstruktionszeichnungen halfen dem Flugzeugbau. Wieder rief er den Pförtner, ihm den Brief zu bringen.

Sokolnikow las und nickte.

Am nächsten Abend stand er vor dem Lehrter Bahnhof, fand die Gepäckaufbewahrung und sah den Mann mit einem Hut in der einen Hand und dem *Angriff* in der anderen.

Sokolnikow begrüßte ihn wie einen alten Freund.

154.

Raben zitterte vor Anspannung. Nach der Begrüßung rief er ein Taxi. Das fuhr sie zur Friedrichstraße, wo sie in einem Restaurant einkehrten.

Nachdem der Kellner das Bier gebracht hatte, fragte Sokolnikow: »Sind Sie Ingenieur?«

»Nein, ich bin Kollege. Ich soll Leute wie Sie verhaften, finde es aber besser, wenn Sie wissen, was unsere Herren tun. Ich will helfen, einen Krieg zu verhindern.«

Sokolnikow nickte. »Das ist ein guter Vorsatz. Wie kommen Sie an das Material?«

»Das müssen Sie mir überlassen.«

»Dann ist es auch sinnlos, Sie nach Ihrem Namen zu fragen.«

»Genau. Sie arbeiten für das NKWD?«

Sokolnikow nickte. Er log nicht schlechter als Raben.

Die Speisen kamen. Nachdem der Kellner weg war, fragte Raben: »Wollen Sie mehr Material?«

»Wenn Sie noch was haben. Der Flieger ist interessant.« Er blickte sich vorsichtig um.

»Gut, wir treffen uns morgen Mittag bei *Aschinger*. Noch was?«

Sie aßen ruhig. Zwei Geschäftsleute beim Abendessen. Sie sprachen übers Wetter, über die Wirtschaftserfolge des Reichs, über Filme und Schlager, die es Sokolnikow angetan hatten.

»Passen Sie auf, dass Ihre Chefs Ihnen nicht Dekadenz vorwerfen.«

Sokolnikow lachte. »Sie übertreiben. Es gibt keine bessere Demokratie als die sowjetische.«

Raben lachte, als hätte der Russe einen Witz gerissen. Hatte er ja auch.

»Bei Ihnen werden Menschen verfolgt, die anderer Meinung sind.«

»Ja, die sind auf die Nazis hereingefallen.«

»Ich wusste gar nicht, dass wir so viele Spione in Russland haben.«

Diesmal lachte Sokolnikow, hielt die Hand vor den Mund. Er erntete neugierige Blicke. Das Lachen erstarb.

Raben bewunderte die Schlauheit des Sowjetspions. Der fiel auf, um nicht aufzufallen. Am Tisch wurden Witze erzählt, harmloser ging es nicht.

»Sie haben Langhans ermordet.«

Wieder lachte Sokolnikow. Er schüttelte den Kopf. »Wir tun so was nicht.«

Eine freche Lüge, die Raben als Geständnis wertete. Diesmal lachte er.

Bonbon, NS-Frauenschaft-Anstecker, BDM-Ährenkranzfrisur, Helm-Haarschnitt: Ein Ehepaar mit Tochter und Sohn am Nachbartisch schüttelte den Kopf. Er mit Mondgesicht sagte zu Raben: »Vielleicht geht's ein bisschen leiser?« Feindseligkeit in jedem Wort.

»Vielleicht«, sagte Raben und zeigte dem Mann die Gestapo-Marke.

Der wurde blass. »War nicht so gemeint ... Entschuldigen Sie. Sie feiern einen Erfolg, ich verstehe. Glückwunsch.« Er wischte sich die Stirn ab und flüsterte mit seiner Frau.

Sokolnikow räusperte sich. »Die Leute haben Angst vor Ihnen, vor ...«

Raben nickte.

Er zahlte und sagte: »Ich liefere Ihnen die vollständigen Konstruktionszeichnungen der Bf 109, dazu die Pläne der Junkers 87. Sagt Ihnen das was?«

Sokolnikow schüttelte den Kopf.

Sie gingen zum Ausgang.

Die Familie am Nachbartisch erhob sich. »Heil Hitler!«, sagte der Mann. Der Arm flatterte eine Sekunde in der Luft.

»Einen schönen Abend wünsche ich Ihnen«, erwiderte Raben.

Als sie draußen waren, sagte Raben: »Das ist ein Sturzkampfbomber.«

»Aha«, sagte Sokolnikow.

»Das sind Flugzeuge, die in den Sturzflug gehen, bis der Pilot sie kurz vor dem Boden abfängt und die Bomben ausklinkt. So gelingt es ihnen, Ziele genau zu treffen. Haben Sie so was nicht?«

»Ich weiß es nicht. Das mag Ihnen erstaunlich ...«

»Ich staune über nichts mehr.«

Sokolnikow lachte. »Auf jeden Fall bin ich an den Zeichnungen sehr interessiert. Wir wollen wissen, was auf uns zukommt.«

»Mehr Friedensreden als der Führer hat niemand gehalten.«

Sokolnikow lachte wieder, diesmal laut. Er erschrak und schwieg, blickte sich um. »Wir zahlen gut.«

»Das ist mir egal. Ich will kein Geld, die Informationen sollen helfen, einen Krieg zu verhindern.«

»Natürlich.«

»Gut«, sagte Raben. »Die Pläne der Ju 87 habe ich am Rand Berlins versteckt.«

»Ich dachte ...«

»Nein, das war eine Kostprobe und riskant. Sie werden von mir weiteres Material erhalten, aber bestimmt nicht im Briefkasten der Sowjetbotschaft. Wir spielen nach meinen Regeln. Sie bekommen Konstruktionspläne der neuen Apparate, aber nur dort, wo ich sie gesichert habe. Jeder Plan an einem anderen Ort.«

»Sie sind aber ängstlich.«

»Wie Sie das finden, ist mir egal. Ich möchte überleben.«

Raben saß auf dem Beifahrersitz und zeigte den Weg. Am Müggelseedamm wies er Sokolnikow an, langsam zu fahren. Er deutete auf eine Laterne. »Parken Sie dort.«

Sokolnikow parkte den Wagen auf dem Bürgersteig. Straßenlaternen leuchteten gegen den Bodennebel. Die Wärme ließ Dampfschwaden wabern.

»Hier rein«, sagte Raben.

Sokolnikow folgte ihm auf eine Wiese. Im Hintergrund sah er die Umrisse einer Hütte. Eine Elster meckerte wegen Ruhestörung. Raben schloss die Holztür auf und trat ein, Sokolnikow folgte ihm. Raben schloss die Tür und schaltete seine Taschenlampe ein.

Sokolnikow stockte, als er die Pistole in Rabens Hand sah. »Was soll das?«

»Geheime Staatspolizei, ich verhafte Sie wegen Spionage gegen das Reich.« Er zeigte seine Dienstmarke. »Hände auf den Rücken.«

Sokolnikow war gelähmt. Außer im Kopf, darin tanzten die Gedanken wild durcheinander. Wenn er das überlebte, was sollte er in Moskau erzählen? Die GRU würde ihn als deutschen Spion verdächtigen, als Doppelagenten, der in Wahrheit für die Nazis arbeitete. Es waren Genossen aus geringeren Gründen erschossen worden. Er streckte seine Hände hinter dem Rücken.

Raben schloss die Handschellen. »Sie können es sich aussuchen. Entweder Sie arbeiten für die Abwehr, oder ich erledige Sie gleich hier.«

Sokolnikow schwieg. Natürlich, das war die Frage. Er würde damit alle Brücken nach Moskau abbrechen. Liquidatoren aus Moskau würden ihn zu Tode hetzen.

»Sie haben Langhans ermordet«, sagte Raben. »Wir können es übersehen, der Tod eines Verräters juckt uns nicht.«

»Gut«, sagte Sokolnikow. Er war ein intelligenter Zeitgenosse und brauchte kaum Zeit, um seine Lage zu begreifen. Es blieb ihm keine Wahl.

»Ich werde jetzt telefonieren gehen«, sagte Raben und schlug Sokolnikow mit einem Kinnhaken nieder. Dann fesselte er dessen Arme und Beine an einen Stützpfahl in der Ecke. Er schaltete die Lampe aus und fluchte sich durch das Gestrüpp auf der Wiese. Auf dem Bürgersteig hatten sich seine Augen an die Dunkelheit gewöhnt. Er wusste, dass es gut hundert Meter weiter eine Telefonzelle gab. Er zog Hans Osters Visitenkarte hervor und wählte dessen Privatnummer.

»Ich habe Langhans' Mörder gefasst. Könnten Sie uns bitte abholen?«

Sokolnikow rieb sich das Kinn. Rabens Faust hatte einen blauen Fleck hinterlassen, dessen Wandlungen noch nicht beendet waren. »Binden Sie mich los«, sagte er und stöhnte.

»Sie müssen jetzt etwas verstehen, falls Ihnen Ihr Leben was wert ist. Normalerweise würde ich Sie ohne Umweg zur Gestapo bringen. Deren Methoden sind nicht weniger bemerkenswert als die des NKWD. Ich will aber, dass Sie die Lücke füllen, die Langhans gerissen hat. Sie können Ihr Verbrechen wiedergutmachen, sofern Sie sich diesen Unsinn einreden wollen. Für mich sind Sie ein Mörder, den wir hinrichten sollten. Wenn ich Sie der Abwehr überlasse, haben Sie das große Los gezogen. Sollten Sie aber ein Wort über mich verlieren, sind Sie ein toter Spion. Verstanden?«

Sokolnikow nickte. »Ja«, flüsterte er.

»Die Abwehr beschützt Sie, solange Sie ihr nutzen. Sollten Sie auch nur einen Fehler machen, werden die Kollegen mich anrufen. Auch verstanden?«

Sokolnikow suchte eine bequemere Liegeposition und gab fluchend auf.

»Verstanden?«

Schmerz in den Augen, blickte Sokolnikow Raben an. »Halten Sie mich für verrückt?«

»Das weiß ich noch nicht.«

»Ich habe Sie verstanden«, sagte Sokolnikow.

Raben sah auf seine Armbanduhr. »Ich komme gleich wieder, falls Sie mich jetzt schon vermissen.«

»дерьмо«, sagte Sokolnikow.

Raben brauchte keine Übersetzung, der Ton machte die Musik. Er grinste und verließ die Hütte.

Der Mond erschien in einer Wolkenlücke und tauchte die Wiese in fahles Licht.

Raben ging wieder zur Telefonzelle und sah bald einen Mercedes-Benz auftauchen. Als der näher kam, sah er drei Männer darin. Den Fahrer und – das Licht im Wagen wurde eingeschaltet – zwei Männer auf der Rückbank, Oster und Canaris in Zivil. Seit wann hatte der Admiral Zeit für die Niederungen des Spionagealltags?

Beide stiegen aus.

»Herr Kommissar, wieder ein Geschenk?«

»Herr Admiral, das sollten Sie entscheiden. Niemand in meinem Amt weiß, dass ich Sokolnikow verhaftet habe. Vielleicht stellen Sie ihn vor die Wahl, für die Abwehr zu arbeiten oder bei der Gestapo zu landen?«

Canaris nickte. »Vielleicht.«

»Ich habe ihn schon vorbereitet. Er hatte Zeit, es sich zu überlegen. Er wäre ein guter Ersatz für Langhans, und der Mord bindet ihn an die Abwehr.«

»Er genießt doch diplomatische Immunität, leider«, sagte Oster.

Ein Laster brummte vorbei und hüllte sie in eine Wolke aus Gestank. Sie gingen ein paar Schritte.

»Er ist ein Überläufer«, sagte Raben.

»Gut«, erwiderte Oster. »Wenn das so ist. Und wer verhindert, dass er es sich anders überlegt?«

»Ich habe ihm erklärt, dass er jederzeit nach Hause fahren kann«, sagte Raben. »Aber das will er nicht. Das wäre für ihn nicht besser als die Gestapo.«

»Das stimmt«, sagte Canaris. »In Moskau ergreift der Verfolgungswahn die Macht. Unser Freund hat offensichtlich ein gutes Gespür.«

Sie betraten die Hütte. Raben schaltete die Taschenlampe ein, band Sokolnikow vom Pfosten los und lehnte ihn an die Wand. Der Russe war fertig, die Angst hatte ihn gepackt. Sie hatte Zeit gehabt, ihr Netz zu spinnen.

»Guten Tag, Herr Sokolnikow, ich bin Admiral Canaris. Leider kann ich Ihnen nicht die Hand geben.« Er tätschelte Sokolnikow die Schulter. »Sie hatten die gute Idee, uns Ihre Mitarbeit vorzuschlagen. Ich gestehe, dass ich Ihnen den Mord an Herrn Langhans übel nehme, aber unter Fachmännern ist das kein Hindernis. Was meinen Sie?«

Sokolnikow starrte Canaris an, dann Raben.

»Sie wissen, was Ihnen in Moskau blüht«, sagte Oster. »Die werden Sie als Nazi-Spion anklagen.«

Sokolnikow nickte, langsam, als hätte ihn jede Kraft verlassen. »Ja«, flüsterte er. »Was wird aus meiner Familie?«

»Wollen Sie sie nicht nach Deutschland holen? Wir garantieren ihre Sicherheit.«

»Das lässt Moskau nicht zu.«

»Sie dürfen in die Botschaft zurück. Dort nutzen Sie uns am meisten. Vorher diktieren Sie uns ein Geständnis, ein umfassendes.«

»Damit Sie mich in der Hand haben«, sagte Sokolnikow.

»Der Kollege muss einen Fall lösen, den Mordfall Langhans. Dazu brauchen wir Ihr Geständnis.«

155.

»Warum haben Sie den nicht bei uns abgeliefert?«, fragte Heydrich mit strengem Blick. »Schon wieder bei der Abwehr. Wir zahlen Ihr Gehalt, nicht die Wehrmacht.«

»Ich musste es ihm versprechen«, sagte Raben. »Er hat Angst vor uns. Ich weiß nicht, wie der Kamerad Müller mit Sokolnikow umgesprungen wäre.«

»Mir hätten Sie es anvertrauen müssen. Nur mir.«

»Deshalb bin ich zu Ihnen gekommen. Wenn Sie Sokolnikow haben wollen, wird der Admiral ihn herausgeben.« Raben traute den eigenen Worten nicht.

»Glauben Sie!« Heydrich schlug mit der Faust auf den Tisch. »Glauben Sie!«

»Es tut mir leid, dass ich Ihren Erwartungen nicht gerecht wurde.«

»Mir auch«, erwiderte Heydrich. Er erhob sich zu voller Länge. »Sie haben den Mann immerhin gefasst. Aufgrund Ihrer einsamen Entscheidung. Sie können hier nicht …« Heydrich lehnte sich an die Fensterbank. Eine Silhouette im Licht. Das Gesicht noch länger, der Blick noch schärfer. »Ich fürchte, so geht das nicht weiter mit Ihnen. Ich befehle Ihnen, künftig die Zusammenarbeit im Amt zu suchen. Sie sind gut, aber warum bauen der Reichsführer und ich diesen Apparat auf, wenn Sie glauben, alles im Alleingang machen zu können? Das muss aufhören, Obersturmführer. Die Kameraden fragen sich schon, warum ich Ihnen diese Extratouren durchgehen lasse. Soll ich ihnen erklären, dass Sie mir auf der Nase herumtanzen?«

»Nein, Gruppenführer.« Ich habe den Teufel gereizt, er wird sich so bald nicht abregen.

»Ich versetze Sie in den Innendienst. Sie erscheinen hier zum Dienstbeginn und verlassen das Gebäude nicht vor Dienstende. Dann gehen Sie nach Hause. Verstanden, Raben?«

156.

Wetterau und Vetter warteten im *Schultheiß* am Kreuzberg. Die Sonne schien auf ihre Köpfe. Sie betrachteten die Leute beim Bummeln, vor allem junge Frauen in Sommerkostümen. Endlich erschien Ehrig.

»Mann, wurde Zeit«, sagte Vetter.

Ehrig hatte abgenommen, seit er seinen Wehrdienst leistete. Das Gesicht war nicht mehr bierwabbelig, die Wangenknochen zeichneten sich ab.

»Na, endlich haste Urlaub bekommen«, sagte Wetterau und lüftete seine Kappe, richtete das Haar, setzte die Kappe wieder auf.

»Bald ist Parteitag, da muss ich hin. Vorher will ich den Drecksack unter die Erde bringen«, sagte Ehrig. »Bisher waren wir Stümper, ich auch, das gebe ich zu.«

Sie besprachen Pläne, wie sie Raben doch noch beseitigen konnten. Es war längst eine Frage der Ehre.

Ehrig bestellte eine weitere Molle. Sie schwiegen, bis sie gebracht war.

Deuter legte seine Russenkappe auf den Tisch und fuhr sich durch die Haare. »Der Typ ist gewarnt. Wir haben selbst dafür gesorgt.«

Ehrig redete sich den Mund fusselig, bis die Kameraden zu nicken begannen. Als Vetter einen Moralischen kriegte, setzte Ehrig noch einmal an, bis auch Vetter nickte. Seine Miene nickte nicht mit. Vielleicht sah er schon die Kante des Abgrunds, der auf sie wartete.

»Gut«, sagte Ehrig. »Dann lasst uns einen Plan machen, der funktioniert.«

»Wär ja mal was Neues«, erwiderte Kahle.

157

»So ein Mist«, sagte Lena. »Er ist dir auf die Schliche gekommen.«

»Nein, eher nicht. Ich habe ihm Sokolnikow nicht ausgeliefert, sondern ihn bei Canaris abgegeben. Im Innern weiß er, dass ich es richtig gemacht habe. Aber ohne ihn zu fragen. Er lässt seine Leute gern an der langen Leine, aber wenn sein Status missachtet wird ... Ich hab begriffen, dass er sich als Konkurrent von Canaris sieht. Er würde dessen Dienst gern übernehmen. Heydrich will einen einheitlichen Geheimdienst aufbauen, wie es bei den Russen ist. Allerdings hat die Rote Armee einen eigenen Nachrichtendienst.«

»Warum hast du diesen Sokolnikow nicht der Gestapo ...? Ach, ich weiß schon.«

»Ein Besuch im Folterkeller verändert das Denken, auch wenn man nicht gefoltert wird ...«

»Und nun?«, fragte sie.

»Nun warte ich ab, bis Heydrich sich abregt. Sein Zorn dauert nicht ewig. So lange schiebe ich Akten auf meinem Schreibtisch hin und her. Vielleicht erfahre ich etwas, das nützlich ist. Betrachten wir es als Urlaub im Büro. Ich nehm mir was zu lesen mit, Gossenliteratur, um mein Feindbild abzurunden.«

Sie lachte.

Elisabeth erschien mit Karl dem Kleinen, setzte ihn auf Rabens Schoß.

»Papa«, sagte er.

»Er kennt immerhin schon das wichtigste Wort.«

»Hiel Hitla!«, rief der Kleine fröhlich.

Sie starrten sich an.

»Hast du deinen Lebertran schon gekriegt?«, fragte Lena.

»Nein«, sagte Elisabeth.

»Hiel Hitla!«, rief Karl der Kleine.

158.

Lena schob den Sohn im Kleingarten am Bahnhof Vinetastraße, wie so oft. Er plapperte vor sich hin, sie dachte, dass sie am Schreibtisch sitzen müsste. Aber Wagner war nur streng mit seinem Holzbein. Sie genoss die kleine Freiheit, die frische Luft und die Munterkeit ihres Sohnes. Ein Braungekleideter kam ihr entgegen, musterte sie freundlich, tippte an den Mützenschirm. Alte Leute saßen auf Bänken und schwiegen in die Wärme. Ein Mann, allein, rauchte eine Pfeife. Eine Parzelle der Freiheit, dachte sie und fühlte, dass es das nicht mehr lange geben würde.

»Heil Hitler, Frau Raben.« Sie erschrak, eine Stimme von hinten.

Sie erkannte den neuen Blockwart, ein junger Mann in Uniform, zwischen den Fingern eine Selbstgedrehte, die blauen Augen auf sie gerichtet. Als wäre es eine Straftat, einen Hauch Freiheit zu genießen.

Sie wusste, dass seine Augen ihr folgten, wenn sie sich trafen.

»Wie geht's Ihrem Mann? Immer fleißig?«

»Er ist im Dienst, wo sonst?« Sie spielte vernachlässigte Ehefrau.

»Ja, wir müssen alle eine Schippe drauflegen, der Führer hat Großes vor.«

»Meinen Sie, dass es Krieg gibt?«

»Aber, Frau Raben!« Er schluckte. »Natürlich nicht. Es gibt keinen friedliebenderen Menschen als unseren Führer. Ich bewundere seine Nerven. Was man nicht alles im Ausland über das Reich lesen und hören muss. Demnach säßen wir alle in Konzentrationslagern oder versuchten, uns zu retten.«

»Davon weiß ich nichts«, sagte Lena.

»Dann gehören Sie ja zu den wenigen, die keine Auslandssender hören.«

»Hat sich der Fall aufgeklärt … Ich meine, der Mord an Ihrem Vorgänger?«

»Nein«, sagte er. »Ich bin froh, dass wenigstens die Wohnung renoviert wurde.«

»Ist es Ihnen nicht unheimlich, darin zu leben?«

»Überhaupt nicht. Besuchen Sie mich mal … die Wohnung ist wie neu.«

»Das freut mich, Herr Trenker. Wenn ich Zeit finde und mein Mann mitkommen kann, besuche ich Sie gern.«

Sie gingen ein paar Schritte. Weiter vorn stand ein Mann hinter einem Baum und starrte sie an. Eiligen Schritts verschwand er in einem Seitenweg.

»Kennen Sie den?«, fragte Trenker.

»Nein«, sagte sie und spürte ein Kneifen im Unterleib.

»Hiel Hitla!«, sagte der kleine Karl.

»Ha! Wundert mich nicht bei diesen Eltern. Großartig.«

Vorn bewegte es sich. Und dann war niemand mehr da.

159.

Der Fachmann für Mord und Totschlag steckte seinen Kopf durch die Tür, Herbert Hagen, längst eine Legende im SD. »Na, heulen Sie?«

»Weil Sie hier auftauchen?«

Hagen lachte und setzte sich vor Rabens Schreibtisch. »Immerhin ist Ihnen die Laune nicht verdorben.«

»Der Gruppenführer hat schon recht«, sagte Raben. Aha, der Kamerad spielte Heydrichs Aufklärungsabteilung.

»Ich glaube, er bereut es schon. Wir sollten mit unseren Nachwuchsleuten nicht so streng sein. Ein paar Hiebe auf den Arsch, dann ist es aber auch gut. Diesen Russen kriegen wir auch noch. Der hat mehr Angst vor seinen Leuten als vor unseren. Das könnten wir ändern.«

Um Himmels willen, dachte Raben. Zwang sich zu lächeln. Um Himmels willen. Er riskierte was, umsonst.

»Aber dass Sie den gekriegt haben, alle Achtung. Ich sollte es Ihnen nicht sagen, aber der Gruppenführer hält verdammt viel von Ihnen. Sie sind sein Jagdhund.«

»Wau«, sagte Raben missmutig. »Ich geh demnächst mit Canaris' Dackeln spielen.«

Hagen lachte Tränen. »Sie sind ein ganz ausgebuffter Kamerad. Ich weiß ja nicht, was Sie im Sinn haben, aber bisher ist es doch gut gegangen, nicht wahr?« Das Lachen gefror.

»Was?«, fragte Raben.

»Sie wissen schon.«

»Vielleicht erklären Sie mir, was diese Andeutungen sollen.«

»Nichts, gar nichts.« Hagen lachte wieder. »Ich geh jetzt Volksfeinde vernichten.«

»Waidmanns Heil!«, sagte Raben und lächelte freundlich.

Hagen verschwand, und Raben fluchte vor sich hin. Dieser Scheißkerl. Er würde sich von dem nicht bange machen lassen. Von dir nicht, Blutsäufer.

Doch die Angst ließ sich nicht dämpfen, sie spielte nach eigenen Regeln. Die Brust verkrampfte sich zu einer Betonmauer. Er atmete durch. Schweiß trat auf die Stirn. Nein, es konnte nicht gut gehen, sagten die Schmerzen. Wir fressen dich auf, sie kriegen dich. Heydrich kriegt dich. Sie werden dich in den Folterkeller stecken, damit Müller seiner Quälsucht ein weiteres Opfer liefern konnte. Er beugte sich nach vorn, aber die Schmerzen verringerten sich nicht.

Die Tür öffnete sich. Heydrichs Sekretärin, deren Namen er vergessen hatte. »Was ist mit Ihnen, Herr Kommissar?«

»Nichts«, sagte er. »Mir ist unwohl, muss was Falsches gegessen …« Die Schmerzwelle wanderte durch seinen Körper. Er schnaufte. »Was gibt es?«

»Sie sollen zum Gruppenführer kommen. Ich war gerade auf dem Weg und dachte, ich könnte es Ihnen ausrichten.«

»Vielen Dank«, erwiderte Raben. »In fünf Minuten.«

Alles, was die Angst ihm gesagt hatte, würde wahr. Er war durchschaut, Hagen hatte es gesagt. Gut, nicht richtig gesagt, aber mehr als angedeutet. Der machte sich einen Spaß mit Rabens Not. Er ging ein paar Schritte im Büro, dann zur Toilette und trank vom Hahn. Er blickte in den Spiegel, und das Elend blickte ihn an. O Gott!

Er stieg die Treppen hoch. Wischte sich mit dem Taschentuch den Schweiß von der Stirn. Atmete durch. Oben angekommen, stand er vor Heydrich. Raben zuckte vor Schreck.

»Was ist denn mit Ihnen?«, fragte der Gruppenführer.

160.

»Diesmal eben nicht, dann ein anderes Mal«, sagte Ehrig. »Sie ist mit einem Kameraden durch die Gartensiedlung gegangen, und wir mussten verschwinden.«

Sie saßen in Kahles Wohnküche in einem heruntergekommenen Mietshaus in Reinickendorf. An der Decke feierte der Schimmel in seiner Fröhlichkeit den Gewinn von Lebensraum. Immerhin gab es für jeden eine Flasche Bier.

Wetterau blickte missmutig in die Runde. »Der Kerl hat einen Schutzengel.«

»Auch die müssen mal schlafen«, erwiderte Kahle. Auf dem Küchenschrank lag der Helm Typ M1918 aus dem Krieg. Kahle drängte auf eine Entscheidung, weil er am Abend Wache in der Kaserne der Leibstandarte Adolf Hitler schieben musste, wo man noch Blutflecken der erschossenen SA-Offiziere sah, wenn man sie sehen wollte. »Wir versuchen es eben so lange, bis es klappt.«

»Die hat mich gesehen«, sagte Ehrig.

»Die kennt dich doch nicht, nun reg dich endlich ab«, sagte

Kahle. »Wenn du dich nicht traust, übernehme ich das. Wer macht noch mit?«

Sie zögerten, dann hob Deuter den Finger. Schenk nahm das Streichholz aus dem Mund und nickte.

»Wir drei haben die Hosen jedenfalls nicht voll«, sagte er. »Wir müssen den Kerl kriegen. Wenn es anders nicht geht, dann geht es so.« Für ihn war das fast eine Rede.

»Gut«, sagte Ehrig, »ich komm auch mit, wenn ich Ausgang hab.«

»Werd du erst mal General.«

161.

Heydrich saß hinterm, Raben vorm Schreibtisch. Der Gruppenführer musterte ihn. »Sind Sie krank?«

O ja, die Brust schmerzte, die Angst turnte im Darm. »Eine Unbekömmlichkeit, mir geht's sonst gut.«

Heydrich nickte. »Machen Sie Sport?«

»Ich renne Verbrechern hinterher.«

Heydrich lachte. »Ist der Fall Böhme abgeschlossen?«

Das weißt du doch besser als ich, dachte Raben. Warum fragt der das? »Ich nehme es an, habe aber nicht …«

»Ich will wissen, ob der Fall für Sie abgeschlossen ist?«

Nachtijall, ick hör dir trapsen. »Natürlich. Ich arbeite nicht mehr für die Kripo.«

Falten auf der Stirn. »Sie verstehen mich nicht. Ist der Fall für Sie persönlich erledigt?«

Ach, daher weht der Gestank. Ich verstehe, ich verstehe. »Selbstverständlich, Gruppenführer.«

»Gut, Sie sind vom Innendienst befreit. Machen Sie ein paar Tage frei. Sie sind überarbeitet. Sie haben viel für uns getan, für mich.«

»Das ist meine Aufgabe, Gruppenführer.«

»Das ist die rechte Einstellung. Aber manchmal müssen wir durchschnaufen. Wenn ich mir Sie anschaue ...«

Am Abend lief Raben lange, bevor er die S-Bahn nahm. Die Hitze flirrte auf den Straßen, Menschen strömten hierhin, dorthin. Hakenkreuzfahnen, Hakenkreuzbinden. SA auf der Straße, sie rappelten mit den Sammelbüchsen. Das Geräusch dieser Jahre, welches das Getöse der Straßen übertönte wie auch das Quietschen und Rumpeln der Elektrischen. Zwei HJ-Jungs streckten ihm ihre Volkswohlfahrt-Büchse unters Kinn. Raben steckte fünf Pfennige hinein.

»Danke, Volksgenosse.« Sommersprossen, rote Haare, den Dolch am Gürtel.

Zu Hause begrüßte er Elisabeth, Karl den Kleinen und Lena. Sie saßen schon am Tisch.

»Was ist mit dir?«, fragte Lena.

»Nichts, überarbeitet. Heydrich hat mir Urlaub befohlen.«

»O Gott, was heißt das?«

»Urlaub heißt das. Dass ich euch eine gute Woche auf die Nerven gehe. Morgen würde ich gern in den Zoo.«

Es klingelte an der Tür. Raben zuckte zusammen, Lena warf ihm einen ängstlichen Blick zu. Er öffnete.

»Tut mir leid, dass ich euch so spät störe«, sagte Lichtigkeit.

»Setz dich zu uns!«, rief Lena. »Hast du Hunger?«

Lichtigkeit setzte sich an den Tisch. Lena füllte ihm Eintopf in den Teller. »So was gibt's bei uns auch im Sommer und ohne Befehl.«

Nachdem sie gegessen hatten, fragte Lichtigkeit: »Kann ich dich allein sprechen, Karl?«

»Geheimniskrämer«, sagte Lena.

»Hiel Hitla!«, krähte der Kleine.

Im Wohnzimmer gab Lichtigkeit Raben ein Blatt Papier. Es stammte vom Staatsanwalt.

Der Angeklagte Karlheinz Schreiber ist aus der Haft entlassen worden ... Weder Gericht noch Staatsanwalt haben eine Haftentlassung angeordnet.

»Was heißt das?«, fragte Raben.

»Das weißt du besser als ich. Sie haben mich in den Zeitungen gefeiert, obwohl du den Hauptanteil an unserem Erfolg hattest. Mein Gott, warst du schlau, als du dich rausgehalten hast. Karl, willst du mir etwas erklären?«

»Was denn? Ich weiß weniger als du, weil ich mich rausgehalten habe. Bis gerade eben war ich sicher, dass Schreiber verurteilt wird. Wir haben Beweise ...«

»Der wurde nicht mangels Beweisen entlassen. Der ist verschwunden ... flupp, weg war er. Weißt du etwas, das ich nicht weiß?«

»Weniger, sag ich doch.« Er blickte Lichtigkeit genervt an.

Lena stellte sich dazu. »Streitet euch nicht.«

»Ja, ja«, sagte Lichtigkeit.

»Schreiber ist verschwunden«, sagte Raben. »Aus der U-Haftanstalt in Moabit.«

»Das gibt's doch nicht. Der Staatsanwalt ...?«

»Guckt blöd aus der Wäsche«, sagte Lichtigkeit. »Ich komm von ihm. Der Mann ist fertig, hat mehr Angst als Führertreue.«

»Setzen wir uns«, sagte sie. »Ich hol uns einen Schnaps.«

Nachdem sie einen doppelten Doppelkorn eingeschenkt hatte, nahm sie die Notiz vom Staatsanwalt, las, schüttelte den Kopf. »Wer kann einen U-Häftling einfach so aus dem Knast holen? Gehen wir davon aus, Schreiber ist nicht geflohen ...«

»Nein, ist er nicht«, sagte Lichtigkeit. »Der Staatsanwalt hat mit dem Gefängnisdirektor gesprochen. Nichts, absolut nichts. Er vernimmt jetzt Beamte der Anstalt. Irgendwer muss die Türen aufgeschlossen haben.«

»Los, Georg, wir fahren nach Moabit.«

162

»Habe ich einen Fehler gemacht?«

Eckes erblasste. »Natürlich nicht, Gruppenführer.«

»Er wird herausfinden, dass sein Mörder verschwunden ist«, sagte Heydrich. Er stand am Fenster und starrte in die Nacht. Gaslaternen funzelten, Autos mit zitternden Scheinwerfern. Eckes saß vor Heydrichs Schreibtisch.

»Sogar wenn er drauf kommt, was soll er tun?«, fragte Eckes.

»Bei Raben weiß man nie. Sein Kumpan von der Kripo wird ihn einweihen.«

»Ja, Gruppenführer, nur was nützt es ihm?«

»Sie haben das gut arrangiert, Eckes. Ist schon eine ganze Weile, dass Sie keinen Mist gebaut haben.«

»Jawohl, Gruppenführer.« Eckes sah Heydrich grinsen, obwohl der ihm den Hinterkopf zeigte.

»Vielleicht gewöhnen Sie sich daran, keinen Mist mehr zu bauen.«

»Jawohl, Gruppenführer!« Eckes erhob sich und ließ die Hacken knallen.

»Raus! Sofort!«

»Jawohl, Gruppenführer. Raus, sofort.«

»Verarschen Sie mich nicht, sonst drehe ich Sie durch den Fleischwolf.«

»Jawohl, Gruppenführer. Nicht verarschen, sonst Fleischwolf!« Eckes eilte aus dem Büro.

Heydrich blickte immer noch hinaus. Lächelte. Alles wird gut gehen, alles. Wollen wir doch sehen, ob der Vogel sich mit ihm anlegen wollte. Er lachte leise.

163.

Im Büro des Moabiter Gefängnisdirektors Dr. Wolfgang Krueger mit ue saß derselbe hinterm Schreibtisch, in der Ecke hockte ein Wärter in seiner Uniform und hatte Angst, nachdem Raben seine Gestapo-Marke gezeigt hatte. Er lehnte am Aktenregal und fixierte den Schließer.

»Sagen Sie dem Herrn Kommissar, was Sie mir erzählt haben.«

Der Mann nickte. »Also, Klabunke und ich saßen in der Pforte ...«

Krueger mit ue blickte ihn aufmunternd an.

»Aber er ...« Ein Blick zu Raben.

»Er tut Ihnen nichts. Stimmt doch, Herr Kommissar?«

»Stimmt. Aber Sie müssen jetzt Ihren Bericht rausrücken«, sagte Raben. »Wir haben keine Zeit ...«

»Also, der Klabunke und ich ...«

»Sie meinen den Justizwachtmeister Klabunke«, sagte der Direktor.

»Nun lassen Sie den Mann doch berichten!«, schnauzte Lichtigkeit.

Krueger mit ue zuckte zusammen. »Natürlich ...«, stotterte er.

Lichtigkeit warf dem Justizbeamten einen freundlichen Blick zu.

»Also, der Klabunke ... der Justizwachtmeister Klabunke ...« Ängstlicher Blick zum Direktor.

»Herr Dr. Krueger, lassen Sie uns bitte allein mit dem Beamten«, sagte Raben.

»Aber ich muss ...«

»Raus!«, brüllte Raben.

Krueger mit ue verschwand wie eine Sternschnuppe im Endstadium. Raben setzte sich hinter den Schreibtisch, räumte den Papierkram zur Seite. Aktenordner fielen auf den Boden, öffneten sich und verteilten ihren Inhalt auf dem Parkett.

Der Beamte lächelte.

»Wie heißen Sie?«, fragte Lichtigkeit freundlich.

»Fürst, Wilhelm.«

»Also, Willi«, sagte Raben. »Erzählen Sie, in aller Ruhe.«

»Danke, Herr Kommissar. Der Klabunke und ich, wir saßen an der Pforte. Da kam ein Anruf von der Gestapo, ein Sturmbannführer ... den Namen habe ich vergessen.«

Raben nickte ihm freundlich zu. »Hagen, Sturmbannführer Hagen.«

»Ja, so hieß er.« Er nickte, um es zu bekräftigen. »Der hat zwei Kommissare der Gestapo angekündigt. Die kamen auch und legten ihre Dienstausweise vor. Dazu eine Anordnung des Reichsjustizministers, dass Schreiber den Kommissaren ausgeliefert werden soll. Wir haben dem Direktor Bescheid gesagt, der hat im Ministerium angerufen. Er hat uns dann befohlen, den Häftling zu übergeben.«

»Sehr gut, Willi«, sagte Raben. »Sie haben alles richtig gemacht. Haben Sie die Namen der Kommissare in die Besucherliste eingetragen?«

»Das haben die verboten.«

»Haben Sie sich einen Namen merken können?«

»Beide, Schuster und Schmidt.«

»Wie fantasielos«, sagte Raben. Die Gestapo wuchs von Monat zu Monat, aber es gab nicht unendlich viele Kommissare. Keiner trug diese Namen.

»Ist Ihnen noch was aufgefallen?«

»Ja, die haben Schreibers Handschellen gelöst, bevor sie ins Auto stiegen.«

Sie gingen in eine Kneipe um die Ecke. Sie war schummerig und stank. Holzbohlen, runde Tische. Auf einer Tafel überm Tresen wurde Gulasch angepriesen, nach *Original ungarischem Rezept*. Sie beließen es bei zwei Bier.

»Das stinkt zum Himmel«, sagte Georg. »Wer ist dieser Hagen?«

»Einer von den Totschlägern unseres Gruppenführers, SD. Er tut, was der Gruppenführer ihm befiehlt«, flüsterte Raben.

»Du denkst, was ich denke?«, fragte Lichtigkeit.

»Es ist, als wollte mein Chef mich zu Hackfleisch verarbeiten.«

»Komm zurück, im Schlachthof hast du nichts zu suchen.«

»Am liebsten vorgestern«, antwortete Raben. »Aber der lässt mich nicht.«

»Warum haben die Schreiber abgeholt?«

»Weil er die Böhme in meines Chefs Auftrag umgebracht hat.« Im Augenwinkel sah er den Wirt glotzen. »Und Sie verschwinden in die Küche«, schnauzte Raben.

»Wer wagt …?«

»Die Gestapo«, sagte Raben.

Weg war er, der Wirt.

»Du gewöhnst dir merkwürdige …«

»Ich weiß«, sagte Raben. »Wenn du wüsstest, wie viele Denunziationen bei uns täglich eingehen.«

»Trotzdem, verlier nicht die Ruhe. Du bist völlig abgearbeitet, hast die Nerven ruiniert bei Dingen, von denen ich nichts wissen will.«

»Beides«, sagte Raben. »Außerdem habe ich Angst. Viel zu viel Angst. Wenn ich Lena was sagen würde, sie würde es nicht aushalten. Sie müsste ihre Angst tragen und meine dazu.«

»Mein Gott«, sagte Lichtigkeit. Drückte Raben kurz die Hand. »Willst du nicht abhauen?«

»Das kommt mir manchmal in den Kopf. Aber das geht nicht. Ich könnte mir gleich die Kugel geben. Das wäre ohnehin die beste Lösung.«

»Du kannst Lena und Kalle nicht alleinlassen. Jeden, nur nicht sie.«

Raben schwieg. Ihm war jämmerlich zumute. Was war er nur für ein Feigling. »Schreiber ist entweder tot, oder mein Chef lässt ihn irgendwo in der Pampa bewachen. In beiden Fällen kommen wir nicht an ihn heran.«

»Ein Handelsvertreter als SD-Spitzel und Mörder«, sagte Lichtigkeit. »Es gibt nichts, was es nicht gibt.« Er schüttelte den Kopf und trank einen Schluck.

Der Wirt steckte seine Nase über den Tresen.

Raben zahlte für beide. Draußen erwartete sie ein Sommerregen. Bald tropfte es von den Huträndern. Ein Regenschirm riss Rabens Hut in eine Pfütze. Er hob ihn auf und überhörte die Entschuldigung einer Frau. Sie gingen zum Alex und setzten sich auf eine Bank im Bahnhof.

»Es hat keinen Sinn«, sagte Raben. »Der Fall ist erledigt.«

»Und das sagst du?«

»Das sage ich.«

»Hätte nie gedacht, dass es so weit kommt«, sagte Lichtigkeit. Er schüttelte Wasser von seinem Hut.

»Mein Chef« – Raben blickte sich um – »war Kunde der Böhme. Die war vielleicht sogar Doppelagentin, sie hat's zu weit getrieben, deshalb hat er Schreiber losgeschickt.«

»Aber deswegen war Schreiber nicht unbedingt der Serientäter, für den wir ihn halten«, erwiderte Lichtigkeit.

»Heydrichs SD hat herausgefunden, wer der Serientäter war. Die haben uns die ganze Zeit verarscht. Heydrich hat Schreiber der Böhme zugeführt, und nachdem der sie umgebracht hatte, wollte er ihn in Sicherheit bringen. Das war das Geschäft unter Mördern. Aber wir waren schneller, als Heydrich gedacht hatte. Deswegen hat er ihn aus der U-Haft befreit. Vermutlich hatte Heydrich Schiss, dass der was sagt. Aber in Wahrheit wissen wir nichts.« Er überlegte eine Weile. »Komm mit.«

Sie gingen ins Präsidium. Lichtigkeit holte die Akte Böhme und zog Schreibers Foto hervor. Sie nahmen ein Taxi und stiegen vor dem Haus aus.

»So spät, Herr Kommissar?« Die Erdling hatte einen Bademantel übergezogen und erst nach mehrfachem Klingeln geöffnet.

Statt einer Antwort hielt Lichtigkeit ihr das Foto hin. »Kennen Sie den?«

Sie nickte vorsichtig.

»Wie oft war er hier?«

»Oft.«

Auf dem Bürgersteig sagte Lichtigkeit: »Wir hätten ihr auch Heydrichs Porträt zeigen sollen.«

»Bist du lebensmüde?«, fragte Raben.

»Nein, aber du, wenn ich dich richtig verstanden habe.«

Raben nickte. »Aber die hätte vielleicht bei der Gestapo angerufen, weil sie ihn wiedererkannt hätte. Wir wissen, dass er Böhmes Freier war. Mir reicht das. Wenn ich meinen Hals riskiere, will ich einen guten Grund haben.«

»Das macht mich fertig. Wir lösen einen Fall, der es in sich hat. Wir lösen viele Fälle, schließlich ist Schreiber Serientäter, und dann stehen wir vor dem Nichts.«

164.

Lena verscheuchte ihre Angst. Der Mann in der Kleingartensiedlung wollte nichts von ihr, was auch? Du bist verrückt, Gespenstergläubig. Vielleicht hätte ich es Karl doch erzählen sollen? Aber den bedrückten seine Sorgen schon zu stark. Sie fürchtete, dass er eines Tages zusammenklappte. Er schlief kaum noch, morgens sah er aus wie eine lebende Leiche. Und verhielt sich so, mürrisch, schweigsam, wie sie ihn nie erlebt hatte. Das ging nicht so weiter.

Sie setzte Karl den Kleinen in den Kinderwagen, ließ den die Treppe vor der Haustür Stufe um Stufe hinunterrollen, Karlchen gluckste vor Vergnügen und streute ein fröhliches »Hiel Hitla!« ein.

Elisabeth stand in der Wohnungstür und winkte.

»Oma!«, rief der Kleine.

»So ist's recht«, sagte der Blockwart Trenker, der in SA-Uniform aus der Wohnung trat. »Sie sind mein erstes Opfer«, sagte er und hielt ihr die Sammelbüchse unters Kinn.

Sie steckte zwanzig Pfennig hinein. »Viel Glück!«

»Danke, Frau Raben. Ihren Mann sieht man ja kaum noch ...«

»Nicht nur *man*, ich auch. Er arbeitet sich tot.«

»Ja, die Revolution verlangt uns viel ab. Aber wir tun es mit Freude. Alle und alles für den Führer.«

»Genau so«, sagte sie. »Heil Hitler!«

»Hiel Hitla!«, krähte der Kleine.

Sie überlegte kurz, ob sie den gleichen Weg wie gestern nehmen sollte. Ich lass mir doch keine Angst machen, dachte sie. Sie überquerte die Straße und war bald in den Kleingärten. Hier konnten Bürger Beete pachten, um Gemüse anzubauen, das rar geworden war auf den Märkten. Die Versorgung wurde schlechter, und die Preise stiegen.

Eine Brise vertrieb die Sorgen. Heute wollte sie gut gelaunt sein. Am Abend ging sie arbeiten, so hatte sie es mit Wagner vereinbart. Er ließ ihr alle Freiheiten, sie wurde gut bezahlt. Ein kleines Glück im Unglück. Doch Wagner war noch brummiger geworden.

Sie begegnete einer Mutter, ebenfalls mit Kinderwagen. Sie begrüßten sich in stiller Solidarität, bis sie das Bonbon an der Bluse sah. Lena wendete ihren Blick ab.

Sie sah Blumen und Sträucher, Kirschbäume, Pflaumenbäume. Ein paar Schritte nur, und man roch Freiheit.

»Machen Sie keinen Mist, sonst ist Ihr Sohn tot«, sagte eine Stimme.

165

Als Raben nach Hause kam, erwartete ihn Elisabeth. Sie war aufgeregt. »Lena und der Kleine sind nicht zurückgekommen.«

Raben legte seine Aktentasche auf den Küchentisch. »Wo ist sie hin?«

»In die Gartenanlage, glaube ich.«

Raben rannte los. Er fand nichts und niemanden. Störte ein Liebespaar, rempelte aus Versehen einen Betrunkenen an. Nichts. Er suchte noch einmal alles ab. Störte das Liebespaar noch einmal. »Haben Sie eine Frau mit Kinderwagen gesehen?«

»Verpiss dich«, sagte der Mann.

Raben zeigte ihm die Dienstmarke.

»Entschuldigung, Herr ...«

»Frau mit Kinderwagen?«

»Tut mir leid, nein, wirklich nicht.« So schnell war Bedauern noch in niemandes Gesicht gesprungen.

Die junge Frau schüttelte den Kopf. Unter der offenen Bluse rutschte der Büstenhalter von der Schulter.

Es hätten zwanzig Frauen mit Kinderwagen im Stechschritt und mit Kapelle vorbeimarschieren können, die beiden hätten nichts gesehen und nichts gehört.

Raben rannte in Richtung Mitte, bis er die Revierpolizei erreicht hatte. Drinnen legte er seinen Dienstausweis auf den Tresen. »Meine Frau und mein Sohn wurden entführt.«

Ein Wachtmeister erhob sich von seinem Stuhl. Setzte sich die Schirmmütze auf, las den Dienstausweis in aller Gemütsruhe und schob ihn Raben zu. »Dann kommen Sie mal mit.«

Der Mann setzte sich an seinen Schreibtisch, spannte ein Formular in die Schreibmaschine.

»Name, Wohnsitz ...«

Am Schluss fragte er nach Fotos.

»Bring ich Ihnen gleich.« Er rannte nach Hause, fand die Fotos und rannte zurück zum Revier. Schweißüberströmt setzte er sich wieder ins Büro.

Inzwischen hatte der Wachtmeister sich vermehrt. Kollegen ließen ihre Schreibmaschinen rattern oder telefonierten. Abendbrot war vorbei.

Der Wachtmeister nahm die Fotos. »Sehr schön«, sagte er. »Wir vervielfältigen sie, dann bekommen Sie sie zurück. Spätestens morgen Abend hat jede Streife es dabei. Und Sie sind immer noch sicher, dass Ihre Frau nicht eine Freundin getroffen …?«

»Sie hätte mich oder meine Schwiegermutter angerufen.«

»Entschuldigen Sie meine Neugier: Sind Sie das, der dem Kommissar Lichtigkeit geholfen hat, den Serienmörder zu verhaften?«

Wo verdammt hat der das gelesen?

Als hätte der Wachtmeister die Frage gehört, sagte er: »Kam im Radio.« Er blickte aufs Protokoll. »›Herr Kommissar Raben‹, das stand doch in Ihrem Dienstausweis, ja?«

Raben nickte. »Ich weiß, dass Sie bei Vermisstenfällen gern warten, weil sich die meisten von selbst lösen. Glauben Sie mir bitte, dass meine Frau sich sofort gemeldet hätte, wenn …«

Der Wachtmeister berührte Rabens Schulter. »Bleiben Sie gern hier. Wir rufen jetzt die Krankenhäuser an, für den Fall …«

»Ich rufe die Taxizentrale an«, sagte Raben.

»Das Büro nebenan ist frei«, sagte der Wachtmeister. »In einer Stunde setzen wir uns zusammen und haben hoffentlich was …«

166.

Lena blickte sich vorsichtig um. Der Mann zog sie nach vorn. »Keine Sperenzchen, Madame.« Der Typ hatte sich eingehängt, als wäre er der Vater.

»Lassen Sie mich wenigstens den Wagen schieben«, schnauzte sie.

»Klappe!«

Mit dem linken Arm an ihrer Rechten, seine Hand auf ihrer. Sein anderer Arm steckte in der Manteltasche. Sie roch den Atem, Mundgeruch eines Rauchers, der vor Kurzem etwas Hartes getrunken haben musste. In ihrem Hirn protokollierte sie kalt, was der Mann trieb. Er war stark, rasiert.

Sie sah den Lieferwagen von Weitem. Auf der fensterlosen Ladefläche eine Bank ohne Lehne. Der Mann schob sie auf die Bank, setzte sich neben den Kleinen.

Ihr Schweine, dachte sie.

Der Fahrer warf den Kinderwagen hinein, setzte sich hinters Steuer und gab Gas.

Es war ein Mann mit Stoppelbart, der hastig auf einem Streichholz kaute.

Hinten erhob sich ein dritter Mann. »Du hältst die Klappe, verstanden?«

Sie hielt Karlchen an der Hand. Der schwieg. »Keine Angst«, sagte sie. »Das ist ein Spiel, das Erwachsene mögen.«

Er antwortete nicht, aber seine Hand verkrampfte sich in ihrer.

»Sie wissen schon, dass mein Mann bei der Gestapo ist?«, sagte sie. Sie zwang sich zur Ruhe.

»Hoffentlich gefällt's ihm gut«, sagte der Mann neben Karl.

»Ja, unbedingt. Was glauben Sie, was Gruppenführer Heydrich mit Ihnen veranstaltet? Die Gestapo und die Kripo werden Sie jagen bis zum letzten Tag. Mein Mann hat auch bei der Kriminalpolizei gearbeitet und dort viele Freunde.«

»Halt's Maul.«

»Der Reichsführer SS wird sich um Sie kümmern.«

»Endlich kümmert sich mal jemand um uns«, erwiderte der Mann auf der Bank.

»Wenn Sie uns jetzt freilassen, bleibt das unter uns.«

»Wenn du weiterquatschst, kriegst du einen Knebel.«

»Ich gurke also mit drei Leichen auf Abruf durch Berlin.«

Der Lieferwagen fuhr auf der Friedrichstraße Richtung S-Bahnhof. Sie erkannte Geschäfte und Kneipen. Niemand beachtete den Kraftwagen.

Sie begriff, dass diese Leute nichts fürchteten. »Hat Ihnen mein Mann etwas … getan? Da wäre es aber feige, sich an seiner Frau zu rächen. Richtige Männer tun so was nicht, ihr Helden.«

Der Mann hinter ihr stopfte ihr ein Taschentuch in den Mund und band ihr einen Lappen ums Gesicht. Sie würgte, redete sich aber Mut zu: Karl holt uns raus. Der hat schon ganz andere Dinger gedreht. Der Kleine schluchzte.

167.

Gar nichts hatten sie. Sie hatten telefoniert, aber Lena und Karlchen lagen in keinem Krankenhaus. Kein Taxifahrer konnte sich an sie erinnern. Die waren nicht alle im Dienst, aber die Kollegen wollten die Fahrer der folgenden Schicht unterrichten. Raben hatte nicht viel Hoffnung, dass er etwas erfahren würde.

Der Wachtmeister saß ihm gegenüber am Tisch. »Lassen Sie den Kopf nicht hängen. Haben Sie einen Verdacht?«

Raben nickte. »Es gibt ein paar SA-Männer, die mich hassen. Sie haben schon versucht, mich umzubringen.«

»Und Sie haben es der Kripo gemeldet?«

»Es handelt sich um politische Beweggründe. Dafür sind wir zuständig.«

In des Wachtmeisters Augen stand die Frage, warum er dann hier saß und nicht bei der Gestapo.

»Ich möchte, dass der Fall als unpolitisch betrachtet wird, einverstanden?«

Der Wachtmeister nickte. »Das habe nicht ich zu entscheiden.«
Lichtigkeit stürzte ins Revier.

»Das ist mein Kollege von der Kriminalpolizei, Kommissar Lichtigkeit.«

»Sind Sie der …?«

»Bin ich«, sagte Lichtigkeit. Er ließ Raben berichten. »O Gott, diese Schweine.«

»Verbrecher eben«, sagte Raben. »Die riskieren ihren Kopf und tun es trotzdem. Du weißt, was das heißt.«

Raben hinterlegte seine Telefonnummern, dann gingen sie hinaus und fuhren nach Pankow, wo Raben wohnte. Elisabeth stand in der Tür. »Habt ihr …?«

Raben schüttelte den Kopf.

»Guten Abend, Herr Kommissar.«

»Nennen Sie mich Georg.«

Elisabeth brachte den Männern Bierflaschen und zog sich zurück, Tränen in den Augen.

»Was planen die? Warum alarmierst du nicht die Gestapo?«

»Weil ich nicht ausschließen kann, dass Heydrich dahintersteckt.«

»Warum?«

»Woher soll ich wissen, welche perfiden Kombinationen er wieder ausgeknobelt hat, dieses Monster.«

»Dann wird er dir an die Gurgel gehen, weil du ihm nichts gesagt hast.«

»Das ist mir egal, soll er doch. Wir müssen Lena und Karlchen finden, so schnell wie möglich. Vermutlich steckt Ehrig dahinter.«

»Ich dachte, Heydrich.«

»Ich kann nicht mal ausschließen, dass er Ehrig den Auftrag gegeben hat. Vielleicht will er alle ausschalten, die von seiner Verstrickung in den Fall Böhme wissen. Aber mir fällt nur diese SA-Mörderbande ein. Ehrig hat das Kommando, ich zweifle nicht daran.«

»Puh!«, sagte Georg. »Das sind aber Vermutungen, nichts als Vermutungen.«

»Jetzt widersprich nicht, verdammt!«

Lichtigkeit hob die Hände. »Wenn ich störe …«

»Nein, Entschuldigung …«

»Ist schon gut.«

»Ich ruf Reichenau an. Der wird wissen, wo Ehrig steckt.«

»Das ist doch ein Obernazi«, erwiderte Georg.

»Ja, aber er hasst die SA wie alle Generale.«

Raben wählte die Privatnummer. Eine Frauenstimme meldete sich. »Leutnant Krämer, ich muss leider Ihren Mann in einer dringenden Angelegenheit sprechen.«

»Wurden Sie nicht unlängst befördert, Herr Oberleutnant?«

»Ach, Frau Reichenau, der Leutnant steckt noch in mir drin. Danke, dass Sie mich darauf hinweisen.«

»Mit Ihrer Bescheidenheit werden Sie aber nie General … hier ist mein Mann.«

»Oberleutnant Krämer, Herr General, entschuldigen Sie die Störung. Meine Frau und mein Sohn sind entführt worden, vermutlich von den SA-Leuten, über die wir gesprochen haben. Wo dient Ehrig, wann hat er Ausgang? Wenn er keinen hat, könnte ihm sein Kompaniechef vielleicht einen Sonderurlaub schenken.«

Reichenau lachte trocken. »Immer noch Potsdam, Rote Kaserne. Morgen Abend, vermute ich.«

»Sechzehn Uhr«, sagte Raben.

»Danke für die Unterrichtung«, sagte Reichenau und legte auf.

168.

Jetzt hatten sie ihr auch eine Augenbinde verpasst. Es roch nach Landwirtschaft. Sie waren lange gefahren in der Rumpelkiste. Lena schmerzten Hintern und Rücken. Der Kleine hatte kein Wort gesagt, als hätte er begriffen, was sich abspielte. Endlich hielten sie. Jemand stieg aus, es knarrte, vermutlich ein Tor. Richtig geraten, der Typ setzte sich auf den Beifahrersitz. Sie rollten über Kopfsteinpflaster, und dann quietschte die Bremse wieder.

»Raus!«, sagte der Mann neben Karlchen. Er half ihr und dem Kleinen auszusteigen. Die Hand an ihrem Oberarm war kräftig. Sie führten sie eine Treppe hinunter, wo es modrig stank. Ein paar Schritte, sie spürte den Luftzug einer Tür. Wieder ein paar Schritte. Der Luftzug, ein Klacken. Jemand nahm ihr Tuch und Knebel ab. Sie hatte diesen Mann noch nie gesehen, aber wer sollte es sein außer jemand von Ehrigs Gangsterbande?

»Ich möchte Herrn Ehrig sprechen«, sagte sie mit fester Stimme. »Sofort!«

»Sie haben nichts zu wünschen.«

Ein anderer betrat den Kellerraum, in dem Einmachgläser und Kartoffeln gelagert waren. Den kannte sie. Wer war das noch mal? Das Gesicht unterm Stahlhelm M1918, jetzt in Arbeitsklamotten. Sie tat so, als wäre er ein Fremder. Sie wollten Karl anlocken, um ihn umzubringen. Was könnten sie sonst wollen? Schweine, verfluchte.

Der M18-Mann brachte Brot, Butter und Käse, dazu einen Krug mit Wasser und zwei Becher. Das Brot roch gut. Er schnitt Scheiben ab, schmierte Butter darauf, verließ den Raum und kehrte mit einem Eimer und Zeitungspapier zurück. Lena zeichnete im Kopf sein Porträt. Sie fühlte sich hilflos. Karl hatte recht, solche Verbrecher mussten ausgeschaltet werden. Aber was konnte sie tun, um ihm zu helfen?

Sie nahm den Kleinen in den Arm und untersuchte die Tür. Hartholz, vielleicht Buche, schwer, solide. Das Schloss war einfach, aber sie glaubte, von draußen die Bewegung eines Riegels gehört zu haben. Vermutlich saß dort ein Bewacher.

In der Ecke entdeckte sie einen Hocker. Eine Glühbirne verbreitete mehr Schummer als Licht, durch einen Schacht drangen Sonnenstrahlen ein, die allein nicht gereicht hätten, um die Kammer zu erhellen.

Sie setzte sich auf den Hocker und Karlchen auf ihren Schoß. Er summte vor sich hin und streckte die Arme, als wollte er turnen.

Sie begann zu weinen. Lena wischte die Tränen mit dem Ärmel ab. Aber es war klar: Wenn Karl nicht erschien, würden sie sterben. Sie hatte mindestens zwei der Entführer gesehen und konnte sie identifizieren.

169.

Raben sah Ehrig aus der Kaserne kommen. Er trug Zivilkleidung. Raben löste die Bremse und rollte hinterher. Er ließ viel Abstand. Ehrig hatte es nicht weit, schließlich musste er zum Zapfenstreich zurück in der Kaserne sein. Er kehrte in eine Kneipe ein, *Zum Hirsch*.

Plötzlich sah er Lichtigkeit, der strammen Schritts zur Gaststätte ging, ohne Raben einen Blick zu gönnen. Lichtigkeit war ein Freund, er hatte kein Misstrauen verdient.

Raben stellte sich vor, wie Lichtigkeit im Gastraum saß, ein Würstchen samt Salat mit einer Molle runterspülte und zuhörte, was am anderen Tisch besprochen wurde.

Lena, wie ging es ihr? Und dem Kleinen? Raben mühte sich, den Hass in sich zu dämpfen. Der machte blind, der provozierte Unbedachtheit. Er musste kalt sein wie ein Eisblock und seinen Angriff planen. Er musste raten, was die Schweinehunde tun wollten, um ihn zu töten.

Die Kneipentür öffnete sich, Lichtigkeit trat heraus, setzte seinen Hut auf den Kopf und steckte sich eine Zigarette an. Da kamen schon Ehrig und ein anderer Mann, den Raben nie gesehen hatte. Lichtigkeit drehte das Gesicht weg. Ehrig klopfte dem Mann auf die Schulter und zeigte zur Kreuzung vor ihnen. Der andere nickte.

Von links fuhr ein BMW heran, hielt und rollte gleich los, nachdem Ehrig sich auf den Beifahrersitz gesetzt hatte. Dann schoss ein anderer Wagen aus einer Seitenstraße und folgte Ehrig. Raben hängte sich dran. Er erkannte jetzt Lichtigkeit in einem zivilen Polizeidienstwagen. Zu zweit hatten sie mehr Chancen. Aber Raben wollte ihn nicht hineinziehen in seinen Privatkrieg, zumal der gefährlich war und Lichtigkeit kaum wusste, was Raben trieb. Jetzt erst recht, dachte er. Entweder Ehrig oder ich. Er musste die ganze Bande stellen. Er würde sie alle zum Teufel schicken. Raben spürte die Wut in sich, er zwang sich, ruhig zu bleiben.

Ihre kleine Kolonne bummelte über Nebenstraßen Richtung Osten. Lichtigkeit wurde langsam, Raben überholte, damit Ehrig nicht immer dasselbe Auto im Spiegel sah. Er hielt Abstand, sah, wie Lichtigkeit in eine Seitenstraße abbog. Nach einer Weile erschien sein Fahrzeug vor Ehrigs. Schlau, der Kollege, er folgte Ehrigs Kraftdroschke von vorn. Sie hatten den jetzt eingepackt wie Butter in der Stulle. Und Lichtigkeits Manöver lenkte Ehrig ab. Raben ließ einen Mercedes vor sich einscheren und fuhr in dessen Deckung ruhig weiter. Nach einer Weile tauchte Lichtigkeit hinter ihm auf. Der Kollege war genial. Raben bog links ab und fuhr auf der Parallelstraße weiter in Richtung Osten. Sie waren längst an der Stadtgrenze. Es wurde ländlich, Holzhütten an der Straße, ein paar mehrstöckige Häuser mit verdrecktem Putz. Eine Scheibe war zersplittert. In einem Hof spielten Kinder Fußball mit einem Lumpen. Raben kehrte zurück auf die Hauptstraße und folgte nun Lichtigkeit.

Unvermittelt hielt Ehrig am Straßenrand vor einem Klinkerhaus. Raben fuhr ebenfalls an den Straßenrand, Lichtigkeit drehte noch eine Runde und stellte sich hinter Raben. Er stieg aus und lehnte sich an Rabens Wagen.

»Ich geh vor und versuche herauszufinden, bei wem er ist.« Zügig marschierte er los. Er streckte die Hand mit vier Fingern. Es war nicht der Sägemeister, der fünf Bier bestellte, vielmehr gab es vier Wohnungen. Raben sah hinterm Haus einen Schuppen. Lichtigkeit kam ein Stück zurück, wechselte die Straßenseite und ging langsam am Haus vorbei. Er überquerte die Straße und stand bald vor Raben. »Ich hab ihn am Fenster gesehen. Sie sind mindestens zu zweit, in der Wohnung rechts oben. Ich vermute, es gibt einen Hinterausgang auf den Hof.«

Raben nickte.

»Du bist ja Experte für Verfolgungsjagden. Jetzt, da deine Wunden halbwegs verheilt sind …«

Raben lachte bitter. »Ich bin trotzdem erstaunt, dass er uns nicht gesehen hat. Es war wenig Verkehr auf der Straße. Ich glaub, der war abgelenkt durch seine Vorfreude, mich endlich umlegen zu können. Was hältst du davon: Du folgst Ehrig, wenn er wieder rauskommt, und ich befrage seinen Gastgeber? Ich fürchte, dass Ehrig mich erkennt.«

Lichtigkeit nickte und setzte sich ins Auto, fuhr am Haus vorbei und parkte weit vorn. Der Meister des Rückspiegels.

Bald erschien Ehrig und fuhr weiter. Raben wartete, bis der Wagen außer Sicht war, und klopfte an einer Haustür ohne Klingel. Jemand schlurfte heran und öffnete.

Raben steckte seine Gestapo-Dienstmarke nach drinnen. »Halten Sie den Mund. Kein Wort, kein Lärm.« Er betrat den Flur. Ein alter Mann wich zurück in seine Wohnung und starrte Raben an, bis der die Tür vorsichtig zugezogen hatte.

Raben stieg die Treppe hoch, so leise wie möglich. Es knackte trotzdem. Die Tür trug keinen Namen. Er betrachtete sie, Sperrholz, Billigschloss. Raben trat gegen die Tür, sie platzte mit einem Knall auf. Er zog die Dienstwaffe und betrat eine kleine Wohnung, die nach Zigarettenrauch stank.

Ein Mann erschien, einen Revolver in der Hand.

»Gestapo, lassen Sie die Waffe fallen, sonst geht's um Ihren Kopf.«

Der Mann zögerte, dann schickte er Wut in sein unrasiertes Gesicht. Er warf den Revolver auf den Teppich, über den schon die Langen Kerls des Preußenkönigs Wilhelm Nummer eins marschiert sein mussten.

»In die Küche«, sagte Raben.

Der Mann blickte ihn an, die Augenbrauen wollten zum Himmel fliegen, blieben dann aber doch unter der Stirn. Raben folgte ihm in eine Küche. »Setzen Sie sich.«

Der Mann setzte sich.

Raben zog einen Stuhl zurück und setzte sich ebenfalls, immer die Pistole auf den Mann gerichtet.

»Name.«

»Fritz Kaiser«, sagte er mit einer krächzigen Stimme.

Auf dem Boden vor dem Spülbecken stritten sich die Bierflaschen in der Enge.

»Sie sind in der SA?«

»Nicht nur. Ich bin Alter Kämpfer, 1929 in die Partei eingetreten. Mir können Sie gar nichts. Was wollen Sie hier überhaupt? Haben Sie Vollmachten?«

»Sie sollten den *VB* besser lesen. Da stand drin, dass die Gestapo alle Vollmachten hat. Wie sagte der Reichsminister Göring so schön: Er würde seine Polizisten decken, wenn sie mal zu schnell schössen. Und wir von der Gestapo dürfen noch mehr. Ich könnte Sie hier erledigen, und kein Hund würde Ihnen nachkläffen.«

Die grünen Augen des Mannes spiegelten seine Angst. Die Lider klimperten schneller. »Was wollen Sie? Sie hätten doch klopfen können, oder?«

»Sie sind bewaffnet, und ich lass mich ungern erschießen. Das war die letzte Frage, die Sie stellen. Sie schalten jetzt auf Radio um, kapiert?«

Kaiser blickte ihm in die Augen. »Fragen Sie.«

»Sie hatten gerade Besuch. Das ist keine Frage.«

Kaiser zuckte die Achseln.

»Wie hieß Ihr Besucher?«

»Meier, Wolfgang.«

»Lügen ist nicht Ihr Talent. Versuchen wir's noch mal.«

»Sie wissen es doch genauso gut wie ich.«

»Sagen Sie es.«

Kaiser zögerte. »Ehrig ...«

»Was haben Sie besprochen?«

»Wir haben ein Bier getrunken und fanden das Wetter schön. Am Wochenende wollen wir einen Ausflug ins Grüne machen.«

»Zu der Frau und dem Kind, die Ehrig entführt hat?« Raben sah das Erschrecken in Kaisers Gesicht. Der wischte sich über die Stirn. »Sie hängen mit drin. Das reicht für Zuchthaus und KZ.«

»Ich weiß nichts von einer Entführung.«

Raben schoss, die Kugel flog ein paar Zentimeter an Kaisers Ohr vorbei und zerstörte eine Vase ohne Blume und Wasser.

Kaiser erstarrte, drückte dann die Hände auf die Ohren. »Mann, sind Sie wahnsinnig?«, brüllte er.

»Beim nächsten Mal treff ich Ihr Ohr.«

Kaiser brauchte ein paar Sekunden, dann sagte er: »Ja, Ehrig. Für den lass ich mich nicht erschießen.«

»Gesunde Haltung«, erwiderte Raben. »Wenn Sie jetzt noch so freundlich wären, mir zu sagen, worüber Sie mit Ehrig gesprochen haben. Bevor Sie den Mund öffnen: Ich werde Ihre Aussage mit dem vergleichen, was uns Ehrig erzählt. Eine geringe Abweichung, und Sie wünschen sich den Tod.«

Kaiser atmete durch. »Darf ich einen trinken?«

»Bitte.«

Kaiser erhob sich und blickte ängstlich auf die Pistole, die Raben auf ihn gerichtet hielt, den Hahn gespannt, Finger auf dem Abzug. Er entnahm einem Schrank eine Flasche und goss sich ein Wasserglas fast voll. Er trank die Hälfte in einem Zug.

»Das ist zu viel. Stellen Sie das Glas weg. Falls Sie die Vernehmung überleben, können Sie die ganze Flasche leer trinken.«

Ein Schimmer zog in Kaisers Augen.

»Was haben Sie mit Ehrig besprochen? Überlegen Sie gut, was Sie antworten.« Der alte Gennat hätte ihn aus der Polizei entlassen. So weit kommt's noch, dass Polizisten mit der Waffe Aussagen erpressen.

»Es geht um die Entführung. Die trauen sich nicht weg, und ich soll die Versorgung übernehmen. Das kann ich jetzt ja vergessen.«

»Da haben Sie ausnahmsweise recht. Sie gestehen also, an der Entführung beteiligt zu sein.«

»Nein, ja … nur die Versorgung. Es war nicht meine Idee, sondern Ehrigs. Die wollen einen Bullen … äh, Polizisten anlocken und erledigen.«

»Wenn das gelingt, was geschieht dann mit Frau und Kind?«

»Na, was wohl? Das sind Zeugen.«

Dieses Dreckschwein, dachte Raben, aber er war nicht überrascht.

»Wo sind Frau, Kind und Entführer?«

170.

Lichtigkeit ließ sich zurückfallen auf einer schmalen und staubigen Straße, die in einem Weg aus Sand und Kieseln mündete. Der Wagen schüttelte ihn durch. Er sah Ehrigs Staubfahne, folgte ihr. Als die sich verlangsamte, hielt er an. Er ließ den Wagen an den Wegrand rollen, vorsichtig. Stieg aus und prüfte die Festigkeit des Untergrunds, stieg ein und traute sich einen halben Meter weiter an die Seite. Dann stieg er wieder aus und sah, dass die Staubwolke vom Wind verweht wurde. Ehrig hatte sein Ziel erreicht. Lichtigkeit warf seinen Hut ins Auto, vergewisserte sich, dass die Pistole geladen war, und ging los. Drei Kilometer, weiter war es nicht. Hoffentlich hatte niemand seine Staubwolke gesehen. Er hustete in sein Taschentuch. Er verließ bald den Weg und schlug sich durch ein Weizenfeld, trampelte sich zäh durch das Getreide. Egal, voran. Er überquerte eine leichte Steigung und erkannte einen Gutshof. Er duckte sich und näherte sich dem Gebäude. Bald bemerkte er eine Mauer um Gutshaus und Ställe, Häuser fürs Gesinde. Ein mächtiges Tor. Was hinter der Mauer lag, konnte er nicht sehen. Er fürchtete, dass die Wachposten aufgestellt hatten, um sich nicht überraschen zu lassen.

Das Bauerntum als Lebensquell der nordischen Rasse gab sich verschlossen, dachte er und grinste. So ganz begriff er den Fall nicht. Die wollten Raben aus Rache töten. Wegen Fehrkamp, klar. Warum verkrochen die Figuren sich nicht, wie das andere Leute getan hätten? Befürchteten Sie, dass Raben sie dennoch aufstöberte? Aber wer sollte die nach der Gleichschaltung von allem, auch der Gerichte, verurteilen? Fehrkamp war noch vor einem halbwegs ordentlichen Gericht gelandet, aber die große Bräunung war längst erfolgt. Kaum ein Richter muckte mehr auf. Die Partei befahl, die Richter folgten. Lichtigkeit schüttelte den Kopf und trat auf die Kippe. Aus Raben sollte einer schlau werden. Wurde seine Familie entführt, weil er was gegen die NS-Helden in der Hand hatte? Aber außer Rassenschande verziehen die Behörden einem SA-Mann doch fast alles. Gut, Ehrig war Fahrer der Böhme gewesen. Hatte er Schreiber geholfen? Wenn ja, warum?

Lichtigkeit sah, wie sich das Tor öffnete. Er marschierte los und fuhr zurück zum Haus, in dem er Raben vermutete. Dessen unfreiwilliger Gastgeber saß inzwischen gefesselt am Küchentisch. Vor ihm auf dem Tisch lagen seine Habseligkeiten. Raben lehnte am Küchenschrank.

»Ich weiß, wo«, sagte Lichtigkeit.

»Ich auch. Los geht's«, sagte Raben. »Wir lassen den jungen Mann schmoren. Wenn wir zurückkommen, überlegen wir, was wir mit ihm machen. Er hat sich jedenfalls schon vorbereitet auf die Haft bei der Gestapo.«

»Lassen Sie mich frei!«, flehte Kaiser.

»Ich hab vielleicht eine bessere Idee«, sagte Lichtigkeit. Er wandte sich an Kaiser: »Wann wäre Ihre nächste Tour zum Gutshof fällig?«

»Vorhin, deshalb war Ehrig da.«

»Wo ist, was Sie denen bringen sollen?«

»Schon im Lieferwagen.«

»Na, dann aber los. Wir wollen ja nicht, dass die Kameraden verhungern«, sagte Raben und löste die Handschellen. »Georg, du solltest nicht mitkommen.«

Der tippte sich an die Schläfe. »Schon zu zweit haben wir kaum eine Chance. Uns hilft nur die Überraschung. Feuerkraft lächerlich, Panzerung nicht vorhanden.«

»Wusste gar nicht, dass du Militarist bist.«

»Ich mach jeden Tag eine Privatparade auf dem Potsdamer Platz. Beim nächsten Mal bist du dabei. Und sonst spiel ich mit Zinnsoldaten, bis das Dritte Reich diese Verschwendung wichtiger Rohstoffe bestraft.«

Raben zog Kaiser an der Schulter hoch und drückte ihm seine Pistole an den Kopf. »Wenn du dich auf dem Hof auch nur verplapperst, leg ich dich um. Dich erwische ich auf jeden Fall. Deine Kumpels haben meine Frau und meinen Sohn entführt, du kannst dir leicht vorstellen, dass ich schlecht gelaunt bin.«

»Ja, natürlich, ja.« Kaiser ließ sich nicht nur vom Führer beeindrucken. Eine Pistole war ein Argument.

»Und wenn es nur du bist, den ich erwische«, sagte Raben. Er stellte sich dicht neben Lichtigkeit und flüsterte dem was ins Ohr. »Jawohl, Hannibal«, sagte der. »Wie bei Cannae.«

»Leicht übertrieben, zu zweit klappt Cannae nicht«, erwiderte Raben.

»Wir sollten uns von der Nachahmung lösen und unseren Geist fliegen lassen.«

Raben spürte seine Wut. »Wir fliegen jetzt erst mal zu Fritz' Freunden.«

Sie stiegen die Treppe hinunter, in einer Wohnung geiferte Goebbels im Radio.

Kaiser am Steuer, Lichtigkeit auf dem Beifahrersitz, Raben hinter ihm, die Pistole in der Hand. Sollte der Mann seine Kumpane warnen, waren Lichtigkeit und er verloren, aber er würde Kaiser mitnehmen in den Tod. Er hatte es ihm noch einmal erklärt und bildete sich ein, dass der es kapiert hatte.

Unterwegs wurde Raben übel, der Brustkorb schmerzte. Er zog sich zusammen und erstarrte zu Beton. Karl atmete vorsichtig, ein Zug nach dem anderen. Bewusst atmen, angeblich half es. Er spürte Schweiß auf der Stirn. *Du kannst jetzt nicht weglaufen.* Sie hatten die Scheißkerle gefunden, sie mussten Lena und Karlchen rausholen, egal in welchem Zustand er war. Nur wie? Zu zweit gegen einen Haufen SA?

Staubwolken neben und hinter ihnen. Am Horizont ein Traktor mit Anhänger und Staubfahne. Die in Wechselwinden zerstob.

Auf Geheiß Lichtigkeits bremste Kaiser.

Sie stiegen aus, Raben blieb hinter Kaiser, Lichtigkeit führte mit schnellem Schritt. Die Dämmerung kündigte sich an. Bald sahen sie das Gehöft. Lichtigkeit blieb stehen.

Raben nahm Kaiser am Oberarm und schob ihn nach vorn.

Er flüsterte Lichtigkeit ins Ohr. Der nickte und verschwand in der Böschung.

»Wenn du sterben willst, öffnest du die Klappe, verstanden?«

»Verstanden.« Kaiser nickte.

Raben schob Kaiser nach vorn. »Einen Meter vor mir. Wenn du nicht zügig läufst, schieße ich.«

Kaiser eilte Richtung Tor, das in eine Mauer eingelassen war, auf der Blumenkörbe standen. Über die Mauer hinaus ragte eine alte Eiche. Vom Gutshaus sah er nur den Dachgiebel.

Sie erreichten das Tor.

»Klopf an!«

Kaiser klopfte. »Es geht aber auch so auf.« Er drückte einen Torflügel.

Vor ihnen stand Ehrig.

In Rabens Kopf meldete sich die Wut. *Knall ihn ab. Knall ihn ab.*

Ehrig steckte zwei Finger in den Mund und pfiff.

Lena nieste. Jede Bewegung im Kellerloch entzündete eine Staub-
bombe. Karlchen saß auf ihrem Schoß und krähte, irgendwas
zwischen Lachen und Kreischen. »Du kommst ganz nach Papa«,
stöhnte sie. »Zwischen Teufel und Satan, aber bei bester Laune. Er
wird uns rausholen. Dein Papa findet jeden und alles, außer seiner
Geldbörse. Er hat den Kippenberger gefunden, da ist dieser Fall
doch einfach. Außer dass ein Dutzend Typen ihn erschießen wollen. Ja, wenn man ehrlich bleiben will in diesem Scheißland, dann
lebt man gefährlich. Und wenn man einen Dickkopf hat wie kein
anderer, dann umso mehr. Was sagst du dazu?«

»Hiel Hitla!«, krähte Karl der Kleine fröhlich.

»Endlich versteht mich einer«, sagte sie. Sie streichelte dem Kleinen über den Kopf. »Der Papa kommt, ganz bestimmt.«

»Papa«, sagte Karlchen.

Die Tür knatschte und rubbelte über den Boden. Ein Mann mit
einem neuen Eimer, einem Krug Wasser und Stullen.

»Ich hoffe, die haben nicht Sie geschmiert«, sagte Lena.

»Halt's Maul, Bullenwitwe.«

Raben zählte elf Mann. Bewaffnet mit Pistolen, Maschinenpistolen
und Karabinern. Sie legten auf Raben an, als Ehrig seine Pistole hinterm Rücken hervorzog.

Raben stellte sich hinter Kaiser.

»Das nützt dir nichts, mein Karabiner reicht für euch beide!«,
rief Kahle.

Du, mein Freund, bist als Nächster dran, dachte Raben.

Plötzlich ein Schuss, der Hall raste zwischen Mauern und Gutshof zickzack. »Stehen bleiben, keine Bewegung. Kriminalpolizei! Waffen auf den Boden.«

Ehrig blickte sich um und begann zu lachen. »Guckt euch den Hanswurst an, den schickt bestimmt unser Kamerad Nebe. Niemand legt seine Waffe weg.«

Drei Mann bückten sich und hoben ihre Gewehre auf, legten auf Lichtigkeit an.

»Mein Gott, Werner! Der eine ist von der Gestapo, der andere von der Kripo, willst du uns alle in die Hölle schicken? Nebe geht ja noch, aber Heydrich. Hör auf, rück Frau und Kind raus. Was denkst du, was Heydrich mit uns macht, wenn wir ...«

Ehrig lächelte und drückte ab. Knall, der Rückstoß riss die Luger 08 hoch. Raben spürte einen Schlag auf der Brust. Kaiser schrie, dann brach er zusammen. Raben blickte an sich herunter, ein Loch im Jackett, er griff darunter und zog die Kugel aus der Haut.

Plötzlich schoss es von der Seite. Der Gutsherr, mit einem Drilling, hinter ihm bewaffnete Männer. Er legte die Waffe an. »Wer ballert hier herum?«

»Ich, Rittmeister von Bronsart«, sagte Ehrig. »Ich habe einen Verräter erledigt.«

»Sie hatten Weisung, auf meinem Hof nicht zu schießen.« Er blickte zu Raben: »Sind Sie verletzt?«

»Nein«, erwiderte er und steckte die Kugel in die Tasche. »Kriminalkommissar Raben, Geheime Staatspolizei. Herr Ehrig hat vor aller Augen Fritz Kaiser ermordet. Herr Kaiser war unbewaffnet und hatte sich mir gestellt.«

»Ich bin von der Kriminalpolizei!«, rief Lichtigkeit.

»Ehrig, das geht zu weit«, sagte der Rittmeister.

»Es geht noch weiter«, sagte Raben. »Ehrig und seine Leute haben meine Frau und meinen Sohn entführt. Sie müssen hier auf dem Hof sein.«

»Was?«, brüllte Bronsart.

Ehrig hob die Hände, aber der Gutsherr ließ sich nicht besänftigen. »Holen Sie Frau und Kind auf den Hof. Alle legen die Waffen auf den Boden. Jetzt! Ausführung!«

»Die Polizei lässt sich nicht entwaffnen«, sagte Raben.

Lichtigkeit stellte sich neben ihn, die Pistole in der Hand, der Lauf zeigte auf den Boden.

Kahle ging zur Scheune. Als er zurückkam, hatte er Lena und Karl den Kleinen bei sich. Lena rannte los mit dem Kind auf dem Arm. Sie umarmte Karl. »Mein Held!«

»Bedank dich bei Georg.«

Der kriegte auch einen Kuss und verdrehte die Augen.

»Darf ich Sie zum Dinner einladen?« Die Waffen seiner Helfer richteten sich auf Raben.

»Wenn man so freundlich gebeten wird ...«, sagte der.

»Ehrig, Sie versammeln Ihre Leute und hauen ab. Wenn ich Sie oder jemand von den anderen Gestalten noch mal sehe, verwechsle ich Sie mit einem Hirsch. Kapiert? Los! Los!«

Schon klar, Bronsart gab seinen Nazifreunden einen Vorsprung. Bei der Wildsuppe als Vorspeise hörte Raben Motorengeräusche. Verflucht, ihn zog es nach draußen. Er hätte Ehrig fast gehabt. Oder der ihn, sagte die Vernunft. Aber Vernunft passte hier nicht.

»Jetzt guck nicht so böse«, sagte Lena. »Als würdest du dich nicht freuen, uns wiederzuhaben.«

»Doch, aber gleichzeitig bin ich sauer, dass die Mörderbande davonkommt.«

»Ich dachte, das wären Ihre Kameraden«, sagte Bronsart.

»Wollen Sie mich verarschen?«, schnauzte Raben den Gutsherrn an.

An der Tür und daneben saß und lehnte des Gutsherrn Hilfstruppe, schweigend, aber ihre Augen richteten sich immer wieder auf ihren Herrn. Mit Flinten bewaffnete Wachhunde.

»Sie halten Polizisten gefangen«, sagte Lichtigkeit.

»Wie kommen Sie darauf?« Bronsart lächelte ihn an.

»Dann dürften wir also jederzeit gehen.«

»Sie wollen das beste Rehfilet Ihres Lebens verpassen? Entschuldigen Sie mich bitte einen Augenblick.«

Er erhob sich, warf die Serviette auf seinen Stuhl und stapfte schwer hinaus. Die Fenster dämpften den Lärm auf dem Hof. Der Speisesaal war geschmückt mit Ölschinken, die offensichtlich die Ahnen des Gutsherrn zeigten. Männer in Uniform, wenig Frauen, am Blumentisch, eine Pflanze in der Hand. Raben erhob sich und trat ans Fenster.

»Setzen Sie sich … bitte!«, sagte ein Backenbart.

Raben überhörte es. Seine Nase klebte an der Scheibe. Es waren zwei Lastwagen. Wo kamen die her? Im Frachtraum des vorne stehenden erkannte er eine Hakenkreuzflagge, sie war über den Wagenrand gerutscht. Er hatte nichts anderes erwartet. Die Bande räumte eine Stellung.

»Was siehst du?«, fragte Lena.

»Lastwagen, SA«, sagte Karl.

»Setzen Sie sich«, sagte der Backenbart.

»An Ihrer Stelle würde ich mich erschießen.«

Er erkannte Bronsart, der einen Mann anbrüllte. Leider waren die Gesichter verspiegelt. Aber Bronsarts massiges Profil war unübersehbar. Der Rittmeister schien zu fluchen, dann winkte er ab, drehte sich um und stürmte zurück. Seine Wut hatte er in der Empfangshalle vergessen. »Es klappt selten alles, wie Sie vielleicht gesehen haben.«

»Gut, und wir können gehen.«

»Tun Sie's nicht« – Bronsart zauberte einen Zentner Mitleid ins Gesicht –, »die Leute sind wütend. Mich hätten sie fast angegriffen, weil ich sie rausgeschmissen habe. Wenn die einen von Ihnen beiden erblicken, befürchte ich das Schlimmste.«

»Dann sind wir also in Schutzhaft«, sagte Lena.

Der kleine Karl hatte alles beobachtet und sagte: »Hiel Hitla!«

Bronsart lachte. »Mehr braucht er im Leben nicht zu lernen.« Das Lachen erstarb. »Ich will keine Scherereien. Wenn Sie rausgehen, gebe ich keinen Pfennig auf Ihr Leben. Ich mein das ernst. Das sind harte Männer, und jetzt, da sie ihre Geiseln verloren haben, würden die gleich schießen. Glauben Sie es mir, bitte.«

Raben nickte. Der Gutsherr sagte die Wahrheit, draußen warteten weidwunde Bestien auf sie.

»Ne, Kalle«, sagte Lena.

Er nahm ihre Hand und drückte sie.

»Wehe, Ihr Rehfilet ist zäh«, sagte Lichtigkeit trocken.

173.

»Und jetzt?«, fragte Lena. Sie saßen in der Küche, Wein und Bier standen auf dem Tisch. Elisabeth hatte sie voller Angst angeblickt. »Mein Gott, Kinder ...«

Sie hatte sich aber schnell halbwegs beruhigt. Die Angst blieb. »Und wenn die hier auftauchen?«

»Dann erschießen wir sie«, sagte Raben.

»Du immer mit deinen Sprüchen«, sagte die Schwiegermutter.

Er beugte sich zu ihr. »Keine Angst, Elisabeth. Georg bleibt über Nacht und passt mit auf. Wenn du vielleicht den Kleinen zu dir nimmst, dann kann Lena helfen.«

»Ich nehm das MG«, sagte Lena.

»Wir hatten doch so ein Opernglas, aus der Erbschaft deines Vaters. Damit könntest du dich ans Küchenfenster setzen, aber bitte das Licht ausschalten.«

»Jawohl, mein Führer. Für wie dumm hältst du mich?«

»Später, wär zu lang.«

»Feigling!«

Elisabeth und Karlchen verabschiedeten sich, er mit »Hiel Hitla!«.

Als sie verschwunden waren, fragte Lichtigkeit: »Woher hat er das?«

»Ich habe keine Ahnung«, sagte Lena. »Wohl auf einem Spaziergang gehört, die Leute kommen ja aus dem Armhochreißen nicht mehr raus.«

»Ich würde es ihm verbieten.«

»Dann sagt er es erst recht. Georg, du vergisst, unser Sohn kommt leider ganz nach Herrn Raben.« Sie lief rosa an.

Auch Raben war ungemütlich, schließlich war Karlchen nicht sein leiblicher Sohn, sondern stammte von einem ihm unbekannten Mann. Über den sprachen sie nicht. In üblen Träumen stand der Erzeuger vor der Haustür und forderte, dass ihm Karlchen übergeben werde.

»Ich vergaß«, sagte Lichtigkeit und lachte. »Hoffentlich planen die nichts mehr gegen dich, Karl.«

»Darf ich höflich darauf hinweisen, dass allein mir und dem Thronfolger was passiert ist?«, sagte Lena.

»Verzeihung, Madame. Kommt nicht wieder vor«, sagte Lichtigkeit. In ihren Stimmen spielte die Erleichterung Klarinette.

»Ist schon gut«, sagte Lena. »Sie wollten den Herrn locken, den meine Abenteuerlust eingefangen hat. Mitten auf der Straße!«

»Tut mir leid«, sagte Raben.

»Zu spät.«

»Ja, womit müssen wir oder ich rechnen nach der Abreibung, die wir denen verpasst haben?«, fragte Lichtigkeit.

»Mithilfe eines Nazi-Junkers«, sagte sie.

»Vielleicht wollen die sich rächen, jetzt umso mehr«, sagte Raben.

Lichtigkeit grübelte. »Was hast du mit Fehrkamp gemacht, Karl? Du hast ihn erledigt. Es heißt, der sei beim Röhm-Putsch ermordet worden.«

»Wird wohl stimmen«, sagte Raben.

»Ich wüsste gern, wie es war.«

Raben setzte die Bierflasche an und trank. »Ich werde es dir nicht sagen. Wir leben in einer Zeit, wo niemand garantieren kann, dass er der Folter standhält. Ich auch nicht. Du verstehst?«

Lichtigkeit blickte ihn an. Dann wanderte der Blick auf die Tischplatte. Er trank ein Glas Goldwasser.

»Ich weiß so wenig wie du«, sagte Lena. »Auch mir hat er erklärt, es sei besser so. Wenn die Gestapo uns verhaftet ...«

»Du lebst gefährlich. Hast du keine Angst?«, fragte Lichtigkeit.

»Natürlich, aber die trifft jeden, der versucht, anständig zu bleiben«, sagte Raben.

»Du solltest dich bei Goebbels bewerben ...«, sagte Lichtigkeit.

»Wie bitte?«

»Der serviert uns tagtäglich in schönsten Worten Wahrheiten. Entschuldigung.«

»Ist gut. Es gilt, was Lena gesagt hat. Das ist auch für dich besser.«

»Wie schön, dass du weißt, was für mich ...«

»Reg dich ab, Georg«, sagte Lena. »Du redest dich um Kopf und Kragen. Wenn er uns was erzählte, könnten wir nicht mehr schlafen. Wenn die Karl kriegten, dann würden wir früher oder später reden. Vielleicht hält Thälmann die Folter aus, wie es heißt. Vielleicht aber wollten sie den nicht zu Tode foltern, schließlich war er Vorsitzender der KPD. Womöglich ein Austauschobjekt. Wir wären keine Austauschobjekte. Und jetzt gib Ruhe.«

»Du weißt auch nichts«, sagte Lichtigkeit, »aber du weißt, dass es uns umbringen würde ...?«

»Ich sehe Karl, wenn er zur Arbeit geht und zurückkommt. Ich sehe ihn, wenn er von Reisen zurückkehrt. Und ich weiß, was wir in Wien getrieben haben. Ich war dabei. Was er heute macht, ist viel gefährlicher, ich ahne es und weiß nichts.«

»Du kannst ihn nicht davon abbringen?«

»Nein«, sagte Raben.

174.

Ein verlorener Trupp – die Stimmung war mies, die Helden waren gereizt.

Sie waren die Nacht unterwegs gewesen, bis Ehrig sich abmeldete. »Ich bin zu spät, muss mir eine Entschuldigung ausdenken …«

»Dazu haste ja genug Zeit. Ab in den Bau.«

Die anderen lachten gequält.

Die Landarbeiter, die sie unterstützt hatten, waren längst weg, zurück zu ihrem Ausbeuter. Von Worten konnten sie nicht leben. Außerdem hatten sie die Nase voll von der Großkotzigkeit der SA-Helden, die nichts zustande brachten, nicht mal einen Mord.

Kahle saß auf der Ladefläche des einen Lastwagens und schimpfte vor sich hin. Keiner hörte mehr hin, bis der SS-Mann sagte: »Es waren nur zwei, wir hatten seine Alte und das Balg. Jetzt frisst er sich bei diesem Arschloch satt mitsamt der Frau und dem Balg. Hiel Hitla!« Böses Lachen, wie am Grab eines Feindes. Aber der lebte noch, und das Lachen war böser. »Ehrig, großes Theater, aber im letzten Akt sinken die Heroen zu Boden und heulen wie Säuglinge mit Milchzahnschmerzen. Oh, ist das lächerlich.«

»Ich versteh dich nicht. Theater, das ist doch was von der Kommune und den Juden«, sagte Schenk.

»Du verstehst mich nicht, und seit wann wundert mich das?«, erwiderte Kahle.

Ihre Fahrt endete in einem anderen Gut. Dieses war aber heruntergekommen. Der Hofherr sprach wie ein Säufer, sah aus wie ein Säufer und stolperte wie ein Säufer. Allerdings trug er ein Hakenkreuz am Arm, und ein Ehrenzeichen steckte über der Brusttasche.

»Hört auf mit der Streiterei!« Deuter half, die Ladung in einen Keller zu tragen. Karabiner, Jagdgewehre, Maschinenpistolen, Munition, Handgranaten, Dynamitstangen, sogar ein MG.

Wetterau kam und sah all die Herrlichkeiten auf einem Haufen. »Damit könnte man einen Krieg gewinnen, wird aber nicht mit zwei Hanseln fertig, die ungeschützt vor einem stehen.«

»Man muss zugeben, die beiden waren mutig. Mut gab's auch bei der Kommune und den Sozen, wir haben nicht gegen Leichtgewichte gekämpft, umso größer unser Sieg«, sagte Deuter.

»Was redet ihr für einen hochgestochenen Quatsch? Drei Wochen auf dem Rittergut, und der Adel kriecht euch in die Gedärme. Einmal furzen, und es ist wieder wie vorher.« Deuter saß auf einer Kiste mit Gewehrmunition und rauchte. »Ich hab jetzt Pause.«

Es war mild und der Sonnenaufgang paradiesisch. Das Gold umschmeichelte sie, gebrochen vom Morgendunst, aus der Halbkugel wurde eine ganze. Der Nebel verdunstete in der Wärme. Aber die Sonne mochte sich noch so viel Mühe geben, dieser Trupp war geschlagen und wusste es. Da Ehrig verschwunden war, sammelte er alle Schuld auf seinem Haupt.

»Ich lass mich von dem nicht mehr ins Bockshorn jagen«, sagte Kahle.

»Nun mal halblang«, erwiderte Wetterau. »Wir kriegen den Scheißkerl, und diesmal machen wir es einfach. Dann gibt's keine Junker mehr, die mehr Angst als Führerliebe haben. Die haben was zu verlieren, wir nicht.«

175.

Raben hatte wieder Urlaub. Heydrich wollte ihn nicht sehen und er Heydrich nicht. Er hatte schlecht geschlafen in der Restnacht, Lena hatte seinen Wecker ausgestellt. Lichtigkeit und Lena saßen am Küchentisch, als er im Bademantel hereinschlurfte. Warum die Füße heben, wenn es auch so ging?

Er küsste Lena und boxte seinem Freund an die Schulter, goss sich einen Kaffee ein und setzte sich dazu. Lichtigkeit war wieder auf der Flucht vor seiner Frau, die ihn gewiss im Bett einer anderen wähnte.

»Wir fallen auf die Schnauze, auch wenn wir gewinnen«, sagte Lichtigkeit.

»Du hast offenbar so schlecht geschlafen wie ich«, sagte Raben.

Karl der Kleine kam herangekräht und ließ sich von Raben auf den Schoß heben. »Papa!«, sagte er.

»Aber nicht weiterreden, Karlchen«, sagte Raben.

»Hiel Hitla!«

»Das war's aber für heute Morgen.«

»Hiel Hitla!«

»Ich geb auf«, sagte Raben. »Da wächst die braune Brut in der eigenen Wohnung heran. Ich bin unschuldig.«

Elisabeth setzte sich an den Tisch, während Karlchen auf Vaters Schoß turnte.

»Und jetzt?«, fragte Lena.

»Keine Ahnung«, sagte Raben.

»Das sagst du immer, um mich zu beruhigen. Und dann darf ich dich im Krankenhaus besuchen.«

»Ich meine es ernst. Ich lass Gras darüber wachsen, und vielleicht fällt mir was ein.«

Lichtigkeit blickte ihn an. »Warum kommst du nicht zurück zu uns? Der alte Gennat würde sich freuen.«

»Ich mich auch. Heydrich hat mich nur wegen des Falls Böhme zu euch geschickt. Er wollte so die Kontrolle behalten, damit bloß nicht bekannt wird, dass auch er ein Kunde der Böhme war. Ich fürchte, nicht nur im Bett. Er konnte so herausfinden, was andere fragten und nicht wussten. Ziemlich schlau.«

»Mich würde interessieren, wie seine Frau das aushält«, sagte Elisabeth.

»Der arische Held ist aufgefordert, sich auf Teufel komm raus zu vermehren. Da Lina eine Supernazisse ist, wird sie die Abenteuer ihres Gatten von Herzen begrüßen«, sagte Lichtigkeit. »Heydrich opfert seine Manneskraft für das deutsche Volk.«

Sie lachten.

»Immerhin können wir noch lachen«, sagte Lena.

»Bis wir nichts mehr zu lachen haben«, erwiderte Raben.

»Miesmacher«, sagte Georg. »Wir könnten unseren Freund, den Gutsherrn, besuchen. Schließlich weiß er, wo sich die Bande verkrochen hat«, schlug Lichtigkeit vor.

»Und dann nehmen wir die Gestalten fest, damit sie am nächsten Tag unter dem Jubel der SA-Kameraden freigelassen werden«, sagte Raben. »Das bringt nichts. Bis uns was eingefallen ist, stecken die längst woanders. Ehrig hält sich die meiste Zeit ohnehin in seiner Kaserne auf.«

»Da kann dem kein Unfall passieren«, erwiderte Lichtigkeit.

»Geheimniskrämer«, sagte Lena.

»Ja«, sagte Raben. »Ich gestehe, Frau Staatsanwalt.«

176.

Als Lichtigkeit am Morgen im Präsidium auftauchte, begrüßte ihn die Steinkopf mit einem Lächeln und der Mitteilung, dass Gennat ihn erwarte. »Beeilen Sie sich, sonst platzt er«, sagte sie mit Lidblinkern.

»Mein Gott, wie habe ich Sie all die Zeit ertragen?«

»Es stehen uns goldene Jahr bevor. Wie geht's dem Vogel?«

»Keine Ahnung.«

Gennat stand vor seinem Schreibtisch, gebückt vertieft in eine Akte. »Guten Morgen, warten Sie eine Minute. Nehmen Sie Platz.« Die Hand umkurvte den Leib und deutete auf den Sessel neben dem Sofa. Er las weiter. Als er sich umdrehte, hatte er die Akte in der

Hand. »Schreiber«, sagte Gennat. »Wir leben in großartigen Zeiten. Mörder verflüchtigen sich in der Luft. Was sagen die Vollzugsbeamten?«

Steht im Bericht, hätte Lichtigkeit antworten können. Aber Gennat hatte nie dumme Gründe. »Die haben Schreiber auf Anweisung des Reichsjustizministeriums zwei Gestapo-Kommissaren übergeben. Jetzt haben sie ein schlechtes Gewissen und fürchten ein Disziplinarverfahren.«

»Wir sollten diese Leute entlasten. Sie sind in eine Intrige verstrickt worden, von der sie keine Ahnung haben. Heydrich hat Schreiber geschützt. Wenn ich das nur beweisen könnte.«

»Lieber nicht, Chef. Ich würde Sie gern als solchen behalten.«

»Ja, ja, aber ich tu meine Pflicht.«

»Wir werden von Verbrechern regiert, die behaupten, das Verbrechen auszurotten.«

Gennat lachte trocken. Nickte. »Es ist traurig. Ich hatte tatsächlich gehofft, unsere neuen Herren meinten es ernst mit dem Kampf gegen die Kriminalität. Aber sie kämpfen wie Verbrecher gegen Verbrecher. Sie haben keinen Respekt für unsere wissenschaftlichen Methoden, sondern berufen sich auf eine vulgäre Auslegung der Biologie. Einmal Verbrecher, immer Verbrecher, die Nachfahren eingeschlossen. Ich hätte es wissen müssen. Warum hat sich Nebe auf die eingelassen? Das ist doch kein schlechter Kerl.«

»Was machen wir, Chef?«

»Ich muss gestehen, ich weiß es nicht. Wenn wir Raben noch bei uns hätten, würde ich gar nichts sagen, sondern mich darauf verlassen, dass er die Sache aufklärt und Schreiber zurück in den Knast steckt. Wie der den Fehrkamp hierhergeschafft hat – gegen alle Regeln, aber für eine gute Sache.«

Lichtigkeit war überrascht. Buddha konnte Rabens Tricks was abgewinnen. Nie würde er es zugeben. »Und wenn ich Raben schon gefragt habe?«

»Wir wollen aber nicht, dass Heydrich ihn umbringt, nicht wahr?«

177

Er betrat das Gestapo-Gebäude in der Prinz-Albrecht-Straße. Es hatte früher eine Kunstgewerbeschule beherbergt, aber für Kunst interessierten sich die neuen Bewohner nicht. Raben winkte dem Pförtner zu – »Heil Hitler, Herr Kommissar!« – und verschwand in seinem Büro. Er setzte sich an seinen Schreibtisch. Nichts fand sich darauf, als hätte Heydrich ihn schon rausgeschmissen. Gut, der Chef war sauer auf ihn, aber Raben war auch sauer auf Heydrich. Der Scheißkerl schützte Schreiber, einen Serientäter, den er und Lichtigkeit erwischt hatten. In den Zeitungen stand nichts mehr von ihrem Erfolg, nachdem sie Lichtigkeit ins Himmelreich geschrieben hatten. Er war wieder zum Sünder geworden wie alle anderen.

Die Tür knallte auf. Hagen: »Sie sollen zum Chef kommen.«

Heydrich tippte auf seinen Stempelständer, als wär der ein Musikinstrument. Der Takt des Schreckens, dachte Raben.

»Gruppenführer, ich melde mich wie befohlen.«

»Übertreiben Sie's nicht, Raben. Unser Eckes kann das besser.«

»Jawohl, Gruppenführer!«, meldete sich Eckes aus der Ecke.

Raben hatte ihn nicht gesehen.

»Heil Hitler, Kamerad!«, sagte Eckes.

Wie schön, dass die Dankbarkeit anhält. »Heil Hitler!« Er dachte an den kleinen Karl und hätte fast gelacht.

»Setzen Sie sich!« Heydrichs Stimme klang kalt.

Raben setzte sich.

»Haben Sie über Ihren Fehler nachgedacht?«

»Jawohl, Gruppenführer.«

»Und was ist das Ergebnis Ihrer geistigen Mühen?«

»Ich hätte Sie fragen müssen wegen Sokolnikow.«

»Gut«, sagte Heydrich. »Im Gegensatz zu Ihrer Versicherung will der Admiral den Mann nicht herausrücken. Offenbar hilft er unseren Freunden von der Abwehr, die Russen zu beschäftigen.«

»Das freut mich«, sagte Raben.

»Das hat Sie nicht zu freuen! Wir hätten mit diesem Mann in Moskau Klavier spielen können. Kapieren Sie das nicht?«

Raben fand den Wutausbruch theaterreif. Innerlich grinste er, er kannte Heydrichs Maschen. »Doch, ich kapiere es. Kann ich es wiedergutmachen?«

»Wie denn, Sie Genie?«

»Ihn noch einmal fangen und herbringen?« Er kannte Heydrichs Antwort.

»Das würde ich Ihnen gern befehlen, aber ich habe keine Lust auf die Streiterei mit der Abwehr. Irgendwas ist immer mit denen. Ich hoffe, der Admiral Canaris ist mir dankbar für Ihr Geschenk.«

»Gewiss, Gruppenführer.«

»Halten Sie die Klappe. Sie werden schlimmer als mein Eckes.«

»Das will ich natürlich nicht.«

Heydrich fixierte ihn und lächelte. »Ich weiß wirklich nicht, warum ich Sie nicht einen Kopf kürzer mache.«

»Er kann uns noch nützlich sein«, krähte Eckes aus seiner Ecke.

»Ruhe, verdammt!« Jetzt war der Ton wieder wie früher. »Ihr Kippenberger war in Paris, habe ich Ihnen das schon gesagt? Jetzt ist er nach Moskau zurückgerufen worden. Ich glaube, wir müssen uns nicht mehr um ihn kümmern, das übernehmen jetzt die Kollegen im Paradies der Werktätigen.«

Und Thea?, lag Raben auf der Zunge. Und die Kinder?

Kippenberger glaubte zwar an die Moskauer Lügen, aber er war ein Held. Er hatte den kommunistischen Widerstand geleitet, war Chef des KPD-Militär-Apparats gewesen, hatte Morde an Polizisten und sonstigen Feinden befohlen. Ja, trotzdem war er ein Held. Im Gegensatz zu seinen Chefs in Moskau und den meisten Mitgliedern des Zentralkomitees war er nicht geflohen und hatte sich nicht erwischen lassen. Als es lebensgefährlich für ihn wurde, hatte er sich und seine geschiedene Frau Thea in Sicherheit gebracht, in Paris. »Was ist mit seiner Frau, wie hieß die noch mal?«

»Thea«, krähte Eckes.

»Sie haben die doch verhört, Obersturmführer«, sagte Heydrich.

»Gewiss.«

»Vielleicht sind Sie überanstrengt. Ihre Dauerschwindelei verursacht natürlich Stress.« Ein Grinsen hinterhergeschickt.

»Ich bitte um Entschuldigung, aber …«

»Ein Soldat entschuldigt sich nicht, Sie werden es nie begreifen. Ich habe gescherzt, aber wenn Sie das nicht vertragen …«

»Ich vertrage es, Gruppenführer.«

»Umso besser«, sagte Heydrich.

Da schwebte etwas in der Luft. Heydrich versuchte ihn zu verunsichern. Was wusste er? Dass Raben Kippenberger über die holländische Grenze gebracht hatte?

»Frau Kippenberger?«, fragte Raben.

»Die wird ihm folgen, samt den Töchtern«, sagte Heydrich.

Der hatte Spitzel in der kommunistischen Emigration. Es fand sich immer etwas oder jemand, der eine Erpressung nahelegte. Wenn Ihnen was an Ihrer Großmutter im Reich liegt, sollten Sie tun, was ich Ihnen sage. Was für ein Verbrecherpack.

»Sie wissen viel«, sagte Raben.

»Ja, wir sind gut. Wir wissen viel, weil bei uns Männer wie Sie arbeiten.« Heydrichs Mund lächelte ihn an, das restliche Gesicht nicht. »Ich habe einen Auftrag für Sie. Nach dem Parteitag werten Sie die Unterlagen aus, die wir im ehemaligen Karl-Liebknecht-Haus gefunden haben. Das ist ein Aktenberg, und ich bin sicher, wir haben dieses und jenes übersehen.«

So ein Mist, dachte Raben, jetzt soll ich die Kommunisten ausheben. »Jawohl, Gruppenführer.«

»Ich möchte auch die letzten Winkel der Kommune ausleuchten. Niemand darf entkommen.«

Der Typ will das erreichen und mich brechen. Jeder Genosse soll verhört werden. Wer nicht auspackt, landet im Keller.

»Sie verstehen, was ich meine?«

»Jawohl, Gruppenführer.«

»Sturmbannführer, haben Sie es auch begriffen?«

»Jawohl, Gruppenführer«, sagte Eckes.

»Auch wenn es Ihnen nicht passt, unterstehen Sie Raben. Sie helfen ihm, verstanden?«

»Jawohl, Gruppenführer. Es ist mir eine Freude.«

»Bis zu Ihrer Abreise zum Parteitag können Sie das Material in einem Büro sammeln, das fliegt hier und da herum. Sturmbannführer Müller wird Ihnen einen Raum zuweisen. Wenn Sie Hilfskräfte brauchen, dann fragen Sie den Kameraden Müller. Haben Sie das verstanden, Eckes?«

Eckes sprang auf, als säße eine Stahlfeder in seinem Hintern. »Jawohl, Gruppenführer.«

»Wegtreten, beide!«

»Heil Hitler!«, sagte Raben.

Eckes folgte ihm zu Müller.

Männchen machen, sich dem misstrauischen Blick Müllers stellen, die gemurmelten Antworten ertragen. Endlich nannte der ihnen die Raumnummer 17.

178.

»Verkriechen Sie sich überall, nur nicht in München. Sobald die Sache vorüber ist, kommen Sie zur Gestapo, nicht in Berlin, vielleicht in Köln. Was meinen Sie?«

»Danke, Gruppenführer«, sagte Schreiber.

Es war schon Nacht, bei der Gestapo arbeitete oder schlief nur der Nachtdienst. Heydrich hatte Schreiber an der Pforte abgeholt.

Im Büro wies ihm Heydrich einen Platz am langen Tisch zu und setzte sich gegenüber. »Ich bin froh, dass ich mich nicht dafür entschieden habe, Sie zu liquidieren.«

Schreiber nickte. Er hatte es befürchtet, immerhin hatte er sich mit dem Teufel eingelassen. Nun erwachte der Schrecken erneut, als Heydrich es aussprach. Ahnung ist das eine, Gewissheit das andere. »Danke, Gruppenführer«, flüsterte er.

»Beunruhigen Sie sich nicht, wir arbeiten hier fast wissenschaftlich, sind also berechenbar. Ich erkenne Ihr Talent in Ihren Taten.« Er griff in eine Schreibtischschublade und legte Geldscheine auf den Tisch. »Das sind Schweizer Franken. Ich weise unsere Grenzstation da unten an, dass die Sie durchlassen.« Er legte ein Papier auf den Tisch. »Das ist Ihr Visum. Sie sind Tourist, Sie können sich was leisten, und nach unserem Parteitag siedeln Sie sich in Köln an. Ich werde alles vorbereiten für Sie. Sie sind mir direkt unterstellt, auch in Köln. Sie bekleiden den Dienstrang eines Untersturmführers und sind Kriminalassistentenanwärter.«

»Vielen Dank, Gruppenführer.« Der Schreck war nicht verflogen, ohnehin begreift man ihn erst später in seinem Ausmaß.

»Ich habe Ihnen zu danken. Allerdings, das muss ich sagen, Sie sollten mich nicht enttäuschen.«

179.

Nachdem Elisabeth Karl den Kleinen ins Bett gebracht hatte, fragte Lena: »Du glaubst …«

Es klingelte an der Wohnungstür. Raben öffnete. »Komm rein.«

»Ich halte es zu Hause nicht mehr aus«, sagte Lichtigkeit. »Aggressivität, die sich hinter Gleichgültigkeit versteckt.« Er trug eine Tasche in der Hand.

»Mehr als das Sofa haben wir immer noch nicht.«

»Ich weiß. Lieber auf dem Sofa als mit … ihr im Himmelbett.« Er betrat den Flur und hängte sein Jackett an einen Haken. Den Hut legte er auf die Kommode.

»Ach, du«, sagte Lena.

»Ich hatte mit Jubel gerechnet«, erwiderte Lichtigkeit.

»Jubel gibt's hier nur für den Führer«, sagte Lena.

»So hatte ich es mir gedacht«, sagte Lichtigkeit und setzte sich an den Tisch. Raben holte Aufschnitt und Butter, Lena schnitt Brot.

Lichtigkeit hatte Hunger. Nachdem er gegessen und getrunken hatte, stellte Raben zwei Bier auf den Tisch.

»Wein?«, fragte er Lena.

»Nee, heute nicht«, sagte sie.

»Ich auch nicht«, sagte Raben.

»Du bist übermüdet, sei froh, dass dich Heydrich zum Aktensortieren verdonnert hat«, erwiderte Lena.

»Ja, ja. Ich bin sicher, er hat ein Bonbon im Haufen versteckt, um mich zu prüfen. Wenn ich's finde, bin ich ein Guter. Wenn nicht, bin ich ein Verräter, Agent der Kommune oder was du willst. In den Akten befinden sich Namen und Adressen, und ich muss nachsehen, ob die Leute bereits verhaftet wurden … oder sie selbst verhaften. Ich kann die Kippenberger-Nummer nicht wiederholen.«

»Wie bitte, der Polizistenmörder?«, fragte Lichtigkeit.

Mist, dachte Raben, es ist mir rausgerutscht. Lena hat recht, ich bin nicht in Form. »Ja, der. Ich möchte nicht darüber sprechen.«

»Du hast den über die Grenze geschmuggelt …« Er blickte Raben aus großen Augen an.

»Nichts hab ich«, log Raben. »Ich darf über die Sache nicht sprechen, sonst dreht mir Heydrich den Hals um. Bitte!« Wüsste Heydrich die Wahrheit, Rabens Kopf wäre längst gefallen.

»Bitte, Georg. Nicht mal ich kenne die ganze Geschichte«, sagte Lena und blickte Raben an. Ihre Augen fragten: Bist du jetzt völlig durchgedreht?

»Wenn wir weiter zusammenarbeiten wollen, sollten nicht zu

viele Geheimnisse zwischen uns stehen. Ich möchte schon wissen, wofür die mich köpfen«, sagte Lichtigkeit. Der Missmut war nicht zu überhören.

»Ich arbeite bei der Gestapo«, sagte Raben. »Ich riskiere mein Leben bei Unternehmen, über die ich mit niemandem sprechen kann, nicht mal mit Lena. Würde ich nicht schweigen, könnte ich nichts mehr tun.«

»Ich habe mit Karl zusammen Fehrkamp aus Wien nach Berlin verschleppt«, sagte Lena. »Ich mag gar nicht mehr daran denken.«

»Alles, was Fehrkamp vorm Gericht ausgesagt hat, ist also wahr?«, fragte Lichtigkeit.

»Was seine Rückkehr nach Berlin angeht, auf jeden Fall«, sagte Lena.

Raben verdeckte die Augen.

»Ich musste es sagen, damit Georg versteht, worum es sich handelt.« Lena zog Rabens Hand vor den Augen weg. »Mach nicht so ein Theater. Georg ist unser Freund, er hält dicht.«

»Du hast den Folterkeller nicht gesehen«, sagte Raben mit bedrückter Stimme.

»Fehrkamp, Kippenberger, wer noch?«, fragte Lichtigkeit wütend.

»Ich werd's dir nicht sagen und im Fall des Falles alles abstreiten«, erwiderte Raben. »Ich bin in deiner Hand. Wenn du mich bei der Gestapo verpfeifst, sind Lena und ich tot. Und Karlchen landet bei einer NS-verseuchten Familie.«

Lichtigkeit grübelte. Schließlich sagte er: »Entschuldigung! Wirklich. Ich hätte nicht fragen sollen. Aber ich habe deine Geheimnistuerei in den falschen Hals bekommen.«

»Gut«, sagte Lena. »Darauf einen Doppelkorn.« Sie verteilte Gläser und goss ein. »Prost, auf euch!«

Lichtigkeit schüttelte den Kopf. »Warum bittest du mich nicht um Hilfe?«

»Es reicht, wenn einer …«

Sie legte ihre Hand auf seine. »Schluss! Ich will nichts mehr hören.«

Raben blickte Lichtigkeit an: »Du willst helfen? Gut, dann suchen wir morgen Schreiber.«

»Karl, ich helfe, wo ich kann. Aber das ist Unsinn. Schreiber ist Heydrichs Mann. Glaubst du nicht auch, dass du dir zu viel vor die Brust nimmst?«

180.

Er wachte zu früh auf. Die Sonne färbte den Vorhang. Lena schlief noch. Er hatte von Heydrich geträumt, von einem aufgerissenen Mund, der ihn anbrüllte. Müller stand bereit, die Luger in der Hand.

Die Angst strömte aus der Tapete in seine Brust. Die Schmerzen umklammerten sie. Er atmete vorsichtig, vielleicht ließ sich der Schmerz besänftigen. Er dachte an die Worte des Doktors: »Sie haben nichts am Herzen. Sie haben Angst, aber das ist eine andere Angst als die, bei der einem höchstens der Schweiß fließt. Ihre Angst kommt aus Ihrem Inneren, aus dem Hirn, das sich die Dinge schwärzer als schwarz malen kann. Glauben Sie mir, ich kenne es. Versuchen Sie sich zu entspannen und gut zu schlafen. Baldrian könnte helfen ... vielleicht.«

Er ließ sich die Erklärung durch den Kopf gehen. Atmete, beobachtete den Vorhang, wie er sich färbte, jetzt Orange, das Weiß wurde. Er dachte an Lichtigkeit, der letzte Nacht am Ende immer noch bedrückt erschienen war. Der bedauerte vielleicht seinen Wutanfall, oder dass er ihn hatte verrauchen lassen.

Er beobachtete Lena. Sie lag wieder verdreht im Bett, als führten ihre Körperhälften ein Eigenleben.

Es war ein neuer Tag, die Sonne schien, es würde heiß werden, und er würde über Heydrichs Akten sitzen.

181

»Das wollen Sie nicht wissen«, sagte Lichtigkeit.

Gennat blickte ihn von schräg unten an. Nickte. »Wenn das so ist. Ich telefoniere mit ihm, und dann ...«

Der neue Polizeipräsident hieß Helldorff, der SA-Rabauke, der eingesetzt worden war für den hilflosen Admiral. Der war nicht eingeschritten, als SA-Schläger mal wieder den Ku'damm überfielen, um vermeintliche Juden und Marxisten zu verprügeln. Und jetzt wurde der Teufel zum Heiland: Helldorff hatte dieses Spiel früher selbst gespielt, galt als einer der übelsten Schläger. Ausgerechnet der sollte nun für Ordnung sorgen.

»Kommen Sie rein«, sagte der Polizeipräsident. »Der alte Gennat hat mich beredet, Sie vorzulassen. Hoffentlich lohnt es sich.«

Plötzlich verließ Lichtigkeit der Mut. Wenn er mit seinem Vorstoß nur Schaden anrichtete? Aber nein, er hatte Schreiber gefasst. So hatte es in der Zeitung gestanden.

»Sie haben gewiss erfahren, dass der Serienmörder Schreiber aus dem Gefängnis verschwunden ist. Zwei Beamte vom Reichsjustizministerium oder der Gestapo haben ihn im Gefängnis abgeholt, seitdem ist er abgetaucht, lebendig oder als Leiche.«

Helldorff lachte sein SA-Lachen. »Setzen Sie sich, einen Cognac?«

»Einen kleinen vielleicht«, erwiderte Lichtigkeit. Ob Helldorff es als Beleidigung verstand, wenn er nicht mittrank? Er sah die Flasche auf dem Schreibtisch und das Glas. Helldorff stellte ein zweites auf den Besuchertisch.

Der Polizeipräsident war gerade nach Berlin versetzt worden. Vielen gefiel das nicht. Helldorff, dem eine Schlägerei auf dem Ku'damm die Versetzung aus Potsdam einbrachte.

»Schreiber, ich habe die Akte angeschaut«, sagte Helldorff. »Miese Type, Triebtäter. Schwanz abschneiden, dann den Kopf abschlagen.

Wie der das geschafft hat? War wohl der Kamerad Heydrich am Tricksen. Ich habe nachgefragt bei Gürtner, unserem Reichsrechtsverdreher ... Prost!«

Georg trank nur einen Tropfen, Helldorff leerte das Glas und goss sich erneut ein. Zeigte Lichtigkeit die Flasche und nickte aufmunternd.

»Nein danke, Herr Polizeipräsident.«

»Hm. Also, ich frage den Gürtner, und der ruft zurück und sagt tatsächlich, sein Ministerium habe niemanden losgeschickt. Der Fall Schreiber liege beim Staatsanwalt, wo er hingehört. Hat also der Kamerad Heydrich sich um den Fall gekümmert. Steckt er drin in der Sache? Er ist ja der Beglücker der Berliner Damenwelt.«

»Ich ... weiß es nicht.«

»Gefährliche Antwort. Sie hätten böse widersprechen müssen ... hahaha, nur ein Scherz.« Helldorff roch an seinem Glas und leerte es. »Das stinkt Ihnen, ich weiß. Mir auch. Ich mag keine Frauenmörder, ein feiges Pack. Der Typ läuft jetzt frei in der Landschaft herum und sichtet schon die nächste Beute. Wenn den jemand loswerden wollte, hätten wir die Leiche schon gefunden. Das wäre doch der Zweck gewesen, uns schnell den Mörder zu liefern, damit die Ermittlungen aufhören.« Er blickte Lichtigkeit an, dann zum Fenster hinaus. »Was für ein Tag. Draußen Sommer, ein paar Straßen weiter Heydrich und sein Triebtäter.« Er schloss die Augen. »Und Gennat, wie geht's dem Buddha?«

»Er ist nach wie vor Endverwerter einer Versorgungslinie zur Konditorei.«

»Prima, er hat es sich verdient, trotz alledem. Immerhin ist er unser bester Kriminalpolizist, und dass er kein Nazi ist, haben wir übersehen.« Er verbeugte sich auf seinem Sessel. »Wir achten Leistung und freuen uns, dass wir den besten Kriminalisten weltweit haben. Um den beneiden uns sogar die Amerikaner. Die machen immer noch Pilgerfahrten zur Verbrecherkartei. Steht Schreiber drin?«

»Noch nicht«, erwiderte Lichtigkeit.

»Mysteriös«, sagte Helldorff. Nippte an seinem Glas, stellte es auf den Tisch. »Wenn der nur die Böhme meinte und die anderen umgebracht hat, um den einen Mord in der Serie zu verstecken? ... Nein«, sagte er. »Er hat den bestimmt irgendwo verbuddeln lassen. Um das herauszufinden, sollten Sie bei der Gestapo nachhaken. Die wartet nur auf solche Geschichten.«

Lichtigkeit nickte, fragte sich, welcher Teufel ihn geritten hatte, ausgerechnet zu Helldorff zu gehen. Ich sag's Karl, und der soll in der Gestapo schnüffeln, wenn er es unbedingt wissen will. Allerdings, wenn Schreiber wieder eine Frau umbringt?

182.

»Ich hab Helldorff gefragt, ob er weiß, wo Schreiber steckt. Vielleicht packt den der Ehrgeiz. Der Konkurrenz würde er gern eine mitgeben.«

Lena starrte ihn an. Raben lächelte. »Ich glaube aber nicht, dass der sich mit der SS anlegt. Gerade Helldorff ...«

Lena nickte. »Und doch, vielleicht fragt er diesen und jenen. Er würde doch so gern einen Schreiber aus dem Hut zaubern, wenn er Himmler mal wieder trifft. Ich finde es sehr mutig, was du getan hast. Karl sollte gar nicht erst auf die Idee kommen, in der Prinz-Albrecht-Straße zu schnüffeln. Die Wahrscheinlichkeit, dass er Schreiber findet, ist knapp über null, die Wahrscheinlichkeit, erwischt zu werden, liegt bei knapp hundert Prozent.«

»Ich hasse es, wenn Mörder nicht bestraft werden. Der kann jetzt wieder auf Frauenjagd gehen«, sagte Raben.

»Bestimmt nicht in Berlin«, sagte Lichtigkeit.

»Wenn er nicht längst in der Spree taucht«, sagte Lena. »Was allerdings ein paar Fragen aufwerfen würde.«

»Auf die wir keine Antworten erhalten werden, bis dieser Hexen-
sabbat endlich vorbei ist«, sagte Raben. »Und das wird noch ein
paar Tage dauern.«

Sie lachten, Bitternis eingeschlossen.

183.

Eckes und Raben wälzten Akten, glichen ab, versuchten Leute zu
finden, die der Gestapo bisher durch die Lappen gegangen waren.

»Hier hab ich den Genossen Kippenberger samt Anhang. Nach
Paris abgehauen, aber das wissen wir ja. In Moskau hat die deutsche
Sektion der Kommunistischen Internationale ein Parteiverfahren
gegen ihn angestrengt. Pieck und Ulbricht mochten den noch nie.
Er hat sich ihrer Kontrolle entzogen, das überlebt er nicht. Ist doch
schön, bringen sich die Menschenfresser gegenseitig um. Wir sollten denen ein Dankschreiben widmen.«

Raben starrte an die Wand, dachte an Kippenberger und Thea.
Um sie tat es ihm leid, er hatte sie gemocht. Sie ließ sich das Rück-
grat nicht brechen. Nun hatte Raben die beiden samt ihren Kindern
vor der Gestapo gerettet und dem NKWD neue Beute zugeführt. Er
fühlte sich elend. Was war über die Welt gekommen, schlimmer als
die Hunnen? Sein Leben hatte nichts Gutes mehr. Was er tat, war
gleichgültig. Er riskierte seinen Hals, um Leuten zu helfen. Aber
sie starben doch.

Er verließ das Haus, ging ein paar Schritte und lehnte sich gegen
eine Hauswand. Sah einen Benz heranfahren und vor der Tür halten. Vorn und hinten sprangen schwarz Uniformierte aus dem
Wagen. Der eine öffnete die Wagentür, und ein Mann stieg aus.
Heydrich kam ihm lachend entgegen. Himmler, sein Ziehvater. Man
müsste jetzt eine Handgranate werfen, aber das Böse wäre damit
nicht aus der Welt, ging Raben durch den Kopf. Jedes dieser Mons-

ter war ersetzbar, außer dem Führer. Ohne die letzte Instanz bräche der Laden zusammen.

Die Herren verschwanden im Haus. Sie besprachen bestimmt, wie sie endlich die gesamte Polizei unter ihre Herrschaft bringen konnten. Seit Himmler seinem Führer beim Röhm-Putsch als Mordgeselle geholfen hatte, hatte er einen Karrieresprung gemacht. Er unterstand nur noch Hitler. Es hatte sich gelohnt, dass der Reichsführer SS und der Propagandaminister Goebbels dem Führer lauter Beweise für Röhms Untreue vorlegten, die sie meisterhaft erfunden hatten.

Raben wollte die schwarzen Gestalten nicht mehr sehen, ging weiter. Heydrich dürfte beschäftigt sein, Eckes würde ihn nicht verpfeifen.

»Sie haben bestimmt … NSV.« Büchsenklappern, der Reichspfennig in seiner traurigsten Rolle. Ein SA-Mann, klein, feist, verschwitzt.

»Verpiss dich!«, schnauzte Raben.

Der Mann erstarrte, dann: »Was erlaubst du dir, du Ratte?«

Raben schlug ansatzlos zu. Der Mann fiel zu Boden, seine Büchse rappelte auf dem Bitumen. Raben hörte Schreie, aber auch ein leises Bravo. Ein Schupo eilte an den Tatort. »Sie haben diesen Mann niedergeschlagen, das hat Folgen. Kennkarte her!«

Raben zeigte ihm die Gestapo-Marke und ging weiter. Er hörte das Getuschel im Rücken: Die dürfen alles. Wurde Zeit, dass die Sammelbüchse mal was abkriegte. Was erlauben sie sich?

Bald war es still. Dem Klappern nach zu urteilen, setzte der SA-Mann seine Sammlung für die Nationalsozialistische Volkswohlfahrt fort. Die Nazis fanden immer Vorwände, um den Bürgern das Geld aus der Tasche zu ziehen, und sie wurden immer aggressiver.

Als er in Zimmer 17 zurückkehrte, blickte Eckes ihn böse an. »Der Gruppenführer verlangt nach Ihnen.«

»Ich dachte, der hat Besuch vom Reichsführer SS.«

»Ja, eben.«

184

»Immerhin hat er uns nicht die Bullen geschickt«, sagte Kahle.

Sie trafen sich in einer Kneipe nahe Ehrigs Kaserne. In einer Ecke saß ein altes Paar vor einem Glas Bier.

»Arme Schlucker. Viel hat sich nicht geändert«, sagte Kahle nach einem Blick auf das Paar. »Es fehlt an Butter, Margarine, Wurst, Fleisch. Schlangen überall.«

»Butter oder Kanonen«, erwiderte Deuter. »Ist doch klar. Wir müssen aufholen, bevor der Russe uns überfällt. Niemand verhungert.«

»Da wär ich mir nicht so sicher«, sagte Deuter.

»Scheiß drauf, das sind die ersten Opfer des kommenden Kriegs. Da geht's ums Überleben. Kein Opfer ist groß genug«, sagte Deuter.

»Und wenn es dir so ginge wie den beiden Alten?«

»Mir geht's nicht so.«

»Heil Hitler, Kameraden!« Ehrig deutete auf den Wirt hinterm Tresen. »Eine Molle!« Er stellte sich an den Tisch. Mit ihm zog eine Wolke Frischluft in den Raum, die der Gestank aber gleich verspeiste.

»Na endlich!«, sagte Vetter. »Wir hatten schon gefürchtet, der Teufel hätte dich geholt.«

»Raben?«, fragte Ehrig.

»Bist du sicher, dass er dir nicht gefolgt ist? Weißt du, warum er die Bullen rausgelassen hat?«, fragte Wetterau.

Ehrig setzte sich. »Der will uns selbst fertigmachen, ganz einfach.«

Die anderen nickten.

»Und schon deshalb müssen wir ihn loswerden. Wenn es einen Mörder gibt, dann doch den. Der dürfte sowieso sauer sein. Mir hat einer von oben gepfiffen, dass der Aphrodite-Mörder abgetaucht ist. Einfach so, aus der U-Haft.«

»Da hat aber jemand was zu verbergen«, sagte Schenk. Er warf das Zündholz in den Aschenbecher. »Und ich glaube, ich weiß, wer das ist.« Zündete sich eine Zigarette an.

»Doch nicht der, an den ich gerade denke?«, fragte Kahle.

»Genau der«, sagte Ehrig. »Die SS schreckt vor nichts zurück. Wie auch, nachdem sie unseren Röhm und so viele Kameraden umgebracht hat. Wir dürfen seitdem mit der Sammelbüchse Volksgenossen jagen und Reichsparteitage mit unserer Anwesenheit schmücken, aber die Freunde des Reichsführers schützen unsere Frauen nicht oder stecken selbst in Sauereien drin.« Er blickte sich um. Der Wirt kämpfte mit dem Zapfhahn, die beiden Alten beglotzten ihr Bierglas, als füllte es sich davon.

Endlich kriegte Ehrig seine Molle. Noch mit Schaum an den Lippen flüsterte er: »Ich habe gehört, Gestapo und Kripo sind fast alle nach Nürnberg abkommandiert …«

»War im letzten Jahr auch schon so«, sagte Kahle missmutig.

»Das heißt, der Raben ist auch da, du Depp«, sagte Ehrig. »Abends wird gesoffen, tagsüber die Arschbacken zusammengekniffen, wieder gesoffen. Wie leicht geschieht da ein Unfall? Wo so viele Leute zusammenkommen, die gern saufen, da gibt's leicht eine Keilerei. Und dieser und jener trägt einen SA-Ehrendolch, den haben die uns nicht abgenommen. Ich gehöre zur Abordnung der Wehrmacht, die ihrem Führer auch huldigen will.« Er blickte in die Runde. »Wir sind alle in Nürnberg, Raben auch. Alles klar?«

185.

Himmler stand am Fenster, Heydrich saß am Schreibtisch.

»Heil Hitler, Reichsführer!«, sagte Raben.

»Heil!«, erwiderte Himmler. Sein Gesicht verschwamm im Gegenlicht.

»Heil Hitler, Gruppenführer!«

Heydrich deutete den Gruß an. »Der Reichsführer wollte Ihnen danken.«

»Wenn Sie mir die Bemerkung gestatten: Dafür gibt es keinen Grund.«

»Ich glaube, das entscheide ich«, sagte Himmler mit sanfter Stimme. »Das Leben für den Führer hält nicht nur freudige Überraschungen bereit. Aber wenn mir der Gruppenführer von Ihren Abenteuern berichtet, bin ich immer guter Laune. Wollen Sie nicht ein Buch schreiben? *Ein SS-Offizier auf der Jagd*, das könnte der Titel sein.«

Raben erschrak. Dieser Vorschlag erwischte ihn unvorbereitet. »Reinhard Heydrichs Jagdhund«, erwiderte er und erntete Lachen.

»Sie sind wirklich genau so, wie der Gruppenführer Sie beschreibt. Seine Menschenkenntnis ist unübertrefflich.«

Minus zwanzig Grad in Sibirien, so fühlte er sich.

»Ich werde es mir überlegen«, sagte Raben. »Eigentlich habe ich keine Zeit. Ich bin kein Schriftsteller …«

»Aber Ihre Frau schreibt hervorragend, wenn auch zu wenig«, sagte Heydrich.

Minus fünfundzwanzig Grad.

»Sie sind längst fällig für eine Beförderung in der SS. Es gibt SS-Männer, die wurden letztes Jahr gleich zwei- oder dreimal befördert. Nach dem Reichsparteitag …«

»Ich fühle mich geehrt, Reichsführer!«

»Über das Buch reden wir auch nach dem Parteitag, Obersturmführer.«

»Jawohl, Gruppenführer.«

VI. Tag der Freiheit

186.

»So ein Mist!«, sagte Raben.

»Hiel Hitla!«, trötete Karl der Kleine.

»Das hat er von Mama und Papa gelernt. Soll noch einer sagen, wir wären keine Verehrer des Führers«, sagte Lena.

»Du passt bitte auf unseren Pimpf auf, während wir in Nürnberg sind«, sagte Raben mit Blick zu Elisabeth.

»Wir werden zusammen *Mein Kampf* lesen«, erwiderte Elisabeth. »Das versteht der Kleine besser als ich.«

Lichtigkeit wartete schon mit dem Dienstwagen. Sie stiegen ein. Der Nürnberger Reichsparteitag wartete.

»Ich habe meine persönliche Assistentin mitgebracht. Wenn es Sie stört, Herr Kommissar, werfen wir sie am Bahnhof raus.«

Er erntete einen Ellbogen im Magen und ein Lachen.

»Au«, sagte Raben. »Georg, da gibt's nichts zu lachen. Du bist mir vielleicht ein Freund und Helfer.«

»Ist was?«, fragte Lena.

Lichtigkeit fuhr los. »In der Bahn hätten wir wie die Sardinen gesessen. Und die meisten Sardinen dort riechen streng.«

»Besser, als neben einer Furie zu sitzen«, sagte Raben. »Madame stinkt zwar nicht, aber man muss jeden Augenblick mit einem Überfall rechnen.«

»Du weißt gar nicht, wie viele Männer davon träumen, von mir verprügelt zu werden.«

»Jetzt wird's pervers. Ich schalte mich aus, bis ihr euch abgeregt habt«, sagte Lichtigkeit.

»Sie will endlich dem Führer begegnen, in seine Augen blicken.«

»Der Führer ist keine Schönheit, aber ich sag euch, seine Augen, die Augen.« Sie schloss ihre und seufzte.

»Gibt's auf dem Weg eine Irrenanstalt?«, fragte Raben.

»Jetzt ist's aber gut«, sagte Lichtigkeit. »So weit ist mein antifaschistisches Bewusstsein noch nicht, um solche Sprüche zu ertragen.«

»Schade«, sagte Lena. »Aber auch du wirst es noch lernen.«

Sie übernachteten in einem kleinen Hotel, über dessen Eingang eine riesige Hakenkreuzfahne wehen sollte. Sie hatte sich aber mit der Stange verknotet.

»Der Wind ist unser Freund«, sagte Raben.

Nur durch sein Geschick als Fahrer eroberte er einen Parkplatz. Ein Goldfasan mit Chauffeur im Mercedes blökte aus dem Fenster. »Verschwinden Sie hier. Das ist mein Parkplatz!«

Raben sprang aus dem Wagen und zeigte dem Politischen Leiter seine Dienstmarke. Gestapo, davor hatten alle Angst. Der Goldfasan stieß einen Kubikmeter Luft aus, dann ließ er den Fahrer wenden.

»Bis bald auf dem Parteitag!«, sagte Raben gespielt fröhlich.

Der Goldfasan drehte die Scheibe hoch und flog weg.

Lichtigkeit grinste.

Sie betraten die Eingangshalle, mehr Hakenkreuze als Hakenkreuze. Egal, wohin sie blickten, das Kreuz glotzte zurück. Sie mussten warten, vor ihnen stand braunes Pack.

Am Morgen, im Frühstücksraum, glühte die Vorfreude der Braunen. Sie fanden Platz an einem Tisch, an dem eine Frau saß, deren Bonbon glänzte. Glücklicherweise hatte sie schon gefrühstückt und verschwand bald.

»Was zeigt uns dieser Zustand?«, fragte Lichtigkeit und blickte in den Raum.

»Dass der Führer nur besoffen zu ertragen ist«, sagte Lena.

Sie lachten.

Endlich erschien die Kellnerin. Sie bestellten, was es nicht nicht gab, Schweinemalz statt Butter oder Margarine, Streichwurst und Käse statt Aufschnitt, Ersatzkaffee, weil Kaffeebohnen Mangelware waren.

»Es geht aufwärts, Volksgenossen. Ich freue mich schon auf die nächste Parade, bei der unsere Butterstullen an uns vorbeirollen werden«, sagte Lena.

Raben versuchte aufzuwachen.

Die Kellnerin war immerhin flink. Sie brachte Graubrot, keine Brötchen – »Gibt's gerade nicht« –, statt Streichwurst Konfitüre – »So viele Leute« – und immerhin Zichorienkaffee statt heißem Leitungswasser, in das man sich den Kaffeegeschmack denken sollte. Sie zuckte die Achseln, als sie fertig war. »Lassen Sie es sich trotzdem schmecken.«

»Erdbeermarmelade auf Schweineschmalz«, stöhnte Lena.

»Immer feste an den Führer denken«, flüsterte Raben.

Sie lachte ihn an. »Der Miesepeter ersetzt uns die Sonne.«

»Ich scheine gerade auch draußen«, erwiderte Raben. Seine Angst hatte ihn gezwungen nachzudenken. Er hatte zwar einen zweiten, kleinen Koffer vorbereitet. Dinge, die er brauchte für den verrückten Plan, der in seinem Hirn kreiste. Bisher hatte er den Eindruck, am einfachsten wäre es, sich gleich den Kopf abschlagen zu lassen. Bei Fehrkamp hatte er seinen Glücksvorrat fürs Leben verbraucht, dazu waren die Umstände perfekt gewesen. Aber er erlebte zum ersten Mal, dass ein Erfolg ihn nicht erleichterte.

»Größenwahn ist sein hervorstechendes Merkmal«, sagte Lena.

»Ich dachte bis jetzt, von der Sorte gibt's nur einen«, sagte Lichtigkeit.

»Verbirgt sich nicht in jedem von uns ein kleiner Führer?«, fragte Lena. »Man fängt als Postkartenmaler an …«

»Und wird Meldegänger in einem Krieg«, sagte Lichtigkeit. »Das wird nichts, Lena.«

»Ich finde, meine Ehe …«

187.

Endlich waren sie in Nürnberg angekommen, der *Stadt der Reichs-parteitage*. Am nächsten Morgen ging es los mit dem Drill. Ehrig schmerzten die Füße. Sie übten seit Tagen, »zu gehen wie ein Mensch, nicht wie ein Affe«, wie der Unteroffizier Keller gern brüllte. »Antreten!«

Keller stand klein und dünn samt Schnurrbart vor ihnen, die Mütze lässig auf dem Kopf. »Für unseren Führer!«, brüllte er mit Bart vor den Augen. Dann entblätterte sich das Gesicht. Könnte es sein, dass der Mistkerl zufrieden ist?, fragte sich Ehrig.

»Wegtreten zum Essenempfang!« Diesmal blieb der Schnurrbart unten.

Im Speisesaal saßen Atze und Günter nebeneinander. Am selben Tag eingezogen. Sie waren in der Schulsporthalle des Melanchthon-Gymnasiums am Egidienplatz untergebracht und wurden jeden Morgen zur ehemaligen Kavalleriekaserne an der Bärenschanz-straße gefahren. Stumpfsinn hoch drei. Doch achteten sie den kleinen Unteroffizier, der im Krieg gewesen war und meist nur deshalb brüllte, weil man als Unteroffizier brüllen musste. Sonst wurde es nichts mit dem Feldwebel.

Es gab Eintopf, nachdem sie lange in der Schlange gestanden hatten. »Bin auf den Führer gespannt«, sagte Günter. »Jeden Tag will er andere Volksgenossen begrüßen, die vom Arbeitsdienst, HJ, BDM, die SA, SS und Wehrmacht. Hunderttausende werden da sein, auch Zuschauer.«

»Warst du schon bei einem Parteitag?«, fragte Ehrig.

»Letztes Jahr. Das war phänomenal. Die Reichswehr ist am Schluss dran gewesen. Da hat man mal gesehen, was wir Deutsche in so kurzer Zeit auf die Beine stellen können.«

»*Parteitag der Freiheit* heißt er nun«, sagte Ehrig. »Binnen weniger Jahre hat der Führer uns befreit von Versailles, von den Reparationen, den Rüstungsauflagen. Er hat einfach gemacht, was gemacht werden musste. Die Tommys und die Froschfresser können ihn am Arsch lecken.« Er blickte nach links, Atze, und nach rechts, Günter.

»So ist es«, sagte Günter. »Dagegen ist ein bisschen Druck beim Exerzieren nichts.«

Nach dem Essen standen sie draußen und rauchten. Es war mild, wenige Wolken, eine Brise. Ehrig fand Gefallen am Militär. Er war zu jung gewesen für den Krieg, und die Reichswehr konnte nichts mit ihm anfangen. »Vielleicht bleib ich«, sagte Ehrig. »Der Laden ist echt auf Zack. Dagegen ist die SA ein Haufen von Anfängern.«

»Wirste abtrünnig?«, fragte Günter. »Ich bestell beim Stabschef Lutze einen Fememord.«

Sie lachten. Alle Sorgen waren weit weg.

»Das ist wie eine große Familie«, sagte Ehrig. »Oh, guckt mal, der BDM!«

Auch die Mädels übten sich in Anbetung des Führers.

»Eine hübscher als die andere«, sagte Atze und trat seine Kippe aus.

»In ein paar Jahren haben wir Krieg. Der Führer bescheißt die Alliierten nach Strich und Faden, und dann gibt's Senge. Lasst uns das Leben noch genießen«, sagte Günter.

»Du bleibst hier, sonst geht dir die Reichshexe an die Gurgel, die Frauenführerin Gertrud Scholtz-Klink.«

»So was gibt's?«, fragte Ehrig.

Günter lachte. »Im Reich gibt es für alles Führer. Ich warte noch auf den Reichstaubenführer …«

»Das ist doch Göring als Reichsjägermeister«, sagte Ehrig.

»Seit wann werden Tauben gejagt?«, fragte Atze.

»Göring untersteht alles, was flattert und läuft, außer den Menschen. Für die ist der Führer zuständig«, sagte Ehrig.

»Ich dachte, der ist der Chef von allen, auch der Tauben«, sagte Günter.

»Da haste natürlich recht. Aber es gibt die Unterchefs, zum Beispiel den General von Blomberg, den Reichswehrminister. Der ist gewissermaßen unser Göring, nur nicht so fett«, sagte Atze.

Sie grinsten. So war das beim Militär. Entweder schoss und exerzierte man, oder man redete Blech.

Was Ehrig aber bei all dem Gerede nicht vergaß, war Raben. Bestimmt tauchte der in Nürnberg auf. Mit ein bisschen Glück konnte er ihn finden, und in dem Trubel von Hunderttausenden in der Stadt, viele davon am Abend besoffen, ja, da würde sich was finden. Seinen SA-Dolch hatte er mitgenommen, samt Widmung von Röhm.

188.

»Wenn ich fliegen könnte, dann würde ich einen Bomber nehmen und Nürnberg plattmachen. Dann wären wir fast das gesamte Pack los«, sagte Raben.

»Könnte es sein, dass du staatsfeindliche Äußerungen absonderst?«, sagte Lichtigkeit.

»Wer es nicht tut, ist feige oder verrückt.«

»Großmaul«, sagte Lena.

Raben holte mit der Faust aus – »Siehst du, Georg, so ist es immer, wenn wir allein sind« –, schnaubte wie ein Stier und popelte sich im Ohr.

»Wenn's hilft«, sagte Lichtigkeit.

Er steuerte den Wagen sicher auf der Reichsstraße, die ihren Namen nicht verdiente, eher Schüttelpiste war. »Das ist eine Panzerübungsstrecke. Die Avus für Autos, die Reichsstraße für die stählerne Faust des Führers.«

Je näher sie Nürnberg kamen, desto dichter wurde der Verkehr. Georg fluchte vor sich hin, während Raben und Lena schwiegen. Sie nahm seine Hand.

»So warm ist es aber nicht mehr«, sagte Lena und trocknete ihm die Stirn. Sie wusste, was mit ihm los war. Raben hatte Angst, nur noch Angst.

189.

Nachts streifte Ehrig durch die Stadt. Er befühlte den Dolch in der Hosentasche, den Ernst Röhm ihm persönlich übergeben hatte bei einem Aufmarsch der Alten Kämpfer.

Der Hass auf Raben trieb ihn durch die Straßen und Gassen. Wo würde Raben absteigen? Er fragte sich durch. Selbstverständlich würde der Herr Raben nicht in einem Zelt oder einer Massenunterkunft untergebracht. Ehrig arbeitete den Grieben-Reiseführer ab, als wäre der eine Wanderkarte. Und dann endlich, als die Besoffenen die Herrschaft in der Stadt übernommen hatten – »Komm mit einen trinken, Kamerad!« – betrat er das *Haus Förster* in der Karolinenstraße 47. Hinterm Tresen guckte ihn ein Dekolleté an, wie es tiefer nicht sein konnte. Es hatte Bewunderer angezogen, die Gründe suchten, in seinen Anblick zu kommen.

»Darf ich mal, muss nur was fragen, Kameraden«, sagte Ehrig.

»Oho, die Gestapo.«

Ehrig erwiderte nichts. Vielen Dank, mein Herr mit dem Gamsbarthut. Er legte der Frau einen Zettel vor. »Hat der bei Ihnen reserviert?«

Die Frau blickte ihn freundlich an, die Nasenspitze zeigte zum Himmel. Sie blätterte in einem Buch, dick und in Leder gebunden. »Ich habe hier nur eine Frau Raben.«

»Lena?«

»Ja.«

190.

Lena war eingeschlafen. Ihr Kopf lehnte an seiner Schulter. Er schloss die Augen und versuchte sich das Parteitagsgewühl vorzustellen. Wie sollte er Ehrig finden unter Hunderttausenden Führererbegeisterten?

Lichtigkeit pfiff leise vor sich hin, wenn er nicht gerade Autofahrer beschimpfte. Nebe schickte seine Kriminalisten nach Nürnberg. Er wollte sofort zur Stelle sein, wenn ein Verbrechen geschah. Nur Gennat und ein paar untere Dienstgrade wie Wadenbeißer Wendig waren im Präsidium geblieben.

Sie erreichten Nürnberg und steckten im Stau. Es war Nacht geworden.

Lena erwachte. »So viele Nazis auf einem Haufen.«

»Die erwarten zum Parteitag bis zu fünfhunderttausend Leute«, sagte Lichtigkeit. »Und sie bauen fleißig weiter, um den Luitpoldhain in eine ordentliche Aufmarschfläche zu verwandeln. Marschieren und antreten können sie, da gibt's keinen Zweifel.«

»Wie überlebe ich diese Zusammenballung von Blödheit?«

»Augen zu und durch«, sagte Raben. Er gähnte, öffnete das Fenster, um es gleich wieder zu schließen. »Es stinkt.« Wie soll ich Ehrig finden? Soll ich Reichenau anrufen? Nein. Erstens erreiche ich den schlecht, weil der sich irgendwo hier herumtreiben dürfte. Zweitens hat der General gewiss schon einen Verdacht. Raben wusste nicht, wie Reichenau reagierte, wenn er einen Soldaten verlor. Ein Offizier durfte sich das nicht gefallen lassen. Aber vielleicht war er längst taub und blind für all das Morden. Die Leute sagten Reichenau nach, der treueste Anhänger des Führers in der Wehrmacht zu sein.

Es ging ein paar Schritte weiter. Das Automobil ruckelte, als Lichtigkeit die Kupplung zu schnell schloss.

»Jetzt bin ich endlich wach«, sagte Lena. Sie kramte in einer

Tasche und holte Margarinestullen heraus. »Das müssen wir jetzt auffuttern. Jeder eine Stulle.«

Während er kaute, überkam Raben die Verzweiflung. Ein Einzelner ging in der Menschenmenge unter. Die Wehrmacht sollte den Führer am letzten Tag beehren. Doch wenn er Ehrig erst dann entdeckte, hatte er nur eine Nacht, um ihn sich zu schnappen. Aber finde einer einen Soldaten unter Zigtausenden. Unmöglich.

Endlich erreichten sie das Hotel *Haus Förster* in der Karolinenstraße und hatten das Glück, dass ein unter Hakenkreuzen zusammenbrechender Opel das Weite suchte.

Die Empfangshalle war groß, aber nicht groß genug. Es drängten sich Uniformierte, Bonbonträger, Lakaien und Goldfasane in Voll-Lametta auf der Brust. Da blitzten und glänzten die Orden und Ehrenzeichen, mit denen Partei und Staat um sich warfen wie Marktschreier auf dem Hamburger Fischmarkt mit Heringen. Im Dutzend billiger.

Lichtigkeit war ihre Vorhut, die endlich den Widerstand überwand. Lena und Karl stellten sich neben ihn. Sie füllten ein Formular aus. Das Dekolleté auf zwei Beinen las und sagte: »Herr und Frau Raben, gestern Nacht hat jemand nach Ihnen gefragt.«

»Ein Herr? Hat er seinen Namen genannt?«, fragte Raben.

»Nein, bedaure.«

»Trug er Uniform?«

»Ja, ein Soldat.«

Raben legte seine Gestapo-Marke auf den Tresen, was die Frau erschreckte. »Ich bin Kriminalkommissar Karl Raben. Wenn der Herr wiederkommt, will ich sofort unterrichtet werden. Ich verbiete Ihnen, ihm unsere Zimmernummern zu nennen. Sie werden uns jetzt gleich andere Zimmer geben, als in Ihrem Reservierungsbuch stehen. Verstanden?«

Sie versuchte zu lächeln. »Selbstverständlich, Herr Kommissar.«

»Sagen Sie es auch Ihren Kollegen. Das ist eine Sache von staatspolitischer Bedeutung. Sobald der Soldat das Hotel betritt, rufen

Sie mich an und sagen Unverbindliches, tun so, als würden Sie mit einem Gast telefonieren, der mit seiner Reservierung nicht klarkommt. Wenn der Soldat am Tresen steht, sagen Sie, dass Ihr Hotel ausgebucht sei. Dann behaupten Sie, dass das Ehepaar Raben und der Kommissar Lichtigkeit das Haus verlassen hätten. Haben Sie das verstanden?« Wie ein Pauker, bevor er zum Schlag ausholt.

Lena blickte ihn von der Seite an und runzelte die Stirn.

Ihre Zimmer lagen im dritten Stock. Sie warfen ihr Gepäck aufs Bett.

»Wo ist der kleine Koffer?«, fragte sie.

»Im Auto.«

»Was ist drin?«

»Das weißt du besser nicht.«

»Geheimniskrämer.«

Es klopfte. Lichtigkeit trat ein. »Die Zimmer liegen gegenüber, das ist gut.«

»Hast du auch einen Telefonapparat?«, fragte Lena.

»Ja, bei Gefahr einmal klingeln lassen, dann auflegen«, sagte Lichtigkeit.

»Gut«, sagte Lena. Sie schrieb seine Nummer auf einen Zettel und schob ihn unters Telefon.

»War das Ehrig?«, fragte Lichtigkeit.

Lena räumte ihren Koffer aus.

»Wer sonst?«, erwiderte Raben. »Auf jeden Fall ist es sinnvoll, wenn wir davon ausgehen. Er nimmt an, dass ich in Nürnberg bin, und er sucht seit Langem eine Gelegenheit, mich umzubringen.«

»Du hast die arme Frau da unten ganz schön arrogant behandelt, du geheimer Staatspolizist«, sagte Lena.

»Ich habe mich wie ein Gestapo-Kommissar verhalten. Das tut mir leid für sie, aber ich hatte keine Wahl. Sie wird's überleben. Davon abgesehen gefällt mir ihr Ausschnitt nicht, der ist geradezu …«

Lichtigkeit lachte. »Bringt mehr Trinkgeld.«

»Das hat bestimmt ihr Chef befohlen. Was tut man nicht alles für brunftige Arier!«, sagte Lena.

Raben grinste.

»Setz dich aufs Bett«, sagte Lena und zog den leeren Koffer weg. Lichtigkeit tat es. Zündete sich eine Zigarette an. »Ich hoffe, wir kommen hier heil raus«, sagte er.

»Du musst uns nicht beschützen«, sagte Lena. »Dazu hab ich meinen Unglücksvogel.«

»Du redest Blech, Madame«, sagte Lichtigkeit.

»Hast du das gehört, mein Held?«

»Ja.«

»Du forderst Georg nicht zum Duell?«

»Nein, er hat doch recht. Wir werden nachts Wache schieben müssen. Ich trau dem Personal nicht. In dem Gewühl geht viel unter.«

»Wir werden die Prinzessin bewachen wie die Krone Karls des Großen«, sagte Lichtigkeit.

»Das ist ja wohl das Mindeste.« Sie nahm ein langes Messer aus dem Koffer. »Aufregend, mit so was zu schlafen.«

191.

Ehrig umschlich das Hotel. Das Licht der Gaslaternen glänzte auf dem Kopfsteinpflaster, das ein Schauer benetzt hatte. Er überlegte, wie er es anstellen sollte. Aus der Gaststube des Hotels erklangen SA-Lieder.

Als die gold'ne Abendsonne
Sandte ihren letzten Schein,
Zog ein Regiment von Hitler
In ein kleines Städtchen ein.

Mit Kraft gesungen, mit Bier gesungen. Fast gebrüllt. Ehrig liebte dieses Lied, es war traurig, wie vieles in der Kampfzeit traurig gewesen war. Wie viele Kameraden hatten sie verloren?

Traurig klangen ihre Lieder
Durch die kleine, stille Stadt,
Denn sie trugen ja zu Grabe
Einen Hitlerkamerad.

Er lehnte sich an die Wand gegenüber dem Hotel. Wehmut ergriff ihn. Aber sie hatten doch gesiegt, bis der Führer verriet, was er von seiner Armee hielt, als er sie an die Reaktion verkaufte. Zwei Kameraden betraten das Hotel, schon unsicher auf den Beinen. Sie wurden drin mit einem Geschrei empfangen, das die Straße beschallte wie in einer Kirche, nur urtümlicher, ehrlicher. Das waren germanische Klänge.

Er verfolgte, wie nach und nach die Lichter erloschen. Eine Frau verließ das Hotel, blickte sich um, bestarrte ihn ein paar Schrecksekunden lang und zog weiter. Sie versetzte ihn zurück in die Zeit, als er die Böhme kutschierte, die schönste Frau, die er je gesehen hatte. Aber sie war sich ihres Aussehens bewusst und wurde herrisch, wenn ihr was gegen den Strich ging. Ein Handelsvertreter namens Schreiber war es also. Immerhin hatten die Bullen ihn dann in Ruhe gelassen. Ja, er hätte die Dame am liebsten umgebracht und vorher vergewaltigt. Wenn es eine verdient hätte …

Es reichte. Raben würde nicht mehr auftauchen. Aber Ehrig hatte noch Zeit. Er schlenderte am *Deutschen Hof* vorbei, wo der Führer seit dem ersten Parteitag abstieg. Vor dem Hotel wartete die SS auf Attentäter und Wirrköpfe. Neben ihnen ein Mercedes und Motorräder für Verfolgungsjagden. Über dem Eingang triumphierte ein riesiges Hakenkreuz auf roter Fahne, von Scheinwerfern beleuchtet.

Er hörte ein Grölen, das erstarb, als ein anderer brüllte: »Ruhe, der Führer schläft.« Bald sah Ehrig die Reichsbahnschlafwagen, in denen die Diplomaten hausten. Dutzende von SS-Männern liefen Streife, standen Posten. Nirgendwo auf der Erde gab es ein größeres Ereignis, waren mehr Menschen zu einem Zweck versammelt. Deutschlands Freiheit. Dagegen konnten Stalins Paraden auf dem Roten Platz nicht anstinken, nicht der Aufmarsch zum Geburtstag des englischen Königs.

Ehrig war nicht müde. Er schlenderte allein durch die Stadt der Reichsparteitage, sah die Bauten, um noch mehr Menschen unterzubringen, noch mehr Veranstaltungen stattfinden zu lassen. Nürnberg wuchs mit dem Aufstieg des Reichs. Ehrig sah es mit Stolz. Er versuchte, sich vollends auf die Partei und den Führer einzulassen. Er hatte ja keine Wahl, und doch erinnerte er sich an Röhm, wie der gemeinsam mit dem Führer und dem Gauleiter Streicher durchs Spalier der Uniformen geschritten war. Majestätisch, unverhüllter Ausdruck absoluter Macht. Unbefleckt durch jüdische Parasiten.

Er blickte sich um. Eine Kraftdroschke puffte vorbei. Dann herrschte Ruhe. In diesem Augenblick fühlte Ehrig die Kraft der Geschichte, der Vorsehung, wie der Führer es nannte. Unglaublich, in welcher Geschwindigkeit der Führer löste, was unterm Weimarer System unlösbar erschien. Die Arbeitslosenzahlen sanken, überall im Reich wurde gebaut, die Stahlkocher kamen nicht nach, die Industrie fraß die Kohle, Straßen zogen sich durch die Landschaft, Autobahnen, auf denen bald die Panzer und Lastwagen fahren würden, die Deutschlands Grenzen seiner Kraft anpassten. Sie würden Judentum und Bolschewismus ausrotten und ihre Fahne bis zum Ural tragen. Der Führer hatte es vorbereitet, und dafür bewunderte Ehrig ihn. Alle anderen großen Männer hatten gefehlt.

Im Himmel leuchteten die Sterne, Ehrig ging ruhig durch die Nacht. So allein war er nie gewesen. Er blickte sich um, weil es ihm unheimlich war. Niemand, nirgendwo, nur er.

Ehrig irrte sich, er war fast allein. Außer dem Mann, der ihm seit dem Hotel folgte.

192

Raben zuckte zurück. Er hatte nicht schlafen können und beschlossen, einen Spaziergang zu machen. Das würde ihm helfen, klare Gedanken zu finden.

Aber dann sah er durch ein Fenster des Empfangssaals Ehrig in Uniform. Der stand da nicht zufällig, er wartete auf Raben. Sollte er seinen Plan über den Haufen schmeißen und Ehrig gleich erledigen? Mal sehen, wo der hinwill, wenn er mich nicht erwischt, dachte Raben.

»Haben Sie einen Wunsch?«, sagte der Mann am Empfang, dem die Nachtschicht übertragen worden war.

»Nein, vielen Dank.« Bevor der Portier die falschen Leute anrief, zeigte Raben ihm die Gestapo-Dienstmarke. Der Mann erstarrte.

»Ich verfolge schon einige Zeit diesen Mann da draußen. Kommen Sie, Vorsicht, dass er Sie nicht sieht. Kennen Sie den zufällig?«

»Nein, ganz bestimmt nicht.« Die Hände zitterten.

»Sie können ganz beruhigt sein, es geht nur um den da draußen. Sie schweigen über unser Gespräch, verstanden?«

»Selbstverständlich, Herr ... Ich bin ein ... verantwortungsbewusster Staatsbürger.«

»Wenn der Soldat hier auftaucht, rufen Sie mich an. Sie können auch meine Frau anrufen und den Kommissar Lichtigkeit. Wenn keiner von uns erreichbar ist, legen Sie mir bitte eine Notiz in mein Zimmer.«

»Selbstverständlich, Herr ... Kommissar.«

»Jetzt gehen Sie bitte zurück hinter den Tresen.«

Raben lehnte an der Wand und beobachtete Ehrig. Je länger der dastand, desto größer seine Entschlossenheit.

»Soll ich Ihnen einen Kaffee aufbrühen?«

»Nein, vielen Dank.«

»Wenn ich sonst etwas für Sie tun kann ...«

Wie könnte er dem Mann die Angst abgewöhnen?

»Wie gut, dass jetzt gegen die Juden durchgegriffen wird«, sagte der Mann. »Die tanzen uns auf der Nase herum. Ich habe gehört, dass es neue Judengesetze geben soll.«

»Vermutlich«, sagte Karl, dem das in diesem Augenblick egal war.

Er lehnte ein Menschenalter an dieser Wand, bis Ehrig seine Kippe wegschnalzte und loszog.

»Viel Erfolg!«, sagte der Portier.

Raben schlüpfte aus der Tür, ging ein paar Schritte zurück, um sich hinter der Fassade des Hotels zu verstecken. Erst als Ehrig einen Vorsprung gewonnen hatte, wagte sich Raben auf die Straße. Er ging von Sichtschutz zu Sichtschutz. Ehrig hatte es nicht eilig. Er rauchte, guckte hierhin und dorthin, selten zurück. Offenbar fürchtete er nicht, verfolgt zu werden. Wie auch? Raben lächelte. Ehrig bog in eine Gasse ein. Raben lugte um die Hausecke, sah Ehrig an eine Wand pinkeln. Der knöpfte seine Hose zu, steckte sich eine an und trottete weiter. Raben huschte zur nächsten Seitengasse. Ehrig pfiff eine Melodie.

Sie überquerten die Pegnitz und erreichten über den Adolf-Hitler-Platz den Egidienplatz. Dort hielt er an, schwippte seine Kippe weg, bog links ab und ging in einen Hof. Ein Schild: Melanchthon-Gymnasium. Ein Schulgebäude, in dem Ehrig verschwand.

193.

»Nun?«, fragte Lena. »Wo hast du gesteckt?« Sie gähnte und streckte sich.

»Ich habe herausgefunden, wo Ehrig untergebracht ist. Und außerdem erfahren, dass eine neue Sauerei gegen die Juden inszeniert werden soll, sagt der Portier.«

»Warum überrascht mich das nicht? Du bist die ganze Nacht Ehrig nachgestiegen?«

»Die meiste Zeit hab ich nachgedacht.«

»Das dauert bei dir ja länger, hab ich schon gemerkt.«

Er deutete einen Faustschlag an.

»Komm her, wenn du dich traust.«

Nach dem Ringkampf im Freistil wuschen sie sich und gingen zum Frühstücksraum, wo Lichtigkeit schon an einem Tisch saß.

»Endlich«, sagte der. »Ich habe Armeen zurückschlagen müssen, um eure Plätze zu sichern.«

»Das gibt das EK I«, sagte Lena.

»Das Eiserne Kreuz erster Klasse wurde schon für mindere Heldentaten verschenkt«, sagte Raben.

»Was quatschst du vom EK? Willst du dich über unsere Kriegshelden lustig machen?«, schnauzte ein braun verhüllter Fettsack.

Raben zeigte ihm die Gestapo-Marke, die Medizin gegen fast alles. »Ich frage, Sie antworten«, sagte er ruhig. »Und jetzt verpissen Sie sich, bevor meine Laune sinkt.«

Murmelnd zog der Mann ab.

»Das Ding ist wie ein Zauberschlüssel«, sagte Lena. »Hoffentlich stellt dir später keiner Fragen deswegen. Ich meine, wenn dieser Spuk …«

Lichtigkeit blickte sie an. »Du hast offenbar gut geträumt. Ist ja selten geworden in dieser Zeit.«

»Ich wurde von einem Gespenst aus dem Schlaf gerissen, da war es aus mit dem Traum.«

»Du Arme«, sagte Raben und wischte mit dem Handrücken Tränen aus dem Gesicht, die trocken waren wie Wüstensand.

»Sobald man was Ernstes sagt, fängt er an zu flennen. Ich dachte, die Männer wären kernig geworden, wie auf den Plakaten, den Blick gen Osten gerichtet, wo der Untermensch droht.«

Raben war erschüttert über diesen Massenauflauf, wie er sich im Gedränge im Hotel zeigte und in all den anderen Hotels und Pensionen in Nürnberg. In Schulen, Hallen, Zelten. Es war ein Unterschied, es zu wissen und es zu sehen. Deutschland war braun, das zeigte die Geschlossenheit der Deutschen bei den letzten Abstimmungen für Hitler, das zeigte vor allem die Angst, die selbst Nazis vor der Gestapo hatten. Einer Geheimpolizei, der keine Grenzen gesetzt waren, die sich vor nichts und niemandem rechtfertigen musste außer vor sich selbst. In den Jahren seit 1933 hatten sich all die Unkenrufe verflüchtigt, dass dieses Wahnsystem von Dilettanten angesichts der Wirklichkeit von selbst absaufen würde wie ein vom Rost zerfressener Kahn. »Gebt mir vier Jahre Zeit!«, hatte Hitler gefordert und das Reich schon nach einem umgekrempelt.

»Habt ihr gut geschlafen?«, fragte Lichtigkeit. Irgendwie mussten sie die miese Laune loswerden.

»Meine Frau ganz wunderbar, ich bin spazieren gegangen.«

»Ich ahne was«, sagte Georg.

»Keine Sorge, du liegst falsch.«

»Du willst mich schützen«, flüsterte Lichtigkeit. »Ich bin schon erwachsen.«

»Warum sollst du ausbaden, was ich anstelle?«

»Lass ihn machen«, sagte Lena. »Dem Mann ist nicht zu helfen.« Sie schickte ein Lachen hinterher, das sich gleich zusammenfaltete wie ein löchriger Luftballon. »Man tut was, man tut nichts, es ist gleichgültig. Wir haben Blut an den Händen.«

»Judenblut, das spritzt?«, fragte eine Stimme hinter ihnen. Herbert Hagen, Heydrichs Auftragsmörder, klopfte Raben auf die Schulter. »Ich darf?« Er stellte seinen Teller auf den Tisch. Darauf lag ein Schinkenbrot mit Spiegelei.

»Wo haben Sie das her?«, fragte Raben. »Wir werden hier mit Resten abgefüttert.«

»Ein strenger Blick«, sagte er lachend. Schnitt ein Stück vom Schinkenbrot ab.

Raben erstarrte innerlich. Hatte Hagen sie belauscht? Hatte er verstanden? Dann würde er nach dem Frühstück Heydrich aufsuchen, und alles war zu Ende. Nicht wegen einer Tat, die etwas änderte. Nicht wegen der Rettung eines Verfolgten. Nein, wegen des Geschwätzes am Frühstückstisch. Wie konnte er nur so blöd sein?

Hagen ließ es sich schmecken. Sein Bohnenkaffee roch bösartig gut. Der SD-Offizier fand es normal, dass er besser bedient wurde als das gemeine Volk, sei es auch in Braun gekleidet.

»Wie sieht's aus im Fall Schreiber?«, fragte Hagen.

»Der ist aus der U-Haft verschwunden. Friedlich und mit Begleiteskorte«, sagte Lichtigkeit.

»Das wurmt einen Kriminalkommissar, nicht wahr?« Hagen trank einen Schluck Kaffee.

»Ja«, sagte Lichtigkeit. »Ich glaube nach wie vor, dass man Verbrecher bestrafen muss.«

»Da haben Sie recht«, sagte Hagen. »Aber manchmal gibt es, sagen wir, besondere Verbrecher.«

»Wer legt das fest?«, fragte Lichtigkeit.

»Unsere Chefs«, sagte Hagen. »Wer sonst?«

Lichtigkeit lächelte. »Schreiber, war das Ihr Chef?«

Hagen lachte. »Natürlich nicht. Und wenn er's wäre, kriegten Sie die gleiche Antwort.«

Lichtigkeit lachte mit.

In Rabens Ohren klang es künstlich, mehr nach Hecheln als nach Lichtigkeit. »Ich kann schon gut verstehen, dass es einen Polizisten wurmt, wenn sich ein Serientäter in Luft auflöst«, sagte Raben.

»Ich auch, Scheiße bleibt Scheiße«, sagte Hagen mit vollem Mund. »Manchmal geschehen Dinge, die uns nicht gefallen, die aber eine Bedeutung haben, die wir nicht verstehen. Und Sie, Kamerad Raben, müssten doch auch sauer sein. Der Reichsführer hat mir angedeutet, wie die Ermittlung wirklich lief.«

»Himmler?«, fragte Lena.

»Haben wir einen anderen Reichsführer SS?« Hagen lachte sie an.

So lacht der auch, während er einem die Kugel in den Kopf schießt, dachte Raben. Er spürte die Welle, die anbrandete, die Welle der Angst, die kam, zurücklief, wieder kam, stärker als zuvor.

»Geht's dir gut?«, fragte Lena.

»Nein, ich leg mich lang.«

»Das sagen die Leute, die das Zimmermädchen flachlegen wollen. Der Wahnsinnsausschnitt der Frau gestern am Empfang.« Hagen lachte wieder. Raben beherrschte sich, am liebsten hätte er ihm in die Fresse geschlagen.

»Also, Georg, mein Mann geht das Zimmermädchen flachlegen. Vielleicht hilfst du ihm«, sagte Lena.

Hagen beglotzte Lena, nachdem Raben und Lichtigkeit gegangen waren. »Sie sind Kriminalreporterin, nicht wahr?«

»Ja.«

»Nur gibt es hier keine Verbrechen während des Parteitags.«

»Gewagte Prognose. Je mehr Menschen zusammenkommen, desto wahrscheinlicher passiert was. Davon abgesehen, hat meine Redaktion mich geschickt, damit ich vom Parteitag berichte, eher intern, und unsere Großkopfeten sind natürlich auch da.«

»Dann ist es eine Auszeichnung, zum Parteitag reisen zu dürfen?«

»Sehen Sie das anders?« Sie trank einen Schluck Tee. »Erstaunlich, dass man überhaupt noch was zu essen und trinken kriegt bei diesem Andrang.«

»Da haben Sie recht. Ich schätze Ihren Mann übrigens sehr, auch der Gruppenführer ist angetan.«

»Sie kennen den Gruppenführer Heydrich gut?«

»Sehr gut. Er vertraut mir, Ihrem Mann auch. Er lässt ihm Spielraum, weil er glaubt, seine besten Leute wüssten, was sie zu tun hätten.«

»Und, so unter uns, wie hält sich mein Mann? Zu Hause erzählt er ja nichts. Ich bilde mir ein, dass Herr Heydrich ihn nicht übel findet, sonst hätte er uns schlecht zum Abendessen eingeladen.«

»Sie haben recht. Ihr Mann erlaubt sich Eigenmächtigkeiten, aber der Gruppenführer lässt ihn, weil er gut ist. Er faulenzt nicht ...«

»Sondern arbeitet sich halb tot.«

»Das weiß der Gruppenführer. Er glaubt, dass Ihr Mann einen KdF-Urlaub machen sollte.«

»Kraft durch Freude, das leuchtet mir ein. Ich werd's meinem Mann ausrichten«, sagte sie und erhob sich. »Wiedersehen.«

»Heil Hitler!«

Sie stieg die Treppen hoch und schüttelte den Kopf.

Im Zimmer saßen Raben und Lichtigkeit. Ihr Gespräch verstummte. »Habt ihr gerade über mich gelästert?«

»Auf übelste Weise«, erwiderte Raben. Lichtigkeit nickte.

»Schwindler. Ihr habt einen Plan ausgetüftelt, während Hagen Süßholz geraspelt hat.«

»Ich habe Ehrig gefunden«, sagte Raben.

»Das weiß ich längst. Und warum hast du ihn nicht …?« Die Handkante fuhr über die Kehle.

»Ich bin doch nicht lebensmüde. Noch nicht. Wir waren allein auf der Straße. Ein Nachtwandler oder Klogänger hätte uns durchs Fenster sehen können.«

»Ach, so denkt man also als Berufsmörder. Mir soll's recht sein, dass du dich nicht freiwillig von deiner Rübe trennst.« Sie schluckte. Warum, verdammt, war Karl so dickköpfig? »Und du kannst den nicht einfach laufen lassen?«

»Nachdem er uns angegriffen hat? Wenn ich den nicht erwische, versucht er's aufs Neue.«

»So, und jetzt erzählst du mir, was ich in dem kleinen Koffer finde.«

194.

»Ach, Sie, kommen Sie rein«, hatte Franz Puth gesagt. »Dass Sie sich noch an mich erinnern. Ich bin Ihnen zu Dank verpflichtet, schließlich haben Sie mich aus dem Feuer gerettet.«

Während Raben in der Stube wartete, holte Puth zwei Flaschen

Bier. »Ich hab ein bisschen Geld von der Versicherung gekriegt, immerhin. Damals war das noch möglich ...«

»Die Nazis lassen Sie in Ruhe?«

»Bisher ja. Aber die Brandstifter verfolgen sie nicht. Wer einem Kommunisten die Kneipe anzündet, ist doch ein Held.«

Raben trank. »Sie sind ein tapferer Mann.«

»Prost!«, sagte Puth. »Der Fehrkamp musste immerhin dran glauben.«

Raben nickte und blickte sich um. Landschaften, wo früher Marx und Stalin hingen. Der Führer war hier nicht gern gesehen. Kaum noch Bücher. Neu war ein Grammofon. Auf dem kleinen Tisch die *Frankfurter Zeitung*, wo früher die *Rote Fahne* lag.

»Der Kurt hat's gut, er ist gestorben, als die Nazis fast zugrunde gegangen wären, bis Papen und Hindenburg sie am Kragen packten und ins Reichskanzleramt setzten. Es ist schlimmer gekommen, als ich dachte. Viel schlimmer. Diese Mörderbande.«

»Ich freue mich, dass wenigstens Sie nicht umgefallen sind.«

»Ich weiß, ein paar Genossen, verzweifelt, sind übergelaufen. Wenn ich einen auf der Straße sehe, blickt er weg.« Er schüttelte den Kopf. »Wie geht's Ihrer ... Verlobten?«

»Gut«, sagte Raben. »Wir haben geheiratet.«

»Meinen Glückwunsch.«

»Danke, Herr Puth. Sagen Sie, da, wo vorher der *Goldene Anker* war, sitzt jetzt ein SA-Sturm.« Er war auf dem Weg zu Puth daran vorbeigekommen.

»Die Übelsten der Üblen.«

»Lassen die Sie in Ruhe?«

»Ich mach einen Umweg. Mein Alter lässt kein Heldentum mehr zu. Wenn die mich verprügeln und selbst keinen Kratzer haben, heißt es danach, ich hätte die angegriffen. Was für eine beschissene Zeit.«

»Ich will Ihnen nicht zu nahe rücken, aber ich habe eine delikate Frage.«

»Ich verrate niemanden und nichts.«

»Das ist gut so. Haben Sie noch Verbindungen zum M-Apparat der KPD?«

»Der löst sich auf, seit der Genosse Kippenberger abgetaucht ist. Aber sonst, kommt drauf an.«

»Ich brauche zwei Handgranaten.«

Puth öffnete den Mund und schloss ihn nicht mehr. Endlich sagte er: »Haben die Sie zum Provokateur gemacht?«

»Heutzutage braucht man keine Provokateure mehr. Wenn man einen beseitigen will, knallt man ihn ab, fertig. Gerichtsverfahren dienen nur noch der Verzierung.«

Puth nickte. »Ich frage Sie nicht, wozu Sie die Dinger brauchen.«

»Das ist richtig. Sagen wir, mich nervt ein Maulwurf im Garten.«

Puth lachte laut auf. »Mein schlimmster Albtraum. Aber das Mittel gegen den Maulwurf ist nicht zurückzuverfolgen, wenn ich es finden sollte.«

»Selbstverständlich nicht. Sie müssen es mir auch nicht persönlich übergeben. Wir haben uns gar nicht gesehen. Ich könnte es Kippenberger in die Schuhe schieben ...«

»Na, das wird Ihren Kollegen so richtig gefallen.«

»Das ist mir egal. Wenn die rauskriegen, dass ich was mit dem Maulwurfgift zu tun habe, ist meine Kohlrübe längst ab«, sagte Raben.

Er erinnerte sich, als wäre es gestern gewesen, obwohl es ihm unwirklich vorkam. Die Nazis hatten bei den November-Wahlen 1932 richtig auf den Deckel gekriegt. Von wegen ungebremster Aufstieg. Abstieg war angesagt, zumal die Partei pleite war. Raben hatte gerade als Lichtigkeits Kriminalassistent angefangen. In Puths Kneipe, dem *Goldenen Anker*, war der Redakteur Kurt Esser von sieben SA-Leuten abgeknallt worden. Sieben gegen einen, heldenhaft. Bald hatte Lichtigkeit ihm freie Hand gegeben, der Fall war ihm zu brenzlig. Aber inzwischen war Lichtigkeit umgeschwenkt. Spätestens beim Röhm-Putsch hatte er es begriffen, ohne dass er sich darüber äußerte. Er veränderte sich Schritt für Schritt. Kein Polizist durfte einer Mörderbande dienen. Lichtigkeit wusste, dass Raben nichts für die braune Truppe übrighatte. Dass der eigene Ermittlungen anstellte und sich tarnte. Bisher waren alle auf ihn hereingefallen. Doch wie lange konnte das Versteckspiel noch gut gehen?

Puth erhob sich und machte ein paar Schritte. Raben sah ihm an, dass er in kurzer Zeit gealtert war.

»Auf meine alten Tage kommt es nicht darauf an. Vielleicht wird jemand an mich denken, wenn das Geschmeiß endlich totgetreten wird. Ich hoffe, Sie werfen die Granaten auf Hitler.«

Raben schwieg. Das war eine Idee, aber auf dem Parteitag hätte sich ein Leibgardist auf die Granate gestürzt, um für den Führer zu sterben. Wenn Raben überhaupt dazu käme, eine Granate zu werfen.

Er schüttelte den Kopf.

»Na ja, Sie werden etwas damit anfangen können ...«

»Wenn's rauskommt, sterben Sie als antifaschistischer Held«, sagte Raben.

Puth nickte. »Ich freue mich, dass Sie mich besucht haben. Seien Sie morgen Abend um sechzehn Uhr bei *Aschinger*. Jemand wird Sie ansprechen. Nehmen Sie keine Aktentasche mit. Sie heißen dort Heidler.«

Raben war pünktlich bei *Aschinger*. Keine fünf Minuten später sprach ihn eine junge Frau an. »Herr Heidler, Sie haben Ihre Aktentasche am Kiosk vergessen.«

»Oh, da hab ich ja Glück gehabt«, erwiderte Raben. »Vielen Dank, Hildegard! Darf ich Sie zu einem Eintopf einladen ...?«

Aber sie war schon verschwunden.

195.

Von Nürnberg nach München war es nicht weit. Sie fuhren zu dritt, Hagen und zwei SD-Männer, die ihm schon in Prag geholfen hatten. Harte Männer, keine Leuchten, aber sie konnten schweigen und waren treu. Der SD suchte zwar geistige Brillanz, aber er brauchte nicht weniger Männer, die zupackten.

Schreiber hörte es klopfen. Wer konnte das sein? Er versteckte sich in einem Unterschlupf, den ihm Eckes zugewiesen hatte. Der Sturmbannführer selbst, Heydrichs Vertrauter, hatte ihn in einer Mercedes-Limousine nach München gefahren. Vielleicht waren es Nachbarn? *Könnten Sie mir mit ein bisschen Salz aushelfen?* Wenn er nicht öffnete, machte er sich vielleicht verdächtig. Aber Eckes hatte ihm eingetrichtert, auf keinen Fall zu öffnen, wenn nicht das alberne Codewort *Heini* genannt wurde. Ob der Reichsführer davon wusste?

Es klopfte wieder.

»Ja«, sagte Schreiber.

»Hallo, Heini.«

Schreiber war erleichtert und öffnete. Drei Männer in Zivil. Warum drei Männer?

»Mich schickt Gruppenführer Heydrich«, sagte der Größte unter ihnen. »Leider müssen Sie umziehen, der Gruppenführer macht sich Sorgen. Bei der Gestapo München ging eine Anzeige ein, hier im Haus verstecke sich womöglich ein Kommunist. Die meint Sie.«

»Wie ist das möglich? Ich habe die Wohnung nicht verlassen. Ich weiß doch, dass mein Steckbrief nicht vergessen ist.«

»Tut mir leid, Kamerad. Ich kann Ihnen sagen, dass dem Gruppenführer gerade Ihr Wohl am Herzen liegt. Er möchte kein Risiko eingehen.«

»Danke, danke«, stotterte Schreiber. »Da war ich ja in Gefahr, bevor Sie kamen.«

»Ich glaube nicht, dass Ihnen etwas geschehen wäre, aber die Neugier von Nachbarn ist die Pest«, sagte Hagen. »Und unser Gruppenführer will auf jeden Fall verhindern, dass Ihnen auch nur ein Haar gekrümmt wird.«

»Sagen Sie Herrn Heydrich bitte, dass ich ihm sehr dankbar bin.« Er zog seinen Koffer unterm Bett hervor und packte hektisch.

»Gern«, sagte Hagen. »Er wird sich freuen.«

»Wohin geht's?«, fragte Schreiber.

»Aufs Land. Wir besitzen dort eine kleine Villa. Sie sind dort sicher, aber nicht mehr allein. Das Haus führt eine junge Frau, die Sie versorgen wird. Sie ist eine persönliche Freundin des Gruppenführers.«

»Großartig«, erwiderte Schreiber. »Ich bin schon fertig.«

»Gehen wir. Das Auto wartet vor der Haustür. Ich stecke meine Nase schon mal in den Wind. Wenn ich Sie rufe, springen Sie ins Auto, bitte auf den Rücksitz, und machen sich klein.«

Hagen ging voraus, öffnete die Haustür. Gleich rief er: »Los!«

Schreiber machte zwei Sätze, schon saß er und duckte sich. Die anderen stiegen ein, einer neben Schreiber, Hagen auf den Beifahrersitz, der Dritte fuhr. Bis auf Hagen hatte keiner von ihnen einen Laut von sich gegeben.

»Die Sonne scheint, wir fahren übers Land, wo unser Bayern am schönsten ist.«

»Wie lange?«, fragte Schreiber.

»Vielleicht eine Stunde. Haben Sie Hunger?«

»Nein, vielen Dank. Eine Stunde halt ich gut aus.«

Nach vierzig Minuten führte sie die Landstraße durch einen Wald. Der Fahrer steuerte den Wagen in einen kleinen Weg. »Wir sind zu schnell und wollen die Dame nicht vorzeitig überraschen.« Sie stiegen aus, Hagens Begleiter zündeten sich Zigaretten an. Sogen hastig. Dann packte einer Schreiber von hinten und fesselte seine Hände auf dem Rücken.

»Was soll …?« Schon steckte ein Knebel im Mund. Der Lappen schmeckte nach Motoröl. Einer zeigte Schreiber seine Luger 08. »Falls du abhauen willst. Los geht's!« Der andere stieß Schreiber in den Rücken. Der stöhnte, stolperte nach vorn. Dann sah er, dass der Mann zwei Spaten geschultert hatte.

Mehr als »Hmm … mmm!« brachte er nicht heraus.

Hagen lehnte sich ans Auto, zündete sich eine zweite Zigarette an der Kippe der ersten an und wartete.

Nach einer halben Stunde gellte ein Pfiff aus dem Wald. Hagen blickte sich um und pfiff. Zwei Schüsse hallten.

Nach einer weiteren Viertelstunde erschienen die beiden und legten die Spaten in den Kofferraum. Sie fuhren zurück nach München. Hagen ließ sich vorm Braunen Haus absetzen, eilte hoch in sein altes Büro und wählte eine Nummer. Nach zweimal Summen hob jemand ab. »Auftrag ausgeführt, Gruppenführer.«

Es klickte.

Hagen rief die Pforte an. »Besorgen Sie mir einen schnellen Wagen.«

Am Abend war er zurück auf dem Parteitag.

Er traf auf eine aufgeregte, freudige Stimmung im Gewusel der Menschen. Göring hatte gesprochen, im Beisein des Führers. Es hatte nicht genügt, den Juden fast alles zu verbieten, vom Spazierengehen im Park, dem Schwimmbad, Kino und Theater bis zur Fahrt mit der Straßenbahn. Nun waren die Juden vollständig entrechtet. Geschickt hatte der Dicke das gemacht. Als er eine Reichsbürgerschaft nur für Arier erfand. Für die Juden blieb als Lumpen die Staatsangehörigkeit und kein bisschen mehr. Endlich. Und jetzt mussten sie nur noch ausgeplündert und aus dem Land getrieben werden. Zu ihresgleichen.

196.

Raben und Lena hatten kaum geschlafen, aber diskutiert. Es war etwas erwartet worden, aber diesen Schlag gegen die Juden hatten sie nicht geahnt.

»Wir leben in Rassenschande«, sagte sie. »Dürften nun nicht mehr heiraten. Ich wäre von allen Berufen ausgeschlossen, denen ich was abgewinnen könnte. Die letzten jüdischen Richter und Staatsanwälte fliegen raus, die Beamten auch. Da nützt ihnen das

Eiserne Kreuz von Vierzehn-Achtzehn nichts. Die Musiker und Schriftsteller dürfen nicht mehr arbeiten, die Maler sowieso nicht.« Sie starrte gegen die Decke. »Die Nazis wollen uns loswerden.«

»Woher weißt du das alles?«, fragte Raben.

»Während du unterwegs warst, habe ich mit Hagen gespeist. Galant, der Herr, aber ich rieche es sofort, wenn mir ein Scheißkerl gegenübersitzt. Der hat geprahlt mit seinen intimen Kenntnissen, und ich habe auf Judenhasserin gemacht.«

Sie schwiegen lange.

»Schön, dass du den Dreckskerl in mir noch nicht gerochen hast.«

»Auch ich mach Fehler.« Sie nahm seine Hand, legte sich auf die Seite und blickte ihn an. »Heydrich hat uns in der Hand. Jederzeit kann der die Ariernachweise als Fälschung entlarven, deine Fälschung, obwohl er es war.«

»Solang ich für ihn arbeite, passiert nichts.«

»Was wird nur aus unserem Karlchen?« Sie weinte leise.

Er nahm sie in den Arm. »Willst du abtauchen?«

»Nein, erst wenn es brenzlig wird.«

Wenn es brenzlig würde, könnten sie nicht mehr abhauen. Sie lebten schon im Vorhof der Hölle, aus dem sie nicht entkommen würden.

»Hast du alles vorbereitet?«, flüsterte sie.

»Da gibt es nicht viel vorzubereiten. Ich brauche Glück.«

»Und dieses … Zeug in deinem Koffer …?«

Er schüttelte den Kopf. »Wenn es geklappt hat, sage ich dir alles. Wenn nicht, halte ich den Mund.«

»Glaubst du wirklich, dass es klappt?«

»Ich glaube, dass ich mich absetzen kann, auch wenn es nicht klappt.«

»Du bist mir ein Rätsel, Unglücksvogel.«

»Hoffentlich.«

197.

Es war fast Mitternacht. Nach dem Schlag gegen Juda soffen die Braunen noch mehr. Es war ein Orgasmus des Hasses. Überall brüllte es: »Endlich!« – »Der Führer hatte zu viel Geduld!« – »Jetzt wird abgerechnet!« – »Ausrotten, die Untermenschen!«

Es tönte aus der Gaststube des Hotels, aus den Kneipen, von der Straße. Ein Trupp SA torkelte über den Bürgersteig. In seinem Grölen verspritzte er Judenblut, knüppelhageldick.

Raben blickte durch das getönte Glas in den Gastraum. Dort stellte sich ein SA-Mann auf den Tresen, in der einen Hand ein Blatt Papier, in der anderen einen Humpen. Er winkte mit dem Humpen, Bier schwappte über. »Ruhe, Kameraden! Ruhe! Ich les euch was vor. Heil Hitler!«

»Sieg Heil!«, donnerte der Saal.

»Gesetz zum Schutze des deutschen Blutes und der deutschen Ehre!« Er hob das Blatt bis zur Decke, wo ein ausgestopfter Auerhahn es beinah gefressen hätte.

»Sieg Heil!« Ein Brüllen, ein Tosen.

»Eheschließungen zwischen Juden und Staatsangehörigen deutschen oder artverwandten Blutes sind verboten. Trotzdem geschlossene Ehen sind nichtig.« Der SA-Mann setzte seinen Humpen an und trank, während der Pöbel herumschrie. »Hurra! Sieg Heil! Lang lebe der Führer!« Sie klopften auf die Tische, trampelten mit ihren Stiefeln auf den Boden, als wollten sie einen Juden tottreten.

»Außerehelicher Verkehr zwischen Juden und Staatsangehörigen deutschen oder artverwandten Blutes ist verboten!«

»Jawohl! Endlich! Elende Judennutten!«

Der Mann auf dem Tresen trank und las weiter. Aber seine Worte erstickten im Tosen des Hasses.

Raben verließ das Hotel durch den Hinterausgang, ging vorsichtig Richtung Straße und entdeckte Ehrig sofort. Wie am vorigen

Tag lehnte der an der Wand und rauchte. Nur dass er eine SA-Uniform trug.

Raben kehrte zurück und ging durch Gassen zu der Straße über den Theresienplatz zum Gymnasium, wo er Ehrigs Verfolgung in der Nacht zuvor beendet hatte. Er ließ sich Zeit, obwohl ihn seine Ungeduld antrieb. Er trug Mantel, Hut und Koffer, hatte seinen Gestapo-Dienstausweis samt Marke dabei. Er ging es immer wieder durch. Er sah die Telefonzelle, leer. Je später es wurde, desto weniger Menschen waren unterwegs. Und Ehrig, war er sauer, weil er Raben nicht gesehen hatte? Fürchtete er, ihn in Nürnberg nicht zu erwischen?

Fast hätte Raben ihn übersehen. Ehrig kam ihm gemächlich entgegen, weit weg noch. Raben verzog sich hinter die Hausecke, nahm den Hut in die Hand und lugte hin und wieder. Ehrig schien ganz mit sich selbst beschäftigt. Raben lugte, Ehrig war verschwunden. Er erstarrte. Was war geschehen? Hatte Ehrig Raben gesehen? Er blickte die Straße noch einmal hoch, sah in weiter Ferne ein paar SA-Männer. Sein Hirn arbeitete blitzschnell. Erstens, Ehrig hatte Raben entdeckt, sonst würde er keinen Umweg machen. Zweitens, Ehrig wusste nicht, ob Raben es schon herausgefunden hatte. Drittens, Raben musste das Unternehmen abblasen.

Er drehte sich um, da stand Ehrig vor ihm, die Pistole in der Hand und ein Grinsen im Gesicht.

198.

Lena lag auf dem Bett und zitterte. Vor Angst, weil ihr kalt war in der Hitze, weil ihre Nerven am Ende waren, weil sie wusste, dass Karl diesmal draufgehen würde. Er trieb es zu weit, er forderte das Glück heraus, aber das Glück hatte die Nase voll von Leuten, die sich auf nichts anderes mehr verließen.

Sie klopfte an Lichtigkeits Zimmertür. Der öffnete.

»Ich habe Angst«, sagte sie.

»Ist er unterwegs?«

»Ja, wie gestern. Aber er hat den Koffer mitgenommen.«

Sie verließen eilig das Hotel. Das Grölen der SA im Gastraum wehte ihnen nach. Sie liefen zum Hauptbahnhof, wo Lichtigkeit endlich ein Taxi fand.

»Ich wollte gerade heimfahren«, sagte der Chauffeur mit Kappe und speckiger Lederjacke.

Georg zeigte seine Dienstmarke.

»Ah, Polizei. Die ist mein Freund, und ich helfe ihr.« Er zündete sich eine Selbstgedrehte an, die er einer Patronentasche entnahm.

»Wir machen eine Tour durch die Stadt, schön langsam. Wissen Sie, wo die Soldaten der Wehrmacht untergebracht sind?«

»Was soll ich sagen? Überall. Ganz Nürnberg ist belegt, viele Bürger haben die gute Stube geräumt für einen Parteitagsbesucher. Dazu Schulen, Sporthallen, eben überall.«

»Die größte Unterkunft?«

»Draußen, Hardhöhe, Richtung Nordwesten, ist schon Fürth.«

»Und die größte, die man zu Fuß erreichen kann?«

Der Fahrer zog kräftig an seiner Zigarette und überlegte. »Mögeldorf, im Osten, fünf bis sechs Kilometer.«

»Wäre möglich«, sagte Lena.

»Ja, aber wir fahren besser in der Stadt spazieren, Umkreis sechs Kilometer.«

»Das kostet aber, ich muss ja auch von was leben.«

Lena gab ihm zwanzig Mark.

»Um Himmels willen, dafür fahre ich Sie auch nach München und zurück. Los geht's.«

Er fuhr langsam, erst die größeren Straßen, dann die kleinen. Sie kurvten und kurvten. Kaum jemand unterwegs. Umso leichter, Raben zu finden. Aber sie fanden ihn nicht. Einmal rief Lena: »Das ist er.« Aber er war es nicht. Außerdem trug der Mann keinen

Koffer. Aber vielleicht trug Raben den auch nicht mehr. Vielleicht war er tot.

Lena fühlte, wie die Angst in ihr Hirn zurückkroch wie eine Schlange, die länger und dicker wurde, die ihr Gehirn genüsslich auffraß, bis nur noch sie unter der Schädeldecke herrschte. Sie nahm Lichtigkeits Hand.

»Du zitterst ja«, sagte er.

»Es ist der Zugwind«, flüsterte sie.

Der Fahrer schloss sein Fenster. Jetzt würde sie nicht vor Kälte sterben, sondern an einer Rauchvergiftung. Sie hustete. »Sie können das Fenster gern wieder öffnen.«

»Oder mit dem Rauchen aufhören«, sagte Lichtigkeit.

»Der Kunde ist König«, laberte der Fahrer.

Nach zwei Stunden sagte Lichtigkeit: »Vielleicht ist er längst im Hotel.«

Lena war erschöpft, aber womöglich war Karl in Gefahr? »Ich bin auch übermüdet. Aber lass uns noch eine Runde durch die Gassen drehen.«

Sie fanden ihn nicht.

199.

»Freut mich, dich zu treffen.«

Raben zeigte seine Gestapo-Marke und fand es gleich lächerlich.

»Na, das ist ja eine Überraschung. Ich dachte, du arbeitest für den Frauenbund.«

Ehrigs Pistole drückte auf Rabens Brust. »Jetzt drehst du dich um, und wir gehen los.«

»Nein«, sagte Raben. »Ich bewege mich nicht von der Stelle.«

»Dann schieß ich, zuerst in die Hand, dann in den Arm. Links oder rechts?«

»Links«, sagte Raben.

»Also rechts!«

Plötzlich ein schriller Pfiff. »Polizei, bleiben Sie stehen.«

Ehrig lief los, verschwand um die Ecke. Zu schnell für zwei gemütliche Wachtmeister, die sich für Bier und Schweinsbraten begeisterten.

Raben stand da mit seinem kleinen Koffer.

»Kennen Sie den Mann?«

»Nein.«

»Dann kommen Sie bitte mit aufs Revier.«

Raben zog seinen Dienstausweis hervor. »Ich danke Ihnen, Kollegen, dass Sie mir geholfen haben. Der Typ wollte meinen Koffer.«

»In SA-Uniform?«

»Glauben Sie, bei denen gibt's keine Gangster?«

Die Polizisten lachten. »Da haben Sie recht, Herr Kommissar. Einen guten Morgen.« Er blickte zum Himmel, wo die Sonne einen orangefarbenen Schimmer in den Himmel schickte.

»Danke, Kollegen.«

Auf dem Heimweg fluchte er vor sich hin. So weit war es gekommen, dass ihn der Zufall in Gestalt von Schupos retten musste. Er spürte die Erschöpfung, aber erstaunlicherweise keine Angst. Er beeilte sich und betrat das Hotel durch den Hintereingang, der immer noch nicht verschlossen war.

Als er sich nach oben schlich, hörte er ein Lachen: »Na, Kamerad, so spät ... früh noch unterwegs«, lallte Hagen.

»Ja, aber jetzt muss ich ins Bett.«

»Na, wir haben wohl ein kleines Geheimnis. Schon eine Freundin in Nürnberg?«

»Verpfeifen Sie mich nicht.«

»Nein, Kamerad. So etwas Schmutziges tu ich nicht. Ich nicht.« Starrte Raben in die Augen.

»Danke«, erwiderte der und ging zu seinem Zimmer.

Sie fiel ihm um den Hals. »Da bist du ja endlich. Ich hole Georg.«

»Lass ihn doch schlafen.«

Aber sie war schon weg und kehrte mit Lichtigkeit zurück. Sein Anzug war verknittert.

»Mann, ich hätt' mir fast in die Hose gemacht.«

»Hast du keine Ersatzhose dabei?«

Lichtigkeit zeigte ihm die geballte Faust.

»Ehrig, der Scheißkerl hat mich ausgetrickst, dann haben mich zwei Schupos gerettet, und auf der Treppe hatte ich die Ehre, mit Hagen ein paar Worte zu wechseln. Er hat den Koffer gesehen. Ich brauch einen Rucksack.«

»Kaufe ich nachher am Bahnhof und lass ihn bis zur Unkenntlichkeit verpacken«, sagte Lichtigkeit.

»Nein, Georg, ich mach das. Wenn sie dich wiedererkennen. Stell dir das Fahndungsplakat vor, mit Rucksack …«

»Stimmt, ich fahr mindestens hundert Kilometer und treib dir einen auf.«

»Ach so, ich brauch einen Heeresrucksack. Und du willst nicht wissen, wofür«, sagte Raben.

»Die Gedanken sind frei, wer kann sie erraten?« Er pfiff die Melodie.

Als Lichtigkeit verschwunden war, gingen sie frühstücken. Der Gastraum hatte gerade erst geöffnet, und sie fanden einen Tisch am Fenster. Dann sah Raben Hagen an einem Ecktisch. Der winkte.

»Wir müssen umziehen«, knurrte Raben. »Der sitzt mir auf dem Schoß.«

Sie zogen um, Lena saß Hagen gegenüber. »So früh?«, fragte sie.

»Die Pflicht, die heilige Pflicht.«

»Müssen Sie heute den Führer retten?«

Er lachte. »Den muss niemand retten. Ich kenne keinen Menschen, der beliebter wäre. Nein, ich sehe mich um. Man kann ja nie ausschließen, dass einer aus der Irrenanstalt ausgebrochen ist.«

Sie lachte.

»Aber gleich muss ich erst mal schauen, ob der Gruppenführer was für mich hat. Sie nicht?«, sagte er an Raben gewandt.

»Ich soll mich umsehen wie Sie. Der Gruppenführer hat mir gesagt, er setze auf meine Nase.«

»Ich verstehe. Aber kommen Sie lieber mit, man weiß nie.«

»Sie haben recht, Sturmbannführer.«

Sie trafen sich im Rathaus, wo sonst Nazi-Stadträte Nazi-Beschlüssen zustimmten, die von Nazis gefasst worden waren. Wie etwa die Parks überwachen, damit sich keine Juden darin herumtrieben. *Für Juden verboten* stand auf den Schildern. Das galt auch für Sitzbänke im Park, Schwimmbäder, Bibliotheken, Musikveranstaltungen, Kino. Und es gab jüdische Schriftsteller, die, man stelle sich das vor, es wagten, sich in Cafés zu setzen und gesetzeswidrig weiterzuschreiben. Oder irregeleitete Parteimitglieder, die sich mit Juden trafen. Noch schlimmer, wenn Freunde oder Freundinnen jüdisch waren, da drohte die Rassenschande die Reinheit deutschen Blutes zu versauen. Die Juden waren eine Bedrohung an allen Ecken und Enden.

Ein paar Männer in SS-Schwarz, die meisten aber in Zivil. Heydrich betrat den Saal mit einem breiten Lachen im langen Gesicht. *Heil Hitler! Heil!* Überall. Als das Geschrei beendet war, nickte der Gruppenführer seinen Offizieren zu. »Was für großartige Tage für das Reich, für die SS und für Gestapo und SD. Jetzt wird Ernst gemacht mit den Juden. Jetzt wird der Kampf systematisch geführt, auf wissenschaftlicher Grundlage. Sie müssen sich noch einmal gründlich mit der Rassenlehre befassen. Ich weiß, das ist ein trockener Stoff. Sollte sich einer hier in einer Rassenschande-Liaison befinden« – Lachen brauste auf –, »dann wissen Sie jetzt, was Sie zu tun haben.«

Raben war, als blickte Heydrich nur ihn an. Ihm wurde heiß, dann klemmte es im Brustkorb. Er mühte sich, keine Miene zu verziehen.

Den Rest von Heydrichs Ansprache hörte er nur als Strom von Lauten. Wie hell die Stimme, wie gemein die Silben, aber Worte hörte er nicht. Er konnte die Laute nicht ordnen. Dann gab es Beifall, bis Heydrich abwinkte. »Bedienen Sie sich! Der Reichsführer hat uns ein Büfett spendiert. Trinken wir also das erste Glas auf unseren Reichsführer, dem wir in unlöslicher Treue verpflichtet sind. Sieg Heil!«

Alle antworteten mit »Sieg Heil!«, auch Raben riss den Arm hoch und brüllte.

»Kommen Sie mit zum Büfett, bevor die Kameraden sich die besten Stücke rausgefischt haben.«

Aber Himmler hatte sich nicht lumpen lassen. Raben hatte keinen Hunger, aß aber trotzdem. Er trank ein Glas Sekt.

»Sie haben also auch hergefunden«, sagte die hohe Stimme hinter ihm.

Raben drehte sich zackig um, wollte grüßen.

»Das lassen Sie mal, nachher fällt der Räucherlachs noch herunter.«

»Sturmbannführer Hagen hat mich eingeladen«, fiel ihm schnell ein, schließlich war er kein Führer oder Leiter von irgendwas.

»Da hat er recht getan. Ihr erster Parteitag?«

»Jawohl, Gruppenführer.«

»Dann hat es sich ja gelohnt. Spätere Historiker werden diesen Parteitag als Wende in der Rassenpolitik loben. Und Sie haben es miterlebt. Ich fand Göring großartig. Er hat eine zupackende Art. Manchen mag er gemütlich erscheinen, aber wenn es darauf ankommt, können wir uns auf ihn verlassen.«

»Jawohl, Gruppenführer.«

»Jetzt werden Sie noch zum Eckes. Schade, dass der krank ist.« Heydrich lachte. So lachten nur Sieger.

Raben erwartete, dass er zusammenklappte, dass er keine Luft mehr kriegte mit seiner Stahlbetonbrust.

»Grüßen Sie Ihre Frau von mir«, sagte Heydrich. »Und jetzt legen Sie sich ins Bett und schlafen Sie aus. Verstanden?«

»Jawohl, Gruppenführer. Heil Hitler!« Den rechten Arm gehoben und weg.

200.

Ehrig stand unter den Massen, aufgestellt wie auf einem Reißbrett. Es hatte ewig gedauert, bis die Wehrmacht sich auf dem Zeppelinfeld geordnet hatte. Es war der letzte Tag des Reichsparteitags. Ehrig war müde und fühlte sich zerschlagen. Immer wieder erinnerte er sich, dass er Raben schon vor dem Lauf gehabt hatte. Das Bild kreiste in seinem Hirn, stieß immer wieder gegen die Schale und sorgte für Kopfschmerzen.

Die Gefechtsübungen beschäftigten ihn wenigstens, er arbeitete wie eine Maschine, Angriff und Verteidigung. Er spürte nicht einmal das Gewicht seines Karabiners 98k.

Dann war die Luftwaffe dran, Görings Lieblingsspielzeug. Flieger hinter Flieger, Jäger und Bomber, brandneue Henschel-Sturzkampfflugzeuge, akrobatische Kurven, Stürze und Steigungen. Niemand in der Welt hatte Vergleichbares. Ein Brummen, Pfeifen und Röhren, das die Soldaten triumphieren ließ: *Das da oben sind wir.*

Schließlich hieß es wieder antreten. Ehrig schwitzte von den Übungen.

Es war warm, angenehm. Aber die Steherei nervte ihn mehr als sonst schon. Ehrig hielt Strammstehen und Exerzieren für Zeitverschwendung. Man tötete seine Feinde nicht im Stechschritt. Hatte jemand an den Kriegsfronten das Marschieren geübt? Aber wenn der Führer kam, wollten sie ihm seine neue Wehrmacht zeigen. Eine Masse voller Kraft, die ihm folgen würde, wohin er sie auch schickte. Die arbeitete wie ein Uhrwerk. Das begriff Ehrig, auch wenn sein Hirn auf halbmast hing.

Schlagartig straffte sich der Riesenkörper, die Soldaten wuchsen zu einem zusammen. Der Führer stand auf dem Monument vor ihnen, Hakenkreuzfahnen neben ihm, hinter ihm, vor ihm. Er war ein Gott, sah auf seine Soldaten herab. Sprach von künftigen Siegen, die er gewaltlos erkämpfen wolle, von seinem Friedenswillen,

Seine Armee war ihm die Wacht gegen jeden Feind, der es wagte, das Reich anzugreifen.

Es rauschte an Ehrig vorbei, sein SA-Herz glühte, er wuchs empor, seine Brust weitete sich. Er gehörte dazu, der Ärger in der Vergangenheit war vergessen. Der Führer wollte ihn, brauchte ihn, und er brauchte den Führer. Dem Judenpack ging es nun richtig ans Leder. Der Führer hatte sogar den Reichstag nach Nürnberg befohlen, damit der die Judengesetze einstimmig beschloss. Wenn das kein Wort war! Danke, mein Führer. Ehrig fühlte sich mit ihm vereint. Schweigen in den Reihen, nur der Führer sprach, gewaltig. Die Stimme des Führers sprach, sein Körper sprach, wie nebenbei wischte er sich die Haarsträhne von der Stirn. Es war wie ein Gottesdienst. Ehrig würde ihn nie vergessen.

Wir wollen ein hartes Geschlecht heranziehen, das stark ist, zuverlässig, treu, gehorsam und anständig, sodass wir uns unseres Volkes vor der Geschichte nicht zu schämen brauchen.

Als die Versammlung beendet war, wurden die Soldaten zu den Lastwagen befohlen, sofern sie nicht im Zeltlager hinterm Bahnhof Märzfeld untergebracht waren.

201.

Schlaf, was war das? Raben würde die Anspannung, die Angst nie mehr los. Heute endete der Parteitag, und er hatte nichts erreicht. Stattdessen hätte er sich fast erschießen lassen.

Jetzt standen die Regimenter auf dem Zeppelinfeld. Nachher würden sie ein letztes Mal durch die Stadt marschieren, Wehrmacht, SA, SS, Parteileiter, Bund Deutscher Mädel, die NS-Frauenschaft, die Hitler-Jugend und die Goldfasane. Hitler würde die Gläubigen grüßen, an seiner Seite der Gauleiter Julius Streicher, der das Reich mit seinem Ekelblatt *Der Stürmer* vergiftete. Ehrig würde mitmarschieren, ein letzter Gruß an den Führer, bis zum nächsten Parteitag an gleicher Stelle.

Lena lag neben ihm, angekleidet wie er. »Versuch zu schlafen.«

Er hörte Musik, den *Badenweiler Marsch*, den Hitler so liebte wie Richard Wagners *Meistersinger von Nürnberg*, die einen überall beschallt hatten.

Sie streichelte sein Gesicht. Aber jetzt war die Zeit. Jetzt. Er würde etwas tun. Die Musik rief ihn. Er musste es darauf ankommen lassen. Raben stand auf, richtete seine Kleidung. Er packte den Rucksack, den Lichtigkeit besorgt hatte, in den kleinen Koffer.

»Was machst du?« Lena stand auf.

»Was ich schon längst hätte tun sollen.«

»Bleib hier, mein Gott, was immer du dir ausgedacht hast, lass es. Du kannst nicht mehr klar denken.«

»Lass mich gehen. Ich habe einen Plan. Wenn ich es jetzt nicht mache, dann nie.« Er ging zur Tür, öffnete sie.

Sie blickte ihm traurig nach.

Er eilte über den Flur und stieg die Treppe hinunter, verließ das Hotel durch den Hinterausgang und verschwand im Trubel der Straße. Die Parteigenossen feierten. Irgendwo würden wieder Leute aufmarschieren. Raben zwang sich ein fröhliches Lächeln ins Gesicht. Es sah bestimmt blöd aus, wie er die Mundwinkel hochzog, ohne dass die Augen vor Freude strahlten. Aber die Menschen merkten gar nichts mehr außer ihrer Begeisterung. Sie schrien mehr, als dass sie redeten. *Der Führer, der Führer, großartig. Welch Glück, dass wir ihn haben.* Die Tage waren wie im Rausch vergangen. Die nackten Oberkörper der Männer des Reichsarbeitsdiensts, der Helden von morgen. Lichter glänzten in Kinderaugen, in der Masse fanden Pimpfe und HJ eigene Größe. Sie gehörten dazu. Das große Ganze ließ alle wachsen. Die Mädchen vom BDM, entrückt, als hätten sie Schleier vor den Augen. Sie alle hatten sich die Kehlen aus dem Hals geschrien. Heil Hitler! Sieg Heil! Heil! Heil! Heil!

Raben kam kaum voran, hielt sich den Koffer vor die Brust. Wurde angerempelt, rempelte. Voran, aber es war, als liefe er in Morast. Als wollten die Hitler-Jünger ihn aufhalten, damit er nicht tun könnte, was er tun musste. Er spürte den Zorn in sich. Diese Wahnsinnigen, die sich einem Wahnsinnigen auslieferten, als dränge es sie zur Selbstaufgabe. Führer, befiehl! Wir folgen dir! Sie würden ihm überallhin folgen.

Raben hätte sich fast mit einem SA-Mann geprügelt, aber es ging weiter. Er verachtete diese Menschen, die ihr Hirn wegwarfen. Raben begriff den Nazismus erst jetzt. Er war nicht nur die Diktatur einer Mörderbande, sondern auch die Erfüllung einer Sehnsucht im Volk, das aus dem Elend der großen Krise geführt werden wollte und endlich seinen Messias gefunden hatte. Raben drängte sich durch die Masse, jetzt schon wütend über diese Menschen, die Ehrig beschützten. Endlich fand er eine Gasse, in die er ging, um gleich rechts abzubiegen, parallel zur Straße. Hier torkelten besoffene Braunhemden, ein paar Leute wollten auch dem Gedränge entfliehen und eilten ihrer Wege.

Raben rannte fast, als wollte er einen Vorsprung einholen. Am Himmel sah er Flugzeuge, Flugzeuge, als suchten sie ihn. Sie dröhnten in Formationen. Fast wäre er mit einer Frau zusammengestoßen.

»Gucken Sie auf die Straße, junger Mann«, sagte sie.

»Entschuldigung.«

Raben bremste sich. Er musste ruhig werden, überlegen, Angst einflößen. Er hätte den Ledermantel mitnehmen sollen, die Quasi-Uniform der Gestapo. Er erreichte das Gymnasium. Davor stand ein Posten mit Karabiner. Raben zeigte ihm seinen Dienstausweis.

»Sie wünschen, Herr Kommissar?«

»Ich führe eine verdeckte Ermittlung, Kamerad.« Raben blickte ihn streng an. »Ich war nie hier, verstanden?«

Der Mann blickte zurück.

Raben las die Unsicherheit in den Augen. »Sind Sie verheiratet?«

»Jawohl.«

»Sie wollen mit Ihrer Frau zusammenleben?«

»Jawohl, Herr Kommissar.«

»Dann machen Sie genau das, was ich Ihnen sage, und schweigen auf immer. Erinnern Sie sich an Röhm und seine Freunde, die großen und die kleinen?«

Der Mann war nicht helle, aber die Andeutung verstand er.

»Wo nächtigt der Kamerad Werner Ehrig?«

Der Soldat schien von seiner Dummheit gelähmt.

»Kenne ich nicht. Ich muss im Belegungsbuch nachsehen.«

»Worauf warten Sie?«

Der Soldat eilte zum Eingang. Im Flur vor der Aula stand ein Tisch, darauf ein Buch. Er blätterte, blätterte, blätterte.

»Mann, hier geht es um eine Gestapo-Ermittlung. Ein Wort von mir, und Sie wohnen in Dachau.«

»Herr Kommissar, ja, ja, ja, hier ist er. Kommen Sie bitte mit.«

Reihen von Liegestätten nebeneinander. Ehrig hauste auf einer alten Matratze, in der Mittelreihe, aber ziemlich weit hinten. Auf der Matratze hatte er seinen Rucksack abgelegt.

»So, jetzt stehen Sie wieder Posten.«

Der Soldat eilte zum Ausgang.

Als er verschwunden war, tauschte Raben Ehrigs Rucksack gegen den Heeresrucksack im Koffer aus. Er überlegte kurz und verließ den Saal. »Wo kann ich hier telefonieren?«

»Weiß ich nicht«, sagte der Soldat.

Raben stieg die Treppe hoch und fand bald eine Tür, auf der ein Schild verriet, dass hier der Schulleiter residierte. Die Tür war offen, drinnen lagen Ausrüstungsgegenstände. Hier hausten vermutlich die Führer der Soldaten unten. Auf dem Schreibtisch stand ein Telefon. Er rief die Nummer der Nürnberger Gestapo-Leitstelle an. »Heil Hitler! Hier Kriminalkommissar Raben von der Berliner

Gestapo, schicken Sie bitte sofort zwei Kameraden zum Melanchthon-Gymnasium.«

Er stellte den Koffer ab, ging hinunter und wartete.

Ein Adler-Achtzylinder raste heran und bremste dramatisch am Eingang. Der Wachposten schien die beiden Ledermäntel nicht zu sehen. Ein Kriminalsekretär Staub und ein Kriminaloberassistent Wecker meldeten sich.

»Kommen Sie«, sagte Raben. Er führte sie zu Ehrigs Platz. »Ich habe ihn vorhin so vorgefunden. Untersuchen Sie den Rucksack.«

Staub warf seinen Hut auf die Matratze, entblößte eine Vollglatze und griff sich den Rucksack. Er schüttete den Inhalt neben seinem Hut aus.

Zwei Handgranaten, ein Browning-Revolver, ein Stapel Flugblätter – *Deshalb musste Hitler sterben!* –, Waschzeug, Unterwäsche, eine Trinkflasche und ein Heft, auf dem *Werner Ehrig* stand und das Lichtigkeit ihm über den Schreibtisch geschoben hatte.

»Au Backe«, sagte Staub und setzte seinen Hut auf, nachdem er alles in den Rucksack zurückgeräumt hatte.

»Jetzt warten wir auf Ehrig und nehmen ihn fest«, sagte Raben.

»Darf ich fragen, wie Sie dem Verräter auf die Spur kamen?«

»Bei anderen Ermittlungen habe ich erfahren, dass er sich für die Bestrafung der Röhm-Putschisten rächen will. General Reichenau hat ein Auge auf ihn geworfen, nachdem Ehrig eingezogen worden war. Ehrig hat auch versucht, mich umzubringen, weil ich ihm auf die Schliche gekommen bin.«

»Um Himmels willen, da verdankt Ihnen der Führer vielleicht sogar sein Leben. Was wäre nur passiert, wenn …?«

Raben erschrak. Er entdeckte eine bekannte Gestalt. Hagen in voller Totenkopf-Montur, verdammt, was wollte der hier?

»Herr Kommissar«, sagte der SS-Sturmbannführer. »Ihre Kollegen haben mich unterrichtet. Es ist Ihnen gelungen, einen Hochverräter zu stellen, bevor der zur Tat schreiten konnte. Wie machen Sie das?«

»Sturmbannführer, blicken Sie in den Rucksack«, sagte Staub.

Hagen tat es und nickte. »Sauber, sauber.« Er überlegte.

Raben spürte die Anspannung. Was würde Hagen anstellen? Durchschaute er die Finte? Raben blickte Hagen an. Sein Leben war in dessen Hand. *Das geht schief*, sagte eine Stimme. *Das kann der gar nicht durchschauen*, eine andere. *Der Fall ist doch sonnenklar.*

Hagen grinste Raben an. »Das wird der Gruppenführer Ihnen hoch anrechnen. Kommen Sie mal mit raus. Die Nürnberger Kollegen setzen sich bitte in ihr Auto. Wir wollen doch nicht, dass der Hase die Jäger sieht, bevor die schießen können.«

202.

»Ich halt es nicht aus«, sagte Lena. Sie saß mit Lichtigkeit in der Gaststube, die inzwischen überfüllt war. Die Luft war zum Ersticken, das Grölen und Schreien schmerzte in Kopf und Ohr. »Lass uns auf dein Zimmer gehen.«

Oben angekommen, fragte sie: »Du kannst ihm nicht folgen? Entschuldigung …«

»Ich wäre Karl längst auf den Fersen, aber ich habe keine Ahnung, wo er steckt.«

»Ihm passiert was. Er dreht es zu weit.«

»Karl kriegt das hin. Er ist besonders überzeugend und frech, wenn er in der Klemme ist …«

»Warum, weißt du …?« Sie saß auf dem Bett und versuchte, nicht zu weinen. »Warum muss er auch immer …?«

»Der ist so, anders wolltest du ihn nicht haben.«

»Du hast ja recht, aber …«

Lichtigkeit öffnete seinen Schrank und zauberte eine Flasche Branntwein auf den Nachttisch. »Hab nur keine Gläser.« Er öffnete die Flasche und reichte sie Lena. Die nahm einen kräftigen Schluck, er danach.

Sie streckte sich aus. »Ich darf doch.«

»Fühl dich wie zu Hause in meinem Palast.« Er lachte. »Vielleicht trinkst du noch einen Schluck und versuchst zu schlafen.«

Sie trank.

Er erhob sich. »Ich gehe jetzt einen verrückten Bullen suchen.«

»Danke, Georg.«

203.

»Lassen Sie mich das Werk vollenden, Sturmbannführer, das ist ein Gestapo-Fall.«

»Geht klar, Herr Kommissar. Ich steig die Treppe hoch und setz mich auf eine Stufe. Rufen Sie mich, wenn etwas schiefgeht. Auch, wenn Sie ihn haben. Gibt's hier ein Telefon?«

»Im Büro des Schulleiters, erster Stock.«

Hagen tippte sich an die Totenkopf-Mütze und stieg die Treppe hoch.

Raben setzte sich, stand auf, setzte sich. Die Warterei zehrte an den Nerven. Immer neue Zweifel tauchten auf. Er sah sein Ende, Hagen würde ihn durchschauen und erschießen. Der SD-Offizier war bekannt dafür. Er hatte Strassers Rundfunkingenieur Formis in Prag ermordet. Er war immer mal unterwegs, danach flogen Gerüchte durch die Gänge der Prinz-Albrecht-Straße 8, und jedes Mal ging es um Mord. Wen hat er nun wieder beseitigt? Vermutlich auch Schreiber, um Heydrich zu schützen. Hagen würde keine Sekunde zögern, auch Raben in die Hölle zu schicken. Vielleicht sagte Hagens Grinsen nichts, vielleicht wollte er Raben verunsichern und ihn glauben machen, dass er alles wusste. Vielleicht war dies Rabens letzter Tag in Freiheit. Würden sie Lena als Mitwisserin verhaften? Was würde aus Karlchen werden? Ihm wurde wehmütig.

Der Posten pfiff leise.

Raben blickte auf und sah Ehrig. Raben rutschte in die Ecke. Als Ehrig eintrat, sah er ihn. Er erstarrte, erholte sich, ging dann weiter. Raben näherte sich ihm. Staub und Kollege betraten das Gebäude. Raben hielt die Pistole in der Hand. Als Ehrig an seinem Platz angekommen war, sagte Raben: »Werner Ehrig, ich verhafte Sie wegen Hochverrats. Legen Sie die Arme auf den Rücken.«

Ehrig fuhr herum, hatte ein Messer in der Hand und ging auf Raben los. »Du Schwein.«

Es fielen zwei Schüsse von hinten. Staub und Kamerad. Ehrig brach zusammen, ein Treffer in der Brust, einer im Bauch. »Du …« Blut pochte aus seinem Mund.

»Danke«, sagte Raben zu Staub. »Sie haben mir das Leben gerettet. Ich hätte nicht geschossen, weil ich den Mann verhören wollte. Er ist bestimmt nicht allein. Aber gewiss war ich leichtsinnig.«

»Ja, schade, dass wir den Kerl nicht verhören können. Er hätte uns bestimmt viel erzählt«, sagte Hagen und grinste Raben an.

»Wenn Sie unsere Hilfe brauchen, jederzeit«, sagte Staub.

»Danke! Ich werde Sie in meinem Bericht an den Gruppenführer lobend erwähnen.« Er drückte den Nürnbergern die Hand.

Am Eingang tauchte Eckes auf. »Sie sind wieder gesund?«, fragte Raben. »Heil Hitler!« Die rechte Hand schlampig gestreckt.

»Heil Hitler, Obersturmführer! Danke der Nachfrage.« Eckes lächelte schief. Er blickte zur Schule. »Na, da haben Sie ja wieder eine Heldentat begangen. Der Ehrig stand ja sowieso auf Ihrer Liste …«

»Welcher Liste?«

Eckes lächelte. »Erinnern Sie sich, was ich Ihnen nach unserem Abenteuer in Prag gesagt habe?«

»Dunkel. Ich weiß nicht, worauf Sie hinauswollen«, sagte Raben.

»Doch, doch, das wissen Sie. Ich habe Ihnen gesagt, dass Sie einen gut haben bei mir.«

Raben nickte.

»Jetzt sind wir quitt.«

204

Einen Monat später. Heydrich hatte ihn in die Reichskanzlei befohlen und war schon da, als Staatssekretär Meissner auch Raben in den Wartesaal geleitete. Der Gruppenführer erhob sich und gab Raben die Hand, bevor der den Arm hochreißen konnte. »Heil Hitler, Hauptsturmführer!«

Raben stutzte. Er war in SS-Uniform, schwarz und mit Totenkopf.

»Das Formelle klären wir im Amt. Ich habe nun Ihren Bericht noch einmal ausführlich gelesen. Sie überraschen mich immer wieder, Karl. Manchmal sogar positiv.« Heydrich lächelte das Heydrich-Lächeln, bei dem einer nie wusste, ob er nicht zwei Minuten später in einer Zelle im Kellertrakt saß. »Ich habe schon mit dem Führer und dem Reichsführer« – Heydrichs Daumen zeigte auf die Tür von Hitlers Büro – »sprechen können. Er ist erschüttert und erfreut zugleich. Ich kann auch sagen, dass Ihre Tat uns helfen wird, dem Reichsführer und mir, weil wir gezeigt haben, dass SS, SD und Gestapo unersetzlich sind. Die SS hat der Führer gegründet als Leibgarde, und sie hat sich wieder bewährt. Es hat sich erneut bestätigt, dass wir in der SA nicht gründlich genug aufgeräumt haben. Ich befehle Ihnen, drei Wochen Urlaub zu machen. Sie sind eher kein Typ für KdF, also denke ich, eine Italienreise im Dienstwagen würde Ihrer Frau und Ihnen guttun.«

Die Tür öffnete sich. Himmler winkte sie herein. »Beeilen Sie sich, der Führer hat keine Zeit.«

Als sie im großen Büro waren, eingepackt in NS-Kitsch, Bismarck über dem Kamin. Zu viele Sessel mit dunkel gebeizten Holz-Armlehnen.

Himmler schob Raben nach vorn. »Darf ich Ihnen den Hauptsturmführer und Kriminalkommissar Karl Raben vorstellen?«

Hitler trug die braune Jacke mit den Eisernen Kreuzen Erster und

Zweiter Klasse und sah auch sonst aus wie in der Wochenschau, nur in Farbe. Er trat einen Schritt nach vorn, reichte Raben die Hand. »Sie sind das also. Der Reichsführer hat früher schon einmal von Ihnen gesprochen.«

»Ja, er hat uns beim Röhm-Putsch geholfen, obwohl er dazu nicht verpflichtet war.«

Hitler nickte, blickte Raben fortwährend an.

Die Augen, die Augen! Raben fühlte sich geröstet. *Die müssen doch merken, dass alles Lug und Trug ist. Nein, die sind so von sich begeistert, die glauben den Blödsinn, weil sie ihn glauben wollen.*

»Sie haben einen Anspruch auf eine Belohnung, Hauptsturmführer.«

»Mein Führer, wenn Sie mir gestatten« – ein aufmunterndes Lächeln –, »ich wurde bereits reich belohnt. Die Beförderung ist schon mehr als genug. Und ich darf drei Wochen nach Italien fahren mit meiner Familie. Ich habe meine Pflicht als SS-Mann und Kriminalkommissar getan, sonst nichts.«

»Das gefällt mir, wir Deutschen sind bescheiden. Wir wollen nur, was uns zusteht. Ein Geschenk dürfen Sie mir aber nicht abschlagen.«

»Jawohl, mein Führer!«

Hitler ging zu seinem Schreibtisch und kehrte mit einer kleinen Schachtel zurück. Er ließ es sich nicht nehmen, die Auszeichnung selbst an das Revers zu stecken. Raben stand stramm und bekam den Mundgeruch des Führers ab. »Höher kann man einen deutschen Mann kaum ehren als mit dem Goldenen Parteiabzeichen. Es macht Sie zum Ehrenmitglied unserer Partei. Tragen Sie die Auszeichnungen bitte immer, Bescheidenheit ist hier nicht am Platze.«

»Heil, mein Führer! Die Ehre …«

»Ich habe Ihnen zu danken, Hauptsturmführer. Ohne Sie gäbe es mich vielleicht nicht mehr, und mit mir fiele das Reich. Sie wissen gar nicht, was Sie geleistet haben. So, nun gehen Sie heim zu Ihrer Frau und berichten Sie. Danke, meine Herren.«

Bevor sie die Tür erreichten, die Meissner schon geöffnet hatte, sagte Hitler: »Reichsführer, das war kein Einzeltäter. Räuchern Sie das Rattennest aus, und Sie, Gruppenführer, gehen Sie gleich zu Canaris. Vielleicht weiß der etwas, das sich im neuen Licht als wichtig herausstellt.«

205.

Lena stand der Mund offen, als sie ihn sah. Auf der schwarzen Montur prangte das goldumrandete Parteizeichen. »Vom Führer? Du bist doch gar nicht in der Partei …«

Sie saßen lange an diesem Abend. Aus dem Kinderzimmer hörten sie Geplapper, Elisabeth versuchte den Kleinen ins Bett zu bringen. Der wollte aber noch bei Papa sein, den er so selten sah.

»Einen Vorteil hat die Sache, ich bin ein Held, vom Führer ausgezeichnet. In nächster Zeit kann mir niemand.«

»Und das mit Italien stimmt?«

»Sie werden mir einen Haufen Geld geben und für die Reise einen Mercedes. Wir können Elisabeth und den Kleinen mitnehmen und ein schickes Hotel buchen.«

Die Kindertür öffnete sich, Karlchen tapste los, fiel hin, erhob sich und rief: »Hiel Hitla!«

Als Elisabeth das Kind ins Bett brachte, gingen Karl und Lena spazieren. Es war mild, das Pflaster heizte die Stadt. Sie schwiegen lange. Rabens Nerven zitterten nach, aber er spürte Erleichterung. Diesmal war es gut gegangen. Lieber nicht an morgen denken.

»Ich habe nichts verstanden …«, sagte Lena.

»Ich auch nicht alles.«

»Das ist ja beruhigend«, erwiderte sie. »Vielleicht nimmt es mir die Angst, wenn du mir erklärst, was du begriffen hast und womit wir rechnen müssen.«

»Womit wir rechnen müssen, weiß ich nicht. Zurzeit sollte nichts passieren, Hitler gilt als unfehlbar. Er hat mir das Goldene Parteiabzeichen verliehen, ich wurde zum Hauptsturmführer befördert.«

»Wer war dieser Schreiber?«

»Ein Handelsvertreter und Frauenmörder.«

»Er hat die Böhme ermordet, ein Opfer unter vielen. Zufall?«

»Nein. Heydrich hat die Serientäter-Geschichte vor uns gelöst. Vermutlich hat er Schreiber Straffreiheit versprochen, wenn er auch noch die Böhme umbringt. Die hatte nicht nur ein Verhältnis mit ihm, sie war auch seine Spionin. Gleichzeitig hat sie für Moskau gespitzelt. Alles, was Heydrich wusste, wusste sein Kollege in Sowjetrussland. Die Böhme war eine exzellente Agentin. Sie hat einen Ring aufgezogen mit ihren Freiern, die sie geschickt ausgewählt hatte. Das Filmversteck in ihrer Wohnung war wohl die einzige Schwachstelle.«

»Bitte schön«, sagte Lena. »Wo ist Schreiber jetzt?«

»Den hat Heydrich umbringen lassen. Schreiber war ein Sicherheitsrisiko. Heydrich verstrickt in eine Operation des sowjetischen Geheimdienstes. Da hätte Himmler selbst seinem Busenfreund ein paar Fragen gestellt. Und Hitler wäre explodiert.«

»Das hätte mir gefallen«, sagte Lena. »Ein Freudenfest für Reliquiensammler. Ein Finger des Führers, ein Zeh …«

Er umarmte sie. Sie blieben lange so stehen und schwiegen.

Dank

dem Historikerkollegen Dr. Alexander Ruoff (Berlin), der schöne Fehler gefunden hat und seine überragenden Recherchekünste auf www.history-house.de besser – wenn auch zu bescheiden – vorstellt, als ich es könnte. Ohne seine umfassenden Archivrecherchen wäre das Buch so nicht möglich gewesen;

an Klaus Viehmann (Berlin), der sich glücklicherweise über jeden Fehler freut, den er mir unter die Nase reiben kann;

an Dr. Elfriede Müller (Berlin) für kritische Anmerkungen;

meiner Lektorin Lind Walz, die dieses Buch nach Kräften gefördert hat;

Claudia Alt (Berlin) für ihre herausragende Redaktionsarbeit. Sie findet wirklich alle Fehler, die großen wie die kleinen;

an Ulrike Zecher (Rechtsanwältin in Berlin) für ihre das Normalmaß weit überschreitende Hilfsbereitschaft und Freundlichkeit.

»Explosiv, actionreich, nervenzerfetzend.« ZDF

Angriff auf das Zentrum der Macht. Der Mann der deutschen Kanzlerin entführt. Doch das ist erst der Anfang …

Deutschland im Ausnahmezustand: Der Ehemann der Kanzlerin wird gekidnappt. Die Entführer stellen unerfüllbare Forderungen, setzen ein Ultimatum. Doch die deutsche Regierung lässt sich nicht erpressen. Dann wird in Frankreich die Gattin des Präsidenten entführt, und der Terror weitet sich auf Europa aus. In ihrer Verzweiflung bleibt der Kanzlerin nur das Vertrauen in Hauptkommissar de Bodt und sein Team. Doch diesmal fürchtet de Bodt, dass niemand der Regierungschefin helfen kann. Nicht einmal er …

🐧 **PENGUIN** VERLAG